猫腻 / 著

择天记

第八卷
敢叫日月换新天

图书在版编目(CIP)数据

择天记.第八卷,敢叫日月换新天/猫腻著.—北京:人民文学出版社,2017
ISBN 978-7-02-012730-6

Ⅰ.①择… Ⅱ.①猫… Ⅲ.①长篇小说—中国—当代 Ⅳ.①I247.5

中国版本图书馆CIP数据核字(2017)第068674号

责任编辑	胡玉萍
	涂俊杰
装帧设计	刘　静
责任校对	杨益民
责任印制	苏文强

出版发行　人民文学出版社
社　　址　北京市朝内大街166号
邮政编码　100705
网　　址　http://www.rw-cn.com

印　　刷　三河市鑫金马印装有限公司
经　　销　全国新华书店等

字　　数　476千字
开　　本　890毫米×1290毫米　1/32
印　　张　14.75　插页3
印　　数　1—35000
版　　次　2017年5月北京第1版
印　　次　2017年5月第1次印刷

书　　号　978-7-02-012730-6
定　　价　39.00元

如有印装质量问题,请与本社图书销售中心调换。电话:010-65233595

目录

第一章 —— 001

放眼大陆，谁有能力安排这样的大事？当然是徐有容，因为她是南方圣女。

第二章 —— 107

王之策只说了一句『好久不见』，便让她恐惧到了极点，失去了所有的战斗力。

第三章 —— 201

商行舟踏星而退，瞬间到了十余丈外。嗤的一声轻响，他的衣领间出现一道裂口。

第四章 —— 279

他们师徒二人一里一外，一现一隐，生生把白帝这样的绝世强者逼至无路可退，最终按照他们的想法见了众生……

第五章 —— 405

余人能说话，但他不说。他能让京都的夜空多出一个太阳，但他不做。因为他不想，而且没有这方面的需要。这就是顺心意。

第一章

放眼大陆,谁有能力安排这样的大事?当然是徐有容,因为她是南方圣女。

1·好人就该杀坏人

汪洋里有一条船。这船离开白帝城已经有很多天,之所以还没有抵达目的地,是因为船上的人始终希望能收到好消息,然后再折回。

到了现在,依然没有消息传来,船上的人终于放弃了。看着渐渐出现在眼前的海岸线,牧酒诗憔悴的脸上终于露出了一丝轻松的神情。

皇叔死了,姐姐那边肯定也出了事情,她不知道应该怎样面对皇兄。但是能够回家,终究是值得高兴的事情。

二皇子看着她,轻轻地叹了口气,心知自此之后,只怕数百年时间都无法再履中土。

便在这时,一道破空声响起,天上的流云受惊而散,船身微微摇晃,一个人出现在船首。那是一个头发花白的老人,脸很圆很大,看着有些滑稽,或者说生得极为喜庆。

牧酒诗和二皇子根本不知道这个人是从哪里来的,但他们知道,能够从茫茫海空里忽然出现的对方必然强大。而且这位圆脸老人没有隐藏自己的气息——那道超越了世俗范畴的神圣气息。

牧酒诗警惕地看着对方,问道:"你是谁?"

那位圆脸老人摸着脑袋,似乎不知道该怎么回答这个问题,半晌后说道:"我好像姓曹。"

听着这个姓氏,牧酒诗与二皇子都非常吃惊。当今大陆神圣领域强者的数量很少,只有一个人姓曹——那就是曹云平。

曹云平是天机老人的外甥,也曾是八方风雨中人。一百多年前,因为某个隐秘的原因,他曾经与苏离一战,结果战败。那之后,他忽然决意放弃自己的修行功法，改为修行全新的功法。

这自然是极危险的事情，在谁看来，都极为不智。但无论是天机老人还是天海圣后，都没有办法改变他的想法。

曹云平散去了全身功力，重新开始修行，而就在他眼看着将要成功的前一刻，体内的星辉忽然爆燃，虽然勉强活了下来，识海却受到了极大的伤害，神智变得有些不清醒，换句话说，他成了一个弱智。从那之后，八方风雨便少了一个人，再没有谁见过他的踪迹。

牧酒诗完全没有想到，此人居然会出现在自己的船上，而且明显一身修为尽复，甚至可能更胜当年。

"前辈……有何指教？"

曹云平听着这个问题，再次陷入了迷茫的精神状态里，开始拼命地回想，眉头皱得非常紧，非常用力，于是圆脸变得更加紧绷，看上去就像是一个塞满新棉花的枕头。

但无论牧酒诗还是二皇子都不敢发笑。曹云平可能真的变成了一个弱智，但他的境界实力还是这么可怕，那么这就意味着极度的危险。

曹平云终于想到了，眉头舒展开来，看着他们眉开眼笑地说道："我想起来了。"

牧酒诗小心翼翼问道："前辈想起来了什么？"

曹云平没有正面回答她的问题，而是埋怨地说道："你们怎么回来得这么晚呢？我已经等了你们好些天。"

牧酒诗忽然觉得有些不安，问道："前辈等我们有何事？"

曹云平说道："我答应了陈长生，要杀死你们。"

听到这句话，牧酒诗与二皇子的脸色变得有些苍白。

曹云平想起了些事，赶紧对二皇子说道："别怕别怕，我记错了，没有你，只是这个小姑娘必须死。"

牧酒诗看了眼越来越近的海岸线，强自稳定住情绪，问道："前辈为何要杀我？这中间是不是有些误会？"

在她想来，陈长生必然是通过某些手段请动了这位隐世强者，又或者是用言语欺骗，那么她自然也可以想办法说服对方，或者给出足够多的利益，这中间的分别，只看这位隐世强者究竟是真的傻还是在装傻。

"我现在已经傻了，真的。所以我一直藏在山里，就是怕在外面随便出手，杀错了好人。"曹云平很认真地解释道，"但你不是好人，因为你与魔族勾结，还杀了别样红的儿子，我认识别样红，他是好人。"

牧酒诗很紧张，神情却依旧淡然，说道："前辈为何确定我不是好人？就因为陈长生这么对你说？"

"是的，我相信陈长生的话，因为他也是好人，秋山也相信他，秋山也是好人。"曹云平对她耐心地说道，"我们都是好人，你是坏人，所以我们要杀了你。"

白鹤离开岸边后，没有飞太远，便在群山间落了下来。四位国教巨头还有三千护教骑兵在营地里等待着。

凌海之王对陈长生说道："秋山家来了信，那位应该去了西海。"

陈长生怔了怔，问道："确定？"

凌海之王回道："是的。"

徐有容问道："谁去了西海？"

"曹云平。"陈长生说道，"前些天曾经在天上与他见过一面。"

徐有容知道他从庐陵王府来援白帝城的时候，曾经在途中被一位绝世强者找过麻烦，这时候才知道，原来就是曹云平。她知道曹云平是谁，也知道他与秋山君之间的关系，自然能猜到曹云平因何出现，带着歉意看了陈长生一眼。

陈长生说道："没事，应该是相王让人传的话，与秋山家里无关。"

徐有容说道："我听师兄说过，这位前辈是真的神智出了问题，难道不会影响他的判断？"

"确实有些受损，前辈现在的智力大概只是孩童水准，不过……他是个好人。"陈长生感慨地说道，"没想到那夜只是随口一说，前辈真的不辞辛苦去了西海。"

凌海之王拿出了一张纸递给了陈长生。这是一张黄纸，上面用朱砂写着十余个人的名字。这是凌海之王等人到白帝城的第一夜便写好的。

牧夫人的名字在纸的最上方，这时候已经被画上了一道横线，代表着死亡。陈长生从司源道人手里接过笔，蘸了些化开的朱砂，在第二行牧酒诗的名字上画了一道横线。这份名单是一份死亡清单。

从汉秋城到汶水到奉阳县城到圣女峰再到白帝城，该死的人的名字都在上面。在牧酒诗的名字旁边是除苏的名字。众人的视线落在这个名字上。营地变得有些安静。

2·春风送暖入屠苏

在那个名单上，除了牧夫人，便以除苏的境界实力最强。而且这个修行黄泉功法的怪物，遁法强大，行踪隐秘，手段变幻莫测，极其阴险狡诈。虽说在白帝城里，他被徐有容断臂重伤，依然极为难杀。

想来这个怪物现在已经藏进了莽莽群山之中，如何能够找到他？

"或者我能够猜到他会去哪里。"唐家那位盲琴师忽然开口说话，"如果教宗大人不嫌弃，这件事情就交给我吧。"

众人才想起来，这位盲琴师乃是长生宗前代大长老，而那个叫除苏的怪物则是前代长生宗宗主的一缕残魂所寄。

凌海之王望向陈长生，显然有些意动。

陈长生没有同意，因为盲琴师在那场与圣光天使的战斗里受了很重的伤，短时间里难以恢复，而且毕竟对方是唐家的供奉。

徐有容明白他的意思，说道："还是我去吧。"

说到追杀除苏，毫无疑问她是最合适甚至是唯一的选择。她的道法与除苏的黄泉功法相生相克，而且可以凭借速度强行破掉除苏的遁法。

除了她之外，在场的任何人都不见得能追上除苏，就算追上，也不见得能够杀死对方，即便陈长生也没有把握。

陈长生还是没有同意，而且他的理由得到了所有人的赞同。接下来他会回京都，在那座城市里将会有更重要的事情、真正麻烦的问题等待着他。

在这种时候，徐有容不能离开他的身边。

凌海之王问道："那怎么办？暂且把此事放一放？"

营地再次变得安静起来，气氛有些压抑。

"我来想办法。"陈长生看了徐有容一眼，走向营外，徐有容会意，跟了上去。

凌海之王等人有些担心，望向唐三十六。唐三十六摆了摆手，表明了自己不会掺和此事的态度。

"我去看看。"作为资历最浅的大主教，户三十二有些无奈地叹了口气，也向营外走了过去。

来到山崖间一株松树下，陈长生与徐有容停下了脚步。他知道户三十二跟在身后，但没有出言阻止。如果不让这些大主教知道自己的方法，想来他们很难安心。

一阵清风拂动树枝，松针簌簌落下。有些发黄的松针落在黄色斑杂的皮毛上，仿佛融为了一体，很难分辨出来。那是一只像土狗般的生物，皮毛颜色很杂乱，看着有些令人恶心。它的两只后脚似乎是断了，无力地拖在地上，看着有些可怜。看着陈长生，它的眼睛里闪过兴奋的幽光，用前肢撑着身体，艰难而快速地爬动到他身前，不停地亲吻他的脚背。

徐有容歪着脑袋看着这幕画面，觉得好生有趣。虽然这已经不是她第一次看到类似的画面，但每次看到这妖兽扮演奸臣模样，还是想要发笑。

户三十二并不觉得有趣，看着对方两只邪恶的小眼睛，便觉得身体有些发寒。忽然，他想起来了这种妖兽的来历，脸色骤变，颤声说道："这是土狲？"

是的，这就是在周园里生活了数百年的那只土狲。也正是道藏典籍里记载过的最阴险、最无耻、最狡猾、最嗜血的那种妖兽。即便是像倒山獠与犍兽这种在百兽榜上排在极前的巨大妖兽，也不愿意得罪土狲，甚至在战场上还要听从它的安排。

确认这个像烂皮黄狗般的生物就是传说中那个极可怕的妖兽，想着那些传闻里的血腥故事，户三十二觉得更加寒冷。如果这只土狲不是被陈长生召唤出来的，而且表现得如此谦卑老实，他拼了命也要在第一时间杀死它。

土狲感受到了户三十二流露出来的敌意与一抹很淡的惧意。远离真实世界已经如此多年，人类居然还能记得自己的凶名，这让它有些得意，然后迅速地警醒过来。与那些心甘情愿在周园里平静度日的妖兽们不同，土狲一直念念不忘要回到曾经生活的世界里看看。为此它曾经乞求过陈长生很多次，只是陈长生想着它的凶名与那些传闻里的恶行，自然不会答应。但今天陈长生既然把它从周园里召唤到了现实的世界里，那么自然说明情形有了变化，说不定它真有可能得偿所愿。

在这样关键的时刻，土狲自然不会犯错，眼神变得更加无辜，神态变得更加谦卑，身子也匍匐得更低了些，两只残废了的后肢微微地颤抖着，尾巴不停快速地拍打着地面，却又极小心地没有激起半点灰尘，真是要有多可怜就有多可怜。

户三十二依然警惕，不会被这种假象所骗，徐有容则是忍不住笑出声来。

陈长生说道："别装了，赶紧起来。"

听着这话，土狍赶紧站直了身体，不敢再有任何多余的动作。它那两只残废的后肢早就已经治好了。只不过这些年在周园里，它还是习惯拖着两条后肢在草原里爬行，除了倒山獠与犍兽根本没别的妖兽知道。

陈长生说道："帮我去做一件事情。"

土狍的眼珠子骨碌碌地转动不停，不知道在想什么。陈长生从怀里取出一枚丹药，喂进它的嘴里。土狍的眼睛顿时亮了起来，一屁股坐到地上像个修行者般闭着眼睛开始打坐。淡淡的雾气从它的口鼻处不停地溢出，原先还残存着的一些内伤，也被尽数修复完好。

这枚丹药不是朱砂丹，是用朱砂丹的废弃物料炼成，但里面还有一些陈长生的血。不知道过了多长时间，土狍睁开眼睛，满怀感激地看着陈长生。

陈长生从户三十二手里接过除苏的画像，在土狍眼前打开，说道："这个人。"

土狍看着画像上那个奇形怪状的家伙，心想世间居然有人比自己长得还难看，不禁有些好奇。

陈长生接着说道："把他杀了。"

土狍顿时惊醒，低声呜咽了几声，用满怀血腥味的杀意，来证明自己的忠诚。户三十二这才知道陈长生准备怎么做。

按道理来说，土狍天生能够土遁，而且极为凶残阴险，用来追杀除苏，是最好的选择。但除苏也是个真正的怪物，土狍也不见得能够杀死他。

"我有个想法。"户三十二很清楚自己说出这个建议之后，教宗大人对自己的评价或者会有所改变，甚至开始警惕自己。但作为最忠诚的下属，他必须把自己的建议说出来，而且不能有任何隐藏。

听完那个想法之后，陈长生看他的眼神果然变了。就连土狍望向户三十二的眼光都变得不一样起来，似乎有引为同道的想法。

徐有容只是摇了摇头。

土狍离开了崖间，去往群山之中，去寻找它失去的世界以及除苏。除了陈长生三人，没有谁知道这件事情，更没有谁知道土狍会以怎样的姿态出现在除苏的面前。

就在土狍离开之后不久，国教的大队伍也再次启程，向着京都而去。谁都知道，陈长生回京是因为他收到了一封信。

但真的只是因为那封信吗？当然不可能，因为年轻的皇帝陛下还在京都，商行舟也在京都。最重要的是，离宫也在京都。

3·旧时徐府

凌海之王、桉琳大主教等人知道，从三年前开始，京都便一直有人在与教宗通信。

无论教宗在雪岭、在汉秋城又或是在汶水时，那些信件都没有断过。那个人在信中帮着谋划了很多事情，尤其是最近数月。很多人都在猜测，写信的那个神秘人究竟是谁。

凌海之王曾经在想那个人会不会是天海胜雪，桉琳大主教则认为陈留王的可能性最大。

直到婚讯传遍整个大陆，陈长生准备回京主婚，人们才知道，原来写信的人是莫雨。

作为天海朝最有权势的女人，甚至是最有权势的人，很多人都不理解，为何在天海圣后驾崩之后，莫雨还能活着，而且还能光明正大地活在京都，甚至现在还要和那位成亲。在很多人想来，这或者是因为她与陈长生之间的关系，让朝廷有所忌惮。

那年风雪满长街，莫雨与折袖在平安道上把周通凌迟的场面，直到今天依然没有人能忘记。

但陈长生决定回到京都，真的只是因为她写信要他回去主婚吗？凌海之王等人并不这样认为。他们看着陈长生的背影，都能感受到那沉重的压力。无形却有着无限重量的天空，仿佛这时候已经落在他的肩上。

还是那年，在那个满是风雪的深夜里，商行舟与陈长生在国教学院进行了一场谈话。除了小黑龙，没有人知道那场谈话的具体内容，但随后发生的事情，让很多人隐约猜到了些什么。

商行舟与陈长生师徒之间应该是达成了某种协议。陈长生离开京都，成为史上第一位被放逐的教宗。随后发生了很多故事，从雪岭到汶水到圣女峰，再到白帝城。直至面对着魔族与圣光大陆的威胁还有白帝的老谋深算，这对师徒终于联起手来，证明了那句西宁一庙治天下，双方之间的情势似乎有所缓和。

但在这个时候,陈长生决定回京都,这便意味着那份协议将会废止。那么此行究竟会成为一趟破冰之旅,还是人族内战的开端?

隆冬将尽,春意未至,天地间依然一片寒冷。无论城内城外,洛水都是静止的,冰面上覆着一层厚厚的雪,看上去就像是一条极为宽大的衣带。

三千骑兵护送着国教的车队,从地平线的那头,进入了民众的视野。凌海之王等国教巨头,坐在最前方的神辇里。暗柳等离宫重宝,在灰暗的天空下散发着温暖而神圣的光线。

数万民众站在入城的官道两侧,欢迎着国教使团的归来。民众们并不知道白帝城里究竟发生了什么事情,但他们知道魔族的阴谋被击破了,最令人担心的妖族背盟没有发生,而所有这些都是离宫的功劳。

在深冬时节很少见也很珍贵的瓜果鲜花,被扔到了那些国教骑兵的怀里。更多的视线落在了后方那两座极其高大的神辇里。那些视线里尽是热切、敬畏、崇拜甚至狂热的情绪。

听说教宗大人回来了。圣女也回来了。随着队伍缓慢前行,官道两侧的民众纷纷向前拥去,场面变得更加拥挤。如果不是城门司的官兵严加隔阻,只怕真的会生出乱子。

穿着青曜十三司祭服的安华,带着数千名最忠诚的国教信徒,对着那两座神辇跪了下来。

紧接着,更多的民众如潮水一般跪了下来,黑压压的一片,场面很是壮观。

京都没有城墙,除了那些飞辇,能够看得更远的地方,便是城里那些很高的建筑。

过去的三年,天海承武一直住在城外的庄园里,很少进城,更很少进宫与陛下私自见面。作为天海家的家主,处在当前如此复杂的局势下,再如何谨慎都不为过。

今天则是例外,他包了与澄湖楼齐名的入松居,请了几位极引人瞩目的贵人一同登高望远。那几位贵人里有几位神将,更重要的是还有那位中山王。

看着远处如潮水般跪倒的数万民众,那几位神将的脸色变得有些阴沉。作为前摘星院院长陈观松的得意门生,他们极受商行舟的重用,这样的画面自然

009

让他们很难堪。但他们什么都没有说，也没法说。

那些民众拜的是教宗大人与圣女，这是天经地义的事情。而且在南溪斋的合斋大典上，教宗当着相王的面，亲手杀死了白虎神将。即便如此，朝廷又做了些什么？

天海承武看着人群最前方那个穿着青曜十三司祭服的女子，微微皱眉，问道："这人是谁？"

除却与桉琳大主教之间的关系，安华是一位普通的教士。但现在她在京都尤其是大陆北方，已经变得非常有名。很快便有下属把她的来历报知了上来。

"一群愚夫痴妇！"天海承武沉声说道，"真是不知所谓，这是在向朝廷示威吗？"

"示威？这就是民心所向，而这些都是你口中那个愚妇做出来的。"中山王的脸色还是那么臭，就像世间所有人都欠他钱一样，又可能是因为他始终没法忘记当年被逼吃下去的那些粪便，但他现在说话的语气却要变得平和了很多。

天海承武明白他的意思，陈长生避世三年，居然能够在如此短的时间里，得到如此多的忠诚，拥有如此多的美誉，当然与离宫尤其是以安华为首的那些狂信徒的传道有关。

他的视线离开安华落在后方那两座神辇上，不由微凝。以他的境界实力，自然能够轻易地看出，那两座神辇上没有人。

三年后，陈长生回到了京都。他没有回离宫，没有回国教学院，也没有去皇宫见师兄，而是直接去了一座府邸。

多年前，他第一次来到京都的时候，也是直接来的这里，没有去看离宫外的石柱与青藤，也没有去看天书陵，因为这样，当时还被这座府邸的女主人很是蔑视了一番。

这座府邸自然便是东御神将府。徐府还像当年那样，充满了肃杀的感觉，治家如治兵，果然不是一句虚话。所有的婢侍丫环都被逐到了远处，花厅里只有几个人。

陈长生坐在椅中，徐世绩夫人、那位花婆婆、霜儿站在厅里。场面很是尴尬，甚至就连隐藏在其间的紧张气氛，都无法流动，仿佛被冻结了一般。

4·她说

茶杯静静地搁在桌上,早就已经冷了。陈长生静静地坐在椅子上,没有主动开口的意思。就像当年那样,似乎什么都没有变化。但事实上,一切早就发生了变化。那个初入京都而被毁婚的少年道士已经成为了教宗陛下。幸亏和当年一样,徐世绩不在,不然场面会更加尴尬。

珠帘轻碰,发出清脆的声音,徐有容从帘后走了出来。回到神将府后,徐有容没有理他,把他留在了厅里,自己则是去洗漱了。这显得非常随意,就像此时随意披散在身后的黑发。

微湿的发间有几颗水珠,配上洁净无尘、如花般的容颜,看着很是动人。

陈长生很喜欢未婚妻的美丽,更喜欢她对自己的随意,想就这么一直看着,但这里毕竟是徐府,而且他还有很多事情要做。

他站起身来,对徐有容说道:"那我先走了。"

徐有容有些意外,说道:"不吃饭了吗?"

这里是她的家,陈长生是她的未婚夫,她对双方都很随意,所以这句话问得很自然,直到察觉到了花厅里有些异样的气氛,她才想明白缘由,忍不住笑了起来,说道:"那你走吧。"

"明天我来接你。"陈长生对她说道。然后转身对徐夫人告辞,也没有忘记向那位婆婆和霜儿点头致意。

无论礼数还是神态,他都没有任何可以被挑剔的地方。这种平静,还是让徐夫人等人想起了数年前的那个画面。这些年的时光,对他来说似乎没有什么改变。无论是当初的少年道士,还是现在的教宗陛下,他对待这个世界与生活在这个世界里的人们,始终是这样平静而淡然。

走出神将府,沿着那条不起眼的小河向前走着,很快便来到那座简陋的石拱桥。

陈长生走到桥上,没有像数年前那样,回头望向那片大宅美院。时隔三年,重新回到京都,他没有去离宫也没有去国教学院,而是第一时间来了徐府,不是因为他想要做什么,只是未婚妻要他陪着回家,原因就是这么简单。

在这数年时间里,他曾经来徐府做过两次客,如果要说扬眉吐气,并没有,恍若隔世，也没有。他和徐有容还很年轻，人生还很长，还有很多事情要做，还要去很多地方。过去的，与未来的这些相比，实在是太不重要。那么，就让它过去吧，或者这本来就是过去存在的意义。

忽有雪花飘落。陈长生撑开黄纸伞，消失在了人群里。

过去就让它过去，这是一句很简单的话，很简单的道理，但不是所有人都能做到。

比如徐世绩。

回到府里后，他听说了白天发生的事情，脸色变得异常难看，但最终什么都没有做。就连瓷酒杯都没有摔一个。因为这时候徐有容正在后院休息。整座神将府安静得就像是座深山老岭。

这些年，徐世绩已经承认了现实，他在大周朝的地位完全来自于自己的女儿。无论天海圣后在位还是现在，从来都没有改变过。这是很难接受的事情，但他只能接受。他根本不知道应该怎样面对自己的女儿。

徐夫人也没有办法忘记过去的那些事情，情绪低落地说道："当年我哪能想到，他会成为教宗？"

徐世绩沉声说道："那又如何？终究还不是我徐世绩的女婿！"

"看姑爷走时那副风轻云淡的样子，实际上不知道心里多得意。"在后院里，霜儿捧着一碗蓝龙虾肉站在徐有容身前，带着几分恼意地说道。

徐有容轻声说道："当年你在信里提过，他那时候就是这样。那时候他又有什么好得意的？"

霜儿想了想，说道："那时候的他呀……太虚伪，或者说矫情？"

徐有容抬起头来，淡淡地看了她一眼。

霜儿紧张起来，赶紧说道："小姐，我错了。"

徐有容问道："你可知自己错在何处？"

想着当年自己对陈长生的评价极为不堪，想着现在小姐与对方情意深重，她越来越紧张，颤着声音说道："我没能看出姑爷的好来，还对他诸多议论。"

"你的眼光确实谈不上好，但当年又有几个人能看出他的好？"徐有容忽然想到当初回到京都，自己夜访国教学院，却在他房里遇着莫雨的旧事。

再想着莫雨即将成亲，却要他回来做主婚人，便忍不住微微挑眉，心想这算是一个有眼光的人。

"他究竟好在哪里？"徐有容轻声说道，"我就喜欢他无论遇着什么事情，哪怕是生死之间的大恐怖，都绝不郁郁，而是依然专注与执着，坚定且平静。"

霜儿听不懂，但能听出来小姐这句话里的真正喜欢，不由怔住了。

陈长生与徐有容的婚事到现在已成定数，但直到现在，她依然不认为小姐真的喜欢陈长生。因为在她看来，小姐就像凤凰一样天生高贵且骄傲清冷，怎么会喜欢一个人呢？

这时有婢侍前来禀报，徐世绩来了。院门开启，雪地上出现一道足迹。

二人相对而坐，桌上搁着两个名贵的茶杯。一切都很客气，看着不像父女，更像是客人。

徐世绩看着自己的女儿，想要说些什么，却又不知该说些什么，欲言又止。最终，他也只能随意关心一下饮食起居便离开，只是离开前并没有掩饰自己的忧心忡忡。

徐有容知道父亲想说什么，或者说他想让自己去对陈长生说些什么。就像小时候，父亲想要进宫见圣后娘娘，便会做出这样的模样。她不想听，因为她不准备去对陈长生说什么。这也和小时候很像，她从来都不愿意和圣后娘娘说这些事情。自从天凤血脉初醒，她开始修道之后，她就觉得这些事情很无聊，很烦。今夜她又觉得很烦，于是她迎着夜雪爬到了屋顶，背着双手，开始观星。

夜空里有厚厚的阴云，自然看不到满天繁星，但无法隔绝她的神识。她夜观星海，与天书碑拓文相印照，静悟体会，道心渐宁。

风雪微乱，黑衣少女落在徐有容的身边。光线有些暗淡，她眉心的那颗朱砂痣却依然鲜艳夺目。徐有容盯着那里看了两眼。

黑衣少女微恼地说道："有这么好奇吗？"

徐有容认真地说道："当然，小时候有一年去北新桥踏青，我真准备跳进井里去找你。"

黑衣少女冷笑着说道："那我怎么没见过你？而且你还活着。"

徐有容望向夜空里落下的雪，微笑着说道："娘娘救了我。"

5·如何是好

在去南溪斋学习之前，徐有容已经在京都留下过很多事迹。那时候她还很小，曾经跳进洛水里，说那里有个月亮；经常去离宫前面爬那些石柱，说要看星星。还有一次，她差点趁人不注意跳进了北新桥的那口废井里。

据说当她准备跳进北新桥那口废井里时，是圣后娘娘救了她。那时候的徐有容还不到五岁。

京都的百姓对这些事情都能倒背如流，在他们自己看来，徐有容就是他们看着长大的，她就是这座京都最受宠的女儿。所以当初青藤宴得知那份婚书后，这座城市才会对陈长生如此愤怒，让国教学院受到了那么大的压力。

小黑龙想着天海圣后，心里生出怯意，片刻后才醒过神来，说道："如此说来，你的人生还真是被她改变了。"

徐有容微微一笑，说道："也许吧。"

有没有天海圣后，身具天凤血脉的徐有容都有可能达到今天的成就。但谁都无法否认，那位曾经称霸大陆的女人确实改变了很多人的人生。莫雨便是其中最典型的代表人物。如果没有天海圣后，这位满门被抄斩的孤女怎么可能成为权倾朝野的莫大姑娘？

看着院门前悬挂着的十余盏散发着温暖光芒的橘灯，陈长生想着这些年的变化，不禁有些感慨。从西宁镇来到京都已经多年，他与莫雨相识已久，今夜却是他第一次来到传说中的橘园。他能够感觉到橘园里那道强大的阵法气息，也能感觉到隐藏在四周夜色里的那些监视者或者护卫。

很明显，哪怕是即将与那位王爷成婚，依然还有很多人不愿意莫雨重新回到京都，对她保持着强烈的警惕与敌意。

陈长生没有隐藏行踪的意思，举着黄纸伞走到了门前。

橘园的门开了，然后又关了，两声吱呀，数片落雪。随着园门关闭，夜色里忽然生出很多骚动，十余道身影撞破风雪，向着京都各地疾掠而去。

教宗大人离开东御神将府后，去了橘园。

这个消息在很短的时间里传遍了整座京都，自然也传进了太平道两侧的那些王府里。

位置最差、府门看着最不起眼的一间王府里，娄阳王就像热锅上的蚂蚁一般不停地转着圈，书房的窗户大开着，雪片不时飞入，依然不能让那张胖乎乎的圆脸上的汗水少出一些。

忽然,他停下脚步,望向一位妇人,苦着脸说道:"这可怎么办?这可怎么办?"

那妇人很是不解,说道:"王爷,这说明教宗大人对王妃的重视,这是天大的好事啊。"

娄阳王很幽怨地看了她一眼,说道:"你也知道那是王妃……"

"我的天啊。"那妇人才明白他的意思,一脸震惊说道,"难道王爷你是在吃醋?"

娄阳王哼了半天,终究还是没敢把话说明白,但意思非常清楚。如果这位妇人不是他的亲姨妈,专程从汝州赶过来操持他的婚事,他便是连这些意思都不敢流露半分。都说陈家王爷现在已经重新当势,奈何他却是当中最没出息的一个,而对方……可是教宗陛下。

那妇人没好气地说道:"谁都知道教宗陛下与圣女的关系,您这是在瞎想什么呢?要不是王妃的面子,教宗大人怎么会答应回来主婚?要不是这层关系,陛下会把你放到太常寺这么重要的地方去?"

娄阳王听着这话,顿时忘了那抹酸意,但刚刚才止住的汗又再一次冒了出来,带着哭腔说道:"天海家的人还有几位郡王都盯着那个位置,我哪想得到陛下会让我去,得罪了这么多人,这可如何是好。"

陈长生看了眼窗外,只见还在飘着雪。他很在意洁净,却还是不明白,为何女子们都愿意在这么冷的天里洗浴。不愧是天海朝最著名的美人,刚刚出浴的莫雨,脸上抹着一点脂粉,依然眉目如画,美丽动人。

说起这两年京都最出名的事情,大概便是莫雨的归来。那些恨天海圣后入骨的陈家王爷,之所以没有向她发难,基于几个原因。莫家在前朝的遭遇极其悲惨,这一点得到了很多旧朝文臣的同情。更重要的是,她是被陛下亲自召回宫的。而商行舟看在她死去的祖父——也就是那位著名的大学士的面子上,对此表示了默认。还有一个重要原因,是她即将嫁给一位陈姓王爷,而且是那位最窝囊、最无用、最没有威胁的王爷。

"我还是想不明白,你为什么要嫁给他?"陈长生的问题也是所有京都民众的疑问。无论对莫雨的观感如何,是爱是恨,她终究是莫大姑娘。所有人都觉得,那位王爷配不上她。

015

"他哪里不好？老实本分，没有野心，我小时候就认识他，而且最重要的是，他愿意无条件地信任我。"

莫雨坐在床边，用松软的棉巾擦拭着微湿的头发，随意回答道："当初京都那么乱，他带着那帮被他兄弟们塞过来的下属就想着来橘园，对人说是想求我庇护，实际上却是想护着我，这份情意我要还的。"

陈长生知道这件事情，整座京都的百姓都知道这件事情。

天书陵之变那夜，十余位王爷进京，冒着极大危险分头进攻各部衙要地，只有那位娄阳王，带着一批高手满京都乱窜，什么事情都不敢做，一个人都不敢杀，只想着找去橘园，结果最后还迷路了。

这不是美谈，这是笑谈，甚至是笑话。在很多人看来，娄阳王就是一个笑话。

陈长生也觉得这位王爷太过庸碌窝囊，实在不是良配。

"什么是配？他对我好就行了。"莫雨忽然想到一件事情，说道，"你以后对他态度好些，别那么不客气。"

陈长生说道："我是站在朋友的立场上提醒你两句，既然你不同意，以后自然不会再说。"

莫雨瞪了他一眼，说道："我说的是庐陵王府里的事情，你看看把他吓成什么样了，明知道他胆子小。"

陈长生自己都不明白为何那天在庐陵王府里会对娄阳王那般不客气。

"他替你们师徒传话，结果还没落着什么好，也真是倒霉。"莫雨说道，"这事是你不对。"

陈长生说道："以后不这样了。"

莫雨见他答应下来，反而有些不高兴，说道："你过来。"

陈长生一怔，问道："做什么？"

莫雨说道："我要抱着你睡觉。"

6·在很深很深的地方

"什么？"

"我要抱着你睡觉。"

"啊？"

"嗯。"莫雨说得理直气壮。

陈长生听得如雷贯耳。他连连摆手道："别胡来。"

莫雨说道："那你来做什么？"

陈长生说道："我是来看看你，想再劝劝你，也是来谢谢你。"

莫雨确实做了很多事情，很值得他专程来说声谢谢。

莫雨说道："如果要谢我，你就陪我睡一觉。"

陈长生很是无奈，说道："你过几日便要嫁人了。"

"当年我可没要求你和我一起睡。"莫雨看着他说道，"就是因为要嫁人了，所以我才要和你睡觉。"

这句话她依然说得理直气壮，光明正大的里面隐藏着很多意思，非常明显的意思。陈长生不知道该怎么接话。

莫雨盯着他的眼睛说道："你不敢过来，就是对我有心思。"

陈长生犹豫了一会儿，走到床边坐下。莫雨用双手环住了他的腰，把脸靠在他的背上。

此时，陈长生忽然想到一件往事："当初你不是从国教学院拿走了我一套被褥和枕头？"

莫雨这时候靠着他的背，不需要担心被他看到，放松了很多。在听到这句话后，她脸上的两抹红晕迅速地散开，心想当初真是荒唐，却浑然忘了，这时候其实也很荒唐。

"时间久了，被褥和枕头上的味道早就淡了。"

"嗯……那你最近还失眠吗？"

"说来奇怪，娘娘走后，我就再也没有失眠过，那天在周通别宅里，我居然还睡了个午觉。"

"是吗？"

"是啊。"

"我就这么坐着，你睡一会儿吧。"

"嗯，就一会儿，一会儿就好。"

房间里变得安静起来。陈长生坐在床边，一动都不敢动。莫雨抱着他的腰，一动也不动。

按道理来说，这个姿势非常不舒服，但她却很快便睡着了，并且睡得非常香，甚至发出了轻微的鼾声。

时间缓慢地流逝，就像窗外的雪，渐渐地积着。就在陈长生以为自己可能要这么坐一夜，正想着明天怎么对徐有容解释的时候，莫雨醒了过来。

半个时辰的睡眠，让她变得神采奕奕，可以想见睡眠质量有多高。

侍婢端来一碗水晶燕窝，她吃了两口，忽然抬起头来，望向陈长生说道："你怎么还不走？"

陈长生有些无奈，说道："我以为你写信让我过来是要谈些事情。"

——原来你什么都不想要，只是想要抱着我睡一觉。

莫雨说道："没有什么好聊的，京都的局势很平静，与前段时间没有什么变化。"

这三年里他们一直保持着通信，因此对当前的朝局并不陌生。

现在的朝廷里，以相王、中山王为首的十余位陈家王爷再加上天海家以及陈观松培养出来的数位神将算是一派，前朝那些活下来的文臣以及宫里的林老公公算是另外一派。

"如果你师父愿意管这些事情，自然不会出现这些问题，但很明显他并不想管。"莫雨说道，"或者他想再看看陛下处理政务的能力，或者只是想要锻炼一下陛下。"

"师兄可以处理好这些问题。"陈长生想起很久以前在西宁镇，庙外那条小溪里的无鳞鱼都是他亲手抓的，然后由师兄亲手做。师兄最会烹鱼，因为他的心很静，很有耐心，手法很稳，"所以朝廷最大的问题还在朝廷之外，准确来说就是与国教之间的关系。"

莫雨说道："很多人都想知道，对你此次回京，道尊会怎么处理。"

陈长生说道："我等着与他见面。"

在风雪夜里离开京都，自此师徒不相见。现在他回到了京都，那么便必然相见。相信这一次相见，商行舟必然要直视他的眼睛，不能再把他当作陌生人。

莫雨问道："可能相逢一笑泯恩仇吗？"

陈长生沉默不语，他知道自己与师父之间最大的问题是什么。那是世间最难解开的心结，到最后除了用剑斩断，似乎并没有太好的方法。

莫雨没有在意他的态度，说道："虽然包括我在内的所有人都不明白你们师徒之间为何反目成仇，但我想你应该做好道尊态度改变的准备，当他释出和解的意思时,你的反应要快些。"

陈长生问道:"你真觉得他的态度会改变?"

"谁知道呢?白帝城这件事情,他与朝廷都要承你的情,而且说不定他忽然就想开了。"莫雨说道,"为了消灭魔族这件大事,他愿意做什么事情都不出奇。"

陈长生知道这种可能性并不大,但正如莫雨所言,一切都有可能。想着这种可能万一真的出现,他忽然生出了一些希望:"如果能这样,那是最好不过。"

"但如果只是这样,还远远不能解决你们之间的问题。"

"我不明白你的意思。"

"你觉得道尊如果改变态度,这个故事就会以喜剧结尾?"莫雨看着他说道,"相反,如果真是这样,那意味着一出悲剧即将上演。"

陈长生问道:"你究竟想说什么?"

莫雨反问道:"你会给圣后娘娘报仇吗?"

陈长生摇了摇头,不要说这可能会让人族分裂陷入内战,即便报仇本身都没有意义。圣后娘娘救了他的命,但他依然没有资格扛起那面大旗。最有资格替圣后娘娘报仇的师兄,现在是大周朝的皇帝,是师父最疼爱最信任的弟子。即便是师兄,都没办法因为当年的那些事情做什么,更何况是他。

"包括那些王爷在内,很多人都盯着我,警惕我,因为他们都很害怕我会替娘娘报仇。"莫雨看着他的眼睛说道,"但你们都忘了,最想为娘娘报仇的人不是你和陛下,也不是我。"

陈长生忽然感觉到有些不安。他确实忘了。满朝文武都忘了。整片大陆都忘了。最想为圣后娘娘复仇,也最有资格为圣后娘娘复仇的那个人,是徐有容。她是圣后娘娘看着长大的。与前代圣女相比,圣后娘娘是她的启蒙老师。与徐世绩夫妇相比,圣后娘娘才是她真正的母亲。圣后娘娘是凤凰,徐有容也是凤凰。与平国公主相比,她才是圣后娘娘真正的女儿。与余人相比,她才是圣后娘娘真正的继承者。

莫雨说道:"你觉得,她不会为娘娘复仇?"

陈长生沉默了很久,说道:"她没有提过这些事情。"

"以她与娘娘的关系,这三年里一次都没有提过,难道你不觉得这很异常。"莫雨看着他的眼睛说道,"我看着她长大,我知道她的意志力与行动力有多么可怕。"

三年时间不曾提起,甚至不曾想起,这需要怎样的意志力?如果有同样强大的行动力,那么她现在已经走到哪一步了?

寒雪微飘,冬风如刀,陈长生接了徐有容,去了百草园。他们撑着黄纸伞,走到了园子的最深处。

那里是一片很普通的树林,林子里曾经有石桌还有石椅,现在只剩下一片空地。徐有容看着那处没有说话。圣后娘娘就葬在那里。在很深很深的地方。

7·重回国教学院

陈长生望向徐有容。从侧面望去,她很美。就像从任何一个角度望去那样。她就像平时那样平静。但不知道为什么,陈长生总觉得在她的脸上看到了一抹清秋的凉意。或者是因为昨天莫雨对他说的那番话?从昨天夜里到此时,他已经想了很长时间,也犹豫了很长时间,终于还是问了出来:"你是不是……想说些什么?"

徐有容微怔,问道:"说什么?"无论是她的神情还是转身望向他的动作,都是那样的自然。

陈长生忽然不知道该怎样继续这个话题,视线落在了不远处的那片草地上。

徐有容的脸上露出一抹微笑,说道:"你是说娘娘吗?"

陈长生点了点头。

徐有容的笑意渐渐敛没,轻声说道:"她就像我的母亲一样。"

陈长生看着那处问道:"你是不是准备做些什么?"

徐有容看着他平静地说道:"是不是昨夜莫雨对你说了些什么?"

陈长生很诚实地说道:"她觉得你会替圣后娘娘复仇。"

徐有容说道:"如果我要做,你会担心？"

陈长生的回答依然很诚实:"是的。"

徐有容淡然说道:"难道不是她最应该做这件事情,你也应该担心她才对。"

陈长生说道:"昨夜她对我说,那年她杀了周通,就算是还了娘娘这些年的情意。"

徐有容沉默了一会儿,说道:"有借有还,倒是自然。"

陈长生无法看出她的真实想法,说道:"你是怎么想的?"

徐有容反问道："你又是怎么想的？"

"虽然我与师父现在形同陌路，就是因为这件事情，但是具体到这件事情本身，我真的不知道谁对谁错。"陈长生说道，"如果从他们都用过周通这件事情来看，我会觉得他们都是错的。"

徐有容又说道："所以你觉得没有道理为了一个错误去对付另一个错误。"

陈长生回道："我只是觉得无法说服自己。"

这时的徐有容很平静："有道理，但你也不用试着说服我，也不用担心我，因为我什么都没有准备做。我修的是大道，娘娘也修的是大道，如果她还有一缕神魂在星海有知，想来也不会愿意我把心思放在这些小事上。"

听到这话，陈长生没有吱声。

按道理来说，徐有容刚刚与商行舟合作过，应该不需要担心什么，但他总觉得哪里有些不对。

接着，徐有容又说道："如果我真要做什么，一定会事先与你说，而且道尊怎么可能察觉不到？"

陈长生稍微安心了些，因为他知道徐有容不会骗自己。

徐有容没有再说这件事情，望向树林深处的那堵院墙，问道："那边是国教学院？"

陈长生对这片树林特别熟悉，说道："就在院墙那边。"

既然来到了百草园，自然没有不去国教学院的道理。陈长生向着那边走了过去。

徐有容晚了一步。因为她多看了那片草地一眼。她的眼神很平静。圣后娘娘就葬在那里，在地底很深很深的地方。她的心里，也有一个很深很深的地方。

那道灰黑的院墙有些高，很是古旧，不知道经历了多少年的风雨。但院墙上的那个门明显年头不久，无论门框还是缝隙里的灰浆，最多不过数年时间。在看不到尽头、只是灰黑面的院墙上忽然出现的门，看上去就像是笑开了的嘴。

陈长生仿佛看到了当年推门而出的那个小姑娘，忍不住笑了起来。

推开院门，便来到了国教学院。院墙的那边，没有冒着热气的木桶。唐三十六已经离开天道院多年，现在就住在国教学院里，如果他再次穿着湿衣狼狈逃走，又该去哪里借衣服穿呢？

那幢小楼，还在原先的地方。陈长生在小楼里住过很长时间，很熟悉地走了进去。走进第一层楼，便能看到一个房间，那是折袖的。楼里非常安静，似乎一个人都没有。无论走廊还是格局，与三年前相比，没有任何变化。苏墨虞和唐三十六就住在楼上。他的房间在三楼。

房间里也没有任何变化，只是很明显经常被打扫，可以说得上是纤尘不染。那排或深或浅的素色道衣，还挂在衣柜里，书架上仍放着那些旧书，被褥还是那般整齐。看上去就像是他没有离开过，或者说这三年时间并不存在。

徐有容指着书架上的某个空白处问道："我小时候给你的那个东西呢？"

"我离开的时候一般都随身带着。"

陈长生用手指拈出那个已经很旧的竹蜻蜓。徐有容小心翼翼地接住，然后很仔细地摆在书架上。看着这幕画面，陈长生觉得有些温暖，忽然又觉得有些奇怪。他记得徐有容应该没有来过自己在国教学院的房间，那她如何知道这里曾经摆着一只竹蜻蜓？他望向徐有容，想要问对方。

徐有容的神情看着很平静，双颊却有些微红，抢着说道："都有些旧了，以后给你做新的。"

陈长生知道不能再问，笑着说了声好。走出小楼，踏过那片草坪，便来到了湖边。

大榕树上承着无数道白雪，看着很是好看，又让人有些担心它能不能禁受这样的寒冷。

风声微动，陈长生与徐有容站到了粗大的树枝上，雪末簌簌落下。

"以前你们就是站在这里看京都吗？"

"是啊，我们觉得这样看过去的风景很好。"

"对面是什么？"

"小厨房，后来被无穷碧毁了后又重修的，现在没有人用，但听说柴堆和厨具都准备得很齐整。"

"只等轩辕破归来？"

"等他下次回到京都的时候，应该已经是位妖族大将了吧。"

微雪里的京都很安静，国教学院也很安静，远处隐隐传来一些声音，仔细听去，应该是有很多人在齐声读书。国教学院很大，以前陈长生待的地方只是其中非常小的一部分，他知道现在早就不一样了。他想去那边看看，徐有容自然没有意见。

循着书声往那边走，过了藏书楼、金玉律烤过三头鹿的门房，又过了终于被完全修好的喷泉，进入了一片树林。

国教学院的学舍就在树林的那边。读书声变得越来越清楚。有趣的是，树林里却显得越来越幽静。

前方忽然传来了哭声。陈长生望了过去。一个少年正靠着一棵树在抹眼泪。那少年的衣着很普通，不是什么富贵人家，但也应该不是贫寒子弟。少年的脸上到处都是青肿的痕迹，明显是被人打的。

徐有容准备过去问问。这时树林外响起一阵急促的脚步声，还有一阵笑骂声。

"今天一定要把薛业谨给打通透了！"

"不错，可不能让他再跑掉。"

"对对对，看他还敢不敢再来咱们国教学院！"

8·国教学院的新情况

那少年听着树林外传进来的声音，脸上流露出惊恐的神色，转身便准备离开，却已经晚了。

伴着密集的脚步声，十余名年轻人跑进了树林里，把少年围在了中间。看着少年脸上青肿、满身灰尘的狼狈模样，有的年轻人脸色轻蔑，露出奚落的神情，更多的年轻人则是眼睛开始放光，明显变得有些兴奋，看来是准备把这个少年欺负得更惨一些。

陈长生与徐有容也在树林里，只是被几丛山梅挡着，没有被这些人发现。看到那名少年的凄惨模样后，他的脸色便沉了下来。在听到那少年的名字以及见到那些年轻人穿着的院服后，他的脸色更是变得非常难看。

那少年用袖子擦掉脸上的泪痕，颤着声音说道："你们再这样，我就要去报告教习。"

"你上个月不是已经报告过了吗？难道刚才没有再去？"一名年轻学生看着他嘲笑说道，"有哪个教习会管你的事？"

那少年鼓起勇气说道："教宗陛下回来了！他会来国教学院的！"

听到这句话，那些年轻学生脸色微变，眼神里有些不安，旋即那些不安尽数变成了狠意。

那名年轻学生厉声呵斥道："你以为教宗陛下回京，自己就有了靠山？教宗陛下是何等样的大人物，怎么会管这些小事！再说了，你本来就是罪臣之子，根本没有资格在这里读书！"

那少年的脸上露出一抹痛苦的神情，强自说道："母亲说了，是教宗陛下让我来这里读书的！"

"你那母亲说的疯话也能信吗？你在这里待着，只能给国教学院添乱，我们要把你赶走，也是为国教学院考虑，任是谁也说不出我们的不是来，你也不要怪我们心狠，要怪只能怪你那个愚蠢的母亲。"

那些年轻学生们向那少年逼了过去，嘴里还骂个不停。

徐有容看了眼陈长生，说道："我去随意看看。"

说完这句话，她便离开了。她知道陈长生不愿意看到这些事情，也不愿意别人看到这些事情，哪怕那个人是她。

这是国教学院的事情。国教学院是他的，是落落、轩辕破、唐三十六、苏墨虞的。

一名年轻学生用脚踹向那名少年。啪的一声脆响，一颗石子破空而至，准确地击中那名学生的膝盖。那名学生吃痛不住，直接跪倒在了地上，捂着腿连连打滚，哭喊了起来。

那些学生大惊失色，赶紧把那名学生扶起，向着树林四周望去，喝问道："是谁？"

梅丛微乱，微寒的风拂过。陈长生来到场间，看着那名叫薛业谨的少年，问道："你是薛神将的儿子？"

听到薛神将这个称谓，那名少年怔了怔才反应过来，点了点头。那些年轻学生很吃惊。

天书陵之变当夜，薛醒川惨遭周通毒死。作为天海朝最有权势的军方重将，哪怕死后他依然不得安宁，被曝尸城外长达十余日。

三年时间过去了，在提及薛醒川时，再没有人称呼他为薛神将，连称他为薛大人的都没有。他亲手提拔起来的那些将领以及那些身经百战的旧部，在新朝的日子自然也很艰辛，在葱州艰难度日。依然留在京都的薛夫人和公子，日子自然也极难过，如果不是离宫偶尔会派人看过，莫雨奉旨回京后专门去看过两次，又有陈留王在暗中多加照拂，只怕早就已经被逐出了太平道。当然，这位薛公子在国教学院的日子也很难熬。

那些年轻学生带着不安的神情问道："你是何人？"

陈长生没有理他们，对薛业谨说道："这种事情你应该对教习说。"

薛业谨觉得好生委屈，眼眶都红了起来，颤声说道："我说过，但教习不管，然后他们打得更狠了。"

陈长生想着先前听到的对话，心想看来果然如此，但怎会这样？

"如果教习不管，那你就应该去找能管教习的，比如你们的苏副院长。"

这几年，他和落落、唐三十六、折袖都不在京都，国教学院全部由苏墨虞一个人在打理。苏墨虞现在已经是国教学院的副院长。

薛业谨听着这话觉得更加委屈，心想自己只不过是个普通学生，像苏院长这样的大人物，哪里想见便能见到？

陈长生说道："你把这些事情告诉你母亲，你母亲自然有办法见到。"

薛业谨说道："做儿子的，怎能让母亲忧心？"

陈长生很喜欢他的反应，微笑说道："那你跟我走吧，我带你去见他。"说完这句话，他便带着薛业谨向树林外走去。

那十余名年轻学生想要拦住他，却发现脚都移动不了，更是不敢追上去。在他们看来，此人与他们的年纪差不太多，却自有一种宁静贵气，令人不敢轻忽。

国教学院不是能随意进出的地方，他们确认没有见过这样一位同窗，也没有哪位年轻教习长这样。

这人究竟是谁？忽然间，他们想到了一种可能。

那位膝盖被石头击伤的学生，被同伴们扶着，用左腿勉力站着，忽然腿一发软，便往地上坐了下去。其余的那些年轻学生脸色也是瞬间变得苍白无比，比林外的那些积雪还要白。

在国教学院西面的一座建筑的最深处。苏墨虞看了眼身前的那名教习，眼里流露出厌恶与愤怒的情绪，终究还是压制了下去，望向窗边说道："稍后会召开院会，会进行训诫，那些学生会按照院规惩治。"

那个教习低着头，不停地擦着汗，偶尔会忍不住抬头看一眼窗边。此时窗边站着一个年轻人。原来教宗陛下真的这么年轻，原来教宗陛下真的与薛府有旧。

当年陈长生替薛醒川治丧一事，整座京都无人不知，无人不晓，但很多人都以为那只是他的一时意气。

教习觉得好生后悔。陈长生转过身来，望向苏墨虞，神情不变，心情却发生了些微变化。

苏墨虞的处理有些偏轻，但也说得过去。他没有想过，自己出面，这个教习与那些年轻学生便要承受更大的责任。但他有些不明白，像苏墨虞这般稳重、方正、严肃却又缜密细致的人，怎么会让这样的事情在国教学院里发生。

苏墨虞应该很清楚，薛醒川的儿子进入国教学院读书，是他的安排。而且在处理这件事情的时候，苏墨虞似乎有什么为难的地方。

这里是国教学院，要处理一位教习和十几名学生，有什么需要为难的地方？

陈长生望向那名教习，忽然觉得对方有些眼熟。然后，他忽然想起来了一件旧事：三年前，国教学院被玄甲重骑包围，南溪斋众弟子与苏墨虞守着院门，双方处于对峙之中，局势非常紧张。就在那位林老公公准备强行破院之前，十余名学生还有数名教习从后门离开了国教学院。苏墨虞当时把那些学生与教习的名字都记了下来，事后陈长生也看过名单。

如果他没有记错，站在眼前的这个教习，正是那些人当中的一员。

此人居然回到了国教学院？难道那些教习与学生也都回到了国教学院？国教学院究竟发生了什么事情？

陈长生看着苏墨虞问道："谁让他回来的？"

苏墨虞知道他已经认出来了，叹了口气，准备把这件事情解释一番。

"国教学院教谕梅川，拜见教宗陛下。"

此时屋外响起一道声音。陈长生望向苏墨虞。苏墨虞点了点头，脸上的情绪有些复杂。

9·斩手（上）

"这位教习以及那些学生，是我同意他们回来的。"

"关于薛家孩子的事情，他也禀过我。"

"如果有错，错在我，还请教宗大人见谅。"

听完这三句话，陈长生望向那位叫梅川的主教的视线变得有些不一样。

梅川主教的谈吐很温和，气度很潇洒，礼数很完美，哪怕说话的对象是陈长生，依然有种不卑不亢的感觉。陈长生觉得此人的身上有一种熟悉的感觉，最关键的问题是——国教学院什么时候多了一位教谕？

苏墨虞说道："你是教谕，为何教习纵容那些学生行恶，你非但不予惩戒，反而要包庇他？"

梅川主教平静地说道："国教学院神圣之地，岂能允许罪臣之子亵渎？我这样做，也是为了学院考虑。"

陈长生看着梅川主教，那种熟悉感越来越明显。

梅川主教微微一笑，准备继续阐述自己的想法。他看着很平静，实际上还是有些紧张，毕竟他做的这些事情，极可能得罪教宗陛下。更重要的是，他还准备借这件事情以及随后的那些说辞，再加上双方之间的关系，以图得到更多好处。

遗憾的是，陈长生没有给他继续说下去的机会。陈长生隐隐有种感觉，如果与对方谈下去，最后只会得出自己不愿意接受的某种结果。换句话说，这位梅川主教主动现身前已经准备好了这场谈话的进程与节奏。最擅长打断谈话节奏与进程的人，往往都是那些蛮不讲理、横冲直撞的人。

陈长生不行，但国教学院从来都不缺少这样的人物。他望向苏墨虞问道："他人呢？"

苏墨虞指着后面说道："昨天晚上喝多了，在里面睡觉。"

"喊他起来。"陈长生说道，"我记得这好像是院监应该管的事。"

国教学院的院监，是唐三十六。

说到不讲理这件事，还真没谁比他更擅长，谁让他有钱呢？

唐三十六揉着眼睛、披着睡衣走到屋里，听完苏墨虞简单的描述，打了个哈欠。

然后他望向那个纵容学生殴打欺辱薛业谨的教习，说道："滚。"

他的声音不是很响亮，当然不像雷，只是非常清脆，就像是刚泡了一晚上的白萝卜被咬断了。那个教习顿时汗出如浆，看了眼梅川主教，不敢作任何耽搁，赶紧退了出去。三年前，他就在国教学院做教习，很清楚这位院监大人的脾气。如果他这时候不赶紧离开，然后滚出国教学院，那么这辈子都可能再没有机会滚了。

梅川主教微微挑眉，似乎没有想到这个年轻的唐家公子哥居然在国教学院里有如此威望。

唐三十六望向他。梅川主教已经做好了心理准备，当对方开口说滚，自己应该怎样微笑，才能显得毫不在意。

但唐三十六没有说那个字，而是问道："你谁啊？"

梅川主教怔了半晌才反应过来，说道："我是国教学院的教谕。"

唐三十六说道："国教学院什么时候多出了一个教谕，居然我都不知道？"

能被教枢处派到国教学院如此重要的地方做教谕，梅川主教的来历自然不寻常。

所以唐三十六不准备问对方的来历，也不准备让对方有机会说什么。这正是陈长生让他出面的原因。

但梅川主教的反应比想象的还要快。他没有理会唐三十六，而是望向陈长生说道："故梅里砂大主教是我的伯父。"

原来是梅里砂的侄儿。果然如此。陈长生的猜测得到了证明，自然明白了苏墨虞为何那般为难。

整个大陆都知道梅里砂与国教学院和他的关系。房间里安静了很长时间。

"我只想问一句话。"唐三十六看着梅川主教说道，"你为什么同意那些教习与学生回来。"

梅川主教神情不变，平静应道："教枢处的决定，必须服从陛下的旨意。"

这句话不算错。国教学院是青藤六院之一，由离宫直接管辖，但终究是在京都，在大周的土地上。

问题在于，谁都知道这不可能是皇帝陛下的旨意，这只能是商行舟的意思。

"我明白了。"唐三十六表现得也很平静，对梅川主教说道，"能不能麻烦您暂时离开，我们好商量一下。"

梅川主教微笑说道："那是自然。"说完这句话，他向陈长生行礼，然后退了出去。

房间里再次安静了很长时间。唐三十六看着陈长生。陈长生沉默不语。莫雨在信里没有提过这些事情，因为她毕竟不是国教中人，无法知道那些隐藏在水面下的暗涌。但他们都很清楚，问题就在教枢处。教枢处管理着青藤五院，是离宫里最重要的圣堂，在国教里的地位极其特殊。前后两任执掌者，梅里砂与茅秋雨都是地位最高、资历最老的大主教。教枢处一直处于国教旧派的势力范围内，与凌海之王、司源道人为代表的国教新派，已经对峙了很多年。

在国教学院新生的过程里，教枢处与故梅里砂大主教，扮演了极为重要的角色。在普通人看来，教枢处当然应该像以前那样，支持国教学院，支持已经成为教宗的陈长生。

陈长生却清楚并非如此。当初国教旧派势力之所以支持国教学院，不是因为他，而是因为他的老师。换句话说，他们一直支持的都是他的老师。对他们来说，国教学院从来都不是陈长生的，更不是唐三十六这些年轻人的。从始至终，国教学院都应该是商行舟的，是那些当年殉教故友们的。

陈长生离开京都的三年里，离宫启阵自封，谁想把手伸进去都比较困难。但教枢处在离宫之外，在商行舟的威望与手段之下，国教旧派势力，对教枢处的控制力度越来越强。他们当然想要重新夺回国教学院的控制权，最差也要重新拥有足够的影响力。苏墨虞能够撑到现在，已经算是相当不容易。

唐三十六看着苏墨虞问道："茅院长？"这是他最担心的问题。

苏墨虞说道："茅院长闭关已久，这些事情应该与他无关。"

听到这个答案，无论唐三十六还是陈长生都松了口气。但国教学院现在面临的问题还是很难解决。教枢处或者说商行舟的手段很老辣，推出来的这位人选很棘手。就连唐三十六都没办法喊对方滚。毕竟梅川主教是梅里砂的亲人。

唐三十六看着陈长生说道："但这里是国教学院。"

陈长生沉默了很久，说道："是的。"

唐三十六说道："我没有让他滚，是因为我知道，那没有意义。"

陈长生又沉默了一会儿，说道："是的。"

唐三十六转身向屋外走去。苏墨虞隐约猜到唐三十六准备做什么，神情骤变，起身准备阻止。但陈长生没有再说话。

苏墨虞声音微颤着说道："何至于此？"

10 · 斩手（下）

在被唐三十六找到之前，梅川主教在树林里遇到了徐有容。他没有见过徐有容，但知道她是谁。就像唐三十六以前在这片树林里说过的那样，她真的很美。

梅川主教有些意外，拜见时的礼仪与风度依然无可挑剔。同样有些意外的是，徐有容知道他是国教学院的新教谕，也知道他与梅里砂之间的关系。于是梅川主教无法确定这场相遇究竟是不是偶然。

徐有容对梅川主教说道："国教学院对他们来说很重要。"

梅川主教谦声说道："卑职知晓。"

徐有容说道："但你不明白为了国教学院他们会做出什么样的事来。"

"唐院监让那位教习滚，估计他再也不敢来国教学院了。"梅川主教感慨说道，"他的道源赋初学教得真是不错。"

徐有容问道："唐棠没有要你滚？"

梅川主教微微一怔，恭声回答道："并无。"

徐有容安静了一会儿，说道："原来是这样啊。"

梅川主教的神情微异。

徐有容轻声解释道："他没有要你滚，那就是要你死。"

梅川主教神情微变。

徐有容摇头说道："我觉得他们这样做是错的。"

梅川主教有些紧张的情绪放松了些。

"这里是国教学院，你是教枢处派来的教谕，只要他们动手，终究没办法向教士与信徒们交代。"徐有容静静地看着他说道，"但我不需要交代。"

梅川主教刚刚放松的心神再次紧绷起来。

"您的意思是？"

"我的意思是，既然我不需要交代，教枢处也不敢向我要什么交代，那么就应该由我来杀你。"

有风从树林外，拂动承着碎雪的山梅，拂动了她的衣袂。她的眼眸就像平时那般宁静柔远，在里面看不到任何负面的情绪，更没有杀意。

梅川主教带着不解与一丝希望问道："您要杀我？"

"如果你只是国教学院的教谕，我不会管，但你是梅里砂的亲侄儿，那我就只好亲自杀了你。"徐有容依然那样平静，仿佛不是在说杀人而在与对方讨论天书碑里的道解。

这份平静却让梅川主教感受到了前所未有的恐惧与寒冷，以至于他的声音都颤抖了起来。如果徐有容真的杀了他，不要说教枢处，就算是离宫与朝廷又能如何？难道说离宫和朝廷会要求南方圣女为一位主教赔命？

"如果您在国教学院杀死我，您和教宗陛下推动的国教统一大业，会受到很大的影响。"梅川主教声音微颤，神情却非常诚恳，仿佛一心在为对方考虑。

徐有容的回应非常淡然，那同时也意味着可怕。"我不在乎。"说完这句话，斋剑便到了她的手里。

梅川主教眼瞳剧缩，右手如浮云一般飘起，挡在身前，同时身影一虚，便准备向后退走。

来不及了。嗤的一声轻响。梅川主教的右手离腕而落。斋剑贯穿了他的胸膛。

嗡嗡的声响里，十余丛看似微渺、就像是野梅般的火花从斋剑上飘离出来。那些都是天凤真火。所有的生机，遇着这些微渺的火花，便告断灭。

梅川主教是聚星境的强者，但在徐有容的面前，不要说取胜的机会，即便想格阻一下都无法做到。双方之间的境界差距太大。

更重要的是，直到斋剑带着死亡临身的那一刻，他依然不相信徐有容会杀死自己。

他不仅仅是自己，他是教枢处派过来的教谕，他代表着国教旧派势力的集体意志。他就是商行舟向国教学院伸过来的那只手。就算你是南方圣女，面对这只手，难道不应该谈判、彼此退让，然后最终达成妥协？

梅川主教觉得这一切好生荒唐，苍白的脸上满是不可思议的神情。他坐倒在雪地上，不停地呕着血，然后渐渐没了气息。

树林里一片安静，某处传来一道声音，那声音里有着很复杂的情绪："就算是你杀了他，终究也需要给出一个理由。"

徐有容平静地说道："我说过我不在意，我只需要让人知道，他是我杀的。"

那人叹息着说道："难怪你会约我来这里。"

徐有容说道："是的，我就是要让你看到。"

知道这件事情后，她就决意杀了梅川主教，所以才会来国教学院，并且约了林中那人。

只不过她没有想到，陈长生会提前遇着此人，不免多了些麻烦。

"是的，本王看到了。"一个年轻男子从树林里走了出来。他身着王服，丰神俊朗，比起当年，更多了几分雍容贵气。此人便是陈留王。他的父亲相王是大周朝廷权势最大的王爷，破境入神圣之后地位更加特殊。而作为陈氏皇族在京都唯一的留守者，他的地位本来就是特殊的。加上传闻里商行舟对他的欣赏，陈留王毫无疑问是当今京都最红的人。但对徐有容来说，他还是那个十几年前在皇宫里一起读书的同伴。陈留王想来也是这样看待她的。所以看着她杀死了梅川主教，他的想法并没有过多地在事后处理上停留，而是指向了她的内心。

"没有想到，你对陈长生如此情深意重。"陈留王感慨地说道，"换作当年，我怎样也想不到你会为了一个男子做这么多事。"

梅川主教是商行舟伸进国教学院的那只手。怎么处理？只要足够冷静且明智的人都知道，这只手必须被斩断。但梅川主教与梅里砂之间的关系，让这件事情变得非常复杂。

商行舟在大周朝廷以及国教里的地位太高。陈长生想要对抗自己的老师，除了教宗的身份，更需要不断地提升自己的威望。

所谓威望，源出境界与实力，也与声望有关。

在离宫的宣扬下，在安华等狂热追随者的影响下，陈长生如今在大陆的声望越来越高。这些声望来自朱砂丹，来自三年前与魔族战场上的万剑齐发，来自白帝城的那块落石。

是陈长生用自己的鲜血与汗水，用自己无可挑剔的德行，用了很长的时间才堆积起来的。如果他杀了梅里砂的后人，会对他的声望造成极大的损害。用更世俗的语言就是：这会脏了他的手。

徐有容知道陈长生会很为难。她猜到唐三十六应该不会让陈长生为难。但唐三十六也是国教学院的人。刚才在湖畔行走，在榕树上望远时，她有些很轻微的憾意，没能参与到陈长生的这段过去。现在想来，这是很好的事情。她不是国教学院的人。她可以杀人。

一声鹤唳，惊醒了整座国教学院。梢头积雪簌簌落下。数十名教习学生从教学楼里走出，循着鹤鸣望去，然后走进树林里。树林里响起数声惊呼。

11·新国教学院的宣言

唐三十六到得晚了些。他回了一趟小楼取剑，从竹海静廊那边绕过来的时候，树林里已经站满了人。那几丛山梅已经被踩得凌乱不堪，人群中间的雪地上躺着梅川主教的尸体，还有几点殷红的血迹。看着这一幕，他很自然地把汶水剑收到了身后，望向一名教习问道："这是怎么回事？"

那个教习脸色苍白，颤着声音说道："听说是教谕不敬圣女……所以……"

唐三十六微微一怔，他不知道徐有容也来了国教学院，更没有想到梅川主教是她杀的。他问道："圣女呢？"

"她已经走了。"那个教习以为他不相信自己的话，赶紧补充说道，"陈留王也在场，他做了证明。"

唐三十六不明白自己最不喜欢的那位年轻王爷为何会来国教学院，难道是与徐有容有约？他看着梅川主教的尸体微微挑眉说道："原来是这样，那真是该死。"

此时树林外传来苏墨虞的声音，教习与学生们赶紧散去。

陈长生不知何时已经来到了场间。他看着梅川主教的尸体，沉默了很长时间。

唐三十六问道："你什么时候回离宫？"

教宗，自然要回离宫。这个时间不可能一直往后推。

当陈长生回到离宫，便要直面国教内部的问题。梅川主教的死亡，不会让这个问题变得简单起来，只是会让这个问题的解决方式变得简单起来。从某种意义上来说，徐有容已经替陈长生做出了选择。

苏墨虞在旁说道："光明大会今天晚上召开。"

唐三十六说道："教枢处会有怎样的反应？"

苏墨虞说道："茅院长闭关这段日子，教枢处由三位红衣主教议事。"

唐三十六说道："都是那边的人？"

苏墨虞说道："是的。"

唐三十六沉默了一会儿，说道："那就不能从他们当中选。"

陈长生和苏墨虞都明白他的意思。茅秋雨距离破境入神圣已经很近，或者数十天，甚至可能更短的时间里便能成功。

按照国教一直以来的做法，那时茅秋雨会拥有正式的圣名，地位更加尊崇，但不能再担任英华殿大主教以及任何实职。

这里面的原因，谁都能够明白。问题在于，英华殿大主教这个最重要的位置将会由谁来接任？

"如果排除那三位资历极老的红衣主教，最有资格执掌教枢处的便是庄院长。"

听着这句话，陈长生和唐三十六都沉默了。苏墨虞提到的庄院长，便是现在天道院的院长庄之涣。天道院在国教内部的地位很高，庄之涣的境界、资历都不欠缺，而且向来极受茅秋雨的器重。虽然教枢处属于旧派势力，但这些年庄之涣表现得相当客观中立，对离宫交代的事务，执行得非常得力。无论从哪个角度看，他都是茅秋雨最好的继任者，陈长生也无法反对。但所有人都知道，他的亲生儿子庄换羽是怎么死的。

唐三十六想要反对，却无法说出口，因为庄之涣是他父母的好友，当初他到京都后一直受着对方的照顾。

陈长生带着薛业谨离开了国教学院，唐三十六则留下来处理后续的事情。他派人把梅川主教的遗体送去了教枢处，然后把国教学院的全体师生召集了起来。

苏墨虞取出一张有些旧的纸张递给了唐三十六。这是一份三年前便写好了的名单。

唐三十六看着纸上的那些名字，说道："为什么得罪人的事情总是我来做？"

"因为你擅长得罪人，不怕得罪人。"苏墨虞很认真地解释道，"而且你喜欢做这种事情。"

唐三十六想了想，说道："这话听着虽然混账，但仔细琢磨，还确实有几分道理。"

国教学院师生们站在院门前的石坪间，听着这番对话，心情很是紧张。

教宗大人来过国教学院，圣女杀死了教谕，怎么看，今天的国教学院都要出大事。

苏副院长与很久没有见到的院监大人，接下来又要做什么呢？

唐三十六对着名单开始念名字：

"张琳滔、黄则成、何树雨、郭心、吕有……"

被唐三十六点到名字的那些教习与学生从人群里站了出来，脸色苍白，很是紧张。

三年前在国教学院最危险的时候，他们选择了离开，事后，又被教枢处批准回来。

他们不知道唐三十六会怎样处理自己。

"走吧，还愣着做什么呢？"唐三十六忽然觉得有些无趣，又说道，"以后不要让我再在国教学院看见你们。"

那十几个教习与学生低着头向院外走去，哭丧着脸，纵使有些不甘心，又哪里敢表现出来。

唐三十六忽然想到一件事情，说道："教习们明天记得把收的俸银全部交还回来。"

听着这句话，正往院门外走去的那几个教习不由腿一软。

一名被逐的学生终于忍不住愤愤不平地说道："那学费也退给我们吗？"

唐三十六看着那名学生微笑说道："如果你敢收的话。"

几个教习吓了一跳，赶紧把那名学生抓住，向院外拖去，生怕再晚点唐三十六会改主意。

国教学院外的百花巷，平日里就很热闹，今天更是来了很多民众围观。看着那些垂头丧气被逐出国教学院的教习与学生，尤其是看着两个年纪还小、不停哭泣的学生，不禁生出了些同情。

唐三十六做事向来不留余地，怎么会忘了这些细节，早就派了个口才流畅的教习，站在院门大声讲述开除这些教习与学生的原由，把三年前国教学院被围时发生的故事，说得那叫一个栩栩如生。

民众们望向那些教习与学生的眼神顿时变了，有些人甚至一边骂着一边往他们身前吐唾沫。

那些教习与学生以后的日子会如何凄凉，唐三十六不是很关心。他非常清楚，无论是青藤六院里的另外五家，还是别的那些普通学院，都绝对不敢再收这些人。他更关心的是，现在的国教学院还是不是三年前的国教学院，还是不是他和陈长生想要看到的国教学院。

院门紧闭，把百花巷里的骂声与议论声隔绝在外，飘着微雪的校园异常安静。百余名教习与学生站在雪里，一动不动。看着这一幕，唐三十六心中有些满意。

"几年前教宗大人走进百花巷的时候，这里很安静，国教学院四个字完全被青藤遮掩，学校里面更是满地荒草，到处都是断墙颓垣，比外面更加安静，或者说死寂，那时候的国教学院，其实就是一座坟墓。"唐三十六看着师生们说道，"后来落落殿下、轩辕破、再到我，陆续来到这里，这个地方才渐渐变得有了生气，我可以毫无惭色地说，是教宗大人和我们改变了这一切，让国教学院获得了新生。"

苏墨虞想着几年前的那些故事，也有些感慨。

唐三十六接着说道："既然是新生，那么自然不是旧的。"

教习与学生们怔怔地看着他，不明白他这句话是什么意思。

"我希望你们要明白一点。"唐三十六的神情平静而坚定，"现在的国教学院，和几十年前的那个国教学院……没有任何关系。"

12·教宗的归来

　　国教学院是青藤六院之一，历史极为悠久，曾经在京都盛极一时。二十余年前，国教学院发生了一场血案，无数师生惨死，自那之后，国教学院便变成了一座墓园，渐渐被人遗忘，那些还记得它的京都民众也不敢提起。陈长生从西宁镇来到京都之后，国教学院才重新出现在世人的面前。然后便是天书陵之变。现在国教学院的地位很特殊。无论朝廷还是离宫，对国教学院都极为重视。各种资源都在不停地进入百花巷的深处。短短三年时间，国教学院便已经恢复了当初的盛况，地位隐隐超过其余的青藤诸院，快要与天道院并驾，不然那些曾经逃走的教习与学生，为何会花那么多的气力也要回来？

　　历史，常常由胜利者书写，荣耀也只会属于站在天书陵最高处的那个人。国教学院重获新生，恢复荣光，是因为陈长生的出现。现在国教学院的院长，依然是由他兼任。但在很多人看来，国教学院依然是商行舟的国教学院。国教学院在大朝试上与天书陵里的风光，也都被很多人归给了商行舟。因为商行舟是国教学院历史上最重要、影响力最大的院长。而且陈长生是他的学生。他从西宁来到京都继而进入国教学院读书，所有的这些事情，都是商行舟安排的。这是非常明确的传承。朝廷里的那些御用文人，不知写了多少篇美文。教枢处曾经准备在院门外立碑以记述这段历史。对国教旧派来说，这只不过是在正本清源。但对国教学院来说，这毫无疑问是一场侵蚀。如果不是苏墨虞始终坚守，如果不是离宫方面始终警惕，如果不是茅秋雨闭关之前对教枢处做出了某种压制，也许陈长生留在国教学院里的那些印迹早就被清洗干净了。

　　这个时候，陈长生回到了京都。教枢处伸向国教学院的那只手，被徐有容平静斩断。唐三十六向整座京都乃至整个大陆发出了一道宣言。这道宣言极其有力，就像是一道雷鸣，在风雪里炸响，迅速地传遍京都每个角落。现在的国教学院与以前的国教学院做出了最决绝的切割。

　　听到这个消息，那些希望商行舟与陈长生能够缓和关系的温和派，感到非常失望。那些希望他们师徒继续对峙，甚至希冀从中谋取好处的野心家，也很震惊。因为国教学院表现出来的态度太过决然。这可以被指责为不懂尊师重道，更严重些,甚至会被指责为欺师灭祖。

但唐三十六是什么人?在祠堂数月时间,他很认真地做了一个阴毒冷血的计划,就是要倾覆整个唐家。

他根本不在乎这个。至于他能不能替国教学院做主,能不能替陈长生做主,那是另外的问题。更多人则是认为,这本来就是陈长生的意思。

陈长生不知道自己离开国教学院后,唐三十六会说这番话。他也没有这方面的意思,因为他根本没有想到国教学院属于自己还是老师,对当前的局势究竟有怎样的影响。但知道这件事情后,他没有吃惊,更不会反对。他和唐三十六事先没有交流过,但过去那些年,他们在湖畔、在大榕树下面已经交流过太多次,讨论过太多未来,而在那些未来的画面里始终都会有国教学院。而且他知道,唐三十六是在帮他做选择。徐有容在国教学院里杀死那位梅川主教,其实也是在帮他做选择。做选择是世间最困难、有时候也是最痛苦的事情。徐有容和唐三十六是他在这片星空下最亲近的人。他们知道他的想法,想替他分担这种痛苦。只是想到昨夜莫雨说的那些话,陈长生感动之余,又有些忧郁。

忧郁的情绪往往会影响食欲。盘子里的菜看着色香俱全,却仿佛没了味道。陈长生放下了筷子。

"这花吻菇做得不好吃吗?"一位美貌妇人看着他紧张地问道,"后厨还有份绿玉丸子羹,您要不要试试?"

薛业谨的神情也有些紧张。那位妇人是薛醒川的长女,也就是薛业谨的姐姐。薛醒川死后,她被贪恋荣华富贵的相公魏侍郎打了一顿后休回了薛府。随后风雪笼长街的那一天,那个魏侍郎被王破与陈长生一刀斩落了头颅。这几年她一直在薛府生活,当初的娇气早已尽无——从身上的布衫与手指上的薄茧便能看出来。

这种变化落在某些人眼里,少不得会引出好些感慨与心酸,却让陈长生有些高兴。他喜欢认真生活的人,喜欢这种无论处于任何境况,都不会郁郁的人。

"很好吃。"陈长生认真地说道,"汤的味道也很好,只不过今天事情有些多,我容易走神。"

听到这句话,薛大小姐和薛业谨都笑了起来。

薛夫人没有笑,她知道国教学院发生的事情,也知道陈长生回京后必然会面临很多麻烦,有些不安地说道:"您不知有多少大事要处理,实在是不用来看我们，这真是过意不去。"

"事情确实有些多。"陈长生看了眼天色，起身告辞。

薛家三人不敢挽留，赶紧相送。那位老管家与一个仆妇，在府门前恭谨万分地等着。这便是薛府现在仅有的下人，加上薛家三人，现在只住着薛府东向最小的那个院子。

朝廷一直没有明旨收回薛家的宅子，但好几位王爷一直盯着这边。陈长生看着街道两侧那十余座王府，想着这些事情。夜色渐至，那些王府不知为何都还开着门。灯光从里面洒了出来，落在纷舞的雪花上，仿佛卷动的金色火星，很是好看。

陈长生向风雪里走过去。他听折袖与莫雨说过，当初周通就是从这里爬过去的。那一夜，无论周通怎么凄声惨号哀求，这些王府里都没有人出来救他。哪怕他那时候已经不再是天海圣后的狗，已经是商行舟的狗。现在整个京都应该都知道他进了薛府，那些王爷自然也知道。那些王爷会不会做什么？没有人出来，也没有声音。风雪里的街道无比安静，一片太平。

走过灯火通明的王府，便是寻常街巷。街巷两边到处都是民众，黑压压的一片。京都的民众都是国教的信徒，看到陈长生的身影后赶紧跪下，如同潮水一般。没有教士在旁，没有护教骑兵，也没有侍从，没有神辇。他一个人向前走着。

他走到哪里，哪里的民众便会跪下，虔诚地祈祷祝福。黑压压的潮水不停向街道前方拍打而去，直至淹没了那些著名的石柱。陈长生站在石柱前，看着那片巍峨壮观、神圣庄严的宫殿群，不知在想些什么。

此时，宫殿深处忽然有钟声响起。因为教宗已经归来。

13 · 贤者的时间

走过石柱，便是通往离宫深处的神道。离宫附院、宗祀所以及青曜十三司的教习学生们站在神道两侧，躬身行礼。

在这条神道上曾经发生过一些故事，陈长生没有去回忆，继续向前行走。他登上漫漫长阶，走过清贤殿，终于到了那片幽静的殿堂。

夜空被檐角分割成井眼，就像过去那样，但水池畔已经没有那个木勺，因为那盆青叶已经不在了。安华跪下行礼，白色的祭服被微寒的夜风拂动，就像她这时候激动的心情一样。

陈长生点头致意，让她起来。

安华走到他的身后帮他穿好神袍，又细心地整理了很长时间。陈长生望向有些狭窄的夜空，看着井底的那些繁星，想起了在白帝城里望向星海时的那些感悟。

不知道过了多长时间，他收回视线，说道："走吧。"

伴着清柔洗心的水声，他走到幽静偏殿的最深处，那道石壁之前。石壁缓缓分开，无数道炽烈的光线扑面而至，同时响起了绵绵不绝的浪声。

那些浪声与人群拜倒时衣物摩擦的声音，也是人们或者激动或者敬畏的颂圣之语。

"拜见教宗陛下。"无数个教士像潮水一般跪倒在地。

陈长生戴着圣冕，手握神杖，看着眼前这幕画面，神情很平静。从当年的寒山小镇开始，这样的画面出现得越来越多。就像最常见的形容——如潮水般。这一切对他来说已经毫不新鲜。他看惯了人潮人海。再说这也不是他第一次站在这里。他站的位置是光明殿的平台。这里并不是离宫最高的地方，但肯定是整个大陆最高不可攀的位置。这里距离地面只有十余道石阶，却仿佛隔着无数万里，已经来到了星海之一的神国里。

伴着虔诚的颂圣声，教典的吟诵声继而再起，一道庄严神圣的气氛，笼罩了整座光明大殿。温暖的圣光把殿里所有事物都照耀得无比明亮，哪怕最细微的黑暗，在这里也无法存在。

光明殿里有一道极高的石壁。上面雕刻着的前代贤者、英雄、护教骑士还有圣人像，被圣光照耀得纤毫毕现，仿佛要活过来一般。那些前代贤者、英雄、护教骑士以及圣人们，居高临下地注视着世人。他们的视线并不漠然，而是饱含着很多真实的情绪。

陈长生站在石壁之前，站在圣光里。他承受着那些视线。他在看着世人。这种场面无比神圣。

陈长生举起手中的神杖。颂圣声渐渐停下，教士们缓缓起身，依然如潮水一般。

光明殿忽然变得非常安静，就像那些幸运穿过阵法的微风拂在石壁上的声音，都能清楚地传入所有人的耳里。或者是因为在神杖重新落下之前，殿里的人海便分作了两边。

凌海之王、桉琳大主教、司源道人、户三十二这四位国教巨头站在右边。数百名离宫主教以及从各道殿赶回来的主教站在他们的身后。另外一边的主教数量要少很多，没有一位圣堂大主教，但是红衣主教的数量非常多。这些主教都有一个特点，那就是他们的面容都有些苍老。无论在任何地方，这种苍老所代表的岁月以及资历，本身就是一种力量。

教枢处的主教们也都在里面，更重要的是，天道院、青曜十三司、宗祀所也在这边。只有受凌海之王影响极大的离宫附院不在，那位院长与苏墨虞站在人群里，刻意地保持着低调。

庄之涣与教枢处的三位主教站在人群的最前方，完全没有隐藏行迹以及心思的想法。陈长生看了庄之涣一眼，然后望向殿外的某个角落。

圣光笼罩着整座大殿，也有些散溢到了殿外。殿外深沉的夜色，被撕裂开了一道口子，照亮了某个角落。梅川主教就在那里。圣光再如何温暖，也无法驱走他身上的寒意。因为他已经死了。

当初陈长生刚接任教宗，便被商行舟逐出了京都。他是一个被放逐的教宗。三年后他回到了离宫，第一次以教宗的身份主持光明大会，便要面对一个非常棘手的问题。教枢处的教士们，庄之涣等人还有那些苍老的红衣主教，都在看着他。在这些旧派主教们的眼中，可以清楚地看到悲愤之类的情绪。当然，他们依然对陈长生保持着足够的尊敬，依然把自己的情绪控制得非常好。不然梅川主教的遗体这时候就不会在殿外那个角落里，而可能会出现在光明殿内，就摆在他们的身前。

凌海之王面无表情看着那边，眼神非常寒冷，脸色非常难看。知道国教学院里发生的事情之后，他便一直盯着教枢处以及这些苍老的教士们。

他没有想到，对方居然还是把梅川主教的遗体运进了离宫里，并且摆在了光明殿外。他认为这是对自己赤裸裸的挑衅，当然，也是对自己的警醒。这说明离宫并不是铁板一块。国教旧派的实力，依然不容低估，可能有些人隐藏在暗中支持他们。凌海之王微微眯眼，视线在户三十二与桉琳大主教之间来回，心想那个人究竟是谁？

今夜是教宗陛下首次召开光明会，出现这样的情景，是他无法忍受的大不敬。

但他知道这时候自己不便再做什么，更不能让人直接把梅川主教的遗体抬走。

看到这一场面的人太多，太过粗暴的解决方法，可能会让一些教士的情绪失控。

当然，他相信凭借教宗陛下的声望以及自己等人的地位，可以强行压制住当前的局面。问题在于，那道裂缝不会消失，反而会变得越来越深。很明显，这并不是教宗陛下想要的。

凌海之王望向陈长生，忽然有些期待。殿里很多第一次看到陈长生的主教，对新旧之争并无想法，更多的也是好奇，或者说期待。教宗陛下会怎么解决这件事情？

是的，杀死梅川主教的是圣女，整个过程都有陈留王做证。谁都知道圣女与教宗陛下之间的关系，她帮您做出了选择，自然也为您准备好了理由。按道理来说，陈长生这时候只需要说出那个理由，便能把这件事情解决掉。但不知道为什么，包括凌海之王在内的所有教士，甚至那些旧派教士都不认为他会这样做。没有理由，没有原因，可能只是因为这些年来的那些故事，早就已经证明他不会这样做。

14 · 魔鬼的主意

所有人都期待陈长生能够给出一个完美的解决方案，包括那些最顽固的旧派主教。那些苍老的主教看着陈长生的视线有些复杂。他是商行舟的学生，是梅里砂一手培养起来的年轻人，是毫无争议的西宁一脉，国教正统传人，按道理来说，应该站在他们这边，然而他没有这样做。他重用凌海之王与司源道人，在汶水城处死了白石道人之后，也没有想过安抚旧派一方，而是让户三十二这个风评极为糟糕的新派主教顶替了白石道人的位置。

正是这些事情，让国教旧派生出了强烈的不满，才会有了今天这样的局面。但直至此时，依然没有谁想或者敢于去想把他从教宗的位置上赶下去。他们对陈长生依然抱有希望。只是他们自己都不知道希望陈长生能如何做。

梅川主教的尸体还在殿外的夜色里。这是徐有容的选择。陈长生可以顺势而行，但他不会这样做。因为他自幼修行的道法，让他无论如何都做不出自欺欺人这种事情。虽然这可能是成大事者必须具备的素质。他忽然想到别样红在白帝城里说过的那句话。二者之间当然有极大差别，但可以做一下类比。他又想起多年前梅里砂大主教临死前对自己说过的那些话。

"我刚才在神道上走过的时候，想起那年大朝试之前的事情了。"陈长生的脸上露出一抹回忆的微笑。众人知道他说的是梅里砂大主教对着整个大陆宣告他要成为大朝试首榜首名。

回忆没能继续下去，本来可能走向温情的气氛再次变得紧张起来。因为人群里响起一道寒冷而尖厉的声音："结果您杀了他唯一的侄儿！"

大殿里变得异常安静。陈长生沉默不语。是的，有人让梅川去国教学院做教谕，就是要让他为难。无论杀还是不杀，都是一个难字。所以唐三十六毫不犹豫，转身便去了小楼，准备提剑把梅川杀了。所以徐有容把梅川杀了……都是他最亲近的人，最明白他的心意与心情，所以不让他选择，不让他背恶名。但当时他没有阻止唐三十六，所以，这也是他的选择。

星海之上的归于神国，肮脏之下的归于尘埃。

"我将承受所有我应承受的罪名。"陈长生看着人群平静地说道。

他没有用温情的回忆以弥合新旧两派之间的裂痕，没有给出有足够说服力的理由。没有解释，自然也没有解决方案。他选择平静地承受。

光明殿里一片哗然，惊呼之声不停响起。教士们的神情不停地变幻着，极为复杂。有的人很失望，有的人很欣慰，有的人很困惑，有的人很惘然。陈长生愿意承受所有的罪名。问题是，星空之下有谁能够给教宗定罪呢？这不是圣人的自省，而是最冷酷的宣言。

人群里再次响起几声失望至极的叹息声，还有质问声。陈长生握着神杖，静静站在原地，没有再说话。凌海之王走到台前，取出早就已经准备好的卷宗，用双手展开，开始宣读。

随着他冷漠至极的声音报出一个又一个人名，大殿里的喧哗声渐渐停息，变得安静起来。只剩下越来越粗重的呼吸声以及越来越密集的脚步声。那些脸色苍白、看着便令人厌恶的天裁殿黑执事，从人群里带出了十余名主教。主持教枢处事务的三位红衣主教之一被当场除去教职。

凌海之王的声音里依然没有任何情绪，就像最锋利的刀子那般清楚。他宣读了这位红衣主教的罪状。这些罪状与今夜没有任何关系，但非常清楚，证据确凿。那位红衣主教没有做任何反抗，平静地随着那些黑衣执事向殿外走去。

看着他有些萧索的背影，庄之涣等人神情微变。殿内的气氛越来越紧张压抑,终于在某一刻被撕开了一道口子。

一个已经被拖到殿门处的主教挣扎转身,望着台上厉声喊道:"您是要做一个冷酷的君王吗!"

人们听出来了,这位主教便是最开始质问陈长生的那个人。陈长生没有回答,手握神杖,静静地站在台上。

庄之涣终于站了出来,平静行礼后说道:"是不是等大主教破关之后再作最后决议?"

无数道视线落在他的身上。所有人都听出来了他的意思。教枢处现在由茅秋雨直接管辖。茅秋雨即将成为当前国教唯一的神圣领域强者。庄之涣的这句话是提醒,甚至可以理解为威胁。

凌海之王面无表情地看了他一眼,没有说话,寒眸里现出一抹毫不遮掩的杀意。

庄之涣神情不变,只是看着陈长生。

就在这个时候,一个意想不到的人站了出来。桉琳大主教神情凝重地说道:"圣人行星海之间,当如临深渊……"

"出自道源赋总览末则。"陈长生没有让她把这句话说完,转身看着她说道,"这段道典说的是敬畏。"

桉琳大主教躬身应道:"是的。"

陈长生对她说道:"这方面,我比你做得好。"

桉琳神情微怔,然后看到了殿外夜色里的几个身影。今夜梅川主教的遗体能够被运进离宫,便是因为得到了那几个人的帮助。

敬畏究竟是何物?星海?大道?还是亲人或者下属的生命?她沉默了很长时间,然后叹息说道:"您是怎么知道的?"

陈长生没有回答这个问题。先前在石壁后,安华替他整理衣着时,颤着声音说了一番话。

桉琳大主教放弃了追问,声音微涩地说道:"您决定怎么处置我呢?"

陈长生说道:"我说过,我愿承受所有的罪名。"

桉琳大主教感慨地说道:"明白了,我会让出圣堂大主教的位置。"

她没有背叛教宗的意思。今天是她第一次接受旧派的劝说,帮助对方做了一些事情。因为她想看看,教宗陛下究竟准备怎么处理这件事情。现在她看到了结果，有些感慨，有些失望。不是因为自己被揭发，从而失去了国教巨头的位置，而是因为陈长生的处理太强硬，太冷酷。

她轻声说道："这就是圣人无情吗？"

"不，有人想我变成枭雄，有人想我变成英雄，有人想我变成贤者，有人想我成为圣人。"陈长生沉默了一会儿，又说道，"但其实我还是那个进京参加大朝试的少年道士。"

桉琳大主教认真地问道："既然如此，何苦如此？"

陈长生的眉头微皱，鼻息微粗。只有最亲近的人才能看出来，他这时候的心情非常不好。

"难道你们从来没有想过一个问题？从来都不是我自己想要当教宗。"说到这里，他顿了顿，又接着说道，"我不知道这是谁的鬼主意。也许是师叔的，也许是梅大主教的，也许是师父的？是他们要我来当这个教宗，在这之前，他们并没有问过我愿不愿意。所以我做的这些事情，都是他们希望我做的。"

他沉默了一会儿，接着又说道："但这些事情并不是我想做的。如果教宗必须是这样的人，那可能我不适合做教宗。"他看着那些教枢处的主教们继续说道，"如果你们还有意见，那就到此为止吧。"

光明殿里一片安静，鸦雀无声。有的教士没听明白陈长生的这番话。有的教士以为自己听明白了，却不敢相信。

凌海之王怔住了，司源道人瞪圆了眼睛，户三十二若有所思。桉琳大主教有些茫然，心想难道自己做错了什么？

15·光海的陛下

橘园里的灯光要比京都别处更加温暖些，可能是因为所有的灯盏上都套着橘皮的缘故。徐有容站在窗前，背着双手看着园子里的那些橘灯，不知在想些什么。看着她的背影，莫雨忽然想起了圣后娘娘。

那些年，圣后娘娘很喜欢站在甘露台上居高临下地看着京都，同样也喜欢背着双手。

莫雨的心里生出很多不安。世间会再出现一位圣后娘娘吗？她问道："你为什么要见陈留王？你想做什么？"

徐有容没有转身，说道："只是叙旧。"

莫雨声音微寒说道："非要去国教学院叙旧？那你为什么又要杀了梅川？"

"以唐三十六的行事风格，你觉得他会让梅川活着？"徐有容说道，"我不是国教学院的人，也不是离宫的人，更合适出手。"

莫雨说道："你这样做可以理解为你对陈长生情深意重，想要替他解决麻烦，也可以理解为你想要激化国教新旧两派之间的矛盾，让他与道尊之间再无缓和的余地。问题在于，你究竟是怎么想的？"

徐有容转身望向她，平静地说道："你对陈长生说过担心我要替娘娘复仇。"

莫雨说道："我不相信你会忘记，虽然你对他否认了。"

徐有容微笑着说道："既然如此，我这样做不是很应该吗？"

莫雨有些恼怒地说道："但你应该明白，这样会给陈长生带去很多麻烦。教枢处没有资格让你做出交代，但他们可以要求陈长生做出一个交代。"

徐有容说道："这很好解决。"

"是的，只需要'不敬'两个字就够了，因为在场的只有你与陈留王。"莫雨看着她冷笑着说道，"但你了解陈长生，你知道以他的性情根本不会这样做，那怎么办？他最后会被逼着成为他最不想成为的那种人。"

徐有容说道："他应该学会这样做，如果他想要成为教宗的话。"

莫雨说道："如果他根本就不想做教宗呢？"

徐有容安静了一会儿说："那我就做圣女好了。"

离宫里发生的事情，以最快的速度传遍京都各处。教枢处被清洗，这在很多人的意料之中，但是这件事情发生得如此之快，依然有些令人吃惊。更震惊的事情还在后面——桉琳大主教失势。

当初白石道人在汶水城被杀，已经让很多人震惊无语，只不过当时别有隐情，无论朝廷还是离宫里的教士对此都保持着沉默，但今夜发生的事情，则是很多人亲眼看见的。所有人都认为这是陈长生回到京都后降下的第一道雷霆，震惊之余不禁生出很多感慨。

不愧是前代教宗指定的继承者，不愧是道尊的学生——面对陈长生的清洗，无论教枢处还是桉琳大主教竟然都没有做出任何反抗，局势的表面平静之下，不知隐藏着多少难以想象的手段。

就在人们以为今夜这场大戏将会就此落幕的时候，又一道雷霆在京都的夜空里炸响。那就是陈长生最后说的那句话。到此为止？这是什么意思？是说他对国教旧派的清洗就到这里了？是说商行舟与朝廷对离宫的试探必须就此结束？还是说……教宗的位置？

流言传来传去，就像风一样，再加上这数道雷霆，很快便驱散了京都上空的雪云。

满天繁星静静地看着人间，人间也多出了满天繁星。

数千名最虔诚的国教信徒，走出了家门，来到了离宫的前面，跪在了寒冷刺骨的地面上。他们的手里捧着烛光，看似微弱，数千盏汇在一起，却极为明亮。安华跪在最前方，脸色比祭服更苍白，上面隐隐可以看见泪痕。随着信徒越来越多，烛光也越来越多，直至要变成一片光海。没有苦苦哀求的声音，但气氛却是那样的低落，不时听到哭声。

当梅川主教死在国教学院之后，京都里生出了很多议论。那些议论自然对陈长生很不利。今夜随着这数道雷霆以及离宫前的光海震动整座京都，舆论也迅速地发生着变化。民众们早已忘了自己晚饭的时候说的话，愤怒地望向枫林后的教枢处、太平道的王府，甚至是皇宫。

这些暂时还没有破土而出的怒火，让居住在那些地方的大人物们生出了极大警惕以及恼怒。他们迫切地想要知道，离宫里究竟发生了什么事情，想要掌握所有的细节。

在离宫里的眼线以及现在已经归朝廷管制的数位天机阁聚星境画师，在这时候发挥了非常重要的作用。充盈着圣洁光线的大殿里，陈长生站在最高处说的那句话，意思是那样的清楚。

"掀桌子不干，这又能威胁谁呢？"天海承武的脸上露出一抹嘲讽的意味，"难道以为靠那些庸众，便能让道尊让步？"

"这招以退为进的手段，很是老辣。"相王揉了揉自己肚子上的肥肉，满脸愁苦地说道，"朝廷总不好直接把这牌坊给拆了吧？"

对于陈长生的那句话，不同的人有不同的理解。对于普通民众来说，这是圣人被险恶的时局弄得有些心灰意冷。对大人物们来说，这只不过是他用来对抗商行舟与旧派势力的手段罢了。而无论对此报以嘲讽或是感到头疼，大人物们其实都觉得这个手段很是厉害。只有徐有容和唐三十六知道，这不是手段。因为陈长生在说那句话的时候，真是这么想的。

徐有容说道："做这些事情有违你的本心，与你的道法抵触，确实有些辛苦。"
陈长生说道："这些事情我自己都不愿意做，又怎么能够看着你们帮我去做？"
徐有容平静地说道："也许我们就是喜欢做这些事情的人？"
陈长生说道："没有人生来就喜欢杀人，喜欢争权夺势，喜欢尔虞我诈。"
徐有容淡然地接道："我刚出生的时候，也不喜欢打麻将，但那是因为我不会。"
陈长生沉默了一会儿，说道："你会不会对我很失望？"
"当然不会，因为不想当教宗，才会是个好教宗。"徐有容说道，"就像你的师兄，他不想当皇帝，所以才会成为一个好皇帝。"
这时，殿外传来唐三十六气急败坏的声音。
"我先走了。"她对陈长生说。
陈长生说道："师兄他是很好亲近的人。"
徐有容说道："但我并不是。"
陈长生怔住了。
徐有容转身向离宫外走去。片刻后，她来到了皇城前。她要去见皇帝。

16·年轻的皇帝

唐三十六走进殿来，冲着陈长生喊道："那话是什么意思？"
陈长生说道："就是字面意思。"
唐三十六怔了怔，问道："为什么？"
陈长生说道："我忽然想到，有可能他的想法是正确的。"
唐三十六用力挥手，说道："以前我们在湖边就讨论过，年轻就是正确！"
陈长生认真地说道："这句话本身就不正确。"

唐三十六恼火地回道："难道你说的那句话就正确？"

陈长生沉默了一会儿，说道："我当时有些生气。"

唐三十六说："所以你说的是气话？"

陈长生应道："可以这样说。"

唐三十六说道："既然是气话，自然可以不作数。"

陈长生很认真地请教着："为什么呢？"

唐三十六说道："你我是人，人的气就是屁，气话就是屁话，屁话怎么能当真？"

陈长生说道："屁有味道，气不见得有味道。"

唐三十六说道："不管有没有味道，但肯定不会有他们身上那种难闻的老人味。"

陈长生想起来，苏离当年也对他说过类似的话。

"得想办法让离宫外面的那些信徒起来。"陈长生不再去想那些问题，问唐三十六，"你有没有什么好主意？"

唐三十六没好气地说道："系铃的是你，为什么要我来想？"

陈长生说道："我不擅长这些。"

唐三十六环顾四周，问道："徐有容呢？"

陈长生回道："她去了皇宫。"

听着这句话，唐三十六神情微变。

陈长生问道："怎么了？"

"昨天才回京都，今天她便先见了陈留王，又见了莫雨，这时候再去见陛下。"唐三十六问道，"她见这么多人做什么？难道你不觉得奇怪？"

大周的皇帝陛下很年轻，也很低调，极不显眼，甚至经常被世人遗忘。到现在为止，他的存在对大周子民来说依然像是一场大雾，没有几个人知晓他的名讳叫作陈余人。现在商行舟已经很少对国朝大事发表意见，甚至大部分时间都不在京都，而是在洛阳长春观中。谁都知道，他这是在为归政做准备，当然前提是他要解决国教的问题，但只要那一天还没有到来，当今大周最有权势的人还是他。至于朝堂上的人事要务，也被陈家王爷们以及天海家等勋贵把持着。年轻皇帝唯一要做的事情，便是批阅各州郡部衙送进宫的奏章。

他也很少在宫里召见大臣，即便是被他亲旨召回京都的莫雨也只进过三次宫。很多人以为这是皇帝陛下性情孤冷怪僻，不愿见人的缘故。为何如此？因为他身有残障。他不能说话，一只眼睛不能视物，缺了一只耳朵，瘸了一只腿，断了一只手。如此重的残障，却成了大周的皇帝。

因为商行舟的缘故，没有任何人敢站出来说什么，更不敢表示反对，但人们的想法也改变不了。

自余人登基以来，宫里宫外不知传出了多少流言蜚语。有说他性情冷酷暴虐，以棒杀宫女为乐的。有说他性情怯懦自闭，天天在宫殿里被宫女骑。但这些人忘记了很重要的一件事情。年轻的皇帝只批阅奏章，深居幽宫。

但他登基不过三年时间，便迅速稳定了天海朝后的混乱局势。朝廷政令畅通无阻，政治日渐清明，局势稳定，苛法尽除而律疏不懈，民众日子越来越好。当前的大周真可以用海晏河清来形容。

这样的皇帝怎么可能是个性情暴虐的昏君，又怎么可能是个性情怯懦的庸人？

包括白帝在内的很多大人物都非常清楚，这位皇帝陛下的治国能力与智慧绝对非同一般。

是啊，先帝与天海圣后唯一的亲生儿子，商行舟毕生理想之所寄，怎么可能是一个普通的人呢？

徐有容当然不会认为这位年轻的皇帝是传闻里形容的那般。她也很好奇对方究竟是个什么样的人。在年轻的皇帝回到京都登基之前，她已经听过很多次对方的名字。在那些谈话里，年轻的皇帝被称呼为师兄，或者余人师兄。在周园里的雪庙以及墓陵里，陈长生提到过很多次他的师兄。那时候，陈长生还不知道她是徐有容，自然不会隐藏什么，或者掩饰什么。在那些谈话里，她听出了绝对的亲近与信任。

哪怕离开西宁镇已经多年，离开京都已经三年，陈长生对自己这位师兄的信任依然没有任何变化。虽然除了天书陵那个夜晚，这对师兄弟再也没有见过面。问题是，人真的不会改变吗？

徐有容不相信，尤其是她非常清楚那把椅子的威力。就是余人现在坐着的那把椅子。太宗皇帝那样的人为了那把椅子都会变得那般冷酷残忍，弑兄迫父。圣后娘娘也同样如此。

049

年轻的皇帝是陈家的子孙,圣后娘娘的亲儿子,又怎么会是一个相信感情的人?

徐有容有些不安。她要做的很多事情都建立在陈长生对余人的信任之上。所以她要亲眼看一看,这个年轻的皇帝是什么样的人。

太监宫女把她送到殿门外,然后躬身退走。徐有容注意到那些太监宫女看着殿深处那抹灯光的眼神充满着敬爱。她从小便经常进出皇宫,现在这里还有一座属于她的宫殿,她对这里非常熟悉,但她对这种眼神非常不熟悉。这样的眼神不应该属于皇宫这样幽深的地方。

大殿深处的那抹灯光,来自嵌在朱柱上的那颗夜明珠。古旧的地板被擦得明亮可鉴,映照出一个人的身影。

年轻的皇帝坐在书案后,正在看着一份奏章。他穿着明黄色的衣裳,一只袖管空空荡荡。他的头发被梳得一丝不乱,没有刻意垂下以遮掩那只不能视物的眼睛。

徐有容走到书案前。年轻的皇帝抬起头来。他的神情很温和,眼神很平静,但给人一种坚毅而明确的感觉。

徐有容觉得他有些眼熟,然后不知为何生出一种亲近的感觉。因为他是娘娘的亲生儿子?还是因为他的眼神与神情,与陈长生仿佛是一个模子刻出来的?徐有容很了解天海圣后,也很了解陈长生。不需要言语,她便能知道圣后与陈长生在想什么。这一刻,她也知道了年轻的皇帝在想些什么。

徐有容问道:"陛下为什么不喜欢我呢?"

17 · 糖渍的梅子

只是一眼,徐有容便看出来了,余人不喜欢自己。余人静静地看着她,没有说话,因为他不会说话。

徐有容自嘲地说道:"我一直以为所有人都喜欢我。"

这句话有些可爱。余人笑了。只是他眼里的笑意有些淡,可以说是淡漠。

徐有容看着他的眼睛,忽然也笑了起来。因为她明白了余人为什么不喜欢自己。

今夜发生的那些事情,想必已经传进了宫里,余人应该知道陈长生真的生气了。

在他看来，这些事情都是徐有容弄出来的。所以他不喜欢她。想明白了这个原因，徐有容发现不需要再问更多的问题。

余人是真的很重视陈长生，就像陈长生对他一样。这对来自西宁镇的师兄弟，就像是一对亲生的兄弟，甚至比亲的还要亲。

徐有容笑得很好看，因为她本来就很好看。而且她这时候是发自真心在笑。不知道是因为她美丽的容颜还是看到了她的真心，余人眼睛里的淡漠少了些。

"是的，他不喜欢做教宗，而且在这件事情上他没有选择。"徐有容说道，"我不一样。五岁的时候，娘娘与师父便给了我选择的机会，这是我自己做出的选择，而且也已经成为了我的习惯，那么接下来的事情由我来做比较合适。"

接下来做什么事情？首先自然是继续这场谈话。徐有容在书案对面坐了下来，显得很自然。余人用右手把桌子上的一个小盘子推了过去。徐有容发现碟子里装的是糖渍的梅子。

怎么看余人都不像一个喜欢吃糖渍梅子的人，那么这或者是给那些太监宫女准备的？徐有容不觉得这是羞辱，相反她知道这是余人表达的善意。虽然他表达善意的方式和陈长生一样，显得有些笨拙。她用手指拈起一粒糖渍梅子送入唇里，脸上流露出满足的神情。看着这一幕，余人笑了起来，也很满足。

徐有容说道："我修的不是国教正统的道法，到今天为止，我也不是很明白陈长生说的顺心意是什么意思。所以我想不明白你们师徒之间的关系，大概整个大陆也就你们师徒三人自己能懂，但问题总是要解决的。"

余人静静地看着她，用眼神询问她的解决之道。

"很简单，你们师兄弟联手，请你们的师父归老吧。"徐有容的嘴里含着糖渍梅子，声音有些含糊。她要表达的意思却是那样的清楚，甚至像斋剑一样锋利。

大殿深处的阴影里响起一道倒吸冷气的声音，就像是那人吃了一颗酸到极致的梅子。

徐有容神情不变，明显早已知道那里有人。余人望向那片阴影，摇了摇头。

林老公公的身影从那片阴影里渐渐显现出来，然后躬身向殿外退去。可能是因为徐有容的这句话带来的冲击太大，也可能是因为岁月的关系，这位皇宫强者的身形有些佝偻，离开的时候，也忘了把殿门闩住。微寒的冬风从深沉的夜色里涌了进来，被宫殿附着的阵法一挡，发出哗哗有如撒纸的声音。

051

一面西窗被风吹开，撞到墙上，发出啪的一声响，数道穿过阵法的微风拂动着殿内的黄幔，夜明珠不是蜡烛，光线却似乎也被那些微风拂动，不停地摇晃着，无法照清楚徐有容与余人的脸。他们的脸上没有表情，眼睛都没有眨，只是静静地对视着。

徐有容的眼神绝对平静。余人有些不解。他想不明白，她为什么会提出这样的建议，或者说，她凭什么敢提出这样的建议。

整个大陆都知道，与对待陈长生的冷漠无情截然相反，商行舟对余人非常好。这种好甚至可以说无可挑剔。即便是商行舟的敌人，即便是陈长生，都必须承认这一点。

"是的，他把你养大，把你教育成人，对你照顾有加，把你送到皇帝的位置上，教你如何治国，现在还准备归政于你。无论从哪个角度来看，他似乎对你都很好，但问题在于，他是真的对你好吗？"徐有容平静地说道，"他喜欢的是太宗皇帝，不是你，你只不过是他的情感投射，或者说是一个傀儡。"

微风再起。明黄色的衣袖被拂动。余人挑眉。没有拂袖而去，没有拍案而起。但徐有容知道，对方不想听下去了。于是她改变了说法。

"如果他们师徒二人真的反目成仇，难道你能眼睁睁看着他们自相残杀？如果你的师父真的杀死了陈长生，难道他以后就不会后悔？就算是为了你的师父好，你也应该做些什么来阻止这一切的发生。"徐有容说道，"你应该选择站在哪里，越早越好，而且不能是中间。"

余人摇了摇头。他不认为徐有容的话是错的，也不拒绝她的提议，而是想告诉她，这样做没有意义。

徐有容的视线落在他腰间系着的那块玉佩上，明白了他的意思。三年前京都风雪，陈长生要去杀周通，商行舟准备出宫，那时候余人出现在了雪地里，手里握着那块玉佩。这块玉佩是秋山家送进宫来的，代表着秋山君在离山内乱时刺进自己胸膛的那一剑。余人用这块玉佩表明了自己的决心，阻止了商行舟出宫。但当时商行舟也对他说过，这是最后一次。

余人了解自己的师父，既然说是最后一次，那么就必然是最后一次。他不认为自己与师弟联手，便能让师父退让。

徐有容忽然问道："天书陵之变后，你与陈长生再也没有见过面。哪怕同在京都，甚至相隔不过一道宫墙，这是为什么？"

余人看着被风吹开的西窗,脸上露出想念的神情。那边便是国教学院。

徐有容接着说道:"因为你们知道,你们的师父不想你们见面。"

余人没有说话。他和陈长生都知道这是师父最警惕的事情。所以他和陈长生从来都没有想过见面。哪怕很想。

徐有容继续问道:"但你们有没有想过,他为什么不愿意你们见面?"

余人有些不解,心想不就是世人皆知的那些原因吗?

徐有容微微一笑,说道:"因为他怕你们。"

18·寻常的小事

为什么陈长生与余人的见面会让商行舟如此忌讳?那么反过来想,或者商行舟最恐惧的就是自己两个学生的联手。以此而论,徐有容说的那句话或者便是这个世界最重要的秘密。

殿里很安静。毛笔静静地搁在砚台的边缘,就像靠岸船上的木桨。余人用手抓起一块被打湿的雪白棉布,微微用力松合数次,便算是了洗了手。

他没有回应徐有容的提议,重新握住了毛笔。毫尖在墨海里轻轻掠过,惊起微微起伏的黑浪,然后悬空而起,破云而落,在雪白的纸上留下清楚的墨迹。

写完一行字,余人搁笔,用拇指与食指把纸张转了一个方向,对准了徐有容。

"她是什么样的人?"

这句话里的她自然指的是天海圣后。

进入皇宫后,徐有容一直没有提起与圣后娘娘相关的任何话题。她本可以在这种关系上大做文章,说不管陛下你承不承认,圣后娘娘终究都是你的母亲。她可以与余人进行一场生恩与养恩之间的讨论。又或者,她可以用唏嘘的语气提到当年自己在皇宫里的过往,从而极其自然地讲到圣后娘娘当年留在这里的很多痕迹。

但这些她都没有做,因为她不确定余人对圣后娘娘的观感到底如何,感情如何。

而且余人是陈长生最敬爱的师兄,她不希望用这种直指内心、过于冷酷的方法。

看到白纸上那行字迹,她确定自己没有做错,然后有些感动与欣慰,眼睫毛微微颤动起来。

很快,她恢复了平静,看着余人微笑着说道:"这真是我最擅长回答的问题。"

没有谁比徐有容更了解天海圣后。平国公主只是名义上的女儿,陈留王只是圣后在精神上的一种寄托或者说自我安慰,莫雨与周通终究是下属。只有天海圣后与她是事实上的师徒、精神与神魂的传承、感情上的母女。现在天海圣后已经魂归星海,只剩下徐有容一个人真正了解她的想法与目标。她觉得自己有责任让余人以及这个世界知晓天海圣后究竟是什么样的人。

"娘娘的胸襟最为宽广,日月山川,大地海洋,直至星海那边,无所不包。"这是徐有容的开篇词。

余人想了一会儿,伸出手掌慢慢地翻了过来。翻手为云,覆手为雨,这说的是手段。

徐有容明白他的意思,说道:"非寻常人,自然不能以寻常事判断。"

余人再次望向西窗外的远方,那片夜色里的国教学院。道路以目,德者何存?这说的是道德。

徐有容淡然说道:"亦是寻常事,且是小事。"

听着这个回答,余人有些意外,微微挑眉,手指轻轻地敲了敲碗沿,发出清脆的声音。

碗里是糖渍的梅子。余人的这个动作有些隐晦难明,如果换作别人,大概很难猜到他的意思。但或者是因为与陈长生相处的时间长了,徐有容很快便明白了他想问什么。——如果没有陈长生,你也会成为那样的人吗?

"也许我会成为那样的人,毕竟我是娘娘教出来的。"徐有容想了想,说道,"不过没有谁知道真实的答案,因为……他已经出现了。"

说这句话的时候,她一直保持着微笑,看似很平静,但实际上隐着一抹羞意,尤其是说到后半段的时候。

余人微微一笑,有些欣慰。

今天是国教使团回到京都的第二天。在这短暂的一天里,徐有容见了几个很重要的人物,夜深时又来到了皇宫里,与年轻的皇帝陛下相见。当这场夜谈渐渐进入正题的时候,她白天见到的第一个人,已经去往了数百里之外。

八匹品种最优良的龙骧马疲惫地低着头,眼前的清水与豆饼完全无法引起它们的任何兴趣，豆般大小的汗珠不停地从它们油光十足的皮肤里溢出，摔落到地面上，很快便被街巷间的寒风吹成了冰碴。

按道理来说，洛阳应该要比京都温暖些，但不知道为什么，今年的洛阳却冷得有些出奇。陈留王看着夜色里的街道，想着三年前发生在这里的那场道法大战，生出有些古怪的感觉。在国教学院与徐有容见面后，他便离开了京都，向着洛阳而来。直至进入这座大周最负盛名的繁华都市，他忽然觉得自己是不是来得太快了些。

侍从递过来热毛巾，陈留王没有理会，只是沉默地看着眼前这座道观。

这座道观便是著名的长春观。一名青衣道人走了出来，向他道了声辛苦，引着他向道观里走去。陈留王驱散那些念头，脚步平稳前行。

这时候徐有容应该已经进了皇宫，道观里的那位想来也已经知道了。对他来说，这是很好的机会，或者说很好的切入点。来到长春观深处一座看似简陋的经房外，那个青衣道人悄无声息地退走，只剩下了他一个人。陈留王深吸了口气，让自己更加平静，推开了经房紧闭的木门。

商行舟在屋里整理医案，神情非常专注。这位人族最有权势的强者，这时候看上去就像一个最普通，但确定是最狂热的医者。

陈留王走到书案前，借着夜明珠的光线看清楚了纸上几样药材的名字。他眼神微凝，心想如果自己没有看错，也没有记错，按照唐家的分析，这几样药材应该是用来炼制朱砂丹的。

难道朝廷准备用这种方法来削弱陈长生的声望？商行舟没有对他做任何解释，安静而专注地写着医案，甚至就像是不知道他的到来。

陈留王知道留给自己的时间不是很多，所以他没有任何犹豫与停顿，说出了自己想要说的话。连夜奔波数百里，从京都直至洛阳，他就是想要对商行舟说出那些话，虽然一共也不过是几句话。

"陛下是圣后娘娘的亲生儿子。"陈留王看着商行舟说道，"而我也是太宗皇帝的子孙。"

听到这句话，商行舟的视线终于离开了书案，落在了他的脸上。商行舟没有隐藏自己的欣赏，虽然他更多的是欣赏陈留王的这种态度。

"徐有容入皇宫，应该是准备与陛下联盟。"陈留王说道，"很明显，她是在发疯。"

19 · 天下与星空之外

商行舟没有说话，起身向屋外走去。陈留王微微一怔，赶紧跟上。

商行舟从屋侧的石阶走到了屋顶，看着应该是一处观星台。微寒的夜风拂动他的衣袖。陈留王这时候才注意到，这座道观居然没有设置寒暑的阵法。

商行舟抬头望向星空，没有负手，青色的道袖随风向后轻摆，看上去就像是戏台上的丑角，仿佛下一刻，他便会微微蹲下，然后向前疾冲，或者向星空里跳去，最后又可笑地落下。

陈留王看着他的背影，下意识里与甘露台上的圣后娘娘做起了比较。

"欲使人灭亡，必先使其疯狂。"商行舟的声音很淡，就像风一样，没有任何味道，也没有重点，更无法感知到他真实的情绪。

陈留王不知道他的这句话到底指向何处，疯狂的是徐有容还是皇帝陛下？将要灭亡的又是谁呢？

商行舟的眼神在星海里渐趋幽深，再没有开口说话。

陈留王告辞，走出长春观后忍不住回首望向那片屋顶。他依然不确定今夜的洛阳之行是否正确。今晨徐有容约他在国教学院相见，说了那些话，显得非常刻意。她让他感觉到刻意，本来也是一种刻意的行为。但如果他本来就没有这种想法，又怎么会被这种刻意打动？这些年来，他的野心隐藏得极好，没有任何人知晓，甚至包括他的父亲与莫雨这些熟人。就连天海圣后当初也只是有所怀疑，并没有确定，当然这也可能是因为她根本并不在意的缘故。但他没有办法瞒过徐有容。

当年在皇宫里，他就觉得那个小姑娘看着自己的眼神有些怪异，总是带着似笑非笑的神情。当初她没有揭穿自己，为何现在却来说这样的话？如此刻意地给了自己这个机会？

陈留王无法错过这个机会，他也知道如果自己的反应稍微有些不妥，便会被商行舟视为挑拨，所以他表现得非常平静而且坦诚，现在看来，这样的应对是可行的，至少商行舟没有什么反应。那么接下来自己应该怎么做呢？

陈留王连夜赶回了京都，来到太平道的王府门前时，晨光已然尽散，冬日升空，暖意渐至。看来冬天真的要过去了，到了万物更新的时节。陈留王有些感慨地走进了王府。

"你应该很清楚，圣女是想要利用我们逼迫皇帝陛下站在教宗那边。"相王盯着他的眼睛说道，"既然如此，你为何还要去洛阳？"

"有容做事向来都公平，就算是谋略，也极为光明正大。"陈留王现在已经变得更加平静，哪怕面对着父亲无比幽冷的目光时，神情也没有变化。

"野火固然可怕，但如果没有这一把火，我们就连火中取栗的机会都没有。"相王的眼神忽然变得狂暴起来，里面隐隐有火光闪耀，声音则是变得更加寒冷，"但你有没有想过，唯乱中方能取胜，她有能力让道尊的心境乱起来吗？"

陈留王说道："我了解有容，就算最后还是道尊胜利，也必然是一场惨胜。"

相王沉默了一会儿，说道："那你觉得什么时候会开始？"

陈留王说道："从她约我到国教学院见面的那一刻，这场棋局便开始了。昨夜她入宫，便是杀棋。"

相王微微挑眉，问道："杀棋？"

陈留王说道："是的，这一步棋乃是天下争棋，必须以天下应之。"

相王感慨说道："原来风雨已至。"

"风雨过后，才能见彩虹。"陈留王说道，"小时候娘娘教过我，彩虹来自太阳，而我们才是太阳的后裔。"

相王明白他的意思，盯着他的眼睛说道："陛下的血脉同样纯正。"

陈留王说道："但他终究只是个残废。"

相王眼里的野火渐渐熄灭，但和儿子一样隐藏了很多年的野心却渐渐显现出来。

他说道："到时候教宗陛下会同意吗？"

陈留王说道："有容如果败了，教宗陛下自然不会活着。"

"最后一个问题。"相王问道，"你一直没有说过，如果圣女赢了怎么办？"

陈留王笑着说道："除了全家死光，还能有什么代价配得上这场天下争棋？"

相王沉默了很长时间，然后也笑了起来——随着带有几分自嘲意味的笑声，他眼里的野心渐渐消散，神情越加温和，圆脸像老农或者富翁一般可喜可亲。

他双手扶着肥胖的肚子，感慨地说道："你与平国的婚事看来得抓紧办了。"

清晨的离宫非常安静。竹扫帚微枯的尖端与坚硬的青石地面摩擦的声音，从远处不停传来。陈长生睁着眼睛，看着殿顶那些繁复难明的花纹，不知道在想些什么。不到五时他便醒了过来，这是非常罕见的事情，醒后没有立刻起床，则是更加罕见。赖床这种事情，对很多普通年轻人来说是人间至美的享受，但对他来说，这毫无疑问是浪费时间的极不负责的举动，会让他生出极大的罪恶感。

他这时候没有起床，是因为这是他在离宫居住的第一天。对周遭的环境他还有些陌生，有些不适应，甚至有些隐隐的畏惧。他不知道起床之后应该去哪里洗漱，会接受怎样的服侍，甚至不知道昨夜脱下来的衣服这时候被整理到了何处。他也不知道昨天夜里徐有容进宫与师兄说了些什么。

直至被檐角占据大部分天空的幽静外殿都被冬日照亮，他终于起床了。他看见的第一个人是安华。

昨夜那些用蜡烛请愿的千万信徒，在夜深的时候终于被劝说离开，安华却没有走。

她在殿里已经等了整整半夜时间，眼睛看着有些红，不知道是疲倦所致，还是哭过。

"关于你姑母的事情，似乎只能这样处理。"陈长生接过她手里的道衣，看着她微红的眼睛，带着歉意说道，"希望你不要怪我。"

安华连声说道："怎敢责怪陛下。"

陈长生听出她没有撒谎，不解问道："那你因何伤心？"

安华低头问道："陛下，您真准备离开吗？"

在大周之前的很多朝代里，道门同样也是国教，历史上曾经出现过很多位教宗。

教宗没有任期，直至回归星海的那一刻，都将是整个国教的执神权者。但历史上的那些教宗里，确实有几位或者是为了追寻大道不愿被俗务缠身，或者是因为某事心灰意冷，最终提前结束了自己的任期，选择隐入深山不见，或是去了星海彼岸。

安华自幼在青曜十三司学习，后来做了教习，把自己的青春全部奉献给了国教，对道典里的某些经典可谓是倒背如流，自然清楚这些事迹。她越想昨天夜里陈长生在光明殿里说的那句话，越觉得陈长生可能会选择那条道路，很是紧张不安，连唐三十六安慰劝解的那些话也都不再相信，一夜里流了好几次泪。

陈长生看着殿上那片被檐角分开的天空，再次想起了那夜曾经感知到的星海那边如井口般的黑夜。他会承担自己应该承担的责任。但做完这些事情之后，如果有更远的地方，当然要去看看。

20·头发乱了

责任以及远方这两句话，是陈长生的心里话，但不只存在于心里。他想着这些的时候，也说了出来。安华不是特别明白他的意思，但知道他不会离开，高兴了很多。

这时，唐三十六揉着睡眼惺忪的眼睛，从殿里走了出来。安华看着他的眼神有些不对，犹豫了一会儿，轻声说道："唐公子，这样不妥。"

教宗的宫殿自然不是谁都能进的，更不要说在这里睡觉。如果遇着那些古板的持律教士，少说也要给唐三十六议个不敬的罪名。

唐三十六摇头说道："放心吧，这么硬的石床，我以后再也不睡了。"

二人简单洗漱后，几盘简单的食物摆上那张朴素的方桌。唐三十六看着那些清粥小菜，很自然地想起自己与陈长生当年在李子园客栈里的相遇，然后又想起国教学院早期轩辕破做的可怜的无味的食物，不由叹了口气，放下了手里的筷子。

停箸不食，可能是因为食物不够好，也可能是因为心情不够好，比如正在忧心着什么。唐三十六看着陈长生的眼睛问道："昨天那个问题你还没有回答我。"

陈长生没有理他，继续吃早饭。唐三十六继续盯着他。

不知道过了多长时间，陈长生终于结束了用餐，放下碗筷，接过安华递过来的湿巾，仔细地把脸与手擦洗了两遍，然后端起杯里名贵的岩茶饮了口，又吐回紫铜浅盘里。看着这种情景，唐三十六啧啧了两声，说不出的嘲弄。

陈长生说道："这样的声音真不应该从你的嘴里发出来。"

唐三十六出身豪富之家，自幼过着寻常人难以想象的奢华日子，便是宫里的平国公主只怕在这方面都及不上他，就算要讥讽陈长生的教宗生活，也轮不到他来说话。

"我怎么觉得你想说的话是狗嘴里吐不出象牙？"

陈长生认真地说道："你误会了。"

唐三十六很是无奈，说道："这时候总可以说了吧？"

陈长生问道："有容与陈留王自幼便在宫中相识，难得回京一趟，约着见面，很是正常。"

唐三十六说道："我提醒过你很多次，要警惕陈留王这个人。"

在过往数年的京都生活里，陈留王曾经给予陈长生和国教学院很多帮助以及早期最珍贵的善意，所以陈长生对这位皇族贵孙的印象很好，而且以前他想不到陈留王有任何要针对自己的理由。

但现在看起来，那个理由已经很充分。因为他有可能成为大周皇朝的太子。如果余人死去。陈长生明白唐三十六的警惕与不安。但是师父怎么会让师兄出事？

"你应该能想到，徐有容昨夜进皇宫的目的。只要商行舟动了疑心，时局自然生乱。"唐三十六用最直接的言语破掉陈长生用沉默伪装出来的平静。

陈长生望向窗外那片晦暗的天光，说道："可是她为何要这么做？"

唐三十六说道："我相信莫雨已经提醒过你。"

陈长生想着莫雨那天夜里对自己说的话。有容做这些事情，就是为了替天海圣后复仇吗？哪怕洪水滔天，哪怕天崩地裂，哪怕生灵涂炭？

"不是这样的，至少，不是这样简单。"陈长生收回视线，望向唐三十六说道，"她对我说过，如果真要做什么，会告诉我。"

早饭后，唐三十六便回了国教学院，他要与汶水尽快联系，以面对京都突如其来的乱局。

徐有容来到了离宫。看着伴着渐盛天光而至的美丽女子，陈长生忽然有些紧张。

"昨天夜里与你师兄聊了一整晚，有些累。"徐有容以手掩唇，小心翼翼地打了个哈欠。

陈长生注意到她清丽眉眼间挥之不去的那抹疲惫，不由有些心疼："那你赶紧歇一会儿。"

徐有容看着他似笑非笑说道："难道你就没有什么想问我的吗？"

陈长生说道："如果你愿意对我说，自然会说。"

徐有容微笑说道："所以我们去外面走走吧，看能不能让精神好些。"

昨夜的洛阳城异常寒冷，寒潮随着风由东而西，今晨的京都也急剧降温，再次落了一场雪。陈长生与徐有容走在被风雪笼罩的离宫里，教士与执事们远远地避让开来。偌大的广场上只有他们留下的脚印，画面显得有些清冷。徐有容背着双手，在殿宇之间随意行走，四处打量，显得颇有兴致。从气质上来看，她就像是一个归老乡间偶起念头去买菜的退休老臣。这让陈长生觉得有些好玩，然后又觉得很可爱，接着他想起了天海圣后也喜欢这样走路。

徐有容停下脚步，伸手把他鬓畔的一缕乱发拨到耳后，然后笑了笑。陈长生有轻微洁癖，做事最是认真，满头黑发向来一丝不乱，这样的事情很少发生。这只能说明，今天他的心情也有些乱。

"昨天我约了陈留王去国教学院，本想着是和你一道见，但那时候你有事，所以我就见了。"徐有容说道，"我对他说，我夜里要进宫，希望他能够抓住这个机会。"

陈长生没有想到，这个话题会如此突如其来地展开，他下意识里问道："机会？"

"对他与相王来说，你与商行舟之间的裂痕本就是他们唯一的机会。"徐有容说道，"但你我的实力不够让时局变乱，所以他们不会轻举妄动。"

陈长生说道："除非你能说服师兄站到我们这边。"

徐有容说道："是的，所以他一定会去洛阳，找商行舟说这件事情，甚至会帮助我完成这件事情，说服你的师兄站在我们这一边，至少要说服商行舟相信你师兄会站我们这边。"

陈长生说道："我们如果失败，便是他与相王的机会。"

徐有容说道："不错，这也是我们的机会。"

陈长生沉默了一会儿，说道："这样会死很多人。"

"娘娘曾经说过，以战斗求和平，则和平存。"徐有容说道，"我寻求的便是流血最少的方法……"

这时离宫深处忽然响起悠远的钟声，打断了她的话。数只红雁破风雪而起，向着远方飞去。殿角远处那些恭谨望着他们的教士执事四处望去，不知道听到了什么，忽然面露喜色。

21 · 一个好人

凌海之王与司源道人匆匆赶了过来，看到陈长生身边的徐有容，微微一怔，然后露出喜色。他们二人是国教新派的代表人物，因为天海圣后的关系，自然对徐有容极为亲近，只是行完礼后，他们脸上的喜色便即敛去，对陈长生说道：

"茅院长出关了。"

前代教宗在位时，至少有三位风雨听从离宫的命令，现在却一个都没有了。所以茅秋雨出现突破境界的希望，对离宫而言意义极为重大，甚至可以说是这段时间离宫最重要的事情。今天他出关，便意味着破境成功，成为了神圣领域强者。对国教来说，这当然是天大的好事。但凌海之王与司源道人的神情有些凝重。

过去的这些年里，茅秋雨对陈长生与国教学院多有照拂，陈长生继任教宗之位又离开京都之后，他更是成为了陈长生意志在京都里的具体执行者。

问题在于，茅秋雨终究是国教旧派，而且他现在越过了那道门槛，便不能再以寻常视之。

这段时间，国教新旧两派矛盾重重，陈长生前日刚回京，便对教枢处进行了清洗。

茅秋雨知道这些事情后，会有怎样的想法？

冬天眼看着便要过去，天气却没有转暖，反而变得更加寒冷。如刀般的寒风拂着鹅毛般的雪从天空里落下，把十余座宫殿尽数染白。

徐有容说道："能让我先见见吗？"

凌海之王望向陈长生。他当然知道教宗与圣女之间的关系，但这件事情太过重要。

茅秋雨破境成功，在国教的地位会变得完全不同。如果他不能被教宗陛下说服，那么今天会是他突破神圣领域的第一天，也必须是最后一天。

看着风雪那边的茅秋雨，看着他披散在肩头的花白头发，还有被风拂动的两只衣袖，陈长生想起当年在青藤宴上第一次见到对方的情形。那时候的茅秋雨是天道院的院长，也是落落的第一位授业恩师。

陈长生还想起了很多事情——天书陵外茅秋雨抱着荀梅遗体老泪纵横，诸院演武时茅秋雨在茶楼里静坐无言，当他去杀周通的时候，茅秋雨的马车出现在那座开满海棠花的院外。这些年里，茅秋雨没有说太多话，做太多事，但一直默默地站在他与国教学院身后。可能是因为教宗师叔的关系，也可能是因为梅里砂大主教的请托。但无论是哪种，茅秋雨都对他极好。

陈长生伸手拂散面前落下的雪花，也拂走了那些多余的念头。

他望向徐有容说道："那你去吧。"

司源道人神情微异，但不敢抗命，那些隐于风雪之中的国教强者与阵法尽数退走。

风雪里的那座道殿安静了很长时间。不知道过了多久，徐有容走了出来，对着陈长生微微一笑。凌海之王与司源道人同时松了口气。

徐有容在风雪里离去，应该是还有很多事情要去处理。

陈长生走进道殿，与茅秋雨并肩站在窗前，望向风雪里的离宫。离宫里很是安静，雪地里没有什么足迹，凌海之王与司源道人的身影显得非常清楚。

"人越来越少了。"茅秋雨的神情很是感慨。

陈长生明白他的意思。当初的国教六巨头，最先离开的是梅里砂，接着便是牧酒诗被前代教宗废掉国教功法、逐出离宫，白石道人在汶水被处死，昨夜桉琳大主教也黯然去职。现在就算加上茅秋雨本人与户三十二，也无法凑齐离宫大阵需要的人数。更何况茅秋雨也即将离开这里。

陈长生说道："师叔让我来做这件事情，那么有些事情终究是要做的。"

这件事情指的是以教宗的身份执国教神杖。有些事情指的是已经发生的那些事情，比如那些离开。

"听闻昨夜您说过一句话。"茅秋雨说道，"您将承受所有您应承受的罪名？"

陈长生说道："是的。"

茅秋雨转身望向他的侧脸，说道："可是谁有资格来判定您是否有罪呢？"

陈长生思考了很长时间，然后给出了一个让茅秋雨意外的回答："为什么你们从来没有问过我师父和师叔这个问题呢？"他没有说民心，也没有说历史，更没有说人族的将来，而是提出了一个反问。

茅秋雨注意到他的眼神很认真，神情很坚持，然后发现自己竟然回答不了这个问题。

陈长生也没有想过能够得到答案，继续说道："可能是因为我比较年轻？唐三十六曾经说过，年轻就是正确，这句话并不正确，因为正确与年龄没有任何关系，所以年老也不代表正确。"

茅秋雨说道："见的多些，经验多些，或者能够少走些弯路。"

陈长生说道："两点之间，直线最近，自然不弯。"

这说的是他的剑，来自王破的刀。

"锐气固然重要，但治天下如烹小鲜，不可轻动。"茅秋雨看着他认真说道，"这便是前代教宗大人的道。"

前代教宗与天海圣后及商行舟二人最大的区别就在于此。他不在意国教新旧两派之争，也不在意陈氏皇族与天海圣后之争。他只支持能够让天下局势安稳的做法。二十多年前，商行舟密谋叛乱，眼看着天下大乱，所以他反对。二十年后，天海圣后始终不肯归政于陈氏皇族，眼看着天下必乱，所以他反对。

茅秋雨看着风雪深处那个渐渐行远的身影，说道："圣女这样做，必然会让天下大乱，若换作前代教宗，一定会全力阻止，如今我却选择视而不见，真不知是对是错。"

刚才徐有容说服他时，进行了一番非常复杂的推演计算，然后说了一句话："既然两袖清风，何妨袖手旁观。"两袖清风，是茅秋雨的道号。

"其实我一直以为，师叔当初的做法不见得正确。"陈长生想着天书陵那夜，教宗师叔站在南城贫民区的积水里，一面与天海圣后对战，一面还没有忘记护住那些无辜的百姓，便觉得很是敬佩感动，又有些复杂的感觉。

教宗师叔是好人。但好人就应该这么辛苦吗？

茅秋雨知道他在想些什么，认真劝说道："陛下，我们还是应该做一个好人。"

"不用做好人，因为我本来就是好人。"陈长生看着他神情认真地说道，"只是我希望好人能够有好报。"

22 · 简单任务

施恩不图报，甚至不愿意让世人知晓、情愿背负所有的罪，哪怕永劫沉沦，这是圣人。

陈长生是教宗，教宗当然是圣人，问题在于，他不想做圣人，只想做个好人。

但好人一定要有好报。陈长生执着于此，是因为他见过太多反例。

天海圣后与商行舟可以被称为野心家或者阴谋家，总之不能用好人来形容。

教宗师叔是好人，所以他活得最辛苦，而且无论那场战争是何结局，他都是要死的。

别样红也死了，王破也好几次差点死了，好人果然不容易长命。难怪苏离不愿意做一个好人。

陈长生说道:"我是亲眼看着别样红死的。"

茅秋雨有些感慨。

陈长生接着说道:"我要当好人,还要有好报,只凭我自己很难做到,我需要人帮助。"

有很多人都在帮他,比如唐三十六,比如苏墨虞,比如落落,比如徐有容。

就在刚才,同样的窗前,徐有容与茅秋雨说了很久的话,说服他不做什么。

但在陈长生看来,这是不够的。他看着茅秋雨认真地说道:"我需要您帮我。"

与徐有容不同,他的请求非常简单,理由也非常简单。他请茅秋雨帮助世间的好人都有好报。

在世间沉浮,是否有罪很难判定,好坏的判断标准又真的这般简单吗?

茅秋雨看着他的眼睛,语气深沉地问道:"如果我不同意您的看法,您会怎么做?"

"不知道。"陈长生认真地想了想,不好意思地说道,"真的不知道。"

这不是简单的重复,也不是加重语气,而是他真的想不出来,如果那样的话,自己应该怎么做。

茅秋雨静静看着他的眼睛,忽然说道:"好。"

这是一个很简单的答案。陈长生怔了怔,然后开心地笑了起来。茅秋雨也笑了起来。数年时间不见,教宗陛下还是当初那个简单的少年啊!

当初在天书陵里,陈长生与徐有容遇着那个叫纪晋的碑侍之后,曾经有过一番对话。他说她是个好人,她说他也是个好人。

这不是他们想要拉开距离,而是对彼此的真诚评价。但那不是徐有容追求的精神目标。善恶是非与大道没有任何关系。如果不是遇着了陈长生,或者她会对这个世间更加漠然一些,居高临下一些。就像天海圣后那样。当然即便遇到了陈长生,她也不认为自己是寻常意义上的好人。比如眼前这件事情,陈长生只是因为荀梅的故事有所触动,纯粹发乎善意而行,她却还想要从中获得一些好处。

天书陵里的树林覆着浅浅的霜雪,看上去就像是琼林一般。

黑色的照晴碑上也残着一些雪片,看上去更像是拓本,有着与平时不一样的动人。

徐有容的视线离开照晴碑,落在对方身上,淡然说道:"当初我与陈长生曾经承诺过你,会让你离开天书陵,现在便是我们践行承诺的时候,你怎么想?"

那个叫纪晋的碑侍肩上也承着雪,明显在这里已经等了很长时间。听着徐有容的话,他很是激动,眼中却生出些惧意:"真的可以吗?"

天书陵乃是大陆最神圣的地方,规矩自然也最为森严。修行者必须发血誓终生不出天书陵,才能够成为碑侍,拥有时刻观碑的特权。数千年来,只有苏离曾经从天书陵里强行带走两个碑侍,此后再也没有出现过碑侍活着离开的情况。

徐有容平静地说道:"我是圣女,陈长生是教宗,我们说的话,便是规矩。"

纪晋有些不安地说道:"可是大周朝廷那边?"

徐有容说道:"昨天夜里,大周皇帝已经下了圣旨。"

纪晋这时候才确信自己真的可以离开了。他的身体颤抖了起来,跪到雪地里,对着徐有容磕了个头。多年前的自我封闭与随后这些年的囚禁,还有日日夜夜噬咬道心的悔意,在这一刻尽数变成了狂喜。

随之而来的却是怅然与不安。他在天书陵里已经生活了这么多年,真的可以离开了吗?难道自己就这样离开?

徐有容没有给他太多感伤的时间,说道:"其余碑侍想要离开的,也可以。"

纪晋醒过神来,说道:"多谢圣女与教宗陛下的恩德,我这就去通知他们。"

徐有容从袖中取出一封信递了过去,说道:"你帮我带封信。"

纪晋来自南方槐院,离开天书陵后,当然要回去。这封信是给槐院里那位大人物的。

徐有容离开了照晴碑庐,来到了陵下那条宽直的大道上。大朝试已经停了两年,天书陵的修道者比往年还要少,很是冷清。她去了荀梅的故居,发现最近几年没有人住,但打扫得很是干净。当年在这里做腊肉饭的少年和吃腊肉饭的少年们,已经很久没回来了。然后她背着双手向南方走去,四处打量着。

就和先前在离宫里那样,真的很像告老还乡偶逛市场的老臣。对世间修道者来说是圣地的天书陵,对她来说只是值得看看的风景。很快她便走过那片满是水渠的青石地面,来到了天书陵的正南方。

风雪微动,一位黑衣少女出现在她身边。

"你让我跑了这么多地方,我以为你早就安排好了,结果没想到,你居然会忘了最重要的那位。"小黑龙看着她嘲弄说道,"让那个家伙送信,什么时候才能送到?还是我去吧。"

徐有容说道："亲笔信与纪晋，都是我想表达的诚意。"

小黑龙有些不解地问道："你准备要王破做什么？"

徐有容没有回答这个问题，只是静静地看着眼前那条神道。白石砌成的神道还在，在风雪里看着更加素净神圣。

那座凉亭已经不在了，那位枯坐六百年的苍老神将则已经死在了雪老城。

神道最上方有座天书碑。陈长生告诉她，那座碑上没有一个字。娘娘就是死在那里的。她是南方圣女，有资格走到神道最上方。但她没有。她只想凭自己的能力走上去。就像陈长生与苟寒食等人念念不忘的苟梅那样。当年苟梅没有登上去，是因为汗青守在那里。如果她要走上去，谁会拦在那里呢？

23·好一对

徐有容静静地看着神道，看了很长时间。风雪时骤时疏，没有人出现。小黑龙不知道从哪里摸出一只水晶牛肘正在啃着，含糊不清地说道："不到最后，谁敢来杀你？"

徐有容微微一笑，转身向天书陵外走去。

小黑龙把手伸进风雪里，染着的油污顿时被极低的温度冻成粉末，然后被吹散，变得十分干净。她朝着徐有容的背影说道："你到底要王破来做什么？"

徐有容还是没有回答这个问题。小黑龙忽然想到某种可能，竖瞳微缩。她朝着徐有容追了过去，连声喊了起来。

"你要让他闯神道？"

"商行舟肯定会亲自出手拦他！"

"那会出大事的！"

茅秋雨破境入神圣的事情，很快传遍了整座大陆，同时也震动了整座大陆。离宫在最短的时间里为他请了尊号。按照旧时规矩，接下来便要安排他的府地。

当年的八方风雨都有自己的府地，比如别样红与无穷碧是西陵万寿阁，观星客则是南海的碎星礁。曹云平的府地则是当初天海圣后送给天机老人的琅琊山，只不过没有多少人知道，天机老人付出的代价，只是亲自来京都看了陈长生一眼。

茅秋雨自己选择的府地，有些出人意料，却又在情理之中。他选择了寒山。

寒山远在大陆北方，离京都极远，离魔族统治的雪原却很近。更重要的是，那里曾经是天机阁的所在地。天机阁已经归大周朝廷所有，但寒山天池四周的建筑，以及天机老人留下的那些痕迹还在。茅秋雨用这种选择表明了自己的态度，这也是继松山军府之后离宫再一次表现出强势。

大周朝廷没有反应，对此保持着沉默，没有提出反对意见。商行舟还在洛阳长春观，皇帝陛下依然深居宫中，很少出殿，更少见人。那夜徐有容走进皇宫，不知引发了多少联想、猜测与不安，但现在看来，风云暂时未至。

世人暗自松了口气的同时，也生出很多不解，无数视线投向了京都某处幽静的庭院，落在那些橘红色的灯笼上。

娄阳王与莫雨的婚礼即将举行，陈长生会去亲自主婚，徐有容作为新娘唯一的朋友自然也要到场。

这场万人瞩目的婚礼并没有在王府里举行，而是在橘园。从清晨开始，园子里变得极为热闹，来客们恭贺与打趣的声音从来没有停过。与前院相比，后宅要显得清静很多。凌海之王带着数十名主教，站在雪林四周，把这里与前院完全隔绝开来。

陈长生站在雪亭里，听着前面的动静，摇头说道："没想到他们婚后居然会住在这里，我还以为她会搬去太平道。"

徐有容收回观看蜡梅的视线，说道："她不愿意与那些王爷做邻居，而且太平道给她留下的印象不好。"

京都与洛阳今年都很寒冷，但随着时间的流逝，冬天还是快要结束。亭外那几株蜡梅，散发着夺目妖艳的红色，或者再过些天便看不到了。

陈长生望向那几株蜡梅，想着三年前莫雨与折袖在太平道上凌迟周通的画面，忍不住叹了口气。

梅枝上的冰雪簌簌落下，那是因为后园里迎来了一阵风。伴着风雪，莫雨出现了。她今天的妆容很浓，但全无俗气，只是艳丽夺目，就像这血一般的梅花般。陈长生还没有来得及说出恭喜，便有香风袭人而至。莫雨把他抱在了怀里。陈长生吓了一跳，想要把她推开，看着她眉眼间浓妆都无法掩住的那抹倦意，又有些不忍。

莫雨凑在他的颈间深深吸了口气，说道："真是舒服呀，可惜以后再也闻不到了。"

徐有容微微挑眉，转过身去。

莫雨看着她嘲弄说道："眼不见，心亦不净，你如果真不生气，为何要转过去？"

"有容没事，有容不生气。"徐有容看着眼前的蜡梅，在心里对自己说。然后她转过身来，望向莫雨嫣然一笑说道，"都不明白你在说什么。"

莫雨看着她嘲笑说道："你就装吧。"

没有谁比她更了解徐有容。她知道徐有容的性情是多么的古怪，和表面上看起来完全不一样。

徐有容瞪了陈长生一眼，向园外走去。

陈长生的双臂一直张开着，避免接触到莫雨的身体，显得特别无辜。看见徐有容走了，莫雨才松开了双手。这时候的雪亭只剩下他们两个人。气氛有些暧昧，自然也有些尴尬，尤其是对陈长生来说。

——不管是莫雨故意要把徐有容气走，还是徐有容特意给他们独处的机会。

这时，前院忽然传来一阵哄闹的声音，陈长生赶紧说道："王爷的人缘似乎很不错。"

"人缘这种事情，主要在于会不会对他人构成威胁，所以我的人缘向来都不好。"莫雨说道，"他的那些兄弟甚至侄子就没有谁瞧得起他，不过……像中山王和庐陵王几个对他还算喜欢，毕竟陈家就出了他这么一个另类，对权势荣华真不感兴趣，没有一点野心，胆子小得可怜。"

娄阳王的窝囊性格非常出名，陈长生却不好多说什么。

莫雨忽然看着他正色说道："你知道陈留王在长春观里是怎么说的吗？"

听到这句话，陈长生终于确认，刚才她是故意要把徐有容气走。

"陈留王说她在发疯。"莫雨盯着他的眼睛说道，"我相信他的判断。"

陈长生怔了怔，说道："我不明白你的意思。"

"从她很小的时候，我与陈留王还有平国就认识她，只有我们知道她到底是什么样的人。她不是信徒想象中不食人间烟火的圣女，也不是冰清玉洁的雪人儿，她清楚自己的目的，对这个世界无比冷漠，而你明白这意味着什么。"

"这些话你已经对我说过，我不认为她与圣后娘娘是一类人。"

"她最近做了这么多事，难道还不能让你更警醒一些？"

"因为我没有感受过她的冷漠。"

莫雨想了想，不得不承认道："她对你确实与众不同。"

陈长生认真地说道："那我还有什么好担心的呢？"

莫雨有些恼火地说道："今天是我成亲的大喜日子，能不能不要在我面前炫耀？"

陈长生微怔问道："我们炫耀什么了？"

"唐三十六说得没错。"莫雨恨恨地说道，"你们真是好一对……"

陈长生说道："金童玉女？"

莫雨冷笑着说道："自己领会。"

24·离宫的人事安排

娄阳王与莫雨的婚礼结束之后，京都众人的视线转向了另外那场婚礼。当今朝堂之上已经隐隐分成了两派，以林老公公为代表的旧朝臣子自然是年轻皇帝的班底，现在莫雨与娄阳王也加入了进来，而相王、中山王这些陈家王爷以及陈观松嫡系为代表的军方势力则是另外一派。天海家则在两边之间摇摆。圣后娘娘死后，天海家自然遭受了很大的打压，但这个家族曾经影响朝堂两百年之久，底蕴与实力犹存，谁也不能忽视它的存在。

陈留王与平国的婚礼，从某种意义上来说代表着相王府与天海家的结盟。作为皇帝陛下的母家，天海家理所应当站在他这一边。但他们并没有把这场婚礼延后的意思，相反，当徐有容进宫之后，这场婚礼的日期还被提前了。

天海承武看着要比三年前苍老了很多，半步神圣的境界修为看来并不能抵抗时光的力量。他看着自己的儿子感慨地说道："也许当初你是对的，但到了现在，我们已经不能再转身了。"

天海胜雪微微皱眉说道："陛下也会需要我们的力量。"

"但当这件事情结束之后呢？"天海承武的脸上流露出一抹自嘲的笑容，"陛下如果真要与陈长生联手，那便意味着要与道尊翻脸，那他会用什么样的名义？"

天海胜雪沉默了，没有再试图劝说什么。任何事情都需要有合适的名义，这便是师出有名。如果年轻的皇帝陛下真的这样做了，并且胜利了，那么当年事到临头背叛天海圣后的人，必然会受到惩罚。至于天海家，当然毫无疑问会被首先清洗。

今年的冬天特别寒冷，似乎永远都不会结束。但某天风雪忽然停了，阳光撕开厚云，落在京都以及山河之间，天地顿时变得温暖起来，春天突如其来地降临。

春天到了，万物复苏，就像京都外重新开始流淌的洛水一般，很多停滞的事务也要重新开始。

教宗回到了京都，无论离宫还是朝廷都再也找不到任何理由停办大朝试。这场停办了三年的盛事，顿时吸引了整个大陆的视线。就像春天突然到来一样，大朝试的消息也有些突然，自然来不及进行预科考试，也没有青藤宴。

青藤六院的教习学生以及各州郡书院的学生快速地投入到学习与修行之中。远在南方的那些宗派山门弟子，则是已经开始准备行李。长生宗已然凋敝，但包括南溪斋、槐院、离山剑宗在内，共有四十余宗派准备派出弟子参加今年的大朝试。好在这次没有神国七律这样的天才人物，也没有像槐院钟会这样的人，所以青藤诸院受到的压力，要比往年小很多。

但这是年轻的皇帝陛下与教宗大人登基以来的第一次大朝试，没有人敢不重视。

护教骑兵在国教学院的墙外不停地巡视着，摊贩们被逐到百花巷外，那些颇有背景的酒楼也被要求只能限时开业。安静的国教学院里只能听到读书声以及试剑的声音。苏墨虞带着参加大朝试的学生在做最后的准备，就连唐三十六都不再去离宫，整天留在国教学院里盯着那些学生，不时发出严厉的训斥。

陈长生还兼着国教学院的院长，但碍于身份没办法做些什么，甚至说都没有说一声。

距离大朝试还有七天的时候，唐三十六走进了离宫。离宫没有禁止教士出入，但还是像过去三年里那样冷清。或者是因为草月会馆、苔所等六殿现在有一半是空着的原因。茅秋雨、白石道人和牧酒诗的大主教位置，现在还没有确定人选。

取代牧酒诗位置的户三十二，现在根本没有精力去管理宣文殿的事情，全面处理着离宫的具体事务。凌海之王带着天裁殿里的那些黑衣执事，盯着朝廷的动静。陈长生回京后，司源道人很快便离开了折冲殿，去往各州郡进行最重要的宣教工作，而就在十天之前，安华也带着数百名最狂热的教士信徒，也加入到了这场宣教里。

唐三十六问道："圣谕大主教的位置谁来接？"

陈长生说道："三年之后，她会回来主持文华殿的事务。"

这句话里的她说的是桉琳大主教。唐三十六有些吃惊，想了想后又觉得这是最好的选择。桉琳大主教终究没有做出什么严重违背教律的事情，只是对陈长生缺少信任。

离开京都苦修三年，应该能够冲抵她犯下的错误，青曜十三司出身的她，执掌文华殿也确实要更加合适。当然，他也知道陈长生如此安排在某种程度上是因为安华。

"那圣谕大主教？"

"嗯，我想留给落落……待她登基之后，再作打算。"

唐三十六赞道："妙！"

当初牧酒诗以大西洲王女的身份出任文华殿大主教，因为人族需要大西洲的友谊。人族更需要妖族这个盟友，落落作为妖族公主，隔着八万里路兼任圣谕大主教，谁又能说什么？

唐三十六又问道："茅院长那边呢？"

陈长生说道："他推荐庄之涣，我没有同意。"

唐三十六愣了。茅秋雨离开不是因为犯错，是因为破境入神圣，如果用朝堂来比喻的话，这算是高升。在离开之前，他向教宗推荐英华殿的继任者，是理所当然的事情，惯常也不会被否决。陈长生这样做可以说是非常不给茅秋雨和天道院面子，至于庄之涣的心情更是可以想象。

唐三十六明白陈长生不同意庄之涣的原因，没有说情，只是觉得这件事情很是棘手。英华殿的位置很是特殊，与庄之涣做比较，无论是宗祀所大主教还是离宫附院、青曜十三司的大主教来接手，都很难服众。至于国教学院出身的他与苏墨虞更是不能考虑，陈长生不可能留给世间信徒一个任人唯亲的形象，而且他和苏墨虞的资历实在太浅。

那么究竟是谁来接任英华殿大主教？陈长生说出了一个意想不到的名字——关白。

25 · 都到了

关白是天道院这些年来的最大骄傲，与秋山君在离山剑宗的地位相仿，被称为大名关白。这位极具修道天赋的年轻高手，在数年前曾经遭受了一次沉重的打击，被无穷碧斩断了一只手臂。就在很多人以为他将就此沉沦的时候，谁也想不到他从绝望的深渊里坚强地爬了出来，苦练不辍恢复境界实力，再加上这几年在北方与魔族强者们的艰苦战斗，他的剑道修为不断提升，直接冲破了聚星上境的门槛，在逍遥榜上的位置已经快要接近最前面的梁王孙与小德。

如果陈长生选择关白作为英华殿大主教，无论是德行与功绩还是天道院的背景以及传奇般的经历，他都会获得最广泛的支持，就算有人想要质疑他，也很难直接说出来。

"出乎意料的选择，往往都是不错的选择。"唐三十六微微皱眉说道，"唯一的问题就是他的资历还是太浅，而且……他是庄之涣的学生。让学生来管老师，这感觉总有些怪，而且我想关白他自己都很难接受。"

陈长生说道："这次大朝试他应该会回来，到时候我争取能够说服他。"

当年寒山煮石大会上，关白与他对战一场，陈长生重伤回京，间接引发了随后那些惊天动地的事情。关白则是去了拥雪关，在与魔族对峙的冰天雪地里坚持了三年时间。这三年时间，陈长生也在北方的雪岭里，但没有与关白见过面。

屋里忽然变得安静了下来。因为拥雪关这个地名还有因为关白想到的逍遥榜，让陈长生和唐三十六想起了一个人。

肖张被大周军方及天机阁的高手刺客们满天下追杀，最终被迫向北而去。据说双方在拥雪关发生了一场血战，随后他便消失在了雪原里，谁也不知道他现在是否还活着，如果还活着，又会在做什么。

想着峡谷上的那道铁链、从天而降的霸道身影、那张被江风拂得呼呼作响的白纸，还有满城的茶香与那些舍生忘死的茶商，陈长生与唐三十六沉默了很长时间。

"说些正事吧。"唐三十六不喜欢这种压抑的气氛，说道，"你什么时候把题给我？"

陈长生很茫然，不明白他这句话是什么意思。

唐三十六看了眼殿外，压低声音说道："文试不用，就是武试。"

陈长生怔了怔才明白过来，睁大眼睛说道："你要我泄题？"

看着他清澈明亮、没有杂质的眼眸，唐三十六觉得有些惭愧，然后莫名地恼怒起来："不要忘记你也是国教学院院长！为学生们谋些福利有什么不对？当年如果不是辛教士专门跑过来给我们泄题，就凭你这僵化死板的脑子能想到向徐有容借鹤过曲江？"

如果是别的时候，陈长生或者会看着他很认真地问道：这就是恼羞成怒吗？但今天他没有说话，因为他在这句话里听到了辛教士的名字，这让他再次想起那座飘满茶香的县城。

陈长生走到窗边，望向殿外，沉默不语。辛教士死了，梅里砂大主教早就死了，教宗师叔也死了。这座离宫现在是属于他的，但这座离宫对他来说却是陌生的，因为他曾经熟悉的那些人不在了。现在的离宫有些冷清，但意志更加统一，只不过这样依然无法正面对抗大周朝廷。最关键的问题在于，他的师父商行舟在国教里的声望太高。如果真的到了开战那日，不说临阵叛逃，但至少会有三分之一的离宫教士会选择沉默或者退却。

春意渐生，离宫石墙上的青藤渐渐露出翠绿诱人的模样。看着那些石墙，想着当年走进国教学院前的画面，陈长生有些感慨。从某种意义上来说，从出生到进入国教学院的那一刻，他的一生都是由商行舟安排的。他对商行舟的情绪很复杂。相信商行舟对他亦如此。他本以为白帝城的事情可能是一个转机。

既然默许自己回到京都，那么师徒之间无论是战还是和，总要有个说法。

但谁能想到，商行舟却去了洛阳……

您连见都不想见我一面吗？一声雁鸣，把陈长生从沉思中惊醒。翠嫩的青藤与湛蓝的天空上，划过几道艳红的影子。那是红雁传书。

"出了什么事？"唐三十六走到他身边，看着那些分别落在京都各处的红雁，忽然生出些许不安。

没有过多长时间，户三十二走了过来，说道："参加大朝试的人们到了。"

听到这话，唐三十六心里的不安没有消解，反而更多。大朝试固然是盛事，但何至于让离宫与朝廷同时动用红雁紧急传讯。

"究竟到的是谁？"

"我这边收到的消息不是太完备。"户三十二看了陈长生一眼，继续说道，"应该到了不少人。"

没有过多长时间,凌海之王从离宫外匆匆赶至,说道:"都到了。"

冷酷高傲如他,说出这个三字时声音都有些微微颤抖。当然不是惊惧,而是兴奋。

参加大朝试的学子们,从大陆各地赶到了京都,其中有很多都是来自南方。南方修行宗派众多,世家底蕴深厚,强者高手层出不穷,这些年来,随着离山剑宗与槐院的出现,在年轻一代修行者的培养上,更是远远地超过了以青藤诸院为代表的北方势力。但今年让京都震动的并不是南方学子带来的压力,而是因为他们的随行师长太多,而且名头太响亮!

离山剑宗只有两名弟子参加大朝试,随行的却有十余人。这与当年苟寒食等人自行参加大朝试的散淡情景形成了鲜明的对照,更不要说这十余人里有苟寒食、关飞白、梁半湖、白菜这些声名赫赫的年轻剑道天才,至于其余人更是可怕,竟全部是聚星上境的剑堂长老!

南溪斋只有一名弟子参加大朝试,但整座圣女峰的弟子都来了。数百名少女白裙飘飘,京都人都看傻了。还有慈涧寺首席,烈日宗新任宗主,三十余个南方宗派的高手先后入京。木柘家的老太太,吴家的家主,自三年前天书陵之变后,再次入京。

在京外某处山中,有人还看到了秋山家的马车。凌海之王说的话非常准确。世人能够想起来的南方强者,除了离山剑宗掌门以及那些隐居多年的长老,都到了。没有人知道,有两位看不出来年龄的道姑悄然进入京都,住进了娄阳王的旧府。但人们知道,王破已经携刀而至。因为洛水上忽然出现了一道裂痕。皇宫外的那些青树一夜时间变黄,仿佛变成了银杏树。

26 · 一切都是从白帝城开始的

消息陆续传来,离宫不再像先前那般冷清,那些神情各异的主教与执事们站在诸殿之间的广场上,低声议论着什么,等待着教宗或者大主教们的命令。

想必此时的朝廷会更加紧张,不知道那些王爷与大臣们这时候又在做些什么。

南溪斋、离山、木柘家等同一天到达京都,当然是刻意为之。南北合流之后,朝廷对南方宗派世家的监视放松了很多，再加上有大朝试的掩护，竟没能提前获得消息。

放眼大陆，谁有能力安排这样的大事？当然是徐有容，因为她是南方圣女。然而她究竟要做什么？难道是要用这堪称狂风暴雨的声势与场面来逼宫？那么道尊商行舟还能安静地待在洛阳城里吗？

想着这些事情，离宫里的教士们望向深处那座幽静的宫殿。唐三十六与凌海之王还有户三十二也在看着陈长生。陈长生没有说话，也没有任何表示，神情平静地走回殿里。凌海之王虽有些不明白，却明白了他的意思，转身向离宫外走去。

唐三十六追进殿里问道："你准备做什么？"

陈长生说道："我准备练剑。"

唐三十六怔住了。

今天的天空非常湛蓝，被相隔极近的檐角割开，看着就像是一道瓷片。叮咚清柔的流水声在幽静微暗的殿里显得非常清楚。石池里的清水荡着永远不会停止的波纹，水瓢静静地搁在旁边。那盆青叶已经回到了它曾经存在过很多年的地方，虽然少了一片叶子，但依然青翠喜人。

陈长生没有进入青叶世界，而是走进殿深处一个安静的石室里。石室里没有任何器物，墙面与地面都是由灰石砌成，看着异常朴素，或者说简陋。

地面上搁着一张蒲团，看着有些旧了。看着那张蒲团，唐三十六很自然地想起汶水祠堂里的那张，于是停下了脚步。

陈长生坐到蒲团上，伸出右手。石室里没有风，他的袖口没有颤动，但指尖却颤动起来。啪的一声轻响。弹指。

伴着清楚的破空声，数千道剑从陈长生腰畔的剑鞘里鱼贯而出，占据了石室里所有空间。

无数道森然的剑意，在石室里此起彼伏，震荡相交，然后渐渐平静。

从石室外看过去，这是一片剑的海洋，陈长生就坐在剑海中央。看着这一幕，唐三十六觉得自己的眼睛上生出一抹寒意，然后发现一根睫毛飘落下来。

伴着轻微的摩擦声，石室的门缓缓关闭，陈长生也闭上了眼睛。

走出殿外，唐三十六看着户三十二问道："这是怎么回事？"

户三十二说道："陛下一直勤勉修行。"

唐三十六觉得有些荒谬，说道："在这种时候他还只想着练剑？"

"是的。"户三十二也有些担心,说道,"那日与圣女见过之后,陛下便再没有管过别的事情。"

唐三十六觉得有些不安,因为这样的画面给他一种似曾相识的感觉。

京都里的无数视线,都落在了徐府。这些天徐有容没有再见人,只是安静地留在自己的家里。

但谁都知道,这件事情与她有关,与她见的人有关。在与陈留王相见之前,在深夜入宫与皇帝陛下相见之前,她这些年在南方已经见过很多人。这些人现在都来了,从南方来了,从她的南方来了。

"圣女逼迫太盛,您是她的父亲,总要出来说句话才是。"东御神将府像往日一样肃杀安静,于是花厅里传来的声音显得更加清楚。很明显,那个人是在强行压抑着心头的怒火。说话的人,是东骧神将彭十海。

被对方进府逼着表态,徐世绩看着对方,脸色也很难看。从地位来说,彭十海不及徐世绩,从资历来说,更是远远不如。但他是已经死去的摘星学院院长陈观松的学生,代表的并不是他一个人,还包括如今手握兵权的数位神将,甚至还有可能代表着道尊的意志。

徐世绩强自压抑住心头的烦郁,说道:"我与圣女虽是父女,但亦有君臣之别,你叫我能说什么?"

彭十海冷笑一声,说道:"您不好说,我来说,我要面见圣女陈情!"

徐世绩再也无法控制情绪,沉声道:"我说过她不在,你爱信不信!"

徐有容今天确实不在家。晴空万里,她撑着黄纸伞,在京都的街巷里随意逛着。这伞是前些天她去离宫的时候向陈长生要的,不知道当时她是不是已经想到今天需要到处走走。她的身边还有一位黑衣少女。

街巷里到处都在议论今天发生的事情,那些茶馆与酒楼里的谈话声更是一声高过一声。黑衣少女神情漠然,竖瞳妖异,很是美丽,只是不停向嘴里塞着零食,显得有些怪异。听着那些议论,她有些含糊不清说道:"在白帝城的时候,你就开始准备了?"

徐有容微微一笑,说道:"是的,就在你去追杀那个异族天使的时候。"

小黑龙看着前某处,眼神微寒,手里的无核蜜枣如利箭一般射出。一个正在欺负妹妹的小男孩，膝盖一弯便跪了下来，摔得不轻，顿时痛哭出声。

看着这一情景，徐有容摇了摇头。

小黑龙拍了拍手，冰晶从手掌之间溅出，接着问道："为什么是那个时候？"

徐有容说道："因为那时候我才确认，商行舟受了不轻的伤。"

小黑龙神情一怔，说道："他受了伤？"

徐有容说道："是的。"

小黑龙知道这是多么重要的事情，竖瞳微缩问道："你怎么确认的？"

徐有容说道："白帝那时候刚刚脱困，无论是否伪装，境界气势终究不在最盛之时，而且还要与两位圣光天使作战。商行舟却不然，而且他还有我这个帮手。"

小黑龙不明白她的意思。

徐有容说道："在那种情况下，商行舟没有试图杀死白帝，只能说明他也受了不轻的伤。"

小黑龙很是吃惊，说道："他们不是朋友吗？"

徐有容笑了笑，没有说话。

接着小黑龙反应过来，她说商行舟还有自己这个帮手，更是震惊。

"如果他那时候真的向白帝出手，难道你还会帮他？"

徐有容平静地说道："我当然会帮他，事实上我当时已经做好出手的准备。"

小黑龙想了想，说道："这只是你的猜测吧？"

徐有容淡然地说道："他与白帝没有继续向那个圣光天使出手，而是交给你去做，便是提防着彼此。"

小黑龙尚未成年，但并不缺少智慧，回想着当时的场景，很快便得出了结论。

她沉默了很长时间，说道："你们人类真的很可怕。"

两侧的热闹渐渐不见，街道渐宽，然后渐静。徐有容与小黑龙来到了一条安静的街道里。如果是莫雨这时候在，一眼便能看出来，这里与太平道相隔极近。

小黑龙说道："我以为你是要去见南溪斋的小姑娘，来这里做什么？"

徐有容说道："我来见两位长辈。"

小黑龙觉得这是最无趣的事情，于是伴着一阵风雪消失。

徐有容走到一座府邸后门前。那扇门缓缓开启。徐有容看着那两位道姑，说道："辛苦二位师叔了。"

27·檐角片瓦

这两位道姑是怀仁与怀恕，南溪斋内乱后，她们再次离开去世间云游，按照当初的约定，至少要在十年之后的星桂大典才能回到圣女峰。但谁能想到，她们竟是悄然地来到了京都，还住进了娄阳王的旧府里。

听着徐有容的话，怀仁平静地说道："斋主言重，本是赎罪之行。"

怀恕想着当日南溪斋里的血光，便怒意难抑，说道："商行舟利用怀璧搅风搅雨，我们岂能如他心意？"

怀仁平静地说道："若不是你我道心不静，又岂能被他利用？"

听着师姐说话，怀恕敛了怒容，望向徐有容，带着欣赏与佩服的神情点了点头，没有再说什么。今日南溪斋数百名弟子入京，引发极大震动，从来没有这般风光过，对怀恕这样的老人来说，自然感极欣慰。换作往年，如果南溪斋摆出这等阵势，不待大周朝廷说什么，只怕离宫便要出手。

好在现在离宫与大周朝廷正处于对峙之中，南方教派的重要性更加突显，南溪斋才能找到这样的机会。当然，能够营造出这种局势，抓住这种机会，本就是极困难的事。徐有容还很年轻，没有进入神圣领域，无法像前代圣女那样，对大周朝廷形成足够的威慑力。但她与离宫的关系，却是历代圣女里最密切的，而且她在此事上表现出来的行动力以及果决的气质，更是令人感到敬畏。

王府后门里有一座假山，里面夹着几株青翠的植物。寒风乍起，那几株植物的叶片上结了一层浅浅的霜。

"薛家没有问题，我要不要去告诉陈长生一声？"一个黑衣少女出现在场间，对徐有容说道。

感受王府里急剧降低的温度，怀恕很快便猜到了这个黑衣少女的身份，微微色变，下意识里向后退了一步。这些年她随着师姐云游四海，见过很多奇观异人，按道理来说，半步神圣境界的强者不至于让她生出惊惧之感。但是玄霜巨龙是最高阶的神圣生物，对人族强者的神魂本来就先天压制。

小黑龙见惯了这样的反应，也不以为意，反而是另外那个道姑引起了她的很大兴趣。怀仁的神情很平静，没有因为她的出现而动容，就像是不知道她的来历般。

小黑龙打量了她一番，说道："你很强啊。"

能让她感觉到强大，这片大陆没有几个人能够做到。

当初南溪斋内乱，怀璧暴起，用天下溪神指封住了怀仁最重要的几处气窍。在这样被动的情况下，怀仁依然轻而易举地完成了反制，当时陈长生就觉得这位道姑的境界实力有些深不可测。

小黑龙望向徐有容，有些吃惊，也有些不解。她让这样的强者留在娄阳王旧府里，究竟是准备做什么？徐有容看着不远处的某座王府，没有说话。那座王府被高墙遮挡，无法看见里面华美的建筑，只能看到高耸入云的檐角。那些檐角上盘着一些檐兽，身披金鳞，似龙非龙。

看着檐角上那些在阳光下闪着金光的龙兽，相王的脸抽搐起来，肥肉生波。

不知道过了多长时间，他收回了视线，扶着挤出腰带的肥肉，感叹说道："这下事情就弄大了。"

陈留王苦笑说道："我没想到有容行事，还是像小时候那般简单粗暴。"

相王看着陈留王的眼睛，缓慢而认真地说道："为父侍奉道尊大人多年，只要不妄动，必能保住现在的荣华富贵，让我再问你一次，到现在你是否还是坚持我们应该向前再走一步？"

他现在是大周朝廷权势最大、地位最高的亲王，同时还是一位神圣领域的强者，若再往前走一步，能够到哪里？

"如果我们不走这一步，大周朝究竟是陈氏的天下，还是西宁的天下？"陈留王平静地说道，"这是我最在意的事情。"

相王的手指陷进了腹部的肥肉里，不停地叹着气，没有再说什么。

陈留王刚刚成亲，但他的心思没有办法放在如花娇妻的身上，因为徐有容弄出来的动静太大了。相对应，他那位如花似玉的娇妻也没有把心思放在他身上，甚至直接离开了王府，回到天海家。

天海胜雪站在府门前，看着已经换作妇人打扮但神情依然娇纵的平国，劝说道："妹夫虽然性情寡淡，心思深刻，但他性情不错，又向来注重风评，待你不会差，但你也要注意些，怎么能刚成亲便总往家里跑？"

"我回来是谈正事，又不是要闹那些吃醋之类的无趣把戏。"平国往府里走去，冷笑说道，"再不赶紧应对，难道就看着那个女人风光吗？"

天海胜雪知道从小到大平国对徐有容的怨念极深，只是没有想到圣后娘娘都已经死了三年，平国也不再是当初那个徒有名分的公主，但这份怨念却依然没有消退，甚至随着时间的推移，反而变得更深了。她今日回府自然是要代表相王府与父亲商议如何应对今日的状况，天海胜雪觉得很是无趣，不想掺和这些事情，从家臣手里接过缰绳，牵着自己的坐骑离开，只是没有走多远，身边便多了一个瘦高的老人。

那位瘦高老人看着寻常，实际上身份很不普通，乃是当今资历最深的神将，名叫费典。

天海胜雪说道："这些年虽说受教不浅，但您跟在我的身边也真是消磨了时光。"

费典说道："圣后娘娘既然把我派到你的身边，那就证明你值得。"

当初天海胜雪是天海家最有潜质的年轻人，圣后娘娘把费典派到他的身边，应该算是寄予厚望。但现在圣后娘娘已经死了，费典却没有离开的意思。

"费叔，您觉得是留在京都有意思，还是在前线更有意思？"天海胜雪不待对方回答，摇头说道，"当然是在雪原上与魔族作战更有意思。"

费典面无表情地看着前方，说道："但我现在还活着。"

天海胜雪神情微异，看了他一眼。

"汗青将军死了，薛醒川死了，天槌死了，很多人都死了，听说金玉律在白帝城的日子也不好过。"费典说道，"我还能活着，还能天天喝点小酒，就是因为我想得少，做得也少。"

天海胜雪知道这句话是在警告自己。他的想法很难瞒过对方。但面对当前京都的局势，谁能没有想法？他抬头望向一碧如洗的天空，说道："风雨将至，总要寻片瓦遮头。"

28·王爷们的愤怒

百花巷经历过冷清、热闹、被毁，然后再次复建，早已不是当年的模样。繁华更胜，却又安静，道旁种着新柳，在这初春时节里，吐着淡绿色的新芽，遮不住酒楼的檐角。看着巷子深处国教学院的院门，天海胜雪沉默了很长时间。

现在的这座院门是天海家修的，以前的那座院门则是被他亲自命令撞破的。

想当年京都微雨，他带着麾下骑士自北方归来，一声令下，战马撞破院门，那时候的他以及天海家是何等样的风光，又是何等样的嚣张，然而现在呢？天书陵之变后，除了道尊与皇帝陛下交付的事情，天海家低调得不能再低调，今年好不容易准备在松山军府发力，谋些好处，结果又遇着那件大事，他那位眼高于顶的弟弟就这样死了。至于当年引发天海家与国教学院冲突的天海牙儿，更是早已被人遗忘了。

费典看着他脸上寂寥的神情，猜到他在想什么，说道："错过便是错过，走吧。"

天海胜雪摇了摇头，策马向百花巷里走去。费典神情微异，看着他的背影，没有说什么。天海胜雪是专程来国教学院，不是路过，因为他不想再错过。他敲开了国教学院的院门，然后走了进去。他的选择与当年大朝试的时候一样。他希望自己的家族能够传承下去，所以他会把全部的筹码放在对面。他要与家族完全切割开来，这样将来即便天海家死光了，他还活着。

太宗皇帝留下了很多子孙，即便经历了这么多年的风雨、打杀，数量依然不少。

太平道两边的那些王府，便是明证。这些王府的主人，都在看着相王府。如果相王对今天的事情不表态，那么其余的王爷也只能保持沉默。

太平道非常安静。只有一座王府里不停有骂声传出，尽是不堪入耳的污言秽语。那是中山王府。在陈家王爷里，中山王陈玄晴可以说是最出名的一个，因为他的脾气，也因为他的传奇经历。当年如果他不是装疯卖傻，吃了好些马粪，只怕早就已经被天海圣后整死了。这件事情也间接证明了这位王爷的了不起——如果他只是一个普通的王爷，如果他不是拥有极为强悍的境界实力，只比相王稍逊一筹，又怎么会被天海圣后逼迫如此之急？

如此强大的一位王爷，却能如此忍辱负重，谁都知道他很可怕。尤其是当他的脸色像现在这般阴沉的时候。

王府属臣与效忠于他的高手们坐满了屋子，还有刚刚从嵎山赶回来的孝陵神将与庐陵王。所有人都低着头，不敢回视中山王的视线，更不敢说话。

中山王的脸色变得更加难看，指着他们骂道："都被人欺上门来了，你们还坐得住！"

在松山军府，他被联袂而至的国教巨头以及隐而未见的陈长生强逼让步，已是极为不爽，今日南方那些宗派强者们竟是如此声势逼人地进了京都，更是让他暴怒异常。

王府属臣们依然低着头，沉默不语。孝陵神将看着中山王，鼓起勇气想要说些什么，最终还是收了回去。庐陵王摇了摇头，很是无奈。如果不坐着，那能做什么？难道要去打？

离宫方面随随便便就能找出七八个像凌海之王与司源道人这般聚星巅峰境界的大强者，青藤诸院里还有像庄之涣、宗祀大主教这样的高手，这便是国教的万年底蕴。更不要说茅秋雨已经破境入神圣，虽说去了寒山，但谁知道他会不会像王破一样偷偷回来？就算茅秋雨不回来，教宗与圣女的合璧剑法又有谁能抵挡？加上今天入京的这些南方强者，这叫他们怎么打？除非从北方召回玄甲重骑对这些强者进行围杀，不然朝廷根本没有胜算。

大周军方的强者数量虽然也不少，最凶的白虎神将已经被陈长生与折袖联手杀了，剩下的那些神将较诸当年的薛醒川等人差距太大，更不要说这些神将的想法本来就不统一。

"陈观松的这些徒子徒孙，委实无能，还不如本王能打！"中山王看了眼孝陵神将，骂道，"都他妈是一群废物！"

王府属臣们苦笑无语，心想王爷你就算再能打，也不过是一个人，而且您也打不过那位啊。众人正在腹诽之时，忽然听到了中山王的下一句话，不由惊惧异常，心想王爷难道能够知道自己在想什么？

中山王根本不知道，也懒得去想这些人在想什么，他的这句话纯粹是有感而发。

"但我也打不过王破！"

"真是气死了！"

"气死了！"

天凉王破，毫无疑问是最近数十年来大周朝廷盯得最紧的强者。中山王对王破如此重视，也有着相同的原因。陈氏与王家之间有着解不开的恩怨情仇。遥想太宗当年，他说了句天凉好个秋，便让王家就此破落。王破的名号便是由此而来。如果说谁最希望陈氏皇族失去这个天下，那当然就是王破。所以王破刚开始展露修道的天赋，陈氏皇族便准备打压他，甚至直接除掉他。

当初如果不是唐老太爷把他收留在汶水里护了几年，王破或者早就死了。

即便他后来登上逍遥榜首，成为受神圣律令保护的强者，依然要被迫远走天南，进入槐院。

在苏离去异大陆后，王破成为了大周朝廷最想除掉的目标，随着天书陵之变造成的神圣律令失效，朝廷的这种想法变成了现实的行动。

于是有了银杏树下的那场围杀以及京都洛水畔的那场惊天之战。只不过谁也没有想到，王破的境界实力提升得如此之快。他居然在洛水畔一刀斩杀铁树，成就了神圣之名。从那一天开始，整个局面就变了。

大周朝廷停止了对王破的一切行动，陈家的王爷们保持着沉默，双方维系着平和的局面。

但今天王破来了京都。皇宫前变黄的青树，被斩断的洛水，都是证据，或者说是战书。这当然是对朝廷的挑衅。在陈家的王爷们看来，这更是对他们的羞辱。

庐陵王苦着脸问道："那现在怎么办？"

"怎么办？"中山王重重地一拍桌子，暴怒道，"那就吃屎咯！反正我也吃过那么多了，不怕多这一次！"

29·来都来了的世家主

没有人愿意吃屎，不管是狗屎、马屎还是别的什么屎。更何况是陈家的这些王爷们好不容易才重新回到京都，攀上人生巅峰，谁会乐意吃屎？中山王不乐意，庐陵王不乐意，想来即便是那位最窝囊的娄阳王也不会乐意。

但王破来了京都，他们没有任何办法，这就是吃屎。眼下看来，除非相王亲自出面。问题在于，谁都知道陈留王去洛阳城的意思，也知道今天相王府为何如此安静。

想到那个夜晚发生的事情，中山王的脸色变得更加难看，寒声骂道："真是狼子野心，贪欲不满！"

就算相王亲自出面，也不见得能够搞定。王破是那把最锋芒毕露的铁刀。在他的身后还有槐院、离山、圣女峰以及南方数十个世家与宗派山门。

这场动静太大，太过惊人，震动京都，慑及天下。

对徐有容的安排，离宫保持着沉默，皇宫也很安静。

皇帝陛下与教宗这对师兄弟，什么话都没有说，但并不表示什么都不会做。

如果商行舟不做反应，如果朝廷与这些王爷们的反应稍微软弱一些，这对师兄弟完全可以借助徐有容用强大行动力与魄力推出的万丈狂澜，直接除掉王爷们与军方那些神将的实权，彻底改写大周朝廷的格局。

除非商行舟立刻回京，才有可能力挽狂澜，因为只有他有这样的威望与能力。不然陈家的王爷们为了自保，必然要召兵入京。到时候烽火连绵，谁又知道最后的结局是什么。这也是庐陵王与孝陵神将这些人想不明白的事情。徐有容为什么要这样做。

作为一代圣女，难道她就希望看到兵荒马乱，百姓流离失所，人族的大好局面毁于一旦？

中山王看着府外的天空，听着远处传来的雁鸣，微眯着的眼睛里忽然闪过一抹亮光。他在心里把整件事情倒推了两遍，最终得出一个结论。那个结论看起来很真实，但太过简单，以至于他难以相信。徐有容做这么多事，难道真的就只是想逼道尊回京？问题在于，如果道尊真的回京，她又能做什么？就算南方强者众多，就算国教底蕴深厚，就算王破战力强大至极，就算她与陈长生双剑合璧精妙难言。难道这样就可以杀死道尊？

很多人都想不明白徐有容做这些事情的真实目的。同时也想不明白，她如何能够命令如此多的宗派山门与世家前来京都。她在南方的地位当然极其崇高，声望极隆。问题在于，这是真正的大事，甚至可以说极有可能会迎来灭门之灾的祸事。教士们带着那些来自南方的强者与晚辈弟子们向各殿走去，对这个问题也很是疑惑，却无法问出口来。

这次以大朝试为借口，南方诸宗派世家共有两千余人进京，这么多人自然无法住在客栈里，被安排到离宫、青藤诸院以及京都大大小小的道殿里，陈长生没有发话，户三十二处理得非常妥当，没有出任何问题。

刚开始的时候，双方之间难免会有些陌生感，但稍微熟悉之后，没有谁愿意错过这样难得的南北交流的机会，很快在离宫、青藤诸院以及那些道殿里，双方开始进行切磋，更多的时候当然还是坐而论道，免伤和气。

像木柘家以及吴家这样的豪富世家，在京都里当然有自己的寓所，不需要

085

安排住处。那些驻守京都的子辈，也更方便向家主们提出自己的疑惑……您为什么愿意听从圣女的谕旨前来京都？"

木柘家的老太君把双脚放入滚烫的水里，发出一声疲惫的叹息，说道："我们这些家的根基在南方，又不是在北边。"

以此而论，圣女峰的谕旨当然要比朝廷的圣旨更加重要，但以木柘家的地位实力，就算不听徐有容的话，她又能如何？在木柘家的这些子辈以及京都民众的印象里，徐有容是天赋惊人的凤凰，是地位尊贵的圣女。她不是阴谋家，按道理来说，她应该不擅长用什么强硬手段，更没有什么冷血手段，而且也没有这种能力。

"你们都不知道圣女是什么样的人。"木柘家的老太君不知道想起了什么往事，眼里露出后怕情绪，说道，"她就是一个疯子。"

在相隔不远的另外一座华贵府邸里，吴家家主与任户部侍郎的族弟进行着类似的谈话。

吴家家主叹息着说道："你不知道，圣女疯起来是多么可怕。"

听着这话，吴侍郎脸上流露出荒谬的神情，明显不相信他的说法。

吴家家主没有多做解释，感慨说道："你们没有经验，自然不会怕，但我是真怕了。"

吴侍郎不知道究竟发生了什么事，下意识里心生寒意，又问道："那秋山家呢？"

汶水城里发生了很多事情，唐三十六出了祠堂，所有人都知道，唐老太爷已经改变了态度。在商行舟与陈长生的师徒之争里，他将保持中立。

四大世家，现在就剩下秋山家的态度不明确，这次入京的队伍里，也没有看到秋山家主。

"那个老狐狸最惨，平日里习惯了左右骑墙，但这次根本不用他表态，众人便知道他会站在哪边。"吴家家主忽然觉得心情好了些，嘲笑说道，"谁让他生了这么一个好儿子。"

京都外有一座叫作潭柘的道庙。这座道庙的后院里有一棵银杏树，相传是当年太宗皇帝亲手所种，至今已近千年。

那棵银杏树生得极好，到了金秋时节，树叶变黄，便会成为一座金色的瀑布。

三年前王破入京杀周通，就是在这棵银杏树下坐了十一天，静思悟刀，继而在洛水畔惊天一刀斩了铁树。

现在是初春，银杏树叶自然没有变黄，王破也不在这里。秋山家主从道庙里走出来，坐在那把冰冷的石椅上，连叹了三口气。他也来了京都，但没有进京，而是第一时间来了潭柘庙。他想找到王破，劝王破去洛阳。总之，他不希望商行舟回京，更不希望商行舟看到自己。因为他非常不看好徐有容。他不想事后受牵连。

"要不然……我们还是回去？"那位境界极高深的秋山家供奉，看着家主愁眉不展的模样，很是同情，"就算我们不来，难道朝廷就会相信那个不孝子？"

秋山家主叹息说道："来都来了，那就再待几天吧。"

30 · 就是不出的师徒们

离山剑宗与南溪斋的住处都安排在国教学院。苟寒食等人与叶小涟等南溪斋弟子很熟，而且他们与国教学院里的人们也很熟。

唐三十六与关飞白一朝面，便开始像以往那样冷嘲热讽，或者美其名曰嬉笑怒骂。

对这样的画面，其余人早就已经看惯，或者看腻，懒得劝架，在苏墨虞的安排下各自洗漱休息。

当天夜里，国教学院安排了丰盛的晚宴，湖对面的小厨房重新启用，还有些偏瘦的蓝龙虾不要钱似的送了过来，让叶小涟等南溪斋少女很是开心，出身贫寒的离山剑宗弟子们却还是有些不适应这等奢豪的生活。当然，关飞白又把唐三十六好生嘲弄了一番。

夜色渐深，湖畔篝火未灭，几位离山剑堂长老与凭轩、逸尘两位师姐带着不喜热闹的同门散去，唐三十六却不肯作罢，喊来陈富贵、伏新知、初文彬等几个学生与白菜等人拼酒，一时间激战再起，仿佛回到青藤宴当年。

看着这幕画面，苟寒食笑了笑，转身向夜色里的那幢小楼走去，没有人留意到他的动静。在小楼顶层的露台上，他看到了沐浴在星光里的陈长生。

苟寒食平静而认真地行礼，然后感叹说道："现在想见你一面，真是很难。"

他没有对陈长生用尊称，因为他已经对教宗行完了礼，这时候是在与故友交谈。

这句话也有两重意思。除了陈长生身份地位改变带来的影响，更多是在说最近这些天陈长生深居离宫，始终没有露面。
　　无论是荀寒食这样的故友还是像木柘家老太君这样的大人物，都很难见到他。
　　很多人想不明白，在如此紧张的时刻，陈长生为何会如此平静，仿佛这些事情与他没有任何关系。难道他就不担心京都动荡，战祸将至？
　　陈长生对荀寒食解释道："我这些天一直在练剑。"
　　这本来就是离宫对外的说法。荀寒食感知着他的气息，确定他那道门槛还很远，于是更加不解。在这样紧张的时刻，如果不是有破境的可能，怎能把所有的精神都放在修行上？
　　就算你想这样做，又如何能够静下心来？难道你就不担心走火入魔？
　　荀寒食忽然看到陈长生的眼神，隐约明白了些什么。陈长生的眼睛很明亮，眼神很干净，就像是最清澈的溪水，没有一丝杂质。
　　——何以能静心，只是心意平。
　　荀寒食问道："有容师妹究竟准备怎么做？"
　　陈长生摇头说道："我真的不知道。"
　　荀寒食微微一怔，问道："那为何你能如此平静？"
　　陈长生没有直接回答他的问题，而是反问道："来之前，你师兄可有什么说法？"
　　荀寒食闻言微笑，算是全部明白了。离山剑宗诸子临行之前，秋山君没有说什么，也没有给什么交代，因为整个大陆都知道他会怎么选择。就算徐有容决意把整个天下都翻过来，秋山君也会支持她。那么陈长生自然也能做到。
　　荀寒食走到楼畔，看着下方湖边的篝火以及院墙外的万家灯火，说道："这件事情很难。"
　　他通读道藏，是离山设计谋略的大家，在途中推演过十余次徐有容的想法，最终都指向了相同的地方。
　　徐有容要做的事情，直到现在为止都没有人能够确认，但有些人也得出了相同的结论。同样是杀人，和三年前王破、陈长生在风雪天里杀周通相比，徐有容想做的事情，不知道难了多少倍。
　　陈长生说道："也许你们都想错了。"
　　荀寒食心想有容师妹造出这样的声势，怎会随意罢休。

陈长生说道："我觉得她会选择更简单的做法。"

苟寒食隐约猜到了些什么，问道："他是你的师父，你觉得他会答应吗？"

陈长生说道："有四成机会。"

苟寒食问道："胜负？"

陈长生想了想，说道："还是四成？"

苟寒食摇了摇头，说道："只有两成。"

这是他的看法，也是秋山君的看法，还是离山剑宗掌门的看法。王破只有两成机会战胜商行舟。

陈长生知道自己在这方面的眼光自然及不上离山剑宗，沉默不语。

苟寒食忽然问道："如果商行舟不回来呢？"

陈长生想了想，说道："我不知道。"

苟寒食看着他说道："你需要知道。"

陈长生看着京都里的万家灯火，想起三年前的那个夜晚，眼神变得认真起来。

"我只知道我不喜欢死人，不喜欢战争，尤其是在这里。"

苟寒食沉默了一会儿，说道："这是万民之福。"

陈长生与他告辞，却没有直接离开，而是去了一楼的某个房间。那个房间最靠近楼外，守着楼梯，正是当年折袖的住处。陈长生打开衣柜，看着里面那件单薄的衣裳，若有所思。

就像三年前那样，所有人都知道王破来了京都，但没有人知道他在哪里。有人去了银杏树下的潭柘庙，有人日夜不休在洛水两岸寻找，都没有看到他的身影。现在的王破，如果不想被人看到，除了商行舟，谁又能看到他？或者换个角度说，他只愿意被商行舟看到。

紧张的气氛，在某天清晨终于转化成了真实的画面。一夜之间，皇宫里便收到了数十份奏章。这些奏章来自王府，来自各部，来自以东骥神将彭十海为代表的军方少壮派势力。他们的请求只有一个，那就是——请诛天海朝余孽。把王破归到天海朝余孽里，当然是毫无道理的事情。这只是陈家王爷们与大臣们终于明确地表明了态度。

同时，数十封书信连夜送到了洛阳长春观里。这些书信里面有真正的血。满朝文武泣血上书。道尊不出，如天下何？

如果陈长生想见王破，应该能够见到，但他没有这方面的意思。那些送往洛阳的书信，也没能吸引他半分注意力。除了那天夜里在国教学院与苟寒食见过一面，他依然深居离宫，谁都不见。

司源道人从丰谷郡赶了回来，凌海之王要盯着朝廷与军方的动静，累得疲惫至极，户三十二更是忙得瘦了一圈。他们站在石室外，看着满天剑海里的陈长生，很是无奈。

31·再次重逢的世界

不管风波多险恶，陈长生始终不闻不问，在离宫里练着剑，徐有容也不知道在神将府里做什么。当千道剑终于重新回到藏锋鞘里，凌海之王等人再也忍不住，走进了石室。

户三十二苦着脸说道："陛下，您与圣女智珠在握，成竹在胸，但问题是，我们什么都不知道，该怎么配合呢？"

陈长生看着他们很认真地说道："我真不知道她要做什么。"

听到这句话，户三十二傻了眼，凌海之王与司源道人的脸色变得有些难看。这个答案实在是有些出乎他们的意料，他们顿时觉得肩上的压力变得更大了。

看着他们的表情，陈长生知道终究是要给个说法出来，有些无奈地叹了口气，说道："我去问问。"

初春时节，天气转暖，福绥路的牛骨头锅生意变得有些差，靠近巷口那几家已经开始重新装修，准备转做蒸虾。还有坚守的那几家也很冷清，但或者是那把黄纸伞的缘故，没有人注意到桌旁的那对年轻男女。

厚重的锅盖压在咕咕作响的铁锅上，不时有白色的蒸汽从边缘喷出，可以想象里面的压力。陈长生的视线透过蒸汽，落在徐有容美丽的脸上，欲言又止。

徐有容说道："想问什么就问，我有那么可怕吗？"

陈长生说道："听说木柘家的老太君和吴家家主都很怕你。"

徐有容没有理他，转身向老板喊道："请来一瓮梨花白！"

陈长生看着她的侧脸说道："苟寒食说你离开南溪斋之前，请木柘家的老太君和吴家家主去那个镇上打了场牌?"

徐有容伸手拿起热茶,替他冲洗碗筷,说道:"天南习惯吃饭前这样做,虽然我也不觉得这样有什么用。"

陈长生问道:"在牌局上究竟发生了什么事?"

徐有容见没办法把话题转开,有些无趣地看了他一眼,说道:"就坐了小半个时辰,能有什么事?"

那时候她急着去白帝城,确实没有太多时间,但已经足够她赢得自己需要的所有筹码。

陈长生想起在汶水唐家老宅里的那张牌桌以及唐老太爷说过的那些话,更加好奇。

徐有容说道:"今天霜儿弄了几条开河鱼,我得回去。"

这句话是催促也是提醒——既然终于要来问我,那么就请问最重要的事情。

陈长生说道:"我本不想问,因为怕听到不好的答案。"最近这些天他一直躲在离宫里练剑,不与任何人见面,这便是其中很重要的原因之一。

老板送了壶梨花白过来,同时拿起锅盖,扔了十余个雪白的小花卷进去,说道:"可以吃了。"

徐有容拿起木勺伸入红糯诱人的牛骨头深处,用力翻动了两下,向陈长生做了个请的手势。

陈长生看着满是油花的牛骨头与浸满汤汁的花卷,有些不知该从哪里下手。

当年第一次在这里吃牛骨头的时候,因为过于激动,他吃得很是专心。这时候,他才发现这虽然很美味,但实在是很不健康。

"有时候,我们不需要把事情想得太复杂。"徐有容用长箸挑拣出一块五分骨头、三分肉、二分筋的美物放到他的碗里。这句话自然是双关。

陈长生看着她认真问道:"难道就这么简单?"

徐有容用很斯文的动作吃着骨头上的肉,速度却很快。一块极其完整、表面极干净的骨头,落在了桌上,发出啪的一声轻响。

就像是官员断案,又像是说书先生开始讲故事。

徐有容继续向锅里的食物发起进攻,很随意地说道:"是啊,我就是想逼商行舟来京都。"

陈长生微微一顿,问道:"为什么呢?"

徐有容抬起头来，看着他的眼睛认真地说道："因为他不肯见你。"

外面春意渐盛，炉里的火烧得极旺，铺子里有些热，陈长生觉得身体暖洋洋的，很舒服。

"不要因为这些事情生气。"陈长生对徐有容说道，"他不肯见我，或者是因为他不敢见我。"

"当初在国教学院里对着林老公公的时候，你就是这么说的，后来当着商行舟的面，你也是这么说的。"徐有容说道，"就算真是这样，但我还是不高兴。"

陈长生微微一怔，问道："为什么？"

徐有容说道："他不敢见你，是觉得对你愧疚，愧疚是因为他对你不好，而直到现在他也没想过解决这个问题。"

是的，商行舟没有解决这个问题的意愿，在她看来，这就是最麻烦的问题。

白帝城之行后，陈长生与商行舟虽然还是形同陌路，事实上双方之间的关系有所缓解，商行舟默许他回到京都，没有做出任何动作，但这依然远远不够。他就像是一把无形的巨剑，悬在陈长生的头顶，随时可能落下，只看当时的心情。

"他想杀你就杀你，想对你好就对你好？"徐有容举起酒杯端至唇边一饮而尽，神情不变地说道，"凭什么？"

陈长生看着酒杯，有些犹豫。梨花白虽然看着清冽，实际上非常辛辣，而且度数极高。最终他还是浅浅地饮了口，眼睛变得有些微红，说道："他终究是我师父。"

看着他的模样，徐有容觉得有些生气，说道："但我才是你的未婚妻。"

陈长生怔怔看着她，有些不明白这两句话之间的逻辑联系。

徐有容接过他手里的酒杯，把杯中的残酒饮了："能这么任性对待你的人，只能是我，别的谁都不行，商行舟不行，你那个师兄也不行。"

陈长生觉得这酒真的很辣，不然为何自己只喝了一小口，便觉得身体更热了？

他又有些担心徐有容喝得这般急会不会醉，赶紧夹了一个没有浸到肉汁的花卷到她碗里，示意她赶紧吃了。徐有容觉得好生无趣，但还是低头把那个花卷吃了。

锅里的蒸汽渐渐小了，铺子里的景物越来越清楚，陈长生看着她的脸，觉得很平静，不想再问什么。比如她真把师父逼来了京都，随后会发生什么事情，又比如她为何确信师父会按照她的想法行动。

但每个人的眼神里都有他当时的想法，越干净的眼睛越如此。徐有容抬起头来，看着他的眼睛，便知道他在想些什么，担心些什么。

32 · 再次看到的晨光

徐有容说道："如果他不来，京都必然大乱，人族内争一起，很难平息。"

陈长生说道："火中取栗，本就是他最擅长的手段。"

"人族的权势对他来说早就已经没有意义，他在意的是大局。"徐有容说道，"为何在松山军府、在汶水、在南溪斋、在白帝城，他面对着离宫的攻势不停后退，直到把自己变成了一个孤家寡人？不是他对你心存善意，对天下苍生有眷顾之情，而是因为他有大局观。"

陈长生说道："你是说北伐？"

徐有容说道："不错，他现在活着的唯一目的与意义就是消灭魔族，为了这件事情，他可以牺牲所有。"

陈长生说道："但并不包括他自己。"

徐有容说道："是的，因为他要亲眼看到，或者说代替太宗皇帝亲眼看到人族大军攻入雪老城的那一天。"

如果让普通的民众听到这番对话，应该会很简单地把商行舟视为圣人，自然把徐有容与陈长生看作反派。但在这个故事里，本来就没有正反两派，只是在商行舟与陈长生的关系里，才有对错。

"但那一天同样是我们也愿意看到的。"陈长生看着徐有容提醒道，"难道我们可以不顾全大局？"

徐有容说道："为什么不可以？"

陈长生不理解，心想但你就不是这样的人啊。

徐有容嫣然一笑，说道："在这件事情上，你就把我当成一个任性的小姑娘好了。"

此时，陈长生觉得她长得确实很好看，顿一顿继续说道："师父还是不会相信你真会让京都大乱。"

徐有容微微挑眉，说道："为什么？"

陈长生说道："因为他知道我会阻止你,我不可能眼睁睁看着京都大乱,百姓流离失所,死伤惨重,血流成河。"

铺子里变得有些安静,铁锅里的牛骨头已经炖烂了,发出呼噜噜的声音,听着就像是猫儿在撒娇。

徐有容微笑说道："问题是你能阻止我吗?"

说完这句话,她站起身来。只见数十名南溪斋少女,穿着白色的祭服走进了铺子。徐有容展开双臂。两名少女拿起热毛巾,仔细地擦拭着她的双手。

徐有容看着陈长生说道："当我决定做什么事的时候,没有谁能阻止。"

陈长生说道："哪怕你是为我做这件事情?"

徐有容说道："你只是一半的原因。"

陈长生说道："另外一半是圣后娘娘?"

徐有容平静地说道："不错,但你不能阻止我,就算娘娘复活,也不能阻止我做这件事情。"

说完这句话,她向铺子外走去。街道上的旧柳生着新芽,在温暖的天气里享受着生命的美好。徐有容望向天空里不知何处,想起了莫雨转告自己的一件事情。当年陈长生带着婚书进了京都,知晓此事的那些大人物都在关心的时候,天海圣后曾经说过一番话。

"她想嫁谁就嫁谁,不想嫁人就不嫁。"在天海圣后看来,徐有容一定会这样做,也可以理解为这是她对徐有容的期望。

徐有容看着那片天空,平静地想着,娘娘,还是你最了解我啊。

徐有容与南溪斋少女们刚刚离开,铺子后面的竹帘微动,凌海之王等人走了过来。

陈长生望向他们说道："你们都听到了。"

凌海之王等人的表情有些奇怪,心想除了看了场恩爱,还听到了什么?这场谈话里没有提到过情爱,但谁都能看出来徐有容对陈长生那种发自内心的喜爱与怜惜。如果是普通少女,一心一意想着为情人出头,结果情人还说要阻止她,想必都会很生气。但徐有容没有,依然平静,甚至还能微笑,这是为什么?

陈长生看着他们认真说道："因为她知道我不会阻止她啊。"

凌海之王等人很是吃惊,心想如果道尊不回京,难道教宗大人真的会眼睁睁看着整座京都陷入血火之中？

陈长生想着那夜与苟寒食的对话，说道："我不是不能阻止她，而是相信她不会这样做。"

徐有容没有生气，想来也是相信他会坚定地相信自己。刚才最后的那番谈话，只是一场戏。她只需要神识微动，便能用凤火净手，何必需要摆出那个姿势。这场戏是给天下众生看的，更是给远在洛阳的商行舟看的。

陈长生向铺子外走去，没有留意到户三十二脸上的那抹忧色。

清晨的阳光照耀着那些并不高大的石柱，在地面上投射出无数道细长的影子，无法分开前来看热闹的民众。赌坊的伙计们拿着纸单不停地喊着什么，外地民众好奇地听着，有时候会被说得心动从怀里取出银两。来得还不多的京都民众，看着这幕画面，脸上露出同情的笑容，心想这些年的大朝试，除了教枢处的教士与国教学院，谁还赢过？

大朝试的日子终于到了。来自大陆各处的年轻修道者们，再一次汇集在离宫前。阳光越来越明亮，他们的脸被照得越来越清楚，朝气十足，只是再也看不到当年那个身着单衣的孤独少年般的人物。

即便是如此重要的日子，教宗陈长生依然没有出面，还是留在了石室里。看着凌海之王等大主教的身影以及那个黑衣少女，人们心生诧异，却不敢多说什么。

随着清亮而悠远的钟声响起，年轻的修道者们沿着神道向离宫里走去，大朝试正式开始。

当整座京都的视线都落在离宫前的时候，天书陵那道沉重的石门前出现了一个人。共同负责天书陵守卫的国教骑兵和羽林军还有那些将军以及主教大人们，都没有拦住那个人。因为当他们看到那个人的时候，对方就已经在天书陵里。

那人耷拉着双肩，衣服洗至发白，看着有些寒酸，神情看着有些愁苦。与其说是书生，他更像是个算账的掌柜。事实上，他当初在汶水唐家本就做过好长一段时间的账房。他还曾在雪原上杀过好些魔族强者，在槐院里做出好一番事业。他在浔阳城里直面过最惨淡的风雨，在京都里一刀斩开铁树。他是曾经的逍遥榜首，如今的神圣中人——王破，终于出现了。

33 · 大热闹

天书陵外的羽林军顿时紧张起来，伴着密集的弓弦绷紧声，无数张弩对准了王破的背影。有烟尘在远处扬起，地面微微震动，还听不到蹄声，但应该是玄甲骑兵正在集结。

在这些事情发生之前，警讯已经发出，向着京都各处而去。国教骑兵的反应也很快，哪怕没有收到任何离宫的命令，数百骑疾驰而至，拦在了天书陵的石门之前。

时隔三年，双方再次陷入紧张对峙。

王破就像是根本不知道身外发生的这些事情，向着已然青葱的天书陵里走去。看着他的背影，一个离宫教士忍不住问道："先生你这些天在哪里？"

这是京都所有人都想知道的答案。

王破没有回头，说道："我一直都在这里。"

听到王破的回答，无论是那个教士还是国教骑兵抑或是更外围的羽林军都很吃惊。谁都没有想到，王破这些天是在天书陵里，寻常人无法进陵，自然也无法看到他。

他今天出现在众人之前，就是想要让世人知晓，他准备做些什么。只是他究竟要做什么呢？

距离王破当年进入天书陵观碑悟道，已经过去了很长时间，但看起来他似乎并没有忘记那些经历。他很熟悉地找到林里的一条道路，向着西南方向走去。不知道走了多长时间，他来到了一座小院。初春的橘林里自然没有橘子，但总觉得空气里有着淡淡的青橘味道。这些天，王破就住在这个小院子里。

曾经悬着腊肉的房梁上空无一物，屋子里的桌椅被擦洗得极为干净，不染尘埃。

王破没有进屋。他站在篱笆外，对曾经在这个屋子里住了三十七年的旧友平静地说道："今天我要去登神道了。"

当年荀梅闯神道失败，即将告别这个世界的时候，他曾经说过，将来如果自己能修至从圣境，会代荀梅登陵顶一观。原来这就是他今天要做的事情。

大朝试已经正式开始,陈长生还是没有出现。

没有屠户,人们还是要吃猪,教宗不出现,生活还是要继续,考试还是要进行。

今年的大朝试没有刻意弄什么新意,还是沿袭着前几年的方法,文试、武试、对战依序进行。

在宣文殿里进行的文试,依照旧日规矩,由教枢处并朝廷礼部监督,最终的审定权却在苟寒食的手里。苟寒食还很年轻,但没有人会质疑他的资格,因为他通读道藏,更因为他本来就是今年文试的出题人。

在晨光的照耀下,文试很顺利地结束了,风平浪静,没有任何变故。离宫外那些看热闹的民众与赌坊管事们,觉得有些无趣,又觉得气氛有些诡异。

紧接着进行的武试,还是煮时林与曲江两道关隘,不知道是不是受了当年陈长生骑鹤过江的影响,今年的规则更加繁复细致,基本上杜绝了任何投机取巧的机会,又不禁止阻拦对手,于是林海里不时能看到剑光亮起,凶险更胜当年。

大朝试已经三年没有召开,今年前来参加的考生数量极多,虽说竞争比较激烈,但最终成功抵达曲江对岸的考生还是有二百余人,其中又以天南槐院与摘星学院的成绩最为醒目。

在离山神国七律已经不再参加的前提下,槐院那几名少年书生本来就是今年大朝试的热门人选,再加上世人皆知,他们的院长王破就在京都,那些少年书生更是气魄大增,成绩自然出众。摘星学院的军官学生表现得如此优秀,则是因为最近京都承受的压力,让这些大周军方的未来积蓄了满腹的怒气,而这些怒气在今天尽数变成了动力。

最后的对战还是在青叶世界的洗尘楼里进行。考生们依次进入清贤殿,沿着地面上那些图案行走,然后注意到了一个神情漠然的黑衣少女。那个黑衣少女神情漠然,怀里抱着一盆青叶。看着她,考生们纷纷想起临行前师长们仔细叮嘱的那些重要事项,不由神情微变,赶紧移开视线。直到进入青叶世界,来到洗尘楼外,考生们才松了口气,脸上流露出敬畏与惊喜的神情,便纷纷议论起来。

即便是那些少年老成的槐院书生与摘星学院纪律严苛的少年军官,也忍不住与同窗低声说了几句。

"那位黑衣少女就是传说中的玄霜巨龙?"

"教宗大人真是了不起,要知道离宫已经几千年没有出现过龙侍了。"

"难怪秋山君怎么也争不过教宗陛下……"

"噤声,仔细被离山的那个小家伙听了去。"

不提在青叶世界里考生们议论的方向越来越偏,只说离宫外的气氛已变得越来越诡异。无论是那些看热闹的民众还是那些摊贩或者赌坊的伙计,都表现得太过安静。

没有热闹,那么这些民众是在看什么?没有人下注,那么这场赌局又有什么意思?所有人都在看大朝试,但他们并不是真正关心大朝试,而是在想着别的事。因为没有人认为今年的大朝试会这样平静顺利。今天肯定会出大事,只是不知道什么时候出事。

忽然有警讯传来。湛蓝的天空里出现了十余道笔直而极细的线条,只有眼力极好的强者,才能看清楚那些构成线条的残影是红色的。十余只红雁在天空里高速飞行,除了落在皇宫与离宫,其余的向着各个方向而去。

如果熟悉大周军力分布,便能看出那些红雁去向的地方,都是朝廷军队驻扎所在。

凌海之王常年与朝廷打交道,自然能看出来,但他不关心这些红雁会飞去哪里,更关心这些红雁从哪里飞起。红雁在天空里留下的痕迹已经消失,但还留在他的识海里。他的视线随着那些痕迹而去,最终落在京都南方,神情凝重至极。那里是天书陵。

户三十二低声说道:"慈涧寺首席刚刚离开宣文殿,离山那四位剑堂长老,今天根本就没有来。"

"木柘家的老太君出城了。"司源道人眯着眼睛说道,"如果大家都去天书陵,那该多热闹。"

他没有掩饰自己的野心与战意,因为任谁看来,这都是离宫必须抓住的机会。

凌海之王回头望向离宫深处那座幽静的偏殿,微感惘然。难道您还在练剑吗?

34 · 商人当道

天书陵里有很多条道路,但只有一条路可以直接登上陵顶,那就是南面那条由白色玉石砌成的神道。由神道登陵,是非常具有象征意义的事件。只有皇帝与教宗及南方圣女，才有资格走上神道，这代表着无上的权威。

荀梅之前便有很多人尝试过闯神道，但除了周独夫，似乎便没有别的成功例子。

王破要闯神道，是践行对故友的承诺，是对朝廷的挑衅，更是对太宗皇帝的复仇。

徐有容站在百草园的树林深处，看着那片微微坟起的草地，低声说道："您说过，计道人是太宗皇帝最忠诚的臣子，甚至是有些变态的狂热追随者，那么他怎么可能允许这样的事情发生？"

微风拂着树叶与刚刚冒出地面不久的嫩绿青草，天海圣后长眠于此，没有人能回答她的问题。

"想到要与这样变态的人物为敌，还真是紧张啊。"徐有容的神情很平静，看不到她言语里形容的紧张，只有微微颤动的睫毛，暴露出她此时真实的心情。她要做的事情或者说决定太过可怕，稍有不慎，便可能会有千万民众凄惨无比地死去。

要做出这样的决定，或者说让整个大陆相信她敢于做出这样的决定，需要她拥有极其强大的意志。意志强大到极处，自然无情，这便是太上之道。

徐有容眉尖微蹙，看着有些柔弱，惹人怜惜。没有谁见过这样的她。即便是在周园里她重伤将死的时候，即便是亲近如陈长生，也没有见过。只有暮峪上那条光滑的石道与崖畔那棵树曾经见过。两只手的食指在微风里轻轻触在一起，她看着指尖相交的地方，自言自语道："你可以的，你能做到。"

随着看似柔弱、有些微怯的呢喃声，她的睫毛渐渐不再颤动。她抬起头来，再次望向那片微微坟起的青草地，眼神已然平静。最极致的平静，是漠然。不要说一片青草地，即便是滔天的洪水，也无法让她在意。

"愿圣光与您永在。"徐有容转身向百草园外走去。随着她的裙摆轻拂，青草地里生出一路野花，然后骤然生出金色的火焰，变成虚无。

从荀梅的小屋到神道下方并不是很远，当初陈长生与荀寒食等人赶过去的时候，没有花多长时间。但王破走了很久。铁刀不知何时已经出鞘，被他握在手里。如果让人看到这一场面，一定会生出很多震惊与更多不解。那年在风雪里与铁树对战之时，他很长时间都没有拔刀，直到最后才一刀斩破了天地。为何今天他这么早便拔出了铁刀？他准备斩向谁？

王破要斩的不是人。

今天的天书陵冷清得过分，看不到什么观碑的修道者，就连那些碑侍也不知道去了哪里。就算这些人在，也没有谁有资格让他出刀。他斩的是那些横岔出来挡了道的树枝、那些已经朽烂的篱笆、那些因为年久失修而不平整的青石。随着铁刀落下，树枝成屑，竹篱成粉，青石成末，然后被风吹走，变得平整崭新。

他离开后，泥地与青石上那些清晰的刀痕也渐渐消失，刀意却隐入了更深的空间里，遮住了些什么。

王破走到神道下方，望向那座曾经存在的凉亭。现在世人已经知晓，当时的汗青神将已经破境入神圣。难怪那夜苟梅刚从梦境中醒来，正在巅峰之时，依然无法过他这一关。今天会是谁来阻止他闯神道呢？

王破没有向神道走去，静静等着那个人的到来。他的铁刀重新入鞘，刀势却依然横亘在天地之间，并且不停地缓慢提升。他不会着急，因为时间越长，积蕴的刀势便越完美，直至圆融，再没有任何缺口。

可能是这个原因，没有太长时间，他等的那个人便出现了。

微风拂动着浅渠里的清水，生出无数道细密的涟漪，形成无数繁复难明的图案。

水纹里似乎隐藏着天地造化的妙义，把王破的刀势冲淡了很多。商行舟出现在神道上，道袖轻飘，满头黑发梳得一丝不乱，英华逼人。

王破说道："果然并无新意。"

对商行舟的出现，他并不觉得意外，想来没有人会觉得意外。当今世间有能力阻止他闯神道的人，也就是商行舟了。

商行舟没有接话。与说话相比，他更在意实际的结果。他看着王破，眼里满是欣赏，就像看着自己最出色的晚辈。但那抹欣赏，最终还是变成了遗憾。在他的计划里，王破会在随后的北伐战争中扮演极重要的角色，甚至连攻破雪老城的重任他也准备交给对方。可惜这样优秀的人族强者，今天就要死了。

一场雨随着商行舟的到来同时降临到天书陵的空中。那不是春雨，而是箭雨。伴着密集的嗡鸣声，无数支羽箭与弩矢像暴雨般落下。

那些箭支与空气发生着剧烈的摩擦，带出道道火光，其间隐有圣光闪耀。王破没有转身，已经感知到了箭雨的到来。他有些意外，也有些感慨。他没有想到天书陵外的羽林军居然拥有如此多的圣光箭。很明显，朝廷对他出现在天书陵早有预判，如此多数量的圣光箭，便是极具针对性的恐怖手段。原来三年前他在洛水畔破境入神圣，朝廷便开始准备如何杀死他了。

商行舟站在神道上，也在这片箭雨的笼罩范围里，但他没有离开的意思，只是静静地看着王破，就像看着一个死人。他修行道法已逾千年，自然有应付圣光箭的能力，至少要比王破强很多。

而他如果不离开，王破便无法离开。王破的铁刀再强，也不可能在斩落满天箭雨的同时，抵挡住他的攻击。

就在这个时候，天书陵西南某片树林里，忽然掠起一道剑光。那道剑光极其素净。有飞鸟被惊出，然而还未来得及飞出林梢，便被另一道剑光斩落。那道剑光极其艳丽。紧接着，越来越多的剑光在树林里掠起。

35 · 然 后

当第一道素净的剑光从天书陵西南方向的树林里掠起时，商行舟垂在身侧的右手微动。他准备握住剑柄。王破的反应并不更快，但是更直接。他握住了刀柄。此时商行舟的处境与王破一样，如果动，便要同时面对王破和那些剑光。刚才是他让王破不能动。这时候是王破让他不能动。剑光越来越多，越来越密，从天书陵各处破空而起。破空而起的剑光，被天光冲淡，但剑意却变得更加清晰，形成无数若隐若现的线条，织成一张很密的网。如暴雨般落下的圣光箭，尽数撞进了这片剑网里。刺耳的切割声与摩擦声密集地响起，弩箭纷纷断裂。与弩箭的数量相比，天书陵里生出的剑光数量要少很多。但这些剑光里也附着圣光，而且要比那些弩箭上的圣光精纯、浓厚无数倍。

随着弩箭的断裂，乳白色的光线不停散射开来，把天书陵南麓照耀得无比清楚。

数百道剑光渐渐敛没，重新回到地面。

天空里的弩箭都被切成了碎片，如柳絮一般缓缓飘落，被风卷得到处都是。被风拂动的还有白色的衣裙。数百名南溪斋弟子在树林里，在石道畔，在浅渠边，显出身影。就像是天书陵的山野里忽然开出了数百朵白花，南溪斋弟子们一直都在天书陵里。她们不知道通过什么方法，瞒过了朝廷的监视，甚至也没有被离宫的教士发现。当然，在商行舟的眼前，就算是这片青山也无法遮住她们的剑意。但是王破用他的刀道，成功掩住了商行舟的视线。

看着这幕美丽甚至壮观的画面，商行舟忽然想起了一句话，看了王破一眼。数百年后，人族又到了野花盛开的时代。这个时代的开端，便是王破的出现。

天书陵南，白裙飘飘。剑阵已成，商行舟被困在阵中。南溪斋所有弟子都出现在这里。毫无疑问，这是千年来最强版本的南溪斋剑阵。当年周独夫闯圣女峰时遇到的剑阵，也不过如此。商行舟在神道上，没有深入剑阵，而且阵法必然有生门。按道理来说，他这时候应该以最快的速度远离，但他没有。因为他知道，对方既然费尽心机筹划出当前这样的局面，肯定不会留下任何漏洞。

徐有容出现在神道上，比商行舟的位置更高一些。她穿着白色祭服，神情平静，容颜俏丽。商行舟想要破南溪斋剑阵，这里便是唯一的道路。刚才是王破准备闯神道，商行舟阻止。这时候则是商行舟必须闯神道。攻守之势顿逆。

从现在局面看起来，商行舟是以寡敌众。但他没有说什么，徐有容也没有说什么，因为他们都很清楚，就像攻守之势随时可以发生逆转一样，多寡同样如此。这与得道失道没有任何关系，只是冰冷而无趣的数字。

天书陵外烟尘飞扬，国教骑兵与羽林军对峙着，两支战力恐怖的玄甲重骑正在赶来。来自朝廷军方以及诸部的高手，已经有很多潜入了天书陵。不时有鸟群被惊起，带着微惶的鸣叫向着远处飞走。看不到惊鸟、听不到动静的地方其实更加危险。天机阁的刺客与长春观的青衣道人可能就在那片树林里。

飞辇极难制造，而且极为昂贵，速度也很慢，所以向来被认为是华而不实的东西。

整个大陆只有京都与雪老城有，在很多人看来，那完全是人族与魔族为了炫耀自己的能力，更像是装饰品。今天相王却选择坐飞辇去天书陵。当然不是因为他担心京都的街道已经被军队阻塞，也不是因为他很着急。他没有火云麟这样的坐骑，但完全可以自己飞过去。他选择飞辇就是因为飞辇慢。他坐在辇内，双手扶着挤出腰带的腹部肥肉，不停地叹着气。飞辇啊，时间啊，你为什么不能再慢一点呢？

陈家的王爷向来不是酒囊饭袋，骑术极佳，很多王爷已经带着他们的家将赶到了天书陵。他们发现陈留王没有到场，并不觉得意外，望向天空里那座飞辇，忍不住皱了皱眉。中山王早就到了，站在稍远些的河畔，看着天书陵里，眼神微冷，不知道在想些什么。木柘家老太君与吴家家主也到了，只不过他们是在南边，而且也和中山王一样站在河畔。即便了解很多隐秘的他们，依然无法看清楚今天的局面，下意识里想要离得更远些。

除了参加大朝试的人，其余的所有南方高手都来了天书陵。三个瘦高男子站在前方，一身布衣，浑身剑意。他们来自离山，乃是剑堂长老，最擅杀伐之事。东骧神将站在军阵前方，看着那三位离山剑堂长老，脸色有些阴沉。他与这三位离山剑堂长老在北方雪原里曾经合作过，知道对方的厉害，自然重视。

"大军到后，集中所有的阵师，务必要在第一时间内掩杀这三人。"

听到这句话，孝陵神将沉默了片刻，说道："那要死多少阵师？"

东骧神将厉声说道："值得，不然我们都会死在这三人剑下。"

商行舟静静看着徐有容，没有落入局中的愤怒，也没有紧张，任何负面情绪都没有，反而觉得这一切颇有趣味。他在白帝城里与之合作过，当时他就很欣赏对方的天赋、智慧以及决断力。站在长辈的立场，他甚至觉得陈长生配不上她，虽然陈长生是他的徒弟。今天他更欣赏她了。天书陵外的那些世家、宗派高手，包括王破，都是她的棋子，而且甘心做她的棋子，这是非常了不起的事情。她造势迫自己回京，把局面推行至此，如马踏冰雪，节奏明晰至极，整个布置非常漂亮。问题在于，接下来她准备做什么？

"数十年前，先帝病重，天海反悔不肯交还皇位，从那之后，每遇大事，我便要问自己一句——然后呢？直视道心发问，才能得到真实的答案，知道自己究竟想要什么。如果当初我多想想这两个字，或者就不会在百草园里与她相见，自然不会有后来这些事情。现在轮到你来想这个问题。你要我回京，我回来了，那么……然后呢？"商行舟的声音很平静，没有任何情绪起伏。

徐有容的声音也很平静，说道："如果你不肯答应我的请求，那就再没有然后了。"

36·困

徐有容回答得很快,似乎想都没有想。但商行舟和王破知道,这是因为她已经想过太多遍这个问题,不需要再想。王破望向天书陵外越来越近的烟尘,叹了一声。

商行舟看着她说道:"我为什么要答应你的请求?"

徐有容说道:"请求只是客气的说法,因为我要尊重你是陈长生的师父,事实上这是我对你的要求。"

请求与要求只有一字之差,代表的意志却有很大的差别。现在敢对商行舟如此强硬的人,已经没有了。

"为什么?"

"因为你要北伐,你要消灭魔族,你要人族一统天下。"

他们都是世间最有智慧的人,不需要太多的解释,简单的问答之间,自有道心深处的真实。

看天书陵外的阵势,如果这场战争真的开始,无论最终谁胜谁负,双方必然死伤惨重,随后的余波更是会绵延多年,南北合流会再次变成泡影,人类陷入内争,数十年里再没有机会战胜魔族,一统大陆。数十年后,商行舟说不定就死了。他不会允许这样的事情发生。

"我不喜欢天海,也不喜欢苏离,因为他们哪怕看得再远,终究还是只愿意看到自己所在的位置。"商行舟看着徐有容淡然说道,"没想到圣女原来也是这样的人。"

徐有容神情不变,说道:"如果连脚下的位置都站不住,看得再远又有什么意义?"

商行舟说道:"看得不远,便容易自视过高,你以为凭自己便能让天下大乱?"

徐有容说道:"人的想法一多,心思便容易变乱,人的心思乱,天下怎能不乱?"

这句话说的是相王与陈留王,说的是那些陈观松教出来的神将,说的是朝廷里的大臣与教枢处里的老人,说的是生活在这个世界上、对世界有自己看法与野心的每一个人，包括商行舟与她自己。

"只要我在，天下便乱不起来。"商行舟的神情很平静，却有一种令人心折的自信。

徐有容平静地说道："人总是会死的，您也不会例外。"

商行舟看着那些南溪斋弟子以及王破，说道："你觉得今天能杀死我？"

徐有容说道："最初的时候，我以为可以杀死你，因为我知道你的伤一直没有好。"

商行舟眼神幽深，没有想到，她居然能够看出这一点。当初在天书陵，天海圣后以身、魂、道对抗三位绝世强者，打出了一场惊天之战。

徐有容没有亲眼看到这场战斗，但在随后的三年里做了很多次推演复盘。她发现那夜的教宗陛下没有出全力，同时确认圣后娘娘的最强攻击基本上都落在了洛阳城里。商行舟的伤就是那时候留下的，然后在白帝城里复发。但从天海圣后那夜的选择可以看出来，她最重视的还是商行舟。徐有容不会怀疑天海圣后的眼光。她开始重新审视自己的最初计划，然后做出了一个非常重要的改动。

"你比世人想象的还要更强，我确实很难杀死你。"徐有容看着商行舟微微一笑，说道，"但是，我可以困住你。"

风忽至，神道上的尘埃被拂走。两道十余丈的洁白羽翼在她身后展开。数百朵小白花再次在山野里盛开，南溪斋弟子们从各处的树林里来到神道之前。在整个过程里，她们的位置与彼此间的联系没有出现任何混乱，非常紧密，根本无法找到漏洞。如果有人在天书陵顶往下看，应该会联想到碎掉的花瓶在逆转的时光里重新组合的画面。

——我可以困住你。这句话听着寻常，其实很不简单。因为困住一位绝世强者，并不见得比杀死他简单。商行舟道法清妙，御风便是百里，即便在有禁制的天书陵里，依然趋退无碍。

便是天海圣后当年，也不能对商行舟说出这样的话。整个世界，也只有圣女峰有这样的底气，因为她们有南溪斋剑阵。当年周独夫全盛之时，也曾经被南溪斋剑阵困住片刻。

徐有容如果只是想把商行舟困在剑阵里一段时间，应该可以做到。问题在于，她把商行舟留在这里，究竟有怎样的目的？商行舟是因为王破而来。如果他被南溪斋剑阵困住，那么王破自然就可以走了。王破会去哪里？商行舟的视线落在王破的身上。

王破说道:"我的任务就是吸引你来这里。"

商行舟说道:"你能离开?"

王破望向神道尽头,说道:"天书陵永远都在这里,如果我想来,随时都可以。"

商行舟眼神微寒,说道:"你以为自己能离开?"

极为相似的两句话,其实表达的是不同的意思。前一句说的是意愿,后一句说的是能力。听到商行舟的这句话,王破挑了挑眉。他的眉眼距离有些近,就像平旷的原野里,低沉的天穹与地面相连。随着他那挑眉,天穹与原野之间忽然多出了一棵树,树躯极直。

"我不愿意以多欺少,所以才会离开,不然你可以试着留下我。"说完这句话,王破的手离开了刀柄,人也准备离开。

徐有容对他说道:"谢谢你。"

王破想起那年在天书陵外与荀梅最后的对话,摇了摇头。沿着来时的道路,穿过树林,看了眼篱笆后的小屋,他向天书陵外走去。树林里与建筑里不知隐藏着多少军方强者、天机阁刺客还有那些长春观的青衣道人。他的手始终没有再次握住刀柄,因为这些人不够资格让他拔刀,那些人也没有现出身影的勇气。

在天书陵那道厚重的石门外,王破停下了脚步。陈家诸位王爷与家将还有黑压压的骑兵站在对面。一位主教走到他身边低声说了几句,王破摇了摇头。那位主教有些犹豫,终究不敢违逆他的意思,命令拦在天书陵前的那些国教骑兵沿着河畔撤走。

看着这幕画面,对面的人群微有骚动,然后很快安静下来,因为都认出了那个看似寒酸的文士是谁。天书陵前鸦雀无声,气氛越来越压抑,越来越紧张,即便是那座飞辇落下,也没能带来什么改变。相王被两位弟弟从辇里扶出,有些犯困,揉了揉眼睛,才看见王破站在那里。他一惊问道:"你这是什么意思?"

第二章

王之策只说了一句"好久不见",便让她恐惧到了极点,失去了所有的战斗力。

37 · 首杀的目标

天书陵的四周有一条极其湍急的河流，就像洛阳城外的护城河一般。双方之间那片疏林平地，其实是河面上的桥，只不过因为桥面太宽，而且太厚，很难被人发现。自远古便存在的禁制，让天书陵四周难以飞行。王破站在这里，颇有一夫当关，万夫莫过的意味。问题在于，已经有很多军方强者、天机阁刺客与长春观道人进入了天书陵。他还站在这里做什么？

王破说道："如果他们没有谈拢，我会出手。"

是的，这就是答案。他站在这里，不是要守天书陵，而是时刻准备着向对方发起进攻。听着这话，王爷们脸色微变，中山王的眼神变得更加阴沉。

相王苦着脸说道："圣女要替母后复仇，你难道还真要陪着她发疯？"

王破神情微异，没有想到现在他还称呼天海圣后为母后。

相王知道他在想什么，说道："我不是母后亲生，但终究是她儿子。当年随道尊进京，是觉得她老人家犯了错，可不是我私人对她有何怨怼之心。就像当年我答应过朱洛不能让你活着，但你看我这些年可曾对你做过什么？不过是'大局'二字。"

这番话他说得非常真挚，就连那些深知他底细的兄弟们都差点信了。王破笑了笑，没有说话。

看着他这种反应，一位郡王再也忍不住，骂道："嚣张个什么劲儿，今天就要你死在这里！"

这里已经集结了很多朝廷军队，更不要说还有这么多高手强者，再加上同是神圣境界的相王，按道理来说足以杀死王破。问题是，战争永远是最复杂的活动，哪怕是对一个人的战争，也绝不简单。不要说战争的具体形态千变万化，便是连何时开战现在都无法确定。

相王说道:"你应该知道今天怎么也打不起来,何必摆出这副模样。"

这句话有些莫名其妙,但王破听懂了,似笑非笑地说道:"那你来这里做什么?"

相王叹了口气,说道:"总要来尽一份心意。"

王破说道:"什么心?"

"当然是野心。"相王笑着说道,"道尊大人如果不疑陛下,什么事都不会发生,自然也没我们的事,如果生疑,我总要做些准备。"

王破说道:"王爷倒是坦诚。"

相王正准备继续说些什么的时候,天书陵里忽然传来数十声极清亮的剑鸣。所有人都望了过去,神情变得凝重起来。就像相王先前所说,现在的局势看似紧张,但与三年前有本质上的区别,双方并不见得会开战。

如果真是如此,那这些剑鸣又是为谁而起?

商行舟站在神道上。徐有容站在更高处。商行舟向上走了一步。南溪斋剑阵自然生出感应,悄然无声地运转起来。天地之间出现了无数道流光,画出无数道难以言说的玄妙轨迹。数十道剑鸣响起。这些剑鸣并非来自剑身与空气的摩擦,而是来自剑意对空气的压缩、释放。清柔,又极为深邃。就像是清澈的小溪自崖上跌落,进入极深的山涧。数十道剑光在商行舟身边缭绕不去。商行舟伸出一根手指,指尖散发出一团柔光。百炼钢,绕指柔。数十道剑光从笔直的形态变成微弯的弧线,依然未散,只是出现了一个极小的空间。商行舟的左脚落下。剑鸣消失,剑光敛没。微寒的春风拂着神道上的灰尘,仿佛什么都没有发生过。但商行舟已经上了一级石阶。他低头望向自己的道衣,道衣下摆上出现了一道裂口。南溪斋剑阵的威力,有些超出他的计算。

徐有容也有些意外,按照她的计算,那道裂口应该更深一些。南溪斋剑阵初始发动,连他一片衣角都无法斩落吗?

战斗没有就此开始,这只是一次试探。最后的结果让双方都很不满意,所以双方都放弃了直接出手的想法。

商行舟说道:"我很好奇,你是如何说服王破的。"

徐有容说道:"我向他保证,我的方法死人最少,他向我保证,无论今天我做什么，他都会支持我。"

商行舟说道："看来你很了解他的刀道。"

徐有容道："我更了解那个家伙。"

那个家伙自然是陈长生。他视王破为榜样，哪怕学了两断刀诀，依然在按王破的刀道行事，做人。徐有容了解陈长生，自然也明白，该如何取得王破这样的人的信任。

商行舟平静地说道："你觉得自己也很了解我？"

徐有容说道："三年来，我一直在尝试着了解你。"

商行舟承认她的准备工作做得很好。今天这样的局面，或者说她的威胁方法，放在任何人身上都不能成立，只对他有用。她知道他最在意的是什么，更关键的是，她有能力毁灭那些。

商行舟说道："你最多只能把我留在这里半个时辰。"他向石阶上走了一步，得出了这样的结论。

徐有容说道："半个时辰就够了。"

商行舟摇头说道："这里是京都，不是汶水。"

这说的是数月前汶水唐家发生的那件事——唐三十六只需要一个时辰，便能找到唐家二爷的罪证，解决整个唐家二房的势力，是因为在唐老太爷的默允下，双方之间的实力差距太大，根本无法形成对抗。但这里是京都，朝廷方面的力量依然占着优势，双方如果翻脸，必然会迎来一场真正的战争。

徐有容说道："我已经做好了准备。"

商行舟微笑着问道："这场仗你准备怎么打？"

徐有容说道："首先，我会杀死陈留王。"

这是一个意外的答案。她没有选择先控制皇宫，也没有选择攻击朝堂，而是选择了最直接的手段——杀人。而且她要杀的不是此时在天书陵外的相王，不是在军中威信甚高的中山王，也不是那些手握实权的神将，是陈留王。

陈留王虽然名声不弱，但他的境界实力并不突出，权势也并非最重。徐有容为什么会选择他？为什么商行舟在听到她的选择后，眼神变得幽深起来？

38 · 盲棋喊杀

商行舟问道："为什么是他？"

徐有容说道:"因为他会是新君。"

这场战争是她与余人联手发起,如果最后获胜的是商行舟一方,皇帝必然要换人。

陈留王是最适合的人选,也是商行舟已经挑选好的对象。

商行舟没有否认,平静地说道:"不错,太宗陛下的这些子孙里他最优秀,虽然不及陛下。"

徐有容说道:"我很想知道,你呕心沥血,教育了陛下二十多年时间,难道真的舍得吗?"

商行舟沉默了一会儿,说道:"如果陛下真的被你说动,那便不得不舍。"

徐有容说道:"你有没有想过,那夜我入宫可能只是假象?"

商行舟说道:"陛下没有写信到洛阳。"

已经过去了很多天,足够写一封很情真意切的信。但是他没有收到。徐有容明白了他的意思。这本来就是她想要看到的结果。所以陈留王一定要死。如果他死了,就算商行舟赢了这场战争,那么谁来当皇帝?那些各有野心的陈家王爷们,自然会把人族拖入混乱之中。商行舟打这场战争还有什么意义?

明明是初春天气,风却有些微寒,感受不到什么温暖。天书陵里青树连绵,神道两边的灌木却满是灰尘,看着有些无精打采。商行舟望向天书陵外,看着那数道扬起的尘龙,知道玄甲重骑还有半个时辰才能赶到,神情依旧从容。

"他是个优秀的青年,不容易死的。"

"我很小的时候就认识他,我知道他思虑极慎,做任何事情都习惯留后路。"

"不错,他现在还远远不如太宗陛下的地方,就是在某些关键时刻,缺少直面鲜血的勇气。"商行舟转身望向徐有容,说道,"而你已经找到了他的后路?"

徐有容轻声说道:"不错。"

清柔的风在街巷里穿行着,那些承载着历史尘埃的建筑,早已学会不为所谓大事而动容。太平道两侧的王府非常的幽静,或者是因为它们的主人已经去了天书陵。陈留王没有去,留了下来,坐在王府的花厅里,静静地饮着茶。王府高手的身影在窗外不停闪过。瓷碗里的茶渐渐地凉了,就像他捧着茶碗的手指。他动作轻柔地把茶碗搁回桌上,不易察觉地看了窗下一眼。那里的地面铺着青色的地砖,其中有一块地砖要显得稍微光滑些。后路并不是后门,相反在这种时刻,后门往往是最危险的地方。

陈留王为自己安排的后路，就在那块地砖的下面，那是一条通往洛渠的地道。自前朝开始，太平道便是权贵居住的地方，那些眷恋权势、恐惧意外的贵人们，不知道挖了多少地道。周通执掌清吏司后，又重新挖了很多地道。那些地道就像蛛网一样繁密，除了他自己，没有人能够弄明白。

"还有莫雨。"商行舟对徐有容说道，"所谓后路确实容易变成死路。"

徐有容说道："是的，所以陈留王一定会死。"

三年前，风雪满京都，陈长生杀进北兵马司胡同，周通躲进了地底的大狱。他在与薛河说话的时候，被折袖下了毒。他艰难地从地底通道逃到了太平道的外宅，但依然没能摆脱折袖的追杀。但真正让他绝望的是那个一直在外宅等着他的美丽宫裙女子。莫雨知道他的所有事情，无论是太平道上的外宅，还是那些复杂至极的地道。

今天，同样也有人在地道那边等着陈留王。等着陈留王的人是两位道姑。从庐陵王府的假山里往下走，有一条地道向西折转。从相王府通往洛渠的地道，与这条地道交汇。两位道姑就盘膝坐在那里。一位道姑神情宁静、看似柔弱。一位道姑铁眉怒挑，眼含雷霆——正是南溪斋辈分最高、境界最高的两位师叔祖，怀仁与怀恕。

"我一直想知道你让怀仁与怀恕进京，准备把她们用在何处……"商行舟看着徐有容说道，"原来是在这里。"

徐有容这才知道，原来二位师叔入京并没能瞒过对方，说道："既是首杀，务求不失。"

商行舟摇了摇头，说道："依我看来，此杀不能成。"

"请用茶。"陈留王拎起茶壶，斟满三个茶杯，然后向前轻推，礼数甚周。

他的茶碗里的茶是凉的，但杯子里的茶必须是热的，因为这代表着尊敬。对面坐着三位青衣道人，眼里精华内敛，看似寻常，偶尔衣袖微动，却有剑意凛然而出，显见境界不凡。尤其是那位白发苍苍的老道，看似木讷沉默，却给人一种深不可测的感觉。只有很少人知道，商行舟在京都国教学院以及避去西宁时，洛阳长春观都是由这位老道主持。

陈留王也是今天才知道这一点，同时发现原来道尊的追随者比自己想象的还要强大。有这位半步神圣的老道在侧，再加上另外两位长春观道人，王府里还有那么多高手，他忽然觉得自己有些过于谨慎。当然，如果天书陵那边真的出了问题，对方真的得势，终究还是要走的。陈留王的视线再次落在窗下那块青砖上。

"你把最强的人放在陈留王的身边，看来是真的很重视他。"商行舟没有继续说下去。但徐有容明白了他的意思，淡然说道："那他就更必须死了。"

商行舟微微挑眉，有些意外，因为徐有容的神情没有任何变化，还是那般平静。

不是故作平静，弈局至此，任何情绪上的掩饰都没有意义，没有必要。徐有容是真的很平静。因为她非常确信，今天陈留王一定会死。

相王府里很安静，那些神情漠然的高手们警惕地注视着四周，不时转变着方位，脚下没有发出任何声音。在花厅侧后方的园囿里，两位阵师正在专注地看着沙盘，时刻准备着调整防御手段。一位青衣人站在墙根处，耷拉着肩，半闭着眼，似乎已经睡着了。此人看着很是普通，腰带上松松地系着一把普通的剑。但认识他的人都知道，那把剑之所以系得如此之松，是为了方便拔剑，他的肩这般耷拉着，同样也是为了方便拔剑。前者是他出道之后便一直保持的习惯，后者是他在浔阳城里见过王破之后做的改变。从站姿到呼吸到衣着，他所有的细节，都是为了方便拔剑。所以在这个世界上，他才是出剑最快的那个人。

39·今天的你我，怎样重复昨夜的故事

"我忘了还有刘青。"商行舟感叹道，"如果不是你提起，我甚至都想不起来他的名字。"

即便他现在是事实上的天下第一人，但也不会无视像刘青这样的可怕刺客。

所以想不起来就是真的想不起来，并不是以此表示自己的轻蔑与不在意。

徐有容说道："他确实很容易被人忘记。"

"最好的刺客，就应该如此。"商行舟带着几分欣赏之意说道，"苏离与那位离开后，他进步了很多。"

徐有容知道他说的那位不是自己的老师，而是那位传说中的刺客首领，说

道:"是的,所以我确信陈留王会死。"

商行舟沉默了一会儿,说道:"想来在很多地方,你也有类似的安排?"

徐有容说道:"别处的计划要做得粗疏许多,新任英华殿大主教关白,稍后会回到天道院,但我不确定后续。"

商行舟点头说道:"庄之涣对此事颇为不满,若局势动荡,或者他会向关白出手。"

徐有容说道:"我也是这样想的,那么关白便会死了。"

明明在说己方一位重要人物的死亡,她的神情却还是那般平静,就像在讲述与自己完全无关的事情。商行舟静静地看着她,忽然笑了起来。直至此时,他才真正地把她当作了对手。

"再然后呢?"

"各种死。"

"怎么死?"

"不过是你杀死我,我杀死你……就像那夜一样。"徐有容的眼神变得有些淡,仿佛在看着极遥远的地方或者说过去。三年前的那个夜晚,她与莫雨被圣后娘娘送出了京都,并没能看到。

十余只红雁飞起,有的落下,有的飞向更遥远的地方。天书陵那边的消息陆续在京都街巷里传开,初春原野上越来越近的烟尘,也证明了那些传言。

离宫前的人群骚动不安起来,急速散去,但大朝试还在继续进行。主教与执事们在宫殿前匆匆来回,神道上更是充满了奔跑的身影,护教骑兵早已出发,一片肃杀。

凌海之王看着陈长生,神情凝重地说道:"要开始了。"

陈长生走到殿门前,说道:"如果……"

凌海之王与户三十二等人望了过去,有些紧张。

陈长生不闻不问世事已经多日,如果是与徐有容的默契,或者是在准备什么底牌,那么今天必然都要拿出来。

"……我是说如果。"陈长生沉默了一会儿,转身望向他们说道,"算了,没有如果,你们按照纸上的去做。"

说完这句话,他从袖子里取出一张纸做的蜻蜓递了过去。凌海之王等人打开纸蜻蜓，匆匆扫了一眼，顿时震惊起来。无论陈长生交代了怎样荒唐的谕令，他们必须执行。

石池里的清水从边缘溢出，然后顺着青石道流出殿外，悄然无声。只有当池水被搅动的时候，才会发出清脆有若剑鸣的声音。陈长生盛了一瓢水。青叶不在，水自然不是用来浇它的。他举到嘴边，缓缓饮尽。

唐三十六盯着他的眼睛说道："你到底要做什么？"

陈长生用袖子擦掉脸上的水渍，说道："饮清水可能清心。"

唐三十六神情严肃地说道："不烧沸的水，你从来不喝，更不要说用袖子擦嘴。"

陈长生看着他说道："难道你没有发现我已经改变了很多？"

唐三十六问道："你什么地方变了？"

陈长生认真说道："我活得更自在，更随意了。"

唐三十六看着他明亮的眼睛，看着他认真的神情，便觉得气不打一处来，说道："你该去照照镜子。"

显然，陈长生没有明白这句话的意思，有些茫然。

唐三十六听着殿外传来的动静，微微皱眉说道："你真的不担心？"

陈长生摇头说道："既然打不起来，那么何必担心？"

唐三十六不解地问道："什么意思？"

陈长生转身望向那间石室，不知为何，情绪有些复杂："我比有容更了解我的师父，当他没有做好准备的时候，绝对不会给对方任何开战的机会。"

现在双方已经在天书陵形成对峙之势，唐三十六无法相信陈长生的判断，只能认为是他的自我安慰。陈长生把那张纸蜻蜓交给凌海之王等人的时候，他并不在场。

"真的不用皇辇图？"他看着陈长生的眼睛问道，神情前所未有的认真又严肃。

陈长生沉默不语。

唐三十六说道："如果你确信皇帝陛下在最关键的时候会站到你这一边，那么今天就是最好的机会。"

凌烟阁已经被天海圣后用霜余神枪毁了，但是皇辇图的阵枢还在皇宫里。

115

再加上唐老太爷虽然保持着中立，碍不住唐家长房正在逐渐掌权，大爷派了很多执事入京，如今在各处的商铺与行会里随时准备听从唐三十六的调遣。

拥有唐家的帮助，余人随时可以启动皇辇图。那时候，就算那些王爷控制下的诸路大军入京，也不可能是他们师兄弟的对手。这并不是唐三十六第一次对陈长生提起此事。陈长生依然保持着沉默。唐三十六终于明白了，他并不是在犹豫，而是用沉默表明心意。陈长生相信如果真到了深渊之前，师兄一定会护着他。但因为某些原因，他不想动用皇辇图。

"为什么？"唐三十六盯着他的眼睛问道。

"如果用了皇辇图，会太像三年前那个夜晚。"陈长生停顿了片刻，继续说道，"我也会太像师父了。"

唐三十六明白了他的意思，沉默片刻后，伸手拍了拍他的肩膀，表示支持以及安慰，然后走到了殿外。

陈长生走回石室。这些天，他一直在这间石室里练剑。石室里的布置很简单，朴素到有些寒酸，除了地面的那张蒲团，什么都没有。但这时候，石室里忽然多出了一个人。这个人是何时来的？他又怎样瞒过了离宫里数千名教士的眼睛？

那是一个白发苍苍的老人，右手里拿着一支没有干的笔，左手里是画盘。画盘里的颜料是灰色的，老人的衣服也是灰色的，本应苍白的头发与眉毛都被染成了灰色，与石室的墙壁颜色一模一样。难道说，这位老人是把自己画在了石室的墙里？如果这是真的，这是何等样神奇的画技？

那位老人看着陈长生，有些满意，说道："好在你还明白以天下为重的道理。"

陈长生沉默了一会儿，说道："其实我并不是很明白。"

40 · 改世问

徐有容的声音在神道上不停地响起。很清脆好听，但并不会让人产生泉水叮咚的联想。因为她的声音太冷，没有任何情绪起伏，也没有任何怜悯的意味，就像是最寒冷的风雪凝成的小珠落在被冻至发脆的瓷盘上，瞬间变成粉末，无法留存任何证据，只有寒意留在世间。或者这是因为她一直在说杀人。从如何在太平道相王府杀陈留王开始，她说了很多与杀人相关的话题，天书陵外的那些王爷，朝堂上与各处州郡里的官员，还有那些手握军权的神将，她都有相应的计划。

随着这些话语，神道上的温度越来越低，看不见的风雪背后，隐隐出现一些连绵不绝的线条，只是不知道那是历史的痕迹还是命运的痕迹，又或者是命星盘转动时的画面。

不知道过了多长时间，徐有容终于结束了讲述，望向了商行舟。如果皇帝陛下真的站在她与陈长生这边，那么这场战争他们确实占着优势。在当前的局势下，她有很大的机会可以做成那些事情。

商行舟并不这样认为，或者说还没有被她说服，因为他确信自己很了解陈长生。

"那个家伙迂腐无能，而且小家子气。"他看着徐有容微嘲说道，"你确认他有这样的魄力？"

"我并不同意你的看法，他只不过是想做个好人。"徐有容睫毛微颤，说道，"而且今天是我在做事，你知道我能做到这些。"

商行舟略带嘲讽地说道："王破知道你的想法吗？离山剑宗还有那些宗派世家的人知道你的想法吗？如果他们知道你如此疯狂，难道还会支持你的决定？你确认他们到了最后的时刻还会陪你发疯？"

徐有容说道："往星海彼岸驶去的船，上下岂能全随心意。"

商行舟说道："你可曾见过海舟自覆？"

"只要利益足够，在真正的结局出现之前，最悲观的水手也会奢望一下陆地。"徐有容说道，"相反，这只会给他们更多必胜的信念。"

商行舟说道："原来是裹挟。"

徐有容说道："我看史书，无论英雄还是帝王，若要聚众，便必须如此。"

"那离宫呢？北方亿万信徒，并不会听从你的意志，跟随你的脚步。"商行舟似笑非笑地看着她，说道，"陈长生知道不知道你的真实想法？"

徐有容沉默了一会儿，说道："我不在乎。"

商行舟的眼神变得幽深起来，说道："哪怕洪水滔天？"

徐有容平静地说道："或者万丈深渊。"

商行舟说道："你会在史书上留下千古恶名。"

徐有容更加平静："我说过，我不在乎。"

商行舟说道："如果天下大乱，生灵涂炭，陈长生会怎么看你？"

徐有容轻声说道："我是为自己而活,并不是为他人而活,更不是为了他喜欢而活。"

商行舟赞叹说道："了不起,但我是不受威胁的人。"

徐有容说道："我想试试。"

当年在浔阳城的风雪里,面对朱洛的时候,王破曾经说过这句话。后来在面对那些强大到看似不可战胜的对手时,陈长生也曾经说过这句话。今天徐有容也说出了这四个字。她的眼神很明亮,神情很平静,但其中的坚定意志,却代表着最大的疯狂。

商行舟问道："你有多少把握?"

徐有容说道："我用命星盘推演了十七次,其中有四次你答应了我的要求,还有三次我失败了。"

商行舟微微挑眉说道："十七中四,你就敢来威胁我?"

"剩下的那十次,是我们都输了,大周王朝分崩离析,雄图霸业尽成笑谈。"徐有容回道,"所以不是四次,而是十四次。"

商行舟看着这位穿着白色祭服,清美至极甚至显得有些柔弱的少女,沉默了很长时间。然后他忽然说道："我也不在乎。"

徐有容静静地看着他,似乎已经猜到他想要说什么。

商行舟说道："就算我现在答应了你的请求,事后我也可以随时反悔。"

太宗年间有很多传奇人物,比如河间王,比如秦雨神将,与这些人相比,商行舟很没名气。事实上他做过很多事情,重要性甚至不在王之策之下。他只在意实际的结果,不在乎名声。以他的行事风格,今天面临着徐有容如暴风雪般的攻势,他极有可能选择暂时退让,待局势缓解后,再做雷霆一般的反击。

"是的。"徐有容看着他微笑着说道,"所以,我要的更多。"

听到这句话,商行舟怔了怔,然后笑了起来。天书陵变得非常寂静,听到这段话的人们脸色变得非常精彩,震惊至极。就连相王还有木柘家老太君的眼里,都充满着惊愕的神情。因为他们刚刚听到世间最荒谬的话语。

从始至终,徐有容都没有说过到底要求商行舟做什么。商行舟也没有问过。但无论是他们,还是天书陵外那些旁听这场谈话的人们都知道,徐有容要求他退出、归隐,或者说告老。就在刚才,商行舟说自己可以随时反悔,徐有容说她要的更多……

比退出、归隐、告老这种事实上的认输、投降还要多，那会是什么要求？想来应该不会死，因为商行舟的执念便是要亲眼看着人族大军攻入雪老城里，而且这个要求太过荒唐。可难道是自废修为？这个要求同样荒唐至极……谁会答应呢？如此荒唐可笑的要求，徐有容怎么就能说出口？

天书陵的寂静，在下一刻被惊呼声与议论声打破。所有人都觉得徐有容是个疯子。然而，随着时间的流逝，惊呼声与议论声渐渐停止。人们眼里的震惊情绪变得更加强烈，满是不可思议。南溪斋少女们能够看到，商行舟唇角那抹淡淡的笑容已经敛去。陵外的人们什么都看不到，也听不到，但这种安静是那般诡异。难道商行舟真的在思考徐有容的这个要求？

相王的脸色忽然变得极其难看。荒谬的事情，只能发生在非常人的身上。而商行舟就是一个非常人。徐有容敢于提出这个要求，那就是因为她看准了，如果她是个疯子，商行舟比她还要疯！

"都是疯子。"木柘家的老太君与吴家家主对视一眼，看出了彼此眼中的惊骇。

"都是疯子。"中山王看着天书陵里喃喃说道，眼里的神情变得有些兴奋。

41·她可以，我也可以

天书陵内外的风忽然停了，声音也消失了。整个世界仿佛凝结了一般，无论时间还是空间。对峙之中的双方已经陷入了僵局，或者说死局。这种暂时的平衡极其脆弱，随便一个变因，无论是一缕风还是一道声音，都能引发无数场冷酷的杀戮，把京都变成血海与火海，把一切的繁华与野心都烧成灰烬。

很少有人敢在历史的重要抉择关口做出决定。徐有容证明了她可以，无论是洪水滔天还是万丈深渊，都不会让她的睫毛微颤。

而且所有人都知道，她不会一直这么沉默地等下去。朝廷的玄甲重骑正在疾速回京。如果商行舟不肯答应她的要求，那么她绝对会提前发动攻击。

在如此关键的时刻，另外一位重要的大人物却仿佛睡着了。中山王看着那个方向，微微挑眉。没有人希望徐有容与商行舟的谈判破裂，除了他的这位兄长。相王是神圣领域强者，在朝中底蕴深厚，而且在军方也拥有极雄厚的实力。如果朝廷与国教两败俱伤，如果南北强者们血战连场，那最后谁还能阻止他登上皇位？

徐有容与商行舟应该都明白这一点，但他们不会提到这一点。因为这也是他们谈判的筹码。最终决定这场谈判能否成功的关键，还是在于那个要求。问题在于，如此强硬冷酷的要求，就算是对生活没有任何想法的、前半生过得非常庸碌无趣，甚至可以说辛苦万分的西京酒铺后厨白案新手都不可能答应，更何况是商行舟？

没有风，白色祭服的下摆却在轻轻飘荡，就像一朵纸花。与真花相比，纸花更干净，更素淡，更有悲伤的感觉。徐有容站在神道上，负着双手看着京都。她的神情很平静，秀美的眉眼却有壮阔的感觉。如临沧海，如观天下。商行舟忽然觉得像是看到了天海。很多年前，小时候的天海。太宗年间，他第一次在皇宫里看到那个小姑娘。那时候他并不恨她，反而很欣赏她，不然后来也不会选择帮助她上位。那时候的天海也生得极美，但无论看着那匹马还是看着太宗皇帝时，神情都很漠然。这正是商行舟欣赏她的原因。

天若有情天亦老，唯无情者，方能成大事。商行舟也很欣赏徐有容。今天徐有容说的每一句话，从对大局的分析，到针对陈留王的杀局，直至最后对乱局的描述，都是在攻击他最在意的也是最薄弱的心灵漏洞，同时也是在做另一件重要的事情。她在向商行舟证明自己。推翻天海圣后的统治，把朝政尽数归还到陈氏皇族的手里，自己成为了天下第一人。商行舟这一生已经完美，没有什么追求，除了那件事情。徐有容要他在这时候选择放弃，退出，便要证明自己可以做到那件事情。陈长生或者不能，甚至余人也无法实现太宗的遗志，因为他们是好人。但她可以。因为她不是好人，今天的这些事情都是明证。你要灭掉魔族，我可以，你要人族一统天下，我还是可以。而且到了那时候，教宗依然姓陈，皇帝还是姓陈，史书上的那个人类皇朝终究是姓陈的。

那么，你还有什么不满意？还有什么不舍呢？如果说她对商行舟理想的威胁、那些冷酷的手段是高耸入云的浪头，那么相随的这些明证则是宁静的水底，二者组合在一起，形成无数波涛，一浪接着一浪，直至滔天而起，要把所有的抵抗意志碾碎。

"你今天营造出来的局面堪称完美，壮阔处仿佛焚世，细微处直指人心，确实很难破掉。"商行舟看着徐有容有些欣赏又有些遗憾地说道，"因为能威胁到你的人，都不是你的敌人。"

最后这句话的意思有些复杂，也有些拗口，只有他们能懂。

"陈长生信任我，所以一直保持着沉默，可惜的是他错了。"徐有容说道，"当然，我知道他肯定会准备一些东西，所以我也有所准备。"

商行舟感慨地说道："没想到你连他都没有放过。"

徐有容说道："既然我要赢你，自然要先赢过你的两个学生。"

所以才有了那场深夜入宫的谈话，还有福绥路牛骨头锅旁的谈话？

商行舟静静地看着她，忽然说道："如果我没有说服他，或者你今天就真的赢了。"

随着这句话落下，天书陵里忽然又有风起，拂动了神道上的那些石屑与草枝。

风起是因为云落。天边有一朵云落在京都南郊，然后向着天书陵里飘来。天书陵里的禁制，对这朵云仿佛失去了作用，很快，云朵便飘到了神道之下。商行舟提到的那个他，就在那朵云上，是一个身着布衣的书生。

天书陵内外，千万人看到这个书生驾云而至，震惊、猜测，然后开始喜悦，甚至是狂喜。徐有容看着那个中年书生，神情依旧平静，只是生出些微的倦意，那是精神上的。然后，她觉得有些微嘲，依然是精神上的。

看着广场上黑压压的人群，户三十二的脸色有些难看。当初在福绥路牛骨头铺子里，陈长生说相信徐有容不会那样做，他就很担忧。

今天发生的这些事情证明了，他当时的担忧是正确的。

安华带着数百名信徒，跪在广场之上，双手捧着雪亮而锋利的教刀。他们的诉求很简单，那就是跪求教宗大人今天不要出离宫，不要去干涉天书陵发生的事情。如果陈长生不肯答应他们的请求，那他们就会在陈长生的面前自尽而死。他们都是陈长生最狂热的追随者，为了陈长生与国教的千秋伟业，绝对做得出来这种事。

户三十二回头望了一眼那座幽静的偏殿，忧色更重，但明显是为了另外的问题。

听着殿外传来的那些声音，陈长生没有说话。

那位拿着画笔的灰袍老人，满脸不耐地说道："赶紧让这些愚夫愚妇闭嘴！"

敢对教宗如此不客气的人举世罕见。事实上，当年在寒山初次相遇的时候，这位老人对陈长生的态度就很轻蔑。

那时候魔君要吃陈长生，老人与那位云游四海的书生一道出现。老人出现在离宫的石室里，看了陈长生这么多天，自然代表的是那个书生的意思。

陈长生是教宗，似乎也无法拒绝那个书生的意思。而且在很多人看来，那个书生是好意。现在陈长生自然知道了这位老人的身份——他就是太宗年间誉满天下的画圣吴道子。凌烟阁上那些画像，都是他画的。那天看着吴道子从灰墙上走下来，陈长生便知道，徐有容败了。

她终究还是低估了师父，或者说低估了这些老人。那些老人就是当初在汶水无人的街头，他曾经想到过的那些老人。那些经历了无数血火战争、看过真正的沧海桑田的老人们。

陈长生与吴道子走到殿外。户三十二看着那位灰衣老人，神情微异，但不敢发问，上前在陈长生耳边低声劝了几句。吴道子越发觉得不耐烦。陈长生看着灰暗的天空，忽然说道："动手。"

有骑兵从草月会馆方向疾驰而至，发起了冲锋，烟尘大起。户三十二神情骤变，想要跪下苦劝，却被陈长生避开。他身体向前歪倒，扑向了吴道子的身前。不知何时，一把极幽暗的短刀已经出现在他的手里。他的脸上依然带着痛苦与纠结，眼神却平静到了极点。就像那道破空而起的幽暗刀光，无法引起任何人的注意。

吴道子神情骤变，唇间迸出一声厉啸，一道难以想象的宏大力量，随着画笔落下。

啪的一声轻响，一根暗沉的柳木破空而至，卷住了画笔。

一块落星石像幽冥深渊般，出现在广场上，吸引了无数人的视线，形成一道屏障。

扑哧一声，短刀插进了吴道子的脚掌，鲜血飙射。

户三十二低着头，半蹲在他的身前，面无表情地拔出短刀，向着他的小腹捅去。

42 · 徐有容的问题

凌海之王与司源道人不知何时来到了广场两端。那些刚刚开始冲锋的骑士们叫停了坐骑，那些狂热的信徒们前一刻还在哭喊，这时候已经被安华带着向远处退去，不时回头看一眼依然在厮杀的场中间，神情有些惴惴不安。除了暗柳与落星石，山河图与天外印的气息也已经出现在离宫里。在离宫大阵突如其来的镇压下，吴道子失去了最后的反击机会。

一把短刀捅进了他的小腹，如果视力好些，应该还能看到那把刀在他的腹里转了半圈。

吴道子发出一声凄厉的痛呼，手里的画笔与藏在袖中的颜料盘落下，在青石板上砸得七零八落。

户三十二把短刀拔了出来，向着吴道子另外一只完好的脚掌插落，快速而且稳定，并且准确。做这些事情的时候，他的神情很平静，或者说很专注，仿佛忘记了身外的一切。吴道子再次发出一声惨叫，摔落在了地上，再也没有办法爬起来。鲜血从他的身体里不停地涌出，场面看着异常血腥而且残忍。身为画圣，吴道子自然颇有超乎常人之处，即便后来才开始修行，活了千年，境界也早已经到了深不可测的地步。即便被离宫大阵镇压，也不会这么快便束手就擒。但这件事情不容有失，而且稍后他们离开后，不能给对方留下任何反击的可能，所以陈长生只能用这样血腥的战斗方法，动用了户三十二这把最变态的刀。

暗柳离开地面，回到凌海之王的手里，落星石闪烁了几道光芒，回到剑鞘中。

"你不会死，所以，不用担心。"陈长生解下金针刺入吴道子的几个重要的气窍，替他止住腹部的流血。

吴道子脸色苍白，带着难以抑止的愤怒与荒唐，大声喝骂起来："你们居然敢伤我！"

陈长生从袖中取出三粒不同的丹药喂进他的嘴里，没有回答他。

吴道子厉声说道："这是王大人的意思！"

陈长生依然没有理他，确认他脚掌上的伤势应该无碍。吴道子觉得伤处越来越痛，怒恨至极，看着他大声骂了起来，污言秽语渐多。

陈长生看了他一眼，眼神平静而明亮。

户三十二低声问道："陛下，要不要再补一刀？"

吴道子顿时觉得腹部有如刀绞，恐惧至极，闭上了嘴。此时，安华来到了场间。

陈长生说道："我把他交给你。"

安华已经知道了这位灰袍老人的身份,有些紧张,却还是点了点头。

陈长生点了点头,说道:"稍后离宫里会变得比较空,如果有人来……"

安华声音一颤:"我会杀死他。"

陈长生看着她平静而认真地说道:"我的意思是,无论是谁来。"

这句话指的是那个中年书生。要说到在民众心里的地位,或者说声望,他远远不如对方。也只有安华这样的人,才会因为他而无视对方的存在吧。

"不管是谁来,我都会杀死他。"安华这一次回答得很快,声音也平静下来不再颤抖,显得非常坚定。凌海之王与司源道人很欣赏地看了她一眼,前者更是教了一招:"记得把头砍掉,这能确保杀死。"

听着这话,好不容易平静下来的安华又有些傻了。

最后,户三十二把自己的短刀塞进了她的手里,微笑着说道:"我这把刀比较快。"

蹄声再起,烟尘起而重落,离宫很快便变得冷清起来。

那些普通信徒守在外面,广场上只有血泊里的吴道子以及双手紧握着短刀的安华。两千国教骑兵顺着神道驶出了离宫,不知将会引发多少震惊的议论。包括凌海之王、司源道人、户三十二在内的所有主教与执事也都离开了。没有人注意到,在宣文殿的荀寒食等离山剑宗弟子也离开了,宗祀大主教离开了。

离宫里已经没有人,因为天书陵那边的动静,离宫外已经没有人。但那些参加大朝试的考生们却根本不知道这件事情,在青叶世界里主持大朝试的主教们也不知道。如果有人分析过,或者会发现那些还在青叶世界里的教士大部分都属于国教旧派。

当然,教枢处本来就是国教旧派的集中地,而教枢处负责大朝试是理所当然的事情。事先,谁也无法对教宗大人的这个决定提出反对意见。

黑衣少女抱起那盆青叶,向清贤殿外走去。大半个教枢处,就这样被她抱走了。她的神情很漠然,因为在她看来,这只是件很寻常的小事。今天,她还要做很多件大事。比如,向那个中年书生复仇……

那位中年书生自然就是王之策。该怎样形容他呢?

其实怎样的形容词,都配不上这个人。他是真正的传奇。他在人族的历史上拥有着难以想象的地位,除了没有当过皇帝。即便到现在,他依然还是妖族最信任的统帅、最亲密的伙伴，同时他还是雪老城里的那些魔族王公最害怕也最崇拜的强者。

看着王之策，徐有容忽然笑了起来。她很清楚，虽然都是太宗年代的老人，但王之策与商行舟的关系并不好。在太宗晚年，他们之间的关系更是隐晦而凶险。就像这时候应该在离宫的吴道子，他在世间最怕的是那位老魔君，第二怕的就是商行舟，或者应该说是计道人。

凌烟阁上的那些画像，都是吴道子画的。但画像里的那些人，大部分都是被计道人杀的。时间不可能完全消除敌意与恐惧，哪怕数百年，他们明明应该是对头，为何今日却联起手来？徐有容没有问，因为她知道答案。不过便是大局、天下、魔族、北伐这些词。她忽然想着，如果娘娘还活着，面对这样的情况该会如何做？娘娘大概会带着嘲弄与轻蔑的意味感慨一声：男人啊……

想着那个画面，徐有容的笑容变得更加灿烂了。

王之策问道："圣女因何发笑？"

徐有容敛了笑容，淡淡说道："因为我忽然发现了一种可能。"

王之策温和说道："请说。"

"该你出现的时候你总是不出现，不该你出现的时候你却偏偏跳了出来。"徐有容看着他平静地问道，"王大人您是不是老糊涂了？"

43 · 烟尘起处

关于这一千多年，史家有很多断代方式，最常见的便是大周建国，也有很多人选择以百草园之乱、太宗皇帝登基为节点。民间也有不少人选择王之策的横空出世作为新时代的开端，把这一千多年分成他之前的历史以及他之后的历史。因为在伐魔的战争里，他扮演的角色太过重要以及太具传奇性。

今天是历史里的一天，同样以他的出场为时间点分成了前后两个阶段。在王之策出现之前，天书陵内外充满了紧张对峙的气氛，所有人都觉得不安而且焦虑到了极点。在他出现之后，很多的阴暗负面情绪消失一空，很多人的脸上露出喜悦的神情，甚至有些癫狂。人们终于确认了那个传闻是真的，他还活着，那么他自然能够解决人族遇到的所有的问题。就连初春的阳光都快要提前灿烂起来。就在这个时候，他们听到了一句话："王大人您是不是老糊涂了？"

王之策与徐有容的交谈并没有刻意瞒着天书陵内外的人们。前者是因为事无不可与人言的心性与自信，后者则是因为淡淡的失望与随之而来的战意。听到徐有容的这句话，天书陵内外一片哗然。她所用的王大人这个称呼是整个人族给予王之策的尊敬，她还称了您。但是谁都不会认为这句话是真的关切。哪怕她是南方圣女，是京都这些年最大的骄傲与宠儿，人们依然无法接受她对王之策这般无礼。

天书陵外激起一片议论声，甚至夹杂着愤怒的呵斥声。即便是南麓树林里的离山剑堂长老还有那些宗派强者，也都微微蹙眉，对此很不赞同。木柘家的老太君与吴家家主再次对视一眼，无言摇头，更是做好了认输离京的准备。

徐有容没有理会天书陵外的那些动静，也没有在意南方强者们的反应。她神情平静在看着王之策。

商行舟在剑阵里，漠然地看着这一场面，没有说话。王之策在剑阵外，微微一笑，似乎并不在意被她如此嘲弄。他通读道藏，阅遍世事，自然清楚徐有容现在的情绪，以及这些情绪从何而来。

徐有容说该他出现的时候，他始终没有出现，这自然指的是这个世界需要他的时候。

比如二十余年前国教学院的那场血海之灾，比如三年多前天书陵里的那场惊天之变。

这些重要的历史转折时刻王之策确实没有出现，但他曾经在别的时刻出现过。当年他心灰意冷离开京都，便不再关心朝政权位的更迭。他云游四海，隐居深山。但他依然在意人族的将来。所以当初魔君要杀陈长生的时候，他出现在寒山。魔君死的那夜，他出现在雪岭。前些天白帝城内乱之时，他出现在北方的雪原里。

王之策说道："我以前曾经看过陈长生。"

徐有容说道："我知道。"

王之策说道："我当时还准备去看看秋山与你。"

徐有容问道："今天见到了，是不是有些失望？"

王之策笑着摇了摇头。他不在意徐有容刚才的无礼。在他看来，这不过是小女孩辛苦了好些天却依然没有凑齐胭脂种类后的生气。

徐有容今天表现得已经足够优秀，失望自然谈不上。只不过他今天确认徐有容持的是太上无情道。而他从来都是一个多情人。道不同，自然难以为谋。两路人，自然只能是路人。这让他觉得有些遗憾。

"你说你想试试，我也想试试。"王之策看着徐有容说道，"我想试着说服你放弃这个疯狂的想法。"

"说服？"徐有容唇角一扬，再次笑了起来。这一次，她笑容里的嘲弄意味更浓。在她看来，王之策想说服她放弃，这本身就代表他已经做出了选择。并且，他已经替整个人族做出了选择。她除了接受还有什么别的办法？

这样的说服并不是真的说服，因为与道理无关。今天徐有容能够把商行舟逼到这种境地，便在于她最终指向的并不是胜利，而是举世皆焚。

这是周独夫的刀法。她能够做到这一切，是因为有很多势力愿意追随她。无论是南方的那些宗派世家还是国教骑兵与信徒。当王之策出现之后，她的这个局便破了。不要说他本身就是位境界深不可测，与太宗、周独夫齐名的至高强者。

只是他的名字，便足以改变整个局面。他声望之高，举世无人能越。当他站在徐有容的对立面，谁还愿意追随她？

南溪斋少女们没有放下手里的剑，但知道王之策身份后，她们的脸色变得有些不对。天书陵南方以及京都里的国教强者们，又有谁能向王之策出手？就算依然有人忠诚于她，但她已经无法完成举世皆焚这个目标。换句话说，她再没有办法威胁到商行舟。从这个角度来看，最熟悉两断刀诀的人，果然还是王之策。直到周独夫回归星海的那一天，他都没能战胜自己的大兄。但他知道，如果要破掉焚世之刀，一定要在焰生之前。

微寒的春风依旧微寒着，从那片云底向神道两侧拂去，吹动草屑。原野上两道烟尘渐近，意味着恐怖的玄甲重骑即将归京。天地间一片安静，所有人都在等着徐有容承认自己的失败。忽然，天书陵的地面剧烈地震动了起来。神道前方那些浅浅的清溪里的水，像透明的纸片般离开地面。绕着天书陵的那条河里生出无数稍浑的浪花，刚刚生出几天的青萍被搅成碎片。

震动是从南方的那片原野里传来的。

京都有天书陵隔断，幸运的没有宅院垮塌，无数民众依然惊慌地走上了街巷，看着就像无数只蚂蚁。人们震惊异常，向着那片原野望去，看到了一幕极其诡异的场面。离京都只有十余里地的那些玄甲重骑带起的烟尘忽然消失了。

取而代之的是一道更粗更大的烟尘，遮光蔽日，冲天而起，看着就像是一条苍龙。

看着原野间的那道恐怖烟尘，王之策与商行舟以及陵外的王破及相王同时色变。

身为神圣领域强者，他们自然能够看清楚，那道苍龙确实是由烟尘凝成。

问题在于，烟尘起处应该是京都南向最后的屏障——磨山。

磨山居然塌了！

44 · 烟尘落处

黑色的盔甲上蒙着灰尘，看着并不觉得陈旧，反而透着一股极恐怖的意味。但整个大周朝的臣民都不会觉得恐怖，沿途的那些村夫听着雷鸣般的蹄声，看着那些骑兵身上的黑色盔甲，便会放下手里的农活，叩拜不已，那些在树上撸新榆钱的贪玩孩童更是兴奋地喊叫起来。因为他们知道，这些骑兵都是大周军方最优秀的军人，坐骑是最强壮的龙骧马，再加上那身暗沉的黑色盔甲，他们便是大周王朝以至人族最大的骄傲，当年太宗皇帝一手打造出来的无敌之师——玄甲骑兵。这时候正在向京都进发的是玄甲骑兵里的重骑兵。这些玄甲重骑可以说是整个大陆威力最大、杀伤力最强的恐怖杀器。

赫明神将是这些玄甲重骑的指挥者。当年陈观松刚刚接任摘星院院长的时候，他就是副院长。在那段时间里，他被天海圣后以及很多人视作陈观松最出色的同伴、最可靠的副手。十年前他被调往玄甲重骑，依然表现优秀，只是因为沉默寡言，性格低调，所以不为世人所闻，光彩被薛醒川等人所掩。

两千玄甲重骑高速驰援回京，在军事上是很冒险的行为，或者说是不智的决定，必然会有很多龙骧马承受不住长途奔袭与沉重盔甲的双重压力倒毙，骑兵本身也会出现大量的减员。但收到来自京都的红雁传讯后，早已做好准备的赫明神将没有任何犹豫，便命令下属们拔营开动，因为京都需要这两千玄甲重骑坐镇。只有这样，那些修行强者才会老实些，大周皇朝的江山才能安定，才能不误北伐！

赫明神将想着这些事情，目光穿过面前的磨山，落在更远处。

磨山是京都南麓最后的屏障。已经隐隐能够看到京都。京都没有城墙，皇城也并不是太高，所以他看到的京都，实际上是南方的天书陵。

通过红雁传讯，他已经知道徐有容带着很多南方强者困住了道尊，离宫也随时可能出手。

赫明神将现在还不知道具体的细节，但是道尊被困这个事实本身就令人震惊，足以让他生出很多联想。他有些佩服徐有容，虽然这十余年来，他一直瞧不起徐世绩。他觉得如果她是个男子，极可能会成为一代军法大家……想着这些事情，他的情绪变得有些复杂。多年前，他参加过徐府的那场满月宴，曾经亲手抱过那个粉雕玉琢的小女孩。

已经到了磨山，再用一些时间，他与两千玄甲重骑便会抵达天书陵，向那些叛贼进行扑杀。曾经的那个小女孩今天应该会死吧？他麾下这些本该杀进雪老城的骑兵又要死多少呢？

忽然，天空里传来数声凄厉的啸鸣，一只红鹰如闪电般向地面飞来，发出警讯，示意有强敌来袭。

不愧是大陆最强的玄甲重骑，伴着金属盔甲的摩擦声与撞击声，两千骑兵在极短暂的时间里停了下来，看着就像遇到堤岸的海水。如黑色潮水般的骑兵阵营间，传令兵不停地挥舞着旗帜，很快便布好了阵法。

如林般的铁枪对准了天空，变成一道极为铁血的气息，仿佛实质一般冲天而起。

这道铁血气息里，不知隐藏着多少恐怖的巨弩与凶险的阵法。这些都是真正的杀机，即便是神圣领域强者也很难占到什么便宜。然而这两千名玄甲重骑的阵法与暗藏的杀机，最终没有起到任何作用。因为敌人袭击的目标并不是玄甲重骑本身，而是他们前方不远处的磨山。

一道亮光在天空里画出一道直线，然后瞬间消失。线条的最前端是一个小黑点。那个小黑点以无法理解的恐怖速度落在了磨山的最高处。那一刻，天地间的所有事物仿佛都静止了，无论是龙骧马鼻端喷出的热气，还是缭绕着黑甲的春风。

整个世界寂静得仿佛并非真实。下一刻，寂静被轰隆的声响所打破。沉闷如雷又似千万妖兽咆哮的低沉轰隆声，来自磨山深处的地底。大地剧烈地震动起来，无论是坚硬的崖石表面还是松软的草甸，都生出了肉眼可见的波浪。

轰隆声从地底来到地面，恐怖的声响里，磨山表面出现了无数道裂缝。极短的时间里，无数崖石从山体间崩落，向着天空与原野间飞去，然后像暴雨般落下，带出无数烟尘，蔚为壮观。大地的震动越发剧烈，加上那些四处飞来的巨石，场面越来越混乱。

烟尘里到处可以听到龙骧马的嘶鸣，但它们都是秋山君在阪崖马场亲自养出来的，在这样的情形下居然也没有发狂。再加上阵法保护，两千名玄甲重骑没有遭受毁灭性的打击，只是拱起的原野地面与那些恐怖的巨石还是让局面变得混乱起来。传讯兵手里的旗帜挥动得更快，神情焦虑，但被烟尘遮住，无法被同袍们看到。

阵师们喊叫着，配合着，军中的强者向着那些被阵法漏过的巨石主动发起攻击。就连赫明神将都亲自出手了，阵营最深处的巨弩依然未动，还是对准着烟尘里的某个方向，杀机依然隐藏在严明的纪律与视死如归这四个字的后面。

不知道过了多长时间，烟尘渐渐平息，前方的画面重新落在所有骑兵的眼中。面临如此乱局也非常冷静的骑兵们，眼里终于出现了震惊的情绪。刚才还在他们眼前的那座磨山，这时候不见了。

磨山并不高，只有百余丈，但终究是一座真正的山。谁能在如此短的时间里，让一座真正的山变成满地碎石与半截残崖？烟尘渐落，一个黑衣少女出现。如画的眉眼里，满是绝对的冷漠。那颗像朱砂痣般的红点里，有着令人恐怖的煞气。她赤着双足。因为在她落到峰顶的那一瞬间，脚上的鞋便碎成了细末。骑兵们震惊无语，心想难道就是这个看似还未成年的黑衣少女，轰垮了整座磨山？

忽然间，无数带着极深恐惧的嘶鸣声响起。山崩地裂、石如雨落之时，依然平静的龙骧马们忽然躁动起来，显得异常惊慌。

片刻后，它们向着黑衣少女的方向纷纷跪倒，以此表示自己的臣服。骑兵们被掀落下地，竟形成了更大的混乱。看着那个黑衣少女，赫明神将的心情有些沉重，然后缓缓举起了右手。伴着一道白光，神圣的气息从阵营深处生起。黑衣少女神情漠然地看了他一眼。

45 · 三路骑兵

对上黑衣少女的眼光，赫明忽然平静了下来，心情轻松了很多，甚至还笑了笑。

但他的右手依然举在空中，随时准备握成一只强劲有力的拳头，两千玄甲重骑便会发起攻击。

黑衣少女移开视线，望向那些有些混乱的骑兵，不知想到了什么事情，眉尖微蹙。

风起处，她的身影就此消失。

余风再次卷起磨山化作的烟尘，向着骑兵们飘了过来。那些烟尘被风吹得极散，根本没有任何形状。忽然间，无数道乳白色的光线穿透了出来，把那些烟尘照耀成似白沙一般。

那些带着神圣气息的光线，来自骑兵们手里的弓箭。与隐藏在阵营最深处的巨型神弩相比，这些圣光箭才是玄甲骑兵最可怕的武器。

那个黑衣少女因为感受到了圣光箭的存在，才会选择离开？

一位副将走到赫明的身旁，看着少女消失的方向，手按剑柄说道："警觉得倒是挺快。"这句话里带着极明显的不甘。

那个黑衣少女出现得太过突然，落下得太快，无论是玄甲重骑里的真正强者，还是那些阵师，都来不及反应。

在这位副将看来，如果黑衣少女刚才离开得稍慢些，或者类似的情形再出现一次，玄甲重骑绝对有机会把对方留下来。哪怕那个黑衣少女表现出如此可怕的摧毁力。

赫明看着黑衣少女消失的方向，没有说话。他不同意这位副将的看法。玄甲重骑纵横天下未尝一败，自然有对付那些强者的手段，哪怕今天面对的是一位神圣境界强者，他依然有信心与对方周旋一段时间。可问题在于，如果他没有猜错的话，刚才那个黑衣少女并不是一个普通的强者，而是一条龙……

"什么？那是一条龙？"听完赫明神将的话，那位副将以及周遭几位将官都震惊得无法言语。

赫明声音干涩地说道："是的，而且应该是一条玄霜巨龙。"

听罢此话，那位副将更加震惊，然后无语，下意识里抓了抓头发。如果黑衣少女真是这样的存在，那么她的退走便不再是畏惧，而是手下留情……

是啊，从刚开始的时候她落在磨山峰顶，而不是直接向玄甲重骑发起攻击，便应该能猜到了——如果她让玄甲重骑先进入磨山，再发动攻击，再加上她先天对龙骧马的威压，玄甲重骑不说全灭，也必然会遭受难以承担的重创。

自古以来，最克制玄甲骑兵的本来就不是那些乘云来去、不沾地气的神圣强者，而是龙族。据说千年之前，太宗皇帝创建玄甲骑兵，便曾经专门设计并且训练过如何应对龙族强者的攻击。后来因为那份星空契约，龙族再没有登上大陆，世界渐渐遗忘了那些恐怖的高阶生物，玄甲骑兵也发展到了第四代，曾经受过的训练还有那些设计好的手段，早就不知道被遗落到了军部的哪处故纸堆里。

此时，一位将官忽然醒过神来，说道："龙族居然来到大陆，难道她不怕被神圣强者们联手诛杀？"

"如今的神圣强者们心思各异，怎会齐心来执行那份契约？"赫明神将说道，"而且当初双方缔结契约的时候，都忘记了她的存在，所以上面没有她的名字。"

那位副将问道："那个黑衣少女究竟是谁？"

"你们应该已经想到了，她就是教宗大人的那位龙使。"赫明沉默了一会儿，又说道，"也就是当年皇宫里的那位禁忌。"

随着天海圣后回归星海，当初的很多秘密，正在逐渐显露于阳光之下，自然也包括黑龙的传说。

原野地面不停隆起，看着就像静止的麦浪，玄甲重骑们立身其间，没有发出任何声音。

忽然，赫明露出一抹自嘲的笑容，眼神却变得坚定起来，说道："结无双浊浪阵。"

以纪律严明著称的玄甲骑兵，在这一刻表现得有些异样。参谋军官们都用奇怪的眼神看着他，而没有立刻传下军令。因为赫明神将说的是无双浊浪阵。这种阵法以厚实稳重著称，最适合休整掩杀。

在磨山被毁、军心动摇的前提下，赫明神将的这个安排其实很有道理。

问题在于，无双浊浪阵的移动速度……真的很慢。如果以这种阵法前行，或者当暮色染红天空的时候，他们还无法赶到天书陵，那还有什么意义？

那位副将看着赫明神将，想要提出自己的反对意见，忽然又想到了些什么，脸色变得有些苍白，不再说话。

磨山被轰成半截乱崖的时候，整个京都都有感觉。洛水两岸的宅院摇晃不停，没有房屋倒塌，梁间与地面生出的无数道灰尘，却让整个世界变得有些朦胧。

石柱上刻着的繁复图案变得有些模糊，那间曾经种满梅花的房间，早就已经被灰尘笼罩。

教枢处外面的那排枫林断了很多树枝，看似杂乱地堆在街道上，实际上如果仔细望去，便能在里面看到阵法的痕迹。那些枫树枝与隐藏于其间的阵法，把直属教枢处的那批黑衣骑兵挡在了外面。

因为大朝试的缘故，教枢处的三位红衣主教与教士都进入了青叶世界，现在正被一个黑衣少女抱在怀里。现在的教枢处，根本没有任何力量对抗离宫的意志。在最短的时间里，离宫骑兵完成了对这幢著名建筑的占领。枫林外的那些教枢处骑兵，有些无奈也有些庆幸地放下了手里的兵器。

教枢处是国教旧派势力的大本营，下辖着著名的青藤六院，但现在真正需要解决的只有天道院。同时，天道院也是最麻烦的一个地方。因为茅秋雨的关系，也因为天道院的声誉，离宫不可能选择强攻。

凌海之王身体微微前倾，盯着天道院里那些满脸坚毅神情的师生，一脸厌憎。

当初他能够被教宗陛下与天海圣后同时看重，就是因为他从来都不天真，哪怕当时他还是个少年。他这辈子最厌恶的就是所谓天真、热血、激情，他知道这些特质很麻烦，会直接导致牺牲。他当然不在意这些天道院师生变成无数具尸体。问题在于，这会影响到教宗陛下的声望，更会影响到茅秋雨与离宫之间的关系。

很明显，庄之涣非常清楚这些，所以知道教枢处那边的动静后，依然不肯投降。

他希望天道院里这些满怀理想、甘于牺牲的年轻学子们，能够帮他坚持到天书陵那边传来好消息。

凌海之王瞥了眼身旁那位老道，说道："你也是副院长，为什么没有学生肯听你的？"

这位老道是树心道人，叹了口气没有接话。当初茅秋雨在离宫里闭关破境，由师弟庄之涣亲自护法，天道院则是由树心道人打理。当时提出此议的凌海之王，本是希望树心道人能够利用这段时间加强对天道院的控制，为今日做准备。谁能想到，庄之涣在天道院里的声望竟是如此之高。年轻学生们的痛骂声越来越大。

凌海之王的脸色变得越来越阴沉，说道："倒数五声，准备杀人！"

树心道人闻言大惊，苦劝道："万万不可！"

凌海之王没有理他。随着清楚的金属摩擦声，国教骑兵们缓缓抽出带着神圣光辉的教剑。天裁殿的黑衣执事们，就像数十只鬼魂，悄无声息地向天道院潜了过去。

46·一道龙吟

看着准备冲锋的国教骑兵，天道院数百名师生没有任何惧意，反而更加激动，喊声渐高，颇有众志成城之感。除了守卫天道的口号，师生们更多的声音还是在骂人，被骂得最狠的当然是现在被他们视为卖院求荣奸贼的树心道人。凌海之王的名字也时常出现，甚至偶尔还会出现涉及教宗陛下的不敬言辞。

听着那些骂声，凌海之王的脸色越来越阴沉，但如果仔细看去，或者会发现其实他眼底的情绪一直没有任何变化。

以双方的实力而论，当然是离宫方面占绝对优势。国教骑兵乃是与玄甲骑兵齐名的存在，天裁殿的那些黑衣执事更是与曾经的清吏司、天机阁的刺客们并称。天道院确实底蕴深厚，培养出来了很多强者，现在离宫里有很多主教也是出自此间，但毕竟只是一座学院。天道院能够坚持这么长时间，只能说庄之涣的心够硬，而师生们的血够热。

面对数百名甘于抛头颅、洒热血的师生，离宫方面如果强攻，必然会变成一场血腥的杀戮。而且当今的局势以及事件起因与二十余年前的国教学院血案不同，负责此事的凌海之王会遗臭千年，陈长生也不会好到哪里去。在尽量不流血的前提下，怎样让天道院的师生放弃抵抗，这才是离宫方面应该做的事情。

然而凌海之王的眼神依旧那般漠然，无论树心道人如何苦苦哀求，也没有收回命令的意思。眼看着国教骑兵即将发起冲锋，那些黑衣执事即将举起手里的死亡之镰，树心道人觉得一阵悲凉，无比绝望。他仿佛看到了被浸泡在血海里的天道院，还有那些倒在血泊里的年轻学生们依然稚嫩的脸。下一刻他忽然觉得自己眼花了——天道院没有变成一片血海，却变成了一片墨海。

一道阴影自天而降，落在了天道院那些古意盎然的建筑之上。那道阴影是如此的深沉，竟仿佛有若实质，又像是真正的黑夜。愤怒的喊声停止了，年轻的天道院学生们有些茫然地抬头望向天空。他们没能看到带来那片阴影的本体。

昏暗的天空里飘着无数片雪，遮住了所有的视线。

"下雪了！"有学生惊喜地喊道。

"这时候怎么会下雪？"有学生惊奇地喊道。

已经是初春时节，就算倒春寒，也没有落雪的道理。学生们很是吃惊，纷纷议论起来，有些人甚至忘了院门外那些杀气腾腾的骑兵。

但还有很多人没有忘记天道院以及同窗们现在面临的处境。

看着天空里那些美丽的雪花，一个清秀的女学生眼里噙着泪水，喃喃地说道："天道在上，您也觉得这样的世间太过肮脏，所以要落下这场圣雪，洁净我们的眼睛与心灵吗？"

有些学生听到了她的话，感同身受，向着天空祈祷起来，有些伤感，意志更坚。

凌海之王漠然说道："雪化之后依然满地污秽，神明岂会自欺欺人？"

天空里忽然响起一道低沉的轰鸣声。那道轰鸣声低沉到了极点，却并不微弱，就像是隐在云层最深处的雷，或是地底最深的河。人们抬头望向天空，满脸震惊，心想难道这是上苍做出了回应？是回应那位女学生的话？还是凌海之王的话？那道声音有着非常明显的意志。那就是漠然，以及俯视，还有不感兴趣。

无论凌海之王带着国教骑兵前来，还是树心道人带着数名教习站到了对面，庄之涣的表情都没有任何变化。但当他听到这声嗡鸣的时候，脸色变得有些奇怪，眼底深处甚至看到了一抹犹豫以及退意。他听出来了，这是一道龙吟。

天空里的雪花数量骤然间多出了数十倍，寒风也变得凛冽无比。风雪狂舞，天道院内外的温度急剧降低。无论是石墙上的那些青藤，还是最深处的那棵千年古树，都变成了美丽的琼枝。数片小湖表面结出薄冰，然后以肉眼可见的速度变厚，数息之间便变成了平滑如镜的冰湖。某个偏僻的小院里，那口深井里的井水尽数结冻，把四周的地面撑出了数道裂缝。整个世界都变成了白色，成为了冰雪的领域。大部分的普通学生变成了一座座雪人。他们依然能够视物，能够思想，却再也无法动弹，甚至脸上还保持着惊愕的神情。

庄之涣年轻时便是天赋出众的天才，现在更是京都屈指可数的修道强者，自然没有问题。有十余名境界不错的教习与学生也还能支撑。他们的脸色都有些苍白，嘴唇有些发青。教习与学生们是因为被严寒侵袭了气窍与幽府，受了内伤。庄之涣则是因为他发现自己忽然失去了所有的倚仗。

这场风雪究竟从何而来？为何如此狂暴而恐怖？天道院的师生们满怀畏惧地想着这个问题。这个时候，一道身影从风雪那头缓缓走来。那道身影行走时的姿势有些怪异，似乎有些不协调，却又给人一种格外安定的感觉。或者是因为那个人只有一条手臂？看着那道身影，看着那道空荡荡的、在风雪里狂舞的袖管……就算是那些不能动、无法流露表情的年轻学生，眼神里也充满了喜悦的情绪。

那些还能出声的教习与学生们更是惊喜地呼喊起来。

"关白师兄！"

"大名！"

"师兄！"

顺着那条著名的石道，关白走进了天道院，然后停下了脚步。他站在了两道石壁之间。石壁上有很多名字，最上方刻着一行字——好风频借力，送我上青云。这就是青云榜。当他在天道院里求学的时候，他的名字也曾经在石壁上出现过，而且是在最上面。

因为这个原因以及很多别的原因，他一直是天道院最大的骄傲，无论当年还是现在。所以明知道以他的境界实力不见得能改变当前的局面，但看着他出现，天道院的学生们依然忍不住惊喜地呼喊起来。然而下一刻所有的声音都消失了，所有的惊喜变成了震惊。因为关白看着庄之涣说了一句话：

"老师，认输吧。"

47·寂静的春天

狂暴的风雪渐渐停歇。没有风，雪才能够粘住。于是石壁上被积雪掩盖的名字越来越多。天道院里一片死寂。

不知道过了多长时间，庄之涣终于从数百座雪人后方走了出来。这是国教骑兵包围天道院之后，他第一次真正站到了师生们的前面。因为说话的人是他最得意的门生——大名关白。也因为很多人已经变成了雪人，他已经无处可躲。他看着关白的眼神很冷淡。

"为什么？"

"因为您错了。"

"按照天书陵那边的消息，应该是圣女安排你回到京都。"

"陛下提前写了一封信给我。"

"你一直在看着？"

"是的，我需要确认。"

"确认我是错的？"

看着恩师，关白眼里的情绪有些复杂："不错，因为没有人有资格用他人的性命来满足自己的想法。"

庄之涣沉默了很长时间，说道："原来……只是确认。"

关白的眼神变得平静了很多，说道："因为最初的时候，我不相信您是这样的人。"

庄之涣明白了所有的事情，轻声说道："看来教宗大人真的很看重你，只是为了让你看场戏，居然摆出了这么大的阵势。"

关白说道："陛下仁慈，不愿看到天道院因为您的野心而变成灰烬，所以才会对我如此有耐心。"

"野心啊……"庄之涣望向风雪里的远方，不知道是汶水还是他已经很久没有回去的故乡，把这两个字重复了一遍。

关白想知道他为何感叹。

不知道过了多长时间，庄之涣收回视线，看着他说道："是的，我有野心，而且很大，因为我有与之相匹的能力。我的境界很高，我的能力很强，而且我还很年轻，那么我凭什么不去追求？"

关白正色说道："您以前教过我，大道若可直中取，何必曲中求！"

庄之涣淡然说道："茅师兄待我极好，我与唐家长房也有交情，在很多人看来，我站在教宗大人那一边，也一样可以获得我想要的，把我的那些野心变成真正的野火，烧得很好看。"

关白说道："这正是我的不解。"

庄之涣说道："难道连你也忘了，换羽他是怎么死的？"

数年前，陈长生带着苏离从雪原里万里南归，过浔阳城将抵京都。那个夜晚，庄换羽在强大的精神压力之下，选择在一口井旁横剑自刎。那个院子还在天道院的偏僻处，那口井还在，只是已经很多年没有人进去过。

很多人已经忘记了当年周园里的事情，忘记了在关白之后天道院还曾经有过一位天赋出众的年轻人。今日暴雪，井边的地面被冻出了数道裂缝，破败不堪，再也无法修复。那些记忆也从寒冷的地底翻了出来。庄之涣自然不会忘记这件事情，关白也没有忘记。当年诸院演武之时，他向陈长生发起挑战，就是为了这件事情。他有些难过地说道："您还是没办法忘记这件事情吗？"

无论是从唐三十六那边算，还是从茅院长那边算，庄之涣都应该是陈长生信任的人。他却选择了那一边，就是因为这个原因？

庄之涣摇了摇头，说道："换羽死于他自己的心性软弱，与教宗大人无关。"

关白不理解，说道："那为何会如此？"

庄之涣看着他淡然地说道："我真的不恨教宗大人，问题在于，谁会相信呢？"

关白默然无语。是啊，就算教宗陛下自己相信，可是凌海之王会相信吗？司源道人会相信吗？圣女会相信吗？

"既然我没有办法走这条路，那么我只能选择另外的方式来燃烧自己的野心。"庄之涣的手落在胸口上，说道，"不然这里始终难以安分。"

关白劝说道："然而如今事已不成，何不放弃。"

"因为你认清了我的真面目，便要我放弃，你以为你是谁？"庄之涣微嘲说道，"你是我教出来的学生，有什么资格来判断我的对错，又有什么资格要我放弃？"

关白安静了一会儿，说道："我现在是以英华殿大主教的身份在与你交谈。"

听着这句话，天道院里一片哗然，师生们震惊至极。前任英华殿大主教是天道院的老院长茅秋雨，他们本以为茅秋雨院长晋入神圣境界之后，庄之涣院长毫无疑问会成为英华殿大主教。没有想到，离宫那边传来非常准确的消息，教宗根本没有这个意思。天道院的师生们很是失落，然后愤怒，今天的局势，在很大程度上与此事有关。真实的情形却出乎了所有人的意料。英华殿大主教会由关白师兄接任？离宫并不是在打压天道院？难道……茅院长也不是被教宗陛下逼走的？那接下来该怎么办？

庄之涣在天道院里教书育人多年，声望确实很高。但在年轻学生们的心里，关白师兄是他们最大的骄傲，真正的楷模，无论修行还是德行，都是如此。

风雪早歇，春意重回大地，积雪难化，那些变成雪人的学生们慢慢恢复了

138

行动能力。他们不知道应该怎么做，却发现自己再没有办法举起手里的兵器。

一支国教骑兵在天书陵前。一支国教骑兵在教枢处。一支国教骑兵在天道院。离宫最强大的力量却在别处。不知从何处飘来的微雪，让太平道的空气变得有些微寒，就像现在的紧张局面一样。司源道人左手搁在胸前，微微拢着，就像在把玩核桃。他的手里实际上是国教重宝——天外印。户三十二站在他的身侧，退后了约半步。他微低着头，双手笼在袖子里，看着就像是一位低调的掌柜。

没有人知道，他的左手拿着落星石，右手拿着一把平常无奇的短刀。同样也没有人知道，究竟是落星石的神圣力量更强大，还是那把短刀更可怕。两位国教巨头的身后全部是人，看着黑压压的一片。黑压压的人群里偶尔有几抹夺目的鲜红，更显煞气。两百一十七名聚星境界主教与执事，十六名境界恐怖的红衣主教，在太平道上，围住了相王府。其余十余座王府与天海府没有任何声音传来，死寂一片。如此多数量的修道强者，不要说曾经的天机阁，就算是大周朝廷也很难凑出来。

这就是离宫的力量，平日里隐而不显，但出现时，天地间万物都必须安静片刻，以示尊敬。

48·雪泥鸿爪

京都的天空里飘着雪，太平道也一样。没有多少人知道，这些飘飞的碎雪来自天道院的一场冰雪暴。所有王府大门都紧闭着，没有一丝声音，相王府更是寂静得仿佛一座坟墓。那些碎雪飞过王府高墙，落在离宫教士们的视线无法触及之处，却没能落到地面。

墙后有无数道风，不停地吹着那些轻柔的雪。

数百名修道高手与手持神弩的军士，站在相王府的花园与院里，与教士组成的黑色海洋之间只隔着一道墙。他们没有发出任何声音，保持着绝对的安静，于是呼吸声便变得清楚起来。越清楚便越沉重，越短促便越紧张。那些来自天空的初春的微雪无法落地，便是因为这些沉默如谜，又沉重如山的呼吸吧？

陈留王站在窗边，看着园子里的下属们，沉默想着这些事情。雪在窗外不停地飞舞着，他的脸有些苍白。因为疲惫，与不安无关。到了这种时候，任何后悔都没有必要。他转身望向那几位青衣道人。三名青衣道人望向那位白发苍苍的老道。老道是真正的道门强者，多年前便已半步神圣。除了唐家的魏尚书、盲琴师及几名南方世家、宗派的隐秘人物，再没有谁能与他相提并论。即便是他，也没有自信能守住相王府。一点都没有。他非常清楚，如果离宫决定全力出手，除非大周朝廷军队尽出，没有谁能够挡住这样的狂澜。

老道对陈留王说道："走吧。"

陈留王的脸色更加苍白，神情还保持着平静，说道："我不能放弃这些忠于我与父王的下属。"

老道面无表情地说道："我留下来挡一挡，你与三位师侄先走。"

陈留王没有想到对方居然愿意冒险，一时间竟怔住了。老道走到窗前，没有理他，缓缓闭上了眼睛。微风卷起碎雪，落在那张满是皱纹的脸上，白发微飘，看着有些感人。

看着这一画面，陈留王眼睛微湿，想要劝说什么，最终还是没有说出口。在最短的时间里，他恢复了平静，向老道行礼，然后毫不犹豫地转身。花厅从窗口到中间的青石地面依次下陷，形成一条向地底而去的石阶。陈留王与三名青衣道人顺着石阶向地底走去。

前方一片幽暗，不知通向何处。忽然，石壁上的灯自动燃烧起来，照亮了众人身前不远的地面。地面有些湿，墙角处还有些青苔，不知多少年没有清理过。光线落在陈留王的脸上。他很平静。在他的眼里看不到湿意，在他的脸上也看不到感动。因为那些都是无意义的。稍后的这场战斗也没有任何意义。那位长春观老道或者能够活着离开，或者壮烈战死，他都不会关心。他只需要知道，这位老道必然会让离宫的那些强者承受极大的损失。那些王府里的家将与高手或者投降，或者战死，也无所谓。他从来没有怀疑过这些人的忠诚与热血，但是这些人从来都不是相王府真正的底牌。

相王府真正的力量今天根本就不会在京都出现。因为他和陈长生的判断非常接近，他认为天书陵那边根本打不起来。还没有到最后决战的时刻，但今天还是会死很多人。他需要保证自己的生命不受威胁，所以必须离开。他将通过这条幽暗的地道出现在洛水的岸边，然后离开京都。京都郊外，那数百玄甲轻骑已经等了他很长时间。他将带着这些玄甲轻骑去往汉秋城，然后跟最忠诚的部属与军队还有朱家的后人会合。到时候，他应该先做什么事情？发一篇檄文？还是先把朱家的那些废物都毒死？

如果是太宗皇帝，他会怎么做？毒死不行，太过显眼，还是软禁起来比较好，登基后再说。想着这些事情，他被灯火照亮的眼眸深处现出了一抹笑意。那三个青衣道人在他身后，自然无法看到。

父亲是神圣领域强者，自然不需要担心安危。就算道尊万一输了，徐有容还有陈长生都不是那等心狠手辣的人，自然不会向王府里的侧妃庶弟们下手。陈留王觉得自己什么都想到了，都考虑到了，都算到了。但他没有想起自己的新婚妻子平国，也没有算到，在这条幽暗地道前方某处，有人在等他。

安静的地道里，任何声音都会显得特别清楚。比如地底水动的声音，比如蚂蚁爬过墙壁的声音。两位道姑睁开了眼睛。前方有脚步声传来，是相王府的方向。怀恕看了师姐一眼，怀仁神情淡然。忽然，前方隐隐透来的光线，发生了奇怪的折射，仿佛那里的空间出现了某种扭曲。是什么样的力量，竟能让空间如此悄无声息地扭曲起来？

怀恕感知到了那道气息，惊骇地说道："这是何物？"

怀仁微微挑眉，有些意外地说道："教宗陛下也出手了？"

当地道里的空间发生扭曲的时候，天空里也出现了类似的情形。暗淡的天光被散射得到处都是，把相王府的四周照耀得无比清楚。一道难以形容的威压从遥远的高空落到地面。

风雪忽然间变得狂暴起来。一只黑色的龙爪破开云层，缓缓落下。龙爪就像是一座黑山，上面的鳞片就像是幽暗的窗户，散发着极其恐怖的气息。

那些家将与强者们再也无法保持镇定，惊慌失措地呼喊起来。那位白发苍苍的老道忽然睁开眼睛，迸射出一道精光。一道清光笼住了相王府，这是很强大的守御阵法。

老道看着天空，寒声喝道："孽畜受死！"

话音未落，道剑自出，化作一道极其凄厉的光线，向着天空飞去，贯穿厚云，不知斩向何处！他知道自己今天的对手很强大，但依然毫无惧意。这一剑凝结了他毕生修为，已经无限接近神圣领域，加上王府的阵法，只要对手还没有成年，

141

便必然要受伤而回!

但是,他不知道今天真正的对手并不在风雪深处,而是一直在相王府里。当他把全部精神气魄贯注进那一剑的时候,那人也动了。那人站在墙角,耷拉着双肩,腰间松松地系着一把看似寻常的剑。不知何时,他修长的手指握住了剑柄,显得格外稳定,而且和谐。如果有人看到这一幕,甚至会生出一种错觉。他的手与剑本就是一体的,怎么可能还有比这更快的剑呢?

一道剑光亮起,然后消失。就像是烟花一现,或者昙花一现。两道砖墙上出现了两个洞。一截剑尖刺破了青色的道衣,带着血水。

49·陈长生的安排

一声巨响,整座城市的人都听到了。不知多少积年的灰尘从梁上落下。街巷上的民众们神情惘然,不知道又发生了什么事。刚刚收到南边消息的朝廷官员,震惊无语,心想难道又垮了一座山?

轰隆如雷的声音渐渐远去,那只巨大的龙爪缓缓收回到云层后方。相王府的阵法已经被破,没有变成一片废墟,也已经相差不远。木桥已断,残破的晚亭斜斜地倒在湖里,湖水向着岸边不停漫注,把马场上的黄沙变成了一摊烂泥。王府里到处都是烟尘,随处可以听到惨叫,白墙红瓦上随处可以看到刺眼的血迹。

断墙那边传来了离宫教士们整齐而压抑的脚步声,局势变得更加混乱。

深处的花厅相对安静些,建筑也保持得相对完好,只是墙角上多出了两个洞。

忽然,那两个洞里散射出一道刺眼的光线,看着就像一道剑。坚硬青砖砌成的墙,就像是一张纸,被轻易至极地裁开。整个墙角连同高处的屋檐整整齐齐地落了下来,啪啪啪啪!清脆的撞击声里,带着沧桑意味的砖瓦与檐兽摔成了碎片。仔细望去,应该能看到隐藏在这些细碎里的笔直线条,还有那些像金子般发光的平整边缘。

墙角消失了,那个人自然露出了身形。老道微微眯眼,想要确认对方的身份。

那人穿着一件青衣,但不会让人联想到少年青衫薄,只会让人觉得他是一个小厮。

他当然不可能真是一名青衣小厮,老道很快便猜到了他的身份。世间除了那人,谁还能找到如此绝的出剑时机?谁的剑能如此之快,如此之狠,一剑就杀死自己？

老道感慨地说道："没想到你真的已经半步神圣。"

青衣小厮就是刘青。苏离与那个神秘人物离开之后，他便是这个世界上最可怕的刺客。也只有他，已然半步神圣，却还坚持在黑夜里做着这样见不得光的事情。

刘青没有回答对方的问题。这是谨慎，也是职业习惯。老道有些不悦，微微挑眉。然后，他的眉便断了。他左眉最中间的地方出现了一道血口。那道血口非常细小，甚至显得有些秀气。如果这是被剑破开的，可以想象当时那把剑在细微处的控制已然近神。血水从那道秀气的伤口里浸了出来。老道叹了口气，靠着墙壁坐下。那道伤口里涌出的血水越来越多，甚至给人一种汩汩而出的感觉。

刘青没有看，他的视线一直在老道的手上。从现身开始，便是如此。老道的手里没有握剑。那把剑已经消失在了天空里。但他没有放松警惕。因为老道的手始终虚握着。直到这时，老道的手指终于渐渐散开。停止呼吸很长时间的他，终于吐出了一口气。这口气像岩浆一般炽热，如滚烫的岩浆，瞬间把天空里飘着的雪花灼成青烟。一阵嗤嗤的声音响了起来。他的视线上移，在老道脸上停留了片刻。老道已经闭上了眼睛，没了呼吸。他终于真正地放松了，脸上却没有什么喜色，而是一片苍白。为了杀死对方，他也受了很重的隐伤。

没了阵法，没有老道这样的真正强者，在离宫宏大的力量面前，相王府的抵御只持续了很短时间。离宫很快便控制住了整座王府，还顺带着把相邻的两座王府也控制住了。

户三十二对下属们交代道："不要惊着后宅那些妇人。"

国教终于向皇族发起了攻击。无论事后如何，现在应该拿到足够的利益，有些账册和一些隐秘事物，是离宫必须拿到的东西。如何处理王府里的那些人，则又是另外一回事了。

青曜十三司出身的主教以及离宫里的神术主教，正在对伤者进行救治。废墟里不时能看到圣光亮起，然后听到呻吟声。就连相王府里的伤者也会接受治疗，当然顺序要排在离宫教士们的后面。司源道人微微皱眉，右手摸了摸微微鼓起的腰带。他很不赞同这样的做法，但这是教宗陛下的吩咐。腰带里的那瓶朱砂丹，也是教宗陛下亲手交给他的。就算圣光术救不活的人，有了这瓶朱砂丹，应该也很难死。当然，那些已经死去的人，再也无法活过来。

司源道人看着断墙边的那名老道，眼里的情绪有些复杂。那位老道有些枯瘦矮小，白发已乱，浑身是血。再如何强大的人，死后也都会显得很弱小。他知道这名老道的来历与身份。这名老道是他与凌海之王最忌惮的对象。这几年，天裁殿派了很多人在洛阳盯着长春观，尤其是这位老道。老道刚刚离开洛阳，他与凌海之王便知道了，连夜报给了陈长生。

那时候陈长生在石室里练剑，没作任何表态。直到今天，司源道人才知道，原来教宗陛下早有安排。他的视线落在那位老道的断眉处。那里依然残留着些许剑意，那剑意就像是似断未断的柳絮，极细微，极清楚。被寒风一拂，自生凛冽之感。能够杀死这位老道，那名刺客该是多么可怕？想着先前风雪深处那抹青影，他微微挑眉，心想教宗陛下与刘青到底是什么关系？

在这个时候，废墟里忽然出现了三个人。司源道人没有吃惊，也没有流露出警惕的神情，明显事先便知道花厅里的这条地道。他向那两位道姑行礼，说道："见过二位前辈。"

怀恕沉声说道："既然你们要动手，为何事先没有与圣女言明？"

这位性情粗豪、略显暴躁的道姑，明显心情非常不好。如果司源道人不是执掌圣堂的国教巨头，只怕她会表现得更加愤怒。

司源道人苦笑道："我也是来之前才知道教宗陛下的安排。"

听着这话，怀恕怔住了，便是怀仁也有些意外。司源道人知道很难解释清楚，便不再多言，用眼望向了另外那人——有三名长春观道人的帮助，陈留王依然没能走到洛水，离汉秋城更是还有千里之遥。他的脸色有些苍白，身上有些血迹，但神情依然平静如常。司源道人有些佩服，然后再一次觉得教宗陛下的安排可能不妥。

50 · 万物的前提

微风穿过废墟，拂动衣袖，渐渐牵起一丝杀机。别的人感觉不到，陈留王却是非常清楚。他盯着司源道人的眼睛，一字一句地说道："陈长生不会杀我。"

怀恕道姑怔了怔，然后才明白他的意思，下意识里便想出面阻止，却发现师姐没有说话。怀仁道姑望着京都南面，不知在想什么，没有理会即将到来的事情。这个时候，一把短刀恰到好处地出现在花厅断墙外，斩断了乱飘着的风以及某种可能。当司源道人望过去的时候，那把短刀已经回到了对方的袖子里。

户三十二结束了对王府的抄检。

司源道人面无表情地说道："有时候仁慈就等于愚蠢。"

户三十二谦卑地说道："既然是陛下的意志，那么谬误也是正确，愚蠢只可能是因为我们。"

听着有些拗口，实际上意思非常简单。教宗陛下就算是错的，那也是对的。

司源道人收回望向陈留王的视线，道袖旁的风也停了。

户三十二简单地讲解了一下当前的局势。从磨山垮塌，到离宫的教士们控制太平道，京都四周发生了很多事情，但实际上时间很短。天书陵那边依然处于对峙之中，即便面对着那位真正的传奇，徐有容也没有退让的意思。

怀仁与怀恕从清晨开始便进了地道，根本不知道天书陵那边发生了什么事情。当她们知道连王之策都出现了，自然很是吃惊。

"王大人为何会……"怀恕很是紧张不安，无法继续言语。

怀仁心想难怪自己先前觉得南边有些问题，沉吟片刻后说道："我们去天书陵看看。"

怀恕声音颤抖着说道："那可是王大人。"

怀仁平静地说道："即便是王大人，也不能对圣女峰下乱命。"

说完这句话，她便带着怀恕离开了相王府，向着天书陵而去。

在这种时刻，能做出如此强硬的选择，离宫教士们对怀仁道姑或者说圣女峰的敬意更增数分。

司源道人没有理会这些事情，他再次望向陈留王，说道："如果有机会，今天我还是会杀了你。"

户三十二在旁听着很是无奈，却也知道无法做什么，因为司源道人说的是有机会。

陈留王说道："你很想杀我？"

司源道人说道："很多年前我就想杀你，因为那时候我就觉得你是个麻烦。"

那时候他是天海圣后与教宗陛下都很欣赏的年轻人，刚刚成为大主教。陈留王则是陈氏皇族留在京都的唯一代表，在百姓与官员的心里拥有很重要的地位。

145

陈留王说道："果然如莫雨所言，你的杀性确实极大。"

司源道人说道："何必来挑拨我与她的关系，当年莫说你，便是教宗陛下我也曾经想杀过。"

陈留王知道他说的是什么事。当年国教学院被围攻以及随后的那些事情里，经常都能看到司源道人出现：或者在百花巷的茶楼里饮茶，或者在夜色里盯着那道挂满青藤的院墙。当时的陈留王则是站在他的对面，要做的事情则是保护陈长生。只不过现在局面已经逆转过来。

户三十二带着陈留王向王府外走去。看着满园废景与倒卧其间的尸体，陈留王沉默不语。他不知道离宫准备把自己囚禁在何处，不知道像司源道人会不会寻找机会暗中杀了自己，也不知道自己是应该祈祷陈长生获胜还是商行舟获胜。如果从他的生命安全的角度考虑当然应该是前者。但那并不是他愿意看到的故事结局。他只知道今天无论最后是商行舟获胜还是陈长生获胜，他与他的父亲都已经提前败了。在还没有真正出手的前提下。或者，正是因为他和父亲并没有真正准备出手，才会败得如此干脆利落。

现在看来，他与父亲还有陈家的王爷们甚至包括商行舟都低估了陈长生的魄力。

也对，无上的权威本就是最蚀骨的毒药，谁又能禁受得住这种诱惑？

离宫里没有飘雪，却也显得很冷，或者是因为太冷清的缘故。宽阔的广场上只有两个人。吴道子坐在冰冷的青石地板上，头发乱糟糟的，绷带被血染透，看着极其狼狈。这时候他非常愤怒，恨不得把陈长生的祖宗十八代问候一遍，不管里面究竟有没有高祖。但他不敢这样做，因为一个身穿白色祭服的女子站在他的身后。

安华清秀的脸上满是紧张的神情，她握着短刀，没有看别的任何地方，只是盯着吴道子的后颈。

教宗陛下离开的时候，交代得非常清楚，若事情有变，她要在第一时间里，杀死这个老人。两位大主教也教得非常清楚，想要杀死一个人，最好是把对方的头砍下来。

陈长生走出了离宫。参加大朝试的教习与考生，都在青叶世界里。看热闹的民众早就已经散去，石柱一片安静。他以为自己是一个人，准备面对这片天地，不免觉得有些孤单。但就在他准备叹口气的时候，却看到了唐三十六。这让他有些意外，又有些尴尬。

唐三十六说道："你既然可以提前给关白写信，也可以告诉我。"

说这句话的时候，他的声音很平静，但谁都能听出来这里面的恼意。

陈长生说道："我知道唐家的行事风格，出手便无退路，所以不想你被牵扯进来。"

唐三十六说道："既然要动，就必须雷霆大动，难道你不同意圣女的做法？"

陈长生说道："有容的做法，已经是在这种局面下能够想到的最好办法。"

用人族的前途威胁商行舟这样的人物，看似天真幼稚荒唐可笑，其实不然。因为商行舟明白，天真往往意味着绝对的冷酷无情。今天如果不是王之策忽然出现，徐有容真的可能会成功。

唐三十六问道："你现在准备怎么做？"

陈长生说道："无论修道还是智慧，我不及有容远矣，但我有时候更天真些。"

即便是这样紧张的时刻，听着这样的话，唐三十六还是忍不住想要嘲弄他两句。

但他没有这样做，因为他隐约猜到了陈长生想要表达什么。越天真，越冷酷，是这个意思吗？

陈长生知道他在担心什么，拍了拍他的肩膀，向南方走去。

唐三十六怔在原地，过了一会儿才醒过神来，追了过去。

51·她的名字

数百年来，这是京都出现红雁次数最多的一天。不时有红雁飞过天空，留下道道痕迹。那些令人震惊的消息随着这些痕迹不停传向各处。天道院、教枢处、相王府……那些痕迹揭示了离宫强大而冷酷的意志，也表明着年轻教宗的态度。

忽然响起数声惊恐的鸣叫，红雁们向着四处飞散而去。天空忽然变暗。街巷上的百姓们抬头望去，只见一道巨大的阴影遮蔽了京都的天空。

云层翻滚，如怒涛一般绞动，阴影渐渐显露出真身。一时间，天空里仿佛出现一座十余里长的黑色山脉。偶有阳光落下，黑色山脉的表面反射出明亮的光线,如镜片一般。天气骤然变得寒冷,雪花纷纷落下,京都仿佛重新回到了隆冬。看着这一幕,民众们想起当年祖辈被巨龙支配的恐惧,惊恐到了极点。

那片巨大的阴影向着天书陵飘来,看着很慢,实际上非常快。天书陵四周的河水的颜色变深了不少,给人的感觉也寒冷了很多。那片阴影没有继续由正门向天书陵里侵蚀,也没有走南门,而是直接越过了河水,漫过那片青色的橘林与挂着半截腊肉的小院,那些清浅的渠水,最终笼罩了整座天书陵。

在这片阴影的下方有一个人,他五官清秀,眼神干净,看着非常清新。他身着神袍,手持神杖,气息无比神圣。他是信仰的化身,是人间的至善,是当代的教宗。很少有人看到这样的陈长生。南溪斋的少女们微张着嘴,很是吃惊。徐有容微微偏头打量着他,清冷的眼眸里多了一抹笑意。

商行舟转身望向陈长生。

他的视线穿过南溪斋剑阵里的无数剑意,仿佛也变得无比锋锐,森然至极。

但他终究是望向了陈长生。

那年陈长生背着天海圣后向天书陵下走去,他向着天书陵峰顶走去,擦身而过,目不斜视。其后他便再没有看过自己的这个徒弟,哪怕在白帝城里他们曾经联手,哪怕三年前在国教学院里师徒二人曾经有过一番对话。但当时的看也不是真正的看,而是漠然的居高临下。今天是他第一次正视陈长生。他的眼神很深沉,很隐晦,就像是云墓里的那座山峰,根本无法看清真实。但偶尔还是会洒落一道阳光。那是欣赏的神情。这也是第一次。他觉得陈长生今天表现得很不错。

当天书陵进入困局之时,离宫以雷霆之势出击,在最短的时间里控制住了京都的局面。无论是对时机的选择,还是手段的强硬,都表明,陈长生已经走向真正的成熟。

在某种意义上,他今天的行事甚至能够闻到枭雄的味道。这些事情看上去简单,实际上很难。陈长生这些天保持着沉默,似乎置身事外,但谁也不会真以为他什么都不做。不知多少眼睛一直在盯着离宫。商行舟一直在看着他。王之策也在看着他。吴道子就是他们的眼睛。但陈长生成功地瞒过了他们,看情形,甚至就连徐有容也不知道他的想法。

当商行舟看着陈长生第一次露出欣赏神情的时候，王之策在看着笼罩天书陵的那片阴影。他不知想起了什么往事，脸上露出一抹追忆的神色。那片阴影忽然消失，化作满天风雪。风雪里，出现了一个黑衣少女。她神情漠然，眉眼如画，黑裙里散发着极度寒冷的气息。毁磨山、平王府、霜欺天道院，在今天离宫控制京都的过程里，她扮演了最重要的角色。

作为玄霜巨龙一族，她虽然还没有成年，道法神魂还无法融合神圣领域的规同，但她从出生开始，龙躯便具有无视层级差异的神圣属性，换句话说，她从生下来便注定了会成为神圣领域强者。

无论是唐家两位老供奉，还是长春观那位老道，都是半步神圣强者，但说到纯粹的战斗力还是不及她这样的高阶神圣生物。至于摧毁性更是整个大陆无人能及，除非徐有容与秋山君能够完成第三次觉醒。

龙族本来就是世间最恐怖的存在，不然当年以太宗皇帝为首的神圣强者们也不会以非常大的代价逼迫它们发下星空之誓，签订契约，承诺再也不会降临大陆。但是那份契约上没有她的名字。因为那时候她被关押在北新桥底，而且她还很小，甚至没有自己的简名。把她关到北新桥底的那个人，就是王之策。

"朱砂，好久不见。"王之策看着那个黑衣少女微笑着说道。

朱砂就是她的简名，或者说人族名字。甚至就连这个名字都是王之策取的，然后被秦重他们喊成了习惯。

听到这句话，看着那个仿佛时间在他身上没有任何作用的中年书生，黑衣少女的脸色变得有些苍白。她曾经设想过很多次再次见到对方的场景，充满怨恨地想着如何复仇。

但她没有想到，时隔数百年再次见到对方时，自己依然充满了恐惧。被对方幽禁在地底数百年，就连自己的名字都是对方所取……那段记忆真的深刻入骨，无法忘记，令人胆寒。即便是她，都觉得很冷，很害怕。她的身体微微颤抖，黑衣间的冰屑撞击，发出清脆的声音。这时候的她，看上去就像一个孤苦无依的小女孩。她可以摧毁一座山，可以踏平一座府，可以逆转整个京都的局势。但王之策只说了一句"好久不见"，便让她恐惧到了极点，失去了所有的战斗力。

时间的河流不停地冲击着两岸，河道越来越深，直至无法见底，变成深渊。王之策这样的人，果然只能用深不可测四字来形容。陈长生走到黑衣少女身前，挡住了王之策的视线。王之策静静地看着他,眼神依然深不可测。

陈长生看着他认真地说道:"她不叫朱砂。"

王之策平静地说道:"我不这样认为。"

徐有容走了下来,看着他说道:"所以我说你老糊涂了。"

52 · 你怎么不去死?

前面徐有容就说过王之策老糊涂了。当时她的这句话在天书陵内外引起一片哗然,就连那些追随她而来的南方修行者也有些不满。这时候她再次说出这句话,天书陵内外却是那样的安静。局势发生了很大的变化,谁都能听得出来,她的这句话是在配合陈长生。

陈长生出现后,王之策没有与他说话,而是先与朱砂叙旧。那句好久不见,里面隐藏着太多意味。如果说是定势,其势高若寒山。如果说是攻心,根本无迹可循。无论是谁,想要应对这样的手段都很困难。陈长生选择的方法,是断其源头。他站到黑衣少女的身前,告诉王之策,那并不是她的名字。可以叫她红妆,可以叫她吱吱,或者是那个换作人类语言足有几千个音节的龙族名字。总之,她不叫朱砂。哪怕她曾经叫过这个名字。因为现在已经不是当年。她不在北新桥底,而是在他的身边。

此时,天书陵内外一片安静。如果说徐有容对王之策不怎么客气,与她过去十余年间给世人留下的印象并不是太冲突。陈长生对王之策表现得如此强硬,则是出乎了很多人的意料。可这是为什么?

在寒山的时候,陈长生看到踏云而至的王之策,就像是第一次看到真正星空的修道者。像世上的绝大多数人一样,他也视王之策为偶像。今天王之策站在了他与徐有容的对面,但他心里对这位传奇的敬意依然没有减少。

直到王之策说了那句话,小黑龙开始感到恐惧。看着她苍白的小脸,看着王之策脸上的微笑,陈长生忽然觉得很生气。他无法准确地说清楚这究竟是什么样的情绪,总之他开始愤怒起来。在非常短暂的时间里,他心里的敬畏感消失了很多,也冷静了很多。至于徐有容,从她对王之策的态度便能明显看出来,除了大道,她无所敬畏。

就这样,王之策用一句话形成的压迫感,被陈长生与徐有容用两句话抵抗住了。

王之策微微一笑，准备再说些什么。陈长生却望向了别处。王之策想要说的话，没能说出口。他的神情变得凝重了数分。陈长生没有望向自己的师父，而是望向了徐有容。他们静静对视，便明白了彼此的心意。因为他们的心意本来就相通，就像一道贯通两地的彩虹。剑出亦如虹。圣女峰上，他们双剑合璧，其间便曾经生出一道彩虹。

陈长生说道："我知道你去过百草园，我也去过。"

徐有容说道："小时候娘娘曾经教过我，遇大事须有静气，我只是想去静静。"

陈长生说道："我不想成为师父那样的人，也不希望你成为娘娘那样的人。"

听到这句话，王之策与南溪斋少女们望向剑阵里的商行舟。商行舟望着灰暗的天空，神情漠然，不知在想什么，也没有理会场间的人。

徐有容说道："你有没有想过，也许我就是想要成为娘娘那样的人。"

陈长生看着她认真地说道："不，因为我知道你不喜欢那样的生活。"

他知道她喜欢临崖、赏雪、听雨、采药、读书。

徐有容微微一笑，叹道："我知道你也不乐意过这样的日子。"

她知道他自幼便习惯了守庙、扫雪、遮雨、吃药、读书。

至于勾心、斗角、尔虞、我诈、冷酷的屠杀、冷静的威胁……他们都不喜欢做这样的事情，但时势如此，不得不做。而且他们太了解对方，知道对方不喜欢，所以不想对方做，就想着自己做。

徐有容先出剑，陈长生后出剑。东一剑，西一剑。剑出无意，但有心。他们没有刻意地配合，最终却还是走在了一起。只有真正的双剑合璧，才会有这样的默契，给人一种妙若天成的感觉。

徐有容在天书陵困住了商行舟，牵制住了那些王爷。陈长生带着离宫的力量如洪水般横扫四野。最终的效果很完美。

国教旧派已然肃清，京都尽在掌握，只需要宫中旨意一出，商行舟或者真的就败了。徐有容不需要成为第二个天海圣后，陈长生也不需要违逆心意去大杀四方。

如果王之策没有出现的话。

陈长生望向王之策，说道："我一直希望不在这里看到您。"

王之策说道："我也希望不在这里看到你。"

陈长生说道："我是教宗，没有不出现的道理，您呢？"

王之策说道："为天下苍生故，不得已而来。"

陈长生相信这句话。他在汶水城里见过唐老太爷，知道这些老人的真实想法。太宗年间的这些老人，都是真正的理想主义者，为了所谓的目标与大义，为了天下苍生四个字，这些人可以牺牲很多，比如小黑龙，比如声誉甚至于无数人的生命。

陈长生很想说这样做是不对的，但知道这句话说出来没有任何意义。他对王之策说道："看来我们至少有一个共识，天下苍生是最重要的事情。"

王之策说道："是的，虽然苍生未必自知。"

陈长生说道："所以为了天下苍生不受战火之灾，不遭流离之苦，您不远万里而来，劝我们退让。"

王之策说道："不错。"

陈长生看着他问道："那为何不是你们退？"

这是一个很好的问题。商行舟望着远方的天空，露出一抹意味难明的笑容。王之策若有所思。如果说带领人族向前行走需要强悍的意志与魄力，还有出色的执行力，那么今天徐有容与陈长生做的那些事情，已经证明了他们能够成为优秀的领袖。

商行舟承认这一点，王之策也必须承认这一点。现在的危机来自双方之间的对峙。稍有不慎，便是战火连绵三月，人族大好局面尽毁的结果。

这时，那些王爷们还有朝廷的高手们都走进了天书陵。南方的宗派强者们也从山林里走了出来。王破也来了，抱着刀站在远处。有几道或者强硬或者愤怒的声音响起。

陈长生没有认真去听，但有些话还是隐约飘进了他的耳里。

已无退路，若退便是一个死字。于是陈长生又提出了一个问题。在以后的岁月里，这个问题将会变得非常出名。

"如果天下苍生真的这么重要，那你们为何不能为他们去死呢？"说这话时，他的神情非常认真，眼神明亮而且干净，就像一面镜子。因为他不是在嘲讽对方，也不是愤怒的指责，而是真的想不明白。

王之策看着他的眼睛，忽然觉得自己无法回答这个问题。

53 · 我们打架吧

如果这句话是愤怒是嘲讽，都很好回答，但陈长生是在认真发问。他确实想要知道这个问题的答案。在石室里看到吴道子，知道王之策会出现后，他就开始在想这个问题，却始终无法找到答案。既然需要一方退让，那为何退的不是你们？如果退便意味着可能坠入深渊，就此死去，那么你们为何不死？以天下苍生为重的理想主义者，不惜抛头颅、洒热血，为何不能这样选择？

王之策不知道该如何回答这个问题。在漫长的生命里，他自认没有碌碌无为，而是有所建树，为了人族做过很多事情。而且他相信自己对这个世界存有极大善意。所以每当回首往事的时候，他没有什么悔恨，也不会感到羞愧，平静而且自信。直到今天听到这句话，他才发现那些不过是被风吹硬的面皮，根本无法煮出真实的美味。

王之策无法回答陈长生的这个问题，是因为他知道这是真的问题。其余的人并不知道这是真的问题，自然会认为陈长生是在羞辱王之策。于是带着愤怒的反驳声与尖锐的质问声不停地响了起来。

"那你们怎么不去死？"

"教宗大人你也可以去死！"

"你和圣女加在一起能有道尊重要？能有王大人重要？"

从现实角度看来，这些话很有道理。陈长生与徐有容极具修道天赋，但毕竟还很年轻，想要进入神圣领域还需要很多时间。商行舟与王之策则是成名多年的传奇强者。人族如果想要打败魔族，当然后者更加重要。

"我说的话只与道理有关，与强弱无关，不然周独夫当年就不会死了。"

听着陈长生的话，场间的声音渐渐变小。到今天为止，整个大陆都无法确定周独夫的生死，但数百年来不知有多少猜疑在流传。那些传闻往往都与王之策有关，而且非常阴暗。王之策不知道想起了什么，神情微黯。

陈长生继续说道："有人认为天下苍生为重，值得无数人牺牲，然后以此来要求我，所以我才会问那句话。至于我自己并不那样认为，自然不需要回答这个问题。"

这句话是回答那些质问，也是说给王之策听。

王之策沉默了很长时间，感慨地说道："终究不过是自私罢了。"

这句话一出，所有人都安静了。

陈长生沉默了一会儿，说道："原来就是自私啊。"

徐有容静静地看着他，知道他这时候在难过。这不是陈长生想要的答案，虽然他在提出那个问题之前，就应该已经预料到了这一点。从百草园到天书陵，舞台不停地在换，但演的还不过是那些老套的剧情。

星空之下本就没有什么新鲜事，只不过这一次的故事会有怎样的结局呢？如果，可惜没有如果。时隔数百年，王之策再次出现在世人面前。还有多少人会愿意支持陈长生与徐有容？

来自南方的强者们沉默不语，木柘家家主与吴家家主更是不知去了哪里。那些对陈长生忠心耿耿的离宫教士与国教骑兵，知道自己的对手是王之策后又有几个人还有勇气举起手里的兵器？

中山王冷哼一声，脸上露出些许不愉之色，其他的王爷大臣还有几位神将的表情则是明显轻松了很多。在他们看来，今天的胜负已经非常明了了。这个时候，有几个年轻人走进了天书陵。他们来到了神道之前，与场间的几位剑堂长老会合，然后站在了徐有容的后方。整个过程，他们没有犹豫，没有讨论，无论动作还是神情都非常自然。

徐有容看着他们微微一笑，陈长生点头致意。

王之策没有见过这几个年轻人，但能猜到他们就是苟寒食、关飞白、白菜。

离山剑宗乃是最近数百年人族对抗魔族的先锋，风评极佳，影响力很大。王之策远居世外，也知道这些，但他并不知道最近这几年发生的很多事情。当他看到离山剑宗如此坚定地站在了陈长生与徐有容的那边，不禁有些意外。那些南方宗派强者与王爷大臣们则是更加吃惊，或者说不安。苟寒食等人是名声极大的神国七律，但毕竟还年轻，那几位剑堂长老才是真正的精锐强者。更重要的是，他们的行为代表的是离山剑宗掌门的意志。一位神圣领域强者的意志，即便是王之策与商行舟都必须重视起来。

接着，又有一位神圣领域强者站了出来。微寒的风雪落在黝黑的铁刀上，没有融化，而是粘在了上面。

王破抱着刀说道："陈长生说得对，要退也应该是你们退。"

就算是茅秋雨与曹云平在场，也很难承受王之策给予的压力。离山剑宗掌门没有亲自到场，或者也有这方面的考虑。王破却是毫不掩饰地表明自己对陈长生的支持，甚至有些锋芒毕露的感觉。

野花盛开的年代由王破开始。或者因为这个原因，人族的前辈强者们都很欣赏他。当然除了朱洛以及苏离。

王之策也很欣赏王破，所以他更加想不明白。他问道："为什么？"

王破说道："因为他比你们年轻。"

王之策微微挑眉说道："年轻？"

"年轻就是正确。"王破说道，"或者说，人老了就容易犯糊涂。"

王之策说道："思虑过多确实会有失锐气，但大局在前，不得不慎。"

王破说道："当年我家被太宗皇帝下旨抄没的时候，你未曾说过什么，也是因为大局？"

王之策微微挑眉，想要解释当年自己已经见疑于陛下，对朝政已无力量，而且……但看着对方那两道有些寒酸的眉，忽然发现这些解释其实很没有意思，最终只能发出一声苦笑。

这个时候，商行舟忽然对陈长生说了一句话："你如果想要看清楚为师的心意，只凭这句话是不够的。"

这句话的意思听上去有些难懂。但陈长生听懂了，因为这本来就是他的用意。

"是的，所以我想出了一个方法，可以帮助大家看清楚到底想要什么。"

"什么方法？"

"我们都不肯退，不肯死，还想证明自己是正确的，那就只能战上一场。"

"我以为我们一直都在战场之上。"

"不，这个战场上有太多人。"

"每个人都有战斗的理由。"

"但这终究是我们的事，何必把整个世界拖进来？"

陈长生看着商行舟认真地说道："师父，我们打一架吧，谁赢了就听谁的。"

54 · 人间最怕见天真

人们没有发出爆笑，甚至很长时间都没有声音，感觉很诡异。忽然，不知道哪里来的一只松鼠在神道旁的树枝上跑过，吸引住了某位羽林军校尉的视线，让他下意识里松开了手里的铁枪。沉重的铁枪落在一旁同僚的脚背上，发出一声沉闷的声响。

"哎哟！"

仿佛凝固一般的气氛被打破，人们终于醒过神来，脸上露出荒谬的神情。顿时一片哗然。

陈长生的提议实在是太荒唐了！这件事情干系到大周的皇位、人族的未来、史书的取材、千万人的生死。他居然想着与自己的师父打一架来做出决定？

当年洛阳，周独夫与魔君的战斗确实改变了历史的走向，但那是外战。如果说世间一切纷争都可以通过如此简单的手段得到解决，百草园里怎会死了那么多皇族的子孙，国教学院又如何会在二十几年前变成一座荒凉的坟墓？

"这是不可能的事情。"王之策看着陈长生说道，没有任何嘲弄的意味，反而带着些许安慰。

陈长生认真地说道："既然要以天下苍生为重，不想死太多人，以免人族势弱，偏又都不肯让步。那就让我们打一架来定输赢，最后不管他死或者我死，其余人都还会活着，这难道不是最好的方法吗？"

听到这句话，人群渐渐安静。人们望向南方渐静的那道烟尘以及渐近的另外一道烟尘，感受着那些隐而未发的杀机，默然无语。

刚才听到陈长生提议时的荒唐感受已经被冲淡了很多，虽然还是荒唐，但似乎也有道理。最关键的是，陈长生说得对，不管他死还是商行舟死，和他们又有什么关系呢？

他们还活着，京都会好好的，这难道不是最重要的事情吗？

王之策的眼神变得深沉了几分："天下大事，并非儿戏，更不是小孩子打架。"

用一场战斗来决定人族的将来，无论怎么看都是很荒唐的行为。

陈长生看着王之策说道："我自幼看过很多书，书里写过很多阴谋诡计，但往深里看去，或者往简单去想，那些事情与西宁镇上的孩子们打架有什么区别？不过要看争的是糖果、鱼，还是天下，又或是史书上的篇章分量罢了。"

王之策沉默了很长时间。在陈长生与苟寒食以通读道藏闻名于世前，他便是那个最早通读道藏的天才。

他看过的书绝对不比陈长生少，但直到今天他才开始从另外的角度去思考书上的某些内容。治大国如烹小鲜，他一直以为这是在说谨慎，可按照陈长生

156

的说法，也可以说是完全不需要在意。群雄争霸，就是孩子打架，莫道宫廷喋血，须知杀鱼也会流血。"

王之策说道："我承认你的看法或者有道理，但你的师父不会同意。"

当陈长生与王之策说话的时候，商行舟一直保持着沉默。他站在南溪斋剑阵里，没有破阵的意思，静静地看着远方，不知道在想什么。

陈长生知道王之策说的没有错。他比谁都清楚商行舟的想法。商行舟是世间最谨慎、最老谋深算的人。他做任何事情都会谋定而后动，没有绝对把握，便不会出手，即便出手也不会留下痕迹。所以凌烟阁上的那些功臣都死在他的手里，世间却没有几个人知道计道人的存在。所以国教学院血案之后的那些年里，即便天海圣后也找不到他的踪迹。像商行舟这样的人，绝对不会把全部的筹码放在一场战斗里。哪怕无论怎么看，这场战斗他都必胜无疑。因为他要的是千古伟业，而且只要是战斗都会有不可控的偶然性。然而陈长生怎样才能说服他呢？

"当我看到吴道子从石墙上走下来，就开始想这件事情应该怎么办。"说到这里，陈长生看了徐有容一眼。也就是在那一刻，他知道了王之策会出现，她会败给师父。

他望向王之策继续说道："然后，我忽然想到了一个办法。"

听到这句话，无数道目光落在了他的身上。商行舟也转身望向了他，似乎想要知道他到底想出了什么主意。

"我知道我很难说服师父同意我的提议。"陈长生对王之策说道，"但你可以。"

商行舟请王之策来京都，是要他说服徐有容不要做出玉石俱焚的疯狂行为。陈长生什么都没有做，是因为他也在等着王之策出现。他希望王之策能说服商行舟同意自己的提议。是的，能够说服商行舟的人也只有王之策了。

"而且既然是打架，总是需要一位裁判。"陈长生说道，"整个大陆也只有您有资格来做这个裁判，因为您的声望足够高，所有的人都信服您的公正。"

王之策沉默片刻，说道："原来你是真的在等我出现。"

人们终于听懂了陈长生的话，明白了他的安排。徐有容深夜入宫，陈留王夜赴洛阳，京都局势无比紧张之时，他却在离宫石室里静悟剑道。为什么？因为他需要准备这场战斗，因为他在等着商行舟请出王之策。原来他一直在这里等着王之策。但他凭什么判定王之策会帮助他？就因为王之策的声望与公正？

王之策看着陈长生说道:"我与你师父的关系并不好。"他的神情变得冷淡了很多。

陈长生说道:"我知道,但您既然来了,说明你们的关系并不像我最初想象的那么差。"

凌烟阁里的那些功臣名将,绝大部分都是死在商行舟的手里。商行舟是太宗皇帝手里最无形也是最可怕的一把刀。王之策与太宗皇帝关系不好,而且也是凌烟阁画像里的一员。按道理来说,他应该很痛恨商行舟。陈长生以前也是这样想的。但当他发现王之策会应商行舟之请来京,他开始重新审视二人之间的关系。他想起当年在寒山自己被魔君追杀的时候,王之策忽然出现,这让他确定师父与王之策之间应该一直有联系。

王之策说道:"你错了,我来京都与你师父并无关系。"

这又回到了最初的那句话。天下苍生。陈长生有些意外,但没有失望。因为所谓说服,其实依然还是站队。只要王之策愿意站在他这一边,那么商行舟便必须同意他的提议。不然商行舟会付出更多的代价,从理智判断无法承受的代价。问题在于,王之策就算被他说动,不再支持商行舟,又凭什么会帮他?还是因为天下苍生?这固然还是个很有力量的理由,但陈长生不想说这个词。今天这个词出现的次数已经太多,多到他有些不舒服。他看着王之策认真地说道:"因为……吴道子会死。"

55·一条暗夜中静静沉去的黄河鲤鱼

寒风凛冽,微雪轻飘。吴道子满脸怨愤,浑身是血,箕坐于冰冷的地面上,对着天空不停地骂着脏话。

但他不敢有任何动作,甚至不敢低头,因为他的脖颈处的寒意越来越盛。不是因为有雪花落入衣领里,而是因为安华在身后一直盯着他的脖颈,手里握着锋利的短刀。

王之策盯着陈长生的眼睛,微微挑眉,视线变得锋利无比。看到陈长生在天书陵出现,他便知道吴道子失手了。但他并不在意,心想以吴道子的辈分以及盛名,离宫或者会把吴道子囚禁起来,但应该不会加以折辱。他却怎么也没有想到，陈长生竟然会用吴道子的性命威胁自己。可以想见此时吴道子的处境应该非常糟糕。王之策对这种感觉有些陌生，已经有很多年没有人敢对他动心思了。无论是好心思还是坏心思。当年商行舟出入凌烟阁名臣的府邸，也未曾对他有过想法。不然历史或者会变成截然不同的模样。更不要说威胁他。他静静地看着陈长生，没有说话。他是千年来最有名的书生，但他绝对不是一个手无缚鸡之力的书生，更与"文弱"二字无关。

当年他统领人族与妖族的联军，从天凉郡杀至雪老城下，一路流血漂橹，尸横遍野。说到杀人这种事情，今日天书陵里的所有人加起来，也没有他杀的人多。他的眼神仿佛深渊，又有熊熊烈焰。

陈长生却根本不惧，平静地与他对视，没有收回那句话的意思。一声轻响，残雪飘舞。徐有容的右手轻轻落在斋剑的剑柄上，洁白的羽翼缓缓摆动。苟寒食等人与三位离山剑堂长老没有说话，直接取出了剑，做好了冲杀的准备。王破不再抱臂，左手握住刀鞘，随时可以拔刀。曾经斩断洛水的铁刀再次出鞘时，天书陵外的那条河还能继续流淌吗？

慈涧寺、三阳宗等少数南方宗派的长老们，挣扎片刻后，终于再次举起了手里的兵器。

朝廷一方的脸色变得难看起来。这是一言不合便要拔刀相向？要知道对面可是王之策！这就是王破的刀道。离山的剑道。也是陈长生修的道——曰直。

王之策如果不同意陈长生的提议，那么吴道子就会死。就这么简单，就这么强硬。几位陈家王爷下意识里望向了相王。作为皇族最强者，他的态度非常重要，足以影响朝堂与军方的趋向。

陈留王这时候也已经落在了离宫的手里。如果双方真的撕破脸，陈留王还能活着吗？然而当人们望过去的时候，才发现相王不知何时再次闭上了眼睛。这是眼不见为净，还是在想如果离宫用儿子的性命威胁自己时该怎么选？

"数百年后，当你回首往事，发现就在今天你开始变成自己曾经最厌憎的那种人……"王之策的眼神回复了平静，对陈长生说道，"你可能会生出难以想象的悔恨。"

陈长生想起了与唐三十六的那些谈话。那些谈话发生在大榕树上，发生在湖边、汶水畔。夕阳落在水面，被切割成千万枚金叶，丰富又有些令人生腻。

肥大的鲤鱼因为吃了太多,向着水底的腐泥缓缓沉去。

"我不会成为你们这种人。"他对王之策说道。

王之策说道:"为什么?"

陈长生说道:"因为我不想成为你们这种人。"

王之策摇头说道:"这是不讲理的说法。"

陈长生看着他认真地问道:"难道你们和我讲过道理?"

湖畔的草有些枯黄,还没有生出青叶。落在上面的纸屑被风吹得到处飞。师生们匆匆离开,难免有些狼藉。现在的国教学院就像此时的离宫一样冷清。又像是回到了过去二十几年前,如一片墓地,非常适合随后的那场战斗。相信最后无论是谁死,都不介意埋在这里。不管是老师还是学生,都曾经是这里的院长,都必将在国教学院的历史上留下不可磨灭的痕迹。唐三十六站在湖边,想着这些若有若无的事情。

初春时节,湖水本已解冻,因为今日气温陡降,湖面重新凝结了一些薄冰。鱼儿沉入了最深处的水底,虽然到处都是腐泥,但要温暖些。苏墨虞确认所有师生都已经撤离,来到了湖边。他担心问道:"你确定他能成功?"

"我不知道。"唐三十六看着湖面说道,"但我确定他不会开心。"

王之策没有再说什么。因为他无法回答陈长生的问题。那么也可以理解为,他说不过陈长生。他通读道藏,学识渊博,智慧无双,辩才无碍,今天面对陈长生,却两次三番无言以对。因为陈长生不是在与他辩论,不是在与他讲道理。他说的都是实话。事实在手,道理我有。用唐三十六的评价来说,他是一个活得很纯粹的人。徐有容的说法更简单,也更准确——陈长生是一个真人。这就是她喜欢他的原因。

当王之策沉默之后,她举起了自己的右手。剑气微敛,森然之意归于山林。南溪斋剑阵散开。商行舟出现在众人之前,出现在陈长生的眼前。

56·你不想试试吗?

"师父,当年你让我去凌烟阁看王大人的笔记,说里面有逆天改命的秘密,但我没有看到。"陈长生对商行舟说出这句话后，天书陵里的气氛变得有些异样。这是很少有人知道的秘密。哪怕师徒二人反目之后，这个秘密也没有流传开来。

这句话本来应该三年前就出现，只不过在陈长生想来，既然西宁镇旧庙里的所有对话包括那些时光本身都是手段，再对往事发出痛苦的质问，又有什么意义？而且他在凌烟阁里得到了一座非常重要的天书碑，在王之策的笔记上看到很多秘密，生出很多感悟，给修道生涯带来了非常重要的帮助，对他的人生带来了很多警醒，这已经足够了。

陈长生接着说道："我在那本笔记上只看到了'吃人'二字。"

王之策的脸上现出追忆往昔的神情，有些感慨，甚至可以说是感伤。那本笔记里写着他那些年的所见所闻，也就是大周朝开国前后最真实的那段历史。

最真实的历史，往往也就是最黑暗的。看似平静的陋巷读书声，不知遮掩了多少洛水花舫上的惨号。看似枯燥的朝堂生涯里，不知隐藏着多少刀光剑影。王之策没有提过百草园之变，但偶尔出现的某些词语，已经揭示了那一夜的残忍。

所谓盛世，终究只能如一人所愿，通往最高处的台阶上到处都倒卧着血淋淋的尸体。那段岁月以及随后的数百年岁月里，充满了父子相残、兄弟相残、夫妻相残、君臣相残，那么……师徒相残，自然也算不得什么太夸张的事情。

陈长生沉默了一会儿，问道："我始终不明白，您为何不自己动手？"

在三年前国教学院的雪夜里，他与商行舟便讨论过这个问题。当时他已经给出了答案，这时候再次提出，只不过是有情绪想要发泄。

商行舟的心性道法堪称完美，唯一的弱点就是陈长生。因为他做任何事情，哪怕杀尽京都满城百姓，都可以说服自己有这样做的理由。但在陈长生的事情上，他无法说服自己。越如此，他对陈长生越不喜。从西宁镇开始，从那间旧庙开始，从很多年前开始就是这样。随着时间流逝，这种情绪越来越重，他也越来越不喜欢那个不喜陈长生的自己。

他不想看见陈长生。到最后，他甚至希望陈长生从来没有在天地之间出现过。他不想自己动手，因为那样只会让道心再难安宁。他希望陈长生死在别人的手里。三年前在国教学院，他说过只要陈长生不回京都，他便不会再出手。

可后来他还是无法忍受这种诱惑。于是周通死了，还有除苏，还有来自大西洲的牧。陈长生在雪岭没有死，圣女峰上又遇着险事。

"我们修的是心意，世间万物，唯心意无法自欺。"陈长生不解问道，"难道我死在别人手里,您就能说服自己这与您无关?"

商行舟看着他没有说话。

陈长生最后说道:"请亲自出手吧,最后那一刻也许能看清楚自己的心意,难道您不想试试吗?"

我想试试。当年在浔阳城的风雨里,面对着朱洛时,王破说过这句话。在白帝城里,面对自己无法战胜的对手时,轩辕破说过这句话。徐有容说过,陈长生也说过。与商行舟相比较,他们都还很年轻,有足够的时间去尝试,有犯错的余地,或者正是因为这个原因,在面对某些需要选择的关口时,他们会表现得更加勇敢而且直接。

商行舟静静地看着陈长生。

陈长生与徐有容今天表现得确实很出色,令他欣赏,还有皇宫里的那个孩子,沉默得更是精彩绝伦。但这些晚辈们还是低估了他藏在隐忍与沉默之后的缜密与如岩浆般的恐怖威能。

就算王之策被说服,置身事外,他依然有自信能够控制住京都的局势。他没有任何道理答应陈长生的请求,但就在这个时候他听到了这句话。这是石壁茎枝上悬着的那滴蜜露,美好而且纯粹,很容易令人动心。这让他想起很多很多年前,他还是个少年道士的时候。

洛阳城里有座长春观,长春观里有两个小道士,叫作商与寅。那时候他们还没有分别去离宫附院与国教学院求道。他们的师父自然是非同寻常的人物,最终却悄无声息地死去。那是真正的乱世,洛阳被围很长时间,魔族在城外漫山遍野,天地间到处都是腥臭的味道。他们离开了洛阳,同行的还有一个姓唐的少年。在那段旅程里,他们看到了很多凄惨的画面,对他们各自产生了很大的影响。

最终在某个地方,他停下了脚步,对着满山暮色说道:"我还是想试试。"

他隐姓埋名投在后来的太宗皇帝门下,结识很多了不起的人。那些人鲜衣怒马,他则继续站在阴暗的角落里,沉默而且低调。不管后来多么风光,他都依然如此。魔族还没有灭亡,便一刻不能放松。最后他习惯了那样的生活,甚至喜欢上了那样的生活。陛下需要他这样的人在暗中辅助,才能成为陛下。除了寥寥数人,再没有人知道他是国教的正统传人商行舟,只以为他是会治病的计道人。

　　当他推翻天海圣后的统治后，不顾朝野暗流涌动，也要重用周通，除了是事前的承诺，也因为他根本不觉得周通做的事情有什么问题，几百年来他一直都是这样做的。只是偶尔还是会有些遗憾。再无少年时。

　　商行舟看着陈长生，看着他平静而坚毅的眼神，看着他清楚的眉眼，心想——就是这样的少年。

　　数百年过去了，现在早已不是洛阳被围、人人相食的惨淡年景，无论今天的结局如何，无论是否会有内乱，人族再不用担心会回到那般恐怖的岁月里，人们再也不会辛苦地活着。

　　那是不是意味着他也不再需要这般辛苦地活着？从现在开始，他可以活得更加自如些，放肆些？

　　他静静地看着陈长生，忽然说道："好吧，让我们试试看能不能结束这个故事。"

　　先帝病重，天海无意还政，他就开始写这个故事。这个故事的开端，是那片布满白沙的大陆在星海对面那位存在的帮助下结出了一个果子。那么这个故事自然要以那个果子的死去为结束。

57 · 战　前

　　国教学院里非常冷清，幽静得像是一座坟墓。所有的教习与学生还有杂役都已经离开，苏墨虞与唐三十六也最后走出了院门。

　　苏墨虞转身看着被青藤遮掩的院墙，忧心地说道："他究竟准备怎么打？"唐三十六的视线落在国教学院深处，沉默不语。

　　这也是在天书陵神道前所有人都想知道的问题，无数道视线落在陈长生的身上。轻柔的脚步声响起，徐有容走到陈长生身旁。她没有站到更前的位置，也没有刻意落后一步，刚好与他并肩。

　　看到这一幕，没有人觉得诧异，也不觉得惊奇，神情反而变得轻松了很多。

　　从陈长生提出要与商行舟进行对战的那一刻开始，很多人便已经提前预料到了这个场面。无论是辈分还是境界实力，陈长生都远远不如商行舟，没有任何正面挑战的道理。

那种生硬的公平才是真正的不公平，哪怕是他的敌人也不会提出这样的要求。

他与徐有容联手，是理所当然的事情。整个大陆知道，他们的双剑合璧拥有难以想象的威力，甚至能够突破神圣领域的限制。但即便如此，也没有人看好他们能够战胜商行舟。他们的双剑合璧曾经在圣女峰上击退过无穷碧，在白帝城里硬撼过来自异大陆的圣光天使。但今天他们的对手是商行舟，当今大陆毫无争议的最强者。商行舟的境界实力远远胜过无穷碧，曾在天空里生撕过一位圣光天使的翅膀。

哪怕如徐有容推算的那样，商行舟一直有隐伤，面对陈长生与她依然占据着绝对的优势。

然而就在这个时候，陈长生说了一句非常出人意料的话："这是我们师徒之间的事情，我希望我们能自己解决。"

他是看着徐有容说的，也是对王破和离山剑宗还有国教里的那些强者们说的。

听着这话，满场哗然，心想这怎么打？徐有容也很意外，不解地看着他，神情惘然。

相反，商行舟很快便明白了他的意思，淡然地说道："好。"

王之策也隐约猜到了陈长生的安排，微微挑眉说道："我无异议。"

这时有京都里的最新消息传了过来，国教学院已经清场。听到这个消息，人们以为想明白了什么。国教学院确实是今天这场战斗最合适的地点。

但下一刻人们才发现还是不知道陈长生准备怎么打。

去国教学院之前，商行舟去了皇宫。两地相隔不远，中间只有一堵斑驳而陈旧的宫墙。异常的天象正在逐渐消失，天空里还有微雪飘落。商行舟站在广场上，静静看着那座巍峨壮观的大殿。雪花飘落在他的鬓间、衣上，没有融化，而是就那样粘着，仿佛变成了某种非真实的存在。十余名太监宫女跪在廊下或是侧门外的石阶旁，低着头不敢言语，浑身颤抖，恐惧到了极点。

皇帝陛下在殿里。商行舟静静看着那边，看了很长时间，最终没有进殿，转身离开。没有人知道这一刻他的神情有没有什么变化。

听完林老公公的低声回报，余人握着书卷的手指微微用力，指节变得苍白了几分。

当商行舟站在殿外的时候，他一直在看书。他看得非常专注，所以头很低。

没有人知道他有没有把书上的内容看进去，也没有人能看到他的神情有没有变化。守殿的阵法早已经关闭，微寒的风从窗户缝里吹进来，拂动书页，发出哗哗的响声。皇宫非常幽静，就像是云雾里那座孤峰还没醒来的时候。不知道过了多长时间，殿里有水声响起。紧接着响起的是林老公公因为心疼而微颤的声音："陛下，用热毛巾烫烫眼睛吧。"

　　国教学院外都是人，以前这种情形出现过很多次。青藤宴后，满京都的闲汉围攻国教学院那次。司源道人与凌海之王强行通过诸院演武，无数强者不停挑战国教学院。

　　天书陵之变后，国教学院被朝廷骑兵围困三天。但今天与前面几次很不一样，因为国教学院外面非常安静。不要说吵闹与喝骂声，就连议论声都听不到。整座京都，现在也是这般安静。从王公贵族到修道强者再到普通百姓，所有人的注意力都在即将到来的那场师徒对战上。这场对战还没有开始，但已经被写在了史书上。甚至可以说，这会是继当年周独夫与魔君之战后，最重要的一场对战。

　　往年会吸引住整个大陆注意力的大朝试，早就已经没有人在意。那些考生与教枢处的教士还在青叶世界里，不知道有没有察觉到异样。那盆青叶被搁在国教学院外某座酒楼的某个房间里。唐三十六看都没有看一眼，他在看着酒楼外。皇宫四周的所有街道都已经戒严。百花巷里有很多人。他看到了王破，看到了相王，看到了中山王，看到了不知何时重新出现的木柘家老太君，看到了从天道院赶过来的凌海之王，看到了从太平道赶过来的司源道人，却没有看到徐有容。

　　徐有容去了橘园。
　　娄阳王脸色苍白，不停地在屋子里踱着步，嘴里还碎碎念着："这可怎么办，这可怎么办……"
　　莫雨也很担忧，看着他这副模样，心情更是糟糕，问道："他到底在想什么？"
　　徐有容轻声说道："我不知道。"
　　莫雨有些恼火地说道："那你就应该在那边看着，来我这里做什么！"
　　徐有容看着她说道："我是来提醒你，按照我与陛下的约定，你应该做些什么。"

莫雨微微皱眉说道:"哪怕你明知道他极有可能会输?"

徐有容平静地说道:"如果他输了,就直接动手。"

莫雨怔住了,心想果然只有你才有资格做娘娘的传人。

小楼里没有春夏秋。房间里的温度非常低,就像是来到了严寒的隆冬。陈长生坐在窗前,闭着眼睛。桌上搁着一只竹蜻蜓,还有神杖。小黑龙站在他的身后,不停地散发着龙息。地板上没有结出冰霜,因为所有的寒意都精确无比地落在陈长生的身上。

——低温可以修复最细微的伤势,可以让身躯保持强度,可以让识海更加平静。

在离宫那间石室里,他清心悟剑多日,已经做了非常多的准备。但他知道,想要战胜师父这样的人,再多的准备也不足够。

不知道过了多久,他睁开眼睛,拿起神杖走出门外,去了一楼的某个房间。他把神袍收好,打开衣柜取出那件单衣换上。那个房间是折袖的,这件衣服也是折袖的。这件衣服前襟很短,袖子更短,非常适合战斗,更适合拼命。做完这些事情,他走出小楼。

商行舟已经站在湖畔,王之策在不远的地方。陈长生伸手把一个东西扔了过去。王之策伸手接住,看了一眼,然后叹了口气。果然是那块黑石。

58 · 战斗开始的地方,突然的转折!

看着手里的这块黑石,王之策有些感慨,这块黑石本就是他的。陈长生在大朝试后从凌烟阁的石墙里取了出来。当年王之策一时兴起在凌烟阁里做了这个手脚,更多程度上是恶趣味,是对太宗皇帝的无声嘲笑。他没有想到,时隔多年居然还有人知道这个秘密,会有人拿到了这块黑石。然后便是一夜星光笼京都,陈长生声名大振。很多人都说陈长生很像他,无论天赋还是气质以及遭逢。陈长生拿到了他藏在凌烟阁里的东西,从某种意义上来说就是他的传人。或者是因为这些原因,王之策一直都比较欣赏陈长生。所以当年他才会在寒山出现,在魔君的手下保住陈长生的性命。今天他前来京都说服徐有容,也是存着对陈长生的善意。当他接住陈长生扔过来的黑石，才知道原来自己做的这些事情全无必要。

陈长生早就已经做好了准备，与他的老师战斗的准备。他挑选了一个最合适的战场，就是黑石通向的那个地方。

当王之策看着那块黑石的时候，小黑龙也在看着他，眼神里满是仇恨。数百年的幽禁，可以想象那份仇恨有多深。看着陈长生把那块黑石扔给王之策，她更是生气，有些不甘心地冷哼了声。

王之策没有理会，对着商行舟与陈长生说道："请各自珍重。"

商行舟神情漠然，没有回话。陈长生平静回礼，对小黑龙点头示意。寒风忽起，雪花飘舞，小黑龙离开了国教学院。

商行舟望向陈长生。无风而起浪，湖面的薄冰片片碎裂，变成寒雾。湖水起伏不停，起始温柔如诉，随后狂暴如怒，拍打湖岸，卷起碎雪。浪花破空而起，生出无数水珠，仿佛暴雨。

陈长生望向商行舟，师徒二人的目光相接。轰的一声闷响。无论是飘舞的雪花，还是薄冰碎成的寒雾，或是湖水倒溅而成的暴雨，都变成了青烟。

无数缕青烟在湖面上到处流溢着，折射天光，幻出无数瑰丽的画面，其间有道彩虹若隐若现。水雾烟尘渐渐消失，陈长生与商行舟的身影已经不见。

王之策走到大榕树下，望向那道彩虹的远端，默然无语。国教学院确实是这对师徒最合适的战场，但战斗开始的地方是周园。

周园是一个小世界，有着非常特殊的规则。周园里能够容纳的境界上限取决于周园主人的境界。当年周独夫在世的时候，他的境界实力无比强横，周园可以容纳的境界自然也可以视为无上限。不论是曾经的魔君，还是那条伟大的玄霜巨龙，又或者是少年英发、不可一世的陈玄霸，还有随后的那些绝世强者，都可以进入周园，并且在里面发挥出自己最巅峰的实力。从某种意义上来说，这也间接或者提前证明了，这些强者的境界实力不可能超过周独夫，最多便是平级。

周独夫死后，周园失去了主人，规则自行改变，只能允许通幽境的修行者进入其间，不然便会触动禁制，引发规则灭杀，或者反过来导致周园崩溃。现在周园在陈长生的手里，能够容纳的境界上限有所恢复，已经到了聚星巅峰。

这些年无论在寒山与雪岭面对魔君，又或是面对别的神圣领域强者，陈长生始终没有尝试用周园困住对方，除了担心这些神圣领域强者对空间规则的掌握，更多的原因便是担心周园会崩溃。就像当初金翅大鹏现世，万剑成龙的时候。今天的情形则是完全不同。这是一场邀战。

商行舟同意进入周园，便是认同了这个条件。他会把境界修为压制到神圣领域之下。如此一来，他不会受到周园规则的攻击，周园也不会有崩溃的危险。更重要的是，师徒二人的境界会被拉到同一个程度。双方较量的是道法与战力，还有智慧。这会是一场公平的战斗。

首先感知到国教学院里空间扭曲的是王破与相王。然后是曾经守护那道彩虹的三位离山剑堂长老。紧接着越来越多的人知道了国教学院里发生了什么事情。震惊与意外引发的沉默没有维系太长时间，百花巷里的寂静终于被打破。

中山王发出一声冷笑，几位神将的脸上流露出嘲讽的神情。一间茶楼上传来摔杯的声音，显得有些气急败坏。

陈长生是周园的主人，这早已经不是秘密。按道理来说，他可以利用周园的规则进行战斗，拥有着极大的优势。但依然没有人相信他能战胜商行舟。他们之间整整差了一个境界。哪怕商行舟把自己的境界压制在神圣领域之下，但这个差距依然存在。存在便是存在，不会因为原因而消失。无论经验、智慧、眼光，所有的领域，商行舟都要远胜陈长生。曾经蹚过沧海的人，怎会跨不过一条小溪？攀过最高雪峰的人，回到地面，难道就不知道如何行走？就像小黑龙，虽然还没有成年，没有正式晋入神圣领域，但她的某些属性，天生就是神圣境界，所以她可以堪称神圣领域以下无敌。

自行把境界压制到神圣领域之下的商行舟，也是相似的存在，而且更加可怕。陈长生如何能够击败他？更重要的是，就算陈长生在周园里藏着某些神奇手段，真到了最关键的时刻，商行舟完全可以强行退出周园，到那时候，陈长生又能怎么办？

这些人想的问题，作为当事人的陈长生与商行舟自然想得更加透彻。他们这时候正站在暮峪的最前方。远处的那轮红日缓慢地绕着草原行走着，把悬崖涂成了红色。

曾经有很多了不起的人来过这里，周独夫、陈玄霸、山海剑的主人，还有很多。这里曾经出现过很多奇迹。比如徐有容将死之时，凤魂再次觉醒。

"你想要创造奇迹，但这里早就已经证明了没有奇迹。"商行舟说道，"西客败了，离山祖师败了，陈玄霸也败了，永远是周独夫在赢。"

如果说有命运这种东西，那么命运的注解便是强者恒强。在真实的力量面前，热血、渴望、梦想、理想、坚持、勇气、牺牲，这些看上去美好的词语，没有任何意义。

陈长生说道："师父你说我活不过二十岁，但我做到了。"

商行舟说道："那也是依靠她的力量。"

"但那不是命运，至少不是你给我安排的命运。"陈长生看着暮峪下方的草原，看着那些比三年前丰沃了无数倍的水草，与那些若隐若现的兽群，沉默了一会儿，转身望向商行舟说道，"我把这称之为奇迹。"

商行舟静静看着他说道："是吗？"

他的道袖轻飘，举起了左手。五根稳定而修长的手指，对准了陈长生。

清风徐来，暮峪上老树微摇。画面很美，陈长生却感觉到强烈的危险。他的手毫不犹豫落在了剑柄上。他准备拔出无垢剑，横剑于胸，施展出很久没有用过的笨剑。他穿的是折袖的衣服，袖口很短。他的双肩一直很放松。整个大陆，除了刘青再没有谁比他的出剑速度更快。如果这样还来不及，他还有更快的剑。他只需要神念一动，剑鞘里的数千把剑便会鱼贯而出，组成一片剑的海洋。不要说商行舟把境界压制在神圣领域之下，就算是平时的商行舟，也不可能在瞬间破掉南溪斋剑阵。只要给他片刻时间，他便能找到机会。然而，他的手没能落到剑柄上。数千道剑也没能凌空而出，布成南溪斋剑阵。因为他的剑不见了。无论无垢剑还是剑鞘都不见了。暮峪上的清风拂动着他的衣带，上面什么都没有。

下一刻，商行舟的手里多出了一把剑。他的手指修长而稳定，仿佛这把剑本来就是他的。

"你的一切都是我给你的，包括这把剑和这个剑鞘。"商行舟看着他平静地说道，"你又如何能战胜我呢？"

清风缭绕，却寒意浸骨。有云自足下生。商行舟飘至陈长生身前，右手挥落。这一掌看着寻常无奇，却仿佛暗合天地至理，给人一种避无可避的感觉。

陈长生没能避开，商行舟的手掌落在他的胸口。啪的一声轻响，陈长生被震出了崖畔，在暮峪外的天空里画出一道弧线。像片落叶，又像块石头，无声无息地向着数里外的草原坠落。

59 · 十年之约

周园里的天空比真实世界的天空要低，比较容易用肉眼衡量距离。从暮峪向着地面坠落的过程中，陈长生清楚地看到碧蓝的天空正在急速远离。凛冽的寒风像刀子般割着他的脸颊，让他想起几年前在周园被南客双翼追杀的时候，他从湖里破水而出，眼看着便要被杀死，忽然有一只手从夜空里伸了过来，抓住了他的衣领，带着远离。可惜今天徐有容不在周园里，自然没办法抓住他。好在暮峪下方到处都是水草与湖，或者会留下一线生机。这时一声巨响在他的耳边响起。柔软的湖面变得无比坚硬，无数道痛楚从他的身体各处涌入脑海。那一刻，他觉得所有骨头都快要断掉。无数的绿色的、冰冷的湖水向着他的脸狂泻，不停地拍打。他再次想起三年前在湖水里逃亡的经历。鲜血从他的唇角流出，在水里弥漫开来，变成一片淡粉色的雾。数百条鱼儿从四周的水草里游了出来，近乎疯狂一般地游进那片血雾里，不停地穿梭。被天海圣后逆天改命后，他的血液不再是美味却又剧毒的蜜糖，但依然有着难以想象的好处。无论哪种等级的生命，本能里都愿意亲近他的血水。所谓亲近的欲望，有时候就是贪婪，二者之间并没有什么区别。那些在血雾里疯狂游动的鱼儿，就像某些人类一样，在巨大的诱惑面前，根本没有什么理智可言。

真正神智不清的人，反而比较不容易受这种诱惑。昏迷之前，陈长生就在想着这些若有若无的问题，最后想到了南客。他闭着眼睛，静静地躺在水底。水草在四周慢慢地飘舞，不时触碰一下他的脚，就像是虚无里探出来的恶魔的手，想要把他拖进无底的深渊里。他睁开了眼睛。从昏迷到醒来，只过去了非常短的时间。湖面还没有被水完全填平。陈长生抬头望向水面，动了起来。他的双脚以难以想象的速度踩动着，带起两道水龙，气势惊人。哗的一声，湖面生出一道白色的水柱，看着就像是倒流向天的瀑布。

陈长生落在湖畔，准备向东北方向另一片小湖疾掠。

那座小湖可以通往周园另外那面的世界。只要到了那边，借助遮天剑当初残留的剑意掩护，他应该能藏一段时间。他需要这些时间来思考一下到底发生了什么事情，至少要把现在的伤势稳定下来。但他忽然停下了脚步，然后转身。商行舟站在对面的岸边，正面无表情地看着他。

陈长生的脸色有些苍白。他生来无垢，在国教学院完美洗髓，在北新桥底浴过龙血，除了魔君，没有谁能与他比身躯强度，再加上最关键那一刻的变化，所以他从暮岭峰坠落到十余里外的地面，仍然还能活着。但他还是受了不轻的伤。

他的肋骨没有断，上面却已经有了裂痕，痛楚深刻入骨。最关键的是，他的识海受到了极大震撼，道心无法归宁。最绝望的是，他现在没有剑了，就连剑鞘也不在身边。这意味着他无法召唤出剑鞘里的数千道剑。

这些天他在离宫石室里练剑不辍，静思参玄，把状态调整至巅峰，就是为了今天这一战。为今天这一战，他准备了很多。苏离传给他的三剑，在离山体会的剑意，南溪斋的分剑术以至剑阵，都已经被他融会贯通。他相信处于最佳状态的自己，在周园里应该有资格挑战自己的师父。然而，就在这场战斗刚刚开始的时候，他便失去了自己的剑。全部的剑。

他这些年能够战胜那么多的强敌，靠的就是剑。他被世人称作剑道天才，现在甚至有很多人觉得他已经是剑道大师。可是如果没有了剑，他还能做些什么？他还能是什么？现在的问题是，商行舟为何伸手便能夺了他所有的剑？对陈长生来说这本不是问题，只不过在以往的这段岁月里，他忘记了这些事情。很多年前，他在溪畔斩下那条黄金巨龙的龙须，炼成了一把剑，交给了自己的徒儿。那就是陈长生带在身边多年的无垢剑。那把剑鞘本来就是以前离宫里的重宝——藏锋。也是商行舟从离宫里带走，然后交给他的。

商行舟说的没有错，不管是无垢剑还是藏锋剑鞘，都是他给陈长生的。就连与徐有容的婚约，也是他给陈长生的——当余人拒绝了之后。既然一切都是他赐予陈长生的，那么他自然随时都能收回。这是资格，更是能力。毫无疑问，这是最强的胜负手。只不过这个手段未免藏得太深了些。深得有些令人心寒：当初他在西宁镇旧庙接过那把短剑，到现在已经有十年了吧？

商行舟接下来说的话，更加令人心寒：

"你今年多大了？"

陈长生是他的学生，是他在西宁镇养大的。但他不知道陈长生的年龄。不管是刻意的，还是无心的，终究是冷漠的。

陈长生说道："不管多大，总之是过了二十。"

商行舟没有在意这句话里的隐意，说道："我的天赋不如你，所以加十岁。"

陈长生明白了他的意思，沉默了一会儿，说道："好。"

三十岁的商行舟与二十岁的陈长生究竟谁更强？没有人知道。哪怕今天这一战之后，依然没有人知道。因为陈长生没有了剑。

哗哗！水声响起，鱼儿们追逐着血雾来到了水面。湖水翻腾不安，看着很是热闹喜庆，但看得久了，又让人觉得有些恶心。

数朵血花忽然在水面上盛开，残缺的鱼儿向着水底沉去。商行舟消失在对岸，陈长生也消失了。四周的水草里出现了一只脚印，紧接着在更远的地方出现了第二只脚印。脚印凭空显现，之间看不出来任何关联，显得格外诡异。当陈长生再次出现的时候，已经是数百丈外的一片树林旁。而当商行舟再次出现的时候，就在他的身前。他用了耶识步，依然无法胜过商行舟的身法。

那么试试拳头？他的识海里出现了一个画面。别样红静静地看着他，指尖抵住他的眉心。然后有无数画面纷至沓来。那些画面里有流光，每道光都是一记拳头。

画面消失。无数道光变成一道光，无数记拳变成了一记拳。陈长生握拳，向着对面那张熟悉却又陌生的脸砸了过去。

60 · 动身如剑

当初在白帝城，别样红把自己与圣光天使的对战经验，通过西陵万寿阁的绝学一点红尽数灌输到了陈长生的脑海里，里面便有他生前最后几年惯用的拳法精髓。以前别样红没有用拳的习惯。天书陵之战时，他亲眼看着天海圣后的拳头打出了破天灭地的气势，有所感悟，才创出了这套拳法。这并不意味他对天海圣后表示臣服，这种向强者学习的态度反而代表着真正的无畏。无畏的拳头，拥有着难以想象的强大威力。当陈长生挥拳的时候，数百丈方圆里的空气都被带动了起来，生起一阵飓风。那片树林向着他的背影整齐地倒下，表示出自己的敬畏。商行舟也没能避开这一记无畏的拳头，但他接住了这记拳头。轰的一声巨响，草屑与水滴还有烂泥满天飞舞，遮天蔽日。

那片树林缓缓回复了挺直，狂风渐渐消失。受到恐怖力量的碾压，本来松软的地面整齐下陷，坚硬了无数倍。陈长生的拳头抵在他的掌心上，无法再进。

如果这时候藏锋剑鞘还在身边，他可以想出十几种方法向商行舟发出最凌厉的攻击。现在他连剑都没有。好在这并不意味着他无法出剑。

草原边缘的温度忽然急剧升高，近处的水草甚至变得焦黄起来。陈长生动用了威力最大、最为决绝的燃剑。他身体里的真元开始狂暴地燃烧，通过化为剑身的右臂，向着商行舟源源不绝地喷涌过去。

商行舟神情没有丝毫变化，依旧那般漠然。他就像一座巍峨的大山，有一种无法撼动的感觉。一道极其雄浑的力量从他的掌心生出。陈长生的拳头无法再进一寸。

那道雄浑的力量有些特殊，不像是星辉凝蕴而成，要显得更加猛烈，仿佛拥有真实的热度。从显现的迹象来看，倒更像是陈长生用燃剑调动的真元。陈长生隐约猜到了某种可能，很是震惊。但他来不及思考，因为商行舟的反击到了。

就像在暮岭峰顶那样。商行舟的右手看似随意地落下，如落叶入风，根本无法捕捉轨迹。陈长生还是无法避开。

商行舟的右手落在他的胸口，很是轻柔，却隐蕴着堪比天地的力量。坚硬的、刚刚下陷的地面上出现了两道深刻的犁沟。陈长生倒退到犁沟的边缘，小腿撞到了地面，整个人飞了起来。他就像块被力士掷出的石头，伴着呼啸破空的声音，变成天空里的小黑点。

商行舟的视线随之而动，落在数里之外。不知道为什么，他并不欣喜，也不像先前那般漠然，而是蹙了蹙眉。

清风忽至，道袖微飘，他化作一道青烟，向那边疾掠而去。

数里外，陈长生倒在水里，脸面朝下，看着就像具死尸。忽然，他翻身而起，没有转头看一眼，便向着前面狂奔而去。他快若奔马，带出一路水花，只是隐约可见右臂有些僵直，似乎是受了伤。

谁也不可能硬接商行舟的两掌，哪怕在周园里他必须压制住自己的境界。陈长生还能活着，还能奔跑，除了身体强度，更重要的是，商行舟的两掌并未完全击实。

在商行舟两次落掌的最后时刻，他都横起了手臂，挡在了胸前。没有剑，依然还是要用剑。在他动用燃剑之前，他已经用了笨剑。天下第一守剑。

而且他无法避开商行舟如落叶般的掌法，但可以选择被攻击的位置。他还可以选择在被攻击之后如何卸力。他甚至在空中还用了一次耶识步。所以他知道自己会落在那里。

这里已经是日不落草原，也正是他想要来的地方。

当确认无法用耶识步摆脱商行舟后，他便开始准备接下来的事情。现在看来他成功了。

草原里那些越来越密集的嘶鸣声与摩擦声，仿佛都是在为他庆贺。事实上，那是异蛟等妖兽闻到了他的气息，前来欢迎。

妖兽们很快便感知到了商行舟的存在。恐惧之余，妖兽们依然奋勇地赶了过来。

十余只异蛟在水草间不停地游动，抹去陈长生留下的痕迹。更多的异蛟带着腐臭的气息，悄无声息地向着数里外的商行舟潜去。

远处的天空里出现一些黑点，应该是灰鹫正在赶来。相信再过些时候，如潮水般的妖兽便会淹没这片草原。

但这并不是陈长生的本意。他冒着被商行舟发现踪迹的危险，喝道："退下！"

商行舟正站在一枝孤零零的苇草上，随风轻轻上下。

他听着水里传来的微声，感知着隐藏在草原里的那些气息，挑眉说道："孽畜，找死。"

就在这个时候，一道声音如雷般炸响，传遍了整片草原。那是陈长生的声音。

商行舟挑起的眉渐渐落下。他有些意外。

没有妖兽敢不服从陈长生的命令。因为他是周园的主人，更因为他挽救了这个世界。

妖兽对他的服从，是发自灵魂与本性的。听到他的命令后，哪怕最凶性难驯的风狼都悄无声息地退走了。

在周陵前方，那只巨大的犍兽与倒山獠对视一眼，重新伏低了身体。草原重新回复了寂静，只能听到昆虫的鸣叫与轻柔的水声。

陈长生的脚落在了实地上。白草为道，霜色如前，那间破庙还在原先的地方。他奔进旧庙，来到神像之后坐下。

他的呼吸有些沉重，脸色更加苍白。他从指间取下金针刺进颈间两处气窍，然后闭上眼睛开始冥想。

压制境界的商行舟并不是他此生遇到过的最强对手，给他的压力却是最大的。无论是当初在浮阳城遇到朱洛，还是在寒山遇到魔君，他都不像今天这般难以承受。从暮岭峰顶到这间破庙，没有多长时间，交战只有两个回合，他便疲惫到了极点。这大概便是学生挑战老师，必须承受的心理压力。只是不知道他还能撑多久，也不知道他究竟准备撑到哪里去。

陈长生忽然睁开了眼睛。商行舟到了庙外。

61 · 道路以目

陈长生的呼吸变得非常平缓，间隔非常长，但并没有完全消失，显得非常自然。

就像是溪里的石头与绕石游动的鱼，有动静，却不会引起任何人的注意。他甚至还有心情看了一眼庙外的天空。

天空是湛蓝的，上面涂着一些絮状的云丝，很是美丽。云层边缘有个黑点，应该是负责监视的灰鹫。按照他的命令，无数妖兽隐藏在草海里，没有靠近白草道。

他知道师父的强大与可怕，如果让妖兽出击，即便能为他自己争取一些时间，得到某些好处，但妖兽们必然要付出极大的代价，甚至整片草海都可能被染红。而且就像在天书陵里他对世人说的那样，既然是他们师徒之间的事情，那就应该在师徒之间解决，何必牵连整个世界。

商行舟同意了他的请求，收回了赐予他的所有东西。他甚至直言自己天赋不如陈长生，所以要加十岁。他很坦然，而且平静。师徒二人凭本事战上一场，这才是真正的公平。

只不过有些事情陈长生想不明白。他是无垢之躯，洗髓与通幽都是最完美的程度，聚星之时更是一百零八处气窍全通。就算缺少很多时光的淬炼，缺乏底蕴与同强者战的经验，但自己与师父的差距为何会如此之大？

这与谦逊或者自信无关，也与感情无关。在理智与逻辑上，他都无法接受这个事实。

商行舟的掌法很玄妙，但那种力量呢？那种在领域之下，却隐隐能突破规则上限的力量究竟是什么？陈长生看着庙外的天空，想着这件事情。

绕着日不落草原缓慢转动的太阳，出现在那片天空里，闯进他的视野。那轮红日并不刺眼，而且没有什么真实的温度。

周园里的太阳是假的。外面的世界里，则有一个真实的太阳。那个太阳有难以想象的热量，散播着无穷无尽的光辉。

陈长生忽然明白了。商行舟修行万千道法，真元根基却不是国教正统的星辉入体，而是焚日诀！可那不是只有陈氏皇族才可以修行吗？

忽然，陈长生鬓角的黑发微微卷起。四周的温度急剧上升，香案边缘生出淡蓝色的火苗。仿佛这间破庙里出现了一轮真实的太阳！

陈长生毫不犹豫，左手向后击出，同时双脚一蹬神像，撞破了破庙的后墙。轰的一声，他化作一道残影，消失在白草道两侧的草海里。

破庙开始熊熊燃烧。商行舟从火海里走了出来，看着他消失的方向，脸上流露出若有所思的神情。

在先前最关键的那一刻，他与陈长生再次对了一掌。这一次的情形与前两次截然不同。他没有占太多便宜。这个事实让他的心情变得有些奇怪，紧接着有些淡淡的焦虑。

火海里的破庙发出啪啪的裂响声。空气里似乎还残余着清脆的撞击声。就像是顽童们拿着石珠在玩游戏。

钥匙撞击发出清脆的声音。林老公公把门关上，转身望向皇帝陛下的身影，脸上的表情有些无奈，很是紧张。

余人扶着拐，拨开青藤，来到了百草园里。这是三年来，他第一次离开皇宫。

百草园里已经有人。白裙飘飘，正是徐有容。王之策守在国教学院里，没有任何人能进去。最担心陈长生的人，自然要在离国教学院最近的地方，时刻准备着出手救援。百草园与国教学院只有一墙之隔。

看着徐有容，林老公公想起那夜她与陛下长谈，想着这些天的事情，眼里流露出了些怨恨的意味。

余人看着她微微一笑，示意她坐下。微寒的树林里看不到太多青芽。石桌与石凳有些微凉。

徐有容说道："娘娘就葬在这里。"

余人静静看着那片草地，没有说什么。

徐有容忽然说道："余人二字合起来就是徐字。"

余人的名字不是先帝所取，也不是圣后娘娘所取，而是商行舟取的。这是她最近才想到的事情，因为她最近才开始想那份婚约的细节。

当初太宰与商行舟约定的婚事里，没有指定她要嫁给谁，只要是商行舟的徒弟就可以。从余人的名字来看，最开始的时候，商行舟极有可能选择的是他。

余人没有否认。当初在西宁镇旧庙，他拒绝了这门婚约，所以师父才会选择陈长生。

徐有容问道："为什么？"

能够拥有一位真凤转世为妻子，对皇位有极大好处。更不要说那时候，她已经被南方圣女看中。

余人指了指自己的眼睛，又指了指搁在石桌边的拐杖。

徐有容说道："陛下你这种想法是错的。"

余人比画道："但不能指亲，不然对方不满意，想要退亲该怎么办？"

徐有容冷声说道："就像所有的事情一样，所有你不想要的，便会轮到他。"

这是她对西宁镇旧庙最大的不满。她越在意陈长生，便越不满。每每想着他这些年的生活，她便心生怜惜。

余人的脸上尽是歉意。

"如果你对他真有歉意，最好快些表现出来。"徐有容看着他淡然说道，"不然他今天若死了，你哭得再惨，我也只能认为那是虚伪。"

余人有些不解。这时候商行舟与陈长生在周园里。想要进入周园只能通过那块黑石。黑石在王之策的手里。为了保证这场战斗的公平，王之策不会允许任何人进入周园。

除非商行舟与陈长生自行出来。就算他们想帮陈长生，又如何能够做到？

"天书碑是通道。当年周独夫断碑直接把天书陵变成了十三陵，后来这些天书碑被他安置在了周园里，我想这些天书碑是不是和那座石碑一样有相同的效果。"

徐有容从手腕上退下一串石珠，放到了余人的身前。看着那五颗石珠，余人很吃惊。那夜的深宫谈话，他便知道徐有容很喜欢自己的师弟。但直到这时候，他才知道原来师弟也很喜欢她。

余人看着她的眼神变得更加柔和。他从衣袖里取出一个匣子，放到徐有容的身前。

徐有容打开那匣子，发现里面是糖渍梅子。她有些不解，但还是拈了一颗送进了唇里。有些微酸，有些微甜。

这是善意还是承诺？

62 · 我们都曾杀过

余人没有拿起那串石珠，虽然知道那是天书碑。

徐有容把希望寄托在他身上，必然是因为陈长生平日里经常提起自己。但他也没有办法进入周园。不过他知道陈长生不会想要看到自己出现。

如果真的遇到解决不了的危险，陈长生自然会从周园里出来。

白草道笔直且漫长，行走在上面，会经历极其短促的四季变化。没有用多长时间，陈长生便经历了春夏秋冬，撞进了狂乱的暴雪里。他向着风雪那头奔跑不停，脸色比雪还要苍白。

风雪深处的那座庙已经变成了很小的黑点，正在燃烧。白草道十里处有庙，百里处有庙，千里处也有庙。陈长生与商行舟遇见了三次，分别就在这三座庙。不管他有没有进庙躲藏，总是会被发现。

或者是因为他们师徒相处时间最长的地方，便是西宁镇的那座旧庙。三次短暂而凶险的遭遇战，让陈长生的伤势变得更重。

有些智慧相对较低、野心更足的妖兽，忍不住现身想要帮陈长生，被商行舟的道剑斩成了碎块。那些地段的草海被兽血尽数染红，画面看着很是血腥。

哪怕局势如此危险，陈长生依然没有离开周园的意思。自行离开，把商行舟困在周园里，这不是选项，因为那样不是对战。而且当他开启空间通道的时候，极可能会被对方抓住机会。因为这个原因，他甚至没有尝试过利用周园规则进行空间转移。更重要的是，他为了击败商行舟所做的准备，全部都在周园里。在离宫静思的这些天里，他准备了很多。只是那些手段都建立在他能够出剑的基础上。他刚进周园，所有的剑便没了，又能怎么办？他这样逃避，何时是个头？或者说他究竟要去哪里？

草海里落下的雪忽然变得有些暗沉。那是天光变化的缘故。巨大的阴影，笼罩住了前方的道路与荒野。陈长生如一道烟，破风雪而出，向着阴影深处疾掠而去。

周陵在那里。

靴底在粗糙的青石表面上留下微陷，边缘隐隐可以看到蛛网般的裂痕。呼啸的寒风带动着衣袂，笔直得仿佛刀光。陈长生不停飞掠，很快便到了周陵的中段，那条熟悉的墓道尽头处。

当年这里曾经有一棵名为桐宫的青树。他与徐有容直面被南客唤醒的金翅大鹏，还有恐怖的兽潮。

剑池醒了过来。万剑成龙。曾经的故事并没有过去太长时间，却已经有了恍若隔世的感觉。

金翅大鹏在秀灵族的故地吸收着天地精华，等待着真正的成熟。南客在离山夜夜聆听剑音清心，不知何时才会真正地醒来。妖兽们过了数年的美好生活，不知过了今天之后还能不能继续。

今天他的对手只有一个人，说到恐怖程度却丝毫不逊此前，甚至更加可怕。

祭坛边缘的碎石子被风吹得滚动起来，触到布鞋的边缘才停止。

商行舟望着周陵，脸上的神情终于有了变化。

"我不知道你在这里准备了些什么。"他对陈长生说道，"但就像我刚开始时说过的那样，没有奇迹。"

陈长生说道："我以为，星空之下出现像周独夫这样的人，本就是一种奇迹。"

不管后世对周独夫的评价如何，很多人都会同意他的看法。星空之下最强者，真正意义上的打遍天下无敌手，当然就是奇迹。

听到这句话，商行舟安静了一会儿，然后笑了起来。

"你可知道为何王之策并不喜欢我，却愿意来帮我？"他看着陈长生说道，"你又知道不知道，为何我们那一代的老人们彼此之间可以勾心斗角、尔虞我诈、彼此算计，但当面对外敌的时候，或者说是被逼到最后时，却会表现出一致对外的意志？"

陈长生说道："因为你们共同的经历。"

商行舟平静地说道："是的，因为我们曾经有过一个共同的敌人。"

陈长生说道："我以前以为是魔族。"

商行舟说道："魔族的存在当然是团结的理由，但更重要的还是那个人。"

陈长生说道："我不是很理解。"

商行舟说道："因为那个人让我们看清楚了自己，看清楚了彼此，从此可以坦诚，而且信任。"

陈长生说道："看清楚你们究竟想要什么？"

商行舟说道："同时看清楚我们真实的思想是如何的丑陋，因为那毕竟是一件无耻的事情。"

陈长生明白了，只能沉默不语。

商行舟淡然地说道："你也曾经杀过周，但和我们当年比起来，只是儿戏。"

陈长生要杀的是周通。当年，那些人杀的是周独夫。

"如果说他是奇迹，杀死他的我们难道不应该是真正的奇迹吗？"

商行舟的眼神很冷漠，就像在看着一个死人。很多年前，那个人都被他们杀死了，更何况是陈长生。千年来最著名、持续时间最长的谜团，在这一刻终于得到了解答。很多人的猜想，茶馆酒楼里经久不衰的话题，在这一刻终于被证实。

毫无疑问，这是世界最深层次的秘密。陈长生却很平静。

他看着商行舟问道："你怎么就确定他真的死了呢？"

这里是周独夫的陵墓。他站在陵墓门前提出这个问题。感觉是在代表陵墓里的那个人发问。

寒风拂动着荒野里的沙砾，发出仿佛有时间感觉的声音。

商行舟的眼睛眯了起来。

63 · 规则之上的力量

周陵横亘在天地之间，也横亘在二人之间。隔着数百丈的距离，在彼此的视野里只是一个小黑点。但他们能看清楚对方的眉眼以及眼里的情绪。他们甚至看都不需要看，便知道对方在想什么。

不管这些年表现得如何陌生，终究是曾经在庙里共同生活了十余年的师徒。

不知道过了多长时间，商行舟说道："他已经死了。"

陈长生说道："我不知道你们当年那个故事的结尾，但我知道，这座陵墓里没有他的尸体。"

商行舟说道："以那个莽夫的性情，如果还活着，怎么会忍得住寂寞不出来惹事？"

陈长生沉默了一会儿，说道："是的，他应该死了，不然太宗皇帝也不会安心。"

"这就是你最后的手段？用他来吓阻我？"商行舟看着他微讽说道，"真是幼稚。"

陈长生说道："是的，我就是想吓吓你。"

商行舟说道："有意思吗？"

陈长生说道："看着您刚才的样子，真的很有意思。"

说完这句话，他笑了起来，显得很高兴。对他来说，这是很少见的情绪外露。由此可以判断，他说的是真话。真话最能伤人。

从西宁镇来到京都后，无论是东御神将府里的婆婆、丫环、夫人还是青藤诸院里的那些学子，包括唐三十六，都曾经受到过陈长生的真话伤害，哪怕商行舟是他的师父，也有些承受不住。

商行舟的眼神变得更加寒冷。他望着墓道尽头的陈长生，向前踏出一步。

在周园里，他无法展现神圣领域之上的规则力量，自然也不能无视空间。他没能直接来到陈长生的身前。事实上，他的这一步迈出的距离，不远不近刚好就是一步。

风自足下起。青色道衣振得笔直。

数百道若隐若现的清光，沿着墓道，向着周陵正门处涌去。狂风大作，四周的荒野上生出无数浮灰，渐欲遮天蔽日，天地变得一片昏暗。昏暗的世界里响起无数道密集却又清楚无比的切割声。

墓道的表面以及两侧巨石的表面上出现了无数道笔直而深刻的痕迹。有的巨石表面以肉眼可见的速度变得焦黑，然后酥化，被风拂成最细微的沙砾。那些清光看似寻常，实则隐合万物流转之理，乃是道法的具体呈现，有着难以想象的威力。

商行舟全力出手，万千道法尽在其间，陈长生如何能敌？

另一边的原野上，犍兽与倒山獠缓缓站起来，变成了两座黑色的小山。有些奇怪的是，这两只恐怖的巨兽没去救援陈长生，而是退到了满天飞舞的沙尘暴里。

因为周陵的遮挡，商行舟没能看到这幕画面，也没能看到当犍兽与倒山獠离开后露出的地面。那两只巨兽一直沉默地守卧在周陵北面，就是为了挡住地面。那是四座祭坛模样的事物，已经非常残破，但隐约还能看出来当初应该是碑座。

忽然，荒野以及更远处的草原上的狂风消失了，沙尘暴也消失了。温暖的太阳重新出现在草原边缘，静静地悬挂在那里。

周陵变得无比寂静。那些代表天地规则至理的万千道法，忽然消失了。

一根细绳悄无声息地断裂，四颗石珠从陈长生的手腕落下，沿着墓道与陵山的斜面向下滚落。

那些石珠看上去很普通，没有任何特殊的地方，落下的过程也看不出什么神奇之处，在墓道上滚动时发出骨碌碌的声音，与巨石撞击时发出清脆的声音，仿佛下一刻便会落入巨石之间的缝隙里，再也无法滚出来，又或者摔个粉碎。

无论从概率来说还是规则来说，这都是很有可能发生的事情。但是，这些情形都没有发生。

四颗石珠滚过墓道，越过巨石，看似随意，没有任何目的性，却准确无比地向着周陵北面那四座祭坛而去。似乎在滚落的过程里，这四颗石珠赋予了自己诸如意义、目的之类的属性。

随着时间的推移，无序却在趋向有序，偶然成为了必然，这完全不符合天地间法理规则。或者是因为这四颗石珠本就是超出规则的存在？

毫无道理，却又给人一种理所当然的感觉。四颗石珠来到周陵下方，分别落入了那四座祭坛模样的事物里。风再起然后骤乱，伴着一种格外辽阔以及深远的感觉，四座石碑出现在了天地之间。大地震动不安，草原里传来妖兽们意味难明的嚎叫。

那些黑色石碑的表面很光滑，刻着繁复难明的纹路，仿佛有着虚空一般的魔力。正是当年被周独夫从天书陵里带走的天书碑。

天光与原野里的风，向着天书碑的表面不停灌注，然后消失在不知何处。无数草屑与碎土沙砾也随之而去，但没有消失。

仿佛时光倒流，沙土渐渐把天书碑包裹起来，变成一根石柱，表面甚至有了被风雨侵蚀的感觉。

商行舟看着陈长生说道："这些天书碑果然落在了你的手里。"

陈长生说道："是的。"

他选择在周园里挑战商行舟，除了前面说的那两个原因，还有一个原因就在于此。以他现在的境界根本无法参悟出天书碑的终极奥秘，自然也无法加以利用。

在雪岭遇见魔君以及在白帝城面对圣光天使时，他只能把天书碑当作拥有无限重量、坚不可摧的武器使用。

只有在周园里，他才可以发挥出天书碑至少一部分的真实力量。因为这里有周独夫当年设置的祭坛以及阵法。

天书碑变成的石柱并不稳定，表面不停地裂开，然后再次复原。无数悠远而沧桑的气息从那些裂缝里溢出来，变成恐怖的清光。四道清光从天空飘落，正是商行舟所在的位置。

"你以为这样就可以击败我吗？"

商行舟翻掌向上拍去。他站在地面，一伸手却仿佛触到了天穹。

啪的一声轻响。清光在天幕间流动。

商行舟的脸色变得有些苍白，神情依旧漠然："现在该你选择了。"

清光流转，天穹上隐隐出现了几道非常细的裂纹。

草原深处传来兽群惊恐的尖叫，不知道是不是回忆起了数年前周园即将覆灭的那天。

如果陈长生继续用天书碑攻击商行舟，很有可能获胜。但也有可能在此之前周园便会毁灭。这就是陈长生要做的选择。这一刻，他真的很想念那些剑。

64 · 选择的意义

用周独夫留下的阵法发挥天书碑真实的力量，以此对抗商行舟，这就是陈长生的安排。在离宫石室里的那些夜晚，这个计划已经变得非常成熟。但在原先的计划里，这时候的周陵四周应该已经布好了南溪斋剑阵。数千道重归草原的名剑会与四座天书碑再次形成平衡，确保周园不会崩溃。如果所有这些都落到实处，他有七成机会战胜自己的师父。

可惜的是，他的所有剑都被商行舟夺走了，胜机自然也降低了很多。更关键的是，没有数千道沧桑剑意的压制，天书碑散发的清光在击败商行舟之前极有可能先让周园毁灭。

商行舟用了一眼便看明白了陈长生的意图，也明白了当前的局面。所以他不会退让，更不会认输。他会坚持到最后，甚至不惜触动周园的禁制。

陈长生可以继续用天书碑发起攻击，直至战胜他，但周园可能提前毁灭。

或者陈长生带着四座天书碑尽快离开周园。可是回到真实的世界，没有周园的禁制，无法发挥出天书碑的力量，更没有剑……陈长生还怎么能战胜他？

还是一道选择题。商行舟静静看着陈长生。天穹洒落的清光被他的手掌抵住，无尽的风云在其间不停生灭。

世间万事到最后往往都是一道选择题。这真的很容易令人生出厌倦的感觉。

"为什么总是要我做选择？"陈长生真的很生气，或者说恼火，声音在风里飘得很远。商行舟神情漠然，没有回答他的意思。

从西宁镇到京都，从十岁到现在，他做了太多的选择题，真的已经烦了。他很想问自己的师父，总是这么做，到底烦不烦啊。但最终他没有问出口，因为他知道问了也没用。

就像过去这些年一样，他习惯了去做，而不是去说。无论是做什么样的选择。或者，不做选择。是的，今天他真的不想再选择了。他的眼睛无比明亮，就像是浔阳城里的月华。

他的神识隔空而去，落在商行舟的衣袖处，试图夺回藏锋剑鞘的控制权。就算不能，至少也要与剑鞘里的那些剑重新联系上。他相信只要那些剑感知到自己的神识，便一定会跟随自己的意志，破鞘而出，回到这片天地间。然而，他失败了。

他的脸色更加苍白，就像是荒原里的雪。一道鲜血从唇角溢出，就像是雪原里一株孤单的蜡梅。

商行舟的右手依然撑着天空。风动衣袖，隐约可以看到他左手握着的剑鞘。陈长生的视线落在那处。

"做选择的时候，往往能看清楚一个人最真实的勇气、智慧以及心性。"商行舟看着他说道，"今天你让我很失望，因为你连做出选择的勇气都没有。"

陈长生说道："既然怎么选择都是输，那我为什么要选？"

商行舟说道："因为那就是你的命。"

很多年前在西宁镇旧庙，他对陈长生说过一句话。你有病，不能治，那就是你的命。今天他又说了类似的话。怎么选，都是输，那就是你的命。

陈长生望向远处草原，久久没有说话。商行舟静静看着他，也没有说话。

不知道过了多长时间，陈长生收回视线，看着商行舟说道："但我的病已经治好了。"

是的，他的病已经治好了。他还活着。

所以，没有命运这种东西。那么选择便有其意义。无论输赢。

国教学院内外都很安静。百花巷里到处都是人，却听不到任何声音，更不会显出嘈杂。人们的脸上写满了紧张与焦虑还有担心。这时候所有人都已经知道商行舟与陈长生对战的地方在周园。人们看不到剑光，也听不到剑鸣，没有人知道具体的情况。

但对王破与相王这样的神圣强者来说，空间无法隔绝所有的信息。

国教学院里为何连一丝剑意都没有？相王的神情似笑似哭，看不出真实情绪，捧着腹部肥肉的双手则是下意识里不停摩挲着。王破想到了某种可能，脸色变得有些沉凝。以唐三十六的境界自然无法知晓周园里的情形，但他始终注意着王破的神情变化。

从开始到现在，他的视线一直通过窗缝落在王破的脸上。这是他现在唯一的消息来源。看着王破的脸色，他隐约猜到局势不妙，脸色变得有些苍白。

地板上有个碎成数片的汝窑天青杯，还有些水渍与茶叶。他的手里握着一个茶壶，壶里的茶水已经冷透。

他抱起茶壶对着嘴灌了半壶冷茶下去，却依然无法让狂跳的心平静下来，也无法浇熄心里的那道火。他向着茶楼下方冲去，苏墨虞没能拦住他，直接让他跑到了国教学院门前。凌海之王等人神情微异，心想他这是来做什么？

朝廷与离宫共同决议，国教学院封门，只能有王之策与商行舟、陈长生师徒在里面。国教骑兵与玄甲骑兵守在四周，无数修道强者云集，更有王破与相王这等层级的强者。谁都别想在这种时候进入国教学院。

唐三十六根本没有理会那些带着不善与警告意味的目光，更是在那些王爷们开口之前抢先骂了起来。

"都给我闭嘴！"

"这里是国教学院，我是院监，陈长生不在，就我最大！"

"没人能进，是因为我不同意，我自己要进去，要谁同意？"

百花巷里好一阵混乱，剑意纵横而起，甚至有几支弩箭斜斜划破天空。

王之策在湖畔转头望去，便看到了唐三十六。唐三十六当然猜到他就是王之策，却没有上前拜见，直接问道："怎么进周园？"

无数年来，王之策从来没有遇到过知晓自己身份却毫不在意的人，不禁觉得有些意外，然后觉得有趣。

他摊开手掌露出那颗黑石，说道："由此门入。"

唐三十六说道："给我。"

他的要求非常简洁明了，以至于王之策怔了怔才反应过来。

"为什么？"

"周园是陈长生的，那这东西自然也是他的。"

"是他给我的，而且这东西本来就是我的。"

这一次轮到唐三十六怔了怔才反应过来。

"本来就是你的，意味着现在不是你的，而且你多大年纪了？他给你你就要啊！"

王之策未曾见过如此不讲理的人物，很快便猜到了这个小家伙的来历。

他说道："你爷爷也不敢对我这般说话。"

"废话，除了太宗皇帝，谁敢对你不敬？"唐三十六话锋一转，说道，"不过今天要祝贺你。"

王之策问道："何事？"

"祝贺你除了太宗皇帝，终于再次遇到一个敢怼你的人。"唐三十六看着他认真地说道，"如果你不肯把这东西给我，我会骂你娘的。"

王之策微微挑眉，说道："我是这场对战的裁判。"

唐三十六说道："你是商行舟请来的，我不信任你。"

王之策说道："教宗信任我。"

唐三十六说道："关我屁事？"

王之策平静地说道："我不给你，你能怎么办？"

唐三十六的回答还是那样的简洁明了。汶水剑出鞘，湖面生出万片金叶。

王之策神情微变。不是因为唐三十六出剑，而是因为唐三十六回剑。

自刎。

65 · 断 树

如果说王之策伸出一根手指，就能像碾死蚂蚁一样碾死唐三十六，或者有些夸张，但他伸出两根手指，绝对可以轻而易举地弄死唐三十六。二人间的境界实力差距就是这么大。

唐三十六没有可能威胁到王之策，即便想在王之策面前寻死也不容易。汶水剑被王之策用两根手指夹着，纹丝不动，再难寸进。悲壮的自刎，忽然变成这样的情景，难免会有些尴尬。

唐三十六却没有任何尴尬的感觉，还挑了挑眉。挑眉的意思就是挑衅。他的意思非常清楚。

如果真心想死，多的是方法，横剑自刎毫无疑问是最没有效率的一种。他就是要等着王之策阻止，如此才好继续谈条件。

王之策看着他似笑非笑说道："这块石头给你也没用。"

唐三十六看他神情便明白了。以他现在的境界，就算拿着黑石也无法进入周园，也无法帮到陈长生。

唐三十六情真意切说道："那麻烦您帮帮忙？"

王之策没有说话。

唐三十六接着说道："我知道他现在的情形肯定很不好。"

王之策的视线落在黑石上，说道："不错，他现在面临着非常艰难的选择。"

唐三十六沉默了一会儿，说道："他是个好人。"说这句话的时候，他的态度前所未有地严肃。

王之策说道："是的。"

唐三十六看着他的眼睛说道："好人不应该活得这么辛苦。"

王之策说道："这与好坏无关。"

唐三十六有些失望，同时也非常愤怒。他嘲讽说道："是啊，与好坏无关，只与强弱有关,终究不过是恃强凌弱罢了。"

王之策摇头说道:"每个人都要为自己的选择负责。"

唐三十六冷笑说道:"那为什么总是他在选择?为什么不能是你们选择?"

王之策说道:"商行舟答应与他对战,这本就是被逼做的选择。"

唐三十六说道:"那个选择太复杂,你们应该更简单些。"

王之策问道:"比如?"

唐三十六说道:"你们可以选择去死,或者去死。"

王之策微笑说道:"还有别的选项吗?"

唐三十六说道:"你们还可以选择被火烧死,被水淹死,被万箭穿心而死,或者被凌迟而死。"

这不是叙述,而是祈使,或者是诅咒,平静无波的语调里,有着极其浓郁的恨意。但这些都源自于无助。

看着水面上那些薄冰与去年的浮萍,唐三十六觉得有些疲倦。就这样失败了吗?他真的很不甘心。替陈长生不甘心。

他忽然对着天空喊了起来:"你这个瞎了眼的狗东西!"

百花巷里有些乱,不知道会不会听到唐三十六的这句话。与国教学院只有一墙之隔的百草园,则是听得非常清楚。

余人不知道发生了什么事情,用目光询问。

"唐棠想扰乱王大人的心意。"徐有容说道,"如果稍有可能,他便会动用汶水老宅里的手段逼王大人妥协。"

这说的是当初在牌桌旁的那场祖孙对话。他不惜毁掉唐家,自然也不会在意天下苍生。但很明显,这依然不足以说动王之策,或者说服王之策。甚至他连真正想要说的话与威胁都无法摆出来。

唐三十六的尝试也失败了。徐有容的眼里隐有忧色。她的左手紧紧握着五颗石珠。这五颗石珠本就是周园里的五座天书碑,是周独夫那座大阵里的一部分。

先前某一刻,从五颗石珠上隐隐传来某种波动,让她知晓了周园里的大致情形。

她知道陈长生面临着选择。她也知道陈长生会怎么选。甚至在他做出选择之前。对陈长生来说,这个选择根本不像王之策说的那般艰难。因为她了解陈长生。

余人也很了解陈长生。

所以他也知道陈长生会怎么选。那么这便意味着,陈长生败了。

京都里的每条街巷,每座宅院,都听到了随后的那声巨响。

湖畔出现狂暴的气浪,残雪与枯黄的旧草还有泥土被掀飞,击打在墙上与树身上,发出啪啪的声音。湖水翻滚震动,卷起千堆雪,破空而起,然后哗哗落下。

整座国教学院都笼罩在这场突如其来的暴雨中。暴雨里忽然出现两道身影——陈长生与商行舟。

天空忽然明亮了一瞬,仿佛有一道闪电出现。借着那道照亮晦暗暴雨的明亮,隐约可以看到,商行舟的手落在了陈长生的胸口。陈长生像颗石头被击飞,撞断了十余根粗壮的大树,落在了树林的深处。伴着喀喇的声音,大树砸到地面上,震动不止。

唐三十六提着汶水剑便准备冲过去,藏在袖子里的左手握紧了一样法器。啪的一声轻响,王之策的手指落在他的眉心,唐三十六无法再动。

百草园里忽然生出两道金红色的火焰。徐有容在原地消失。

王之策没有转头,隔空一指向后点去。他身后是院墙。院墙上出现一道数丈宽的豁口。那些砖石与木门的残块静静地落在地面。清风缭绕其间,看似温柔,却无法逾越。一根洁白的羽毛从虚空里飘落。

徐有容现出身影。王之策忽然感觉到了些什么,转身望了过去。他的视线没有落在徐有容身上,而是在她身后。

百草园还是像数百年前那般幽静。一把拐杖静静地搁在石桌边缘。

大树断裂,新鲜的木茬就像花瓣一样到处伸展。陈长生靠着断树坐着,不停地咳嗽。

商行舟说道:"你还坚持选择是有意义的吗?"

陈长生说道:"是的,因为怎么选择会决定我们是谁。"

商行舟默然。陈长生说的没有错。如果在周园里的是徐有容或者唐三十六,他不会给对方选择的机会。他让陈长生做选择,就是因为他知道陈长生会怎么选择。正因为如此,陈长生才是陈长生。所以,选择是有意义的。

但现在战斗已经没有了意义。陈长生还能起身，但已经注定无法取胜。选择离开周园的他，等于放弃了最后的获胜希望。

商行舟的神情有些木然："认输吧。"

陈长生的语气很平实："不。"

商行舟沉默了一会儿，右手握住了剑柄。不是无垢剑，是他自己的道剑。

陈长生准备起身，右手落在断树间。忽然，他的手触到了一个硬硬的东西。

66·六六六六

国教学院历史悠久，比大周建国更早，生长着无数大树，甚至有些古树已过千年。

二十年前那场血案有不少古树被毁，但更多的树木存活了下来，尤其是靠近皇宫的这片树林更是枝叶繁茂，幽深至极。当初刚进国教学院，陈长生便注意过这片树林，其后更是不知道在这里度过了多少个清晨，练了多少次剑。

他知道这些树很坚硬，树茬自然也很硬，但他还是觉得有些古怪。那个东西很硬，但边缘并不尖锐，而是有些光滑，像是被打磨一般。他回头望去，发现大树断开的地方有一个深约尺许的坑。树叶遮挡着本就有些晦暗的天光，坑里还有积雪与灰尘，很难看清楚里面有什么。

那么在断掉之前，这里想必是个树洞。他右手摸到的那个东西，就在这个坑里。换句话说，那个东西以前一直就插在树洞里。陈长生没能确定那个东西到底是什么。

商行舟的剑到了。长春观的道剑，带着最纯正却绝不温和的意味，斩断寒风，向着他胸口落下。

商行舟向陈长生走去的时候，徐有容也在向国教学院里走去。王之策再次隔空一指点出。

湖畔微风不乱，也没有尖锐的声音响起，仿佛什么都没有发生。但事实上，在国教学院与百草园之间，再次出现一道无形的屏障。

这个时候，徐有容做了一个很奇特的举动。她抬起左手，手指向着虚空里轻轻点去。

啪的一声轻响。

就像是一个最脆弱的水泡被最纤软的毫发刺破。那道无形的屏障消失无踪。

徐有容终于踏进了国教学院。她脸色雪白，唇角出现一抹极细的血渍。

王之策用的不是指法，而是当年在东临巷旧寓所里读书时自创的摘星手。他没有想到，徐有容居然能够接下这一式，这让他有些吃惊。更让他吃惊的是，徐有容来到国教学院后，没有再看他一眼，而是望向了树林里的那对师徒。

清风微至，白色祭服微飘，桐弓在手，梧箭在弦，随时准备击发。局势变得极为紧张。她准备用梧箭阻止商行舟，难道王之策就不会阻止她？还是说她相信有人会拦着王之策？那个人是谁？自然不可能是唐三十六。他被王之策所制，已经变成了湖畔的一座雕像。因为无法转颈，他看不到树林里正在发生的事情，只能看着湖面以及天空。

已经不再落雪，云却未散，遮蔽天光，让京都显得格外幽暗。最初的时候，他在抱怨，喊着老天爷是瞎的。这时候，他只是在为陈长生祈祷，希望上苍赶紧睁开眼睛。

忽然，树林里传来一声清鸣。他的眼睛里忽然出现一道亮光。云层里出现一道口子。天光从那处泻落，仿佛瀑布，美丽至极。

唐三十六震惊想着，难道真是那谁睁开了眼睛？

如黑色山脉的龙躯，在云层后缓缓起伏，带起无数罡风。小黑龙离开国教学院后，没有远离，而是悄悄潜至此处，时刻准备破云而落。如果陈长生真的遇到危险，她才不管什么对战的规矩，至于那个裁判……她早就想和他拼命了。

云海忽然翻滚起来，撕开了一道缝隙。她诧异地望向地面。她看到了京都里的街巷，看到了天书陵，看到了皇宫。最后，她看到了国教学院。

国教学院与皇宫相接处有片幽暗的树林。那片树林忽然变得明亮起来。不是因为那道天空泻落的天光，而是因为一道剑光。

有十余株断掉的大树，排成了一条直线，指向树林的最深处。那里曾经存在的半截断树已经消失无踪，变成了无数树皮与碎木，静静地悬浮在空中。与这些树皮碎木一道悬浮着的，还有今晨开始落的微雪以及不久前如暴雨般落下的湖水。

这幅奇异画面中间有两道身影。商行舟站在陈长生的身前，居高临下，道剑已然挥落。陈长生没有死，因为他的手里多出了一把剑。正是这把剑挡住了商行舟的剑。

陈长生用的还是笨剑。这招剑法被苏离认为是天下第一守剑，曾经无数次挽救陈长生的性命。刚刚在周园里，陈长生也就是凭借着这招剑法，连续多次死里逃生。但这一次，陈长生没有被斩飞。他的左脚深深陷进地面里，稳定得就像是生了根一般。这本来就是剑法，只有用剑才能真正发挥出真正的精妙与威力！

问题是，这把剑是从哪里来的？没有谁有时间去思考这个问题。

一声清啸，响彻雪林。商行舟道袖轻飘，道剑起而再落。风雪随之而起。商行舟的身影消失。

无数道剑光出现，树林里到处都是剑痕。骤然安静。

陈长生举剑相迎。锵！锵！锵！锵！锵！数十道清脆的剑鸣忽然在他身周响起。在先前如此短暂的时间里，商行舟竟是连出数十剑！这些剑落得如此之快，甚至就连两剑撞击的声音都来不及传开！

但这些剑都被陈长生接住了！他举剑齐眉，他左膝微屈，他站在原地，他一动不动。管你如何玄妙难言，剑意难测，我只是把剑一横，把心一沉，便躲进小楼成一统。这就是真正的剑域！

只是在商行舟暴风般的攻击下，他能支撑多长时间？就算他拥有完美的剑域与星域，拥有着难以想象的丰沛真元，终究不可能永远这样支持下去。更何况商行舟是何等人物，修万千道法的他，垂落的袖子里谁知道还隐藏着怎样可怕的手段？

陈长生不准备给自己的师父留下这样的机会。在某个无法预知，但提前便明知存在的时刻，他抢先出剑了。

一道剑光照亮了幽林。这一剑快得难以想象，就像是真正的闪电。这一剑的剑意很是清浅，却并不简单，看似溪水里的游鱼，就在眼前，却很难伸手触及。这一剑的轨迹更是玄妙到了极点，竟然有一种神鬼难测的感觉！这一剑连续刺破了三片树皮，切开了几块碎木，从他的左手边绕过，看似漫不经心地刺进了风雪里。不知何处响起一声闷哼，风雪微乱。商行舟出现在数丈外的雪地上，袖间有一道破口。陈长生站直身体，提着手里的剑，静静地看着他。

67·君子藏器于身，待时而动

微寒的风拂动着树上的残叶，林里一片安静。树皮、木屑与雪花渐渐落下。只有那些残余的剑意，还在寒风里久久不散。就像爆竹安静之后未散尽的硝烟，表明先前究竟发生了什么。

眼看着陈长生就要死亡，战局忽然发生了极大的变化，甚至出现了逆转的迹象。一切都是因为他手里的那把剑。

他静静看着商行舟，没有说话，这并不代表不安，而是自信。只要有剑在手，何惧之有？作为苏离的传人，陈长生的剑道天赋堪称惊世骇俗。

数年前，他身怀诸剑，连胜强敌，更是独闯北兵马司胡同，不知惊煞了多少看客。数年后，他于圣女峰上习得合剑术，于离山再悟剑道真义，在白帝城里以一己之力布下南溪斋剑阵，败魔君于前，救白帝于后，剑道修为终于大成，成为了举世公认的剑道大师。

哪怕他现在还很年轻，按常理来说与大师这种词很难发生联系。他最强的手段便是风雨诸剑。

商行舟早有准备，对战开始便以隐藏多年的后手直接夺了他的所有剑，在周园里打得他毫无还手之力。

直到此时，陈长生的手里出现了一把剑。哪怕是剑道大师，也不可能随便拿一把剑便能大杀四方。这把剑明显不一般，至少与他能够心意相通。

商行舟的视线下移，落在那把剑上。那把剑不知承受了多少年风雨，又藏在那棵树里多少年，本来没有任何气息，就像一根普通的铁棍。如果不是那棵树被陈长生撞断，只怕依然没有谁能察觉它的存在。

今天陈长生把它从树洞里抽了出来。剑身表面的那些灰尘与污迹尽数不见，明亮如洗，锋芒毕露，剑意森然。就像一颗蒙尘多年的明珠，又像是多年不鸣的凤凰，终于大放光毫，一鸣惊人。

商行舟微微挑眉。这把剑的年代非常久远，最大的可能是出自剑池。然而谁都知道，陈长生从周园里带出来的那些前代名剑，都在藏锋剑鞘里。那把剑鞘，这时候在他的袖子里。

那么这把剑究竟是从哪里来的？难道说陈长生事先就已经算到他能控制藏

锋,所以将计就计,提前做好准备,把剑藏在这棵大树里,想打他一个措手不及?

不,看陈长生的反应,他应该事先也不知道那棵树里有把剑。从剑锷上残着的青苔看,这把剑在树里至少藏了几年时间。不要说陈长生,就算是黑袍与王之策联手,再由徐有容在旁用命星盘推演百次,也不可能提前数年便能猜到今天的情形。而且如果陈长生事先便算到了他的手段,有的是更好的方法应对,何至于被逼到这等境地。

难道这剑并不是出自周园剑池,而是以前国教学院的某位教习或者学生藏在树里的?商行舟想着藏剑的人可能是当年自己的追随者,心情变得有些复杂。

那剑在树洞里藏了多年都没有被发现,今天却被陈长生伸手便拿了出来——在陈长生最需要剑的时候。

这是巧合?还是所谓机缘?或者说这是命运的暗示?

国教学院的湖畔以及墙那边的百草园都很安静。徐有容放下了手里的桐弓。余人站在石桌旁,扶着拐杖。王之策收回了手指。

他们看着树林深处的情况,沉默不语,神情各异。这一切发生得很短暂,但他们大概明白了事情的真相。

在周园里,陈长生不知因何原因,失去了所有的剑,所以只能被动挨打,很是危险。在最危险的那一刻,陈长生从断树里抽出了一把剑,改变了整个战局。只是……那棵树里为何会有一把剑?

唐三十六能动了,但没有动。因为陈长生已经摆脱了危险的处境,也因为他这时候的心情有些怪怪的。他总觉得这件事情与自己似乎有什么关系,却怎么想也想不起来原因。

百花巷里,也听到那阵密集的剑鸣。因为唐三十六闯进国教学院而引发的争吵就此平息,对峙与可能的冲突也就此消失。人们震惊而紧张地望了过去。王破睁开眼睛望向国教学院,有些意外,很是欣慰。相王却闭上了眼睛,在很短的时间里,仿佛老了几岁。

商行舟看着陈长生问道:"你知道这里有剑?"

陈长生说道:"不知道。"

看着手里的那把剑，他很自然地生出一种熟悉的感觉，甚至可以说亲近。仿佛同窗，曾经同袍，至少同道。于是他知道了这把剑的来历。

这把剑也曾经是剑池里的一员，曾经与他并肩战斗。彼时万剑如龙，它是一片龙鳞。只是已经多年不见。

原来你在这里。然而你为何会在这里？

湖畔忽然传来一阵笑声，"哈哈哈哈！"

那笑声显得格外快活，有种通透至极的痛快感，更重要的是有一种令人厌憎的得意感。

"是我！最终还得是我呀！"唐三十六连声说道，脸上的神情嚣张到了极点。

王之策怔住了，心想这年轻人患了什么失心疯？

唐三十六对着整个世界大声喊了起来："这剑是我当年藏在这里的！"

陈长生怔了怔，终于想起来了那件往事，也忍不住笑了起来。

68·大日如来谁可安

那段往事发生在几年前。

相传周园里有座剑池，剑池里有无数把前代名剑。传说是真的，陈长生在周园里发现了剑池，然后把数不清的名剑都带回了这个世界。像斋剑这种有传承的名剑，被他用离宫的名义送回了各自的宗派山门，但还剩下了很多剑。

于是在某个非常普通的夜晚，国教学院进行了一次"分赃"大会。轩辕破得到了山海剑，折袖要了魔帅旗剑，落落得到了更好的礼物，后来苏墨虞要了一把名为虞美人的花剑，甚至就连莫雨都从陈长生这里要了把越女剑。

唐三十六没有换剑，因为他的汶水剑也是一代名剑，同时更是唐家的象征。没有人知道，其实他也向陈长生要了剑。只不过他没有把那剑带在身边，而是插进了偏僻幽静树林深处一棵古槐的树洞里，然后极其仔细地用落叶与腐泥做了伪装。

陈长生不明白这是要做什么。唐三十六说这是养剑。

数十年甚至数百年后，一个出身贫寒的矮个子学生，在某个被同窗欺负的清晨，于走廊拐角处忽听着东南俚曲忍不住痛哭一场，冲进小树林不停砸树，以肉体痛苦换精神慰藉之时，忽然发现古树的树洞里忽然掉出来一把前代剑客用过的名剑，上面还附着一缕剑意，顿时被刺激得幽府洞开气窍全燃……

以上就是当时唐三十六的描述。他以为自己做的这件事情会成为数十年甚至数百年之后国教学院的传说。他没有想到，只是数年之后，这把剑便会重见天日，而且重新回到了陈长生的手里。

他甚至已经忘记了这把剑的存在。但现在看起来，就是这把剑，在最危险的时刻，挽救了陈长生的生命。

这也将决定国教新旧之争与朝堂之争的结果，决定数年后大陆的走向。换句话说，整个历史都将随之改变。这都要亏他当年在这里藏了一把剑。他还记不记得并不重要，这剑终究是他藏在这里的。

什么叫一饮一啄，皆有定数？什么叫草蛇灰线，伏延千里？落子便有深意，哪有什么闲棋！唐三十六越想越得意，越想越快活，笑声越来越大，神情越来越嚣张。

陈长生想明白这件事情的前因后果，吃惊之余，也不禁很是感慨。这种命中自有安排的感觉，就像是再次拾起遗落的时光。但王之策等人不知道那段时光，也不知道那个故事，所以他们不理解唐三十六因何发笑。

对商行舟来说，陈长生的笑容比那把剑还要可恶得多。

"就凭一把锈剑，就想改变一切？"他看着陈长生神情漠然说道。他的眼睛颜色很淡，就像是刚刚凝结的冰。在他眼眸的最深处，有一粒火星正在燃烧。

他深深地吸了一口气，树林里生起一场大风。火借风势，极其迅猛地燃烧起来，瞬间从眼眸的最底处来到表面。他淡淡的眼睛，忽然间变成了岩浆一般的颜色，看着极其恐怖，炽热至极。

大风飘摇直上，把国教学院上空的云层尽数掀飞，隐隐可以看到一个黑点随之而隐。云层尽散，露出了太阳的真容。一道气息从天空里落下，更准确地说是随着阳光落在了商行舟的身上。这道气息并不凝纯，而是有些驳杂，却不影响其强大，只是更增几分暴烈的意味。随着这道气息的到来，树林地面上的那些积雪瞬间融化。国教学院里的气温仿佛升高了很多。

商行舟还站在原先的地方，却仿佛来到了天空里。他的身影显得无比高大，给人一种充塞天地的感觉。在远处的徐有容等人眼里，他变成了一座世间最险峻的大山。在近处的陈长生眼里，更像是自己曾经在白帝城看到的遮蔽半片天空的白虎。当时他看到的是白帝的神魂，这时候看到的则是商行舟本人。

积水骤干,水雾瞬净,枯黄霜草间的落叶开始卷起边缘。那道暴烈而炽热的气息来自太阳,也来自商行舟的身体,在内外之隔处相遇。

轰的一声,商行舟的道衣开始燃烧,两只衣袖变成无数片蝴蝶飞离,露出赤裸的双臂。道袖尽数燃烧成灰,上面被陈长生用剑留下的口子自然也不见了。

商行舟用双手握住了剑,手臂上肌肉突起,如被风绷紧的帆,又如铁铸的像,看上去有一种非真实的感觉,却又像是最真实的存在,拥有着最鲜活的生命力量。

在很短的时间里,他似乎年轻了数百岁。他向陈长生走了过去,绝不像一个老人。

当云层散开,阳光洒落,国教学院变亮三分的时候,徐有容就想到了某种可能。她神情微变,但没有过去,因为陈长生的手里有剑,也因为王之策在。很明显,王之策早就已经知道了那个秘密,所以没有丝毫动容。也许对当年的那些老人们来说,这本来就不是什么秘密。

余人扶着拐站在桌旁,视线穿过黑发穿过断墙落在树林深处,不知在想些什么。

唐三十六早就没有笑了,震惊得无法言语,心想这怎么可能?

"焚日诀?"

"焚日诀!"

"是谁在用焚日诀!怎么如此霸道正宗!是谁!"

国教学院里的气息变化,已经传到了百花巷里,引发了一连串震惊的呼喊。

那十余位陈家王爷更是无比吃惊,直到他们想起来陈长生也姓陈,才安静了些。他们从来没有把陈长生当作亲人,但陈长生毕竟是皇族血脉,在他们想来,陈长生能够学成焚日诀也不是难以想象的事情,因为他们不知道,陈长生还在娘胎里的时候,命轮便已经毁了。

中山王知道这个秘辛,所以他的脸色有些阴沉,不知是因为什么。

相王睁开眼睛,眼眸最深处的火星一闪即逝,没有燃烧,迅速归于寂灭。他知道不是陈长生,那就只能是商行舟。问题在于,商行舟不是皇族,怎么能够练成焚日诀?商行舟与太宗皇帝之间到底是什么关系?

忽然,相王的眼里闪过一抹厉色,喝道:"你想做什么?"

国教学院门前响起无数道金属摩擦的声音,圣光弩紧弦的声音。气氛瞬间变得无比紧张。

因为就在云层散开,阳光落下的那一刻,王破做了一个动作——挑眉。

69 · 敢问剑在何处

王破拥有一对非常有特点的眉毛。准确来说,特点在于眉眼之间的相对位置。他的眉与眼之间的距离有些近,眉尾又有些耷拉,所以看着便有些寒酸。

然而当他挑眉的时候,便会与眼分开。那是天地初分。同时,他的眉尾会像一道铁枪般挑起,直向天穹,壮阔无双。

总之,当他挑眉的时候,便再与寒酸一词无关。而且,往往他挑眉的时候,双肩也会随之而起。

和双眉相比,王破的双肩更有名气,因为耷拉的时间更多,更容易被人看到。当他动肩时,往往便是要出刀。就像此时此刻,百花巷里忽然出现一道凛冽至极的刀意,直冲天穹而去。

数百道圣光弩与所有的朝廷强者手里的兵器,都对准了王破。相王神情凝重,双手早已离开了腰带上堆出来的肥肉。王破没有说话,只是静静看着国教学院里。他与相王一样,知道这时候施展出焚日诀的人不是陈长生。那就只能是商行舟。

商行舟与太宗皇帝之间到底是什么关系?难道他也是陈氏皇族的一员?

王破没有去想这些问题。而是在想父辈们艰难保留下来的那些记述。在那些记述里,除了最醒目的、血淋淋的"家破人亡"四个大字,还有很多凄风苦雨里的画面。那些画面里,都有一个气质阴沉的年轻人。按照王家先祖的判断,那个年轻人才是抄家的主使者,应该是皇族,但无论当时还是事后,都查不到那个年轻人的身份。总之,那个年轻人为王家带去了很多凄风苦雨。

王破没有见过太宗皇帝,但太宗皇帝依然是他的敌人,因为这是家仇。当年的那个年轻人当然也是他的敌人。他本以为那个人早就已经消失在了历史的长河里,今天却发现那个人极有可能还活着。

国教学院外的气氛异常紧张。王破看着院门,沉默不语。最终,他的双肩重新耷拉了起来。同时,他的眉也垂落下来。

百花巷里仿佛同时响起了数千道叹气声。不是遗憾，而是庆幸。

焚日诀是一种特别强大而且非常特殊的修行法门。

世间万千道法，根基都在星辉化作的真元之上。唯有焚日诀，采集的不是星辉，而是日火。日火不及星辉澄静柔和，但在威力上则是要远远胜之。但也正是因为过于暴烈炽热，所以修行者根本无法采集，再将其转化为真元。

天书碑降世，人族开始修道，无数万年来，也只有陈氏一族因为特殊的命轮构造才能修行这种法门。无论道典还是史书，都把这看作是天道对陈氏一族的眷顾。所以无论乱世还是太平年间，陈氏一族在天凉郡乃至整个大陆，都拥有着非同一般的地位，仿佛先天便蒙着一道神圣的光辉。

千年来，陈氏一族涌现出无数强者，比如那位少年英雄陈玄霸，又比如太宗皇帝。当然，还有传闻中也曾经英明神武的楚王殿下。

直至今天，陈氏皇族的高手依然层出不穷，此时百花巷里那十几位王爷都是强者，相王更是已经晋入神圣领域，加上散布天下诸州郡的宗室子弟，这真是一道极其强大的力量。

只不过这些年来，前有天海圣后，后有商行舟，这道力量始终没有真正地发挥出来。

可是商行舟为什么能练焚日诀？难道他是皇族？他与太宗皇帝到底是什么关系？这些问题在陈长生的心里闪过，但很快便消失无踪，没有留下任何痕迹。在周园里他便有过猜测，这时候只不过是得到了证实。

而且商行舟再一次走到了他的身前。他双手握着剑向着陈长生的头顶斩下。这一剑非常简单，没有任何招式，也没有任何玄意，只是笔直地砍了下去。

阳光照耀在他束得极紧的黑发上，反着光。阳光照耀在他赤裸的双臂上，反着光。阳光照耀在他握着的道剑上，反着光。

他就像是一尊神。他手里的剑，可以斩断世间一切。首先便是天空。湛蓝的天空上出现一道似真似假的线条。森然无匹的剑意伴着刺眼的光线，向陈长生的头顶落下。

陈长生不知道自己能不能接住。他有些紧张，也是因为剑光太过刺眼，所以他眯了眯眼睛。

人类细微的动作之间，往往都有联系。眯眼的时候，他的手也下意识里紧了紧。然后，他的掌心握紧了剑柄。剑柄有些微硬，在树洞里藏了几年，表面有些黏滑，不知道是青苔还是腐泥。这种感觉不陌生，因为他握过无数把剑，但也谈不上熟悉，他确认自己没有握过这把剑。

剑池里的剑太多，他不可能熟悉每一把，他也不知道这一把剑的名字以及来历。但他知道自己握住的东西是直的，是硬的，是锋利的。

剑与剑相遇。就像是自严寒雪原南下的冷空气遇着了西海卷来的热浪。惊雷乍响。湖水震荡成浪，激为倒瀑，落为暴雨，以不同的角度冲洗着天地间的一切。数十棵粗壮的古树在喀喇声里缓缓倒下。飞舞的木屑与树枝间，隐隐可以看到下陷的地面。百草园的墙上出现无数道或深或浅的裂痕。

不远处，皇宫自动生出阵法，清光落下，让一切都蒙上了一层神秘的外衣。

在王之策眼里这很像吴道子最近的画，用笔极简，甚至刻意取陋，用色却是极为大胆。比如那些像血与锈似的红色。

烟尘敛落。陈长生半跪在湖畔，唇角淌着血。更可怕的是，他的手里已经没有剑。那把剑落在了极远处的草地上，斜斜地插着，看着就像是残旗，又像是碑。那把剑还在不停地震动，发出轻微的嗡鸣，不是哀鸣，只是有些歉意。

商行舟出现在陈长生的身前。他也很难破掉苏离传给陈长生的那记守剑。但他有焚日诀。他依然把境界压制在神圣领域之下，但凭借焚日诀拥有了难以想象、源源不绝的力量。再厉害的剑法，也不可能承受这样的力量碾压，而且是长时间的。这个过程里，商行舟的真元损耗与代价要比陈长生更大。

但陈长生没有剑了。商行舟神情漠然看着他，举起了手里的剑。他不相信自己这个徒儿还会有这么好的运气，随便从一棵断树里就能摸出一把剑来。

奇怪的是，陈长生的脸上看不到任何慌乱的神情，眼神也还是那样的平静，就像湖水一样。然后，他把手伸进了湖水里，从里面取出了一把剑。

第三章

商行舟踏星而退,瞬间到了十余丈外。嗤的一声轻响,他的衣领间出现一道裂口。

70 · 到处都是

在湖水里可以摸鱼，因为里面有鱼，但湖水里没有剑。而且陈长生没有摸，是直接取之。这是一个更加简洁有力的动作，表明事先他便知道剑在何处。

他像是变戏法一样，从湖水里取出了一把剑。然后向着商行舟刺了过去。

水花顺着剑身洒将过去，剑光随之而起，从里向外照耀得无比通透。湖岸变得明亮起来，那些水花就像是银树，也像是星辰。十余道星光亮起，依循着夜空里的星线，身影骤虚。

商行舟踏星而退，瞬间到了十余丈外。嗤的一声轻响，他的衣领间出现一道裂口。一道鲜血从里面渗出来，仿佛在青色的道衣上画了瓣墨梅。

"师父，认输吧。"陈长生对商行舟说道。

湖水从他手里的剑尖滴落，落在岩石上，发出滴答的声音，像是在催促。

商行舟没有回答，平静前行，再次来到他的身前。他双手握剑，举至头顶。赤裸的双臂在阳光下闪闪发光，就像是真正的雕像，完美地展现着力量。

依然没有任何剑招，也没有任何玄意，只是最简单的斩落。嚓的一声，空气与剑身剧烈地摩擦，生出一道夺目的焰火。炽热的、暴烈的气息从商行舟的身躯与太阳里散发出来。

青色道衣上的血迹瞬间蒸发成青烟。陈长生剑上的水渍也变成了烟，消失无踪。

清丽的剑光再起，却不是刺向商行舟。陈长生知道，商行舟不会回应自己的剑，所以他的剑再快，也都没了意义。

他只能回剑。当！两剑再次相遇。

雷鸣从湖畔越过院墙响彻京都。暴雨再作，墙倾树摧，狂风呼啸，岸塌石乱，湖水四处漫灌。草地上出现了十余处或大或小的池塘。

商行舟与陈长生消失了。他们来到了草地后的藏书楼前。登上藏书楼的石阶上满是蛛网，微微下陷。陈长生躺在里面，双手撑地，准备站起。

他从湖水里取的剑，再次飞走了。他的笨剑没有破，但也没能接下商行舟的霸道之剑。

残风拂着青色的道衣，发出哗哗的声响，上面多出了数道裂口。商行舟向着藏书楼走去。

陈长生没有转头，右手落在断阶处，然后向外抽出。伴着金属与碎石的摩擦声，一把剑出现在他的手里。

他的动作显得特别自然，仿佛早就已经准备好了，练习了无数遍。再如何不可思议的画面，出现的次数多了，也就很难让人感到惊讶。

商行舟的神情没有任何变化。

陈长生站起身来，看着他认真说道："师父，认输吧。"

商行舟还是没有说话，沉默走上前，双手握住道剑挥落。阳光照耀着剑身与赤裸的双臂。剑身上的花纹与肌肉的条理是那样的清晰。

生命的气息与死亡的味道同样强烈，如烈酒般令人沉醉或者恐惧。轰的一声巨响，烟尘大作。藏书楼前出现一道极深的沟壑。乌黑而明亮的地板不停翘起，然后崩裂。垮塌的书架间，到处是飞舞的旧书。

他曾经在这里夜夜观星。落落也在这里陪过他很多个夜晚。但他的师父在这里的时间要比他更多。

窗子破碎。陈长生落在了前院的喷泉里，浑身湿透。圣狮像的嘴里伸着獠牙，也喷着水。手指粗细的水柱落在他的头顶，画面显得有些滑稽。

这里距离院门已经很近，可以听到百花巷里那些紧张的呼吸声以及惊呼声。百花巷里的人们听到了他落在喷泉里的声音。

王破、相王、中山王以及凌海之王这样的强者，甚至只用耳朵便能大概"看"到国教学院里的画面。

喷泉微暗。一道高大的身影遮住了天空。商行舟没有给陈长生任何喘息的机会，再次出现。

数十丈外，王之策与唐三十六也出现在草地上。余人应该还在百草园里。

徐有容出现在另一边的树林边，洁白的羽翼微微摇动。小黑龙这时候又在哪里？

"我很好奇。"王之策看着陈长生从喷泉里站了起来，说道，"难道这里还有剑？那会藏在哪里？"

圣狮像很雄伟，喷泉很大，但是水池很浅。国教学院的教习与学生时时经过，很难不发现里面的剑。唐三十六没有说话，陈长生用行动做出了回答。

他踮脚把手伸进石狮的嘴里，水花激射，从里面掏出了一把剑。看着这画面，徐有容联想到了些什么，觉得有些恶心，掩住了嘴。

王之策感慨说道："这样也可以？"

唐三十六挑眉说道："为什么不可以？"

王之策叹道："我本以为就那一把剑。"

唐三十六说道："错，我在这里藏了很多剑。"

王之策问道："到底有多少剑？"

"到处都是。"唐三十六张开双臂，闭着眼睛，非常陶醉，"只要在国教学院里，他就不会输。"

喷泉骤断，石狮的尾巴断落，断口非常平滑。商行舟与陈长生的剑再次相遇。雷声再次响起。只不过这一次持续了很长时间，再也没有停止。国教学院里到处都是剑鸣，间或有恐怖的轰鸣声响起。

看不到师徒二人的身影。不时有剑从树林里飞出，从藏书楼里飞出，斜斜插在草地上与断墙边，微微震动。这段时间里，不知道陈长生又找到了多少剑，然后又被商行舟击飞。

忽然，剑鸣停止了。国教学院变得异常安静。最安静的地方是西面一处建筑。从建筑式样来看，应该是宣道的经堂，但不知因何缘故，墙体漆成了朱红色，格外显眼。在建筑的外围种着两排枫树，可能是因为阵法的缘故，无论什么季节，都瑟瑟地红着。

青色道衣上到处都是口子，密密麻麻的，还残着剑意。鲜血从里面不停地渗出，看着很是瘆人。商行舟受了很多伤。陈长生的伤更重，脸色苍白，浑身是血，垂在身边的双手微微颤抖。

"你还有剑吗？"商行舟问道。

陈长生从身边的花盆里取出一把短剑，说道："这是最后一把。"

71·枫林阁

天书陵之前，他们已经数年未见，之后则是形同陌路，甚至可以说是反目成仇，但毕竟是师徒，在西宁镇旧庙里共同生活了十几年，彼此了解到了极点，只凭一些最细微的动作，哪怕是眼神的变化，便知道对方在想什么，这便是所谓感觉。

商行舟感觉到了陈长生从花盆里抽出那把剑时的心情，才会问出那句话。

但得到陈长生的确认后，他没有轻松起来，更没有得意，而是又问了一句话："你知道这是什么地方？"

陈长生是国教学院的院长，在这里生活了很多年，但他确实不知道这片红色的建筑是什么——国教学院太大，这些年他学习生活的地方局限在靠近皇城的树林和藏书楼附近，还没有国教学院的十分之一大小。

商行舟说道："这里是枫林阁，那两排枫树是我当年从教枢处移过来的。"

陈长生心想难怪看着有些眼熟。

"梅里砂是我的朋友。"商行舟看着他的脸，情绪有些复杂地说道，"他一直很欣赏你，我不是很理解，现在慢慢能理解一些了。"

听到这句话，陈长生不知道自己是应该感到骄傲欣慰还是应该让心底的那抹酸涩自由地浸润开来，只能沉默着。

已经到了现在这种时刻，还来说这样的话有什么意义呢？或者正是因为商行舟确认陈长生的剑已经快要用完，想到他会失败甚至死亡，所以才会有所感慨？可是这座枫林阁的来历又有什么重要的呢？

商行舟转身望向楼外说道："那年最后的战斗就发生在这里。"

那年便是二十多年前，国教学院血案发生的那一夜。枫林阁红得如此醒目，不知道是不是因为那夜被染了太多血的缘故。

"那夜这里死了很多人，很多年轻人，他们像你一样优秀，甚至可能比你更优秀。"商行舟收回视线，望向陈长生说道，"我这一生看过太多生死，真的已经不在乎了，所以你不要指望我会心软。"

这句话的意思非常清楚。如果陈长生还不认输，他绝不惮于把陈长生亲自斩于剑下。

陈长生没有认输，连话都没有说，依然保持着沉默。他抬起右手，短剑横在眼前，泥屑渐落，寒光渐盛。

商行舟明白了他的选择，向他走了过去。一道非常清楚的脚印在地板上出现。每个脚印都在放光，然后燃烧起来。

云层散去后的碧空里，太阳无比明亮，照着国教学院。枫林阁闪耀着刺眼的光，仿佛真的燃烧了起来，外面那些枫树随风摇晃，就像是喷吐的火舌。这是无数年稠血燃烧而成的火，散发着淡淡的焦味，自有一种壮烈凛然的感觉。

血火把商行舟的身影映照得异常高大，仿佛神魔。这就是他的一生，也是王之策、唐老太爷等人的一生。他们不会因为任何事情而放弃自己的理念与坚持。

一声清啸。枫林阁里狂风大作。枫树摇晃更剧，仿佛火舌喷吐，直欲燎至天穹。

商行舟双手握剑斩落，带出一道血火。血火是明艳的，他的身影却是阴冷的，二者相衬，显得分外鲜明。

轰的一声巨响，血火溅射成无数道火花，在枫林阁里到处飞舞，点燃了地板与廊柱。

短剑破窗飞走，陈长生连退十余步，喷出一口鲜血。商行舟提剑，再次向他走了过去。

陈长生的脸上看不到任何慌乱的神色。他对商行舟说道："认输吧，师父。"

从最初的时候，他便开始说这句话。在湖水里，在藏书楼前，在很多地方，他拾起一把剑，便会讲一句。然后，那些剑纷纷被商行舟斩落。现在，他的最后一把剑也不见了，还在说这样的话。

商行舟的脸上没有流露出嘲弄的神情，也没有不解。看起来，他知道陈长生的自信来自何处。

陈长生抬起右手。那里除了空气与火光，什么都没有。难道他还能从空中变出一把剑来？

不远处忽然响起空气被切割的声音。嗤，一道寒光穿过破窗，然后消失。那把短剑回到了陈长生的手里。

紧接着，无数道破空声在国教学院的各处不停响起。那声音非常尖锐，自然有一种锋利的感觉。破空声越来越密集，仿佛像暴雨，但更像是如暴雨般的落箭。无数道剑光，从梅底、树里、水中亮起。

老梅被整齐地切断，看上去就像是燃烧了三天三夜的香炉。断掉的古树上出现了十个孔洞，真像是天神用的洞箫。湖水里泛起无数涟漪，仿佛数百条肥鲤鱼正从腐臭的泥底挣扎着向上游动。

那些被唐三十六藏在国教学院里的剑，那些被陈长生依次找到的剑，那些被商行舟击落的剑，破空而起，向枫林阁飞去。数十道剑来到了陈长生的身边。

商行舟看着他说道："不够。"

陈长生手指轻叩短剑。一声清脆的剑鸣向四周散去，带着数十道清冷而凝纯至极的剑意。

啪的一声轻响，商行舟的道髻断了。那根看似寻常的乌木髻，在这时候断开，绝非寻常。无数道寒光从里面奔涌而出，仿佛大江大河，更有一种雀跃的感觉。

狂风大作，摇晃的枫树被切碎，狂舞成红色的碎屑，向四周飞去。楼阁飞檐被斩出无数道笔直的线条，红色的墙与柱上被切出无数道斑驳。即将是被太阳点燃的火焰，也需要附着在客观的事物上。

皮之不存，高楼将倾，血火焉附？向天空燎去的焰舌渐渐消失了，颜色也渐渐淡了，直至最后消失为虚无。天光洒落在残破的枫林阁上。

数千道剑静静地悬浮在陈长生的四周。清冷而恐怖的剑意充塞天地之间。这些剑意之间隐隐有阵意相联，流动回转，生生不息，给人一种无法击破的感觉。

陈长生看着商行舟，问道："现在够了吗？"

72 · 商行舟输了

枫林阁已然半塌，到处都是断墙残窗。

天光落下，被渐渐飘回的薄云与高大的红枫一隔，变得有些黯淡。黯淡的光线，被千余道剑不停地折射，没有变得明亮起来，更像是水光。

陈长生松手，那把在花盆里藏了多年的短剑飞走，汇入天空里的剑雨之中。他伸手从空中摘下一把剑，就像是在金秋的果树上摘下一颗果子。那把剑也很短，但非常明亮，显得无比锋利，正是无垢。

木髻断成了两截，不知落在了何处。藏锋剑鞘落在商行舟的脚下。

这道名为藏锋的剑鞘，是当年离宫的重宝，陈长生离开西宁镇后便一直带在身边。最初这可能只是商行舟的一记闲笔，在今天终于成为了不可思议的隐藏手段。

开战之初,他便把藏锋剑鞘从陈长生的手里夺了过来。藏锋剑鞘隔绝了陈长生的神识,让他无法再召回那些剑。他陷入了绝境,甚至可以说是死地。

但后来他在国教学院里陆续找到了很多剑,那些剑都有剑意。剑鞘能够隔绝他的神识,但不知为何,并不能完全隔绝剑意。

剑意就是剑的意思。那些剑的意思是召唤,是并肩,是解衣,是同袍。至此,剑鞘再无法阻止所有剑的离开,虽然它名为藏锋。因为那些剑意锋芒毕露。

相王眼眶有些微微发红,不知道是不是国教学院里飘出来的木屑惹的祸。也有可能是因为隔着厚厚的院墙,他看到了那些锋芒毕露的剑意。他抬起衣袖擦了擦眼睛,忽然转身向百花巷外走去,惹来好一番惊动。

王破看他一眼,没有跟上去。没有用多长时间,相王的身影出现在奈何桥。

冬天已经过去,万物复苏,春意将至,洛水已经融化,带着些冰碴缓缓地流淌。

两行清泪从相王的脸颊上淌落。他的脸很圆很大,所以这画面看着有些滑稽,并不悲伤。

站在他身边的是一位头发花白的老人,脸同样很圆很大,看着也有些滑稽,或者说生得极为喜庆。

老人叫曹云平,是天机老人的外甥,也是曾经的八方风雨。百余年前,他败在苏离剑下,悲愤之余,他不顾天机老人与天海圣后的劝阻,废掉一身功法从头修起,结果走火入魔,大脑出了问题。

这些年曹云平很少在人前出现。只有很少人知道,陈长生在去往白帝城的路途上,曾经遇见过他。他本来是受某位当权者的邀请去为难陈长生的,结果却被陈长生说服,以人族大局为重。后来,他在西海之上杀死了牧酒诗。

是的,这位神圣领域的强者修为已然修复,甚至更胜当年。至于智识,谁也不知道他是真的像孩子那样天真,还是学会了扮演天真。

只是为何今天他会出现在京都,又会在洛水畔与相王相见?难道说当初请他去为难陈长生的人就是相王?

"你为什么要哭呢?"曹云平看着相王,非常认真地问道,"因为没有人肯给你糖吃吗?"

不待相王回答，他用很快的语速补充说道："徐有容只给了我一袋子糖，我可不能分给你。"

很简单的两句话，看似幼稚可爱或者说可怜，但已经透露了足够多的信息。如果说是谈判的条件，这也可以说是很明确了。

相王用手巾擦掉眼角的泪水，感慨说道："我伤心是因为道尊大人要输了，今后的日子会很难过啊。"

听着这话，曹云平怔了怔，然后咧嘴笑了起来，天真无邪说道："你这个骗子，这怎么可能。"

是的，商行舟没有任何道理输给陈长生，双方之间的境界差距太大。然而，这场师徒间的对战，从一开始便有前提条件，那就是商行舟要把自己的境界压制在神圣领域之下。

一个人拥有一座南溪斋剑阵，现在的陈长生，可以算得上是神圣领域之下的最强者，就算魔君与秋山君也不是他的对手。就算回望数万年的修道历史，或者也很难找到有谁在突破神圣领域之前能像他这般强大。

相王隔着院墙看了一眼，便开始流泪，因为他看到了那些剑意，也是真的有些失望。

商行舟看来是不得不输了。

枫林阁很安静。国教学院很安静。

风拂过湖面与枫林，穿行在破毁的枫林阁里，被天空里的那些剑切碎，然后重新合拢，发出很复杂的声音。有些声音像是呜咽，有些声音像是怨啸。

"我不会输给你。"商行舟对陈长生说道，"你是我教出来的。"

这便是他的道理，或者说理由。我不会输给你，这句话其实就是我不能输给你。

商行舟向前踏出一步，说了一个字。这个字听上去很简单，只是一个单音节。但当这个字被听到后，才露出真实的面容，显现出无比繁复的音调起伏。在极短的片段里，仿佛蕴藏着无穷无尽的信息。这不是人类的语言，而是来自远古的文明残留，是难以形容的瑰丽如星海的智慧世界。

青色道衣随风而舞，龙吟随之而起，响彻国教学院。商行舟的眼瞳变得一片苍白，如鬼如神。一道难以想象的沧桑气息，向着陈长生以及天空里的剑雨卷了过去。

陈长生盯着商行舟的眼睛，忽然也说了一个字。那个字也是一个单音节，却同样怪异复杂，根本无法理解，幽远到了极点。被云重新覆盖的天空高处，隐隐传来一声龙吟，充满了惊喜与欣慰。

无数道剑，随着陈长生的心意而落。剑意森然，剑鸣处处，连绵不绝，天空里出现无数道笔直而深刻的剑痕。

啪的一声轻响。风停了。天地间重新变得安静无比。

剑雨将落未落，悬停在天空里。商行舟站在陈长生的身前，浑身是血。他的右手扼着陈长生的咽喉。只要微微用力，陈长生便死了。

就在这时，王之策的声音响了起来：

"你输了。"

73·谁赢了？

碎石被风吹着，在地面上滚动，发出辘辘的声音，与天空里被剑切割的风声混在一处，显得更加凄切。

枫林阁里很安静，唐三十六与徐有容看着商行舟与陈长生，没有说话。只有王之策的声音在风里飘着。

这场将会改变历史走向的战斗终于得出了结果。只是刚才那一刻究竟发生了什么事情？现在商行舟扼着陈长生的咽喉，掌握着与生死相关的大局，王之策却说他输了？

商行舟看着陈长生，忽然问道："你什么时候学会的？"

百草园里，余人站在石桌边，看着那堵院墙，没有说话。云层之上，吱吱看着地面上的那片园子，也没有说话。世界很大，人很多，但只有他们明白商行舟的意思。在最后决战开始之前，商行舟说了一个简单却又无比复杂、极其难懂的字。那个字里有着非常丰富的信息。那是龙语。那个字的内容，则是一门无比古老的道法。这门道法被记录在一卷道典上。

很多年前，在西宁镇旧庙的溪边，陈长生与余人也曾经看过那卷道经。那卷道典的文字很陌生，他们不认识。他们去问自己的师父。

师父对他们说这是三千道藏的最后一卷，一千六百零一字，其间隐着天终义，从来无人能够完全参悟其中意思。

直到今天，陈长生才确认师父当时说的话并不是真的，或者说有所保留。商行舟很明显学过这卷道典，并且学会了很多。

那门无比古老、带着沧桑意味的道法，让他发挥出了超越境界的能力，成功地破掉了南溪斋剑阵，来到了陈长生的身前。如果没有什么意外发生的话，他将会取得这场师徒之战的胜利。

然而就在那一刻，陈长生也说了一个字。那个字同样复杂、难懂，蕴藏着无穷无尽的信息。也是龙语。也是一门极其古老的道法。

两声龙吟相和。两道气息辉映。两门道法相抵。

满天剑雨落下。如果商行舟依然压制境界，那么他一定会输，甚至可能会死。于是在最后的那一刻，他解除了对境界的压制，动用了神圣领域之上的力量。

千道剑割破他的道衣，也放出了万丈光芒。雨露遇着阳光，美丽也要化作青烟，即便是雪原，也要融化。

陈长生的天赋、才华、道法，在更高层次的力量之前直接被碾压。商行舟的手扼住了他的咽喉。但他没有扼住命运的咽喉。

他用了神圣领域的力量。所以是他输了。

这场对战真正的转折点在陈长生说出那个字。商行舟想知道这是怎么回事。

"我刚到京都的那一年。"陈长生转头望向院墙那边，脸上露出追忆的神情。那边是百草园，更远处是皇城，"有天夜里，莫雨把我骗进桐宫，我后来才知道，原来那是师叔的意思。"

那一夜是青藤宴，陈长生这个名字第一次传遍大陆，只有很少人知道，在开宴之前，他被莫雨囚进了桐宫，然后遇到了那位传说中的玄霜巨龙，险些被杀死然后吃掉，最后却收获了很多很多。

那是陈长生来到京都后遇到的第一次真正的生死考验。在以后的岁月里，他经常会想起那天夜里发生的事情，比如自己对着小黑龙慷慨激昂说的那些话，越想越觉羞涩，偶尔也会不解，为何当初教宗要安排莫雨做这件事情？除了让小黑龙成为下一代教宗的守护者，是不是还有什么深意？

陈长生想不明白，不再去想。花在溪水上面漂着。他就在溪边走着。并非基于他的本意,他开始学习龙语。这个过程并不顺利,与他在京都各处街巷买的美食比起来,甚至可以说艰难。

但随着时间流逝,偶尔他回忆起在西宁镇旧庙背过的那卷道典时,却忽然发现自己隐约明白了些什么。

在雪岭里的三年里,每个夜晚,他继续向小黑龙学习龙语,然后回忆那卷道典。真的很难,无论龙语还是那卷道典。最终,他学会的还是不多,无论龙语还是那卷道典。但已经足以让他能在商行舟没有任何准备的前提下,接下那记道法。

也就是在刚才他说出的那个字的同时,陈长生才终于明白了教宗当年为什么会做出那样的安排。教宗想让他得到小黑龙的帮助,还想他学会龙语。教宗希望他能参悟三千道藏的最后一卷,也是在提醒他商行舟应该从这卷道典里领悟了某些古老的道法。

为什么要提醒?这同样也是提醒。很明显,在很久以前,教宗就已经预想到,他们师徒会因为理念的分歧而反目。

想明白了这一切,陈长生对商行舟说了这样一番话。

"您说的没有错,我确实是您养大的,但是,我不是您带大的,因为您没有带过我,没有管过我,也没有教过我什么。我是师兄带大的,他教了很多东西,苏离前辈,也教了我很多东西,还有师叔,他们教给我的都要远远比你更多。"

商行舟看着陈长生,没有说话。

他输了。他输给了面前这个自己最不喜欢的徒弟,也是输给了墙那边另外那个自己最喜欢的徒弟。他输给了自己曾经最瞧不起的师弟。

这时候他应该做些什么?放手,然后离开,像条丧家的老狗那样,还是……

商行舟闭上了眼睛。这很突然。

无论是王之策,还是唐三十六与徐有容,都有些吃惊。只有陈长生神情依然平静,似乎早就已经预料到了这一幕。

商行舟闭着眼,但没有松手。他的手落在陈长生的咽喉上,非常稳定。就像是一棵强韧的松树,又像是坚硬的铁铗。

忽然,他睁开了眼睛。他宁静的眼瞳深处,仿佛渐有血色晕开,与黑瞳相遇,变成了褐色。

那是老松裂口里淌出的油。那是铁铗表面的锈。他看着陈长生,眼神平静而坚毅。杀意,毫无遮掩。

"愿赌服输。"王之策喝道。

拐杖搁在石桌上。余人已经不在。

洁白的羽翼化出两道火痕。徐有容从原地消失。

风起云涌。如山般的玄霜巨龙身躯,向着国教学院碾压而至。

唐三十六对商行舟长揖及地,恳切说道:"何必如此。"

陈长生没有说话。他看着商行舟,眼神同样平静,更加坚毅。

74·这场战斗的意义

剑如悬雨,对准了废墟上的师徒二人。风停,石头不再滚动,自然也没有声音,一片安静。百花巷里的人们注意到了这种安静,知道里面必然发生了大事。

生死,当然是真正的大事。国教学院里,那道惊天而起的杀意,慑住了所有人的心神。

忽然,一道琴音响起,无数弦断。国教学院门前弩箭乱射,圣光照亮晦暗的天空。破空的呼啸声与中箭受伤的闷哼声不时响起。

混乱的局面再次被控制下来后,巷子里多出了数摊血渍,王破不见了。

凌海之王的脸色变得异常苍白,因为他担心教宗会出事。如果不是国教学院里出了事,如果不是教宗遇到了危险,王破为何会在这样紧张的时刻强行出手,然后闯院?

枫林阁前生出一道凛冽至极的刀意。微风拂动红枫,王破出现在废墟之前。

看着场间的画面,感知着空中残留着的道法气息与剑意,他很快便确认了大概的情形。

"一代奇人,何至于如此不堪?"王破言出如刀,无比锋利,刚被刀意撩动的那几缕寒风,瞬间都被斩断。

唐三十六感慨说道:"是啊,太丢人了。"

他说得情真意切,给人的感觉完全是在为商行舟的声望考虑。

徐有容没有说话。不知何时,她已经走到了陈长生的身后。极近,只有数步的距离。这是很冒险的行为。看不清楚她脸上的神情,因为她低着头,只能看到微微颤动的睫毛。睫毛被光照得极亮，仿佛秋天的银杏树叶。

光，来自她的眼底，是正在燃烧的凤凰精血。她随时准备出手。或者救陈长生。或者与商行舟同归于尽。

天空里的云层四处逃逸，如山般的龙躯离地面越来越近，阴影越来越重。下一刻，阴影不再变深，因为她看清楚了画面，感觉到了恐惧。

余人又在哪里呢？

王破没有说错，唐三十六也说的是真心话。以商行舟的身份地位，居然会反悔，这确实说不过去。何况他本来就是陈长生的师父，这更会显得非常丢人。

王之策是被他请到京都来的，但也不会支持他，说道："如果你动手，你知道接下来我会怎么做。"

商行舟不见得对王之策有多少忌惮，哪怕他可能会与王破联手。相王和陈家的王爷们会支持他，还有朝中那些高手以及军方的势力。这场战争有得打，虽然有些冒险。

他真的很想反悔，然后，杀了陈长生。刚才王之策说他输了，他闭上眼睛看到了很多未来。那些是他做出不同选择之后的不同未来。其中有一个未来看着最为美妙，于是他很认真地推演了五遍，有四次都成功地重复了那个完美的过程。

那个未来同样起始于他的选择——他的手指将会微微用力。陈长生的头会像熟透的果子那样落在地面，然后砸个稀烂。接下来会是一场极其凶险的战斗，他可能会输，也可能会赢，但基本上不会有生命危险。

无论胜负如何，在战局最惨烈的时刻，他会主动放弃，向年轻的皇帝陛下承认自己的罪过，自请幽于洛阳。随后数年，离宫无主，内争必起，再加上外部的压力，他应该能够很方便地夺回国教的权柄。在其中的某个时间节点，他会让陈留王死去。

再数年，中山王反，率拥蓝关铁骑南下。那时，他将自洛阳归来。

不回，中山王也必败无疑，但他一定要抓住那个机会，与年轻的皇帝把当初的事情谈清楚，把那些旧事抛到脑后。唯如此，才能师徒同心，才能天下归心。

又数年，天下一统，万民归心，人族昌盛，便是北伐之日。百万雄师，兵临城下。

城是哪座城？当然是雪老城。

这就是商行舟推演出来的结果。这就是那个无比美好的未来。为了这个未来，他愿意放弃所有，牺牲一切。

"哪怕这样做会遗臭万年？"王之策问道。

"数百年来，我一直隐于幕后，若不是天海逼迫太急，或者直到今天我也不会走到前台。"商行舟说道，"我连青史留名都不在意，又怎会在意留下恶名还是善名？"

王之策没有再说什么，因为他知道商行舟确实就是这样的人。王破也没有说话，右手紧紧地握着刀柄。

商行舟对陈长生的杀意是如此真实。他的手就在陈长生的咽喉上。谁还能阻止他？

枫林阁后方的院墙忽然垮了，烟尘渐落，露出余人的身形。商行舟静静地看着他。余人非常缓慢地摇了摇头，显得非常沉重。商行舟明白他的意思。

余人在对他说：你的推演不可能成立。如果你杀了师弟，那么我永远不会原谅你。没有师徒同心，自然没有天下归心，也就没有最后的画面。

商行舟没有受到任何影响。因为他很自信。商行舟相信，只要有足够的时间，余人终究会理解自己的苦心。

只是，为什么他还没有动手呢？或者，是因为有个人表现得太过安静？

那个人即将死去。死于无耻。他有充分的理由愤怒。他可以破口大骂。他可以慷慨激昂。他也可以吐商行舟一脸口水。但他什么都没有做。当商行舟与王之策等人对话的时候，他就这样静静地看着他，就像在欣赏一出戏剧。隔着一只手臂的距离。

所有人都觉得商行舟会杀死他，为什么他却如此平静？

商行舟沉默了一会儿，问道："你事先就想到了？"

"我很了解您，如果世界认为您是错的，您一定会认为是这个世界出了问题，而不是自己。"陈长生说道，"像您这样永远正确的人，怎么可能承认自己的失败。"

商行舟问道："那你为何会安排今天这场对战？"

如果不管这场对战的结果如何，商行舟都不会遵守事先的约定，那么意义何在？

如果陈长生事先便算到了这一点，为何会花费如此多的精神，逼着商行舟答应自己的要求，让局面发展至此？

"当然很有意义，因为这会帮助您看清楚自己。"陈长生看着商行舟说道，"您看，现在的您多丑，多难看。"

他的眼睛干净而明亮，看上去就像是镜子，映出了一张脸。那是一张有些苍老的脸，满是血污，还有自我催眠后的得意与狂野。

商行舟看着那张脸，觉得很陌生。

75 · 既然不动手，为何不放手

商行舟知道那就是自己的脸。但他还是觉得很陌生。因为那与他平时在镜子里看到的自己的脸很不一样。

没有人知道商行舟究竟是一个什么样的人，大概只有余人比较清楚。无论唐老太爷、寅或者陈长生，都不是很了解。

用两个字来形容，那就是"不亲"。商行舟与自己的师弟不亲，与老友不亲，与自己的徒弟也不亲。他和整个世界都不亲近，虽然主动或者被动，他要带着这个世界往前走。

都说黑袍是这个世界上最神秘的人物，其实最早那数百年里，他更加神秘。他比黑袍更能隐忍，更加低调，或者说更无所求。

如果他愿意，他的画像绝对有资格被挂在凌烟阁里，而且会排在很前的地方。但他依然选择留在黑夜里，不见阳光，也不与人打交道。

那数百年里，他扮演着各种角色，拥有着无数张脸。或者正是因为这个原因，他经常会照镜子，如此才能确认今天自己是谁。

渐渐地，他习惯了与镜子里的自己对话，直到不再需要扮演别的角色之后，依然如此。他一直把昊天镜带在身边，直到今年才让徐有容带去白帝城，然后在那场战斗里破碎。

他比任何人都更要熟悉自己的脸，所以这时候才会觉得很陌生。这张脸有些憔悴，没有了平时的英气，所以显得苍老。最重要的是，眼神也不再像以往那般平静。

挑起的眉与故作冷漠的眼之间，王霸之气一览无遗，看着好生愚蠢。

就像当年那位年纪最小的王爷，在百草园里扭曲着眉眼，在叫嚣着什么。

最终还不是被乱箭射死了。嗯，楚王死的时候，也是满脸血污，很难看。

接下来自己去哪里了？是的，我去了皇宫，把陛下的意思转告给了太祖皇帝。太祖看似肥蠢，其实绝顶聪明，怎么就看出了自己的杀意呢？

陛下实在是太过仁慈，那天夜里就该杀了王之策，何必留他一命？没了他，难道就败不了魔族？真是莫名其妙。陈玄霸那般惊才绝艳，楚王那般雄才大略，陛下不都是忍痛灭了？何惜一个书生？

商行舟的思绪从过去飘了回来，视线也从远方收回，落在了陈长生的脸上。陈长生的脸上也有血，但不知道为什么，还是显得很干净。而且这张脸很平静，在上面看不到任何畏怯。

商行舟有些生气。陈长生说的那句话让他很不舒服。陈长生的平静更是让他无法接受。

他问道："你真的不怕死吗？"

陈长生说道："师父，您应该比任何人清楚我有多怕死。"

十岁那年，商行舟对他说了那句话后，他难过了很长时间。有很多个夜晚，他蒙在被子里偷偷地哭。隔着被子拍着他的背哄他的是余人。但商行舟在一墙之隔的房间里，又怎么会不知道呢？

"但是想的次数多了，怕的时间久了，自然也就麻木了。"陈长生接着说道，"说起来，这还真要感谢您为我安排了这样的人生。"

商行舟说道："那时候你确信自己活不过二十岁，每天都是在向死而生，自然容易战胜恐惧，如今你已逆天改命，能在世间逍遥千年，甚至有很大机会能见大自由，那你为何依然不惧？"

"我也不知道自己是真的不惧还是如何，大概也只有当死亡真正来临的时候，才会明白自己的心意。"陈长生说道，"我会帮助您看清楚自己，您也可以帮助我看清楚自己。"

他人是地狱。死亡是明镜。可以正衣冠。可以明心意。

时间缓慢流逝。枫树静。商行舟还没有动手。

"放手吧。"王之策说道。

既然不动手，为何不放手。这句放手有两个意思。放开落在陈长生颈上的手。对这个世界放手。

商行舟没有说话，也没有动作。

"您是不是觉得这样放手很没有面子？"唐三十六忽然笑了起来，然后用力地打了自己的右脸一巴掌。啪的一声，非常清脆，而且响亮。唐三十六的右脸以肉眼可见的速度红了起来。他看着商行舟非常认真地说道，"您看，面子算什么呢？"

商行舟还是没有说话。在有些人看来，唐三十六的行为只是想要扰乱商行舟的心神，本质上是胡言乱语。陈长生不这样认为，他知道这才是真正的问题。

刚才他已经说过，像商行舟这样永远正确的人，根本不可能认输。这个事实，让他觉得有些疲惫，或者说无趣。

他对商行舟说道："您怎么就不能学着认输呢？"

"我没有输，为什么要认输？不要忘记，一千年来，我始终都是赢家。"商行舟傲然说道，"哪怕我曾经低估过天海，犯了错误，但最终还是我赢了。"

陈长生沉默了一会儿，问道："如果不肯认输，那么认错呢？"

场间很安静。人们的视线落在他的身上。

"如果您坚持不肯认输，那么可不可以认个错？"陈长生看着商行舟很认真地问道。

商行舟神情微怔。

"三年前在国教学院，那夜也在下雪，我当时对您说，我们之间是您错了。"陈长生说道，"既然错了，那您为什么不认错呢？"

不说胜负，那便来说对错。究竟是谁对了，谁错了。不认输，那么会认错吗？商行舟沉默不语。

陈长生看着他问道："师父，要您认个错，就这么难吗？"

商行舟静静地看着他，缓缓松开手。没有人上前，因为二人离得依然很近，只需要一伸手，便能触到对方。

接下来，陈长生说了几句话："在天书陵里，我就对您说过，也许到最后的时刻才会发现自己真心想要的是什么，刚才就是最后的时刻。您问我为什么要安排这场对战，这就是答案，我想请您直面自己，也许有些难看，但那是真实的。您不想杀我，您从来都不想杀我，因为您知道您是错的。从二十年前开始，您所做的与我相关的一切，都是错的。"

76·诸君看吧

这些天南方使团借大朝试北来，徐有容带着南溪斋摆明阵仗，京都洛阳之间风起云涌，朝堂原野雷霆渐显，陈长生一直没有任何表态，静坐石室悟剑，直到今朝忽然发力，借势而行，为的就是逼商行舟答应与自己一战。这整个过程，真可谓是殚精竭虑。

他当然想要取得这场对战的胜利，但更重要的是这场战斗本身。他要通过这场战斗把商行舟逼至悬崖边缘，逼入最极端的情境里。他要商行舟真切地感受到了失败的危险，感受到异样的眼光，感觉到万事皆空的惘然前景。如此商行舟才能直面自己，才能看见隐藏在青色道衣下的小，才能正视他没有看过的内心。

商行舟的内心究竟在想些什么？他究竟是怎样看待与陈长生有关的一切？陈长生说的那几句话，就是他对商行舟的看法。

你不肯认错，但其实早就知道自己错了。所以这些年你从来没有尝试过自己动手，只是让天海家的人、让大西洲的人来杀我，因为你根本不想杀我，虽然这个事实或者你自己都不清楚。

这个看法其实有一定道理。以商行舟的修为境界，以他如老松般的意志，即便教宗死前留下了很多制约，即便陈长生有很多帮手，非常小心，如果他真想杀死陈长生，又怎会数年时间没有任何成果，像白虎神将的行为甚至更像是笑话。这就是陈长生想要商行舟看到的真相，他的真实心意。

商行舟看着陈长生没有说话，眼神很冷漠。他仿佛看着的并非一个真实存在的人，一个鲜活的生命，而是盆子里的一些杂草，一颗泛酸的果子。

陈长生说的话是真的吗？那些年在西宁镇旧庙，用稀粥小鱼把陈长生喂大的是余人，教育陈长生的还是余人。商行舟待陈长生并不亲近，很少管教。

是因为他对陈长生没有感情，还是怕动感情？这些年，整个世界都知道他不喜欢陈长生，却不明白为什么。

原来那些嘲弄、轻蔑、不屑都不是真的，他只是想保持距离，如此才能硬着心肠？可最终，陈长生还是成了他道心上的那道阴影。

怎样才能抹掉那道阴影，怎样才能填平？杀死陈长生也不行，因为那些事情已经发生过了。或者，就像陈长生说的那样，认错？

数道视线落在商行舟的脸上。商行舟看着陈长生笑了起来。笑容里有着毫不遮掩的嘲讽意味。

"你想得太多了。"说完这句话，他转身向国教学院外走去。青色道衣被鲜血染得尽湿，看上去就像是一朵墨色的莲花，在风里缓缓地摇摆。看着渐远的那道身影，陈长生沉默着，没有说话。

直到最后，依然没有谁认输，但谁都知道输赢。他战胜了自己的师父，世间最强大的那个人。他获得的不止是这场对战的胜利，也是师徒之间这场精神之争的胜利。

无论从哪个角度来看，这都是非常了不起的事情，是王者的荣耀。按道理来说，这时候枫林阁的废墟间，不，应该是整座国教学院里都应该充满了快活的空气。但并没有，因为陈长生保持着沉默，紧紧地抿着嘴，非常用力，以至于嘴唇显得有些苍白。

离他最近的是徐有容。看着他的沉默，徐有容眼里的欢喜渐渐淡去，变成很淡的怜惜。

"我从来没有想到，你居然很擅长说话。"她微笑说道，想要安慰他此时的心情。

今天陈长生对商行舟说了很多话，心神激荡之下，话语显得有些锋利。

"那是因为你和他平时聊天太少，不然你就会知道他最擅长的就是怼人。"

唐三十六说得眉飞色舞，根本没有嘲弄陈长生的意思，满脸的与有荣焉。

接着，他转头满脸不耐说道："要我请吗？"对方没明白他的意思。

唐三十六说道："都已经打完了，你还杵这儿干吗？还不赶紧走，我可不打算请你吃饭。"

他是国教学院的院监，当然有资格迎客或者逐客。问题在于，他这两句话的对象是王之策。就算是太宗皇帝或者是天海圣后，都不会对王之策用这种不耐烦的语气说话。更没有人会对王之策用杵字。

王之策摇了摇头，转身向国教学院外走去。

"摆这副云淡风轻的模样给谁看？还不是输了！"唐三十六往地上啐了口。

王破走到陈长生前，看了看他的脸，确认没有什么事，就此告辞。

自始至终，没有交谈，更没有感谢，就是这般淡然。当年浔阳城，去年汶水城，今年京城，都是如此。

陈长生转身望向徐有容，说道："我赢了。"

徐有容用赞赏的眼光看着他，说道："很了不起。"

陈长生沉默了一会儿，又说道："我没哭。"

徐有容伸手抹掉他脸上的灰尘，有些心疼说道："这也很了不起。"

陈长生望向远处。那边的院墙已经垮了。那件明黄色的皇袍，在阴暗的天气里非常醒目。余人就站在那里。

百花巷里一片死寂。人们被最终的结果震惊得无法言语。没有人离开，也有太过震惊的缘故，还有一些原因是因为国教学院的门还关着。

皇帝陛下与教宗大人正在里面谈话。这场战斗之后，再没有人能够阻止这对师兄弟相见。只是已经过去了小半个时辰，他们究竟在谈些什么内容？

国教学院沉重的大门缓缓开启，陈长生走了出来。短剑系着，头发有些乱。满身都是灰与血。眼有些红。

看着很疲惫，甚至狼狈。但没有人敢这样认为。

徐有容走在他的左手边。唐三十六在他身后。

凌海之王郑重行礼："拜见教宗陛下。"

离宫教士纷纷拜倒，行礼。最初声音有些稀稀拉拉，渐渐密集，整齐。跪倒在地的人越来越多。有国教骑兵，也有玄甲骑兵。朝中大臣们也跪到了地上。十余位王爷相视无语，最终还是慢慢地跪了下去。

陈长生向巷外走去。人群纷纷跪下，如潮水一般，淹没京都，直至整座大陆。

77·年轻人的时代

唐三十六没有随陈长生和徐有容离开。他站在国教学院门前，看着黑压压的人群如退潮一般迅速散去。百花巷很快恢复了平静。

苏墨虞带着国教学院的教习与学生陆续返回。看着已经变成废墟的枫林阁、垮塌的断墙、乱糟糟的树林以及那些清楚的战斗痕迹，想象着就在不久之前的那场惊天之战，众人的情绪难免有些异样，觉得像是做梦一般。

当然，这是一场美梦，因为现在的国教学院是离宫一派。

苏墨虞没有理会教习与学生们荡漾的心情,也没有急着去安排整修事宜,而是更关心别的事。

"没什么事吧?"他盯着唐三十六的眼睛问道,"我看他的眼睛红得厉害。"

这句话里的他自然说的是陈长生,苏墨虞担心他是不是伤势太重。

唐三十六摊手无语,心想陈长生与皇帝陛下抱头痛哭的事情也要告诉你吗?

安静的偏殿里,流水落入池中,叮咚作响,水瓢在上面无序地漂动,就像是野渡无人的一只舟。

王之策的视线离开水池,望向殿外。天还没有黑,天光落下,景物非常清楚,但他没有看到吴道子。

天地间有一抹白,非常圣洁,像雪也像莲花,那是徐有容。她站在光明正殿门前,歪着头向里面张望着,看着很是可爱。凌海之王等人陪同着她,沉默不语,准备着战斗。

几年前,这样的画面就已经出现过一次。那次陈长生自寒山归来,身受重伤,与教宗在那方静殿里谈话。当时徐有容随时准备出手。今天很明显,她也在随时准备出手。哪怕今天坐在陈长生对面的是王之策。

在国教学院里,陈长生眼看着要被商行舟斩于剑下,徐有容不得不出手,却被王之策拦了下来。

但王之策非常欣赏当时她的应对,如果他没有看错,那应该是天下溪神指。

"我最佩服的是,她居然没有把所有的时间与精力放在大兄的刀法上,你也一样。"

王之策的话非常真诚。因为他非常清楚那套名为两断的刀法多么可怕。

不仅仅因为他是周独夫的结义兄弟,这是整个大陆都知道的事情,是已经上了史书的事情。陈长生与徐有容不知道吗?他们当然知道。

那年他与王破在洛水畔行走时展示了一番周独夫的刀意,王破便借此破境,一刀斩了南铁。

现在两断刀诀就在他与徐有容的手里。拥有两断刀诀,便能继承周独夫的传承,很可能成为第二个星空之下最强者!换作别的修道者,谁能忍受这种诱惑?他们必然会天天对着那套刀诀苦练不辍,把所有的时间甚至整个生命都花在这上面。

但陈长生没有这样做,徐有容也没有这样做,除了曾经在天书陵里共参过一段时间,他们再没有专门为了修行两断刀诀相见,甚至经常会忘记这件事情。

"两断刀诀太过酷烈,感觉有些不舒服。"这就是陈长生对王之策做出的解释。他想了想,又补充说道,"而且我们有自己的道法,那也是很好的。"

这个答案很平静,源于自信。王之策最欣赏的便是此,不解也是此。

从天书陵到剑池到周园,那么多的奇遇,都没能让陈长生的心境有所变化。有谁能把天书碑当作石珠就这么随随便便系在手腕上?他与徐有容如此年轻,究竟从哪里来的自信让他们面对这个世界时如此从容平静?

"这个世界是我们的,也是你们的,但最终会是你们的。"王之策看着他说道,"我原以为你们还年轻,可以等着我们老去,不必如此冒险。"

陈长生明白他是在解释为何会应商行舟的邀请现身京都。他不知道该说什么。因为向他做解释的人叫王之策。

这个事实确实很容易让人感到惘然无措。

徐有容转身望向群殿深处那方黑檐。

确认静殿里的谈话很顺利,她自然不会破石壁而起凤火,凌海之王等人也散了。这时候她听到了王之策的那句话,当然这也是因为王之策想她听到的缘故。那句话让她的眉挑了起来,就像是准备燎天的火焰。一道人影映入她的眼帘。

"看起来,你的战意并没有完全消失。"莫雨看着她微笑说道,"都这么多年了,你还是这般好战。"

除了像她和陈留王、平国这样从小一起长大的人,很少有人知道徐有容的真实性情。

徐有容看着她说道:"在你的眼里,我看到的也尽是不满。"

"你我做了无数准备,结果尽数落空,难免有些不适应。"

莫雨说话的时候耸了耸肩,显得特别不在乎。如此简单的一句话,却不知隐藏了多少血雨腥风。

如果没有陈长生看似天真愚蠢的安排,或者今天京都真会血流成河。

"你的小男人确实不错。"莫雨叹道,"王大人却是可惜了。"

徐有容嘲笑说道:"你还真以为他是书里那样?"

当年在皇宫她还年幼，莫雨已是少女，读书时不知对王之策发过多少次花痴。世间这样的少女太多，在她们想来，王大人必然是活在云上，采露为食。如果真的看见了，她们才会知道，那样的谪仙人是不存在的。那就是一个会妥协，有些可悲，甚至无趣的老男人。

就在莫雨与徐有容谈论王之策的时候，王之策听到了几句话。那是对他先前那番解释的回应。很强硬，而且直接。

"既然这个世界注定是我们的，那你们为何不退？就一定要年轻人等吗？"

"等的时间久了，我们也会变成像你们这样无趣的老人。"

"那这个世界岂不是一直都是你们的世界？"

不是陈长生，也不是唐三十六。说话的人是凌海之王。

王之策看了他一眼，认出他是一位大主教。所谓国教巨头，根本不会被他放在眼里。但有件事情，落在他的眼里，便再难出去。

凌海之王很年轻。国教巨头里，他是最年轻的那一个。唐三十六曾经这样说过，年轻就是正义。

王之策想了想，说道："有道理。"

一辆马车向着离宫外驶去。有些变形的车轮，碾压着广场坚硬的青石板，摩擦声有些难听，看着更是寒酸。青石板上的血渍早就已经洗干净了。

吴道子愤怒的喊叫声从车里不停地传出来：

"我要杀了你们！"

"你们这群王八犊子，居然敢如此对待老夫！"

没有人回应吴道子的骂声。一个人都没有，早就已经清场。这是离宫表达的尊敬。

凌海之王站在檐下，看着那辆渐远的马车，神情很平静。安华站在他的身边，想着今天自己做的事情，听着这些骂声，脸色有些苍白，神情有些无措。

吴道子的愤怒来自于失败，更是因为，他在离宫里没有感受到尊敬。按照惯常的道理，无论胜负，像他这种辈分的老人，都应该受到尊敬。更何况，他代表着王之策。

但没有。从陈长生到徐有容，从凌海之王到安华，再到外面的王破与莫雨，都没有表明这种态度。或者，这代表了一个时代的结束。那个时代。

吴道子很愤怒，更是失望，但王之策却很平静，甚至欣慰。因为他今天感受到了一种力量。一种曾经非常熟悉的、在大周建国之后却渐渐远去的力量。那种力量有些粗粝，容易令人不悦，没有规矩，却有着非常鲜活的生命力，非常动人。

千年之前天下大乱，朝堂崩坏，魔族南下，民不聊生，路有白骨。然后，有野花盛开。周独夫、陈玄霸、陈界姓、商行舟、楚王、丁重山、李迷儿、秦重、雨宫、凌烟阁上那些人。还有他。

当时他们都很年轻，但他们敬过谁？怕过谁？原来，那个时代没有结束。现在，还是那个时代。年轻人的时代。

78·最是真情帝王家

王之策离开了京都，不知道下一次从伽蓝古寺里出来会是什么时候。

商行舟也回了洛阳，之后很多年都没有离开过长春观。在此之前，他在皇宫里与余人有过一番谈话。

余人对他说的第一句话就是："那天深夜圣女进宫，我什么都没有答应她。"

那一夜，陈留王星夜兼程入洛阳。商行舟沉默不语，便到了今天。

从某种意义上来说，他中了徐有容的算计。徐有容借的是势，攻的是心。

余人的意思很清楚——如果您真的对我起了疑心，可以事先问我一句。

商行舟没有问，关于这一点，在天书陵里他对徐有容给出过理由——洛阳没有收到来自皇宫的信。很多天了，足够写一封情真意切的信，但是余人没有片言只语。

余人比画道："如果太宗皇帝还活着，他会怎么做？会不会主动写信？"

从西宁镇旧庙甚至更小的时候，商行舟就开始教余人如何成为一位优秀的帝王。在商行舟看来，也是整个大陆公认的，史上最优秀的帝王当然就是太宗皇帝。他希望余人成为第二位太宗皇帝，那么自然要学习或者说模仿，事事如此，日日如此。

在面对最复杂、艰难的选择时，余人设想太宗皇帝的行事可能，是很正常的事情。

答案很明显。太宗皇帝绝对不可能主动给洛阳写信。

"你做得不错。"商行舟看着余人说道，神情很欣慰，"但你做得还不够，太宗皇帝这时候应该表现得更为自责，甚至可能已经发出了一道罪己诏。"

风雪早就已经停了，春意重回大地，皇宫广场被融雪打湿，远远看去，能够看到石缝里的那些新绿。

余人看着渐要消失在暮色里的那道身影，想着先前的对话，心想自己远远不如祖父。他不如祖父的地方可能有很多，比如虚伪。比如，他没有办法解决商行舟与陈长生之间的问题。

而且，师父终究还是老了。余人想着先前看到的商行舟鬓角的花白，情绪有些低落。

林公公看着陛下的侧脸，忽然觉得有些伤感。从先帝年间进宫到现在，他已经垂垂老矣，见过了很多事情，却越来越不明白年轻一代的想法。

无论是年轻的陛下还是年轻的教宗，他们都很尊敬王之策、商行舟这些老人。但他们却一定要战胜对方，彻底地击败对方。

这究竟是为什么呢？

今天，磨山垮了。矶山便成为了京都近郊的最高峰。中山王看着远处的夕阳，眯着眼睛，很是锋利。国教学院刚有结果，他便离开了百花巷。他不想跪陈长生，他也不想再留在京都。

商行舟承认了失败，陈家王爷们的日子想来会变得越来越难过。他决定回到自己的封郡，这时候是在等圣旨。没有圣旨就离开，随时可以被朝廷安上一个谋叛的罪名，他可不想主动给出理由。

相王走到峰顶，望向满山红暖的暮色，叹了口气。他也在等圣旨，但等的旨意内容与中山王不一样。

中山王说道："你是不是没想到道尊会输？"

"我侍奉道尊十余年，确实没有想到。"相王双手扶着腰带，喘着气说道，"但不管输赢如何，终究还不是他们师徒三人的事。"这句话里听着有些幽幽的意味。

中山王冷笑说道："西宁一庙治天下，白帝这句话确实没有说错。"

相王感慨说道："天下啊……我也弄不清楚这是谁家的天下了。"

中山王看了他一眼，说道："你还是不愿意承认那位是我们的亲弟弟？"

相王沉默不语，手指却陷进了腰间的肥肉里。

中山王微微皱眉，说道："就因为他是那个女人生的？"

相王斥道："那是母后。"

中山王恼火地说道："虚伪透顶，真是没劲，这方面你倒是学祖父学得像！"

相王苦笑说道："可惜当初父皇不这样想。"

中山王嘲笑地说道："那是因为父皇不喜欢祖父。"

这个时候，圣旨终于到了。中山王接到了他想要的圣旨。很明显，皇帝陛下也不想他留在京都里天天骂娘。

相王却没有接到自己想要的圣旨。皇帝陛下把陈留王留在了京中，用的当然是别的名义。

中山王拍了拍相王的肩膀，自行离开。相王站在暮色里，沉默了一会儿，才往山下走去。

回到驿站时，众人已经收到了消息。

王妃哭得险些昏厥了过去，其余的儿子女儿也是面带泪痕，只是偶尔眼里会闪过一抹喜色。

"当初我给他起名字便没起好，那个留字不吉祥。"相王坐在太师椅上，看着屋子里的子女们说道，"他这一生大部分时间都留在京都为质，对我们这个家贡献良多，不说要你们多感恩，但能不能麻烦你们在扮演伤感的时候真情实意一些？"

听着这话，众人面面相觑，不知是窘迫还是紧张，有人真的哭出声来，然后便是悲鸣不断。相王听着有些厌烦，扶着腰带走进驿站后院，在婢女的搀扶下走上王辇。辇上铺着厚厚的毛毯，有美味的瓜果，有妩媚的佳人。

一个很胖的男人被美食与美人包围着。如果仔细察看，便会发现，那个男人和相王非常相似，甚至可以说是生得一模一样。

相王走到那个男人身前，叹气说道："我说你也得演得真些，怎么说我也是个神圣领域强者，总得有点气势吧？"

那个男人苦着脸说道："王爷，如果我能练到您那水平，我还用得着做替身吗？"

相王无奈说道："那气势呢？"

那个男人正色说道："您就是如此平易可亲的一个人啊！"

在葱州军府以北，落星山脉之西，有一片草原。这片草原是秀灵族人的故乡，因为魔族与妖族、人族之间的战争早已荒凉，却成为了妖兽的天堂。

大陆各处都很少见的妖兽，在这里都能见到，当然，这也意味着凶险以及混乱。

直到数年前，一个怪物带着一只土狲来到了这里。很快，他成为了这片草原的帝王。然后，又有人来了。

79 · 原来是你

那个怪物是除苏。在白帝城里，他被徐有容杀得连连败退，根本不是对手，但那是相生相克的原因，事实上在神圣领域之下的世界里，他有威胁到任何强者的能力，不管对方是陈长生还是秋山君。

这片荒无人烟的草原没有什么太过古老强大的妖兽，就算有些难对付的兽群，在那只土狲的帮助下也被他轻易收服，数年时间过去，他很快就成为了这片草原的君主。可能是前代宗主的那缕神魂对本体的影响越来越弱，也可能是因为很享受这种君王般的生活，除苏再没有离开过这片草原，更没有想过继续对苏离的后人进行报复。

偶尔夜深时，他会坐在草甸的最高处，看着南方沉默很长时间。不是因为思念，他绝不想念长生宗崖底阴冷潮湿的日子，而是他在与本能里的欲望战斗。他被创造出来的时候，神魂里就被植下了难以磨灭的杀戮欲望以及对与苏离这个名字相关的人的刻骨恨意。如果他不能通过暴虐的行为发泄这种欲望以及恨意，极有可能被黄泉功法反噬。

但这片草原当年死去的秀灵族人太多，草底的土壤被鲜血浸透，很少有人经过。他根本无人可杀，只能学会忍耐，学会与这种本能里的欲望斗争。

某天夜里，他坐在草甸的最高处，忽然感觉到了什么，抬头向天空望去。满天繁星里有一颗星辰变得无比明亮，至少比平日里亮了数百倍，非常醒目。除苏的脸色变得有些苍白，即便是那些黑色的毫毛都无法遮掩。不知道是被那些星光照白的，还是别的什么原因。

"这怎么可能？"

看着那颗夺目的星辰，除苏心神激荡至极。

"居然又有人晋入了神圣领域！为什么那个人不是我！"

他愤怒地嘶吼着，双手不停地砸着地面，草屑与泥土到处翻飞。

"不行！这绝对不行！"

除苏难听的沙哑的声音在夜色下的草原不停回荡，整个天地都能感受到他的不甘心与怨恨。

忽然，他停止了喊叫，不停地抽着鼻子，像狗一样在夜风里到处嗅着。伴着沙沙的声响，那只土狍出现在草甸上，用前肢扒着地面，爬到了除苏的身边。

除苏是个驼背，身材矮小，穿着破烂的黑袍，浑身散发着腐臭的味道。星空越美丽，除苏就越丑陋，尤其是当他激动挥舞的双手被星光照亮的时候。他的双手覆着鳞甲，生着黑毛，锋利的爪尖满是污垢，还有不知腐烂了多少年的不知来处的血肉。

任何人，哪怕是妖兽，看着这样的怪物也会流露出厌恶或者害怕的情绪。土狍没有，看着除苏的眼睛满是不解与信任还有崇拜。

"有宝物。"除苏看着夜色里某个地方，用低沉而沙哑的声音说道。

夜空里最亮的那颗星，代表着有位强者晋入了神圣领域，就像王破当年在洛水畔破境一样，世间万物对此会生出感应，尤其是那些神圣领域之上的规则或者说存在。

除苏非常清楚地感觉到一道神圣气息的波动。他能感觉得如此清楚，是因为那道神圣气息就在草原里，就在不远的地方。那道神圣气息的本体，应该正处于沉睡状态或者说虚弱状态。

对贪婪的修道者来说，这是无法抗拒的诱惑，更何况除苏修行的是黄泉功法。他毫不犹豫遁入地下，向着夜色里的那个地方而去。

土狍向草甸四周望去，发出低沉的呜咽声以为警告，然后立起身体撒了一泡尿，也随之遁地而去。

数十里外有座岩山，外表看着很寻常普通，内里的岩石却是红色的。在某个山洞的极深处，洞壁上用树浆画着远古朴拙的壁画，光线很是幽暗，隐约可以看到一个石台。石台上有树枝与软草组成的一个鸟巢，里面躺着一只灰扑扑的小鸟。

这个山洞深达数里，构造极为繁复，中间不知有多少岔道，哪怕是再厉害的妖兽也不可能走到洞底。按道理来说，那只灰鸟应该很安全。然而，再复杂的构造也无法拦住那些能够遁地的物种。看着那只不起眼的灰鸟，除苏的身体不停地颤抖，破烂的黑袍散发出的臭味越来越浓。

他不是畏惧神圣领域的生命，也不是失望于自己找错了对象，而是兴奋。他觉得自己这辈子的坎坷命运到头了。幸运这个词终于落在了他的头上。土狲沿着除苏留下的痕迹从地底钻出来时，看到的就是这幕画面。

当它的视线落在那只灰扑扑的小鸟身上后顿时直了。换句话说，就连见多识广、极其阴毒无耻的它都傻了眼。土狲认识那只灰扑扑的小鸟。不要说只是换了一个形状，就算是真的化成了灰，它也不敢忘记。

那只鸟是金翅大鹏。日不落草原上，无数妖兽以它为尊。就像是龙族与凤凰一样，金翅大鹏是天生的神圣生物。

除苏很清楚，吃掉一只金翅大鹏对自己有多少好处。很明显，这只金翅大鹏正处于漫长的觉醒过程里，没有任何自保的能力。除苏绝对不能错过这样的机会。土狲也很清楚，所以哪怕再如何狡诈阴险，也想不出方法来阻止除苏。

就在这个时候，灰色的小鸟睁开了眼睛。看了一眼，它便知道那个浑身散发着腐臭味的怪物想要做什么。幼鹏的眼里没有流露出惧意与乞求，满是冷漠。一道难以形容的恐怖威压在洞里出现。

"你觉得我会被你吓到吗？"除苏的声音很嘶哑难听。幼鹏的眼里尽是怒意。但就像除苏想的那样，它正处于神魂觉醒的关键时刻，无法动弹。

一声满是暴戾与委屈意味的啸叫在山洞里响起。

"你和我一样，都是骄傲而冷漠的毒种，从来都不喜欢这个世界。我们没有主人也没有朋友，自然没有人会愿意拯救我们，既然如此，我们何不融为一体，再与这个世界较量一番？"除苏看着幼鹏认真说道。

幼鹏白了他一眼，就像在看一个白痴。夜空里忽然多出一道火线。火线直入岩石。

大地震动，岩浆涌动，炽热难言。岩山垮塌，烟尘大作。除苏感觉到了一道熟悉的气息，想起了数年前的伤痛，脸色变得异常苍白。

一道娇小的身影从烟尘里走出，羽翼缓缓收拢，然后消失。

幼鹏看着那道身影叫了起来，显得好生委屈，又像是孩子一样撒娇。徐有容伸手摸了摸它。幼鹏似乎很舒服，哼唧了两声，闭上眼睛继续沉睡。

"原来是你……"看着这幕画面，除苏悲痛地说道，"世间所有好东西都是你的，这有天理吗？"

徐有容想了想，说道："好像确实有些不公平。"

除苏感受着她的气息，忽然笑了起来。他的笑声很难听，笑容更是难看："原来不是你。"

80·一切都是假的

"原来是你"，这句话很好懂，紧接着的这句"原来不是你"，则显得有些莫名其妙，联系上下文也听不懂。换作别人大概会一头雾水，觉得除苏是个疯子，徐有容却明白他的意思，微微一笑，没有说话。

除苏脸上的笑容渐渐敛没，看着她认真说道："我们之间的缘分真是不浅。"

破败的岩山间弥漫着腐臭的味道，就像他沙哑难听的声音，令人作呕。除苏是长生宗的怪物，徐有容是南溪斋的圣女。长生宗和南溪斋之间的渊源极深，如果真要说起缘分，道法，那真是一个很漫长的故事。

徐有容没有听故事的心情，除苏也没有那么多时间。

地面微微震动，散落的红色岩石在草原表面上不停跳动。一片密密麻麻的红色光点在草原外围出现，看上去就像洒得极散的血点。那些红点是妖兽的眼睛。数百只妖兽借着夜色的掩护，包围了岩山。

"我打不过你。"除苏看着徐有容尖声说道，"但我现在有很多下属，你怕不怕？"

就像刚才他对金翅大鹏说的那样，他没有师长、亲人、同门、朋友，甚至连主人都没有。他是独种，也是毒种。当他来到这片草原，忽然拥有了很多忠心耿耿的下属，他对这种感觉很陌生，但很喜欢。他觉得自己就是这片草原的帝王，挥手间便有千军万马随之而出。他想向徐有容炫耀一下。土狲趴在他的身旁，低着头，身体微微颤抖，显得很畏惧。

除苏很得意。徐有容静静看着他，有些怜悯。

除苏很生气。然而他没有来得及命令让妖兽们发起攻击。一声鹤唳在遥远的夜空深处响起。妖兽们抬头望去，无比惊惧，仿佛变成了雕像。金翅大鹏鸟睁开眼睛看了夜空一眼，感受到那道熟悉的气息，鄙夷至极地转过头去。她都还没嫁，你就天天被对方骑，要不要脸？

夜风轻舞，白鹤落在乱山间。淡青色的道衣，束得很紧的黑发，简单的乌木道髻。

和几年前没有什么区别，陈长生的穿着还是那样朴素，任谁也不会联想到教宗陛下。

陈长生出现后，整个世界都安静了下来。妖兽们畏惧而小心翼翼向后退去，连与草枝摩擦的声音都不敢发出。可能是因为他的道衣上有太多玄霜巨龙的味道，也可能是有某些远古妖兽的敬畏意味。安静的根本原因，是除苏的沉默。他一直盯着陈长生的脸，盯了很长时间，忽然喊道："也不是你！"

陈长生说道："是的，不是我。"

得到确认，除苏的心情变得非常好，难以控制地大笑起来。

"哈哈哈哈！"

"果然不是你！"

"我就说怎么可能是你！"

他指着陈长生的脸，不停地笑着喊着，直到涕泪乱流。之所以如此激动，甚至失态，是因为除苏这时候的心情很复杂。他注意到了陈长生这些年的变化——星辉在一百零八窍里敛若无物，剑意在青色道衣之下若有似无。

这意味着什么？这意味着只差半步便入神圣。

像陈长生如此年轻便能离神圣领域如此之近，历史上可曾有过？陈玄霸？是的，那个人不是陈长生。

但现在的陈长生也已经不是他能够战胜的对象了。除苏决定逃走。他笑得如此夸张，也是为了掩饰自己的真实意图。声音戛然而止，灰色的肉翼破风而出，夜风里腥臭之气大作。

除苏向地底遁去。徐有容反应稍慢，便无法追上他，即便是燃烧凤火也不行。真实情形也是如此。除苏在原地消失。徐有容没有追上去。

夜色下，乱山与草原看着黑漆漆的一片。只有一缕很淡的神识在风里飘着。那缕神识是除苏故意留下来给那只土豺的。这些年他带着那只土豺一起生活，已经习惯了对方的存在，当狗一样在养，哪怕在这样紧张的时刻，也不想丢下。

忽然，数里外的草原上忽然隆起了一个数丈高的土堆。星光落下，青色的草皮被撕裂，黑色的泥土不停地涌出。嗖的一声。一道身影像石子般从那个土堆里喷了出来，被震飞到数十丈高的天空里。片刻后，那个人重重落在地面上，发出一声闷哼。

听声音正是除苏。究竟发生了什么事情？除苏也很茫然。他惊惧交加地低头望去，只见自己的左脚被什么东西生生咬下来了半个脚掌。紧接着，他感觉到身后传来一阵凉意与痛意，神识微动才发现那是肉翼上被徐有容留下的旧伤竟然重新开裂了！

恐惧会极度加深痛苦的程度，除苏只觉得两处传来的痛楚让头皮都有些发麻，根本无法控制，惨叫了起来。

"谁！是谁偷袭我！"

夜色下的草原响起沙沙的声音。不是风拂草枝，也不是蛟蛇潜入地底，是皮毛与草枝的摩擦声。那只土狗用前肢爬到土堆下方，侧过头去不停地吐着口水。

呸！呸！呸！呸！土狗吐出来的口水里有血还有腐肉。

"是你？"看着这个场面，除苏极度震惊，土狗瘦小的身躯仿佛变成了魔鬼一般。他想不明白这些年相依为命，为何它会忽然背叛自己，就算平日里自己脾气差些，又何至于要自己死？

土狗转过头来，看了除苏一眼。除苏觉得在这只妖兽的眼睛里看到了一抹恐怖的笑意。

这时候，陈长生的声音响了起来："够了。"

土狗站起身来，屁颠屁颠地跑回到陈长生的身前，然后回头看了除苏一眼。除苏才知道原来这只土狗并不是残废，居然能够直立行走！他知道自己养的是只假狗，但今天才知道原来所有一切都是假的。

被欺骗被玩弄的精神痛苦超过了伤口传来的痛苦。

"这都是你弄的？"他看着陈长生愤怒地喊道，"我要杀了你！"

狂风大作，腥臭的味道冲天而起，草枝被尽数染黑，红色的山岩簌簌落下。残破的黑衣被卷动着，呼呼作响。森然的剑意忽然出现，切碎了星光。

数道血水迸射出来。

81 · 如果你是除苏

今夜星光极盛，被剑意切碎后，向四周散去，反而让草原变得更加明亮，仿佛来到了白昼,把一切都照得清清楚楚。

那些血是黑色的,落在草上发出嗤嗤的声响,生起刺鼻的雾气,青草以肉眼可见的速度变得焦黑起来。

厉嚎与狂风不绝,恐怖的气息惊扰着天地。无数泥土像是倒飞的瀑布一般向着天空喷发,紧接着被无比森然的剑意碾压下来。不知道过了多长时间,终于安静了。除苏低着头站在原地。他生来矮小,而且驼背,这时候低着头,更是看着有些卑微可怜。黑袍变得更加破烂,上面满是血渍与灰尘,尤其是身前破了两道大口子。那是剑留下来的口子,直接穿透了覆盖身体的鳞片与黑毛,割开了肋骨,不停地淌着血。

灰色的肉翼有气无力地摆动了两下,洒出数道黑血,原来的旧伤直接撕裂了。他的断肩插着些草枝,那只假臂已经被剑气切成了碎屑。以他站立的地方为中心,约二十丈方圆的草原上到处都是血,血里都是毒。

妖兽受到了波及,但死的不多,绝大多数妖兽在土狲的带领下早就已经远远地避开。星光照耀着夜空,没有出现一把剑,那些剑已然归鞘。剑鞘系在衣带上。

陈长生没有说话,只是看着他。

"都是假的。"除苏抬起头来用嘶哑的声音说道,"无敌是假的,传承是假的,逆天得道也是假的,就连相依为命也是假的,我只是想活着,但我的存在没有意义,所以连活着也是假的,我生来就是一个杀人的工具而已。"

说话的时候,他没有看土狲,也没有看南方。长生宗在南方。

陈长生沉默了一会儿,说道:"我也是以工具的身份出生,但我想,我们既然存在,自然有其意义。"

从某种意义上来说,他与除苏的身世来历非常相似。

除苏摇了摇头,说道:"那是因为你遇着了一些能够赋予你存在意义的人。"

陈长生想了想,说道:"你说的不错。"

除苏说道:"所以你比我幸运,也比我幸福。"

陈长生说道:"是的,但是这并不能成为理由。"

什么理由?自然是行恶的理由。悲惨的人生经历可以是精神上的财富,但不能是债务,随便转到别人头上。童年时的遭遇再如何令人同情,你长大后成为杀人狂魔还是要承担责任。这些年除苏在草原里没有行什么大恶,当年手上沾过的鲜血可是不少。除苏明白了他的意思,知道自己难逃此劫,低声笑了起来。

"如果你是我,那你现在会成为除苏还是陈长生?"

这是他留在这个世界上的最后一句话。他的身体裂成了十几块,就像崩散的积木一样散落在地面上。黑色的血水到处飞溅,腐臭阴冷的气息向着四周漫延。

徐有容伸手,挥出一道火焰。那道火焰泛着圣洁的金色,在地表不停地燃烧,甚至顺着缝隙向地底燃去。黑色的血水遇着火焰便化作青烟,不停发出嗤嗤的声音。腐臭阴冷的气息被渐渐净化,隐约仿佛有幽魂在其间哀号,极其怨毒,又无比恐惧。

看着金色火焰里越来越少的痕迹,陈长生说道:"或者对他来说这才是解脱。"

"临死依然不服,神魂如何能够安宁?"

徐有容抬起右手对准他。他颈间有道很小的伤口,伤口里夹着几粒很微小的黑色结晶。以他的境界实力,还有徐有容在一旁看着,想要彻底杀死除苏这样的怪物,依然需要付出些代价,或者说冒险。

一道淡青色的、充满圣洁意味的光从徐有容手心生出,落在陈长生的脖子上。那几粒黑色结晶如遇着烈日的雪花,瞬间消融,同时伤口也以肉眼可见的速度弥合。

徐有容说道:"按道理来说,你不怕黄泉功法的侵噬,但还是小心为好。"

陈长生说道:"谢谢。"

徐有容说道:"愿圣光与你同在。"

陈长生认真说道:"那我要一直留在你的身边。"

这是情话,虽然他很不擅长说情话,说得太认真,于是显得有些笨,但更加动人。徐有容却没有什么反应,显得有些冷淡。

陈长生不明白这是为什么,想要问的时候,却被打断了。土狲不知什么时候来到了他的身前,跪在地上不停地亲吻着他脚前的土地,显得非常敬畏又极富热情。

陈长生忽然发现了一个道理。虽然土狲是最著名狡猾阴险可怕的妖兽,但弄清楚它在想什么要比弄清楚女孩子在想什么要简单得多。

"我刚才阻止你继续出手,不是不相信你,也不是对你有意见。"陈长生看了徐有容一眼,说道,"我也不是同情他,只是觉得这样没有必要。"

当年他就不是太喜欢户三十二的安排。除苏确实有取死之道,但何必一定要他死于背叛？他这话是对土狲说的，其实也是在对徐有容做解释。他不确定徐有容此时的平静（冷淡）是不是与这件事情有关。

地面的火渐渐熄了，地里的火却还在燃烧，火光顺着裂缝散出来，看上去就像是凝固的闪电，有种惊心动魄的美感。

徐有容的视线越过地火落在远处，问道："你确认他会从这里走？"

陈长生说道："那年他出拥蓝关之前，与陈酬见过一面，约好的印记和这次的一样。"

作为被国教强行推上位的松山军府神将，那人与陈酬见面的意思自然非常清楚。

徐有容说道："那人脾气如此糟糕，为何如此信你？"

陈长生说道："那年你闭关的时候，我与他见过。"

这件事情徐有容知道，只是没有想到对那人来说会有如此大的影响。

夜风微作，白鹤落在她的身边。她倚着鹤背闭目歇息。前些天她收到消息后离开圣女峰，今夜收到金翅大鹏的神识传讯赶了过来，已经很是疲惫。

陈长生从更远的地方归来，要比她更疲惫，却没有办法睡。他看着远处那片荒凉的石山，沉默地等待着。越过那片荒凉的石山，便是魔族的世界。今夜谁会从那边归来？

82·八大山人

今夜的星光真的很亮，远处那片起伏的石山看上去就像是白面做的馒头。不，那些山有些矮，更像是西宁镇上宋姐做的白面馍馍。陈长生觉得有些饿，然后才想起来自己急着赶路，已经一天一夜没有吃饭。

为什么如此之亮？当然是因为那颗星星。那颗星星在变暗，但还是比平日里亮很多倍。那代表着有修道者破境进入神圣领域。对此，除苏很愤怒，当他发现那个人不是徐有容也不是陈长生后，才稍微高兴了些。

那个人究竟是谁？陈长生与徐有容没有提及那个人的名字，但很明显，他们知道那个人是谁。看着夜空里最亮的那颗星，陈长生有些不解，也有些不安。以那个人的性情，就算是死也不会向人求援，更何况他已经成功破境，还会怕谁？

那天他正在红河泛舟。听着水里于京低沉的歌曲，吃着落落小手喂到嘴边的小红果，生活很幸福。然后，白鹤来了，带着那个消息。那个消息最早来自熊族，由一名熊族的奸细交给一名药商，由药商带到松山军府，亲手交到了陈酬的手里。那个消息是一个日期和一道看似潦草、没有任何规律的线。

陈长生从怀里取出一张小纸条，看着上面的那道细线，与识海里的地图叠在一起。如果消息没有错，今夜那人应该会在这里出现。

星光下的草原非常安静。土狲感知到陈长生的情绪，安静地趴在他的身前，一点声音都没有发出。那些妖兽退到远处，但不敢离开，紧张地看着土狲，随时准备接受命令。看来，这片草原真正的主人并不是除苏，而是这只土狲。

看着那颗明亮的星星，土狲眯着眼睛，有些困惑。它虽然狡诈阴险，但毕竟不是智慧生命，不懂得修道，自然也无法理解这种现象。

忽然，土狲直起身体，望向远处的石山，眼里流露出警惕不安的神情。下一刻，它以极快的速度绕到陈长生的身后，只露出了脑袋，对着那边的夜空发出低沉的叫声。

徐有容起身望向那边，说道："来了。"

白鹤振翅，向着夜空高处飞去，准备接应。夜风骤疾，呼啸作响，野草向着南方偃倒。四野平阔，并没有树，但不知道为何有哗哗的声音响起。那是大风拂动纸张的声音。

明亮的星空里，一只巨大的风筝从北方的夜空里飘了过来。那只巨大风筝的下面有根线，似乎系着一个人。风筝飞过了白色的石山，沐浴着星光来到了草原。

啪的一声轻响，那根线从中断开。风筝飘摇而上，渐渐消失，仿佛去了星空之上，再也找不到踪迹。

草原地面微微一震。那个人落在陈长生与徐有容的身前。他的脸上覆着一张白纸。原来哗哗的声音并不是来自那只巨大的风筝，而是来自于这张白纸。白纸上挖着几个洞，黑洞洞的，看着很恐怖，尤其是今天，上面满是血点，更显得狰狞。他的手里提着一把铁枪，姿势显得特别随意，就像提着一个包裹，或是一个人。但那把铁枪很直，就像他的人一样直。他的身体站得笔直，仿佛永远也不会倒下。

肖张，曾经的逍遥榜首，中生代强者里著名的狂人，或者说疯子。多年前，

237

他被整个大周朝廷追杀,血战数载,最终被迫进入雪原,之后便再也没有消息。

谁也没有想到,他再次出现时,已经破境,成为了一名神圣领域强者。

星光落在肖张的脸上,被白纸反射散开,隐有晶莹闪烁。陈长生感受到他的气息,确认刚才破境的就是他,很是高兴。但他没有来得及说什么,便被肖张伸手阻止了。

"我累了,要歇一会儿。"说完这句话,肖张便向后倒去。

即便是此时,他依然保持着笔直的姿势,就这样直挺挺地砸到了地面上。草屑与湿泥溅起。陈长生怔住了。此情此景,让他想起很多年前与苏离逃亡南归时的很多画面。

片刻后,他醒过神来,取下绕指的金针刺入肖张颈间,开始诊治。对神圣领域的强者,圣光术的效用比较微弱,徐有容站在一旁看着,微微挑眉,不知在想什么。

很明显,肖张受了很重的伤,应该是被谁追杀了一路。无论他是在破境入神圣之前受伤,还是之后受伤,都只能证明追杀者无比强大。

按道理来说,这时候最好的选择是带着肖张离开,再强的对手也很难追上徐有容与白鹤。但陈长生与徐有容没有这样做,可能是因为肖张的伤势太重,也可能是因为他们已经感受到了夜色的变化。星光渐暗,夜色渐渐变得深沉起来,幽暗森冷,仿佛拥有了某种重量。夜色渐渐向着某个位置聚拢,重叠,变得越来越深,直至变成了真实的黑色的山。

那是三道如山般的巨大黑影,分别出现在草原,相隔数百里,刚好把他们围在中间。地面微微震动,青草挣脱了夜风的束缚,开始跳起舞来。与草一道舞动的还有石砾。那是因为三道如山般的巨大黑影正在移动,很短的时间,便来到了前方不远的地方。仿佛是真正的黑山,有数十丈高。高处有两道火把,仿佛正在燃烧,那是他的眼睛。

土狲躲在陈长生的身后,神情恐惧,眼睛骨碌碌地转着,害怕却又不敢自行离开。

看着那些如山般的黑影,徐有容说道:"我小时候一直以为八大山人是一个人。"

正前方的那座黑山说话了。他的声音低沉嗡鸣,就像是风在山洞里回荡。草原上寒意骤盛,星光变得更加黯淡。

那道如山般的黑影，就像是真正的夜色，落在陈长生与徐有容的眼里，带来难以想象的压迫感。

"八大山人，自然是八个。"

传闻里，旧时的魔族有八位绝世强者。对魔族各部落的子民们来说，这八位强者便是八座高不可攀的山峰，所以被称为八大山人。

今天陈长生才确定，原来这些魔族强者真的存在，而且他们是真正的山。

83·黑袍的杀局

道典上一直都有关于八大山人的记载，为何陈长生直到今天才确定对方的存在，为何对人族民众以及修道者来说，八大山人更像是近乎神话的传闻？因为这个名词确实已经有很多年都没出现过了。

——当年北伐之时，八大山人还是魔族的战斗主力，在雪老城下一战里起到了非常重要的作用，祁连山人与贺兰山人先后战死，但在那之后他们便消失了，没有谁知晓他们去了何处，随着时间流逝，甚至连他们的存在本身也开始被怀疑。

今夜终于亲眼见到了这些传闻里的存在，陈长生在道典上看过的那些记载自然也是真的。

八大山人的出现与通古斯大学者有很大的关系，极可能与当时那位人族教宗也有关系，所以名号里才会有一个人字。当然，作为魔族的远古强者，近乎图腾般的存在，不可能指望他们会放弃对魔族的忠诚站到人族一边。

只是他们当年为何会忽然消失？今夜为何又会忽然出现？陈长生的神识落在北方那道巨大的黑影上。

他感知到了一道无形的屏障，就像是实质化的夜色——不愧是魔族的远古强者，气息要比当年在雪岭见到的第二魔将海笛还要更加强大恐怖。难怪肖张今夜成功破境晋入神圣领域，依然受了如此重的伤，就此昏迷不醒。

肖张脸上的白纸颤动间隔的频率已经平缓下来，呼吸已经平稳，只是失血过多，不知何时能醒。

陈长生收回视线，望向那道巨大的黑影，问道："前辈如何称呼？"

他想要通过对话来拖延一些时间，并没有指望对方会回答，没想到下一刻对方的声音居然响了起来。那声音依然像是大山地底洞穴里穿出的风，嗡鸣回响，其间隐藏着极其复杂的变奏。

胭脂山人？道典上没有详细记载八大山人的姓名，陈长生只能凭读音猜字，不知道对方其实叫作焉支山人。紧接着，南方草原上也响起两道声音，他才知道另外两位魔族强者叫伊春山人与镜泊山人。

"今夜魔族准备宣战？"陈长生看着焉支山人说道，神情认真甚至严肃。

他们现在所处的位置是秀灵族的草原。数千年来，魔族、人族、妖族为了这片草原以及曾经生活在这片草原上的秀灵族人，不知发生了多少场战争，青青野草下的黑色土壤完全是被不同种族生命的鲜血浇灌而成，丰沃亦是由死亡而来，对三族来说意义都很重大。

意义重大往往就意味着敏感，也就意味着极易引发战争，所以三族现在对这片草原的态度都很谨慎，哪怕最后这片草原终于归属了人族，更多也是名义上的归属，大周朝廷从来没有在这里驻军。今夜隐世多年的八大山人忽然现身，追杀肖张来到这片草原，更是包围了陈长生与徐有容，明显所图甚大，与宣战还有什么分别？

"你我两族之间的战争从来没有停止过，又何必需要重新宣告开始？"焉支山人说的这句话很长，声音有些浑浊，读音却非常标准，甚至有些庐陵旧府的口音。

陈长生想到道典里的那些记载，对那段已经消失的历史越发好奇，对这个答案本身也有些不解。

哪怕是最无知的孩童，只要在茶楼酒馆里听过说书，也都会知道最近这些年大陆局势在怎样变化。

人族迎来了野花盛开的年代，魔族却在以难以想象的速度衰败，无论是严寒的气候，突如其来的灾荒还是各部族之间内争导致的战斗人员数量急剧减少，都在把这个曾经纵横大陆的强大种族慢慢拉向深渊。

在这种时刻，魔族应该考虑的是如何自保，而不是主动向人族发起进攻。这本来就是年轻魔君这几年的执政风格，哪怕被雪老城里的贵族们指责太过保守甚至斥为丢脸，也没有任何改变。为何今夜焉支山人却如此强硬？

陈长生说道："你们没有胜利的可能。"

焉支山人说道："但今夜可能是神族最后的机会。"

陈长生问道："什么机会？"

焉支山人说道："教宗大人你是逆天改命成功的第四人，我们也想试试。"

陈长生问道："你们想要改变什么？"

"一族之命为势，神族日渐式微，再不振作，只怕便要灭族。"焉支山人说道，"我们想要试的，便是逆天改势。"

陈长生说道："当年在白帝城，我曾与贵主谈过，灭族这种事情不会发生。"

焉支山人摇了摇头，碎石簌簌落下，在草原表面渐渐堆积起来。

"阳光再如何温暖，也不会照遍世间每个角落，教宗大人你再如何仁慈，也不会赐予神族的子民，你与大周皇帝都是计道人的学生，圣女是天海圣后的学生，雪老城不会相信你们的任何承诺。"

谈话至此，局面已经非常清楚——今夜魔族想要杀的不止是肖张，还有陈长生与徐有容。

这些年肖张一直在雪原，并没有真的销声匿迹，因为隔一段时间，他便会与魔族军方的强者战上一场。血战连连，包括数位魔将在内的魔族强者败在他的手下，甚至被他杀死，而他也曾经失败过，被追杀过很多次。但雪老城始终没有派出能与人族神圣领域强者抗衡的最强者来追杀肖张，最主要的原因便是担心大周朝廷会利用肖张的行踪布下陷阱。就像当年商行舟用陈长生诱使老魔君冒险去寒山然后设局伏杀。

直到十数日前，黑袍夜观南十字星座，忽然心血来潮，生出感应，推演计算后得出了一个惊人的结论。人族将要再次多出一位神圣领域强者。

当年白帝城一役，别样红与无穷碧战死，魔族也付出了两名圣光天使的惨痛代价。但其后数年，相王、离山剑宗掌门、茅秋雨先后破境入神圣，去年秋天，南溪斋怀仁道姑游东海时遇暴雨而破境，再加上恢复神智的曹云平，只看圣域强者的数量，人族已经恢复到了当年的鼎盛时节，如果再多出一位神圣领域强者，魔族还如何能够承受得了？

根据黑袍的推演计算，那位人族的新晋强者正在魔族雪域里，身份呼之欲出。于是，年轻魔君亲自赴深渊对面的极寒之地，恳请隐世多年的三位远古强者出面，布置了这样一个局。在肖张破境之前杀死他，然后杀死前来接应他的人族强者。在黑袍的方案里，后者的名字被写得清清楚楚。就是陈长生与徐有容。

84·出剑以及收剑

"我们不喜欢黑袍,不是因为当年他抢了死去同伴的风光。"

"小时候,我看过很多人族话本以及雪老城的戏剧,里面那些背叛者的嘴脸都很难看。"

"他是这一千年里最无耻的背叛者。"

"但我必须承认他的能力,称赞他这一次的安排。"

"杀死肖张不足以改变天下大势,但如果把人族的教宗与圣女也一道杀了,以后的历史或者会变得很不一样。"

焉支山人的声音回荡在荒凉的夜原上。

终究还是出了些问题,他们没有想到在自己给予的恐怖压力之下肖张居然提前破境。——虽然刚刚破境,对天地法则的掌握运用还不够纯熟,但已经足够他拼着重伤杀出了重重包围。

至少现在他还活着。不过陈长生与徐有容还是来了,这样很好,非常好。

夜色下的草原非常安静,星光散发着幽冷的味道。土狲从陈长生身后探出头来,对着远处那道巨大的黑影咧嘴露出森白的獠牙。它想恐吓对方,却连呜咽低沉的声音都不敢发出,明显被对方的威压吓得不轻。

徐有容问道:"你们如何确信来的会是我们?"

"肖张是个疯子,不会相信任何人,更不会相信大周朝廷,他只信任陈长生。"焉支山人说道,"而陈长生来,你一定也会出现。"

陈长生不会被允许置身任何可能的危险里,因为他是人族的教宗。随着他教宗的位置越来越稳固,这种规则的力量便越来越强大。

如果他真的想要突破这种束缚,像安华这样的信徒真的可能会以死相谏。凌海之王等人怎么可能让他一个人离开白帝城?只有一种情形可以得到所有教士与信徒的认可。那就是他与徐有容同行。

整个大陆都知道,教宗与圣女的合璧剑法,拥有难以想象的威力,就算是遇到神圣领域强者也不用担心安全。

如今茅秋雨坐镇寒山,相王与中山王在拥蓝关与拥雪关,作势欲出。魔帅亲自领兵备战,雪老城的圣域强者们,如今大多数都在前线的战场上。按道理来说，陈长生与徐有容悄悄接应肖张回中原，应该不会遇到任何危险。然而，无论寒山还是拥蓝关、拥雪关又或是雪原上的连天幕帐，都是假的。或有意或无意，或知情或不知情，人族与魔族都在演戏。这片隐秘而安静的草原才是真正的战场。

魔族请出了八大山人。这是谁都没有想到的事情。陈长生与徐有容也没有想到。虽然只来了三位，已经不是他们能够抗衡的恐怖力量。

"为什么来的不能是王破？"这是徐有容最后的问题。王破是肖张一生的对手，或者说是压制了肖张一生的强敌。肖张不喜欢王破，无时无刻不想着击败他，但最信任的应该也是王破，更在陈长生之上。就像苟梅，在临死之前最想见到的除了茅秋雨便是王破。

野花刚开始盛开的那个年代，王破是他们的目标，何尝不是他们的底气与气魄？而且王破是神圣领域强者，刀道已然大成，肖张如果想要求援，无疑他是最合适的人选。

回答徐有容这个问题的不是焉支山人，是陈长生。

"让王破看到自己破境当然好，但让他看到自己被追杀得这般狼狈就不好了。"陈长生说道，"这很丢人。"

徐有容不是很能理解男性这种无聊的自尊心，听陈长生说后才明白。但她还是无法接受男性的这种宁肯丢命也不肯丢人的做派。

白纸被吹动，发出哗哗的声音。肖张依然昏迷，不知道有没有听到陈长生的话，感受到徐有容的意思。

地面传来震动，不远处的妖兽群顾不得土狲的凶悍，惊恐万分向着四处逃散。没有过多长时间，夜色里传来几声惨叫，然后隐隐有血腥味传来。血腥味里还夹杂着别的腥味，陈长生闻着那股味道，心情有些不好。不是因为他有轻微的洁癖，而是因为他闻过这种味道，在雪原战场上。

蹄声密集响起，草原地表不停震动。血腥味与腐腥味越来越浓，直至快要把夜色掀开。数百头魔族狼骑出现在草原上，把陈长生与徐有容围在了中间。

这些嗜血巨狼高约一丈，加上狼背上的魔族骑兵，更显高大。狼群张着血盆大口，喷吐出的热气腥臭难闻，钢针般的狼毫在星光下显得非常清晰。那些魔族骑兵的脸也被照得很清晰，涎水从人字形的嘴里不停淌落，也是腥臭至极。

狼骑是魔族最精锐的骑兵，单对单的话，可以正面对抗甚至战胜大周王朝的玄甲重骑。数百头狼骑合在一处，会拥有着怎样可怕的冲击力与杀伤力？

但今夜这场战斗，这些历经数千里长途奔袭的狼骑根本没有资格充当主力。

"神族的命运可能就在今夜决定，所以我会非常谨慎。前面这几天我也很谨慎，所以我确信他没有通知别人，也确信你们来得非常急来不及通知别人，我想我会有比较多的时间，所以我会非常认真而仔细地出手，以确保彻底杀死你们。"

焉支山人对陈长生与徐有容说道。

夜色里，他的眼睛像火把一样亮着，里面满是看透世事与法则的智慧与平静，那也意味着冷酷与恐怖。

前面的这些对话按道理来说不用发生，焉支山人不用解释，陈长生也不需要被魔族伏击的理由，但他们还是问了以及回答了，因为陈长生想拖时间，焉支山人需要时间把围杀布置得更加完美。

地面微微颤动起来，那座巨大的黑影向着南方移动，速度虽然很慢，却有一种极其可怕的压迫感。焉支山人的态度很明确——今夜他要求稳，不希望有任何漏洞。

看着夜色里的那座黑山，陈长生沉默了一会儿，问道："几成机会？"

他这句话问的是活着离开的机会，当然是要带着肖张。

徐有容与白鹤的速度疾逾闪电，举世无双，如果全力施展，八大山人就算境界再如何深不可测也不见得能追上。

微风拂动衣袖，徐有容把命星盘收回到袖中，隐约可以看到星轨转动。她没有回答陈长生的话，摇了摇头。很明显，命星盘的推演计算结果相当糟糕，离开……根本没有什么成功的可能。

黑袍算到会是陈长生与徐有容前来接应肖张，自然会做出相应的安排。

南方草原上，镜泊山人与伊春山人就像是两道山脉，连绵起伏数十里，挡住了所有能离开的通道。

如果吱吱在，今夜离开的希望可能会大些。陈长生想着这时候可能正在温暖海岛上晒太阳的黑衣少女，心里没有什么悔意，只是有些怅然。

"那我们接下来该怎么做？"他对徐有容问道。这就是信任。

说到推演计算，谋略布置，世间本来就没有几个人比她更强。徐有容望向土狲，说了几个代表距离与方位的数字。她知道它能听懂自己的话，明白自己的意思。很明显，土狲确实听懂了，身体变得僵硬起来，似乎有些恐惧。

很多年前，周园出事的时候，它就见过徐有容，知道她与陈长生之间的关系。所以它非常聪明地没有看陈长生，更没有求情，而是直接遁入了地底。

没有用多长时间，它又从地底钻了回来。它褐色破烂的皮毛里到处都是泥土与草根，眉上出现了一道豁口，不停地流着血，看着很是狼狈。

陈长生捏散一颗药丸，敷在它的伤口上。药丸是制作朱砂丹留下的边角料，没有什么太神奇的效用，但用来止血效果很好。

土狲舔了舔流血的嘴角，看了徐有容一眼，眼神很是阴冷，还带着一丝怨毒。它可以遁地，但如何能够瞒得过像焉支山人这样的强者神识？在十余里外的一片丘陵下方，它被一道恐怖威压波及，受了不轻的伤。在它看来，这是徐有容逼的，自然有些记恨。

陈长生在给它治伤，没有看到它的神情变化。

徐有容看到了却毫不在意，说道："如何？"

土狲低声叫了两声，用两只短且瘦弱的前臂，不停地比画着什么。

徐有容神情认真地看着，在心里默默计算了片刻，望向陈长生说道："也不行。"

陈长生起身望向夜色下的那座黑山，右手落在剑柄上。

"那就只有打了。"

八大山人是数百年前在雪老城下与王之策、秦重、雨宫对战过的远古魔族高手。他与徐有容与对方正面对战，必输无疑。

巨大的黑影缓缓移动，难以想象的沉重威压向着陈长生与徐有容碾压而至。夜色下的草原，变得无比恐怖。

"好消息是，我们只需要打一个。"徐有容说道。

不动如山。八大山人境界确实深不可测，宛若魔神。当他们不动的时候，甚至可以说是完美的，无懈可击。但当他们动起来的时候，便再无法保持完美的状态，还是会出现一些漏洞。就像是星空下真正的山峰，与大地相连时不可撼动，动起来则根基不稳。

今夜这场杀局，镜泊山人与伊春山人在南方草原上断掉陈长生与徐有容的后路，所以他们不能动。焉支山人以及数百狼骑，才是进攻的主力。事实上，当焉支山人带着夜色缓缓而来的时候，也无法保持先前那般巍峨的姿态。

徐有容通过命星盘的推演计算以及土狲冒险遁地试探，发现一条可能成功离开的通道。但她没有选择从那条通道离开，甚至说都没有对陈长生说。

不是因为草原四周那些血腥可怕的狼骑，不是因为北方夜空下被南十字星座照亮的十余只凶禽，而是因为她在夜色的最深处感知到了一抹凶险，这让她有些怀疑那条通道极有可能是黑袍布置好的陷阱。

焉支山人停下脚步。没有谁能看清楚他究竟是如何移动的，更没有人能够看到他的脚。他距离陈长生与徐有容所在的位置还有十里。对于普通人来说十里是一个非常遥远的距离，你很难看清楚那里的画面，更不用说攻击。

然而就在这个时候，就在这里，隔着十里，出乎意料且违背常理，令人匪夷所思地，焉支山人向陈长生与徐有容发起了攻击。

他举起了自己的右手。满天繁星忽然变暗。因为夜空里忽然多出了一道十余里长的黑影，遮住了数百颗星星。

那道黑影从星空向着草原拍了下来。天空里响起轰隆如雷的声音，那是空气来不及逃脱，被巨大力量压缩然后撕裂的声音。陈长生甚至觉得自己听到了一大片夜色被强行撕下来的声音。

徐有容出剑。一出便是威力最大的大光明剑。无数道剑痕带着无数道火焰，照亮了荒无人烟的草原。天空里的那道黑影被映照得更加清晰，也更加真实。紧接着，陈长生出剑。他用的是荒原三式里的燃剑。是的，时隔多年，苏离在荒原上传给他的三招剑法，已经在道典上拥有了正式的名称。

炽热而无形的火焰，汇入了光明里。无垢剑的剑意与斋剑的剑意相遇，然后相融。两道剑虹相并而起，顿时生出源源不绝的感觉，更是圆融至极，仿佛完美得并非尘世中物。这便是南溪斋的合剑术。这便是陈长生与徐有容声震大陆的合璧剑法。

夜色下的草原出现一团光芒。那团光芒是由最精纯的剑光组成，炽烈至极，很是刺眼，就像是不曾落下的太阳。那道十余里长的黑影从天而降，准确地落在了这团光芒上。

轰的一声巨响！数十丈方圆里的草地被掀翻，无数黑色的泥土像箭矢一般向着四周飞去。剑光凝结而成的光罩，在陈长生与徐有容上方约数丈高的夜空里，抵挡着那道带着恐怖威压的黑影。光罩不停地发出嘎吱嘎吱的声音，就像是年久失修的木门，又像是难承重荷的板凳，似乎随时可能破裂。

土狲趴在陈长生的身后，用瘦小的前肢捂着自己的眼睛，恐惧地浑身发抖，鲜血不停地从指间溢出来——前一刻，它想遁地离开，哪里想到地底的泥土被焉支山人的威压以及满天剑意碾压得无比坚硬，仿佛钢铁一般，直接让它撞得头破血流。

夜色里响起充满暴戾残酷意味的啸叫声。数百头狼骑近乎疯狂一般向着陈长生与徐有容狂奔而来。南方的草原上那道连绵数百里的山影无比巍峨壮观，难以逾越。镜泊山人与伊春山人断掉了他们离开的后路。焉支山人隔着十余里的距离，发起了堪称壮阔的攻击。

陈长生与徐有容双剑合璧，也只能勉强抵挡。此时狼骑冲杀而至，他们该怎么办？

这个时候，土狲偷偷看了陈长生一眼。它的眼神有些伤感。它以为自己猜到陈长生会怎样应对那些狼骑。陈长生应该会把周园里的那些妖兽召唤出来。

数百头狼骑再如何可怕，也不可能是日不落草原上那么多妖兽的对手。更不要说，那些妖兽里还有土狲的两位强大同伴——犍兽以及倒山獠。

只是杀死了这些狼骑，还有三位魔族的远古强者。到最后，周园里的妖兽有几只能活下来？想到那样的结局，土狲有些不舒服。

但它扪心自问，在这样的局面下，换作自己也会这样选择。所以它对陈长生没有什么意见，更没有怨意，只是有些伤感。

徐有容也知道周园里还有很多妖兽，只要陈长生召唤出来，便能解除这些狼骑带来的危机。但她没有看陈长生——无论偷偷地看，还是正大光明地看。因为她不是那只伤感的土狲，她与陈长生真正地心意相通，她知道陈长生不会这样做。换句话来说，她知道陈长生准备怎样做。

她向前走了一步，站到了陈长生的身前。洁白双翼在身后展开，金色的凤火开始燃烧，她手里的斋剑散放出更多的光线。在很短暂的时间里，她选择了接过陈长生短剑承担的部分压力。

陈长生盘膝坐到地面上，闭上双眼。嗖嗖嗖嗖，如暴雨破空，如箭矢破云。无数道剑从藏锋剑鞘里鱼贯而出，剑光照亮了夜色下的草原。三千剑遍布天地之间，构成南溪斋剑阵。在这一刻，满天星光显得那般黯淡。

森然剑意落下，最前方的那头狼骑顿时解体，变成了数十团血肉。紧接着又有一头嗜血巨狼前肢断裂，重重地摔在地上。西北方向，有一名魔族骑兵头上的犄角与盔甲被整齐地切断，露出脑浆，被星光照着发出粼粼的光，就像是世间最小的湖。

重物坠地的声音不停响起，惨叫声不停响起。难以看清楚颜色的血水，不停地喷洒着。狼骑的冲锋速度非常快，于是倒下得更快。

数息时间，便有三十余只狼骑死在了南溪斋剑阵之下，还有十余只狼骑身受重伤，无力再战。

夜色里响起急促的军令声。焉支山人低沉的声音也从十里外响起。狼骑不再继续冲锋，绕过陈长生与徐有容，向着夜色里退去，直到退出数百丈距离才停下。

噌的一声轻响。一道薄薄的道剑从夜空里悄无声息地出现，割断了一名魔族骑兵的咽喉。绿色血水从满是黑毛的指缝里流出来的画面真的很恶心。

狼骑有些慌乱，向着更外围撤去，直至过了数里地，确认离开了剑阵的攻击范围才停下来。很多魔族骑兵的眼里流露出恐惧的神情。他们见过很多强者，但从来没有见过这样的战斗方式。

南溪斋剑阵可以说是战场上最完美的防御手段，也是最有效率的群攻手段。但以前需要数百名南溪斋弟子才能集结剑阵，很容易被魔族强者分别偷袭，被破阵的危险很大。现在陈长生一个人便能施展出南溪斋剑阵，他站在满天剑雨之中，又如何能被击破？换句话说，再没有谁比陈长生更适合在战场之上杀敌，哪怕境界实力比他更强。

年轻的人族教宗居然这么可怕吗？

数百狼骑发出凄厉的嚎叫。因为恐惧，因为愤怒，因为不甘心。那些魔族骑兵与嗜血巨狼想要通过这种方式表达自己复仇的欲望。他们停在数里之外，时刻准备着再次发起冲锋。隔着这么远，陈长生的神识再如何强大，也不可能驭剑伤人。他们只需要给予对方足够压力，便可以等着焉支山人破掉对方的防御。

陈长生结成南溪斋剑阵之后，徐有容便在独自承受焉支山人的攻击。哪怕她毫不犹豫地燃烧凤火，但也无法承受太长时间。陈长生的剑阵需要防备着那些狼骑再次冲锋，她还能撑多久？难道还能永远撑下去吗？

以眼下的局面看起来，最终的结果还是陈长生与徐有容会被焉支山人镇压，然后被狼骑生生咬死。至少在那些魔族骑兵看来，这已经是注定的结局。

他们看着那边，想着稍后怎么杀死人族的教宗与圣女，然后把对方生撕吃掉，眼神越来越凶残，喘息越来越重。

徐有容的脸色变得有些苍白，看起来快要撑不住了。在这样关键的时刻，她忽然做了个非常出乎意料的举动。满天光明忽然消失。她收回了斋剑。那谁来抵挡焉支山人的威压？

夜空里的南溪斋剑阵忽然动了，极为整齐地转了一个方向。那些密密麻麻的剑本来对着草原四野，这时候全部对准了天空。依然还是满天剑雨，只不过准备向着天空落下。

三千剑，迎向天空里的那道黑影。星光与剑光相映生辉，让夜空变得更加明亮。那道十余里长的黑影，也终于显露出了真容。

85·吾的箭

那道黑影可以说是一条山脉，也可以说是一条魔神的手臂。在山脉的最前方，也就是陈长生与徐有容头顶的天空里，有五座山峰，看上去就像五根手指。满天剑雨落在那座山峰上，烟尘大作，破裂声不停响起。

山峰下沉的速度变得越来越慢，直至最后终于停下。

整个过程里，徐有容没有往夜空里看一眼，似乎并不关心，当然也可以理解为对陈长生的信任。她把斋剑插进身边的草地里。嗤的一声轻响，青草冒起青烟，却没有焦煳，身姿更加挺拔，显得生机勃勃。

她从身后解下一把桐木做的长弓。桐木为弓，这便是百器榜上的桐弓。

只有南客、陈长生以及秋山君、苟寒食寥寥数人才知道，徐有容最强的手段并不是剑法。斋剑是陈长生从周园里找到，然后送回圣女峰的。大光明剑是她拿到斋剑之后才融汇贯通的。

桐弓，则是自幼便一直被她背在身后。平日里，没有人能够看到这把长弓。当她需要的时候才会出现。比如这个时候。

徐有容取出一支箭，搭在弦上。这便是梧箭。她神情平静，举弓。动作很平稳，很顺畅，有行云流水的感觉，又像是十余张画面的叠加，清楚至极。

弓弦拉动，渐如北方魔族膜拜的月亮。她的睫毛一眨不眨。

风起。白色祭服轻飘。黑发也飘了起来，与箭平行。

秀气的手指离开了弦。桐弓发出了琴音。据说桐木是琴最好的材质，难怪如此动听。弦音在草原里回荡开来。

箭,在声音之前到来。数里外,一名魔族骑兵的眉心出现了一个血洞。那个血洞非常圆,边缘很光滑,甚至让人很想用秀气这个词语来形容。

接着,徐有容第二次挽弓,第三次,第四次……她的动作始终那样稳定,有一种简洁明确的美感。在非常短暂的时间里,箭匣便空了。

三十支梧箭离开桐弓的弦,飞进了夜色里,直向数里之外的狼骑。闷哼之声不停响起。血花不停炸开。魔族骑兵不停倒下。恐惧的喊声不绝于耳。狼骑四散逃开。

三十支箭最多也只能带来三十次死亡。从道理来说,散开队形是最好的选择。

徐有容再一次举起桐弓,虽然已经没有了箭。这一次,她用的时间明显要比前面长很多。

终于,她松开了弓弦。弦上染着一点血,与夜风相遇,摩擦,开始燃烧,生出金黄色的火焰。

那些穿透魔族骑兵颅骨的箭,那些贯穿嗜血巨狼身躯的箭,那些带去死亡,然后消失于夜色里的梧箭……忽然都回来了。

三十支梧箭拖着火尾,向着草原上四散的狼骑追去,像是燃烧的火鸟,又像是明丽的流星。

多年前在周园里,在暮岭的尽头,南客经历过类似的攻击。那夜之后,徐有容是第一次用这种手段。

那些狼骑如何能够避开?噗噗噗噗。草原上不停响起梧箭穿透坚硬事物的声音。

带着火尾的梧箭,追逐着狼骑,驱赶着夜色,所到之处,便是死亡。不知道过了多长时间,那些声音终于停止了。夜色下的草原恢复了宁静。但更应该说是死寂。因为这片草原已经变成了墓地。

数里方圆之内,到处都是倒毙的尸体。无论是魔族骑兵还是嗜血巨狼都死了,没有谁能够幸免。

草原反射着星光,有些湿湿的感觉。不是空山,却像是新雨后。那些不是细雨,而是血。

徐有容把桐弓插进地面。桐弓很长,立着比她的人还要高,看着真的很像竖琴。事实上它不是琴,而是一棵树。

瞬间，无数道树枝从桐弓上生出，结出无数青叶，随夜风轻轻摇摆。清新的气息，像瀑布一般落在她与陈长生的身上，也落在土狒的身上。土狒正在偷看她，悚然一惊，然后觉得伤势以难以想象的速度好转。

青枝继续生长，很快便长成了一棵大树。这是一棵梧桐树。这棵梧桐树里有桐宫阵法。

她拔出斋剑，走到陈长生身边，望向夜空里的那座山。

"梧桐能撑八十息，想想还有什么办法。"此时她鬓角微湿，神情有些疲惫，眼神还是那样平静，就像什么都没做过。

黑暗的草原上忽然多出了一棵孤单的梧桐树。树枝在数千道剑里伸展，挡住了夜空里的那座山。

桐弓与梧箭合在一起就是梧桐。南溪斋前代圣女以难以想象的智慧与能力，把桐宫阵法镶进了弓箭里，更是让其威力倍增。也只有这样的神器才能抵挡住焉支山人这种传奇人物的攻击。当然，即便是这棵梧桐树也不可能一直支撑下去。

草原上响起无数声雷鸣。那是沉重的山峰带动地面的声音，是地底的岩石与泥土彼此挤压的声音。

焉支山人向着他们走来。他的速度很慢，但没有漏洞，就像一道移动的山脉，给人带来难以想象的压迫感。

夜空里也有一座山，弥散着古老而沧桑的气息，无比沉重，令人心悸。

梧桐树哗哗作响，数百片青绿的叶子落下，树干逐渐弯曲，发出嘎吱的声音，似乎随时可能断掉。数千道剑不停地向着那座山峰斩落，不时有石屑落下，然后在半空化作青光消散。

陈长生的睫毛不停颤动，低头看着地面，不知道在想什么。徐有容让他想办法，如果想不出来，他们或者便要行险一搏。

陈长生的性情不喜欢冒险，但他这时候总盯着地面看，又能想出什么办法？他总不能把地面看出一朵花来。事实上，陈长生还真是在看花。

肖张躺在地上，昏迷不醒。他脸上的那张白纸被夜风拂动，上面那些血点不停变幻，看着就像风里的蜡梅。白纸上留着两个洞，那是眼睛的位置，鼻子与嘴巴都是用笔画出来的。

画甲肖张的大名便是由此而来。肖张为什么要在脸上蒙一张白纸，这是所有人都很好奇的问题。有人说他的脸上有胎记,极其丑陋难看。有人说他生得非常秀美,年轻时候经常被人误认为女子,还经常遇着一些另类的麻烦,所以才会把脸蒙起来。

最出名也是得到最多人认可的说法是,当年肖张为了超越王破,强行修行某种邪道功法,结果走火入魔,身受重伤,尤其是脸部近乎毁容,于是他用白纸覆上。据说天机老人曾经问他为何不用面具,或者笠帽,肖张说自己用白纸遮脸,只是不想吓着小孩子,又不是耻于见人,为何要用面具,至于笠帽更是令人憋闷。

按照陈长生对肖张的了解,这个故事里天机老人与肖张的这番对话应该是假的,据说确实只是随便说说而已,那么这个说法本身也就有可能不是真的,肖张的脸上并没有恐怖的伤口。

那么白纸下面究竟是什么?很多人都想把这张白纸揭下来看看,但敢这样做的人很少,而且那些人都已经死了。这时候肖张昏迷不醒,想要看到他的真容,可以说是最好的机会。这确实是很大的诱惑,陈长生似乎也无法忍受,伸手过去,准备把那张白纸揭下来。

只是此时魔族强敌在前,威压如山,局势如此凶险,他为何还有心情想这些?

86·嚣张之枪以及心碎之箭

陈长生的手离肖张的脸越来越近,直至触到了那张白纸的边缘。

不知道是被汗水打湿还是沾了太多血的缘故,白纸的边缘并不锋利,就像是在潮湿的桐江边搁了三天的酥皮。

就在他的手指触到白纸的那一刻,白纸上的那两个黑洞忽然亮了起来。那是肖张睁开了眼睛。他醒了。当然也有可能刚才他根本没有昏过去。

陈长生脸上没有吃惊的神情,应该是早就已经知道,问道:"歇够没有?"

徐有容没有转身,静静地注视着天空里的那座山峰。南溪斋剑阵已经被那道沉重如山的气息压制得离地面越来越近。梧桐树的青叶落得越来越多,树身发出的声音也越来越大,甚至有些地方的树皮已经裂开,露出白色。

肖张看着陈长生说道:"从来没有人敢揭这张纸,以前没有,现在更没有。"

他的声音很冷漠，无情无识，就像他的眼神一样。以前他是逍遥榜上的强者，加上疯狂嗜杀的名声，自然没有谁愿意招惹他。现在他成功晋入神圣领域，更没有谁敢来撩拨他。

对这句带着威胁意味的话，陈长生并不在意，说道："如果你不肯醒来，我只好把这纸揭了。"

肖张说道："我有些困，你们撑一会儿都不行？真是没用。"

只有他这样的疯子，才敢用这样的语气对教宗与圣女说话。

陈长生依然不在意，说道："就算我们轮着撑，也总有撑不住的那一刻。"

肖张听明白了这句话的意思，怔住了。陈长生与徐有容竟然决定不再拖时间，而是准备搏杀。他们的信心从何而来？

"既然是搏杀，当然要博。"陈长生看着他笑着说道，"也许赢也许输，谁知道呢？"

他的笑容还是像少年时那样干净、纯真、温和。在肖张看来却有些可怕。这样的大事，就这样随随便便决定博一把？

无论桐宫还是南溪斋剑阵都还可以抵挡焉支山人片刻。他身受重伤，但毕竟是位新晋圣域强者。在这样的局面下，陈长生与徐有容却决定不再等待，直接搏杀焉支山人！

难道他们不明白，焉支山人身为魔族的远古强者，要比那些魔将强大很多，甚至境界实力可能不逊于魔帅？难道他们不明白，人族教宗与圣女再加上他这个新晋圣域强者如果今夜全部战死，历史真的可能会改变？明明可以再等一等，为何要搏杀？为何在这样的时候，陈长生还在笑，笑容还是如此干净？徐有容还有心情背着双手看星星？

世人都说肖张是个疯子，他却发现陈长生与徐有容比自己还要疯狂。这些为何的答案是什么？他忽然想到了。这就是锐气。年轻人的锐气。

他比陈长生与徐有容大几十岁，但对于修道者而言，也还算年轻。他的眼神变得锐利起来，就像是秋水洗过的银枪，寒意十足。

"还有多久？"他走到徐有容身边问道。

徐有容说道："四十七息。"

肖张嘶哑的声音从白纸里再次透出："我去破他的山势。"

他提着铁枪向北方的夜色里走去。他看都没有看一眼头顶夜空里的那道黑影的山脉。真正的山在数里之外，在他准备去的地方。

前些天，他感应到了破境的征兆，毫不犹豫结束了在雪原上的暗杀生涯，按照当年约定好的路线一路南归。眼看着便要通过草原回到人族的领地，却在荒野间看到了忽然崛起的三座大山——焉支山人、镜泊山人、伊春山人。面对这样可怕的远古强者，他根本无法脱逃，按道理来说必死无疑，谁承想这种前所未有的压力，竟然让他跨越了那道门槛，提前突破了神圣境界，险之又险地逃了出来，只是还是受了很重的伤。

乘风筝入乱山，看到陈长生与徐有容，他心神骤然放松，伤势与精神上的疲惫同时爆发，直接昏死了过去。

歇了片刻，伤势未愈，但他的精神振作了很多。最重要的还是陈长生与徐有容的出现。人族地位最高的两位圣人一起来接他回去。这是很值得骄傲的事情，哪怕高傲如他，也这样认为。

为此，他愿意再战一场。但他说的是我去破他的山势，而不是我去破了他的山势。他没有自信能够破掉焉支山人的防御，甚至没有信心能够活下来。

风萧萧兮，白纸哗哗作响，似乎有些不吉。但他的身影并不萧索。因为铁枪笔直，红缨飞舞。因为他战意滔天。

徐有容收回视线，望向数里外的夜色，说道："只有一次机会。"陈长生明白她的意思。

肖张强行压制住伤势只能进行一次最强的攻击，就算随后他还有再战之力，也不可能比这一次更强。换句话说，他们如果想要正面突破、击破焉支山人，也只有这一次机会。

夜风落在脸上，有些微寒，谈不上像刀子，更像是初春时西宁镇那条小溪里的水。陈长生左手握拳，天书碑化作的石珠从袖口里垂落，来到了腕间。感受着石珠的重量，他的心情也随之变得沉重起来，深深地吸了口气，才平静了些。

夜色下，焉支山人真的很像一座山。不是远方看上去的那道山脉，而是更加真实的一座岩山。这座岩山并不是特别高大，却仿佛与大地深处的岩石连为一体，给人一种无法撼动的感觉。

肖张走到山前，停下。星光落在他的脸上，被白纸反射出来，显得更加白，有些像雪老城后的月光。

很奇异的事情发生了，铁枪红缨轻舞，竟把那些星光带得游走了起来。星光仿佛变成了真实的存在，丝丝缕缕。世界是相对的。虚无变成真实，那么真实的事物呢？

星光里，肖张的身形时隐时现，仿佛随时可能消失。如果只用肉眼观察，根本无法确定他的位置在哪里。这是洞彻天地法理之后的道象。

今夜他刚刚破境成圣，对天地法理的领悟还有所不够，远远谈不上掌握，这时候明显已经进步了很多。这就是神圣领域强者的能力，无论是战斗还是沉睡，都可以让他们与这个世界更深地彼此认知。

黑色的岩山高处有两团火苗，幽冷至极。低沉而漠然的声音从岩山里响起。

"数百年来，论战意之强，你可以排进前三。"

焉支山人似乎知道肖张还有战力，但他并不在意。就算还有陈长生与徐有容，他也不在意。他表现得很是淡然，还有心情评价对方。以他的见识，这种评价可以说是极高的赞誉。

肖张却不领情，说道："你这妖怪，话倒是挺多。"

魔族向来自称神族，但被称为魔，也不怎么生气，所谓魔神一体，便是这个道理。但是他们非常不喜欢被称为妖怪，或者是因为这容易让他们联想到妖族，而在漫长的历史长河里，大多数时间，妖族都在扮演着魔族奴仆的角色。

焉支山人的眼神变得更加幽冷。

肖张冷笑着说道："怎么？浑身上下都是石头，当然就是妖怪，难道你还不服？"

焉支山人说道："吾乃山人。"

肖张笑道："哈哈哈哈！什么山人，不过是个黑山老妖罢了！"沙哑的笑声回荡在草原里。

笑声骤停。肖张一枪刺了过去。

星光洒落在草原上，仿佛清浅的溪水。随着铁枪刺出，那片星光忽然动了起来，变成了一匹布。铁枪落在了岩山之间，星光随之落下，然后绽开，碎成无数银屑。

这画面极其美丽，看着就像是烟花，又像是真实的花朵瓣瓣绽放。

数里外的夜色里忽然绽开了一朵银色的花朵。陈长生与徐有容知道，那是铁枪与山崖的相遇。

紧接着，那处的草原生出一道黄龙，呼啸而起，其间隐隐有一抹红色时隐时现。

两道强大的气息，直接带起了方圆数里的所有沙砾，星光骤然暗淡，极难视物。

焉支山人的境界实力果然深不可测，在应对那道恐怖铁枪的同时，居然没有忘记继续镇压陈长生与徐有容。

夜空里那座山脉猛然下压，像手指般的五座山峰直接拍进了南溪斋剑阵里。刺耳难听的摩擦声不停响起。无数崖石被剑切开，簌簌坠落，在半空便化作青光散去。

那只手掌般的山峰离地面更近了些。梧桐树弯曲到了极点，随时可能断裂，枝丫间的青叶更是几乎落尽。

徐有容早有准备，平静如常，轻声说道："走。"

一道清光闪过，土狲在原地消失。陈长生把它送进了周园，然后握住了她的手。

一对洁白的羽翼在夜风里展开，燃烧着金色的火焰。一道流光照亮草原，两道凤火贯穿夜色。沙尘与草屑组成的狂风里，出现了一道空洞。

徐有容与陈长生来到了焉支山人身前。两道剑光亮了起来，无比明丽，然后合在一起，变成了一道夺目的剑虹。

铁枪再现，嚣张无比地带着剑虹轰向岩山，在夜空里开出一朵跋扈的花。

一声巨响，大地震动不安。无数碎石飞起，像箭矢一般撕裂夜色，方圆数十里，不知道多少野兽被砸死。

烟尘渐落，焉支山人的身影渐渐出现。山的中间出现了两道极其深刻的剑痕，用眼望去，只怕深约尺许。那两道剑痕交叉而过，看上去就像是雪老城的魔族王公们最熟悉的南十字星座。剑痕相交的地方要比别的地方更深，形状很圆，边缘光滑，就像是工匠用器具凿出来的洞，看着幽暗至极。那是铁枪留下的痕迹。

如果把这座岩山比作一个人，剑痕与枪洞所在的位置就是人的胸口，稍微偏左，正是幽府之所在。

嚣张一枪，双剑合璧，终于突破了焉支山人的防御。那个位置就是焉支山人唯一的漏洞。这是徐有容算出来的。

问题在于，那个洞是否完全穿过了这座山？

草原地表上到处都是裂口，黑色的泥土与草屑混在一起，早已不能分开。

肖张躺在地上，脸上的白纸被血浸透，盯着数十丈外的焉支山人。陈长生也受了重伤，盘膝坐在地上，脸色苍白，不停地咳着。

纸上的洞很黑，肖张的眼神很幽深，他的声音很沙哑，就像破了的钟："他妈的，这样还不行？"

陈长生叹了口气。他们破了山势，却无法推平这座山。

徐有容站起身来，再次拉开长弓。她的脸色很白，随着挽弓的动作，更加苍白，看着就像是雪一般。黑发在她的颊畔掠过，相映鲜明，惊心动魄。

一口鲜血从她的唇间喷了出来。白色祭服上满是血点，看着就像碎掉的花朵。她散发出来的气息更加强大。

弦动无声。一支秀气的小箭，破开夜色，悄无声息地落在了那座山上。不偏不倚，不差毫分，射进那个洞里。啪的一声轻响，仿佛什么事物碎了。

肖张与陈长生感觉自己的胸口里生出一道极致的痛楚。因为他们听到了那个声音。那是心碎的声音。

徐有容脸白如纸，摇晃欲倒，唇角溢出鲜血。即便是她自己，也被那根秀气的小箭所伤。

焉支山人受到的伤害自然最大。一道痛苦至极的怒吼从山崖里响起。

87·亡我焉支山

岩山剧烈地摇动起来，无数崖石纷纷剥落，砸在地面上，激起烟尘，掩住了焉支山人的身形。不知道过了多长时间，烟尘渐敛，那座岩山明显地小了一圈，但还是矗立在夜色下的草原里，没有倒塌。

山还是山。看着眼前的画面，徐有容的脸上终于出现了失望的情绪。

"圣女的手段果然了得。"焉支山人的声音依然低沉，但仔细听去或许能听到隐藏在其间的那丝颤抖以及愤怒。

肖张用铁枪撑着疲惫的身躯站了起来。白纸在夜风里哗哗作响，黑洞无比幽深。

"再来。"他用沙哑的声音说道,对眼前的局面似乎并不在乎。

陈长生没有说话。数里外,风雨群剑准备归来。徐有容也没有说话,从袖子里取出命星盘。星光落在命星盘上,随着如流水般周转的星轨而散发出不同深浅的光芒,很是好看。

对于今天的结局,她推演了很多次,结果都非常不好。那支秀气小箭也没能达到目的,这让她有些失望。但战斗既然还没有结束,便要继续。命星盘如果不能算出好的结局,那么用它作为武器来战斗,会不会让结局变得有些不一样?

铁枪挟着天地之威袭向那座岩山。两道剑光再次相会,以一种焚世的决然姿态斩开天地。狂风呼啸,烟尘再起。隔着漫天风沙,徐有容盯着山上那个黑洞,手指在命星盘上不停地拨弄着。

焉支山人受了不轻的伤,这时候更是感觉到了危险。无论是肖张的枪还是徐有容的命星盘。最令他感到警惕的,竟是陈长生与徐有容双剑里流露出来的那种焚世气息。

这让他联想到了很多年前人族那个恐怖至极的男人。警惕与危险,还有那段不堪回首的回忆,让焉支山人真正地愤怒了。

夜云被一声怒啸撕碎,向四野流去。山峦如聚,草原地表起伏,波涛如怒。

焉支山人数千年修为尽出!枪花微敛,剑光骤黯。肖张怒喝声声,苦苦支撑。陈长生站起身来,左手伸向前方的那座山。

在这样的时刻,徐有容却忽然望向了命星盘。命星盘上的星轨以难以想象的速度流转着,构成无数复杂至极、极难领悟的图案。她有些惘然。到底发生了什么事情?

更准确地说,下一刻会发生什么事情竟让这场战局乃至整个历史的走向都发生了这么多变化?

夜云被撕裂,然后流走,天空骤然清明,星光极盛。忽然,极高处的夜空里出现了一道火线。在很短的时间里,那道火线便来到了草原上空。

那道火线来自南方。按道理来说,镜泊山人与伊春山人应该能够拦下那道火线,但不知道为什么他们没有出手。或者是因为那道火线,对场间交战的双方来说,都构不成威胁。

在那道火线的尽头,出现了一只火云麟。火云麟挥动着双翼,上面没有人。

世人皆知，当年大周第二神将薛醒川的坐骑便是一只火云麟，难道这只便是那只？十余年前，薛醒川在皇宫里被周通毒死，那只火云麟消失在宫廷深处，再也没有出现过。为何今夜它会出现在这里？这究竟意味着什么？

草原一片寂静。这段寂静的时间非常短暂。对当时在场的焉支山人和肖张、陈长生、徐有容以及南方的两位山人来说，这段时间却仿佛很长。甚至就像是有数年时间在这片寂静里流逝了。

世界是相对的。位置是相对的。时间也是相对的。感受到的时间比真实的时间更长，或者是因为来到这块时间碎片里的新参照物相对速度太快。

来的是一道刀光。从天上来。这道刀光并不如何惊艳，很是沉稳安静。与那些尚未消散的狂风、沙砾相比，这道刀光可以说很细腻。与焉支山人的愤怒相比，这道刀光可以说很温柔。

但这道刀光真的太快。如果这道刀光斩的是流水，流水一定会断。如果这道刀光斩的是如流水般的时光，时光也会停止片刻。当人们看到这道刀光的时候，这道刀光已经落了下来。

嚓，一声轻响。那道刀光落在了山崖间。没有碎石溅飞，没有烟尘起。刀光仿佛湮没了山崖里。

然后，山垮了。大地震动。那是山脉在移动。

两道低沉的啸声从南方的夜色里传来。那啸声里充满了悲痛与愤怒。

陈长生觉得这啸声与龙族的语言有些相似。接下来应该会是一场更加艰巨的战斗。他站起身来，准备战斗。

就在这时，垮塌的山崖里响起了一声低沉的吟啸。那是焉支山人的声音。

这一次陈长生听得更清楚了些，发现不是标准的魔族通用语，也不是雪老城里那些王公贵族喜欢用的古魔族语。他望向徐有容，徐有容轻轻摇头。

虽然他们听不懂具体意思，但能够隐约明白焉支山人此时的情绪以及想要传递的信息。焉支山人没有愤怒，没有不甘，没有怨恨，而是很平静。

那两道山脉停了下来，发出数声低吟，然后向西而去，渐渐消失在了夜色里。南方的草原回复了安宁，只是多了些离别的悲伤。

血水顺着纸张的边缘不停淌落，肖张伸手抹了一把，觉得湿答答的，很是厌烦。他看着身边那人更觉厌烦。

"这么好的机会，还不赶紧去追！杵在这儿干吗？指望竖一座雕像？"

被这般嘲讽,那人的神情却没有什么变化。几十年来,这样的话他听得太多,而且他知道怎么反击。

"如果你没有受伤,或者还能走两步,那倒是可以追一下。"

肖张的脸色很难看,却无法还击,因为这是事实。他确实受了伤,他的伤确实很重,他确实走不动了。最重要的事实是,是那个人救了他,不管他自己乐不乐意。

烟尘渐落,石块滚动的声音响起。有人从垮塌的岩山里走了出来。那人身着白衣,须发皆白,身体也是白的。这种白不是雪那样的白,也不是纸那样的白,而是隐隐有某种莹光流动,更像是玉。那人的五官很秀气,肌肤光滑,无论额头还是手上没有一丝皱纹,仿佛并非活物。如果不是他头上的那根魔角,或者会被看成是木拓家大匠用白玉雕成的美人像。传说中的魔族远古强者,原来生得这般好看。

陈长生忽然想到在寒山里第一次见到魔君时的画面。魔君也是位很秀气的书生。

肖张哼了一声,显得有些不满意。只是不知道他是自惭形秽,还是不屑。答案不在风里,而是在那张白纸的下方。

此人便是焉支山人。山是他的魔躯。这才是他的本体。

"如果你真追上去,最终也不过是两败俱伤。"焉支山人看着肖张身边那人说道,"哪怕你是王破。"

那人穿着件洗至发白的蓝色长衫,耷拉着双肩,耷拉着眉,就像位寒酸的账房先生。当然就是王破。

"前辈境界深不可测,我方四人联手方勉强胜之,自不会再生妄念。"事实也是如此。

肖张如此狂霸的枪法,再加上陈长生与徐有容双剑合璧,剑阵与桐弓,手段尽出,依然无法击败焉支山人,只能让他受了重伤,然后又遇着王破蓄势已久的天外一刀,才使之输掉这场战斗。

现在肖张、陈长生与徐有容已经完全没有再战之力,王破很难战胜镜泊山人与伊春山人联手。当然,这个推论反过来也成立。

焉支山人说道:"所以我阻止他们出手,让他们离开。"

王破说道："前辈是想为山人一脉保住存续。"

焉支山人说道："我已经尽力，想来死后见到大老师，他也不好意思说我什么。"

陈长生通读道藏，徐有容涉猎极广，王破与肖张见识渊博，但只隐约知道八大山人与通古斯大学者之间有些关系。

焉支山人说的大老师是谁？难道就是通古斯大学者？如此说来，八大山人居然是通古斯的学生，那可真是谁都不知道的秘密。但为什么他称呼通古斯为大老师？因为通古斯的尊称里有个大字？还是说……八大山人还有位小老师？

陈长生等人想到传闻里别的内容，神情微变。在最隐秘的传闻里，据说八大山人的出现与那一代的教宗陛下也有关系。难道说，那位教宗陛下也是他们的老师？

"是的，我们有两位老师。"焉支山人证实了他们的猜想。

所有修道者都知道那位教宗陛下与通古斯大学者之间的关系。从洗髓到聚星，现在被世人习以为常的无数规则与知识都出自二人之间的那些通信。

如果说权势与武力，那位教宗陛下与通古斯大学者或者不是最顶尖的，但说到对历史的影响，他们绝对有资格排进前三，要说到智慧与知识，二人更是遥遥领先于其他任何人。

最具智慧的天才，往往都拥有最疯狂的想法。通古斯大学者与那位教宗陛下，竟然成功地瞒过了整个世界，暗中联手做了一件事情。可能是为了验证永生的可能性、神魂的传续性、跨种族的信息交流，也可能纯粹只是无聊，他们创造了八大山人。

这个过程里的很多细节已经消失不可考。八大山人自己也不知道，只有一点可以确认，他们不是魔族，也不是人族，也不是像七间那样的混血，而是一种介乎两族之间，甚至可能是在两族之上的生命。任何存在都需要意义，或者说存在会主动寻找意义，然后赋予自己。通古斯大学者与教宗陛下先后去世。八大山人离开果园，来到世间。他们开始思考这件事情。以他们的智慧，无法猜透两位老师的真实想法，更无法触及永生、灵魂这些领域。最终他们得出一个结论。两位老师创造自己是为了证明人族与魔族可以和平相处，应该和平相处。他们就是和平的象征。

焉支山人说道："我们的目标是世界和平，在和平最终实现之前，我们至少希望不会出现神族与人族哪一方太过强大，从而导致面对被灭族的危险，所以当一方势盛的时候，我们就会去帮另外那边。"

陈长生说道："所以那些年你们领兵与太宗皇帝作战，后来却忽然消失了。"

焉支山人说道："是的。"

"魔族势盛时你们在哪里？洛阳之围时，你们又在哪里？"徐有容忽然说道，声音很是冷淡。

焉支山人说道："当时人族还有很多强者，并没有灭族之虞。"

徐有容说道："只要不被灭族，人类被魔族当牲畜一般凌虐，当作食物，你们都觉得无所谓？"

焉支山人沉默了一会儿，说道："前面说过我们小时候看过很多人族的话本，雪老城里的话剧，后者是大老师带我们去剧场看的，前者则是小老师寄过来的，这之间终究还是有些分别。"

他们在雪老城里出生，在雪老城里长大，自然对魔族的感情要深很多。

尤其是随着时间流逝，他们对人族的归属感难免越来越淡，虽然他们身体里流淌着的人族血液并不会变淡。

"所以你们的存在没有什么意义。在魔族看来你们是随风摇摆的墙头草，想来无论是老魔君还是现在的魔君都对你们无比警惕，甚至我想老魔君应该杀了你们当中几名成员，而对人族来说，你们和黑袍没有什么区别，都是背叛者。"

徐有容的声音很平静，说的话杀伤力却极强。王破与肖张对视一眼，不知道该说什么。

最是实情能伤人。很明显，徐有容说中了八大山人在魔族的遭遇。

焉支山人怒道："我们摇摆，但不代表我们是背叛者！不要把我们与黑袍相提并论！"

徐有容话锋一转，指向北方某处说道："那里的夜色里本来有什么？"

焉支山人怔了怔，说道："都这时候了，何必再提。"

徐有容唇角微翘，嘲弄说道："都这时候了，魔族还在内斗，不亡族真是没天理。"

焉支山人的脸色有些难看。

"很明显这是黑袍的阴谋，你何必替他遮掩？"徐有容看着他问道，"是不是魔帅？"

焉支山人犹豫片刻，点了点头。

徐有容点了点头，说道："我没有什么想问的了。"

直到这时候，王破才明白她在做什么，好生佩服。他转身对焉支山人说道："您最好让他们走得远一些。"

他说的是镜泊山人与伊春山人。战火无情，必将燃遍整个大陆，甚至大西洲可能都无法避免。

焉支山人说道："他们会去遥远的渊海。"

八大山人的故事真正落幕了。他们赋予自己的历史使命已经结束。焉支山人的这句话便是承认失败。不是今夜的失败，而是整个魔族的失败。在战争还没有开始的时候，他便承认了失败。

想战胜一座山，首先便要破山势。肖张就是这样做的。一座山真正的力量，在于势。高低山崖之间的差距，山梁起伏曲线的变化，都是势。

天下大势，则在于各族的气运。千年来人族气运渐盛。太宗皇帝、先帝、天海圣后，都可以称得上是一代明主。

最重要的是，他们都在该死的时候死了，只把那些好的遗产留给了大周王朝。

比如与妖族的联盟，比如拥雪关、拥蓝关十七城连线的建设，比如南北合流。

当今皇帝依然是位明君。他不出深宫，却能政行天下，连续十数年风调雨顺、海晏河清，真以为是天道垂怜？

与人族相比，魔族这千年里的运气则是差到了极点。前代魔君的能力也极完美，乃是真正的一代雄主，甚至称得上伟大。如果他死得早一些。

可惜的是，这位魔君活得时间太长了。他比太宗皇帝的年纪大，甚至曾经与太祖皇帝以兄弟相称。然而太祖皇帝死了，太宗皇帝死了，高宗皇帝死了，他还没死，他还不肯死。流水才能不腐，魔君统治雪老城的时间太长，整个魔族都变得死气沉沉。更可怕的是，老魔君的肉身还活着，精神却已经渐渐腐坏。

可能是面对死亡的时间太长，他根本无心政事，把绝大多数的时间精力都放在了修炼魔躯与神魂上。他想要治好当年的旧伤，想要进入传说中的大自由境界，他想要……长生不死。

所以当年他会冒险进寒山，想要吃掉陈长生。所以他才会落入商行舟局中，与白帝在雪原上惊世一战，身受重伤。所以他才会露出漏洞，被黑袍与魔帅联手推翻，然后被自己的亲生儿子逼入深渊里。

说到底，他最后死在雪岭，不是因为别的，就是因为他太想活。还是先前说的那句话，可惜，真的很可惜，他还是死得晚了。

如果他像太宗皇帝那样早点死掉，魔族上层更加自然地更新换代，就算还是会变弱，但复兴的时间应该会来得早很多。

说来说去都是命。这是魔君的命，也是魔族的命。今夜是魔族最后的机会，八大山人想要逆天改命，却没有成功。至此，天下大势已定，魔族大势已去。

"妇人啊妇人……"

"老人啊老人……"

星光照耀在焉支山人的脸上，一片惨白。他的双唇同样也是白色的，微微翕动，就像是将要崩落的雪堆。

"亡我焉支山，使我不得开心颜。"

说完这句话，他闭上眼睛，就此死去。

88 · 第二十九夜

清光落下，徐有容用圣光术替陈长生疗伤。接着，陈长生用金针替肖张通脉，喂了他一颗疏血通神的丹药。

肖张没有感谢他，反而很不满意，说道："朱砂丹呢？为什么不给我一颗尝尝？"

在以安华为首的离宫教士以及那些狂热信徒的刻意宣扬下，现在整个大陆都知道了朱砂丹的来历以及做法。这种珍贵至极、神奇至极的灵丹，是教宗陛下用自己的圣血炼制的。肖张也知道，只是不怎么在意，心想吃你颗药丸又算得什么。

陈长生解释道："前些天制好的那瓶已经送到松山军府去了，你要想吃，还得再等十几天。"

现在战事未起，而且肖张现在对人族来说意义很重大，他并不在意。但徐有容在意，可能是心疼陈长生，也可能是因为陈长生身体里的血里混着她的血，根本无法分开。换句话说，朱砂丹有他的一半，本来也就应该有她的一半，凭什么你一个人说了算？

她看着肖张说道:"你确定要吃?"

想着先前她与焉支山人的对话,肖张忽然觉得有些冷,说道:"你当我放了个屁。"

看着这画面,王破心情很好,笑出声来。

肖张冷笑说道:"你的屁也挺响啊。"

陈长生问道:"你怎么会来?"

这也是徐有容与肖张想要知道的问题。虽然直到最后魔帅也没有现身,但黑袍的这个局本身是没有问题的。

肖张通过熊族传回消息,魔族开始追杀,是十几天前的事情。陈长生收到消息却是这两天的事情。

像茅秋雨、相王这等层级的圣域强者要直面魔族大军的压力,而且根本不知道这件事情。

今夜肖张破境,茅秋雨、相王等人应该也感应到了。但双方相隔太远,即便是神圣领域强者也赶不过来,除非别样红复生。

最根本的原因还是信任二字。肖张不喜欢这个世界,自然不会信任这个世界。在他眼里,茅秋雨与相王这样的人物只怕比魔族的高手还要更危险。就像苏离当年那样。

为什么王破会出现?他离开白帝城,徐有容离开圣女峰,来到这片草原,是因为他们有特殊的传讯方式,而且拥有最快的速度。这只能说明王破事先便知道了这个消息。

谁告诉他的?

"前天夜里,火云麟去了桐院,带去了一封信。"王破说道,"那封信来自洛阳。"

洛阳有座长春观。陈长生望向王破。王破点了点头。

陈长生有些吃惊,心想师父为什么能提前知道魔族的阴谋?

"黑袍有问题。"徐有容说道。

她与焉支山人最后的对话,就是想要确认这点。

"现在看来,你师父那边也有问题。想要弄清楚这些问题,你可能需要去趟洛阳。"

夜风渐静,烟尘已敛,天边隐隐透出一抹白。晨光象征着白昼即将来临。

王破对肖张说道："要不要和我一起走？"

白纸簌簌作响，那是肖张在喘气，有些恼火的感觉。

"我现在不比你差，用得着你管吗？"

数十年来，真的听多了这样没道理的话，王破笑了笑，不以为意。肖张果然还是那样高傲暴躁，脾气非常糟糕。陈长生很好奇他这样的性情怎么会想着向自己求援。

肖张给出的理由非常简单，却很有力量，甚至有些令人感动。

"我修道数十载，毫无惭色地说是练得极勤奋，用心极深，甚至不惜走火入魔，才终于到了现在这种境地，看到了越过那道门槛的可能，在这种时候死了那多可惜？就算要死，也得让我先过去把那边的风光看一眼再说。而且如果不能越过那道门槛，在雪原上战死也算悲壮，倒无所谓，但现在人族眼看着要赢了，我眼看着可能晋入圣域，那我就是有用之身，那我怎么能随便死去？我得更小心地活着。"

如果越过那道门槛，他曾经的强烈爱憎，对这个世界的怀疑、骄傲与放纵，都必须暂时放在一边。因为他需要活着，为了人族而活着，换句话说，他不再是自己，至少不再仅仅是自己。

王破有些安慰，陈长生有些感慨，徐有容有些沉默，心想那道门槛后的风景对修道者来说，真有如此大的影响吗？

晨风有些微寒，气氛却有些温暖，但偏偏让肖张很不喜欢。他喜欢被人敬畏、被人恐惧，不喜欢被人欣赏、被人喜欢。他习惯了冷色调的人生，为了避免谈话进入温暖的心灵对话，有些生硬地转了话题。

"你们的合剑术真的了不起。"肖张看着陈长生与徐有容说道。虽然是生硬的转话题，但他的神情很认真，因为他说的是真话。

这句话里的合剑术，指的是陈长生与徐有容的双剑合璧，但不限于此，还包括他们二人与焉支山人战斗时的配合。

那种天衣无缝、轮转自如，仿佛繁星映江的配合，必须要求两个人的心意完全相通。举世皆知，陈长生与徐有容是一对道侣，但谁都知道，心意相通本来就是世间最难做到的事情。即便是母子、生死相共的同袍、成亲多年的夫妻都很难做到，为何他们却可以？

连肖张这样的人都在称赞，陈长生有些高兴，又有些犯愁。首先是这个问题不好回答,其次是今夜有容的心情有些不好,他担心答得不妥让她更不开心。

肖张的视线在他与徐有容之间来回,说道:"你们两人之间是不是有什么问题?"

"你们两人之间是不是有什么问题?"

星光落在庭院间,把青砖变成了银色,也把鹅黄色的衣袖变成了芽黄色。

看着篱笆外的折袖,七间有些不安,双手紧紧攥着衣袖。如果是前些年,他这时候应该盯着这些银砖看,因为他最喜欢银子了。要不然,他就应该会盯着自己看,他最喜欢看这件裙子,最喜欢看自己。从什么时候开始,一切都开始变了呢?

看着折袖的背影,七间的神情有些落寞。折袖没有转身的意思,也没有直接回答这个问题。

"不要瞎想,早些睡,我过一会儿就回来。"

庭院在青峡后的山边,前面是一片草原,在星光下就像是一张美丽的毡子。有一条小路通向草原深处,应该是被人用脚踩出来的,看着就像是毡上落着的一根白线。

折袖在这里停留多年,虽然还没有与七间成亲,但整座离山都已经默认了。只是谁都没有办法联系到苏离,所以这件事情只能暂时这般拖着。

折袖还是那样沉默,脸部线条柔和了些,衣袖与裤管也不再像当年那样短。每隔数日他便要去前山聆听离山剑宗掌门的剑音,心血来潮的病好了很多,虽然还没有痊愈,也已经数年没有发作。

他的境界也提升得非常快,初春时庭院篱笆外的桃花树一夜盛开,他终于到了聚星境巅峰。加上狼族与人族混血所带来的特异能力,他现在的战力真是强得可怕,关飞白与梁半湖已经不是他的对手,白菜更是在他手下走不过三招,甚至与那些剑堂长老对战,他都可以不落下风。

要从离山来到这片草原,需要通过青峡上的那条剑道。白天的时候还会有些长老以及某些弟子来这片草原练剑。到了夜里,这片草原则是寂静无人,只有他与七间还有草原深处那棵大树上住着的姑娘。

看着远处那棵大树,折袖的眼睛微微眯起,眼神有些锋利。一望无垠的草原里，居然有这样一棵大树，这本来就是很奇怪的事情。

那棵大树约要十余人合围才能抱住，表面非常光滑，就像是没有树皮一般，横生的枝丫非常少，树叶数量也与大树的体量完全不符，直到最高处才会显得有些茂密，看着有些光秃秃的，如果从远处望过去，真的很像一把剑。

走到那棵大树下，折袖抬头向上望去。

"你来了？"

"你来了！"

仿佛感应到了他的目光，两道声音响了起来。这两道声音不分先后，仿佛同时响起，彼此之间却区隔得非常清楚，绝对不会让人把两句话听成一个人说的。

有一道声音很清脆、灵气十足，充满了惊喜的意味。另外那道声音则是软糯至极，还有些微微沙哑，听着很是慵懒。

夜风微拂，青光流动，两个女子落在了折袖的身边。二女都很美丽，衣着打扮与风情却是截然不同，

一名女子穿着素净的长裙，浑身上下都包得极为严实，什么都没有露出来，不施脂粉，素面朝天，清丽至极，睁着大大的眼睛看着折袖，神情很是无辜可爱，双手则是小心翼翼地牵着折袖的衣袖。另外那名女子则是一身红衣，满头黑发披散，还有些微湿的感觉，眉眼如画，睫毛轻眨，自有风情万种，整个人都已经歪进了折袖的怀里，用软弹的高耸处似不经意地轻轻挤着折袖的上臂。

一者动人，一者诱人，一者清纯，一者媚惑，换作世间任何男子，大概都难以抵挡这种诱惑。

折袖没有什么反应，也没有像道德君子那样面露不豫甚至生出厌憎的情绪。他不是道德君子，而且认识这两个女子，知道她们美则美矣，但并非真实存在的人，而是灵体。

她们是南客的双翼，叫作画翠与凝秋。当年在雪岭，南客身受重伤，脑疾发作，双翼便消失了，即便出现，也无法拟化成人。直到不久之前的某个夜晚，她们才重新出现，也正是从那个夜晚开始，折袖才会经常来到这棵大树这里。

光翼悄无声息地挥动，画翠凝秋带着折袖飞了起来。在折袖的眼里，大树光滑的表面看上去就像是不断后移的路面。数十丈后，枝丫才多了起来，树叶也多了起来，绿意渐盛，有了繁茂的感觉。

有人在树上搭了一个树屋，前面还有一个三尺宽的平台，站在那里，应该

能够看到壮阔的草原落日。折袖走进树屋。

南客蹲在地板上，左手抱着双膝，脑袋搁在膝头，右手拿着一根树枝，正在地上画着什么。

听到脚步声，她抬起头来，望向折袖说道："你来了。"

这是陈述句，没有什么情绪，就像她的声音，还是像以前那样平直，没有什么起伏。她两眼之间的距离还是有些宽，神情还是有些呆滞，但比起当年来已经好了很多。离山剑宗掌门的正剑清音果然厉害，除了折袖的心血来潮，对她也极有好处。

折袖没有与她寒暄，直接问道："你想好没有？"

因为太过直接，所以显得有些木讷，也可以理解为强硬。

南客说道："你已经连续问了我二十九夜。"

折袖说道："你还有一天时间。"

南客说道："我还没有想好。"

折袖沉默了一会儿，说道："如果明天还是这个答案，我会杀了你。"

南客说道："如果你警惕我，就应该告诉离山剑宗的人，与他们联手杀了我，何必每天夜里来问我这个问题？"

是的，她已经醒了，就在二十九天之前。也就是在那个夜晚，南客双翼重现草原，带出一道诡异而美丽的绿光。折袖看到了那道绿光，知道了这件事情，于是他来这棵大树问了她一个问题。直到今夜，南客还是无法给出他想要的答案。

"陈长生把你托付给我，我就有责任照顾你，我不希望你死。"折袖说道，"而且你是他的亲人，如果你死在离山，他应该会很伤心。"

南客把手里的树枝搁到地板上，说道："但最终你还是会杀我。"

折袖说道："你可以留在这里。"

这就是他想要从南客这里听到的答案。

南客静静地看着夜色下的草原，说道："人族即将开战，我当然要回去。"

虽然她与现在的魔君之间仇深似海，但她毕竟是魔族的公主。

"回到雪老城，你就是敌人。"折袖说道，"所以我不会让你离开，哪怕要杀了你。"

南客说道："我要再想想。"她的声音依然很平直，没有起伏，没有情绪。

折袖静静看着她，忽然说道："好。"说完这个字，他向树屋外走去。

地板上的那根树枝忽然悄无声息地变得焦黑起来，然后变成灰。屋外的平台间，两道绿色的光翼在缓缓地流动，随时准备发起突袭。

看着折袖的背影，南客的脸上没有任何表情，就像看着一个死人。

89·一无所知的别离

南客根本不指望自己的两个侍女能够给折袖带去任何麻烦。她需要的只是两名侍女发动攻击。那根无火自燃成灰的树枝里有剧毒，同时会启动平台上的一道杀阵。然后，她为折袖准备了二十九套方案。这是一次筹划已久的伏击。

以南客的能力，这场伏击没有任何漏洞，各方面的细节都堪称完美。只要折袖事先没有准备，便一定会被她击败，然后被杀死。哪怕他现在已经是聚星巅峰的强者，哪怕他在很小的时候就被公认为最擅长战斗的人。

折袖到底有没有预料到南客会忽然发起偷袭？他的皮靴前端裂开，露出锋利明亮的尖爪。他的身形骤然变大，露在衣服外的脸和手上伸出钢针般的毫毛。他的气息也在极短的时间里变得强大了数倍之多。

他没有走出树屋，便毫不犹豫地狂化，然后集结全部功力，向着南客轰了过去！他是怎么看透这些布置的？

看着破空而至的锋利的狼爪光影，南客神情微惘。下一刻，她便驱散了那些情绪，眼睛变得无比明亮，就像是雪夜里的月华。月华映着屋外的树叶，瞬间被染绿。

两道流光穿墙而过，来到她的身后，组成两道光翼挥动起来。在狭窄的树屋里，南客化作一道影子，连续进行了十几次瞬移，避过了折袖的攻击。

树屋根本无法承受，在一阵密集的噼啪响声里，裂成了数万道碎片，像雨一般落下。树梢的青叶也簌簌落下，也很像雨。树叶与碎片的暴雨里，还有两道身影在坠落。两道沉闷的撞击声响起，重重地落在地面上，泥土溅起然后落下。

折袖的衣服上到处都是裂口，极为平滑，染着幽幽的绿色。有的裂口较深，有鲜血涌出，红色与绿色混在一起，显得有些诡异，又有些恶心。孔雀翎，南客最可怕的武器，即便是陈长生完美洗髓、浴过龙血的肌肤也不能完全挡住，折袖也不能。因为狂化的缘故，折袖的眼睛本来应该是血红色的，这时候却是土黄色，应该是中了剧毒。

南客的伤势更重，左边光翼被撕开了一道极大的口子，颈间有道很深的伤口，流出的血却是黑色的。

"你怎么知道今夜我会动手？"

南客早就决定要离开，即便等到明天还是一样的结果。明天折袖可能会把这件事情告诉离山剑宗，她没有自信能够闯过离山的万剑大阵。与其等到明天，还不如今天抢先动手。

"我不知道你会动手。"折袖说道，"我准备动手杀了你。"

还是一样的道理。他知道南客不会改变主意，那不如就今天把这件事情了结了。

南客是陈长生带来离山的，这便是国教学院内部的事，他不想让离山剑宗参与其间。

"你的毒杀不死我。"南客抹了抹颈间的血，舔了舔指尖。世间最毒是越鸟。越鸟就是孔雀。她就是孔雀。

折袖说道："你的毒虽然厉害，但也很难毒死我。"

当年在周园里，他中了南客的剧毒，双眼皆盲，背着七间在日不落草原里奔跑。离开周园，他又进了周狱，剧毒依然未解，直到被陈长生和唐三十六抢回国教学院，用了很长时间才治好。南客的毒在他的身体里留了很长时间，竟是让他生出了抵抗力。这当然与他特殊的身体构造有关系。

南客说道："我没想到你会偷袭我。"

折袖说道："我是猎人。"

很小的时候，他被逐出狼族，便在雪原里艰苦求存，靠着猎杀妖兽与魔族生活。他战斗的目的是生存，为此可以不择手段。当需要杀死敌人时，他绝对不会心慈手仁。

南客想了一会儿，说道："时间太久，我有些忘了。"

折袖说道："是的，我们在这里生活了太长时间。"

这里不是残酷而血腥的魔域雪原，睁开眼睛便是你死我活、生死存亡。这里是温暖而舒适的南方草原，离山的剑光更多的是探索，而不是杀戮。在这里生活了很多年，他们都快要忘记很多事情。

折袖接着说道："我很遗憾。"

你不愿意大家继续在这里一起生活，这真的很令人遗憾。我不得不杀死你，这也很令人遗憾。泛着幽绿光芒的孔雀翎与锋利的狼爪将要再次相遇。

一道剑光自西而来，挡在了中间，剑意并不森然，澄静如水，柔却难破，源源不断。随之而至的是一道懒洋洋的声音。

"既然如此，何必再多憾事？"

折袖与南客这时候都受了很重的伤，但能够一剑同时挡住他们的人并不多。离山剑宗强者数量极多，也只能找出八九人来，而其中声音如此怠懒的，便只有秋山君了。

苟寒食来了，梁半湖、关飞白、白菜来了，七间也来了。

她看着南客伤心说道："小姨你就留下不行吗？"

"我在那里出生，在那里长大，我在那里走过，也飞过，离月亮只有两条街的距离。"南客说道，"现在，那里要被你们人族毁灭了，我总要为它做些什么。"

夜风拂动地面的树叶，发出簌簌的声音，却显得格外寂静。不知道过了多长时间，秋山君的声音响了起来："好走，不送。"

南客没有吃惊，也没有道谢，对秋山君、苟寒食等人说道："你们会去那里，到时候再见。"

那里自然是雪老城。这些年大家是在草原上围着篝火烤肉唱歌跳舞比剑的同伴，再见时却将是不死不休的仇敌。这是值得感慨的事情，为何又让人觉得这般无趣呢？

看着消失在夜色里的那道流光，秋山君叹了口气，余光里看到了折袖的脸色，又忍不住皱了皱眉。在他看来这个妹夫别的都好，就是这性子实在是太冷了些。

"陈长生来信说如果南客坚持离开，就不要阻止。"苟寒食解释道，"他没说怎么知道南客醒了过来。"

在他想来，南客是陈长生带到离山的麻烦，既然陈长生做出了安排，折袖也没有再反对的理由。

"要不要猜猜以后南客会毒死多少玄甲骑兵？"

折袖并不这样想，甚至对陈长生很不满。

"你们和陈长生想要表现的气魄、胸怀、情谊，在我看来都是愚蠢。"

关飞白冷笑说道："你知道什么。"

"关于战争，你们确实一无所知。"

折袖面无表情说道，然后转身离开。七间追了上去。

90 · 葱 州

战争究竟是什么？很多离山弟子们都曾经在前线效力过，曾经参加过与魔族的战争。但说到对战争的理解，在场的确实没有谁能够与折袖相提并论。

关飞白等人望向秋山君。无论修道还是生活，遇着很难破解的疑惑时，他们会寻求大师兄的指导，这是多年来的习惯。

秋山君说道："不要看我。我也不知道，而且我也不打算知道。"

关飞白等人有些意外，苟寒食却很吃惊，因为他听懂了这句话里隐藏的意思。

南客离开前说，大家以后会在那里再见。

难道师兄你……不准备去那里？

晨光渐盛，草原露出真容，山脉在上面碾压出来的伤口足有数十里长，看着竟有些壮观。

巨大的纸风筝借着晨风飞向远方，也不知道昨夜这风筝藏在哪里，又是如何被他弄了出来。白鹤很是好奇，振翅破空飞起，跟着风筝飞出十余里地，直到系在风筝下的肖张无法忍受被它盯着看的尴尬破口大骂，徐有容才把它喊了回来。

王破也准备离开，没有与陈长生太多闲叙，就像肖张那样干脆，因为大家都知道，很快便会再次相见。他把火云麟留了下来，没有说是他的意思还是洛阳那位的意思，陈长生猜想应该是后者。

春日温暖，青草生长得极快，陈长生与徐有容往草原深处走去，发现了一些秀灵族留下的痕迹。

当年在周园，他以为她是一心复国的秀灵族少女，后来把周园诸剑还给天下宗派时，教宗问他想要什么奖励，他提的一个条件便是想要这片草原，心里存的便是帮她完成遗愿的意思。

后来他才知道这是误会，也知道秀灵族远迁大西洲，没有回归东土大陆的想法。

这片草原便成了他与徐有容的财产。从某种意义上来说，这片草原是定情物，也可以理解为彩礼。

来到草原深处，陈长生把左手摊到阳光下，掌心有一颗黑色的石珠。

伴着呼啸的飓风，轰隆的雷鸣，还有淡淡的腥味，春日被遮，天地阴暗。数万只妖兽出现在草原上，黑压压的仿佛潮水。

这些以暴烈、好斗闻名的妖兽，竟然没有谁乱动，老老实实地伏在地上，就连喘息都不敢太大声。这些妖兽来自周园。

按照当初陈长生与妖兽们的约定，愿意离开周园的，现在都被他送到秀灵族的草原里。愿意离开的妖兽数量大概占到周园妖兽数量的三分之一。

犍兽与倒山獠没有出来，它们已经习惯了日不落草原的生活，数百年前也见多了真实世界的残酷，并不好奇。

土狲又出来了，跪在妖兽群的最前方，也就是离陈长生最近的位置，不停地亲吻着他脚前的泥土。

"记得不要离开这片草原。"陈长生对土狲说道。这也是约定里的一条。

曾经属于秀灵族的这片草原极为辽阔，边缘还有两道漫长的山脉，如果不是寒冬难熬，血煞之气太重，根本不可能像现在这般荒凉，但对于这些妖兽们来说，这些都是可以克服的困难。

"你有没有想过，妖兽繁衍生息，数量不断增多，会出现怎样的麻烦？"

徐有容看着向草原四野散去的妖兽们，眼神有些复杂。

"那是几千年之后的事情了，何必思考那么远的问题。"陈长生想了想，接着说道，"我应该活不到那个时候。"

徐有容说道："正因为你那时候已经死了，才要考虑这个问题，除了你这些妖兽不会听从任何人类的命令。"

陈长生叹道："这句话实在是太有道理。"

徐有容又说道："这些妖兽若用来与魔族狼骑作战，应该是极好的。"

前面那个问题，陈长生无言以对，有些感慨，但这个问题他想认真地回答。

"这是我们与魔族的战争，没有道理让它们参加，很危险。"

徐有容说道："与魔族的战争难道不应该动用全部的力量？"

陈长生说道："我不这样认为，只要尽力就好。"

昨夜焉支山人阻止镜泊山人与伊春山人为他复仇，让他们自行离开，随后说了一段话。他为魔族尽力了，死后也有脸去见自己的老师，那么便不需要做更多的事情。

陈长生没想过死后有没有脸见师叔与梅里砂大主教,他只需要考虑自己做的事情能不能说服自己。因为他修的是顺心意。

最终他得出的结论与焉支山人很相似,只需要尽力就好,只要真正尽力,便能心安。

怎样才是尽力?为之献出生命,但不需要为此献出更多。比如改变与这个世界的相处方式。这比活着更加重要。

徐有容想了一会儿,说道:"就算你真这样想,也不应该说出来。"

他是人族教宗,一言一行会对那些狂热的信徒产生很大影响,甚至可能会影响到这场战争的走势。

陈长生明白她的意思,感慨说道:"我也只会在你们面前说说。"

随着地位越来越尊崇,声望越来越高,他现在已经有很多事情不方便做,比如他再也不能与唐三十六并肩坐在大榕树上抠下树皮砸昏湖水里那满身肥肉的鲤鱼,让轩辕破多放老姜与青椒炖上半个时辰,最后再扔十只蓝龙虾大快朵颐一番。

国教学院的院规里写得很清楚,严禁垂钓以及捞鱼以及砸鱼以及任何形式的对鱼的伤害,苏墨虞执行得特别严,关键是还有那么多教习与学生会看着,十只蓝龙虾太过奢侈,唐三十六吃得,他这个教宗却是吃不得。

徐有容知道他这句话里的你们指的是哪些人。除了她,便是国教学院里的那几个人。哪怕那些人有的已经离开国教学院,回到了白帝城,或是去了离山。他们还是陈长生最信任、最亲近的对象。

"唐三十六大概只会觉得这些妖兽不能物尽其用有些可惜,但折袖肯定会非常生气。在那个狼崽子看来,任何对杀死敌人有帮助的事情都应该做,你这种行为看似仁慈、大气、胸襟宽广,其实不过是愚蠢罢了。"

徐有容的眉眼满是嘲弄的意味。还是如画一般好看。

"也许吧。"陈长生苦笑说道,"感觉你也是这样想的。"

徐有容没理他,转身向外走去。陈长生忽然想到一件事情,把土狲喊了回来,交代了几句话。现在狼族生活在这片草原的东北角上,虽然相隔还很遥远,但他担心将来双方会遇到,所以提醒了几句。

那片草原是折袖用钱向他买的。三年前,众人在离山过年,折袖忽然提出了这个要求，真的有些令人吃惊。陈长生当然不肯收钱，折袖却很坚持。

他把这些年积攒的钱全部拿了出来，虽然不见得能够买到一片草原，但数目也非常可观，就连唐三十六都啧啧称奇。

直到那时候，大家才知道，折袖很小的时候便被元老会逐出部落，但部落里有不少妇人与小伙伴一直在暗中接济他。他想要报恩，想把部落从苦寒的雪原里搬到更好的地方去。

这些年来，他过得非常节俭，拼命地杀敌换取军功，为的就是攒够银钱。现在他终于做到了，而部落元老会里的那些老家伙，哪里还敢对他有任何不敬？

当年大朝试的时候，唐三十六用半只烧鸡便收买了折袖。在随后的对战里，折袖与比自己高一个境界的苟寒食战至天昏地暗，为陈长生最后的胜利起到了最关键的作用，而他也付出极惨重的代价，被抬出来的时候浑身是血。

然而当众人感动无比之时，他却只想着一件事情——加钱。

想着那些旧时画面，陈长生很是感慨，心想也不知道他在离山过得怎么样，人族与魔族之间的战争即将开始，他肯定会北上，只是南客……他脸上的笑容渐渐敛去。他对南客的病情很清楚。因为很多原因，这些年他并不是很喜欢留在京都，经常四处游历，去离山的次数也很多。除了国教学院里的人们，也只有离山剑宗里的那些家伙才敢不把他当成教宗看待，这让他觉得很自在。

每年师兄会去洛阳过年，他除了有一年在汶水，其余时间都会与徐有容一道去离山。这些年他去离山的次数不下三十次。但每一次南客看见他的时候，天真的脸上都会流露出最真挚的笑容，抓着他的衣袖再也不肯放开。就连晚上睡觉的时候，她也坚持要在他的屋子里睡，哪怕是打地铺，哪怕徐有容的神情很淡。这是当年在阪崖马场里养成的习惯，秋山君很清楚这段过往。

南客还是有些痴怔，对陈长生却很信任，而且依恋。她很清楚谁对自己最好。

陈长生确实对她很好。两个人就像真正的兄妹。

陈长生很清楚她的病情，把她留在离山便是希望离山剑宗掌门能够把她治好。

他一直很关注她的病情进展，今年过年的时候，他就知道，她的病快要好了。

这也就意味着，她即将醒来。到时候，她会怎么办？他又该怎么做？

经过很长时间的思考之后，他给苟寒食留下了一封信，说如果南客有醒来的征兆，便把那封信拆开。不知道这时候，那封信可还完好？

火云麟日行数千里，白鹤更是最快的仙禽，如果愿意，陈长生和徐有容完全可以直接飞回京都，但在中途他们便停了下来，不知道是不是因为前方的天空里出现了一道赤红色的烈焰。

　　那道烈焰并不是真实的存在，而是无数道血气与杀意凝结在一起，只有突破至神圣领域才能用肉眼看到。

　　陈长生与徐有容距离那道门槛还有一段距离，但他们的身份特殊，本就是圣人，又随身带着天书碑，所以有所感应。原野上到处都是人，从高空望去，就是些密密麻麻的黑点，看上去像蚂蚁一样，事实却并非如此。白鹤看着那道无形的烈焰，眼里出现畏惧的神情，火云麟却变得兴奋起来，双翼挥动得更快了。

　　荒原上集结的是蓟州军府的大军，这时候正在进行紧张的操练。不时有强大的气息从军阵里冲天而起，有的明显是阵师的手段，有的则是擅长驭剑的修道者，陈长生甚至还在军阵西南角里看到了天南三阳宗的烈火罩。

　　这样的阵势确实很可怕，即便是他和徐有容也无法正面对抗。

　　最后陈长生看到了最前方的那位将军。那位将军的气息非常强大，竟是位聚星上境的强者，想来应该是蓟州军府的神将。

　　大风在原野间穿行，吹得大周军旗猎猎作响，也带动了将士们的衣衫。那位将军的袖管随风摆荡，竟是断了一臂。他是薛河。

　　当年天书陵之变，他的兄长薛醒川神将被周通毒死，随后朝堂与军方进行了冷酷的清洗，他自然不能幸免，被夺了军职，关进了北兵马司胡同地底，直到陈长生、莫雨与折袖杀死周通的那一天，才重新见到天日。

　　随后因为离宫出面，他被释放，却不准留在京都，又不准回蓟州，被朝廷贬去黄州做了位副团练，好在在那里遇着了一位不错的主官，每日里游江登山，吟诗作对，虽然谈不上不亦快哉，也算是平静度日。

　　直到那年风雨突至，国教学院里师徒一战，枫林阁变成废墟，局势终于改变。

　　此后陛下推行新政，起复一批前朝旧人，薛河也在其间，被派往摘星学院任教谕。

　　在摘星学院的三年里，薛河苦读兵法，修道亦大有突破，不知不觉间到了聚星上境。

　　皇帝陛下把他调去了蓟州，接了他兄长的班，成为了蓟州军府的神将。

啪的一声闷响。薛河跪倒在地，膝头砸碎了青石板。他眼睛微红，身体微微颤抖。先前在城外指挥数万大军时那般沉稳大气，早就不知道去了何处。

小薛夫人带着两个八九岁的儿子跪在他的身后。薛家治家极严，两位小公子不明白父亲为何如此失态，也不敢说什么。小薛夫人则是猜到了这对年轻男女的来历，跪得是心甘情愿，只担心自己表现得不够恭敬。

第四章

他们师徒二人一里一外,一现一隐,生生把白帝这样的绝世强者逼至无路可退,最终按照他们的想法见了众生……

91 · 再赴浔阳城

薛河如此激动，不是因为陈长生让自己离了苦狱以及起复之事，而是感激在此之前他为兄长收殓尸身、参加祭奠，对他寡嫂和侄儿侄女照顾有加，还保全了葱州城上下——数年时间过去，葱州军府已经回复了当年薛醒川在时的荣光，与拥蓝关、拥雪关同列为大周最重要的军府，便是因为他有那些旧部下属帮助。

陈长生说道："不必多礼，起来吧。"

薛河知道他的性情，起身示意夫人带着孩子离开。离开前，小薛夫人有些紧张地看了他一眼，心想难道不用准备饭席？二位圣人会不会不高兴？

薛河没注意到夫人的神情，注意力全部在陈长生牵着的火云麟上。

"有人让我把它带给你，希望在不久的将来，你能骑着它杀进雪老城。"陈长生说道，"那一天，我想薛醒川神将会非常高兴。"

薛河接过缰绳，说道："您放心，我一定会好好照料它。"

火云麟极有灵性，已经认出来了他是谁，低头轻触他的脸颊。薛河有些感动，想着火云麟应该是陛下请教宗大人带过来的，又有些不安。

他对陈长生认真说道："我只知道它是您赐给我的。"

这句话只有一个意思，那就是耿耿忠心。他让家人现身专门给陈长生磕个头，也是这个意思。

虽然是皇帝陛下起用他出任葱州军府神将，但他非常清楚谁才是薛家真正的恩人。

薛家，是陈长生的追随者。无论是葱州这个薛家，还是京都太平道上的那个薛家。只要薛家还存在，只要他还活着，葱州军府便只会唯离宫马首是瞻。

哪怕将来朝廷与国教再起纷争，他也会毫不犹豫地带着数万大军站在陈长生的身后。

虽然眼下看起来，陛下与教宗情深意重，师兄弟胜似亲兄弟，根本不可能发生这样的事情，但是……未来的事情谁说得准呢？太祖皇帝带兵出天凉郡的时候，那几位年轻的王爷难道能想到几十年后百草园里会流那么多的血？

陈长生知道薛河弄错了，说道："这应该是洛阳那边的意思。"

听完这句话，薛河沉默了很长时间。东都洛阳这些年来一直沉寂，没有发出任何声音，但还是有很多视线一直注视着那里。为什么？当然是因为那里有座长春观。

现在世人提到洛阳，如果不加别的说明，那指的就是长春观，指的就是长春观里那位年老的道人。如果火云麟真是洛阳长春观送过来的，意思自然非常清楚。

"末将不敢有任何怨怼之心。"

说这句话的时候，薛河的语速很慢，但语气非常认真。既然下定了决心，他就不想教宗大人认为自己还有保留。虽然说出这句话，让他非常的不痛快，或者说不甘心。

"想什么是无法控制的事情，爱憎皆是，而且你有道理恨，那么谁有资格让你不去恨？"陈长生说道，"但在攻下雪老城之前，我们可能需要暂时忘记那些。"

这一次的战争，薛河带领的葱州军府，当然会是绝对主力。洛阳那位把火云麟还给薛河，未有只言片语，却自有深意。

就是陈长生说的这个意思。

暮色渐浓，陈长生与徐有容没有留在神将府用饭，选择了直接离开。现在他们两个人必须共乘一鹤。以前这样的情形已经发生过很多次，白鹤也早就已经习惯，但它敏感地察觉到今天情形有异。

暮色苍茫，原野无垠。徐有容神情专注地看着风景，陈长生与她说话，四五句她才会回一句，显得有些冷淡。白鹤想起了肖张说的那句话，心想难道这两个人之间真的有什么问题？陈长生再如何迟钝，也早就感受到了徐有容的冷淡，知道真的出了问题。问题在于，他不知道是什么问题，问题从何而来，想问她都不知道从何问起。寒冷的风扑打在脸上，没能让他更加清醒，反而让他更加糊涂。

白鹤向着西南飞去，没用多久便进了天凉郡。看着地面那些熟悉的荒原景色，和前方那座熟悉的城市，陈长生想起当年与苏离万里逃亡的画面，不禁有些怀念。

按照他的指令，白鹤落在城外的一片树林里。从天空下降的过程里，陈长生注意到城中最大的那座府邸空无一人，大门紧闭，不禁有些纳闷，心想难道梁王孙离开了？为何王府里一个人都没有？

白鹤飞入暮色，陈长生与徐有容从官道旁的密林里走出。浔阳城乃是一座古城，南面的这座城门看着却有些新，至少没有什么古意。

"当年你老师轰开的就是这座城门，观星客和朱洛被打得很惨。"

陈长生想着当年的事情，依然有些激动，又有些惭愧于自己不会讲故事，心想如果换作唐三十六来讲肯定会精彩得多。

浔阳城一夜风雨的故事早已传遍整个大陆，徐有容早就知道所有的细节，根本不需要陈长生讲解。

看着城门，想着老师，她的唇角现出一丝微笑。陈长生有些欣慰，心想这个安排果然没有错。

走进浔阳城，他们直接去了梁王府。梁王府大门紧闭。他们用神识一扫，确认里面确实没有人。

陈长生与徐有容对视一眼，有些不解，心想究竟发生了何事，梁王孙竟然把府中下人尽数遣散了。进入王府里，看到那座著名的大辇，二人找到了梁王孙留下来的信。

梁王孙对北方的修道界以及百姓拥有很强的影响力。宫里几次下旨想要请他入朝都被他拒绝。作为前朝皇族的后人，他对陈氏皇族恨之入骨，怎么会愿意出手相助。

他们来浔阳城是想要说服他，当初梁王孙进京帮天海圣后主持皇舆图，应该对徐有容的观感不错。

谁想到梁王孙收到京都传来的消息后，直接带着王府的老老少少离开了浔阳城，竟是连见面都不肯。

不过梁王孙在信里说得很清楚——帮朝廷做事不可能，真需要他时，他自然会出现。有这样一句话就够了,更何况信纸上还有一个人名。

陈长生与徐有容离了王府,来到街上。很多军士行色匆匆走过,脸上的神情有些茫然。各州郡的厢军正在调防,同时也在拉练。

按道理来说,他们不会出现在战场上,但谁都不知道,这一次究竟要死多少人。负责驻守皇宫的羽林军都在时刻准备北进,更不要说他们。

在战场上死亡是不可避免的事情,前仆后继会是经常出现的词语。陈长生明白这是必然,还是觉得有些惘然。为了他的想法,成千上万的人将会死去。

有时候他会想幸亏自己是教宗,不是皇帝,不然那些旨意与征兵令都要通过自己的手。

接着,他又会觉得这样想很对不起师兄。他知道师兄会把这些事情做得非常好,但和他一样,师兄也非常不喜欢做这些事情。

梁王府后的那条街叫作四季青,是浔阳城西城最直的一条街,两侧没有店铺,是一水儿的青石墙。长街安静,不知何处庭院里飘出乐声,听着似乎有人在唱戏。

陈长生与徐有容循声而去,穿过一道横巷,来到一座府门前,看着两列红灯笼。那灯笼用的纸极红,颜色极重,仿佛带着湿意,被里面的牛烛照透,看着竟像是血一般,有些刺眼。徐有容看了那灯笼一眼,秀眉微蹙,不知道想到了些什么。

曲声从府里传来,陈长生与徐有容走了进去,却是无人拦阻。进府便是一片极大的石坪,大块青石铺就,未经琢磨,并不精致,加上四周燃烧的火把,颇有几分荒原战场的意思。

前方是一座戏台,台上燃着儿臂粗的牛烛,火焰照着白纸糊好的背墙,炽白一片,仿佛白昼。一位男子正在唱戏,身着红裙,妆容极艳。

他没有用高领的衣服刻意遮住咽喉,也没有刻意压扁声线,咿咿呀呀地唱着,微显沙哑又极细腻,颇为动人。

毫无征兆,曲声戛然而止。那男人望向后方的陈长生说道:"您觉得我的戏如何?"

今夜前来听戏的人不多,只有十余位,在戏台前散淡地坐着,看打扮气质,应该都是浔阳城里的头面人物。这时候听着戏台上那位男人发话,众人转身望去,才看到陈长生与徐有容,不禁有些吃惊。

梁红妆今天在府里唱戏自娱，请的还是兰陵城最好的戏班子，唱的还是那出著名的春夜曲，演的是那个娇媚可人的新娘子，正唱得兴起，眉飞眼柔之际，忽瞧着那对年轻男女从府外走了进来，心想终是到了。

"我没怎么听过戏，但觉得很不错。"陈长生想了想，又补充说道，"与京都的戏似乎有些不同。"

"我小时候去庐陵府学过戏，他们的唱腔有些怪，但好听。"梁红妆说道，"听说是大西洲那边传过来的唱法，也不知道是不是真的。"

在场的都是浔阳城里的头面人物，看着陈长生与徐有容的模样，尤其是后者，很快便猜到了他们的身份。

茶几倒地，椅子翻掉。在浔阳城守与大主教的带领下，众人认真行礼。陈长生摆手示意他们起身，却没有与他们说话的意思，于是众人只好敬立在旁，不敢出声。

"也就是十几年前的事情，梁府死人无数，父亲也死了，大兄离家出走，那段日子我过得很苦，朝廷不喜欢我们家，自然就没人喜欢，现在没有长辈护着，谁还会对我客气？最苦的时候，饭都没得吃，心想得找个法子养活自己，父亲喜欢听戏，我也喜欢听，对这行当熟，所以就走上这条路，当时不走也不行，你们刚才去过王府？那时候连王府都被人占了……"

听着梁红妆的话，那些浔阳城的大人物们脸色微变，心想难道今夜要出事？

接下来梁红妆却沉默了很长时间。他本来还有很多话想要说。

当时出事的时候，夺了梁王府权势与财富的人就在眼前，就是这些浔阳城里的头面人物。

如果不是梁王孙天赋出众，年纪轻轻便成为逍遥榜上的强者，又与宫里搭上了关系，这些人岂会低头认输？即便如此，这些人还仗着朝廷对梁王府的警惕以及天海家的权势，压着梁王府没法报复。

真正占了梁王府的不是这些人，对大人物们来说那样吃相会显得太难看。

想着三年后回去时府里凌乱的景象，梁红妆叹了口气。他从袖子里取出一个匣子扔给了陈长生。匣子里是梁王府的一半家产，可以做军费。

"我要喝酒。"梁红妆忽然说道。

片刻后，一个妇人端着碗酒走上戏台，脚步匆匆。梁红妆接过碗一饮而尽，把酒碗掷到地上，啪的一声，摔成粉碎。他斜斜望了眼天，说不出的轻蔑与悲怆，走下戏台，踢掉云靴，扔了头巾，便往夜色里走去。

那妇人着急喊道："三少爷你要去哪里？"

92·洛　阳

梁王孙不会参加这场战争，至少在最初的时候，但他必须表明自己的态度，所以他留下了一句话以及一个名字。那个名字代表着梁王府的半数家产还有梁红妆这个聚星境的高手。

梁王孙已经通过莫雨拿到了军部的任命。梁红妆要去的地方是拥蓝关。他肯定会成为将军，在战场上也会留在比较安全的地方，但将军百战死，更何况这注定将是旷日持久的一场大战，谁能保证自己能活着回来？

而且梁红妆知道自己的性情，确信此一去可能很难再活着回来。所谓赴死，便是如此，只是在此之前，还有些心愿未了，比如那些人还活着。这些年来，他与浔阳城守、大主教等人的关系处得非常好。虽然他与梁王孙的关系很一般，但他毕竟是梁王府的人，浔阳城里的大人物总要给他几分面子。

所有这些都是为了今天。梁红妆本来已经做好了准备，今夜要把这些人全部杀死。他知道这些人的喜好，在牛烛、画壁与红灯笼以及食物之间，做足了文章。更不用说，夜色里还隐藏着他重金请来的数名前天机阁刺客。

看到红灯笼的时候，徐有容感觉到了那抹一现即逝的杀机，所以才会蹙了蹙眉尖。最终，梁红妆改了主意，直到很久以后，也没有人知道这是为什么，而且也无法知道。

即将到来的夏天，草原上会发生一场突围战，而他，会死在满天星光之下。

坐在桌前看着镜子里的自己的脸，陈长生想着梁红妆没有讲完的那个故事，叹了口气。

身后传来窸窸的声音，他回头望去，只见纱帐里身姿曼妙，隐约可见白色亵衣上的淡花图案。他赶紧走了过去，把地板上的被褥收拾好，免得碍事儿。

徐有容下床，简单洗漱了番，披着件单衣，也不系扣子，走到窗边双手一推。晨风入窗，落在她的脸上，拂动微湿的黑发。

进入屋里的还有春光。满室皆春。

看着这画面，陈长生很自然地想起多年前。就是在这间客栈，同样是春光明媚的一天。他对着整座浔阳城喊了句，离山小师叔苏离在此。风雨忽至，连番血战。

今天他不需要喊这句话，而且与徐有容在一起当然要比和苏离在一起愉快得多。

最重要的分别在于当时的人族是分裂的，无论是国教新旧两派之间，还是天海圣后与陈氏皇族之间，而其中最大的一条裂缝就是南北之间，就连教宗这样的仁者，都一心想着要杀死苏离，更何况别人。

现在则完全不一样。洛阳主动把火云麟送到蓟州，薛河保持沉默。梁王府举家搬走，却留下了一半家财，梁红妆最终没有动手杀人，直接去了拥蓝关。仇恨依然有，裂痕依然在，但已经算不得什么。现在的人族，前所未有地团结。

所有人都知道，大周王朝即将北伐——时隔数百年，人族将再一次向魔族发起进攻，这一次的目标非常明确，那就是完成太宗皇帝那一代人没能完成的伟业，攻下雪老城，彻底地打败对方，继而征服对方。

在这样的一场战争面前，什么都不重要，无论是千年之前的私仇还是理念之间的冲突。千秋万代，便是如此。

徐有容没有回头，眯着眼睛，看着浔阳城里的春光，就像是刚刚醒来的兔子，有些可爱。她问：" 你在白帝城停留这么长时间，究竟谈得如何？"

去年冬至，国教使团离开京都，远赴数万里之外的妖域，教宗陈长生便在队伍里。直到前天，春意已深，肖张将归，陈长生才乘着白鹤离开。其间已有百余天。

陈长生说道：" 虽说诸事皆有前例，但毕竟已隔数百年，让白帝答应联兵不难，细节却很是麻烦。"

徐有容说道：" 看来要比在红河之上钓鱼还难。"

说这句话的时候，她的脸上没有什么表情。但谁都知道，她想表达怎样的情绪。听着这句话，陈长生怔了怔，隐约明白为何从前夜到今天她都表现得如此冷淡，一时间却不知该如何解释。

下一刻，他忽然想起唐三十六的指点，神情微变喊道：" 你看，天上有风筝。"

徐有容微微挑眉，望向窗外的天空，只见碧空如洗，并无别物。陈长生快步上前，从后抱住她，双臂环绕，恰好合适。

"我不放手。"

"整个大陆都如此团结，我们怎好分裂？"

"南北合流，朝教合一，全指着我们。"

"你就从了吧。"

"或者，我从了你。"

徐有容微微挑眉，没有说话。本应是厌憎的情绪，在春光的照耀下，为何却显得娇羞无限？

晨曦细雨，重临在这旧地，人孤孤单单躲避。隔着十余里地，远远看着京都，车队分作两列，一列顺着洛水上京，一列则是去往远方。

京都的远方，不是大陆里别的地方，而是洛阳，这是一种非常有诗意的说法。很多年前从西宁镇去京都的时候，陈长生曾经路过洛阳，但他那时候没有进城。洛阳居，大不易，那里的客栈公认的贵。

这是陈长生第一次进洛阳，也是他第一次走进长春观。这是十年来，他第一次见自己的师父商行舟。当年国教学院一战，商行舟退走洛阳，居长春观不出，距今已有十年。

往事已矣，但并不如风，人族如今无比团结，但总有些裂缝，横亘在某些人与事之间。其中最深也是最重要的那道裂缝，自然是在陈长生与商行舟之间。商行舟多年不理政事，但他还活着，便代表着一方势力，或者说是信仰。

长春观的道人没有从中拦阻，平静地把陈长生求见的要求递了进去。所以哪怕他们的观主十年前被陈长生请来的刘青所杀，他们对陈长生却依然保持着礼数，没有任何恨意。这种没有情绪，或者说没有主观意识的存在，真的很可怕。也只有这样的道人们，大概才能把肖张逼进雪原吧？

陈长生默默想着，然后得到了来自观里的回应。

一个六七岁的小道士从长春观里跑了出来，喘着气说道："老祖说了，今天不见客！"

陈长生伸手捏了捏小道士雪里透红的脸蛋，笑着说道："告诉老祖，这是白帝城的事。"

再没有人拦阻他的脚步，看来这句话对商行舟真的很有意义。

长春观里到处都是田。田里种的不是稻谷，垄上的松树很好看，但也不代表田里种的是风光。淡淡的气息笼罩着初春的田野，道观里的数十亩地，原来种的都是药草。

在小道士的带领下，陈长生走到这片药田，拿起垄畔的药锄，开始除草移叶。

93 · 礼 赞

细雨洒落，如粉如雾，渐渐浥湿他的脸颊与衣领。被扔到垄畔的野草与旧叶上面沾着露珠，看着也很好看。

天光渐移，他做完了药田里的活，那个小道士又出现了，示意他跟着自己走。

一望无垠的药田尽头有几座青葱的小山，顺着山道绕行，前面有热雾弥漫，松柏之间竟然有好几处热泉。想着要在温泉里泡泡，陈长生有些期待，正准备解下外衣，却看见了雾里的那道身影。湿热的雾气里，松柏依然保持着精神，但精神最好的，是热泉岩石里生长着的那些奇特青苔。那种青苔的颜色有些偏黄，更准确地说是金色，正是据药典记载非常罕见的金钱皮。

雾里的那道身影，正在收集金钱皮，非常谨慎小心，专注至极。不知何处来了一道山风，将松柏间的热雾吹得散了些，露出了崖石间的画面。那人弯着身子，给人的感觉还是那样挺拔，头发已经花白，还是梳得一丝不乱，就像从前那样。

陈长生行礼，然后站到一旁。随着时间推移，天光渐盛，雾气散去，金钱皮自行收敛，变得和普通青苔无甚区别。

商行舟把药囊交给随侍的道士，从那名小道士手里接过清水饮了口，沿着山道走到亭间坐下。陈长生走到亭外。

商行舟看都没有看他一眼，也没有让他坐下，直接问道："白行夜想弄什么？"

十年前白帝城一战，是他们师徒之间唯一的一次配合。

事先陈长生并不知情，徐有容在其间起到了桥梁的作用，但最终的结果非常好。

他们师徒二人一里一外，一现一隐，生生把把白帝这样的绝世强者逼至无路可退，最终按照他们的想法见了众生，联手杀死两个圣光天使，灭了牧夫人，至于最后在云海之上白帝有没有挥泪就无人可知了。

看来陈长生想的没有错，商行舟既然最在乎北伐，那么肯定很关心人族与妖族的联盟。

陈长生说道："白帝还是不想出太多力，或者说……他根本没有合作的诚意，我比较担心以后的事情。"

双方之间的谈判以及具体的事务，自有朝廷官员与离宫主教处理。但从某些细节里可以看出，对这一次的战争，白帝确实没有太大兴趣，或者可以用怏怏二字。

加上落落的关系，他掌握了更多的情况。现在的妖族有些偏弱，如果当年白帝没有趁势灭了象族，可能还会好些。包括小德在内，妖族中生代的强者还没有看到破境的征兆，这一点与人族比较起来，相差太远。

至少三年之内，妖族还是只有白帝一位圣域强者。他的安危对妖族来说太过重要，所以他绝对不会离开白帝城，不会远离红河大阵的保护。而且妖族帮助人族打败了魔族，对他们来说又有什么好处？

问题在于，人族如此势盛，妖族也没有办法拒绝联盟发兵的请求。换作陈长生是白帝也不知道应该如何处理眼下的时局。

事实上，这件事情一直有个非常简单的解决方法。十年来，这个说法传播得越来越广，而且得到了越来越多人的支持。

"八百里红河，三万里江山，妖族子民都在等着你迎娶他家的公主，朝野也都支持你，你到底在犹豫什么？"商行舟问道。

陈长生欲言又止。

商行舟说道："平妻不是没有先例。"

陈长生摇了摇头。商行舟没有意外于他的答案以及给出答案的速度。

"不错，没有必要如此，而且这件事情并不是人们想的那么重要。"

听着这话，陈长生有些不解，心想与妖族联盟难道不是重中之重？

"太宗当年，乃是以弱敌强，所以需要团结一切可以团结的力量，但现在不用。南北合流是必行之事，因为是同胞，而妖族愿意效命也好，不愿也罢，只是枝节，做事终究还是要靠自己，我们自己够强，何必在意其余？"

商行舟这些话是说给陈长生听的，也是说给大周王朝所有人听的。长春观与皇宫之间一直保持着联系，陛下经常来洛阳过年，但据说商行舟从来没有对朝政发表过只言片语。换句话说，这是十年来商行舟第一次对世事发声。

他的意思非常清楚，那就是对妖族的态度必须强硬。哪怕白帝城不肯出兵，这场战争也不可能再停下来。

陈长生提出了最重要的那个问题。

"为何您会给王破写信，让他去接应我们？您如何知道那是黑袍与八大山人联手布置的阴谋？"

商行舟说道："是黑袍故意让我知道的。"

陈长生吃惊得无法言语，心想这究竟是怎么回事？难道又是魔族内斗？黑袍与魔帅想通过人族强者之手，完全消除掉大学者一脉的痕迹？可转念一想，魔族已然到了如此危险的时刻，黑袍岂会如此不智？

就连商行舟都无法确定真正答案是什么，因为他终究是人类？还是说王之策去了雪老城？

陈长生从震惊中醒来，问道："黑袍究竟是谁？"

商行舟最终也没有回答这个问题。陈长生被小道士带走，住进了侧面的一座小院里，用了顿简单的饭食，然后收到了一个盒子。

"这是老祖要你给我的？"他看着那个小道士吃惊问道。小道士用力地点了点头，然后跑出了小院，小胳膊摆着，看着可爱极了。

陈长生真的很吃惊。在他的记忆里，好像就没有收过师父送的东西。难得的那两样东西，多年后却被证明不过是令人伤感的伏笔。他有些紧张地打开盒子，发现里面是两个很精致的小法器，看材质应该是青铜为主。研究半天，才明白原来这是用昊天镜碎片做的两个通音法器，利用昊天镜的先天神通，可以让相隔遥远的两方进行实时通讯。

这真是极了不起的事物，完全可以排进新的百器榜里，想必是商行舟亲手所炼，而且耗费了很多心神。这样珍贵的法器应该用在战场上，师父送给自己做什么？

他的神识落在手腕间的石珠上，一颗灰色的石珠变亮。那颗石珠里忽然传出徐有容的声音："说，我在忙。"

陈长生把发生的事情讲了一遍。徐有容的声音消失了一段时间，然后重新响了起来："或者……这是送给我们的。"

94 · 活着离开

陈长生想到一种可能，刚才师父提到平妻一事被自己拒绝……所以这两件用昊天镜碎片做的法器是赞赏吗？——是的，师父好像一直都很欣赏有容，十年前在白帝城他好像就表示过。

据余人说过年的时候商行舟很少会提到陈长生，却提过几次离山毕竟是别家宗门，徐有容作为圣女不应该总去叨扰。

不应该去离山，那么应该去哪里？离宫还是洛阳？想着徐有容总能轻易地获得长辈的喜爱，陈长生不禁有些羡慕。

商行舟想着他们两地分居不便，做了这么个小玩意，却不知道他们早就已经解决了这个问题。他和徐有容有一种特殊的方法可以保持联系，所以白鹤飞到白帝城后，他才能第一时间告诉圣女峰上的她。

他手腕间微微发亮的石珠是天书碑。天书碑本来就是一种空间通道，无论是天书陵里的规则还是现在进出周园的方法都证明了这一点。

十年时间，徐有容与他对天书碑不停参悟研究，最终掌握了其中一部分的玄妙。他们的声音可以穿过天书碑去往彼处，但稍微凝练的神识与真实存在的事物依然无法做到这一点。

这个时候，陈长生手腕间另外一颗灰色的石珠亮了起来。

"落落见过先生！"一道清脆的声音从石珠里响了起来。是的，她那里也有一座天书碑，她也学会了如何与陈长生通话。啪的一声轻响，不知从何处传来，与徐有容通话的那颗石珠，就这样熄灭了。陈长生张着嘴，不知该说些什么。

落落那边见他没有回话，不禁有些担心，连声喊道："先生！先生！先生您还好吗？"

陈长生说道："没事，只是有些走神。"

"那就太好了！"哪怕隔着十万里的距离，陈长生却仿佛能够亲眼看到落落如释重负、小手不停拍着胸口的可爱模样。

忽然，他终于想明白了为何前些天徐有容一直不开心，无论是在秀灵族的草原还是初到浔阳城里。原来是因为那天的事情。

那天和今天真的很像。白鹤从松山军府来，他与徐有容联系的时候，正在红河泛舟。当时，于京在水里唱歌，落落在身边，用小手喂他吃果果。落落并不知道徐有容能够听到她说的话。他当时也没有想到这一点。

"落落殿下当时到底说了句什么？"唐三十六的脸上写满了好奇，哪怕长须被风吹得在脸上乱拍，也无法遮掩。

陈长生余光里确认没有人在看自己，也没有人在听身后唐三十六的话，压低声音说道："她说……先生乖，张嘴。"

唐三十六怔了怔，想笑又不敢笑，憋得满脸通红。

城墙上的人们终于注意到了这边的动静。中山王微微挑眉，有些不悦，宰相大人在旁低声笑着安慰了数声。凌海之王与司源道人对视一眼，就装作是没看见。刚刚从熊族部落归来，重新归位的桉琳大主教则是苦笑了一声，没有言语。

这里是浔阳城。大人物们都在城墙上。

中原春意渐深，草木亦深，北方的雪原也在变暖，那件大事终于发生了。时隔数百年，人族再一次北伐。

皇帝陛下亲自祭酒，从皇宫送出京都外。教宗陈长生，更是一路送到了浔阳城。浔阳城外的原野里到处都是人，黑压压仿佛潮水。这些人都是去赴死的，所以这些潮水便是世间最强的狂澜。

数十万道强悍的神识与杀意合在一起，便是世间最烈的西风也无以匹敌，就算是黄金巨龙重回中土大陆，隔着千里之远望着这道冲天而起的杀气，也要被惊走，根本不敢靠近。

万余国教骑兵，六万玄甲骑兵，还有数量远胜于此的普通士卒。六位离宫巨头，二十三名大周神将，三千教士，南溪斋精英尽出，离山剑堂诸子齐集，加上各宗派山门的修行强者，各世家的供奉高手，更不要说还有王破、肖张、怀仁、离山掌门、茅秋雨、相王这么多神圣领域强者，随时准备出手，从声势来说，这已经不逊于当年的北伐。

数十万军队陆续开拔，踏上征程，城外的原野渐渐安静，气氛变得越来越肃杀。再没有人发笑，也没有人留意先前的动静。

唐三十六望向西方那片山岭，皱眉说道："没想到相王居然愿意随左路军进发。"

浔阳城乃是万箭齐发之地，很是紧要，需要一位圣域强者坐镇。曹云平与各方关系都不错,性情憨直可亲,深得众人信任,所以最后选了他。

这些年来,相王绝大部分时间都在拥蓝关,表现得极为低调。这当然不是因为留在京里为质的儿子陈留王,而是因为时势如此。众人本以为,他必然会跳出来争一下这个位置,没想到他竟然一言不发。

如果是中山王倒是很好理解,这位性情暴烈的王爷,为了陈氏皇族的骄傲,必然会带兵冲在最前面。

"没想到的事情还有很多,比如你居然留了胡子。"

陈长生看着唐三十六的脸,摇了摇头,还是觉得很不习惯。

唐三十六说道:"我如今风采更胜当年,蓄须稍作遮掩,也是想少些桃花债。"

这些年他的性情确实要沉稳了许多,在人前更是极少说脏话,自恋却是一如从前。也不能完全说是自恋,他的这句话里还是有几分真实和几分无奈。

木拓家老太君去年得了场重病,病好后看透世事,却是放心不下最宠爱的孙女,于是亲赴汶水,住进了唐家老宅,死皮赖脸地磨了三个月想要与唐家结亲,逼得唐三十六不敢归家,也不敢在国教学院停留,最后竟是与苏墨虞回西陵万寿阁过的年。

陈长生说道:"听闻那位小姐容颜极美?"

唐三十六说道:"木拓家的美人本来就多,但我难道是那种只看外貌的肤浅之辈?"

陈长生说道:"有容认识那位小姐,说她性情极好,而且为人爽利,你至少应该见见。"

唐三十六冷笑说道:"我敢打赌这不是原话。"

陈长生怔了怔,说道:"她的原话是你配不上那位姑娘。"

唐三十六大怒,拂袖而去。他下了城墙,接过缰绳,翻身上马,向北方而去。整个过程里,他看也没看一眼陈长生。

"活着回来。"陈长生大声喊道。

无数视线落在他的身上,他仿佛无所察觉。唐三十六摆了摆手,没有转身。

95·远去的马蹄,忧伤的歌

唐三十六上前线了。当然,他不是去做先锋的,因为他没有这个能力,也没有人会同意。在这场战争里，他扮演的角色是粮草提举，更准确地说，是金玉律的副手。陈长生的白帝城之行，虽然没有完全达成人族的想法，但至少把金玉律从菜地里解放了出来。

这位传奇的妖族将军，将继续担任数百年前他曾经担任过的那个重要角色。朝廷往前线的所有辎重、粮草、军械，来自各州郡的支援，各世家商行的捐赠，全部在他的掌握之中。他的副手位置也极为重要。按道理来说，唐三十六的资历并不足够，至少很难服众，但没有任何人敢反对这个任命。不是因为唐三十六的身份来历，不是因为他愿意放弃世家公子的尊荣去前线冒险，而是因为唐家捐了一笔钱。

梁王孙捐出半数家产充作军费，汶水唐家也捐了一半的家产。同样都是一半家产，但只有当亲眼看到的时候，人们才明白唐家做了一件多么可怕的事情。因为唐家的一半家产是一个非常可怕的数字。见多识广的户部官员，看到用十几辆马车运进来的账簿时，也震惊得无法言语。

整个大陆都知道，唐家乃是世间最有钱的地方，底蕴深厚，积累极丰。但这一次世人才知道原来唐家竟然有钱到了这种程度。所谓富可敌国，果然不是虚言。唐老太爷真是非常人也。

富可敌国，往往便会成为举国之敌。这是很难逃脱的规律，也是很多悲剧的来源。

这件事的具体细节传出来后，很多人都在想唐家是不是不想触着朝廷的忌讳，所以才会通过这种方式减轻朝廷的敌意。

——半数家产确实很多，痛如断臂，但只要唐家能够保存下来，那么还是值得的。

这种推想看上去很有道理，但陈长生知道并非实情。打进雪老城、征服魔族，是唐老太爷毕生的宿愿，是他数百年来唯一想做的事情。在这方面，他与商行舟是天然的同盟，最坚定的战友，什么都无法改变他的心意。甚至可以说，他活着就是为了看到今天。只要人族能够彻底战胜魔族，他哪里会在意家财万贯？

如果不是考虑到后人子孙，想着家族的存续，他甚至会把整个汶水唐家都投到这场战争里去。身为这样一位老人的孙子会是什么样的感觉？

陈长生看着城外原野里的那道烟尘，唇角微翘，笑了起来。唐三十六骑着一匹白马，身着白衣，腰间系着汶水剑，很是飘逸潇洒。他没有对陈长生说什么，也没有道珍重，因为此战必胜。就像焉支山人说的那样，大势已成。魔族大势已去。就像唐老太爷与梁王孙做的那样，人族愿意付出一切代价，抛弃仇恨，就为了获得这场战争的胜利。

人类世界一直在等待着这一天。为了这场战争，人族准备了很长时间。从物资与军员调配来说，已有十年。从战略谋划来说，已有数百年。从精神意志来说，已有数千年。无数先贤，无数先烈，无论是哪位皇帝，哪一代教宗……他们做的所有事情，都是为了今天。

暗流早已涌动了无数个日子，随着时局的变化，终于变成了春潮。

魔族作为大陆曾经的霸主，在北方苟延残喘，得过且过，根本没有意识到这一点。就算某些清醒冷静的大人物认识到了这一点，比如那位年轻的魔君，又比如焉支山人，但留给他们的时间太少，而且魔族内部太乱。

每每想到魔族现在的处境，陈长生庆幸之余，总是有些不解，然后想起商行舟在洛阳的那句话。或许那人还是意识到自己终究是个人类？

看着原野里的道道尘龙，感受着极细微的震动，陈长生顾不得再去想那个问题。震动，是远去的马蹄，还是自己的心跳？他觉得自己的心跳加快了，没有来由。因为这场波澜壮阔的战争即将掀开帷幕的原因吗？

魔族必败，人族必胜，大势已定。但我们仍然要为之努力，真正地努力，才能真正地胜利。

想着今后的岁月里，此时正在离开浔阳城的年轻男女，会抛洒多少热血，会有多少牺牲……平静如他也不禁觉得脸颊微微发热。

深春的山谷里到处都是血。低等魔族士兵死亡之后变得更加丑陋，野草间的尸体散发着恶息，草原还不算太热，但放的时间久了，难免还是会腐烂。最初的时候，人族军队还会用阵师来清理战场，每场战斗结束后的草原上，到处都能看到阵法清光以及随之而来的火焰。后来死的魔族士兵越来越多，战事越来越紧张，为了节省阵师的法力，再也没有这方面的要求。

临时的营帐设在高处，但所谓的山谷其实是绵延起伏的草甸，谈不上易守难攻。暮色涂染着远处的原野与近处的车辆，炊烟已尽，篝火渐明，隐隐有忧伤的歌声响起，却引来更多的骂声。

梁红妆靠着车轮，眯着眼睛看着向地底坠去的落日，嘴里叼着的草根微微颤动。他当然没有穿那身红色的舞衣，也没有浓妆，只是本就貌美，尤其是那对眉色深如墨、形细如钩，妩媚之中自有英气，天然一段风流，刚上战场时不知引来多少视线，直到现在才没有人敢议论什么。

在队伍里，他的境界实力最高，杀的魔族士兵最多，受的伤也最多。他的肋骨下有一道很深的伤口，通过包扎布带的缝隙，可以看到白骨，还能闻到腐臭味。

一个人挤到他身边坐下，看着草甸上那些低等魔族的尸体，脸上露出嘲笑的神情。

"这么多天了，居然没看见一个高等魔族，难道都让老魔君给杀光了吗？"

说话的人是奉圭君，前段时间他还做了几十年的浔阳城守，结果现在却成了前线的一名将军。那夜在戏台下听到梁红妆对教宗说出那番话时，他就隐约猜到了自己的结局。只不过他没有想到，自己在前线居然会和梁红妆在一处，也不知道这是教宗的意思，还是圣女的安排。

梁红妆没有理他。奉圭君冷笑说道："朝廷要我来送死，是对你梁王府半数家产的报答，那你呢？你那位兄长为何不来，却让你来送死？"

是的，来到这片草原从某种意义来说就是送死，虽然现在人族占据着绝对优势，在已经发生的这么多场战斗里，魔族士兵的死亡数量要两倍于人族的士兵，但是……终究还是会死人，尤其是现在已经有很多人注意到情形有些诡异。

奉圭君的嘲讽，更多源自不安。人族军队进入草原后，已经遇到了很多魔族军队，发生了很多场激烈的战斗。很快人们发现了一个很奇怪的现象。除了极少数军官，在这些战斗里，根本看不到任何高等魔族的身影。连魔族最强大的狼骑，也看不到丝毫踪迹，仿佛失踪了一般。

如潮水一般向人族军队涌过来的，都是最低等的魔族士兵。这些低等的魔族士兵，智识发育缓慢，可以说是愚蠢，哪怕拥有超过普通人类的巨大力量，在人族军队的弓弩军械以及阵师的面前也只能是被杀戮的对象，按道理来说应该并不难对付。

问题在于，现在人族军队遇到的低等魔族士兵与以往并不一样。现在的低等魔族士兵变得更加勇敢，性情暴烈，手段更加残忍，甚至有一种无畏死亡的感觉。如果说以前这些低等魔族士兵只是智力低下，现在的他们仿佛已经失去了意识，变成了纯粹的杀戮工具。无数低等魔族士兵悍不畏死、前仆后继地拥来，会给人族军队带去极大的压力,无论是战事上的,还是精神上的。

奉圭君率领的这支军队,减员非常严重,也不知道还能撑多久。同样的情形,应该也发生在草原各地。

梁红妆说道:"应该是某种药物让这些丑陋的家伙丧失了理智,只会来送死。"

这是很多人的猜测,只是不明白为什么战争才刚刚开始,魔族的应对手段便如此的极端。要知道那些药物必然有极强的副作用,那些低等魔族士兵甚至从服药的那一刻开始便等于死了。

奉圭君看着越来越浓的暮色,眼里的忧色也越来越浓,喃喃说道:"魔族究竟想做什么?"

从某种意义上来说,他确实是朝廷派来送死的,为的就是安抚梁王府的旧怨。但他毕竟担任了数十年的浔阳城守,现在是前线的将军。

梁红妆说道:"魔族想吓退我们。"

奉圭君怔了怔,明白了他的意思,脸上露出一丝苦笑。他们是最前面的先锋部队。如果魔族的战略真是如此,他们将会承受源源不断的攻击。直到中军帐下令撤退,或者某一方死光。

"你说我们都是被派来送死的,那何必害怕。"梁红妆说道,"而且就算现在死,我们也赚了。"

开战至今,他已经杀了三十余名魔族士兵,而奉圭君与带领的士兵也已经杀了三倍于己的敌人,确实赚了。

奉圭君没有再说什么。梁红妆吐掉嘴里含着的草根,开始唱一首忧伤的歌。四周再次响起骂声,但这一次他没有停下。梁红妆的唱腔有些怪,很是深沉悠远,就像是草原上缓缓流淌的河流。

"在浔阳城听了你这么多年戏,总觉得你的唱法有些古怪,却一直没有问过你。"奉圭君问道,"你这到底是什么流派传承?庐陵金氏还是桔水张?"

梁红妆说道:"据说是雪老城里的歌剧唱法。"

奉圭君很吃惊,指着野草里那些魔族士兵的尸体说道:"就这些玩意儿听得懂吗?"

梁红妆摇了摇头,说道:"不知道。"

夜空里忽然传来红鹰发出的警告与紧急军令。最近的几支人族军队都遭受到了敌袭。而敌人的主攻方向在这片草甸。

草地微微震动。暮色深沉，化作夜色。夜色里不知道有多少魔族士兵正在拥过来。

奉圭君知道这场战斗必将持续一整夜，脸色不由变得苍白起来："我们还能看到明天的晨光吗？"

梁红妆站了起来，看了眼夜空，说道："今天星星很美。"

96·迟早要去，何不早去？

夜空被相隔极近的檐角切割成了并不大的一片黑布。

今天的星星真的很亮，就像是被织工用金线缝了好些碎花在黑布上，很好看。

这里是离宫最深的那座偏殿，也是陈长生居住的地方。他这时候在吃饭，苟寒食在旁相陪。秋山君留守离山，七间也没有被允许随折袖北上。关飞白、梁半湖、白菜去了前线。苟寒食则被他留了下来。很简单的一顿饭结束了，安华带着教士捧着刚刚送来的卷宗，依次摆在陈长生与苟寒食身前案上。偏殿里没有任何声音，只有流水叮咚。那盆青叶不知道去了哪里。不知道过了多长时间，苟寒食抬起头来，伸手搓了搓有些疲惫的脸。侍立在旁的安华送上早已准备好的滚烫的毛巾。苟寒食微微一怔，轻声道谢后接过毛巾擦了把脸。

陈长生也结束了阅卷，安华匆匆走了过去。片刻后，他与苟寒食开始轻声对话，交流彼此的看法，对这些卷宗进行分析。

他们得出的意见，会在最短的时间送到皇宫里，供皇帝陛下参考。同时，摘星学院方面也会提供一份意见。皇帝陛下会与宰相大人、诸部尚书共商，得出最终的结论。现在的大周王朝，所有的一切都在围绕着这场战争进行。

至于那些普通的朝政事务，各州郡的民生，则是交给了莫雨。

不得不说，皇帝陛下对莫雨的信任非常。而从这些天朝野的反应来看，她没有辜负这份信任以及天海圣后当年的教导。

这样的生活已经持续了有些天，苟寒食还是有些地方无法适应。比如安华递过来的毛巾为什么那么烫，难道她的手就不怕起泡？他是个很细心的人，早就注意过安华的手确实没有受伤。再就是为什么离宫收到的前线战报甚至要比军部更快？尤其是某些重要的消息，往往前线刚发生，离宫这边便知道了。这让苟寒食无法理解。

与之相比，魔族的手段倒并不会让他感到太过吃惊。

"青曜十三司的第七封检书发了回来，确认那些魔族士兵的心脏充血肿大，较正常状态大了一倍半。"他对陈长生说道，"我们推算的没有错，他们用药物催发力量，同时摧毁了理智，不再有畏死的本能。"

陈长生说道："有没有解药？"

这话刚出口，他便摇了摇头，知道自己问了一个很愚蠢的问题。就算能够找到解药，也没有办法让那数十万低等魔族士兵心甘情愿地吃下去。

如果他和苟寒食的推论没有错，魔族使用的这种药物，其实来自人族。万年之前，长生宗曾经驭使过很多妖仆，据说有些性情古怪又极具天才的长老，很喜欢用那些妖仆研究妖族狂化，不知道最终他们有没有研究出来什么，但却创造出了一种可以激化生物潜能、强行狂化的药物。那种药物药性非常猛烈，使用一次便会心脏暴裂而亡，没有任何例外，所以很快便被长生宗封入了禁地。

现在魔族使用的这种药物，和道典里记载过的长生宗的那种药物非常相似。

联想到长生宗与魔族暗中勾结的事实，真相就在眼前。幸亏长生宗没落了，二十年前又被苏离杀了一遍。

"魔族数量本来就不如我们，现在两三名魔族士兵才能换我们一个人。"陈长生说道，"这种做法感觉太过疯狂，没有道理。"

苟寒食说道："合理与否要看具体情势，低等魔族虽然对魔族的繁衍生息很重要，现在死得太多，长久来说会影响魔族的前景，但现在他们首先考虑的是必须活下去，如果能把我们吓退，就算低等魔族死掉五分之四，只怕他们也愿意承受。"

陈长生闻言沉默。前线战报里描述的局势确实有些棘手。战争刚刚开始，魔族便摆出了决战的架势，虽然没有什么强者出动，但想着数十万魔族士兵不要命地向阵地扑过来的画面，任是谁都会觉得有些心惊胆战。

在魔族士兵疯狂般的、自杀式的攻击前，确实有很多人族士兵崩溃了，在某些压力最大的战场上，甚至发生过溃逃的事件，如果不是当时凌海之王带着国教骑兵刚好路过，连杀一百余人，可能还无法镇压下来。

如果魔族想用这种方法吓退人族军队，至少挫败人族军队的气势，那么不得不承认他们成功了。梁红妆持这样的看法，苟寒食也是，只不过他比梁红妆想得更远一些。

"我不知道这是魔君的计划还是黑袍的手段,但很明显,对方更重要的目的是消磨。"苟寒食站起身来,说道,"他想消磨我们的勇气、精力还有最重要的时间。"

一幅清光凝成的地图,在空中悬垂下来。他用手指在地图上画了三道线,说道:"从对方的攻击重点与转移时间来看,他们的目标非常清楚,那就是要用这三次潮水般的攻击,用这三万余里的草原与生命,换取足够多的时间。"

距离最初的计划,人族大军已经慢了十七天。如果这样一步步慢下去,人族大军就算能够击破魔族的层层防御,最终抵达雪老城下,只怕也已经是深冬了。那会是无法想象的最险恶的局面。

"我们应该怎么办?"陈长生问道。

苟寒食沉默了一会儿,说道:"按照原定计划就好。"

陈长生有些不解,说道:"就当作什么都没有发生?"

"事实上也确实什么都没有发生,我们都知道魔族必然会不惜一切代价抵抗。"苟寒食说道,"相反在我看来,不管这是魔君还是黑袍的计策,都是犯了大错,大战多年未起,我们前线大军里至少有一半从都没有上过战场,这一次魔族攻势侵掠甚急,刚好成为一次考验,一次磨炼,把他们变成真正的老兵。"

陈长生说道:"这样的考验与磨炼很难过。"

苟寒食说道:"如果连这一关都过不去,何谈攻下雪老城?"

陈长生说道:"就算能过这一关,也会出现很多预想不到的损失。"

"是的,这次会死很多人,可能是我们认识的人,是我们眼里不应该这么早便死去的人。"苟寒食看着他说道,"但谁都会死,我们也会去那里,我们也会死,所以,请平静。"

陈长生走到池边看着被水流冲着慢慢打转的木瓢,想着那盆青叶,想起十几年前教宗师叔在渐成废墟的南城里抱着青叶与圣后娘娘苦战时的画面,沉声说道:"我不想留在京都。"

"不行。"苟寒食毫不犹豫。

陈长生说道:"既然迟早会去,何不早去?"

苟寒食说道:"你是教宗,便要留在京都,以定民心,只有当我们能够看到雪老城的时候,你才能离开。"

能够看到雪老城的时候，便是最后决战的时候。陈长生那时候离开京都，才不会让信徒与民众担心战局，而是更增必胜之信念。这是已经形成定论的安排，或者说，这是开战之前便已经商议好的事情。人族大军攻入雪老城的时候，陈长生会在现场，而不是皇帝陛下。

卷宗被教士们抬走，意见方略用最快的速度送出离宫，送到皇宫。苟寒食接过安华递过来的热毛巾，道了声谢，覆在脸上，稍微缓解一下疲惫。当他睁开眼的时候，发现陈长生不在了。

忽有剑声传来。苟寒食来到石室。陈长生静静站在里面。石室里没有剑。不知道他在想什么。

苟寒食觉察到他情绪的异样，问道："出了什么事？"

陈长生说道："梁红妆死了。"

苟寒食神情微异："梁红妆？"

陈长生说道："是的，一个我认识的人。"

97 · 我要去雪老城

苟寒食沉默了一会儿，说道："我知道他是谁。"

梁红妆是梁王孙的弟弟，他与离山剑宗之间还有另一层隐秘的关系——他是梁半湖与梁笑晓的族人。

二人沉默不语，石室里很安静。就像先前他们讨论的那样，这一次可能会出现预想不到的损失，有些他们眼里不应该这么早便死去的人……死去。梁红妆就是这样的人，他是梁王府的重要人物，更是位聚星境的高手。战争开始还没有多少天，按照过往的规律来说，远远还没有到惨烈的阶段，结果他就这样死了。

陈长生与梁红妆见过三面，说过几十句话，谈不上熟悉，但终究是认识的人。在战场上他还有很多认识的人，唐三十六、凌海之王、国教学院的师生，比如初文彬，还有她。但苟寒食也有很多认识的人，关飞白、梁半湖、白菜、剑堂的师叔、天南的同道。

"抱歉，不应该由你来劝我。"陈长生对苟寒食说道。

苟寒食说道："你应该猜到了，这些话是有容要我对你说的。"

陈长生看着手腕上的那串石珠说道："这些话她本可以亲口对我说。"

前浔阳城守奉圭君曾经担心过能不能撑过魔族连续一夜的攻击，能不能看到第二天的晨光。

事实证明他的这些担心都是多余的。他的队伍没能撑过第一波攻击，就在夜色刚至时，便被那些疯狂的魔族士兵突破了防御。

魔族士兵的数量实在是太多了。借着星光看到原野上那道黑潮后，他与所有的人族士兵都在心里发出了一声呻吟。

梁红妆没有呻吟，脸上没有惧意，没有清啸或者长啸，也没有唱一首壮行的歌，便向着那道黑潮杀了过去。

同样还是事实证明，勇敢的人总会收到好的福报。救援及时到来，彭十海神将亲自率领的骑兵成功地改变了整个战局，挽救了这些苦苦坚守了两天两夜的将士们。

草原上到处都是惨烈的战斗，大多数情况都是各自为战，这里能够得到救援自然与这里有重要人物有关。虽然是朝廷派来送死的，但朝廷也不愿意看到浔阳城守死得这么早，更不要说这里还有梁红妆。

篝火重新被点燃，照亮了草甸。魔族士兵已经丧失了理智，所以不需要担心被偷袭。活下来的军士们围在篝火旁，满是血水的脸上没有任何表情。

十余朵白色祭服在草甸上飘舞，看着就像是美丽的白花，吸引了很多的视线。青曜十三司的师生们四处搜寻着幸存的伤员，用药物给予及时的救治，偶尔还能看到圣光术带起的清光。

遗憾的是，在这样惨烈的战争里，很难找到太多伤者，草甸上到处都是人族士兵的遗体。直到最后，也没有人找到梁红妆。前浔阳城守奉圭君被找到的时候，身上到处都是血，神情格外惘然，失魂落魄地不停自言自语着什么："唉，唉……何必嘛，何必嘛……"

没人明白他到底想说些什么，也没人知道他为什么变成了这个样子。

奉圭君清清楚楚地记得刚才发生的事情。梁红妆提着铁枪向魔族士兵组成的黑潮冲了过去，很快便被湮没不见。

养尊处优多年的他确实很害怕，恨不得转身就跑，但这些天的经验告诉他，现在的魔族士兵已经变成了真正的野兽，再没有任何理性可讲，如果不把对方杀光，便会一直追着你跑。

而且他毕竟是浔阳城守。曾经是浔阳城守。现在是位将军。他大喊一声，带着四周的将士，向着魔族士兵杀了过去。

随后的事情，他基本都忘了，只记得自己不停地挥动刀锋，不停地跌倒，然后爬起，刚开始还能感受到身体上传来的疼痛，后来连疼痛也感受不到了，只是觉得手里的刀越来越重，呼吸也变得越来越重。

就在他疲惫不堪，恨不得什么都不管，就这样睡着的时候，忽然听到了远方夜色里传来的声音。

援军到了！他精神一振，逼出最后的力气向着外围冲去，却在草甸后陷入了绝望。

几十名魔族士兵刚从夜色里冲到这边，人字形的嘴里淌着腥臭的涎水，眼睛血红。

就在他以为自己和随身亲兵们必死无疑的时候，他忽然在魔族士兵里看到了一个人。梁红妆站了起来，挂着铁枪，摇摇欲坠。奉圭君想喊梁红妆快跑，却发不出声音。梁红妆没有跑。他选择了自爆。

幽府连同一百零八处气窍里的真元，同时喷发出去。一朵银色的烟花照亮了草甸。炽热而神圣的星辉，瞬间撕裂了那些魔族士兵的身体。

对修道者来说，这是最惨烈的死法，是最痛苦的告别。

"何必嘛，不就是一个死。"

"我又没说不肯死，何必把自己搞得这么痛呢？"

奉圭君失魂落魄地坐在草地上。

"奉将军？"一名穿着白色祭服的女子走到他的身前。

帷帽遮住了她的脸，让她的声音也变得有些难以捉摸。奉圭君没有理她。

一道黑色的亮光闪过。奉圭君的掌心被一根小簪子刺穿，留下一个秀气的血洞。恰到好处的痛苦终于让他醒过神来，却不会让他惨叫出声。

依然是借着星光，这一次没有看到潮水般的魔族士兵，而是看到了一张无比美丽的脸，却同样令他震惊。

"是……您吗？"奉圭君用颤抖的声音问道，下一刻便哭了起来，"您应该来救他啊。"

那名女子没有理他，淡然说道："恭喜你，你现在有两个选择，你已经被证明作战是勇敢的，你曾经犯下的罪已经得到了救赎，你可以回到浔阳城，当然不能再做城守，但可以作为一名普通百姓生活下去。"

奉圭君神情微惘，问道："第二个是？"

那名女子说道："你可以留下来，待养好伤后跟随军队继续向北进发。"

奉圭君很长时间都没有说话。换作任何人都应该知道这两个选择应该怎么挑。如果是半个时辰前，他也会非常轻易地做出决定。

现在，他却觉得非常困难。他知道对方不会欺骗自己，因为那是对方不屑做的事情。

"我选第二个。"他的声音微微颤抖，明显依然恐惧不安。

那个女子有些意外，问道："为什么？"

奉圭君抬起头来，望向她认真问道："听说雪老城里有歌剧？"

那个女子点了点头。

奉圭君说道："我想去那里听听，到底和庐陵金氏与桔水张的唱腔有什么不一样。"

奉圭君与已经被发现的重伤员一道，被送往南方的大营疗伤。伤好后，他们可以选择归队，也可以选择回家。

青曜十三司的师生们则是留在了战场上，继续寻找伤员，替士兵治伤。在某些时刻，淡淡的药草香甚至掩过了血腥味与腐臭味。最令人感到平静与安宁的还是那些圣光。救治的工作一直持续到了白天。不管是多重的伤，只要被她们找到的，基本上都能够治好，甚至有时候已经近乎奇迹。

战事稍歇。方圆百余里的魔族士兵被杀干净了。

前锋军就地整顿，但奇怪的是，除了去往大营的红鹰，还有很多红雁落在这片草甸里，午后更是有很多快马陆续抵达。

一个消息渐渐在数万将士当中流传开来。圣女殿下在那片草甸上。

徐有容向着草甸前方走去。她所经之处，金黄色的火焰把那些腐坏的魔族士兵尸体烧成青烟。已经被发现了身份，自然没有遮掩的必要。清风徐来，拂走烟气，草原回复一片清明。十余名骑兵在前方等着。两侧的草甸上跪满了士兵，那些伤员也挣扎着跪了下来，脸上满是虔诚与幸运的神色。能够得到圣女的亲手治疗，这是几世才能修来的福缘？

那些从各处赶来的骑兵，代表着很多神将的意思，其中也有京都某些大人物的意思。他们都是使者，想要劝说徐有容赶紧回京。最重要的原因，当然是因为安全。

谁都知道，圣女乃是天凤血脉，是真正的修道天才，虽然年轻，却已经半步神圣。但这里是充满了死亡与杀戮的战场，教宗不在她的身边，总让人觉得有些不放心。还有一个重要原因就是，南溪斋剑阵也不在她的身边。南溪斋弟子们这时候也不在南大营，而是在更遥远也是更重要的中军帐，负责保护此次北伐的主帅。

那些骑兵纷纷跪下，苦苦哀求圣女早日归京。徐有容看都没有看他们一眼，从一名南溪斋女弟子手里接过一封信。那名女弟子日夜兼程而来，已经极为疲惫，自行坐到地上开始冥想，可想而知这封信非常重要。

这封信来自中军帐，但并非来自主帅，也与京都无关，而是叶小漪写的。守中军帐的南溪斋剑阵现在由她负责指挥，因为这个原因她知道了很多隐秘的消息。当然，也不能排除某些大人物就是想通过她把信息准确地传递给徐有容。

很多大人物，包括那些神将，一直都知道圣女就在战场上。在前些天的惨烈战斗里，她带着青曜十三司的师生，奔走于各个战场，不知挽救了多少士兵的性命。

为什么那些天，这些大人物没有点破，今天却站了出来，而且用安全的名义苦苦哀求她回京？叶小漪在信里给出的解释是，今天徐有容在草甸上救的伤员太多。

想要救活那么多重伤将死之人，不可能只靠圣光术，圣女必然用了那种药物。前些天，她想必也用了那种药，但用的数量不算太多，大家还能忍。今天，她用的药太多，大家实在有些忍不住了，才会想要请她离开。

事实上，大家认为这种药物的分放权力本来不应该在她的手里——圣女仁爱世人，见着谁受伤都想不惜代价地救，可是那药如果在普通士卒身上就用完了，以后神将受伤了怎么办？王爷要死了怎么办？

这听上去很冷酷，但这里是战场，这是战争，任何资源的分配都应该有规矩，生死有命但绝对有轻重。这些年没有战事，离宫取消了朱砂丹按月分配的规矩，只需要进行简单的运算，便能想到现在已经积攒了多少朱砂丹。

朱砂丹的分配权力在离宫的手里，但具体执行时总要征询一下前线将领的意见。

如果是和平时期，这些骑兵代表着的大人物的意志合在一起也无法撼动她分毫。但现在是战争时期，军队的地位越来越高，而且将领们的意图从某种角度来看是合理的，他们也给予了她足够的尊敬。

那么她会做出怎样的回答？徐有容伸手缓缓摘下帷帽，露出那张完美的脸。四周的草原变得更加安静。只有站在近处的南溪斋少女才能看到她眉眼间的疲惫。她望向那些骑兵。清风吹拂着原野上的长草，发出波涛般的声音。

98 · 鸟山明

徐有容看着手里的小瓷瓶，没有说话。这样的小瓷瓶她还有些，不在袖子里，而在桐弓里。

无数道视线落在她的手上，或者狂热或者紧张或者不安。人们都猜到了。这个小瓷瓶里装的便是传说中的朱砂丹。也正是所有将军苦苦哀求徐有容赶紧回京的最重要原因。

"这些丹药是陈长生的，他的就是我的。"徐有容望向那些跪着的骑兵说道，"我知道你们当中有很多人不服，但不要让我知道，因为那会让我不高兴。"

那些骑兵身体变得僵硬无比，因为从她平静的语气里听懂了意思。潜台词是不需要说出口便能被听到的重要信息。

她是在对全世界回话。如果她不高兴，也许这个世界就再也没有朱砂丹了。骑兵们以最恭敬的姿态行礼，以最快的速度离开，把她的诰令传到草原各处。

那名南溪斋少女看着她欲言又止。不如归去？徐有容的身体与精神都很强大，即便如此，她还是有些疲惫。

但她不会离开。只有在这里，她才能看到战场上即时的变化，最真实的情况。同时，京都里的人们，也才能看到最真实的情况。

时局很复杂，这一点从此次主帅人选的确定便已经能够看到征兆。被很多人推举的徐世绩，在收到她的来信后，闭府不出，称病坚辞。

彭十海等陈观松一系的神将，在现在的大周军方占据着半壁江山，但想要从他们当中挑选主帅，必然会遭到以薛河为代表的西军系统的强烈反对，而且这很难得到离宫方面的认可。

与国教亲厚的人选，又无法得到朝中大臣与陈家王爷们的支持。

人们想来想去，最终把视线投向了一个已经被很多人遗忘很久的地方，东御神将府。徐世绩，现在看起来是最能够被多方势力接受的人选。然而，很快徐府便收到了来自圣女峰的一封信，从此大门紧闭，徐世绩则是称病坚辞。人们明白这是圣女的意思，自然也没有办法勉强。

最终选定的主帅人选非常出乎意料。当朝廷的圣旨传巡诸郡的时候，甚至很多人没有听说过那个名字。

赫明神将，曾经的玄甲骑兵统领，处事非常低调，甚至可以说籍籍无名。但他的资历够老，是陈观松的师弟，却又与彭十海等摘星学院派将领关系并不密切，而且在十年前的国教学院一战里，他带领的那支玄甲重骑停在了垮塌的磨山之外，表现得极为沉稳，同时得到了皇帝陛下与教宗的欣赏。

换言之，他能够担任主帅最重要的原因便是，各方都能接受他，而且他不是任何一方的人。

问题在于，这也意味着他不是陈长生的人，也不是皇帝陛下的人。再如何沉稳的人，手握大权时也可能会出现别的心思。在惨烈的战场上，血性被激发的同时，往往随之生长的还有野心。所以徐有容不会离开这里。

死亡的阴影终于离开了这片草原。不知道是那种刺激潜力、抹杀理智的药物没有了，还是低等魔族的大量死亡，让雪老城都有些承受不住，总之在初夏的某一天，人族军队再也没有看到那些双眼猩红、像野兽般的魔族士兵冲锋。

在魔族军队撤退途中，偶尔还会有些零星的战斗，很明显，那些魔族士兵没有服用那种药物，虽然还是有些愚蠢，但总不至于像前些天那样敢往弩阵里冲，更不至于连死都不怕。

草原上到处是不同颜色的血水，那些血水干涸之后会变成大块的颜色，从远处看上去就像是一幅画。

赫明看着草原上的图案，想起了很多年前与陈观松在摘星学院学习魔族文化简史时从离宫请来的主教说的那番话。

"魔族就是这样奇怪的一个物种，低等的魔族与禽兽没有什么区别，高等的魔族却拥有难以想象的审美，而两个阶层之间又不是完全隔绝，存在着紧密的联系并相互影响，所以在雪老城的绘画里，经常会出现看似粗鲁的大色块……"

如果雪老城里的王公贵族真的可以做到把低等魔族当作妖兽一般驱使，这场战争可能会变得更加残酷。如果现在妖族还是魔族的奴仆，那这场战争更是没有任何获胜的机会。

这要感谢太宗皇帝当年的英明决策。望向京都的方向，赫明神将对教宗大人生出相似的情感。

这场战争的开始阶段进行得格外惨烈，远远超出开战之前的推演计算。从某种意义上来说，这是人族与魔族千年来的物资积累以及决心、意志的对撞。

这种对撞最终具体落在了两种药物上。魔族方面动用了长生宗研制的毒药，从数量上看，雪老城其实已经为这场战争准备了很多年。人族方面，教宗陈长生想尽一切办法积攒了十年的朱砂丹也几近告罄。

至此战争进行到了第二个阶段。人族军队向北不断进发，沿着魔族军队溃败的方向，连破两道防线，让草原尽归人族。

气温渐高，暑意渐至，真的来到了盛夏，但草原开阔，前方那道绵延数千里的山脉间有很多豁口，风从其间过，大军驻扎在此，倒不会觉得酷热难当，清晨时分，甚至还会觉得有些凉意。

某天清晨，灰暗的天空里忽然出现一个快速移动的红点，拖出一道红线，应该是一只红鹰。在红鹰刚刚飞过大山峰顶的那一刻，两名警觉的哨兵便发现了，吹响了示警的号角。

一队骑兵疾驰出营，不知道是确保情报安全，还是想要接应什么。那只红鹰应该是在山那边发现了敌情。虽然按道理来说，数十里外那座巍峨的大山早已被清查过很多遍，应该没有什么埋伏，但这里毕竟是魔族的疆域，谁知道对方又有什么奇怪的手段。

那只红鹰速度还非常快，没有疲惫的感觉，飞过陡峭山崖不远，却忽然向地面坠落。那片山崖里究竟有什么？

某处乱石堆里忽然出现一道人影，像道闪电般掠入草原，向着人族军营而来。那是一名以身法迅疾著称的万寿阁弟子，担任着最危险的前哨。那个万寿阁弟子距离军营还有数里距离的时候，忽然闷哼一声，重重地摔在了地上。

"弩箭！"军营里响起愤怒而尖锐的喊声，随之响起的是弦声，数百支弩箭带着神圣的光辉，撕裂昏暗的晨光，落在那名万寿阁弟子身后，覆盖了数十丈方圆的地面，留下了密密麻麻的孔洞，里面隐隐有青烟生起。

人族军队已经很有经验，那些擅长追击的魔族士兵往往会从地底潜出来。

很快，那队骑兵来到了万寿阁弟子的身前。万寿阁弟子的腿上满是鲜血，明显已经断了。他却是毫不在意，只顾着厉声喊道："山里有魔族！不能判断部落所属，但数量很多！"

骑兵们把他抓上马背，向军营折回。没有人注意到，有三个骑兵继续向着远方的那座大山飞驰，不知道是要去做什么。

清晨的山峰还没有醒来，向着人族军队这面的崖壁很是阴暗。

崖壁间忽然响起魔族士兵的声音，却看不清楚在哪里。明明经过了很多次清查，为何没能发现这些魔族的行踪？

数百丈高的崖壁中段，有几十个很小的山洞，不要说魔族士兵，就算是瘦削的人族士兵也无法钻进去。最初做清查的时候，以为这些洞是鸟洞，所以并未在意。没有人想到，敌人就藏在这些鸟洞里。

因为敌人不是魔族士兵，就是鸟。它们是一种黑灰色的鹫鸟。数千只鹫鸟，从这些小洞里拥了出来，然后振翅飞向空中。很明显这些鹫鸟受过训练，甚至有可能直接被控制，显得极有秩序，哪怕飞到天空里，队形也没有散开。

那三个骑兵距离大山还有段距离，看到天空里的动静，有些不解，心想就算这些鹫鸟受过训练，可以向地面的目标发起攻击，但想凭锋利的鹫爪就对人族大营带来损失，也未免太异想天开了些。

便在这时，第一道晨光穿过山间的石缝，洒落到这边的草原上。突然的光线让一只鹫鸟慌乱起来，松开了爪子，一个黑黑的物件落了下来。轰的一声巨响，山崖前的草地上燃起了一片大火。

看着这一幕，那三个骑兵对视一眼，看出彼此眼里的震惊，却没有减缓速度，加快向着大山疾驰而去。

99·遮天一剑

大山前的火光，同样引起了大营的极大警觉。将士们从睡梦中醒来，拿着兵器便开始奔跑，去往自己的位置。

阵师们用最快的速度完成了阵法激发前的准备，由八百名弩手组成的弩阵，也整体前移到了军营的最前方。

这里是北三营，由彭十海神将指挥。他看着遮天盖地而来的数千只鹫鸟，神情依旧漠然，声音毫不颤抖，十余道军令有条不紊地发布下去。只有站在他身侧的亲兵，才注意到自家主将的拳头一直紧紧地握着，指节有些发白。那不是畏惧，而是愤怒以及焦虑。

如果每只鹫鸟都携带着那种类似火药的武器，北三营今天会面临怎样的考验？阵师布置的阵法，可以覆盖半座军营，但在这样的火势面前，无法支撑太久。

至于弩阵，应该可以射落一批鹫鸟，但根据现在鹫鸟的飞行高度来计算，当弩箭可以射到它们的时候，它们已经飞到了军营的上方，那么它们是自己扔下火药还是被射落，又有什么区别呢？

"如果师父在就好了！"正在向着崖壁上攀爬的一名骑兵喊道。

另一个骑兵摇头说道："就算师父他老人家在，也不见得能把这些鸟儿杀干净。"

第三个骑兵没有说话，浑身散发着寒冷的气息，杀意冲天而起。在他想来，北三营今天必然会变成一片火海，就算阵法能够抵抗片刻，也会遭受极惨重的损失，而魔族速度最快的狼骑可能正在山北等待出击，换句话说，没有任何办法能够挽回这场失败。那么他至少要杀死那些鹫鸟的指挥者，避免这样的失败在以后不停发生。

能够攀爬如此陡峭的崖壁，想的是这样的事情，他以及另外两个骑兵当然不是普通的士卒。但就算他们是强大的修道者，在战场上依然有很多事情无法改变。

忽然，天空里响起一阵凄厉的鸣叫声。三个骑兵下意识里停下动作，回头望向人族军营所在的方向，看到了一幕完全意想不到的画面。被晨光照亮的草原上散开了道道青光，最终变成了一座阵法，把军营前半段笼罩在其间。隔着这么远的距离，依然可以看到圣光弩上的闪烁的光芒。人族军队严阵以待。但那些鹫鸟根本没有飞到军营上方，便向着地面纷纷坠落！天地间仿佛有一道无形而神秘的力量，出现在鹫鸟们的身前，让它们惊恐不安，无力挥动翅膀。数千只鹫鸟像雨点般向着地面坠落，落在草原上便变成一道冲天而起的火焰，场面无比壮观。

"这是怎么回事？"一个骑兵惊喜万分地喊道。

那个气息寒冷的骑兵喝道："加快速度！"

见到大营无事，三个骑兵精神大振，向着崖壁中间那些山洞攀掠而去，速度快若飞鸿！

来到那些山洞之前，三人感受着里面渗出来的阴寒气息，知道那个魔族怪人应该还在里面，未作任何耽搁，清啸声里，长剑离鞘而出，如寒芒一般射进洞口，以难以想象的速度开始穿行。

崖壁里起始时没有任何声音，忽然响起一声闷响，然后便是密集不断的切削声响起，其间夹杂着痛呼与魔族语言的咒骂声，到后来那名魔族怪人不停地重复着某一个句子，显得格外惊惶与恐惧。

不知道过了多长时间，崖壁里的声音终于消失了。三道寒剑飞出洞口，归于剑鞘。

朝阳比先前又高了些，晨光照在侧方的山峰，又反射回了这片崖壁，照亮了三名骑兵的脸。一张脸沉稳宁静，一张脸坚毅冷傲，一张脸青春灵动，正是梁半湖、关飞白还有白菜。

白菜好奇地问道："刚才那魔族怪人死前一直在喊什么？"

梁半湖与关飞白对视一眼，笑了起来。

关飞白敛了笑容，正色说道："大师兄让你把魔族语学好，你为何不听？"

白菜委屈说道："魔族语言有一百多种，我怎么能全学会？"

草原上到处都是惊呼。因为相同的情况发生在所有军营里。

魔族并没有动用大量的军队进行反攻，而是在同一时间里发起了无数场偷袭。这种偷袭或者更应该用突袭来描述，魔族各种奇诡手段尽出，而且派出了很多强者。这是开战以来，魔族第一次出动强者进行战斗。但就像第一阶段战役那样，一旦出动，竟是全力出击，不留任何余地！

魔族有三千多个部落，其中拥有强大战斗力的部落不下百数。今天这些部落的族长以及他们最强大的战士，或从草原地底破土而出，或从崖间飞落，面目狰狞。

来自偏僻雪湖的驭兽师，指挥着妖兽发起自杀式的攻击。来自雪老城贫民区的不得志的流浪战士，掀掉盖在身上的兽皮，拿起沉重的魔斧，从兽群里一跃而起。这些强者们的目标非常明确，并且事先的安排非常有针对性，就是人族军队的粮草、阵师以及指挥官。

数百场小型的战斗在草原上同时开始，虽然对整体的战局不见得会产生多大的影响，却成功地制造了极大的混乱。混乱的背后往往有着清楚而冷酷的意图。

当朝阳跃出地平线，光芒被山峦与草原折射反而让天地更加昏暗，魔族的真实意图似乎终于明确了。

数百个带着明显肃杀气息的魔族军中强者，在一道扰乱天机的阵意遮掩下，来到了距离人族中军帐不到二十里的地方。那道扰乱天机的战意让天空里的流云重新聚拢，有雨点落下，落在士兵们的脸上与唇里，感觉有些淡，有些空。

这就是规则的力量，难道说有圣域强者到了？主帅赫明神将是一个低调沉稳的人，在某些方面却极为冒险，甚至可以说激进。中军帐被他顶到了最前线，距离那道名为诺日朗的山峰只有一百多里。在这样关键的时刻，再也没有什么需要保留的必要。

人族的强者终于出手了。洁白而炽烈的圣光，照亮了晦暗的天地，撕开了那些如黏稠棉絮般的流云，露出了一角碧空。茅秋雨与怀仁道姑从中军帐里走了出来，挥袖间，便杀了十余名魔族高手。

没有人对此感到惊讶。就连那些等于送死的魔族强者也早就料到了自己的结局。最重要的中军帐里怎么可能没有圣域强者镇守？

魔族方面既然早有预料，自然也有相应的准备。天空骤然变得灰暗。碧蓝如洗处不见了，淡淡的雾云里，有张黑色的、残破的棋盘若隐若现。诺日朗峰下，空无一物的草原上忽然出现了一个黑洞洞的通道。那个通道的边缘并不齐整，就像是随手撕开的纸。这种形容其实非常贴切，因为那本来就是魔族的恐怖大阵从空间里撕出的一条通道。数名魔将带着数千狼骑，从山谷里，从数百里之外拥了出来，向着中军帐疾驰而去。

云雾渐深，遮蔽阳光，夜色仿佛提前来临，其间出现了几道特别高大的身影。相信应该是元老会的成员，或者是雪老城里的王公贵族。茅秋雨与怀仁神情不变，很是平静。魔族既然能够料到他们在这里，他们自然也能想到魔族会有相应的安排。

昨天深夜，他们已经在命星盘上看到了那条通道出现的可能。到此刻为止，没有什么新鲜的、超出预计的事情发生。

忽然，怀仁道姑的眼神变得凝重起来。茅秋雨的双袖无风而动。诺日朗峰顶忽然出现了一个非常高大的黑影。与那些魔将还有狼骑不同，那个黑影并不是经由山谷里的通道出现，而是突然出现在峰顶。

天色愈发昏暗，山峰前的雾气却被风吹散了不少，露出那道巨大黑影的真容。那是一只极为罕见的、来自远古的倒山獠，长吻盘角，凶煞无比，足有四十余丈高。

在倒山獠的盘角里坐着一个很瘦小的魔族，甚至连人类孩童的身量都远远不如，穿着一身盔甲，盔甲上满是金线织成的复杂图案，其间还夹着很多幽绿的物事，有些是绿宝石，有些则是时光锈蚀的铜。一道难以想象的恐怖气息，从盔甲缝隙里散溢出来，却远不及这名魔族的视线那般冷酷与邪恶。当这个魔族出现在峰顶之后，四周数百里的世界仿佛都安静了一瞬。因为他是魔帅。

极短暂的寂静之后，便是越发凄厉的嚎叫与喊杀声。数千狼骑近乎疯狂一般向着中军帐冲杀过来。因为魔帅到了。

很明显今天如果想要守住中军帐，前提条件便是战胜、至少挡住魔帅。当年老魔君还活着的时候，他就是魔域雪原里的无可争议的第二强者。现在老魔君已经死了，是不是可以说他便是魔族的最强者？

没有人知道这个答案，因为焉支山人隐世不出，因为直到今天黑袍也没有全力出手过。但至少有一个事实可以确认。魔帅不是普通的圣域强者。

如果陈长生在这里，或者会想起来当年苏离在温泉旁提到魔帅的时候，用了变态这个词。连苏离都觉得变态，可以想象魔帅究竟有多残忍，多强大。

茅秋雨很清楚自己不是魔帅的对手，怀仁道姑入圣域的时间更短，那么谁来挡住他？

一道剑光，自南而来。那道剑光清冽、澄静，就像是真正的水。那道剑光洗去了天空里的雾霾，湮没了草原上的嚎叫，看似悠然，实则暗含杀机地斩向峰顶。奔涌的狼骑里，忽然升起一道黑烟，第八魔将破空而起，手持重宝，轰向那道剑光。那道剑光仿佛是廊下水面的倒影，微微颤动，便绕了过去。嗤的一声轻响，第八魔将的盔甲上出现一道清晰的剑痕，里面流淌着岩浆般的火线。

难以忍受的痛苦，让这位以坚忍著称的魔将发出一声怒吼。怒吼声里，有一道黑烟从狼骑里升起，来势却非先前可比，魔气冲天，生生把这道剑光留了下来。

剑光不时闪现，照亮黑烟，偶尔响起金属断裂的声音。第三魔将终于挡住了这道剑光，头盔上满是剑痕，魔角更是断了一小截，魔血汩汩流出。只是一道剑光，居然需要两位高阶魔将先后出手才能拦下来，而且还如此狼狈，甚至先后受伤。与苏离的锋利、自由不同，与陈长生的直接、坚毅也不同。这一剑更加宁静，更加柔和，却又不失犀利，完全不着痕迹，无法捉摸，高妙至极。

大营侧方有个帐篷，里面是用来堆杂物的。一位老道从里面走了出来。他右手提着一把剑，左手握着剑鞘，无论走路的姿势还是握剑的手法，都谈不上好看，更与出尘二字无关。但明眼人都瞧得出来，那把剑绝非凡物，如秋水洗过三千载，明亮至极，不可逼视，直欲要遮住所有人眼前世界，包括天地。

难道这就是传说中的遮天剑？这位寻常老道难道就是离山剑宗的掌门？大营里的将领与士兵们震惊无语，纷纷让开道路。茅秋雨与怀仁微微躬身行礼。

100·王破来了

草原上的两位魔将，还有境界更加高深的那名魔族元老以及雪老城王公，神情异常凝重。那道剑意的残余，飘至诺日朗峰顶。魔帅伸手在空中一抓，送到鼻前嗅了嗅，微生警意。

离山掌门在十余年前便已经破境，但并没有得到太多重视。在很多人看来，这位从来没有离开过山门的老道，只不过靠着离山剑宗的绝学与数百年修道苦熬才极为勉强地突破到了神圣领域，实在算不得什么。

谁能想到，他的剑道修为竟是如此惊人，竟然已经走到了第二道门槛之前。

茅秋雨看着离山掌门说道："今日便要辛苦您了。"

离山掌门向诺日朗峰顶看了一眼，摆手说道："我可打不过这个凶徒。"

不待茅秋雨说话，他指着草原上的那两名魔将说道："这两个打不过我，让我来。"

茅秋雨与怀仁微怔，心想此言何其坦荡，又想那魔帅谁来对付？

来不及想了，夜色下的那条通道里的雾气越来越重，那几道高大的身影越来越清楚。魔族元老与雪老城的王公已经降临到了战场之上，如果再不拦住他们，中军帐便会遭受直接的攻击。

清风微飘,怀仁迎向那位锦袍飘飘的王公,茅秋雨则是双袖一摆,拦向那名元老会成员。离山掌门右手提剑,左手握鞘,履踩虹光,向两名魔将而去。圣域强者陆续登场,强大的气息不停冲撞着,卷起无数狂风与沙尘。

一道剑光撕裂天地之间的所有,接下一道天光,照亮草原。浓重如夜色的魔息,自山谷里喷涌而出,如真正的深渊巨龙,吞噬掉那道剑光。天翻地覆,天昏地暗。

无数难以想象的神奇画面,在天空与大地之间轮番上演,与诺日朗邻近的一些山峰被尽数碾平,金色的鲜血从天空里淌落,遇风而燃,散发出无穷的热量以及圣洁的光线,魔族强者的血液却像墨一般,把天空涂染得更加黑暗。在短短的时间里,就仿佛过去了无数个日夜。

草原上的人族军队靠着阵法的屏障,在圣域强者对撞产生的波动里艰难支撑,偶尔里面的军方高手与弩阵,想要对人族的圣域强者加以帮助,却无法摆脱狼骑的侵扰,根本无法脱开身来。

魔帅却始终置身于外,冰冷而残忍的视线穿透头盔,望向南方某处,不知道在等待着谁。

西去一百余里,便是西路军位置最为危险的右大营。没有人想到,身为西路军最重要的大人物,相王没有留在后方,也没有理会葱州军府的人,而是一直停留在这里。诺日朗峰前的那些流光,在天空里清晰可见,虽然隔着一百余里,却仿佛近在眼前。

相王双手扶着从腰带上缘淌落的肥肉,眯着眼睛看着那些剑光与魔气,不知道在想什么。

如果战斗开始的时候他就出发,应该还来得及参加到这场罕见的圣域强者乱战里。但他没有这样做,他认为远远没有到最关键的时刻,最关键的是人还没有到齐。

是的,就像魔帅一样,他也在等待着一个人的到来。

"来了!来了!"中军帐后方响起一阵惊喜无比的呼喊。

喊声就像落入沸油里的火星一般,很快便传遍了整座军营,直至整个战场。无论是人族的将士还是那些在外围拼命进攻的狼骑,都听到了远处的那个声音。

来了。那个人终于来了。狂风呼啸。沙砾在草叶上拍打出啪啪的声音。

一个人出现在众人眼前,穿着件洗至发白的布衫,眉眼寒酸,看上去就像是欠了很多钱的账房先生。

王破来了。没有人知道刚才他在哪里。没有人知道他从哪里来。

不是中军帐,他没有站在主帅身旁的习惯。也不是杂物间,他没有游戏人间的精神。他从南边走了过来。南边是人族的世界。他的肩还是像平常那样耷拉着,可以很方便地握住刀柄。

此时的草原一片混乱,到处都是生死立见的惨烈搏杀,喊杀声与痛呼声此起彼伏,狂风与飞沙遮住了很多人的眼睛。

在如此浩大而繁复的画面里,王破只是很不起眼的一个小点,应该不会被任何人注意到。但当他从南边走过来的时候,所有人包括魔族那边的士兵与强者们,都看到了他。他的衣着再如何寒酸,气质再如何寻常,身处再如何耀眼的世界,依然拥有最强的存在感。

魔帅却闭上了眼睛。峰顶的气温陡然降了很多,黑色的岩石上覆上了一层浅浅的白霜。面对王破这样的对手,即便是他也要慎重其事,全力以赴。

王破的速度看似不快,就像普通行走,但很快便穿过了人族军营,来到了战场上。战场上局势异常复杂,随时可能有意想不到的情况发生,带来很多变数与危险。但王破没有加快脚步,也没有改变前进的方向,依然这样静静地走着。

魔帅闭着眼睛是在蓄势,是在准备稍后的相遇,那必然是惊天动地的雷霆一击。对此王破并不陌生。

当初在京郊潭柘庙,他在那棵银杏树下枯坐十余日夜,铁刀不曾出鞘,是在参悟刀道,同样也是蓄积刀势。如此,他才能在洛水畔一刀斩了铁树。

此时他向着那座山峰走去,这个过程也是在蓄势。

魔将的排名方法与大周神将相似,会考虑资历以及名望,但更重要的还是绝对实力。辛迪加是现在魔族的第三魔将,境界实力非常强悍,如今的大周神将没有任何人是他的对手,加上深受年轻的魔君信任,被授予了一些强大的魔器,以战斗力来说,可以算是真正的圣域强者。刚才他会被那道剑光削下一小截魔角,受伤流血,无比狼狈,除了离山掌门那一剑确实玄妙,也与他有些轻敌有关。而且他没有想到这名老道手里的剑,竟然如此锋利可怖。

这次受伤让他变得清醒以及谨慎很多,与第八魔将还有一些军方强者配合着与离山掌门相斗，表现得很是沉稳。他看到了正在走过战场的王破，却无法摆脱离山掌门的剑意笼罩，发出一声厉啸，命令狼骑向王破发起进攻，同时用眼神示意第八魔将与自己配合，带动着整个战团向着战场中央而去。

那些狼骑再如何可怕，也不可能伤到王破，第三魔将明白这一点，他只是希望能打断王破的蓄势。在王破与魔帅这种层级的战斗里，哪怕是再细微的影响，也可能直接改变胜负的走向。

离山掌门猜到了这名魔将的用意，长眉微飘，手指轻轻一弹。遮天剑此时正斩碎了第三件魔器，把那名第八魔将斩得浑身是血，忽然遇着那道指风，发出一声清脆的剑鸣。剑音极为清冽，传遍了整片草原。数名看似普通的士兵从混乱的战场里穿行而出，来到王破的身边。

狼骑们开始冲锋。嗜血巨狼的眼里全是疯狂的意味，魔族骑兵们发出难听的啸鸣。

几道森然剑意冲天而起，斩将过去。那几名普通士兵，竟都是离山剑堂长老！寒剑闪动，狼骑纷纷坠地，溅起无数污血。数名剑堂长老，就像是保镖一样走在王破的身边。无论狼骑从哪边冲过来，都会被他们斩死。他们要确保王破不会受到任何打扰。哪怕这会影响到他们的出剑，甚至让他们受伤。

在与魔帅的战斗开始之前，王破应该什么都不做。在很多人看来，这才是有大局观的做法。但王破从来都不是一个能够心安理得接受他人好意的人。如果那样做的话，他的刀如何能像今天这样强大？

草原西面，怀仁道姑正在与那位魔族元老会成员对战。清丽而肃杀的指劲，像箭羽一般，穿行在天空之中，击碎了数十道元气锁，在那名魔族元老身上留下深深的血洞。天下溪神指，果然非同小可，尤其是被圣域强者施展出来的时候。

那名魔族元老发出一声厉啸，伸手夺了两名部落族长的权杖，吸噬了附在上面的神魂，伤势骤愈。不仅如此，他的魔躯以肉眼可见的速度变得高大起来，足有十余丈高，披着满天夜色，仿佛神魔。

便在这时，远方忽然响起一道清脆的金鸣声。那是铁在摩擦，刀将出鞘！

魔族元老神情骤变，确认来不及躲避，发出一声绝望的怪叫，如山般倒向怀仁道姑！

夜色被那道仿佛来自天外的刀意斩开了一道裂口。

数声脆响，魔族元老的肩头出现数道伤口。天光洒落在拂尘上，白如绵丝，汇集成云，轰击在了那名魔族元老的胸口。魔族元老骤然碎裂，化作了满天黑色的粉末，纷纷扬扬洒落，数里方圆内的野草，触之而萎！

怀仁道姑脸色苍白，唇角溢出一道鲜血。她望向战场中央。王破向山峰行走，仿佛什么都没有做。

很多道视线落在他的身侧。他的手已经握住了刀鞘。他的拇指顶在刀柄下沿。铁刀露出了一截。

101 · 战魔帅

诺日朗峰顶。魔帅坐在倒山獠的盘角里，闭着眼睛，仿佛已经睡着。盔甲的缝隙里除了绿色的铜锈，还有很多冰霜的颜色。他的气息已经提升至巅峰状态，就连这座山峰都在表示臣服。

他当然没有睡着，他在听着草原里的动静。他听到了离山的剑，听到了离宫的袖，听到了南溪斋的纤纤指尖，毫不动容。然后，他听到了铁刀出鞘的声音，猛地睁开了眼睛。

"居然如此自信？"

很多年前在雪老城外不远的地方，黑袍组织了一次针对苏离的杀局。就在最关键的时候，陈长生从周园里出来，把那把黄纸伞送到了苏离的手里。苏离握住剑柄，数十里外的魔将便受到重创。苏离抽出半截剑身，黑袍败退。

今日王破隐约已经有了当日苏离的几分风采，虽然不是直接出手。

不过就像魔帅不解的那般，死的毕竟是位圣域强者，王破应该消耗不少，难道他就不怕影响到随后的战斗？

前襟有一道裂口，被风吹着，行走有些不便，刀意自起，便切断了，如断线的风筝般飘向很远的地方。

王破想起了肖张，心想那个脾气糟糕的家伙这时候不知道在哪里，只希望他千万不要独自去雪老城。

他望向草原另外一侧。那里是另一个战场。

离山掌门挥挥衣袖，说道："我这里不用。"

隔着十余里，他的声音清楚地在王破身前响起。王破点头致意，继续向前行走。

第三魔将与第八魔将忽然收起兵器，向后退了段距离。三个漆黑的魔器散发着阴冷的味道，在他们上方的天空里飞舞着，监视着四周的动静。离山掌门微微一怔，白眉飘起，也往后退了段距离。与此同时，人族骑兵与狼骑也在向两边退走。

有两只被血腥味刺激过重的嗜血巨狼，不肯听从命令离开，结果被魔族骑兵毫不犹豫地斩掉了头颅。

数里宽的草原中间出现了一条通道。从草原到诺日朗峰顶。这条通道里面空荡荡的，什么都没有，无比安静。别的地方战斗还在激烈地进行。这里的寂静显得特别的诡异。

魔帅睁开了眼睛，说明他准备好了。王破的铁刀也做好了出鞘的准备。这场战斗到了这个时候，再也不能被打断，也不能被打扰。

魔帅是魔族的最强者，这已经是魔域雪原公认的事实。王破的资历无法与别的圣域强者相比，却是无可争议的人族主将。

他们之间的战斗，从某种意义上，就代表着人族与魔族之间的这场战争。这样的战斗，理所应当被尊重。这也意味着，谁都不能输。

王破望向数十里外的那座山峰。诺日朗峰是黑色的，这时候却白了头。在很短的时间里，峰顶便积了厚厚的一层雪。那是魔帅的战意显现，寒冷而不可一世。

王破身后的草原上有一行脚印。那就是他的道路。就像他的刀道一样，无比笔直。

王破消失了。再出现时，他已经到了十余里外的天空里。魔帅没有在峰顶等他。

数十丈高的倒山獠发出一声痛苦的喊声。它的鼻孔里喷出如喷泉般的热雾，下沉的双脚把峰顶的岩石踩出十余道蛛网般的裂缝。积雪狂舞而起。

魔帅跳到了天空里，双手一翻便握住了一把刀。那是一把无比巨大的弯刀。刀锋雪亮，边缘处却有一道夜色凝成的黑。谁也没有想到，如此矮小的他真正的武器竟然是这样一把弯刀，比他高三倍有余，异常夸张！

魔帅自天而落，双手握着弯刀，砍向王破！王破反手抽刀，与小臂平直，如当年斩洛水一般,平斩过去!

轰!一声巨响。山谷里蔓延出来的夜色,忽然像有形的黑布一般摇晃起来,又像是墨般的海洋。崖壁上与草原地表,升起数千道尘烟。

方圆数百里,无论人族将士还是魔族士兵,都被震得捂住耳朵,脸上露出痛苦的神情。哪怕他们已经杀红了眼,也不得不暂时停止了攻击。距离最近的两百余只狼骑,更是被直接震死,连惨叫声都来不及发出!

魔帅被震回了诺日朗峰顶,准确地坐回了倒山獠的盘角里。在天空里翻滚了七百多圈,让他的脸色有些苍白,只是被头盔与繁复的珠宝图案遮住了些。

王破落在草原上,十余道深不见底的裂缝从他的脚底延伸向远方。

"哈哈哈哈哈哈!"魔帅的头盔里传出一连串嘶哑难听的笑声。这笑声显得格外嚣张与强横,让人仿佛能够看到他脸上狰狞的笑容。

"都说你是人族不世出的天才,今天看来,原来也不过如此!"

王破没有说话。他提着铁刀的手有些微微颤抖。铁刀的刀锋上有一道很深的裂口。

到底谁输了?难道王破输了?

魔帅的笑声忽然戛然而止。噗的一声闷响。这声音就像是京都街头的艺人表演喷火油……

无数道血从头盔的缝隙里流出来。那血的颜色非常浓郁,又夹杂着些诡异的幽绿色。很久以前就有人怀疑,魔帅应该是皇族成员,今天这个事实终于得到了证明。

只是为何他的血里面会混着幽绿色?暂时没有人去思考这个问题。

人们被发生的事情震惊得无法言语——魔帅身受重伤,喷血!

"你果然很强,甚至已经超过了死前的别样红。"

魔帅的声音变得低沉了些,反而不像先前那般难听。

"虽然你依然不是本帅的对手,但本帅不得不承认,今天很难杀死你。"

对魔族来说,杀死王破是要比杀死人类主帅更重要的事情。既然这个任务没有办法完成,既然自己也受了不轻的伤,那还留在这里做什么?命令从诺日朗峰顶传至草原上,狼骑开始整队,准备撤离。

离山掌门看了王破一眼。茅秋雨与怀仁也望向了王破。接下来应该怎么做,要看王破的意思。只要王破点头,离山掌门的遮天剑便会向着诺日峰顶而去。

怀仁道姑身受重伤,但应该还能把已经被茅秋雨重伤的那位雪老城王公留一段时间。而茅秋雨则负责把第三魔将与第八魔将留在草原上。如此或者真有杀死魔帅的机会。这是看似简单、实则复杂的轮换战法。几位人族强者对视一眼便做好了安排。

　　风吹布衫,呼呼作响,王破没有点头,也没有任何别的动作,哪怕再细小的动作也没有,仿佛石像一般。他不想给茅秋雨等人任何错误的信号,因为那会产生非常严重的后果。茅秋雨三人明白了他的意思,有些担心,有些遗憾,但也放松了些。

　　就在这个时候,从山谷里涌出的那片夜色忽然变得淡了很多。因为天空里的那轮太阳变得无比明亮!一道身影在炽烈的阳光里显现,就如陨落的星辰,轰向峰顶的魔帅。

　　相王!在他看来,这是杀死魔帅最好的机会,无论如何都不能错过!
　　看着这幕画面,王破神情顿变。

102 · 乱　命

　　流水叮咚,木瓢自横,那盆青叶还是没有回来,今夜的晚饭还是那般简单。陈长生与苟寒食的进食速度要比平时更快些,对前者来说,这是很少见的事情。由此可以想见,今晚他们要看的卷宗、要讨论的事情多么重要。

　　案上的餐盘被收走,安华送上青桔水供他们漱口,还有滚烫的热毛巾呈上。在偏殿角落里堆着小山般的卷宗,他们需要看的那几份已经被挑选出来,然后整理完毕。

　　夜色深沉,殿里无声,陈长生与苟寒食看着手里的卷宗,很长时间都没有说话。那场战争最后的结局他们早就已经知晓,只不过很多细节这时候才看到。

　　谁也没有想到相王居然会悄无声息,扔下了西路军右大营里的三万军士,孤身一人潜于诺日朗峰顶附近。趁着魔帅与王破两败俱伤的时候,他从太阳里跳了出来,发起了自己这一生最决然的攻击。如果这次偷袭能够成功,他擅离军营自然算不得大事,而且他将获得这场战争到现在为止最大的功勋。

　　无论相王想用这份功勋换取陈留王离京,或者免死铁券之类的荣耀,都是非常轻松的事情。或者正是想到这点,相王才会做出如此冒险而大无畏的举动。

遗憾的是，他还是低估了魔帅的实力。

王破身受重伤，无法再出手。魔帅确实受了不轻的伤，却没有被那轮烈日烧死。山谷里的那片夜色，在关键的时刻成为了他的武器。

看到那幕画面的人，都被震撼得无法言语。

相王不甘心就此退走，于是偷袭变成了强攻。魔帅以座下的倒山獠为代价，逃离了诺日朗峰顶。相王站在死去的倒山獠头顶，看着向北方逃走的魔帅，信心再生，于是强攻变成了追杀。

这一追便到了六百里外，但他还是没能杀死魔帅，因为黑袍在那里设了一道阵法，还有四位高阶魔将在等着他。如果不是离山掌门及时赶到，相王或者当场就死了。即便如此，相王与离山掌门还是陷入了重围。

忽然，一只巨大的风筝在天空里飞了过来。

没有人知道肖张有没有受伤，现在去了哪里。就像没有人知道折袖现在在哪里，在做些什么。有些人习惯了一个人战斗。

开战至今，最为波澜壮阔的一场圣域强者战，就此结束。魔族方面死伤惨重，最后围杀相王与离山掌门的四位高阶魔将只活下来了两个，还损失了一位元老会成员和一位王公。人族方面没有强者陨落，但茅秋雨、怀仁道姑都受了重伤，离山掌门的伤势尤其重。

苟寒食说道："师父他老人家回离山养伤，其余几位前辈也要休养一段时间才能再上前线。"

圣域强者很难被杀死，除非是被围攻，或者面对像天海圣后这样更高境界的存在。但伤势太重，也还是要被迫停下前进的脚步，王破也是如此。在陈长生看来，这就是黑袍的用意。哪怕付出极为惨重的代价，他也要让人族的圣域强者们暂时失去战斗力，至少在寒冬之前，无法全力施为。

没有了圣域强者，人族军队的推进会受到极大阻碍，与原定计划相比本就慢了很多的行程，又会被拖延多少？当人族军队真的到雪老城下的时候，漫天飘舞的雪花还会给他们任何机会吗？

用两名圣域强者与两名高阶魔将的死亡，来换取整体布局里面的十几天时间，这种决断力不是一般人可以拥有的。每想到这点，陈长生与苟寒食便会对那位年轻的魔君生出警意，甚至隐隐生出敬意。

最可怕的还是黑袍。从事后推演来看，他应该早就已经算清楚了魔帅与王破这一战前后的所有细节。他算到了人族强者有哪些会出现，甚至算到了相王会擅自离开西大营。只能说他对人心的了解已经到了非常可怕的程度。

如果诺日朗峰前后的战争就这样结束，黑袍至少可以就第二阶段的战事宣告自己的胜利。

但事实上他却是输了。人族军队比想象的更早突破了魔族的第二道防线。当夏天还没有完全结束的时候，最前方的那三名骑兵，便已经远远地看到了雪老城的轮廓。

因为在诺日朗峰之战进行的时候，战场上出现一些出乎意料的变化。胜负之间最重要的那个人就是人类军队的主帅赫明神将。

谁都以为赫明神将担任人类军队的主帅是政治妥协的产物，或者是皇帝陛下与教宗这对师兄弟心血来潮的乱命。而且就像数百年前那场战争一样，除了玄甲重骑之外的普通将士，对战争的胜负作用并不大，除非你是王之策。

但赫明神将在这场战争里起到了非常重要的作用。那天战斗进行得最激烈的时候，山前数百里方圆的草原，全部都是圣域强者的战场。

赫明神将把中军帐摆在最突前的位置，怎么看都并非明智的决定，尤其是这个时候。圣域强者们的战斗，恐怖力量的余波，对普通的士兵也会带来很大的伤害。

依靠着阵法的保护，隔绝着圣域强者们的气息，将士们向魔族狼骑不停进行还击，但局面已经变得非常危险，呼啸而过的大风，就像是无形的犁一般，不时撕裂帐篷，带起飞石，不知多少士兵被砸得头破血流。

中军帐被撕开了一道极大的口子，风沙不停地灌入，牛油烛早就已经熄灭，只有夜明珠还在散发着光明，照亮着昏暗的图纸，赫明神将看着地图，神情沉稳至极，平静地发布着一条条命令，然后传令兵便会狂奔出去。

魔族狼骑的每次冲锋都会离中军帐更近一些。最后一次进攻时，那只体形巨大的头狼距离中军帐只有两里不到的距离。

叶小涟看着赫明神将的侧脸，眼神有些复杂。她已经多次提议过后撤，赫明神将却始终没有同意。更令她不解的是，在某道命令之后，连负责压制狼骑冲锋的圣光弩也变得稀疏了很多。

由三百余名南溪斋弟子组成的剑阵，这时候就在营外。就算狼骑冲过来，甚至就算是营外正在与师叔祖对战的那名雪老城王公杀过来，她也有信心能够护住这名神将。

问题在于，南溪斋的弟子们要死多少？就在她想着这些问题的时候，赫明神将忽然问了一个问题。当时营帐里的所有人都觉得这个问题很莫名其妙。

"妖族的平北营到哪里了？"

一名参谋军官怔了怔，回答道："前日报，已出葱州。"

"刚出葱州啊。"赫明神将叹了口气，显得十分惋惜，说道，"隔得太远，那就只能我们自己做了。"

叶小涟觉得很是不解，心想就算妖族的援军早就到了，难道这时候能够出现救你？那些打峡谷里杀出数万骑兵的故事，终究是故事。除非像魔族一样，用数百年时间提前设置好阵法通道，不然在这个红鹰与妖鹫齐飞的世界里，很难出现这样的偷袭。

"等他们打完，就该我们了。"赫明神将抬起头来，视线穿过破烂的帐篷顶，落在天空里。

那里黑烟重重，巨大的身影在里面若隐若现，明亮的剑光，仿佛来自另外的世界。那是圣域强者的世界。

叶小涟还是没有明白赫明神将这句话的意思。她下意识里望向帐篷最昏暗的角落。

103 · 痛快的你与我，纸上的他与她

王破与魔帅对刀之后，最先有所动作的不是从太阳里跳出来的相王，也不是藏身于阴谋诡计之后的黑袍，而是赫明神将。他揉了揉疲惫的脸，走到中军帐的门口，望向远方。

狼骑停止了进攻，化作数道黑暗的水流，向诺日朗峰下的夜色通道里退回。魔帅败走了，相王跟着走了，离山掌门追了上去。怀仁道姑坐地疗伤，茅秋雨挡住了第三魔将与第八魔将，王破站在原地，一动不动。

那个雪老城王公落在草原上，砸出无数乱泥，艰难地站起，身上到处都是伤口，眼看着便要死去。

"你是人族的主帅？"那个王公看着赫明神将，眼里流露出疯狂的情绪，

说道,"那你今天的运气真的很不好。"

虽然他要死了,虽然赫明神将也是聚星境的强者,但神圣领域这道门槛真的很高,他真的还能杀死赫明神将。

南溪斋的少女们像散落的白花般围着中军帐。她们没想到,这位圣域强者竟是从天空里摔了下来,一时间有些慌乱。

叶小涟毫不慌乱,清声喝道:"收!"

赫明神将说道:"散!"他的声音很平静,却很坚定。

叶小涟很不解,甚至有些生气,但想着斋主事前的交代,咬牙喊道:"众弟子散开!"

白花朵朵绽放飘走,四周的帐篷随之倒塌。数百名弩手,手持圣光弩,对准了那名浑身是血的雪老城王公。数百道弩箭带着圣光射出,形成一道数尺宽的光柱,穿透了他的身体。

王公的魔躯消失了一大半。他低头望向自己的身体,眼里露出一丝茫然的情绪。

密集的脚步声打破了寂静,骑兵们从战场上归来。人们还没有来得及消失掉眼前画面带来的震撼与错愕,便听到了更让他们震撼的命令。

赫明神将说道:"六十息后出发。"

一名裨将吃惊问道:"大人,去哪里?"

赫明神将说道:"当然是雪老城。"

这句话他说得非常理所当然。叶小涟很吃惊,忽然想起很多年前京都神道上的唐家少爷,又想起斋主偶尔会提起的苏离前辈。

具体的安排自然有参谋军官与别的将军负责,赫明神将走回帐篷,来到那个昏暗的角落前,轻声说道:"辛苦圣女。"

徐有容睁开眼睛看着他,问道:"你有多少把握?"

前些天她很多个日夜未曾闭眼,疲惫到了极点。今天她本想着好好睡一觉,结果在杂物间里被离山掌门拖着聊天,好不容易离山掌门走了,她躲进了这里,靠着箱笼想眯一会儿,结果没有睡多长时间外面的战斗便结束了,而又有人来烦她。

她没有睡好,所以心情不是很美丽,说话自然不客气。

赫明神将想了想,说道:"三成。"

徐有容想了想,说道:"够了。"

赫明神将感慨说道："与圣女谈事，真是痛快。"

徐有容说道："这话不错，若来的是陈长生，那可真是有得烦。"

她从袖子里取出一样青铜做的事物。正是商行舟用昊天镜做的那个法器。她不是准备与京都联系，因为另外那个法器不在陈长生的手里，而是在薛河的手里。

她告诉了薛河两件事情：一、相王身受重伤，短时间里无法回到西九营。二、主帅赫明神将要求西路军全军进发，三天之内必须抵达布农高地中腹区域，打下梭罗城。相信薛河应该非常清楚这两句话的意思。而且这得到了赫明神将与徐有容的共同保证。

果不其然，当天晚些时候，薛河直接去了右大营，夺了相王的军权，然后带着西九营开始向北方进发。

中路军与东路军也同时动了起来。

速度最快的则是东路军的先锋北三营。他们急行军一昼夜，绕过星星峡，攻下了五台河，从而拿下了布农高原南方最重要的军事要隘。

以此为突破点，人族大军以超乎想象的速度突进，把魔族的第二道钢铁防线强行切成了三截。最重要的是时间，在第一次战役里损失的十七天时间，在这个过程里全部被夺了回来。

黑袍的战略布置，可以说是完全失败。

陈长生放下手里的卷宗，出了一会儿神。纸上读来终觉浅。左路军北三营，急行军一昼夜，绕过星星峡，攻下五台河。在纸上只是短短的一句话，在真实的世界里却是怎样壮烈而勇敢的故事？

"最重要的原因是，当魔族侵袭的时候，北三营没有受到任何损失。"

苟寒食想着战功条陈最前面的那三个名字，笑了起来。不是因为他们立下大功，为离山争得荣耀，而是因为他们还好好地活着。

关键是，那数千只从崖壁里飞出来鹫鸟，为什么会忽然坠落到草原上，把自己烧死。这个问题前线官兵怎么也想不明白，梁半湖在送回来的私信里也表示了自己的困惑。看着陈长生的神色，苟寒食隐约猜到了真相，但陈长生不提，他也不方便说什么。

教宗与他的守护者之间的故事，虽然没有闹至沸沸扬扬，但该知道的人都知道了。毕竟从那年秋天开始，便再没有谁在陈长生的身边看到那个黑衣少女。

想着她离开了温暖的南方海岛，去往她父亲曾经踏足过的雪原，陈长生的心情有些复杂。接着他注意到苟寒食似笑非笑地看着自己。

他觉得有些尴尬，想着一件事情，便转了话题。

"崖壁里那个魔族怪人临死前不停喊的是什么话？"

"苏离不是走了吗？"

"嗯？"

苟寒食笑着说道："我是说那名魔族喊的就是这句话。他应该是魔族的驾鬼族人，最擅长驱使妖兽，比南方的巫族还要可怕，听说当年被师叔祖追杀了很多年，已经灭绝，没有想到居然还有活着的。"

苏离当年为什么要追杀驾鬼族人？离山剑宗没有记载，苟寒食不知道，陈长生也猜不出来。

他们对视一眼，想到一种可能。或者数百年前苏离便看到那个部落对战争的重要性？也许真的就是这样。

因为在离开这个世界之前，苏离一直都在与魔族作战。不是战斗，是战争。

那个从生下来便开始与魔族战斗的家伙呢？陈长生很想知道折袖到底在哪里。苟寒食也很关心，因为折袖现在是离山的女婿。

前线自有记载军功的办法。现在知道的是，开战至今折袖杀死了十余名魔族士兵。对普通士兵来说，这已经是非常值得骄傲的军功，放在折袖身上却显得有些诡异。他的能力绝对不止于此。他究竟在哪里？在做些什么？

"看来，我要提前去了。"陈长生对苟寒食说道。

春天的时候，苟寒食对他说过，只有看到雪老城的时候，他才能离开京都。现在虽然那三名骑兵已经看到了雪老城，但人族大军离雪老城还有很远一段距离，为什么这时候他就要去？因为人族军队虽然获得了这场战役的胜利，但在别的方面，魔族也勉强达成了此战的目的。

包括王破在内的绝大多数人族圣域强者都受了很重的伤，短时间里无法再次出手。在这种时候，士兵的心态很容易出现问题，因为圣域强者代表着底气。这时候陈长生出现在前线，会起到非常好的稳定军心的作用。如果徐有容与他一道出现，那作用会更加明显。

陈长生说道："只要陛下在皇宫，京都就不会乱，民心也不会乱。"

这一次苟寒食没有表示反对。因为时局与春天的时候已经很不一样。京都已经迎来了真正的夏天。

风在城中穿行,被洛水与河畔的柳树滤过,稍微清凉了些,但遇着宫里的红墙,又变得燥热起来。莫雨脸颊微红,鬓角有些碎汗,左手拿着手绢不停地扇着,颈间的扣子没有系好,露出洁白的一截。

陈长生坐在她的对面,看着杯子里的茶水,感觉里面似乎要生出一朵花来。

104 · 闲听落花送把剑

陈长生已经与师兄告别,离开之前自然要来看看她。

当年莫雨就是京都极有名的美人,现在更是妍丽至极,很是动人。他知道她不是故意诱惑自己,只是这里实在太热了些,就连殿里的清凉阵法也似乎没了用处。

"这地方太小了。"他望向四周说道。

这是大殿后面的一个专门隔出来的房间,和皇宫里的建筑体制相比,确实显得非常小,而且不怎么通风。

"当年娘娘垂帘听政之前,随先帝学了二十几年政务,就一直在这里旁听。"莫雨微嘲说道,"陛下刚入宫那段时间,朝会的时候,道尊也坐在这里,现在我坐在这里,难道还有资格不满?"

陈长生苦笑说道:"那确实不好说什么。"

莫雨挑眉说道:"你们是不是都觉得我很有野心。"

有段时间,陈长生确实觉得她很有野心,不是圣后娘娘还活着的时候,而是十年前。

她与他始终保持着联系,当陛下召她回京的时候,她来信表现得比较犹豫,事后才发现她早就拿定了主意。

但当她坚持嫁给娄阳王后,陈长生又觉得自己对她的看法或者并不正确。如果她真的有野心,她应该嫁给更有权势的对象,甚至她完全可以嫁给皇帝陛下,成为新的皇后娘娘。

"那要看你说的野心是什么。"陈长生说道。

莫雨说道:"如果野心意味着权力,我承认自己这方面的欲望很强,但我只需要能够保证自己有资格过问朝事的权力。"

这番话有些绕，陈长生想了想才理清楚，好奇问道："为什么你就这么喜欢处理政务呢？"

"因为我是娘娘教出来的女官啊。"莫雨看着他说道，"我和有容是娘娘教出来的，我喜欢并且有能力处理政事，而她更擅长大杀四方。"

陈长生想着这些年的很多画面，对这句话只能默认。

莫雨说道："当然，她要比我更像娘娘，可能是因为她比我更能杀人的缘故。"

十几年前在不远的那座宫殿里，天海圣后曾经对她和徐有容说过杀人才是正道。莫雨知道自己做不到，可能是因为小时候见过太多族人被杀的血腥画面。那年在太平道上她拿着剑把周通斩得浑身是血，似乎就把身体里所有的杀意全部用完了。

陈长生不想继续这个话题，问道："成亲这么多年了，他还是那么怕你吗？"

这问的是娄阳王。

莫雨柳眉微挑，说道："那是敬爱，不是怕，你以为谁都和你似的？"

陈长生没想到会惹火上身，有些尴尬。

莫雨放过了他，说道："他现在天天在家里学做菜，刚学了泡萝卜的第十七种做法，很开心的样子。"

陈长生看着她也是很开心的样子，也很高兴，却又有些……比较复杂的情绪。

他看了眼她鬓角的飞发，收回视线，端起茶杯喝了口，问道："最近睡得好吗？"

莫雨眉飞色舞说道："很好啊，你知道吗？胖子身上都是凉凉的，抱着可舒服呢。"

在去往前线的路上，陈长生每每想起那天皇宫里的事情，便忍不住自嘲而笑。

这样的画面出现得太多了，让安华有些紧张，现在已经成为国教学院教习的伏新知和陈富贵也很不安。

陈长生没有带太多离宫教士，而是带了很多青藤诸院的学生。他用的是巡视的名义，青藤诸院的学生则是前线实习的名义。进入天凉郡没有很久，还没有到浔阳城，陈长生便带着安华提前离开了队伍。

各地道殿的实录不停地送到他的手里，他也亲眼看到了民间的真实情形，看到了养伤的士兵，然后看到了草原。

在进入真实的战场之前,他再次想起在皇宫里莫雨最后说的那句话。

"京都百姓已经两个月没肉吃,今年运抵庐陵府的棉花只有三船,如果你们在前面输了,那么今冬会出现无数流民,路上会看到无数冻死的人,这是一场国战,以倾国之力而战,那就必须要赢,不然,输了是会亡国的。"

是的,这是一场国战,双方都必将投入全部的力量,不惜一切代价争取最后的胜利。但有些事情,陈长生还是有些想不明白,荀寒食与他讨论过多次,也没有得出令人信服的结论。

无论是第一阶段战争还是第二阶段,魔族使用的手段过于暴烈,哪怕对于一场国战而言,都显得有些过分。按道理来说,没有谁会在战争一开始便选择玉石俱焚的做法,就算魔族相对势弱,何至于如此没有信心?而且这种做法没有任何可能改变人类的决心,那么除了让魔族失败得更快一些又还有什么意义呢?

局中人很难看清楚整个局面,哪怕是魔君或者魔帅。局外人因为视角的关系反而容易看到某些问题,比如陈长生与荀寒食觉得的那一点不对劲,商行舟早就注意到了。

一支队伍从寒山去往离山,中途在洛阳停留了一夜。第二天清晨,商行舟便离开了洛阳,没有任何人知道这件事情,他只带了一个冰雕玉琢的小道士。

西宁镇的旧庙早在十几年前,便已经成了朝廷重点保护的地方,但哪有军士能够拦得住他?他带着小道士进入旧庙,对着早已搬空的房间沉默了一会儿,吩咐小道士在树下继续背西流典,出庙来到溪畔。溪水还是像当年那样清,落花随波逐流,经过他身前的时候,更添鲜活之意。

一个僧人出现在溪畔。他还是像十几年前那样,容颜清俊,看不出具体的年龄,穿着件黑色的僧衣,上面满是裂缝与灰尘。

商行舟对他说道:"王爷,我想知道一些事情。"

这位僧人是楚王的儿子,按辈分算,是余人的堂叔,如果还在朝中,自然是位王爷。如果当年没有百草园之变,也许他现在是皇帝。当然,商行舟是不会承认的。

僧人说道:"请讲。"

商行舟说道:"圣光大陆究竟想做什么?"

僧人沉默不语。

商行舟淡然说道："你终究是我们这边的人。"

僧人眼里的悲悯尽数化作苍凉，说道："不过是无家可归的游子。"

商行舟忽然说道："天海重伤你神魂，让你不能归来，现在想来，并非坏事。"这句话很明显是在怀疑他与圣光大陆有什么阴谋。

僧人说道："皇图霸业一场空。"

商行舟说道："总要为后人考虑，不管怎样，终究是陈氏血脉。"

僧人沉默很长时间，说道："这是你的承诺？"

"如果我死了，我的学生们会接你们回来。"商行舟不知道想到了什么，沉默了一会儿，又说道，"如果他们拒绝，我会让这个学生接你们回来。"

僧人望向大树下那个小道士，露出满意的神情，说道："你要我做什么？"

商行舟说道："我要你帮我传过去一个消息，还有一个东西。"

僧人说道："圣光大陆太过遥远，那需要很长时间。"

商行舟说道："只是一着闲棋。"

僧人说道："什么消息？"

商行舟说道："告诉苏离，有事情发生。"

僧人说道："我真的不知道圣光大陆会发生什么事情。"

商行舟说道："我也不知道会发生什么事情，但我想他应该知道这里有事情正在发生。"

僧人沉默了一会儿，说道："东西？"

商行舟递过去一把剑。剑用布裹得极好，中间用熔化的青铜铸了一个环。僧人接过剑，手指握住青铜环，不与剑身别的地方相触，非常小心。

"好剑。"僧人的视线落在青铜环上，感慨说道，"如此宝物，竟被你熔来越空送剑，真是奢侈。"

遮天剑当然是好剑。青铜是昊天镜的碎片。

105·高烧不退的唐三十六

战争进入了第三个阶段，也是最残酷的阶段，双方之间的距离越来越近，战事越来越频繁，死伤越来越多，战略与战术在这个阶段能够起到的作用越来越小，意志与物资成为了最重要的依凭，只看谁先支撑不住。

离雪老城一千余里的草原上有一片崖山，山间有很多热泉。京都很热，这里的天气却有些微凉，泉水散发的雾气弥漫在山间，看着有些好看。

陈长生坐在温泉里，视线穿过热雾与四周的纱幔还有远处国教骑兵的旗帜，落在通往山谷外的通道上。

很多年前他准备从那条通道离开，最后却还是折返回来，看到了昏死过去的苏离。是的，这就是当年的那片温泉，只不过那时候放眼望去四周都是雪，现在眼里则是青色不断，让他感觉有些陌生。

"陛下，到时辰了。"安华蹲在温泉边说道，声音很轻很柔，似乎生怕惊着了他。

陈长生醒过神来，从温泉里站起身来，由她拿着极大的毛巾裹住自己的身体，仔细擦拭干净。安华看着他的脸色，有些安慰，心想温泉果然还是有些用处，扶着他出了温泉，去到前方的亭下稍歇。

石山里的亭子还有一些建筑，都是前些天新修的。在战争时期，还有这般奢华的排场，陈长生很不习惯，以为这会让很多普通士兵感到愤怒。没想到的是，在草原上远远经过看到这幕画面的将士们没有任何不满，反而觉得理所当然，甚至觉得很骄傲。陈长生想了很长时间也没想明白这是为什么。

他坐在亭子里，望向远方。远方的原野上，很多士兵正在向着雪老城方向前行。隔着这么远，他似乎都能听到龙骧马的声音，嗯，好像还真是阪崖马场来的。士兵们知道教宗在这片石山里，不知道能不能看见这个亭子。

消息早已在前线传遍，路过这片石山的时候，非紧急军情，骑兵都会下马，牵缰而行。还有很多士兵会不顾军令，跑出队伍，对着石山方向下跪磕头，然后才会心满意足地归队，哪怕被上级责罚也不在意。

陈长生已经看到过很多次这样的画面。他想不明白为何这些普通士兵会以自己为骄傲，但既然他们想看见自己，那么他就愿意让对方看见。所以这些天，他经常会坐在亭子下面，哪怕安华与凌海之王等人反对。

微凉的风从原野上进入石山，还没有来得及被温泉的热雾烘暖，便落在了陈长生的脸上。被温泉泡至发热的身体渐渐冷却，他脸上的红润渐渐消退，变回苍白，很是消瘦，非常憔悴。

寒风再起，白鹤落了下来。接着，它飞到亭上，单腿站着，眯着眼睛，让远方原野上的那些士兵们能够看得更清楚些。

徐有容走到崖畔，看着下方那些像蒸锅一样的泉眼，说道："如果再这样下去，你撑不到城破的那天就会死。"

她没有转身看陈长生，脸上也没有什么表情，似乎只是随便说说，并不是真的关心。也可能是因为她已经说过很多次，却没有从陈长生这里得到什么回应。

来到前线后，陈长生已经提前炼出了两瓶朱砂丹。这意味着什么，谁都清楚。他自己当然最清楚，只不过看着那么多张年轻的脸在死亡的恐惧面前扭曲着，听着那么多哭声，他没办法不这样做。

而且他受了伤。这里是前线，他虽然是教宗，受到了重重保护，却也是魔族重点狙杀的对象。最危险的那次是第二魔将率领一批魔族强者，借鹫鸟空袭，他也是在那次狙杀里受了不轻的伤。

盛夏的时候，他来到这片草原，当时雪老城已经隐隐可见。现在已经是秋初，据说先锋军都已经能够看清楚雪老城的城墙，北三营甚至能够看清楚守城士兵的脸，但是……终究还是没有谁能够真正地抵达雪老城。

离雪老城越近，魔族的抵抗意志便越坚强，越发不畏死亡，甚至让很多将士觉得这是件不可能完成的使命。明明只要再给一些压力，雪老城里的魔君以及城外那数十万各地赶来的部落战士可能便会撑不住了。但这个时候，人族军队有很多人已经撑不住了。当天夜里，一些撑不住了的将士被迫南撤，其中绝大多数是重伤员。

叶小涟带着数名弟子还有青曜十三司的教习以及三名离宫神官，同时护送一个人南归。能让她离开最重要的中军帐，摆出如此大的阵势，那个人究竟是谁？身受重伤、被夺军权的相王都还在前线坚持，那个人为何如此重要？叶小涟是怎么想的没有人清楚，但对离宫神官与青曜十三司的教习们来说，这个人当然要比相王重要无数倍。

因为他是教宗的朋友。

陈长生不善言辞、思考问题的方式过于简单，用某人的话来说很容易让人无话可说。但从西宁镇到京都，他还是结识了一些朋友。不过说到他的朋友，很多人的第一反应肯定就是唐三十六。

唐三十六的脸颊已经瘦得陷了下去，偏偏通红透亮，仿佛煮熟的大虾，眼睛也是明亮至极，有些令人心慌。

陈长生坐在担架旁对他说道："当时你要把那家酒楼买下来我就觉得不妥。"

唐三十六有气无力地说道："有什么不妥的？"

陈长生说道："吃了太多蓝龙虾会遭报应的，看看现在你这样子。"

很明显，最近这些天唐三十六虽然病重，却依然经常照镜子臭美，所以能够很快听懂陈长生的这个笑话。听懂了笑话，自然要笑，唐三十六一边笑一边咳着，看着很是难受。叶小涟把冰镇的毛巾搁在他的额头上，回头狠狠瞪了陈长生一眼。瞪完了她才想明白自己做了些什么事，不由很是慌张，连连请罪。

陈长生自然不会在意，说道："有容在隔壁，你去见见。"

叶小涟轻声应是，心情却更加紧张，心想自己该怎么向圣女解释？

待叶小涟离开之后，唐三十六看着陈长生的眼睛说道："我到底是什么病？"

陈长生说道："心神损耗太严重，风寒入腑，很严重。"

唐三十六的眼神像是鬼火，说道："我觉得这病有问题。"

106·潜入雪老城

陈长生笑了笑，说道："我知道你不甘心，但确实没问题。"

唐三十六沉默了一会儿，说道："你是最好的医生，你都治不好，我还能去哪里治？"

陈长生说道："我不擅长风寒，朱砂丹也不对症。"

唐三十六冷笑说道："那玩意儿给我吃我也不吃，因为我不吃人。"

陈长生说道："所以你要先回去治病。"

唐三十六又沉默了一会儿，说道："咱们门房已经老了很多，没我帮手，我担心他的身体能不能撑得住。"

陈长生伸手摁了摁他的肩膀，说道："我会与人商量，你先离开，茅院长在寒山养伤，你也去那里。"

第二天清晨，唐三十六便走了，叶小涟跟着离开，这是徐有容同意的，她没有对陈长生说，因为她知道陈长生对这种男女之间的事情非常迟钝，或者说完全不懂，但是她也知道，陈长生在别的方面很懂，比如医术。她看了他一眼，终究没有说什么。

陈长生看着远方飘扬的军旗，神情平静而坚毅。他在石山亭下看着这个世界。这个世界也在看着他。

他的平静,给了前线无数将士信心。事实上,只有很少人知道,他的内心并不平静。

有很多事情,让他快要承受不住,比如那些生死,又比如唐三十六退不下来的高烧。

不过好在他有依靠。徐有容一直站在他的身边,不是以妻子的姿态,也不是归属者的姿态,而是平等的姿态。当她背起双手的时候,凌海之王等人甚至会觉得她比陈长生更加高大。

"今晨收到消息,梁师兄死了,两位剑堂长老同时战死,关白前去支援,也死了。"

徐有容的神情很平静,仿佛说的这些死讯与她没有任何关系。陈长生闭上眼睛,过了一会儿才睁开。

"每个人都会死,只要能最终解决问题,这种死便不是浪费,而有意义,也是慈悲。"

说完这句话,她向山下走去。凌海之王与那些教士的视线随着她而移动,充满了敬畏,又有些怜惜。

前线的将士与信徒,需要从陈长生的平静里获得力量。陈长生需要从她这里获得力量。那么她又能依靠谁呢?

现在就连安华,都开始同情她,然后崇拜她。

雪老城很大,加上十几座卫城以及从各处赶来支援的部落战士搭建的帐篷,更是占据了极辽阔的面积。当城南刚刚迎来微凉的瑟瑟之风时,城北的原野上已经开始出现积雪,却一直没有人族军队的踪迹。

折袖非常确信,自己是第一次来到这片原野的人类——如果他可以算作人类的话——不是因为他比别的士兵更加勇敢、更擅长冒险,而是因为对人族军队来说,这个时候来到雪老城北方的原野对整个战局没有任何意义。但这对他的战局非常有意义。

七天前,他在雪老城西向一百二十里的古斗兽场遗址里遇到了一支魔族小队。

他自幼便与魔族战斗,对魔族的了解要超过普通人很多,一些细节让他注意到了那支小队首领的特殊之处——那名首领很年轻,非常高大,从佩戴的族徽样式来看应该属于和皇族相当接近的某个家族，而且在族中的地位应该很高。

这样一位年轻贵族为何会出现在危险的战场上？这并不符合折袖对魔族上层社会的认知。如果说一千多年之前，魔族的王公贵族们还保留着尚武的风气，以英勇与战绩作为荣耀的来源，那么现在的他们早就已经腐朽了。

折袖继续跟踪那支魔族小队，最终得出了一个结论。这个年轻贵族在族中高手们的保护下出城，是为了积攒军功，却不想遇到任何危险，所以这支小队才会在古斗兽场遗址只停留了小半天时间，便开始向着北方前进——谁都知道，短时间里人族的军队不可能绕到雪老城的北方发起进攻。至于那名年轻贵族回到雪老城的时候，如何拿出足够的军功……折袖相信对他来说，那会是非常轻松的事情，也许有数十个人类战士的首级已经准备好了，就等着他回城之后装上那只囚地兽拖着的大车。

雪老城已经到了无比危险的时刻，城里的王公贵族居然还想着骗取军功，也不知道该说他们是糊涂还是贪欲过多。但在这种时刻还敢这么做手脚的人，毫无疑问是魔族里真正的大人物，那名年轻贵族的身份应该很不一般。

从得出这些推论的那一刻开始，折袖生出了一种强烈的冲动，然后为了这种冲动拟定了一个非常冒险的计划。他决定潜入雪老城。

不知从哪里来的一群妖兽向那支魔族小队发起了攻击，有族中高手的保护，那名年轻贵族并不担心自己的安全，还有心情看着那些暴躁的妖兽被割断颈部血管时的画面，苍白的脸上满是兴奋的红晕，就像是涂上了真正的鲜血。

妖兽被杀光了，魔族小队也付出了一些代价，三名最勇敢的战士受了不轻的伤，最麻烦的是，原野上的积雪与泥土被踩得稀烂，混在一起，泥泞难行，小队干脆在树林里临时扎帐，停留一夜，通过血鸽向外发出了消息。

小队里的魔族战士和那名年轻的贵族没有想到，这个夜晚会成为他们生命里最恐怖的一个夜晚。

血腥味渐渐在树林里弥漫开来，湿烂的泥土里仿佛有什么怪物在移动，世界是那样的寂静，夜空里的云渐渐散开，清晰可见的月亮无法给他们提供任何勇气，他们只能听到彼此的呼吸声，只能感觉到手里的兵器越来越冷，渐渐地，呼吸声没有了，他们也感觉不到手里兵器的寒意，因为他们的身体正在慢慢变得冰冷。原来，这也是他们生命里的最后一个夜晚。

小队里的魔族士兵们悄无声息地死去，没有示警的声音，没有惨叫，没有挣扎，更没有打斗，整个过程像极了一出诡异至极的哑剧，却没有观众，只有南方那些稀疏的星辰与白色的月亮亲眼目睹了这一切。

第二天清晨，按照约定好的，一支来自雪老城的骑兵队进入了这片树林。十余名全副武装的骑兵护送着三辆大车，车厢里是他们很辛苦才从南方找到的人族士兵尸体。想着随后少主的赏赐，这些骑兵们再难保持住威严而冷冽的神情，唇角不自禁地噙住了最甜美的笑容。

但当他们走进树林后，没有看到那道高大的身影，却只看到了无比悲惨的画面。

哭声不停响起，魔族骑士们对着天空挥舞着武器，发泄着内心的不安与恐惧，诉说着悲伤，誓言要为"固埃"报仇，不知道固埃这个词是那名年轻贵族的名字，还是整个家族的前缀，接下来，他们把树林里的同伴尸体抬到了车上，踏上了回雪老城的旅程，根本不敢多作停留，当然他们用的名义是要尽快回城示警，人类的军队已经到了北方⋯⋯

在回城的旅途里，魔族骑士们再次发生了激烈的争执，大概是如何应对族长的询问以及如何用金币赎买即将到来的罪责，队伍的情绪变得更加低落，以至于穿过那片针叶林时，竟连来时说好的鹿肉都忘了去取。

离雪老城越来越近，能够看到的破落的建筑也渐渐增多，大部分屋子都是用毡布与木头勉强凑合而成，显得非常不结实，到处漏着风，更没有什么美感可言，如果不是低等魔族能耐苦寒，只怕根本没办法活下去。

听到急促的蹄声，正在砍柴、劳作的低等魔族赶紧跪到道路两旁，根本不敢抬起头来看一眼。

如果是平时，这些骑士或者会有兴趣用皮鞭让这些低等魔族感受一下痛楚，但现在他们根本没有这种心情，恨不得立刻就回到雪老城。当然，如果可以的话，他们更恨不得永远不回雪老城。

107 · 初 雪

不管愿不愿意，雪老城永远就在那里，等着归来的游子或者不怀好意的异乡人。

人族军队还在南方，北边的城门看管稍严，但还可以正常出入。

囚地兽拉着的大车在青石板上碾过，吸引了很多视线。魔族们看着车厢里那具高大的尸体，苍白的脸与幽蓝色的眼睛里写满了震惊，大声地喊叫起来。魔族的语言有很多种，雪老城里不同阶层使用的语言往往也不同，但这时候大部分的惊呼里都有相似的音节出现——固埃。

没有人注意到，在那具高大的尸体上有一道很长的伤口，在胸口的位置破开一个小洞，又刚好被皮袍的阴影遮住。如果有人靠近去看，可能会看到一幕非常诡异而可怕的画面。

小洞里有一只眼睛，眼神很平静，没有任何情绪，但明显是活着的。

"庞大固埃的孙子？"折袖与当年在军部看过的绝密资料对照，明白了死在自己手下的那个年轻贵族是谁，便不再想这个问题。透过年轻贵族身体上的小洞，他打量着雪老城的街道与建筑。

人族与高阶魔族从外表上看有些相似，却是完全不同的两个物种，双方战斗数万年，早已结下无法化解的血海深仇，无论物质还是精神方面，双方之间完全隔绝，只是在通古斯大学者时期，曾经有过很短的一段时间进行过很有限的交流。

无数年来只有非常少的魔族曾经在京都出现过，大部分的结局都非常凄惨。至于人族……当年王之策与魔君签署停战协议以来，再没有人族能够踏进雪老城一步。折袖可以说是数百年来第一个走进雪老城的人。雪老城对人族来说是陌生的，是邪恶的，是魔鬼的巢穴，是罪孽的深渊，那么它到底是什么？

折袖只知道，这座城的城墙非常高，比洛阳的还要高数倍，进入城门已经很长时间，依然可以清楚地看到墙壁上的青苔与残雪。这里的街道笔直而宽，建筑也很高大，绝大部分都是用石材所造，看着有些粗糙，又有一种很难说清楚的美感。而每隔一段，便能看到一种尖顶的建筑物，不知是何用途，给人一种宏伟而神圣的感觉。

不知道走了多长时间，天空渐渐明亮，时间来到了正午。忽然间，阳光被挡住了，留下一片阴暗，折袖看到了一块黑色的石碑。那块黑色石碑不知道是用什么材质做成，视线落在上面似乎会被吸噬干净。

似乎是经过了检查，囚地兽继续前进，进入折袖眼里的黑色石碑越来越多，隔着十余丈便能看见一个，矗立在青色的山丘之间，因为视线被挡住，他无法看到此间的全貌，但从看到的画面来推测，可以想象那个画面该是多么的壮观。

青色山丘上到处都是黑碑，看着就像是一个巨大的墓地，又像是某种祭祀用的阵法。

折袖感受到年轻贵族的尸体被抬了起来，然后被缓慢而小心地放进一个比地面略低的坑里。他忽然觉得有些不对劲。在最初的计划里，他准备等这名年轻贵族下葬后，在地底等上几天，然后才会离开去找南客。根据他对魔族的了解，像这种年轻贵族的家族墓地，应该就在离魔宫不远的地方。

看到那些巨大黑碑的时候，他真的以为这就是年轻贵族的家族墓地。

固埃家族的身躯本来就特别庞大，所以才有庞大固埃的说法，他以为这个家族的墓碑或者就应该比普通的更大些。但以那名年轻贵族的身份，下葬不应该如此草率，哪怕是在战争时期。这里如果不是固埃家族的墓地，会是什么地方？这里为何会有这么多神秘的黑色碑石？

过了一段时间，没有棺盖落下，折袖觉得更加奇怪。他把手指伸出年轻贵族身上的伤口，把衣服往旁边扒了扒，向坑外望去。

能够看到的视界依然有限，首先映入眼帘的还是一座黑色石碑。隔得近了，才看清楚那是一座方碑，顶部对角线收拢，变成一个尖顶，对准了天空。折袖的视线，顺着碑尖向天空望去。

以前在雪原，他经常用这个角度看天，追逐厮杀累了的时候，需要隐匿身影的时候，他经常把自己埋在雪里，睁着眼睛，看着灰暗的天空，一看就是很长时间，他知道，看的时间长了之后，容易产生某种错觉，高低会颠倒过来，天空会变成深渊，你飘浮在虚无的空间里，充满了不安定的感觉，就像这个时候一样。那种空荡荡的感觉越来越强烈，最后变成了某种警兆。天空的那边，也就是深渊的底部，仿佛有只眼睛正在静静地看着他。折袖觉得自己的身体失去了控制，冰冷的汗水缓缓地从身体里渗出来，仿佛同时也带走了所有的勇气。在他看不到的草丘的最高处，在数千道黑色方碑的簇拥下，黑袍仰首望天，不知在做什么。忽然，黑袍收回视线，在数千道黑色方碑间扫过。

就在这个时候，折袖的心脏忽然强烈地跳动了一下，在正常的节奏之外。在最关键的时刻，他的旧疾心血来潮，让他从这场没有真实内容的噩梦里醒来，发现似乎有人正在观察自己。他闭上了眼睛，呼吸也渐渐地停止，就像一个真正的死人。忽然有雪从灰暗的天空深处落了下来，落在草丘上，落在坑底，渐渐掩盖所有魔族的尸体。

人族与魔族的战争进入了最难熬的相持局面，雪老城向南的三方原野上，到处都是战斗，方圆千里没有一块净土，随时都有死亡在发生，双方都已经疲惫到了极点，麻木到了极点，只看最后谁先崩溃。

人族军队的圣光弩已经快要告竭，后方的补给早在十几天前就已经有些跟不上了，至于别的军械与晶石之类的补给物，更是已经断了好些天，正在扫荡魔族周边基地的西路军，也迟迟没有好消息传来。魔族方面的情形也好不到哪里去，守城的军械大部分都已经无法修理，以至于人族最勇敢的骑兵小队有时候居然能够突进到离城墙不到三里的地方。

某天清晨，原野北方忽然传来了一声充满惊喜的大叫，紧接着，隐隐有歌声响起，渐渐地，惊叫声与歌声向着南方传来，在进入雪老城后变成雷鸣般的欢呼，最后城外原野上数十万的部落战士也跟着一起狂吼起来。

最初的时候，人类军队便注意到了魔族的动静，带着警惕与悯然观察着，不知道究竟发生了什么事情。

魔族士兵的欢呼声越来越响亮，人族士兵的情绪越来越紧张。赫明神将望向灰暗的天空，终于明白了到底是怎么回事。他伸手接住飘下来的一片雪花。

下雪了。

108·一辆车，一幅画

今年的第一场雪比以往的时候来得要早很多。按照军部的记载，这甚至是三百年来，雪老城正式降雪最早的一年。

降雪并不意味着天气立刻就会转为寒冷，但至少说明了某种趋势。更可怕的是，对已经疲惫到了极点的双方来说，这种心理上的暗示作用可能会直接改变整个战局。

迎来严寒的雪老城，积雪可能半年不化，对人族士兵来说，在这样的气候环境下进行野战，那和送死没有什么区别。所有人都明白，这场降雪对这场战争意味着什么。

为了摧毁掉魔族士兵重新建立起来的信心，为了打破这种不祥的征兆，甚至哪怕只是为了让人族士兵少思考这个问题，赫明神将毫不犹豫地再次发起了攻城，西路军也被要求加快清理战场的速度。在最关键的时刻，人族展现了非凡的勇气以及决断力，尤其是那些强者。

相王为了弥补自己当初在诺日朗峰犯下的错误，英勇出战，再次身受重伤。肖张也出现了，风筝能够飞过焉支山，却没能飞过那道城墙，再次不知所踪。

梁王孙终于出现在战场上，金色莲花盛放于雪老城之前。最终他身受重伤，昏迷不醒，被抬回了浮阳城。

梁半湖战死，梁红妆战死，梁王孙重伤。前朝梁氏，在这场伐魔之战里，不顾与陈氏皇朝之间的仇怨，表现堪称壮烈。不知道当年与魔族勾结的梁笑晓，如果活到现在、看到这些画面，会有怎样的想法？

人族强者的悲壮出手，加上赫明神将的调兵遣将，把这场初雪带来的压抑气氛缓解了些。

但随着落雪的持续，随着攻城军械情理之中的无功而回，人族军队的士气还是变得越来越低落。

就在陈长生与徐有容准备出手的时候，发生了一件事情。更准确地说，是雪老城外来了一辆车。那辆车不是马车，不是牛车，也不是骡车，没有牲畜拉着，却能自己往前行驶，这看着有些神奇。车轮碾着残雪与泥土，发出嘎吱嘎吱的声音，看着很慢，却很快从南边来到了军营里。

更神奇的是，从南方来此地数万里漫漫旅途，路上不知有多少残兵悍匪，这车没有一名骑兵保护，居然能够安然无损。

无数道视线落在那辆车上。车帘掀开，一个小道士探出头来，看着原野上数十万人，有些吃惊地捂住嘴，赶紧缩回头去。很短的时间，足够很多人看清楚，那个小道士生得很好看，粉雕玉琢，眼若点漆，灵气十足。

"我是不是比较笨？"陈长生收回视线，望向徐有容，犹豫了一会儿说道，"而且……也不是太好看？"

徐有容知道他在想些什么，说道："你小时候比他好看。"

陈长生说道："小时候我们只是写过信，并没有见过面。"

徐有容说道："这是鹤君说的。"

天空里传来一声鹤唳。那是白鹤做证。

那辆小车停在了战场外的一座小山上。车帘再次被掀开，然后用木钩挂起。小道士跳到地上，伸手扶着车里的人出来。

无数视线直随着那辆小车移动，从南方的原野来到这座小山。就连雪老城外那些部落战士的骂战都停了。

当看到那个粉雕玉琢的小道士后，很多人都已经猜到了车里的人是谁。隐世十年，不代表世人不知道长春观里的动静。很多人都知道，道观里多了一个小道士。至于这是不是那对师徒又在置气，谁知道呢？

商行舟还是来了。就在人族士气最低落的时刻，在这场战争最关键也是最危险的时刻。

时隔数百年，他再次来到了雪老城下。包括他自己在内，很多人都已经猜到，这应该是他最后一次来雪老城。

除了受伤的相王，军队里的大人物们纷纷前去那座小山拜见。雪老城外的原野里，各地来往小山之间的烟尘不断。隐居洛阳十年，商行舟声望未减，甚至还要更高。

看着原野里的道道烟尘，凌海之王脸上的忧色渐重，望向陈长生，想要劝说两句，但知道现在不是合适的时间。

桉琳大主教从最危险的前线归来，带回了关白的遗体。雪老城外的数十万魔族战士，来自各个部落，并不能得到皇室的完全信任，但在战场上的杀伤力确实可怕。

陈长生在关白身边坐了很长时间。当年诸院演武，关白在街边看了他一眼，这是第一次相见。然后便是无穷碧进京，虐杀野狗，然后，关白断了一臂。因为这件事情，无论别样红如何说，无论无穷碧最后如何惨，陈长生从来都没有原谅过她。他觉得像关白这样的人，值得更多尊敬，应该有更好的结局。没有想到，最终还是如此，如此而已。

"梁半湖呢？"陈长生对桉琳大主教问道。

他记得很清楚。因为最早抵达雪老城的缘故，东路军的北三营一直是魔族军队的眼中钉，好些次险些被包围。前些天的某天深夜，魔族十几个大部落进行了一次联合反击，目标便是北三营。

那夜的战斗进行得相当惨烈，关白带着一千国教骑兵连夜救援，才在最后的关头解除了危机。但关白战死了，最早抵达雪老城三名骑兵之一的梁半湖……也战死了。

"梁半湖选择了自爆。"桉琳大主教想着惨烈的战场画面，脸上露出哀戚之意，看着陈长生犹豫了一会儿，说道，"不知道是不是想为自家兄弟赎罪的原因，听说他在战场上冲杀得特别勇猛。"

陈长生沉默了，不知道在这种时刻自己应该说些什么。

桉琳大主教又说道："关飞白现在情绪有些问题，得想办法让他退回来。"

陈长生说道："你与有容去商量。"桉琳领命而去。

凌海之王说道："我们是不是应该去那边看看？"

那边自然指的是那座小山，商行舟所在的小山。到现在为止，陈长生还没有去那边，凌海之王等离宫教士也没有去。事实上，已经有很多教士不停地在望那边。

陈长生是教宗，身份尊贵，但毕竟是学生，不主动前去拜见，有些说不过去。

"不用。"陈长生把白布向上拉起，遮住关白的脸。他带着凌海之王走到帐外，看着远处那座小山，想要说些什么，最终什么都没有说。

就这样，陈长生还是在自己的帐里。商行舟还是在自己的车里。师生隔着一百余里的距离沉默不语。

偶尔，陈长生会向那边望一眼。商行舟却始终闭着眼睛，任由并不温暖的魔族太阳照在自己的脸上，似乎想要把苍老的皱纹熨平一些。

所有人包括雪老城里的魔族，都很想知道接下来商行舟会做什么。想来，他总不会就这样坐在小车里观战。

第二天清晨，人们终于看到了商行舟做了些什么。他在天空里挂了一幅画。

109·火烧伽蓝寺

一只风筝在天空里飘着。在某个偏僻的角落里，王破抹掉脸上的泥水，眯着眼睛望向小山，自然认了出来，那是肖张的风筝。

那风筝不是前些天已经在雪老城的城墙上摔碎了吗？那个风筝以前系着一个人，今天则是系着一幅画。那幅画非常巨大，十余丈宽高，随风轻轻摆动，仿佛麦浪，画布上的景物却没有受影响，非常清楚。

看着那幅画，刚被一颗朱砂丹救活的费典神将，失焦的眼神渐渐集中起来，变得无比锐利。南方原野上一支粮队的三位老人，同时眯起了眼睛，生起无穷追忆。雪老城头，殿楼的阴影里，黑袍双手笼在袖子里，唇角泛起一抹嘲讽的笑容。

他们都看过画中的景物。那座并非人间能有的、繁美至极的伽蓝寺。

佛宗传承已经断了无数年。伽蓝寺的香火则延续到了很久之后。直到千年前，终于在战火里毁灭。

魔族入侵，洛阳被围三月，城中人口十存其三，民众死伤惨重，共六千万人被杀。伽蓝寺这样的文明珍迹，不知道被毁坏了多少。

所谓风流，尽付一炬。这幅画，画的就是火烧伽蓝寺。

现在亲眼见过伽蓝寺的人很少，但在书里见过伽蓝寺绘像的人很多，知道那个故事的人也很多。至于洛阳之围，更是所有人类都无法忘却的羞辱与惨痛。

那幅挂在天空里的巨画，画得非常好，栩栩如生，仿佛真实。看着那幅画里的烈焰，将士们似乎能够听到广厦将倾时发出的痛苦的嘎吱声。在那幅画里还有很多人的脸，痛苦的、扭曲的、惘然的、麻木的，最终这些人都死了，死在那场大火里。

看到那幅画，前线的将士再次想明白一个简单的道理。这就是历史。这就是愤怒的来源。这就是我们为什么现在出现在雪老城下。

随着那幅画以及画里承载的信息在军营里流传开来，同时还有一个猜想也同时流传开来。相传当年，画圣吴道子常年在伽蓝寺里画壁画，那这幅画有没有可能是他画的？

现在整个大陆都已经知道，吴道子没有死，他正随着某人四海云游。如果吴道子来了，是不是意味着……那位也来了？想到王之策这样的传奇人物随时可能在前线出现，人族军队士气大振。与之形成对照的是，魔族的士气忽然低落了不少，而且要比人族那边的提升程度更夸张。对人族军队来说，商行舟与王之策带来的影响力是差不多的。对魔族来说，则是完全不同，他们可能不知道现在的人族皇帝是谁,也不知道陈长生,不知道商行舟是人族皇帝和陈长生的老师,但他们绝对知道王之策是谁。

暮时。夕阳染红了西面的雪老城。半座城市仿佛快要燃烧起来。

忽然,城墙上与城下的原野间,响起无数声狂热的呼喊。呼喊的字句听着像古伦木。

很多人族将士能够听懂一些简单的魔族词汇,尤其是这个词的意思,他们不会忘记。当魔族士兵疯狂地扑杀过来,想要以命换命的时候,当他们被包围在山头,最后自杀的时候,都会喊着这个词。这个词是神皇帝的意思。

魔君终于出现了。陈长生接过凌海之王手里的千里镜,往雪老城上望去。

今天的空气特别干净,夕阳的光线也没有影响视线,能够勉强看清楚城头的画面。虽然有些模糊,陈长生还是认出了那张多年不见的脸。比起当初在白帝城的时候,魔君要显得沉稳了很多,神情更加威严。

看着魔君刻意留着的胡须,陈长生想起了唐三十六,然后又看见了魔君的魔角。按道理来说,魔君身为皇族并没有魔角,他却做了两个,而且加以装饰,显得格外夸张。

很明显,这是用来赢得中低阶层魔族情感的方法。

商行舟到了。魔君出现了。这意味着,最后的决战时刻即将来临。

对魔族来说,如果能够苦守雪老城,一直守到寒冬降临,当然是最好的方法。但他们没有办法解决粮草的问题,这和当年洛阳城面临的情形一模一样。就算他们自行屠杀民众,尽量减少非军事人口,也没有办法解决城外数十万部落战士的口粮。而且,人族军队不会给他们留下任何同袍的遗体。

天时地利人和,现在看起来,魔族占了地利,人族占了人和,至于天时……最近的落雪似乎表明天道更加眷顾魔族,但决战的时间却是由人族确定的。那么谁会取得这场战争的最后胜利?

又是一个清晨。雪老城外的原野安静得仿佛没有醒来。

号角声突如其来地响起。于是整个世界便苏醒了过来。这个世界里的所有生命,都在等待着这一刻。也许昨夜根本就没有谁能够真的睡着。

魔族的主力狼骑向着人族的东路军发起了猛烈的进攻。原野上的黑色泥土被掀飞，如雨点一般落下，到处都是兵器碰撞的声音、闷哼与惨号的声音，还有阵法启动的声音。

东路军艰难地承受着魔族如潮水般的攻击，终于在下午时分争取到了一段难得的空闲时间。

大营向前线发出急令，要求最前方的队伍尽快回撤，与后备骑兵完成轮转。羽箭在天空里飞舞，压制着对方的矛兵，也为己方做着掩护。

所有的流程都在有条不紊地进行着，却在某个地方遇到了些麻烦。从开战至今便一直顶在最前面的北三营拒绝后撤。

因为关飞白不听军令。他不是北三营的指挥官，但他是离山剑宗弟子，是队伍里的最强者。当初他和两名师弟冒险杀上崖壁、第一个抵达雪老城。整个北三营，现在都只听关飞白的话。

关飞白之所以不愿意后撤，原因也很简单。他的师弟梁半湖死了，关白为了援救他们也死了。他已经杀红了眼。

就在最紧张的时刻，伴着一声鹤鸣，徐有容来到了场间。关飞白握着剑，眯着眼睛，看着她，声音嘶哑低沉到了极点，就像是很多天没有喝水的野兽。

"师妹，不要劝我。"他眯着的眼睛里是一片血色。

徐有容知道他看似还有理智，说话还有条理，事实上已经癫狂，无法劝说。

"我记得秋山师兄应该给你们准备了一个锦囊。"徐有容看着他的眼睛说道，"你应该拆开来看看。"

110 · 潮水里的不老山

关飞白的身体微微一震。从离山走的时候，大师兄给他们每个人都准备了一个锦囊，说到了最关键的时刻才能拆开。

前些天，北三营陷入重围，国教骑兵的救援还没有到，他注意到，梁半湖拆开了那封信，借着篝火看了半天。第二天，梁半湖便战死了。

今天，轮到自己了吗？他取出那个锦囊拆开，里面有一封信还有一颗丹药。

秋山君在信里说，这颗丹药便是当年肖张想用来帮助自己破境、最后却让他走火入魔的那种药。

吃下这颗丹药，有部分的概率能够功力大增，甚至可能破境，但更大概率则是经脉尽断——轻者像肖张这样必须重新耗费十余年苦修才能恢复，或者严重些便会当场死去。

白菜没有看到信的内容，但看关飞白的神情变化，隐约猜到了些什么，拼命地劝阻。关飞白面无表情握着那颗丹药，根本不理他在旁边说什么。

白菜望向徐有容带着哭声说道："你何必非要提醒他这件事呢？"

"这事如何能怨师妹？终究都是你我自己的选择。"

关飞白神情很平静，说完这句话便把那颗丹药吞进腹中。下一刻，他便睡了过去。

"是迷药，师兄让我找陈长生配的。"徐有容对白菜说道，"梁半湖的锦囊里也有一颗，我不知道为何他没有吃，是不是信上的内容不一样？"

白菜看着师兄像醉鬼一般被抬走，下意识里摸摸脑袋，说道："我还没拆信，不知道是不是一样的。"

徐有容伸手摸了摸他的脑袋，轻声说道："那就跟我走吧。"

白菜这才知道原来她是在套自己的话。

进攻东路军的确实是魔族主力，除了万余狼骑，还有数倍于此的各部落战士。最重要的证据是，这支魔族军队的指挥者是魔帅。

隔着十余里的距离，可以很清楚地看到那只倒山獠的巨大身影。以前那只倒山獠死在了诺日朗，不知道魔帅又从哪里找了一只。

王破单臂抱刀，坐在一片泥泞的沼泽里，靠着一棵死去很多年的树，闭着眼睛，没有理会薄雾外的厮杀声与生死。他的伤势远没有复原，如果想要挡住魔帅，便必须珍惜每一分体力。

为什么魔族会弃中军大营主攻东路军，其实原因很简单，谁都能看得懂。因为谁都看得到，那座战场外围的小山。

山上有辆车。车里有个小道士。小道士正在放风筝。风筝下面系着一张无比巨大的画。画的是火烧伽蓝寺。

狼骑像潮水般涌了过去，但在距离那座小山还有数里远的时候，便被玄甲骑兵挡住了去路。

战斗进行得异常直接而粗暴,彼此的战略意图非常明显,那么自然谈不上太多的战术。

整片原野似乎都能感受到东方传来的震动声,都能听到那边的厮杀声。

"我不知道那边还顶不顶得住,我只知道我自己快要顶不住了。"

凌海之王非常难得地用这种人性化的语气与陈长生交谈。因为他确实承受了极大的压力,现在只要走出营帐,便有无数道视线投了过来。那些视线里有询问、有不安、有鄙夷、有鼓励,无比复杂,非常险恶。

魔族主力进攻东路军,那座小山随时可能被黑色的潮水淹没。这种时候,谁都想知道教宗的态度。

绝大多数教士与士兵,都希望他能够尽快发布命令,让大军前去救援。是的,这种命令就连赫明神将都没有资格发,只能由陈长生亲自下令。

"那边没有消息过来,不动。"陈长生说道。

明天是炼制朱砂丹的时间,他在思考要不要取消这一批的炼制,把精力留给随后可能到来的决战。因为朱砂丹并没有救回他想救的那些人。战场是让人成熟最快的地方。

关白的手是冰冷的。他的心不会就此失去温度,却也要比平时坚强很多。

凌海之王犹豫片刻后说道:"有没有一种可能……那边不便开口?"

做师父的最后要向学生求救……尤其是他们这对举世皆知的关系怪异的师徒,确实是很困难的事情。如果真是这样,陈长生不主动前去救援,最后真出事了怎么办?

商行舟是圣人,拥有深不可测的境界修为,但毕竟年岁在这里,身老体衰。据洛阳传出的消息,这几年他变得苍老了很多。

商行舟不能出事,因为他是人族的精神领袖。再如何不喜欢他,也必须接受这个事实。

想着在温泉旁看到的画面,束得极紧的黑发以及……已经无法完全遮住的白发,陈长生沉默了一会儿,最终只是摆了摆手。

随着战事的持续,来自各方的压力越来越真实,投来的视线变成了红鹰来书,甚至有些神将试图闯营求见陈长生。陈长生接见了那些神将,却没有答应他们的要求。

徐有容说道:"那边的情形确实有些严峻,北三营不会动,四营可能又要上去。"

陈长生说道:"我知道。"

徐有容说道:"压力会越来越大。"

陈长生望着远方原野与山川之间的烟尘,沉默片刻后说道:"小时候在西宁,压力来的时候都是师兄替我挡着,去了京都,有师叔和梅里砂大主教,后来又有你,但其实我承受压力的本事不错。"从十岁便开始直面死亡的阴影,没有任何人比他更能承受压力。他继续说道:"开战的时间太早,有问题。"

是的,哪怕雪老城里的粮草再少,也应该能再撑一段时间,至少等到天气再冷些。

徐有容也这样认为,说道:"你怎么认为?"

"师父没让我帮,那就是不需要我帮,我不知道他在布置什么,我这方面的能力比较弱,那就只能按平常那样配合……"陈长生望向她说道,"就像那时候在白帝城,你和师父把一切都算好了,我就跟着做便是。"

徐有容想了想,觉得他说的没有错。

从本质上来说,她与商行舟、圣后娘娘是一类人,而陈长生是另外的那类人。

人类的存续需要前者,但后者才是目的,或者这便是她为什么这么喜欢他的原因?

"我喜欢你。"徐有容看着他的眼睛,很认真地说道。

如此突如其来的告白,真是令人猝不及防。最关键的是,四周还有很多人,营帐里也还有人。他们刚才的对话并没有刻意避着谁。凌海之王仔细地擦拭着手里的法器,就像是什么都没有听到。赫明神将正在掀帘子的手僵在了半空,连同脸上的笑容。安华看着徐有容的眼里满是星星,觉得圣女真是太了不起了。

这样的画面只能是偶尔出现,血火里幸运盛开的小花,战场上的主旋律当然还是战争。

到处都是战斗、乱战、血战在雪老城南边,数百里方圆的原野上,不停地发生着。这里的泥土充满了腐殖物,黑得令人沉醉,丰美至极,以至于血落在上面,也不会显得特别醒目。

但随着这些天的雪落下,原野先被涂上了一层白,再迎来这么多红的绿的血水，画面便变得触目惊心起来。哪怕是雪老城里艺术理念最激进的画家，也无法想象这样的色彩搭配，这样的笔触冲撞。

佯攻、牵制、压制、分割包围、如潮硬推，所有的小花招用完之后，局势还是像最初那般清楚。

最紧张而惨烈的战斗，还是发生在魔帅统领的狼骑与左路军之间。魔族狼骑与玄甲骑兵撞击在一起，不停撕扯着，彼此吞噬着。就像是江河与海洋相会的地方。

不同颜色的水不停地碰撞，掀起惊天的巨浪，绕成足以把整片天空都吞进去的大漩涡。那个漩涡的中央，就是那座不起眼的小山。

111 · 福缘深厚的小道士

风筝的线已经被系到了车辕上，画在空中飘扬。小道士不敢看四周惨烈的战斗画面，用两只小手捂着脸，偶尔偷看一眼，便会吓得身体微颤。

车帘已经掀开，商行舟坐在车边，脚落在地上。如果陈长生这时候在，会发现他真的比洛阳的时候老了很多，已然满头白发。

他手里握着一把扇子，慢慢地摆动着，白发微微地飘着。他闭着眼睛，听着原野里的厮杀声与血花溅放空中的声音，没有厌恶的情绪，也没有沉醉。他很平静，在真正的终点之前，所有做过的事与遇见的人都是旅程。

他很清楚魔族为什么会全力来杀自己。他当然不会离开。他要的就是吸引魔族主力，同时为对方提供某种证据。那是一场双方都需要的大雾。

他也不会向中军帐那边发去任何信息——中军帐那边越沉默，魔族就越想杀死他——在这样的情形下，如果他死在魔族手里，很多将士与教士会对陈长生与徐有容生出很大的意见，前线的人族军队甚至可能就此分裂。

他知道陈长生会承受非常大的压力，但他毫不在意，连这点压力都承受不住，有什么资格做他的学生？

从清晨杀至秋日当空，魔族狼骑的前锋队伍终于突破了玄甲重骑的重重防御，来到了小山之前。然而那些流着涎水、不停喘息的嗜血巨狼，根本没能踏上小山一步，便被数千支圣光弩箭尽数射死。在圣光弩数量越来越少的情况下，如此大数量的齐射，已经是战场上很罕见的画面。

只能说，无论是彭十海还是东路军里别的将领士兵，都把商行舟的安危看得比天还要更重。

小山四周到处都是死尸与伤者。重新围住小山的人族骑兵进行了一番简单的清理，遇着魔族的伤兵自然是补上一刀，遇到受伤的同袍则往山上抬，暂时搁在山坡上，等着战事稍歇的时候，离宫神官与青曜十三司的师生来救治，只希望那时候伤员们还活着。

士兵们把伤员摆到山坡上，说几句安慰的话，便只能离开。当然，在离开之前他们不会忘记对着那辆小车磕几个响头。

小道士分开手指，露出乌溜溜的眼睛，看着商行舟。

商行舟没有睁眼，说道："治不好不要来烦我。"

小道士高兴地嗯了一声，从袖子里取出两根草绳，把宽宽的道袖系紧在手腕上，便往山坡上跑了过去。

坡上都是伤兵，自然没有谁阻止他。只是他没有带药箱，不知道准备怎么治。

下一刻，小道士从手指上解下金针，开始替那些伤兵度针止血，小脸上的神情无比认真。从一个伤兵面前挪到另一个伤兵面前，他的小脸因为发热而红通通的，额头上满是汗珠。有一个伤兵戴着战场上不常见的毡帽，遮着大部分的脸，露出来的部分有些隐隐发青。

看着那个伤兵，小道士挠了挠头，说道："中毒吗？我可不会治啊。"

说完这句话，他只好暂时放弃了那名伤兵，先替别的伤兵止血。

做完这些事情后，他回到了车前，看着商行舟甜甜一笑，脆声喊道："老祖，我回来了！"

下一刻，小道士脸上的笑容变成了泫然欲泣的模样，明显紧张到了极点，无声说了几个字。

不知道什么时候，商行舟已经睁开了眼。他平静地点了点头。小道士动作利落地钻进了车厢里，躲在了他的身后。

商行舟望向山坡上的那些伤兵，视线随着小道士在他肩上的手指而移动，最后落在一名伤兵身上。正是那个戴着毡帽、脸色有些发青的伤兵。

商行舟静静看着那名伤兵。一道浅浅的皱纹在他的眼角渐渐显现，被风轻吹，变得越来越深。

忽然，一抹明亮至极的光芒在他的眼里出现。数十丈外，那名伤兵的咽喉处悄无声息出现一道空间裂缝。空间裂缝是天地间最锋利的存在，可以直接通向幽冥。

血珠从青色的肌肤上显现，然后缓慢地切开。那个伤兵忽然睁开眼睛，身体就像是陷入水里的糖人一般，陷进了地面里。那道空间裂缝随之陷进地面。那个伤兵的身体化作一片烟雾，溢出泥土，向着山坡四处弥漫而去。商行舟忽然闭上了眼睛。

被风筝挂在天空里的那幅巨画，是火烧伽蓝寺。忽然，熊熊燃烧的废墟里出现了一名少年道士。那名道士容貌英美，完全就是小时候的商行舟。他望向四周的原野，眼神锐利至极，仿佛能够看到所有鬼蜮。

画中，少年道士干净的眼里出现十余道明亮的光芒。车中，商行舟的脸上多了十余道深刻的皱纹。

嚓嚓嚓嚓！小山四周出现了好些道锋利的切割声。空间裂缝渐渐湮灭。

黑袍现出了身形。人族骑兵的服饰早已尽数变成碎屑，随风而无。那件保护了他千年的黑袍上也出现了好些破口。鲜红的血水从某些破口里流出。

传说是真的，黑袍果然是个人类。

"没想到，我居然会被你偷袭成功。"黑袍看着车里的商行舟说道。他的声音穿透罩帽，有些低沉，也有些邪恶，只是此时多了些动容。

正如他所言，他今天冒着极大风险，假扮人族骑兵，来到商行舟身前，便是为了偷袭杀死对方。谁承想，商行舟竟然提前看破了他的行藏，险些反偷袭把他杀死。

"当年你学生杀我学生用的就是这一招，现在你又用这一招，如此重复，实在是令人失望。"

商行舟的声音里没有任何情绪波动，冷淡得就像对方不是魔族军师，亦不是敌人。他说的自然是十几年前，年轻魔君伪装成身受重伤的阵师，让松山军府的陈酬、安华抬到雪岭去找朱砂丹的主人。

黑袍说道："陛下当时想杀的人是先帝，与陈长生没有关系。"

商行舟说道："无论如何，终究是老手段，不然何至于连我这个学生都瞒不过去。"

小道士在他身后认真地听着，完全不知道对自己来说，这是多么重要的一句话。这两年,很多人都知道洛阳长春观里多了一个小道士,在商行舟膝前身后地侍奉,很是留意。但商行舟始终没有说明白,这个小道士到底是自己的什么人。直到今天,当着黑袍的面他说了这样一句话。

做商行舟的学生究竟有什么好处?你只需要知道他前面收的两个学生一个做了皇帝,另一个做了教宗,这便够了。

黑袍忍不住看了那个小道士两眼。他今天的安排虽然并不新鲜,但其实真有很大成功的可能,谁想到会被一个小孩子看破。

所谓福缘深厚,大概便是这个意思。

112·西宁镇溪畔钓叟出枪

"想锁死我的气机神魂一击杀之?很好的想法,可惜你没能成功,因为你已老朽。"

黑袍向着那辆小车走了过去,寒风在黑衣的破口里穿行,看着就像幽冥的战旗。

商行舟的眼神依旧漠然,藏在他身后的小道士则是害怕起来,小脸雪白,不停地发抖。

四周的人族骑兵没有察觉到小山上的动静,很明显应该是黑袍用了某种手段。原野上的战争还在持续,并且更加激烈,倒山獠的身影似乎更近了些。第二魔将忽然率领那些部落族长与强者,向着中军帐发起了进攻。雪老城外杀声阵阵,而所有这些都是为了掩护小山上的这抹杀机。

商行舟淡然说道:"我确实很老了,因为我不像你,为了多活几年,居然在自己身上弄出如此恶心的手段。曾经的天下第一美人变成现在这人不人、鬼不鬼的模样,将来你死后,好意思去见你的那位兄长吗?"

"你住口!"黑袍的声音变得尖厉起来,就像铁针一般,在小山上传开。天空里的那幅画上,瞬间多出了好些小洞。

"你们这些人没有资格提起他的名字!"黑袍愤怒地尖叫道。

下一刻他便平静了,整个过程显得非常突然而且诡异。

他没有被罩帽遮住的脸是青色,加上渐渐浮现的那丝笑容,更加诡异。

"我会杀了你,然后让哥哥在冥界再杀你一次、杀你无数次。"

商行舟的神情依然平静，说道："首先你要能够杀死我。"

说完这句话，他忽然咳嗽起来，咳得非常厉害，以至于始终挺拔的腰身，渐渐弯成了一棵老松。

小道士扶着他手臂，不停地抚着他的背，眼里满是水光，稚声喊道："老祖，老祖没事吧？"

商行舟有些困难地直起身来，摆了摆手。

"看看你这可怜的满脸皱纹、满头白发，如何还是我的对手？"黑袍看着他说道，"所以，去死吧。"

"去死吧"这三个字，一般只会在市井里听到，而且说这种话的一般都是泼妇，带着某种诅咒的意味。黑袍却把这三个字说得非常平静，文雅，因为他没有诅咒的意思，只是阐述一个即将发生的事实。他的平静里，隐藏着一些不能宣之于口的佩服，或者说惺惺相惜。毕竟在过去的千年历史里，他与商行舟应该算是两位最了不起的阴谋家。

只可惜，任何阴谋到最后的实现还是要靠武力，胜负还是要靠生死，似乎稍微少了些美感。

黑袍在原地消失。再次出现时，他已经来到了车前。在这两个画面之间没有任何连接的环节，似乎是两个独立的事件。

山顶寂静无声。草丛微微下陷，出现几个清晰的足迹。黑袍拖出的残影，在青黄色的背景之前，就像是一支巨笔的笔端，墨汁很是饱满，直欲作一幅画，或是草书一卷。

这支笔没有落在半空那幅巨画上，而是落在了车里。黑袍干瘦的手指带着淡青色的光芒，刺向商行舟的咽喉。

商行舟的眼里出现一抹憾色。如先前所言，他与黑袍是世间最出色的两个阴谋家。他其实也很想与黑袍交手。可惜他真的已经老了。

数万年来，道门修行西流典唯一大成的他比谁都清楚时光的伟力。十年里的每个夜晚，他都在感受着生命的流逝与神魂的虚化。他是国教正统传人，不愿像黑袍那样使用邪法续命，境界实力也已不如对方。刚才他想锁死黑袍的气机神魂没能成功，现在便只有等着被黑袍来杀。他很遗憾，没能在全盛时期与对方战上一场，不需要痛痛快快，而是要各出奇谋，无所不用其极地战一场。

除此之外，再没有什么遗憾，比如死亡？他驱车登山，便是要诱使魔族来杀自己。能够诱出黑袍，已经是能够想到的最好结果。

西宁镇旧庙外有条小溪，溪里有很多鱼，余人与陈长生最喜欢在溪边看鱼玩，他最喜欢做的事情却是钓鱼。不管是锦鲤还是红线，不拘大或小，无论清蒸还是红烧，都很好吃。他是世间最了不起的钓叟，今天自己做了诱饵，谁还能躲得过去？

秋日当空，正是一天中最明亮的时刻。黑袍的心情就像阳光一般明媚。周遭的环境越亮，车厢便显得越黑。

他的手距离商行舟还有两尺距离。他看到了商行舟眼里的那抹遗憾，也看到了那名小道士惊恐的眼睛。

就在下一刻，他看到黑暗的车厢里忽然出现了一点白色。那惨白的、苍白的究竟是什么？不是索命的鬼魂的脸，而是一张白纸？

紧接着，一道凛冽的光芒，破开暗色，斩向黑袍。无比明亮，就像是有人在车厢里点亮了一个太阳。无比寒冷，瞬间山坡上的草地便覆了一层浅浅的霜。什么样的光芒会同时具有这两种截然不同的气息？

十余里外的沼泽里，王破靠着枯树，看着不远处那只倒山獠的身影，神情专注至极。忽然，他感觉到了些什么，回首向那座小山望去。

几乎同时，倒山獠也转向了那个方向。魔帅冰冷的视线忽然变得狂热起来，然后又急剧降温，生出很多担心。

进攻中军帐的第二魔将以及那些部落族长与强者，也感受到了一道强大气息的出现。

陈长生与一些神将也感觉到了那道气息。徐有容的感觉最为清楚以及准确，因为她对这道气息最为熟悉。小时候在皇宫很无聊，她经常去找那把枪玩。

黑袍一声厉啸，以难以想象的速度后退。他的睫毛上挂着雪，眼里看到的事物都泛着七彩的光。包括那把破开暗色而出的枪。

噗的一声轻响。黑袍落在数十丈外的草地上。他的右胸出现了一个洞。鲜血不停汩汩流出。看着异常恐怖。

金色的光屑从血洞里飘出，看着又像是一抹斜阳。

"这把枪为什么在你手里!"黑袍看着山顶的那辆车,带着愤怒的情绪说道,"你为什么在这里?"

微风拂动白纸,哗哗作响。肖张从车厢里走了出来,手里提着一根铁枪。

113·苍老的少年

这根铁枪看似寻常无奇,还不如肖张自己的枪。但能够让黑袍受伤的枪,必然非同一般。这便是传说中的百器榜首,太宗皇帝当年用过的霜余神枪。

"终究只是徒劳,你们必将失败。"用幽冷的声音留下一句话,黑袍化作一团黑雾,消散在混乱的战场上。

肖张想要去追,身体却摇晃了两下,险些倒在地上。看来前些天,他乘风筝进攻雪老城是真的,身受重伤也是真的。只是不知道商行舟何时把他捡到了车上。

"用风筝换这枪十年,你说换不换得?"

"当然换得。"

肖张手抚铁枪,神情有些激动。能够亲手握住霜余神枪是所有用枪之人的梦想,他也不例外。

商行舟摇了摇头。在他看来,这当然是明珠暗投。事实上,他从来不觉得当今谁有资格用太宗皇帝陛下留下的武器。只不过现在战胜魔族要紧,肖张是最强的用枪者,只好勉强让他用用。

肖张抬头望向黑袍消失的远方,警惕说道:"我觉得这件事情不是这么简单。"他在车厢里藏了数日时间,没有露出半点风声,蓄势已久,加上霜余神枪的威力,还是没能杀死黑袍。这与他事先受过重伤有关,也因为黑袍的实力太强,但还有一种可能,那就是黑袍从一开始便没有全力以赴。

"魔族确实想我死,哪怕只是早死几十天也好,但这并不重要到让他们提前出城发起决战。"商行舟神情平静说道。他看得要比肖张更加深远或者说透彻。

魔族提前发动决战,是为了营造原野上的混乱景象。混乱是为了掩护真实用意,现在看起来,应该是刺杀他。但魔族会不会事先便有更完备的安排——如果刺杀不成,便把这也当成分散视线的手段。

如果真是这样,那么魔族真正的杀招是什么?商行舟转身望向南方。

对于战争来说，最重要的当然就是后勤。后勤里最重要的就是粮草。军械被毁坏，可以凭人力强攻，圣光箭没了，普通羽箭也可以用，在最艰难的时刻，勇气与意志力，往往会起到非常关键的作用，但如果没有粮草，饿到浑身无力如何战斗？龙骧马都站不起来了，又如何行军？更不要说冲锋。

大周王朝对后勤非常重视，尤其是针对这场战争，相关的物资准备已经持续了整整十年。如果算上十七城寨，以及天凉郡北那些粮仓，这种准备更要追溯到天海圣后与先帝时期，甚至有很多是太宗年间便已经定好的方略。

收集以及准备粮草是非常困难的事情，更加困难以及危险的则是运送粮草，尤其是随着战事的持续，人族军队的节节胜利，运送粮草的旅程里越来越多的部分是在魔族的疆域上，随时可能会遇到骚扰甚至是大规模的伏击。从安全以及效率方面考虑，人族军队运送粮草的规模变得越来越大，随队的修道强者数量越来越多，其中最重要的运输队伍甚至会得到神圣领域强者的亲自护送，茅秋雨就曾经来往南北数次。

现在战事已经进入后半阶段，茅秋雨身受重伤，回到寒山疗伤，怀仁道姑、离山掌门、相王等亦是无力再战，王破则要负责盯着魔帅，哪怕伤势未愈也不能离开雪老城一步，再没有办法在这方面分心。好在魔族方面更惨，开战至今已经有三位圣域强者陨落，魔帅与黑袍这样的重要人物，包括第二魔将在内的强者们根本无法离开雪老城，所以还算比较安全。

"朝廷的事情自有户部领头，南货也大部分是唐家和木柘家准备的，不明白为什么秋山家如此着紧。"运粮官看着前方车队里的一辆马车皱眉说道。秋山家主与那位传说中半步神圣的供奉就在那辆马车里，给了整个队伍极大的压力。

下属军官说道："世人皆知秋山家主爱子如痴，肯花这般大气力，想来与秋山君有关。"

运粮官想着传闻，微嘲说道："原来是想替离山把面子找回来。"

这说的是很多年前的那场北伐战争。负责运粮的离山剑宗弟子因故失期，险些被金玉律当场斩死，谁来求情也无用。最后那代的离山剑宗掌门用离山剑法总诀才请动白帝出面，保住了包括小松宫在内的那些弟子的性命。

小松宫在离山内乱被诛，则是另外一回事。对离山剑宗来说，这可以说是他们在世人记忆里唯一的污点，如果不算苏离的话。

现在离山剑宗由秋山君主持，这些年稍显沉寂的真龙之子当然希望借这次战争的机会把这个污点抹掉。或者正是因为这个原因，秋山家才会表现得如此积极，对朝廷有求必应，更是主动加入到了北上的队伍里。

"不仅仅是面子的关系。"下属军官说道，"听说金玉律大人亲口说过，如果这次事情办得妥当，战后就把剑法总诀还给离山。"

运粮官怔了怔，然后带着几分羡慕说道："这也太简单了。"

这话如果是别人说的，他或者不会信，但既然是金玉律亲口所说，那便不得不信。

开战后，妖族的援军出了蒎州便在那片草原上打转，始终没有来到战场，大周朝野已经极为愤怒，意见极大，但没有任何人对金玉律有任何意见，更不会有任何怀疑。这便是历史造就的威名，也是因为直到现在，他在这场战争里依然扮演着极为重要的角色。

大军的后勤辎重的相关事宜，现在全部由金玉律处理，无论巨细全部由他一言而决。这是大周皇帝与教宗给予他的特权与信任，但同时这也是非常可怕的压力。

数百名来自军部的校尉、来自户部的老官，来自唐家的账房先生，来自吴家的钱粮秘书，再加上他从白帝城带过来的两名小厮，以及担任副手的唐三十六，便是他全部的下属，帮他分担这些压力。

现在那些老官与账房先生已经有很多累得病倒，唐三十六高烧不退，被送去了寒山。

金玉律瘦得只剩下了骨头，但还在坚持。他赢得了全部将士的敬畏。敬畏里有个畏字。

运粮官看着原野远处的那道山脉，身体微微颤抖了一下，暗自希望千万不要出问题。

这个队伍的运粮车至少可以保证前线将士们二十天的粮食，可以说是非常重要的一次运粮。由三万民夫与数千辆大车组成，首尾相连，足有数十里长，颇为壮观，有三千骑兵，还有秋山家的高手们押送，完全不用担心被魔族散兵侵扰，也没有被劫粮的危险，但道路漫长，谁知道会遇着什么事情，万一晚上一天，不说死罪，军法棍也不是那么好受的。

就在这个时候，一名将军骑马到秋山家主的车旁低声说了几句什么。片刻后，车里响起秋山家主低沉的言语声，紧接着四周依次响起喊叫声，秋山家的管事与侍卫们神情变得严肃起来，队伍加快了前进的速度。蹄声密集响起，仿佛暴雨，骑兵们不停地快速超过运粮队，向着原野远方而去，侦察的同时也顺便完成清道的工作。

"看来天黑之前就要穿过诺日朗。"那个运粮官举起马鞭，指着远方原野上的那道山脉说道，"那我们明天就会看到星星峡。"

从原野望去那是一道山脉矗立在天空下。从天空望去则是五道山脉前后横列在原野上。

诺日朗是这些山脉里最高的山峰，无论魔族还是人族，都习惯用诺日朗这个名字指称这片山脉。谁也没有想到，在西麓的某处崖峰里，这时候居然隐藏着一千多魔族狼骑。

毛皮溃烂的嗜血巨狼张着嘴，散发着腥臭的味道，消瘦的魔族骑兵们眼睛里燃烧着幽幽的绿光。但无论是这些凶性难驯的嗜血巨狼，还是魔族骑兵，都保持着绝对的安静，没有发出任何声音。

狼骑首领看着还很年轻，面容甚至有些稚嫩，仿佛还是少年。他的眼神却非常苍老，仿佛阅遍世事，经历了无数痛苦。

"把他们的粮食全部烧干净。"他看着狼骑们平静说道，"然后死在最后的冲锋里。"

114·当时明月在何方

夏初时，人族与魔族最为波澜壮阔的一次战争就发生在这里。双方的圣域强者不停登场，魔族方面死伤惨重，人族也付出极大的代价。那之后的战场上再没有同时出现过这么多的圣域强者。

诺日朗峰底有一座大阵，魔族大军便是通过这里发起的突袭，然后尽数撤走。神术最精湛的茅秋雨与司源道人亲自确认过，那座阵法已经不能再使用。之后人族军队有很多队伍都是经由这道山谷去往北方，没有出过任何问题。

没有人能够想到，魔族大军撤退的时候，并不是全部都撤走了。王破与魔帅相争之时，战场上一片混乱，有两千狼骑趁乱藏进了西麓的那些山峰里。

西麓山峰里与西海飘来的水云接触的时间更多，随着数百万年的侵蚀，里面生出很多或大或小的洞穴。这些狼骑藏进了石洞的最深处，避开了红鹰锐利的视线，也躲过了人族斥候的神识。

当然这也是因为赫明神将为了突破魔族的第二道防线，要求大军集体快速前移，导致对战场清理得不够仔细。

人族大军陆续通过山谷，前往北方的高原继续接下来的战争，这两千狼骑藏在山洞里，始终没有冒头，饿了便吃干肉，渴了便嚼食峰顶的积雪，过着异常艰难的日子。

如果不是事先有所准备，或者他们早就已经饿死了。即便如此，在藏匿这么多天后，狼骑依然出现了很多减员，伤员与病人越来越多。

确认伤重难治的狼骑第一时间被处死，病人则是被取出了兵器与盔甲，丢在洞穴里等着好转或者死去。最后有一千两百名狼骑活了下来。他们消瘦、疲惫，但同时坚毅而无畏，眼里散着幽幽的绿光，就像是真正的狼。

长时间的躲藏非常难熬，最难熬的却是诱惑。山下草原经常有人族的运粮队经过，那些运粮队的守护力量并不是太强，加上不会有人想到还有魔族藏在山里，只要狼骑冲下山去，必然能非常轻松地击溃对方，得到那些粮食。但他们知道自己如此辛苦地藏了这么多天，不是为了抢劫一支普通的运粮队，而是为了在战争最关键的时刻，给人族军队最沉重的一击。

道理很清楚，不过能让这些凶残的狼骑抵抗住这种诱惑，必须要说那位首领真的很不一般。他的命令也很不一般。

"把他们的粮食全部烧干净，然后死在最后的冲锋里。"

魔族骑兵的眼里没有恐惧，只有兴奋与狂热，但没有任何声音发出，嗜血巨狼也只是喘息声稍微急促了些。

这也是军令，已经维持了很多天，以至于有些骑兵都有些怀疑自己是不是还会说话。一千二百名狼骑向着山下而去。

那个首领的视线随之向下移动，最后落在远方草原透迤十余里的运粮队上。相关情报已经得到确认，人族骑兵的数量，强者的数量，还有最重要的……粮食的数量。他知道雪老城已经开始反攻，为的就是分散人族的注意力，也是要把对方的主力骑兵拖在城下。一切都是为了给他创造条件，烧掉这支运粮队里的粮食。如果他成功了，那么雪老城外的魔族军队会以最快的速度退回城里。

城外的二十余万部落战士,则会被无情地放弃。

在他看来,那些智力低下、与妖兽无甚区别的低等魔族,死再多也无所谓。反正那些低等魔族谈不上忠诚,作战也不够勇敢,在没有吃药的时候。如果不是他从长生宗带回来的药数量不够,这场战争何至于艰难到这种程度。

到那时候,除非人族军队愿意用那些低等魔族的肉当食物,不然便必须在寒冬到来之前退走。以他对人族的了解,这个虚伪而矫情的种族必然做不出来这样的事情。

那么雪老城便会争取到半年时间。半年时间足够发生很多事情。而且人族的气势会遭受严重的挫折。他真的很了解人族。他相信到时候,人族内部的问题便会慢慢显现出来。

所以,这是最后的一场战斗。看着草原上的车队,他默默想着。胜了,我们就还能存在。败了,我们就不再存在。

这位年轻的首领叫作高欢,今年已经一千多岁。七百年前,他就已经是魔族元老会的首席元老。他是有史记载以来魔族最年轻的首席元老。但就在他成为首席元老的那一天,便被那位强大的魔君囚禁到了深渊里。他在深渊里关了七百年。直到今年,他才被新任魔君放了出来。他脸色苍白而消瘦,但还活着,而且还像七百年前一样,仿佛少年。

一道道烟尘在草原上出现。魔族狼骑向着运粮队发起了进攻。隔得很远,厮杀声无法传到峰顶,这里还是很安静。

他看着草原上的画面,开始吟唱一首歌。这首歌用的是魔族里最古老的某种语言,沧桑而且清寂,不停重复,意思很简单。

"当时明月在,曾照彩云归。"歌声渐渐低回,当最后停止的时候,明显并没有到真正的结尾。

看着远方的原野,他稚嫩的脸上现出一丝凝重的神情,干净而无杂质的眼睛里生出一道强烈的杀意。天真而残忍,说的就是他。

魔族狼骑的攻击没有如想象中那般顺利,很快便遇到了障碍,甚至可以说是困难。

开始的时候,人类的运粮队没有想到诺日朗峰里居然有如此多的狼骑,偷袭之下变得有些慌乱,但很快这种混乱便平息下来,绵延数十里的车队迅速地分成了十几段，那些大车以最快的速度首尾相接，构成了圆形的车阵，数千名骑兵则是分成了三批，与车阵配合抵挡狼骑的攻势，所有一切都进行得极有条理，冷静而稳定。

人族军队拥有这样的素质，并不让高欢觉得惊讶，虽然这与当年他在洛阳城看到的那些军队已经完全不同，但如果人族军队连这样都做不到，又如何能在战场上让神族大军节节败退，甚至现在就连雪老城都被围了？

真正让他有所警惕的是在整个过程里人族军队表现出来的从容——即便是常胜之师，也很难培养出来这种气质，尤其是在突然被一千多名魔族狼骑突袭的时候——这种从容更像事先有所准备。

魔族狼骑疯狂地向运粮队发起进攻，带着有去无回的气势，数千名人族骑兵构筑的防线，顿时显得有些单薄，很快便摇摇欲坠，然后在西北方向被突破，战场上的局势进入到了最血腥的攻防阶段。

沉重的黑色巨斧在天空里沉默地划过，把运粮车斩成两半，同时斩落一名民夫的头颅，十余支圣光箭从车阵的缝隙里高速飞出，尽数落在一名高大的魔族士兵胸口，生出神圣的火焰，将他烧成如焦糖般的残躯，整个过程居然没有任何声音。

每时每刻都有死亡发生，不同颜色的鲜血带着相同的意志，不停地泼洒在天地之间。很短暂的时间，便有三百多名魔族狼骑倒在草原上再也无法站起，数量更多的人族骑兵与运粮队的吏员也停止了呼吸。

如此惨烈的战场景象，没有让高欢的神情有任何变化。他站在西山崖间，看着草原上的画面，静静地等待着，稚嫩的脸上没有任何情绪。

对他来说，无论是那些人族的将士还是随他一道隐匿多日的这些魔族狼骑，都是蝼蚁。

他看似少年，实际上已经非常苍老。更不要说，他在深渊底那般险恶的世界里熬了七百余载，魔躯从最内里开始朽坏，已经无法支撑太长时间。换句话说，他全力出手的次数已经无法太多，所以他必须弄清楚，最值得自己出手的目标是谁。他这时候就是在观察，想要找到人族军队的指挥者，以及那些隐藏在车里，至今依然不肯出手的强者。

时间缓慢地流逝，太阳渐渐地西沉，山峰在草原上投下的影子渐渐蔓延开来，即将吞噬那些正在激烈战斗的生灵们。

人族运粮队的防御接连告破，很多粮车被点燃，从远处望去，仿佛好些星星之火，只是很快又被扑灭。最危险的是处于正北方的第一座圆形车阵，即将被魔族狼骑正面突破，吏员与民夫正在骑兵的接应下逃走，看来是准备放弃。但魔族狼骑也已经到了极限，抱着必死决心而来的他们，疯狂进攻了这么长时间终于攻破了一座车阵，但对方还有十几座车阵，更关键的是有太多的同袍与兄弟已经倒在了草原上，狼骑的数量只剩下了一半不到。在战场上双方都快撑不住的时候，往往意味着会有变化发生，这是局面以及意志的需要，今天也并不例外。

今日万里无云，天空碧蓝，这时候被夕阳照得有些微微发红，忽然里面多出了一道白线。那道白线无比笔直，一头在西山崖间，一头在草原上。大风呼啸而起，拂动野草与草间的石砾，与氛围一道变得寒冷起来。

天空里忽然落下数千滴雨来，落在某个车阵里的人们的脸上，有些微凉，味道却淡得令人惘然。

帐顶不知何时出现了一个少年。他的衣服有些脏，衣料却无比华丽，外面套着件用犍兽尾刺编成的软甲，除此之外再没有什么别的装饰，只是头盔正中镶着一颗无比明亮的宝石，却无法掩住他那张稚嫩的脸散发出的光彩。

"圣域强者！"震惊而绝望的喊声响了起来。

115·庭院深深深几许

高欢望向帐篷前面那辆车，那辆车忽然碎裂。不是他的目光便有如此威力。满天纷飞的木屑与烟尘里，秋山家主隔空一剑斩来。

他是聚星巅峰的强者，剑是秋山君非要他带着的逆鳞，也是百器榜前列的神物，那道冷冽而肃杀的剑光向着帐顶而去，高欢身形微动，便来到了地面。他的神情没有任何变化，也没有向秋山家主出手。

被囚禁在深渊底七百年不见日月星辰，他对现在的世界以及这个世界的强者非常不熟悉。他只会把看见的人分成两种，认识的以及不认识的。能像他一样活这么多年的故人，自然值得警惕，其他的人则没有资格浪费他的精神。

一剑无功，秋山家主却没有什么惭愧的神情，也不愤怒，向后退入了烟尘之中。

啪的一声轻响，一名普通仆人模样的中年男子踩瘪了地面的一个铜制小酒壶。同时，中年男子的拳头来到了高欢的眼前。

高欢神情微异，有了些反应。同样是啪的一声轻响，他站立的地面生出三道裂缝。同时，他的手握住了那个拳头。

中年男子是秋山家的供奉，境界已然半步神圣，全力击出的一个拳头却被高欢轻而易举地握在了手里。这种境界之间的差距，绝非勇气、谋略所能弥补。

秋山家供奉脸色苍白，眼瞳里仿佛有金火燃烧，清啸声起，向着后方疾退。数十道白色的湍流在空中出现，发出震耳欲聋的暴裂声。秋山家供奉闷哼一声，撞破运粮车，落在了数百丈外的地面上，衣服上到处都是血，不知道断了多少根骨头。

高欢收回手，望向更前面的一辆马车。就像某位运粮官曾经感慨过的那样，人族将士一直以为秋山家主与供奉当然是队伍里的最强者。

高欢不这样认为。他的视线一直都不在这顶帐篷里，也不在秋山家的马车里，而是在这辆马车中。他觉得这支队伍真正的指挥者，就在这辆马车里。只需要杀死车里的人，便可以赢得这场突袭战的最终胜利。这是他在崖壁间观察很长时间之后得出的结论。

随着高欢的视线落下，十余名魔族高手离开了各自的骑兵队伍，向那辆马车发起了攻击。呼啸破空的风声连接不断地响起，魔族高手们像石头一般，从天空里砸了下来。如果没人拦阻，无论那辆马车里是谁，都会被他们砸成肉泥。

这个时候，一道凄怨而冷厉的琴音从马车里传了出来。琴音由地面而入天空，声音并没有变大，笼罩的范围却变得大了很多。那些魔族高手的盔甲上出现道道裂缝，有青烟溢出。最终，他们落下的方向出现了偏差，没能砸中那辆马车，而是落在了车的四周。

大地震动，黑色的泥土像瀑布一般倒冲而起，画面看着异常壮观。

盲琴师抱着古琴从车里走了下来。他偏着头，听着四周的声音，右手不时在琴弦上拨动。仿佛利刃般的白色湍流，离开琴弦，向着那些魔族高手袭去，看着就像是满天落叶。十余名魔族高手号叫着，向着马车冲了过去。

如果只有盲琴师一人，想要拦住这么多魔族高手，确实有些吃力，但马车里还有人。那辆马车看着并不是很大，谁也想不到，竟然从里面出来了这么多人。七名商贩、六个衙役、三个算命先生、两个卖麻糖的老人，还有一个卖脂粉的小姑娘。

数道玄妙难测的天机，笼罩住了马车四周的草原，落在那些魔族高手的身上。数道铁链破空而起，带着血与火的痕迹，誓要穿过那些魔族高手的肩颈。在这些之前，一道沙盘形成的阵法，已经提前护住了那辆马车。

看着这幕画面，高欢微微挑眉。他没有想到，现在的人族居然有这么多的强者。然后他的脸上露出一抹天真的笑容。这么多的人族强者，值得他出一次手了。

清淡而无味的雨滴，再次从天空落下，把那些玄妙难测的天机尽数洗去，把那座阵法也随意破去。来自汶水唐家的五样人，神情变得异常凝重，盲琴师拨弦的手指变得更快。这位魔族少年强者的境界果然深不可测，竟然没有任何动作，便破了外围的防御。

高欢指尖轻弹，震飞两根水火棒，目光落下，切断一根铁链，来到车前。他想要掀开车帘，看看里面究竟是谁。

琴声铮铮，仿佛出征的号角，铁血之意十足的一根琴弦，拦在他的身前。如此也好。人族强者里，当然要以那位盲琴师最为强大。高欢不介意先专心杀了此人。

淡黑色的雾气，从他的指间生出，无论草原上如何强劲的风，也无法拂走些许。那根琴弦以肉眼可见的速度枯萎，然后断裂，失去所有生机。

盲琴师唇角溢出鲜血，退至车边。高欢哪里会让他活着，隔空一掌拍落。暮色骤然暗淡，仿佛黑夜提前来临，一道漆黑的，却并非真实的巨掌，从天空里落了下来，拍向马车。

琴弦断了一根，还有数根完好，但这时候却已经无法发出声音，因为盲琴师气息未复。谁来挡住这只巨掌？

车窗忽然破了，两个黑黢黢的物事飞了出来。同样都是黑色的，这两个物事并不像黑色巨掌一般，给人恐怖与压抑的感觉，只是充满了威严。

一个官印与一个惊堂木。官印与惊堂木向着黑色巨掌迎了过去。啪啪两声碎响，官印与惊堂木变成了碎屑，那只黑色巨掌也渐渐消散在空中。

一个穿着灰袍的枯瘦老人从车里走了出来，神情平和。几个青年随着他走了出来，神情有些紧张，像是学生似的人物。这辆车里已经走出了太多人，谁能想到里面还藏着这么多人。

高欢更没想到在如此短的时间里，自己居然会遇着三位半步神圣的人族强者。半步神圣什么时候这么不值钱了？

365

高欢确认在场的这些人族强者自己一个都不认识，只是那名盲琴师的手法有些眼熟。他望向那名盲琴师，微微挑眉问道："长生宗？"

盲琴师说道："是。"

高欢挑眉问道："李明河？"

盲琴师神情微变，说道："家师。"

高欢傲然说道："原来如此，你师父与我有旧，若降我，今日饶你一命。"

说完这话，他望向那名身穿灰袍的枯瘦老人问道："你又是谁？"

一名青年说道："这是我家尚书大人。"

"不认识。"高欢神情漠然，忽然厉声喝道，"居然敢对我用毒！"

他望向那名一直没有说话的小姑娘。不知道是不是受到了战斗的波及，小姑娘提着的篮子已经倾倒在地上。脂粉被风拂起，渐渐弥漫开来。

在任何人看来这都是很自然的一幅画面，谁能想到竟是下毒的手法？

看着那名小姑娘，高欢眼神里满是暴虐的意味。

"你知道我是谁？居然想毒死我？"

在汶水城的时候，小姑娘的羞怯与紧张大部分时间都是伪装。但这个时候被这名魔族强者盯着，她真的无比紧张，甚至就连移动脚步都无法做到。

隔着数丈的距离，高欢伸手向她的咽喉抓去，神情狰狞，准备把她撕成碎片。

盲琴师与魏尚书在另外一边，无法及时施救。那些商贩与算命先生还在与残存的魔族高手纠缠。好在还有两名卖麻糖的老人。他们向来习惯和卖脂粉的小姑娘站在一起。

一名卖麻糖的老人，把摊上的青布扯了起来，挡在了高欢的指风之前。噗噗声响，青布变成碎片，随风而走，变成了那名老人。他屈膝、沉腰、静意、握拳，然后平直击出。

看着这幕画面，高欢喊了一声："好！"

这一拳平平淡淡，寻寻常常。在真正的强者眼中，却已然有了中正平和的真味。如果只是这样，远不能让高欢动容。他喝彩，是因为这名卖麻糖的老人用的是最正宗的皇家功法——焚日诀！

高欢挥袖挡住盲琴师与魏尚书的合击，握住拳头便向卖麻糖的老人砸了过去。

无数光明从老人的拳头里散溢开来。无数黑烟从高欢的拳头里散溢开来。就像这时候的天空一样，白昼与黑夜做着最决然的战斗。他的境界远比卖麻糖的老人高，但面对这位老人的时候却最为郑重，非常讲究堂堂正正。对方用的是人族的皇室绝学，他就要用魔神的皇室绝学。

"天魔功！"感受着横亘于天地之间的霸道气息以及比夜色还要浓的魔息，盲琴师脱口而出。

听着这句话，魏尚书与刚刚醒过来的秋山家主脸色骤变。这个魔族强者究竟是谁？为何会皇族的不传绝学天魔功？

轰的一声巨响。卖麻糖的老人，毫不意外地被击飞。如果不是焚日诀与天魔功先天相生相克，或者他的伤势会更重一些。还有一个卖麻糖的老人。高欢的神态依然认真，因为这代表着皇室与皇室的见面。对于这场战斗本身，他没有太当一回事。

这两个卖麻糖的老人，与当年天凉郡陈家的那几位年轻公子比起来差得太远。

啪的一声轻响。两个拳头接触到了一起。是轻响，而不是如雷般的轰鸣。这说明了什么？已经转头望向盲琴师与魏尚书的高欢，慢慢地转回头来。

来袭的魔族高手已经被击退，狼骑的喊叫仿佛越来越远，草原上忽然变得很安静，只能听到粮草燃烧时发出的噼啪声。高欢看着那名卖麻糖的老人，眼里出现一抹痛意，还有一抹惘然。那个老人缓缓抬起头来。他的头发已经全白了，但看着并不是太老，只是眼神太过平静，仿佛……汶水老宅院里的那口井。那口老井。世间任何事情，都无法让他的眼神再起波澜。

116 · 快活的唐老太爷

高欢没有看这双眼睛，而是在看着老人的眉。他记得很清楚，眉里有颗痣。果然有颗痣。

高欢忽然觉得很痛。心痛。在看到那颗痣的瞬间，他就知道自己被骗了。

既然对方在，那么自己的这场突袭便不可能成功。这也就意味着，这场战争将以人族的胜利而告终。这当然是值得心痛的事情，尤其是对他来说。

"唐三！唐经天！"高欢狂叫着，冲天飞起，便要离开。

金属撞击声响起，数道铁链破空而去，笔直无比，套住他的脚踝。同时，数根琴弦穿破那件犍兽尾刺编成的软甲。魏尚书拿着判笔写了数个大字。一道阵法屏蔽了天空。

唐老太爷飞起，一拳落在高欢的胸口。血水狂飙！高欢稚嫩的脸上满是血水与疯狂，还准备做最后的搏斗。然而，他的余光里忽然注意到，草原上的那些火光变得越来越淡。

暮色已深，正在向夜色转，按道理来说，那些火光应该会越来越清楚，为何会变得这么淡？难道是熄灭了？这不可能！

在高欢的方案里，烧掉人族军队的粮食，永远是最重要的目标，远胜于杀死多少人族的强者。他带着那些魔族高手冲进这座车阵，本来就是想要吸引别处的注意力。他的做法在某种程度上成功了，就在刚才战斗的时候，狼骑成功地点燃了很多粮车。如果不出意外，那些粮车会让这些首尾相连的车阵尽数燃烧成灰。

为何那些火会熄了？要知道狼骑携带的并不是普通火种，而是来自极北寒海的油火，用水与沙都很难扑灭！

整个世界，渐渐地安静下来。高欢站在草原上，绝望之余，没有再做什么事情。金黄色的鲜血，染遍了他的身体，在最后的暮光照耀下，显得格外悲壮——竟然是一位血统纯正的皇族。他这样的皇族成员成为元老会的首席元老，那意味着什么？难怪前代魔君会对他如此忌惮，不顾朝野震动，也要强行除掉他。

无数视线落在高欢身上，又移到唐老太爷的身上。对世人来说，唐老太爷毫无疑问是最有名气的人，又是最神秘的人。最近这两百年，他从来没有离开过汶水，哪怕是莫雨拿着天海圣后的圣旨苦苦恳请。

唐老太爷看着高欢，神情淡然说道："你认识我？"

这时候很多人才想起来，这位魔族的圣域强者，看到唐老太爷后喊出的那句话："唐三！唐经天！"

非常简单的一句话，至少揭示了三个事实。唐老太爷的名讳以及排行，以及这名魔族强者认识唐老太爷。

"很多年前在洛阳我们见过。"高欢对唐老太爷说道，"我以为你应该记得。"

唐老太爷静静看着他说道："原来是你，呵呵，难怪还会说几句人话。"

是的，高欢的人族语言不是雪老城里那些对人族语言感兴趣的王公贵族所能比拟，而是真的很熟。但唐老太爷的这句话明显是双关，里面的嘲弄与刻薄，谁都能听出来。原来，他也认识对方。

"高欢，高雁臣！"唐老太爷盯着他的眼睛说道，"我以为你早就死了。不过我想你现在应该恨不得自己早就死了。"

高欢,字雁臣。这是他的人族姓名。他是位天赋卓异、血统纯正的魔族皇室子弟,也是最后一个在人族求学过的魔族。

唐老太爷知道他曾经在长生宗里做过入室弟子,但真正见到他的时候是在洛阳。洛阳被围,高欢的身份暴露,却无人敢杀他,因为城外的魔族大军指名要他平安。唐老太爷与同伴想要暗杀他,却被长辈阻止。

"如果商知道你还活着,一定会非常开心。"唐老太爷看着高欢说道,"当年最想杀死你的是他。"

高欢说道:"如果当年你们敢动手,我伸出一根指头就捻死了你们。"

唐老太爷说道:"是的,你当时比我们强太多。"

高欢冷笑说道:"今天要不是被你偷袭,我也不见得会输。"

唐老太爷摇头说道:"错了,就算你今天赢了,你们终究也会输。"

高欢微微挑眉,说道:"为什么?"

唐老太爷说道:"因为我们等了一千年,如果这样还不能赢,那太没有道理。"

高欢说道:"洛阳也被我们围了很长时间,但你们也没输。"

"洛阳不是雪老城,而且最大的区别是,直到最后你们也没能进城。"唐老太爷顿了顿,说道,"而我们很快就要进雪老城了。"

高欢的身体变得有些僵硬。唐老太爷伸手拍了拍他的肩膀,说道:"认输吧。"

可能是受到了唐老太爷手掌的震动,一行清泪从高欢的脸上淌过。他还保持着笑容,但笑容特别难看,稚嫩的脸上写满了痛苦。

"如果陛下还在,你们都会死……"高欢的声音忽然拔高,厉声喊道,"不!如果他早些死,何至于此!"

如果那位伟大的魔君早就死了,七百年前他怎么会被囚入深渊?他必然会成为魔族的传奇人物。

在过去的一千年里,魔族又有多少像他这样惊才绝艳的天才人物,就因为威胁到了老魔君的地位而惨遭杀害?雪老城里那么多场的清洗毁灭了多少真正的人才?那些杀戮对魔族究竟造成了怎样的损害?没有答案,那位魔君已经死了。

泪水渐急,冲洗着苍白的脸颊,高欢觉得自己的心好痛,左手紧紧地攥着软甲,堵着胸口,呼吸变得越来越困难。最后,他慢慢倒在地上,停止了呼吸。

369

唐老太爷看着他的尸体，沉默了很长时间，想起了很多往事。那是真正的往事，因为已经快要一千年了。

落柳原上，魔族大军像黑色的潮水。嗜血巨狼的嘴里经常能够看到人类的残肢。

洛阳城被围，数月时间里，城门只开了三次。刚开始那次，便是魔族大军要求人族交出高欢。

洛阳城的城门开着，阳光从那边透过来，把那位魔族天才少年的身影拉得很长。高欢向着城外走去，步伐很是稳定，笑声很是嚣张……

唐老太爷的脸上淌落两行泪水。人们吓了一跳。卖脂粉的小姑娘还有运粮队的将军赶紧过来，想要劝说什么。唐老太爷对着高欢的遗体流泪，在很多人看来这大概是了不起的人物之间的惺惺相惜？

魏尚书与盲琴师却知道并非如此。那是浊泪，最需要的是来一杯相庆，而不是安慰。

"快活啊！我太快活了！"唐老太爷哭着喊着，"快去雪老城，我要更快活！"

117 · 血的沼泽

听着这话，人们怔了片刻，才明白原来老太爷是真的无比开心，于是赶紧忙碌起来。

"父亲，还请三思！"唐家大爷也在运粮队里，扶着唐老太爷的胳膊苦苦相劝。

如此规模的粮队，连夜穿过诺日朗峰，还要去星星峡，从军事的角度来说，确实有些冒险。唐老太爷闻言有些不喜，被劝说半晌才转过弯来。他看着前方的原野以及那道山脉，仿佛已经看到了数千里外的雪老城，老泪纵横。

"也对，已经等了一千年，何必还急在这一天？"

等待得越久，越是迫不及待，但如果真的时间久至千年，那么人们的耐心总会变得比较好一些。

人族军队现在看起来就很有耐心，不管是魔族军队的忽然回缩还是那数十万部落战士莫名其妙发起的攻击，都没能让人族军队的战线有丝毫动摇，而且似乎也没有向雪老城发起进攻的意图。

"看到高欢死了，我忽然想到自己也是会死的，所以要更稳妥一些。"唐老太爷望向远方的雪老城说道，"我一定要亲眼看到破城的画面，我不允许出任何意外。"

陈长生说道："有很多人都想亲眼看到那个画面。"

唐老太爷接过热茶，对徐有容点头致意。圣女亲自冲茶，放眼世间，大概也只有唐老太爷有这样的待遇。徐有容知道陈长生要与唐老太爷说些不方便被听到的话，微微一笑，便出了帐篷。帐篷里非常安静，而且持续了很长时间，直到杯里的热茶渐渐没有了雾气。

"唐三十六没有生病，是中了毒。"陈长生看着唐老太爷的眼睛说道。

"教宗大人神目如炬，自然不会看错，那毒影响不大，只是会让他高烧不退。"唐老太爷完全没有掩饰的意思，非常淡然地承认了事实，说道，"唐家需要他活着。"

他之所以承认，是因为陈长生已经猜到了事情的真相，当时没有揭穿，便意味着永远不会揭穿。

唐老太爷离开营帐，向着远方那座小山走去。徐有容回到了帐内。那天她没有问，今天也不会问，但陈长生觉得自己应该说些什么，却又不知如何开口。

"每个人都是自私的，尤其当他无私的时候。"徐有容用这样一句暧昧不清的话为这件事情做出了结论。

雪老城里的魔族应该已经知道了高欢率领的那支孤军的下场，很快开始收缩战线，魔族狼骑在侍从军的掩护下，与人族的玄甲重骑脱离接触回到城里，二十余万部落战士中的小部分被接应进城，大部分则留在了外面。

混乱局面渐渐平息，人族军队没有追击，这场突然发生的决战已经能够看到结局，部落战士们站在紧闭的城门与严阵以待的人族军队之间，眼里满是无助的情绪，杂乱无章的帐篷间弥漫着绝望的气氛。

魔族军队的士气已经非常低落，但所谓困兽犹斗，人族方面完全可以再等一段时间，相信随着时间的推移，局势会变得更好，尤其是城外的这些部落战士，甚至有可能不战而退。

不知道为何，赫明神将拿到一份红鹰送来的情报后，思考了一顿饭的时间，下达了继续加强进攻的军令，中路军对那些漫山遍野的部落战士发起清剿，东路军与西路军则被要求尽快靠拢。

很多将领与普通士兵都不理解这道军令，但执行得很坚决，因为在发布军令之前，赫明神将去了陈长生与徐有容所在的营帐，得到了他们的支持，而且那座小山上的商行舟，一直保持着沉默。

每个人都有自己的记忆，数十万人有数十万种记忆，对同一件事情的记忆，可能在大概的轮廓上是相似的，但在细节上往往会出现很多偏差。关飞白始终认为那是九月中旬的一天，他正躺在帐篷里接受一名离宫神官的治疗，然后听到了数十里外城门被轰破的声音，掀开帘幕一看，山坡前那棵树的叶子红得像渗血一般。白菜则坚持认为那是九月初的一天，雪老城外的那些野树还留着最后的青色，关飞白之所以看到那些树叶是红的，那是因为他杀了太多魔族，已经杀红了眼。

不用理会这些具体记忆上的偏差，总之是在秋意渐浓的某一天，人族军队向雪老城发起了最后的猛攻。

最后的圣光弩箭如暴雨一般向着雪老城射去。准备出城接应部落战士的一支狼骑非常不幸地撞入了这阵箭雨，死伤惨重。

投石机像是巨人一般移动到雪老城前的原野上，城里的魔族仿佛看到了庞大固埃家族的祖灵，脸色苍白。

如山般的石头混着火药，呼啸破空而去，划着极高的弧线，艰难地落入城内，带出声声闷响。更多的石头直接砸在了雪老城的城墙上，没能造成直接伤害，却散作了满天石雨，落到地上，把那些部落战士砸得头破血流。

战斗进行到最激烈的时刻，忽然有两支妖族部队从西北方向杀了过来——妖族平北营出了葱州之后便一直在草原上游荡，原来那不过是遮掩。妖族真正的援军，竟是绕道故秀灵族的草原、穿过西方的层层山脉，在西路军的掩护下悄无声息靠近雪老城，只为了在最关键的时刻，向魔族发出致命的一击。魔族军队再遇强敌，意志终于崩溃了，越来越多的部落溃散，向着四周逃亡。

夕阳把整片草原都染红了，魔帅为挽狂澜于既倒，冒险潜进人族军队大营，试图杀死陈长生这样的重要人物来改变战场局势，或者说暂时让魔族覆败的速度减缓一些。

城南有片沼泽，浓雾风吹不散，红艳的暮光也无法穿透，王破已经在这里等了魔帅很多天。

当魔帅借着数百狼骑自杀式冲锋在满地血水与尸首间潜至大营之前的时候，王破拔出了刀。明亮的刀光撕裂了沼泽上方的浓雾，照亮了整个天地。王破没有偷袭，非常光明正大。

魔帅看了眼前方的大营，眼里流露出遗憾的情绪。人族军队正在向着雪老城强行推进，大营的位置也向前移动了数十里。陈长生与徐有容的身影已经清晰可见。

"啊！"魔帅发出一声愤怒而不甘的厉啸。

四周的人族士兵与魔族士兵的尸体纷纷暴裂，下起一场血雨。血水在盔甲上流淌，染湿绿色的铜锈与明亮的宝石，散发出冷酷而疯狂的意味。

他转身，从身后取出那把夸张至极的大刀，向着那道明亮的刀光迎了过去。嚓的一声脆响，原野上出现一道约数里长的裂痕，其间隐有地泉，亦有火浆。

魔帅摇晃了两下，很快重新稳定。他矮小的身躯在所有人的眼里无比高大。他提着长刀，向那片沼泽里冲了过去。

大地震动，寒风寸断，浓雾被斩开。世间最强大的两把刀再次相遇。

恐怖的刀意搅动着浓雾，仿佛龙卷风一般，很快便吹拂干净。原野上的数十万人，都看清楚了那片沼泽里的画面。黑色的沼泽无比湿软，两道身影高速运动，根本无法看清。两道刀光不时照亮天地，把黑泥震飞到天空里。

渐渐地，被沼泽掩盖了无数年的很多真相出现了，那里面有累累白骨，有存放着金币的宝箱，还有很多密室。这些可能已经被遗忘的历史，这些可能已经成为书中故事的过往，被这两把强大的刀直接斩成了碎片。在绝对的力量之前，任何事物都会变得没有任何意义。

轰的一声巨响，王破的铁刀与魔帅的大刀正面相撞。沼泽里所有的水都被震飞到空中，变成浑浊的雨，湿软的黑泥也被掀飞，落在了数十里方圆的地面，无论是魔族士兵还是人族士兵，都被淋了满头满脸，变得腥臭难闻。

草原上出现一道十余里长的沟壑。王破站在沟壑的尽头，半个身体埋在地底。他脸色苍白，唇角流出两道鲜血，握着铁刀的手微微颤抖，刀锋上再添一道缺口。

魔帅好不到哪里去，在空中划出一道笔直的白线，重重地撞到了雪老城的城门上。城墙上的所有魔族士兵都听到了那声巨响,感受到了城墙里传来的震动。

魔帅喷出一口鲜血,血脉稍通,正欲飞回城墙之上,一道阴影忽然落在他的脸上。

那道阴影来自一只巨大的风筝。斜阳照耀下,那只风筝仿佛正在燃烧。与风筝下面挂着的那幅画里的景物,非常相合。

除了那幅名为火烧伽蓝寺的画,风筝下面还系着一个人。风吹着白纸,哗啦啦地响。肖张向城门跳了过去,手里握着霜余神枪,嘴里发着咿呀呀的怪叫。

118 · 每个人的心里都有一团火

前段时间,肖张受了两次很重的伤,在车里伏袭黑袍更是让伤势加重,这一次乘风筝而来追杀魔帅也很是勉强。但他出枪时的意志与决心绝不勉强,带着一往无回的气势,还有一股极凛冽的狠劲儿。

噗的一声闷响,魔帅的盔甲上出现一个血洞,明亮的宝石碎成了冰碴。他发出愤怒的厉啸,右手一翻,刀如弯月而落,劈中肖张的肩头。

肖张落在地面,脸上的白纸被鲜血染透,嚣张而得意的笑声从下面传了出来。他感觉全身的骨头都要碎了,很是疼痛,更多的还是痛快。他确信魔帅再如何强大,短时间里也没有再战之力,更重要的是,他实现了对商行舟的承诺。他把这幅画送到了雪老城。

原野上的魔族狼骑,向着肖张冲了过来,第二魔将的身影在其间非常清楚。在所有人以为肖张下一刻便会死去的时候,两道明丽至极的剑光不分先后地亮了起来,然后相融在一起,变成一道美丽的彩虹。

风筝撞到了城门上,那张火烧伽蓝寺的画也飘落到了城门上,被夕阳照着,忽然猛地燃烧起来。熊熊火焰像瀑布一般顺着城门淌落,看着极为壮观。

剑光组成的彩虹,逼退了第二魔将与那些狼骑,同时将那片火瀑布吹拂得更加猛烈。

这场大火燃烧了很长时间,中间还发生了十余次爆炸,无论魔族将士用什么手段,都无法将之扑熄。从暮时到深夜,雪老城的城门始终在燃烧,看着就像一道无比巨大的火墙。

这个夜晚很多生命都无法入睡，逃亡的魔族士兵还有负责追击的人族骑兵自然不能睡，雪老城内外都无法安眠。

唐老太爷与商行舟站在那座小山坡上，静静地看着远方那道火墙，看了整整一夜时间，仿佛是世间最好看的画面。也许他们是想到了洛阳之围，想到了当年被烧成灰烬的伽蓝寺，也许他们什么都没有想。

清晨时分，大火终于渐渐熄灭。城门已经被烧得只剩下了些框架，隐约能够看到轮廓，大部分变成真正的灰烬，再也无法起到阻挡敌人的作用。

没有人知道那幅火烧伽蓝寺里到底藏着什么秘密，为何会燃烧得如此猛烈，只是隐约猜到应该与唐家有关系。

整个作战的方略则应该是出自商行舟之手，或者还有王之策的手笔。当你想做一件事情，整整想了几百年时间之后，那么你得出的方法，必然是非常可怕的。这也正是为何当初在汶水城，看着空无一人的街道与那只狗，陈长生为何会得出那样的结论。

老人们真的很可怕。

进入雪老城最大的障碍消失了，第二天清晨人族军队却没有趁势攻城，只是调集了全部的投石车与床弩，对准了那座已经消失的城门，不时发射弩箭以及投石，阻止魔族守军修复城门。

人族军队的死伤也很惨重，肖张依然昏迷不醒，就连陈长生与徐有容都受了伤，短时间里无法全力出战，需要一定时间的休整，而且那两支远道而来的妖族援军也确实需要喘口气。

在中军帐大营，陈长生接见了妖族援军的主将，发现都是熟人——指挥第一支妖族援军的主将是士族族长，小德则是最主要的战力。另外一支妖族援军的主将则是熊族族长，但没有看到轩辕破的身影，这让他觉得有些奇怪。

当天下午更加详细的战报送进了营帐，桉琳大主教看完之后沉默了一会儿，说道："人熊族会被灭族。"

为了与红河流域的熊族做区分，雪原上的熊族往往被称为人熊族，不知道混血过多，还是常年经商的缘故，人熊族出现了很多奸细，多年前陈长生随苏离南归以及这次肖张回归时，都曾经被人熊族的奸细出卖过。

无论是大周王朝还是白帝城，对人熊族都是恨之入骨，当初如果不是还需要通过人熊族了解魔族动静，或者早就已经对他们下手了，而现在整个战争局势已经确定，人熊族自然没有什么好下场。

陈长生明白桉琳大主教有些不忍，想请自己颁下赦令，但他想了想，没有接话。

因为他的沉默，桉琳大主教叹了口气，又说道："狼族族长与长老想要拜见您，但他们级别不够。"

在这次的战争里，妖族大军里表现最为突出的、战功最高的并非以勇猛强大著称的士族，也并非以暴烈好战闻名的熊族，而是向来低调、很少在正面战场上拼命的狼族。

尤其是半个月前，狼族负责伏袭魔族乐浪郡的援兵，结果遇上了一千狼骑，战事进行得非常惨烈，如果不是狼族拼命、付出极惨重的代价把这支狼骑全歼，对方便会突出重围，让魔族对妖族援军的存在有所警惕。

虽然依照折袖的要求，陈长生把秀灵族的草原分了一部分给狼族，但每每想到折袖小时候被狼族长辈们赶出部落，在风雪里到处流浪的凄惨画面，他对狼族便有几分怒意，尤其是那些上层人物。

今天看在狼族的军功分上，他同意接见对方的族长与长老，但不准备给对方太多时间。狼族族长与长老走进营帐里，二话不说便跪了下去，显得无比虔诚。当他们抬起头来的时候，陈长生怔住了，不仅仅是因为对方眼神非常真诚，更因为对方很年轻。

狼族的族长与元老怎么会如此年轻？

那份发自内心的喜爱与尊敬又是从何而来？就因为他们知道狼族现在拥有的草原，是陈长生赐予的？陈长生打量着族长与长老，看着他们的打扮，忽然明白了这些问题的答案。

雪老城的初秋天气，已经有些寒冷，狼族族长与长老穿的还很单薄，尤其是袖子与裤腿，都被减到很短。很多年前，陈长生在离宫外的朝阳下第一次看到折袖的时候，便是这个样子。他这才明白，折袖对狼族拥有怎样的影响力。现在的狼族，可能有无数个折袖，难怪会如此强大。狼族族长与长老如此年轻，自然也能够理解，他们都是折袖的追随者。

他们的成功上位，代表着无数场战斗以及冷酷的清洗。在这个过程里，不知道有多少狼族长辈死去，或者被迫让出手中的权柄。

但是现在折袖又在哪里呢？

到处都有好消息传来。无论是妖族援军还是向雪老城南靠拢的东西两路军，又或是刚从南方增援而来的第三批骑兵，都在不断地获得胜利，魔族城市连接被破，很多部落已经暗中派人联系人族军队，询问如何投降。

雪老城孤立无援，人族大军集结城下做着攻城的准备，但没有做出包围的姿态，对北方数座城门未加理会，因为人族没有如此多的军队数量，同时也是希望借此降低魔族的决战意志。

根据斥候回报，从北面城门逃出城的魔族数量并不多，更没有成队的士兵。看来魔族准备在雪老城里做最后的决战。没有人愿意看到这样的画面，但也没有人会担心，因为大家都非常清楚，人族必胜。一个王朝的覆灭就在眼前，一段历史的结束就在不远。

魔族曾经统治这个世界，在别的种族眼中他们就像是神明，永远高高在上，拥有着难以想象的智慧与文明，然而现在他们却在渐渐落入尘埃里，直至沦入深渊，永远也无法再从地底爬出来。

不要说魔族自身，就连他们的敌人——人族与妖族里的很多将领都想不明白这是为什么，生出淡淡的怅然之情，拥有无数年的积累、极深厚的底蕴，如此发达的文明，难道就会如此突然地结束？就像雪老城的那道城门一样，看似数万年都不会倒塌，结果就因为一场火便化作了青烟。

"总被风吹雨打去。"徐有容站在草坡上，受伤的左肩上系着白布，容颜有些憔悴，但神情很平静，"文明被野蛮战胜的例子很多，但我们才是文明，魔族的问题还是在自身，他们已经不适应这个时代，所以无药可救。"

高等魔族与低等魔族之间，无论是智慧等先天方面还是后天的待遇，都有着极大的差距，但偏偏在种族繁衍方面，低等魔族的魔种是不可或缺的角色，这种割裂感以及无法分割开来的事实，必然会导致魔族的社会越来越畸形。

很多年前，通古斯大学者便已经意识到了这种问题，经过长时间的思考后，他把希望放在了人类的身上，因为在他看来，人类与高等魔族拥有相似的外表，更重要的是，拥有相近的智慧水平。正是基于这种想法，他与那位教宗联手进行了一系列工作，最后创造出来了像八大山人这样的新生命，只不过遗憾的是，他的想法最终还是没能实现。

陈长生明白她的意思，但还是有些感慨。

这个时候，四周的营地里很多人抬头向天空望去。阵阵雁鸣，出现道道线条，十余只红雁与红鹰从南方飞了过来。出了什么大事，居然会出动如此多数量的红雁与红鹰？人们神情凝重，有些紧张。

红雁与红鹰带来了一个令人震惊的消息。相王叛了。

119 · 将在外

相王没有叛逃进雪老城。就算他想这样做，也没有下属会追随他。

所以准确来说，他不是叛了，而是反了。他带着拥雪关备战的两万大军，兵临京都，要求皇帝陛下退位。

因为这个消息，军营变得非常混乱，草原上出现很多疾驰的坐骑，很多道视线落在西路军某个帐篷里。

相王不是身受重伤正在养伤吗？怎么会忽然出现在数万里之外的京都？

除了监视雪老城的骑兵指挥，当天傍晚人族军队所有的将领以及国教大人物还有修行宗派的代表，齐聚中军营帐。

赫明神将站在沙盘前，脸上映着灯光，有些阴晴不定。陈长生与徐有容坐在后方，没有说话。帐篷里异常安静，气氛越来越压抑，直到外面有声音响起。一个衣衫凌乱的中年男子被押了进来，正是相王。众人很是吃惊，仔细看了看才发现这人与相王容貌、体形、神态都极其相似，但只是替身。

相王乃是神圣领域强者，看似滑稽的肥胖外表之下，自有一股隐而不发的强者气势，这个替身却是没有。

"骗子！"不知何处响起一声恨恨的咒骂。

从确认相王是个替身的那一刻，众人便确定了南方叛乱的消息是真实的。这时候很多人才想起来，前些天在星星峡北面的一场战斗里，中山王奋勇作战，不幸身受重伤，也被送回了南方。

营帐里的人们对视着，想要确定除了相王与中山王还有谁走了，又是谁留了下来。

有三位陈家王爷在帐篷里，他们的脸色有些苍白，不是担心自己有嫌疑，而是确定自己是被相王抛弃的人。

彭十海等人的脸色特别难看,他们与相王关系密切,甚至可以谈得上亲厚,谁能想到,相王竟是连他们也瞒住了。自己带着士兵在前线浴血奋战,相王那些人却带着叛兵准备进攻京都,这种对比怎能不令人愤怒?

"他们想做什么?以为改朝换代就是这么容易的事?"

司源道人的眼神非常幽深,就像是鬼一般看着彭十海。彭十海冷哼一声,想要说些什么,最终却是什么都没有说。

"浔阳城那边为什么没有信来?"有人忽然想到一个问题。

浔阳城乃是此次北伐魔族的大本营,从军械粮草到兵员补充,都是由这里开始,位置非常重要,战前经过多方考虑,最终决定由各方面都信任的圣域强者曹云平亲自坐镇。

相王诈伤暗中潜回拥雪关组织叛军,对他来说并不是太困难的事情,但叛军想要抵达京都,必然要经过浔阳城。以曹云平的境界实力加上浔阳城的守军,就算不能消灭叛军,至少可以拖住对方很长一段时间,绝不至于连示警都来不及发出。

叛变应该已经发生了一段时间,浔阳城的沉默只能代表着某种非常不好的可能。

"有人亲眼看到曹云平与相王在一起。"赫明神将依然低头看着沙盘,看似随意说道,"就在京都城外。"

听着这句话,帐篷里再次陷入沉默。大周王朝所有的军队都在雪老城前,所有的强者也在这里,当曹云平也投靠了相王,那么再也没有谁能够阻挡叛军。

京都没有城墙。如果想要消灭叛乱,想要救出皇帝陛下,那么撤兵便成为了唯一的选择。然而雪老城就在眼前,城门已破,魔族眼看着便要灭亡,如果人族军队退走,魔族获得喘息的机会,谁知道历史会怎样发展?有谁敢承担这样的责任?

不得不说,相王发动叛变的时机,实在是太好,或者说太坏。

"他想当一名千古罪人?"车轮碾压砾石的声音从帘外传来,同时还有一道苍老的声音。唐老太爷走进营帐,看着那名相王的替身,眼神很是漠然,就像在看着一个死人。谁都知道,无论此事最后结局如何,此人绝对活不下去。

相王的替身从地上爬起来,整理衣衫,看着唐老太爷笑着说道:"您这话错了。"

他自然早就已经做好了死的准备,但能够表现得如此平静,不得不说有些潇洒。

"王爷当然不愿意因为自己的事情影响到人族的千秋基业。"相王替身环视四周说道,"他托我转告诸位,在诸位进入雪老城、烧掉魔宫之前,大军绝对不会踏进京都一步。"

彭十海厉声说道:"那如果我们立刻南归呢?难道他就要做出大逆不道的事情?想以此威胁我们吗?"

相王的替身正色说道:"又错!王爷说了,若诸位居然选择南归,那么他会束手就擒,只是会瞧不起你们。"

帐里响起了几声干笑,然后很快停止,因为这不是发笑的时刻,也因为细细品来,这话里有寒意。

"难道王爷真以为自己会成功?"赫明神将抬起头来,盯着那名替身的眼睛说道,"难道你也相信他会成功?"

那个替身微笑说道:"最初的时候,我也觉得这是疯子的谵语,但后来王爷说服了我。"

现在大周王朝的全部力量都在雪老城。如果相王的目标只是攻入京都、占领皇宫,逼迫皇帝陛下退位,那么确实很容易成功。问题在于,事后他能够得到多少人的支持?

陈长生必然会带领国教发起反攻,而且他会拥有圣女峰、离山剑宗为代表的修行宗派,唐家为代表的世家支持。就算相王暂时不用担心他与未来的妖族女皇之间的师生关系,只是这些也很难抵挡。

那相王为何敢发动这场叛乱?除非他确信陈长生与离宫还有那些势力不会对他造成任何影响。他的信心究竟来自何处?

无论怎么看,首先的条件便是商行舟表态,站到他一边。很多道视线落在帐外那辆小车上。

相王的替身微笑说道:"王爷请道尊放心,他必定以天下为重,绝对不会乱来。"

看来相王是真的把希望寄托在商行舟的身上。确实也只有商行舟才能在事后震慑住陈长生,无论是老师的身份还是在国教里的辈分。而且整个大陆都知道,商行舟不喜欢陈长生。

只要人族能够一统天下,只要在皇位上的依然是太宗的子孙,似乎谁来当皇帝并不重要。

余人死了,那么相王毫无疑问是最合适的新君人选。但整个大陆都知道,商行舟喜欢余人。

相王凭什么赌商行舟会支持自己?帐篷里变得非常安静,所有人都看着那辆小车,等着商行舟做出决定。唐老太爷忽然离开了帐篷,因为他知道商行舟会怎么做,换成他自己,他也会那么选择。

那个小道士掀开布帘,从车上跳了下来,看着帐篷里的将领与强者们,用稚嫩的声音、不确定的语气说道:"老祖说了,城破就在眼前,那些不重要的小事以后再论。"

安静的帐篷里响起数道倒吸冷气的声音。人们很是震惊。最疼爱的学生就要死在一场无耻的叛乱之中,却如此无动于衷……

在道尊的眼里,让魔族灭亡果然是比一切都要重要的事情啊。

尊重是一回事,服从是另外一回事,不是所有人都会听从商行舟的意见,很多将领望向了赫明神将。赫明神将是皇帝陛下亲手提拔的主将,对他如何抉择很多人隐约有所猜想。

"陛下亲口说过,将在外,君命有所不受,他是不会瞎指挥的。"赫明神将说道,"更何况京都没有圣旨过来。"

帐篷里一片哗然,谁也没有想到他居然是这样的态度。薛河的额角微微鼓起,明显已经愤怒至极。凌海之王的脸色更是阴沉,笼在袖子里的手微微颤抖,已经做好了出手的准备。

有人望向某个角落,王破一直静静地站在那里,吴家家主以及离山的剑堂长老在不远的地方。他们始终保持着沉默,也没有看陈长生一眼,但谁都知道,他们会与陈长生站在一起,也许是与徐有容站在一起。

陈长生没有看徐有容,而是静静看着车边的那个小道士,不知道想到什么,有些走神。有人咳嗽了一声。他醒过神来,说道:"那就这样吧。"

120 · 最后的晚餐以及谈话

那就这样吧,不管最后是不是曲终人散,先把眼前的事情做好。

就像商行舟说的那样，众人的眼前就是雪老城。

随着离雪老城越近，陈长生与那辆小车之间的距离也越来越近，现在只有十余里，可以把对方看得很清楚。

还是一道小山坡，山坡上有棵枯树，树上栖着几只寒鸦，眼里没有红色，应该没有吃过人肉。那辆小车停在树下，小道士蹲在地上，正在挖什么东西。

陈长生忽然说道："我觉得白鹤骗了你。"

徐有容环抱双臂，披着件单衣，回头望去，说道："骗了我什么事？"

陈长生犹豫了一会儿，说道："我小时候没那么好看。"

徐有容微微一笑，说道："吃醋了？"

陈长生看着远方那道小山坡，轻轻地嗯了一声。

徐有容说道："你小时候长什么模样，应该只有你师兄和那位记得，有机会你问问就好。"

没有想到，机会很快便到了。当天傍晚，商行舟传话过来，让陈长生过去一趟。

师徒二人吃了几根小道士亲手烤的木瓜，便算是用了最后的晚餐，然后开始谈话。在这场谈话的开始，他们没有说近在眼前的雪老城，也没有说迫在眉睫的京都事，更没有追忆西宁镇旧庙的生活。

这场谈话的风格很像商行舟对世界的态度，又有几分陈长生剑道的意味，直接的背后隐藏着极深的不屑。

"白帝曾经说这个大陆没有人会信任我，这就是我不如你的地方。"商行舟说道，"但那是你们很年轻，还有无限可能，而我已经老了。"

前后两句话之间，似乎并没有什么逻辑联系。陈长生安静地听着。

"死亡这个最大的恐惧摆在前面，谁都很难了脱。"商行舟继续说道，"在这方面，我远不如你，我很焦虑，所以这些年，我有些事情操之过急。"

陈长生确认自己听明白了。原来在不屑的背后，还隐藏着些别的东西。

这算是解释，甚至可以理解为歉意，总之是商行舟不可能直接说出来的话语。老人就是这样的。

陈长生忽然觉得有些难过，不想再继续这个话题。

"我觉得这件事情有些不对劲。"

京都的叛乱，商行舟完全不担心，陈长生也不是特别担忧，真正需要关心的还是雪老城。魔族败得太快。不仅是他们师徒有这种看法，整个朝野都有这种感觉。

在最初的计划里，人族已经做好了打三年甚至更长时间的准备，结果现在半年时间不到便解决了。这让陈长生觉得有些不安。

"黑袍可能想做些什么，但她永远都不会成功，习惯了神秘主义的人根本不懂什么叫作真正的谋略，最终只会死在神秘主义的鼠穴里，三百年前，如果不是王之策碍事，我与你师叔早就已经杀了她，此人不值一提。"

商行舟对那位享有极大声名的魔族军师，做出了非常刻薄的评价。不仅是因为他在谋略与神秘方面有点评对方的资格，更因为他与黑袍互相争斗又隐隐呼应了数百年时间，非常熟悉彼此。

他拿出一个瓷瓶给陈长生说道："这药的效果不如朱砂丹好，但配药简单，主材用的是白帝城地底的祖灵之火。"

陈长生闻言微怔，打开瓷瓶闻了闻，有些不确信说道："长春观里的金钱皮？"

商行舟说道："不错。"

陈长生不解说道："当初我确实想过用这味药控制药力，但是……"

商行舟说道："你的医术是我教的，难道还能超过我去？"

陈长生闻言语塞，然后很快便高兴起来，心想难怪这次大军死伤减少了很多。

商行舟说道："以后不要再炼朱砂丹了，又不是女子，每个月流血算怎么回事？"

陈长生再次语塞，微微张嘴，不知道该说什么。

商行舟看见他这样子，不知为何便有些生气，说道："没什么事了，走吧。"

依然还是那般严厉，有时候非常冷漠。陈长生忽然想到小时候在西宁镇旧庙里，师父对自己的情绪总是在冷漠与严厉之间摇摆，就像今天这场谈话一样。严厉要比冷漠好很多。

商行舟对小时候的陈长生冷漠，就是怕自己喜欢上自己一手养大的小道士。因为他知道自己是在利用陈长生。

后来他如此厌憎陈长生，就是厌憎自己与陈长生相关的那部分。这些，他们师徒二人都知道，当年在国教学院在天书陵里都说过，现在不需要再说。

现在的商行舟应该很幸福，因为他不用担心喜欢上自己养大的小道士。看着车外小脸被烟熏黑的小道士,陈长生心想你也是幸福的。

离开前,他终究没能忍住问出了那个问题:"师父,我小时候是不是不好看?"

商行舟想了想,说道:"算是不错。"

"你这两个学生待你算是不错了。"陈长生离开小山坡后,唐老太爷从山后绕了回来。来到前线这些天,唐老太爷没有与唐家的人待在一起,而是天天与商行舟在一起。

商行舟说道:"十年前这两个小贼如何逼迫于我,你不是不知道。"

唐老太爷感慨说道:"那也比我的亲孙子孝顺得多,那个小畜生差点拆了自家的祠堂。"

商行舟看了他一眼,说道:"你到底想说什么?"

唐老太爷看着他认真问道:"你还好吗?"

商行舟沉默了一会儿,说道:"不是太好。"

唐老太爷望向星光下的雪老城,说道:"都到这时候了,你一定要再等等。"

商行舟说道:"亲手送走的那些人都没有看到,我自己当然要看到。"

人族军队没有南撤,继续准备最后的进攻,西路军与东路军呈扇形分开清理城外的据点与军寨,但叛乱的消息终究无法完全遮掩住,迅速传播开来,军营里的气氛变得越来越紧张。

不知道雪老城里的魔君是不是知道了人族内乱的消息,组织了几次狼骑进行反扑,都被人族军队坚决地打了回去,令人觉得奇怪的是,直到这个时候,魔族上层依然没有放弃雪老城的意思,也不知道他们究竟在想什么。

某天清晨五时,陈长生睁眼醒来,用五息时间静意,翻身起床,在安华的服侍下套鞋穿衣,洗脸漱口,然后走出帐篷,绕着中军帐所在的丘陵走了几圈,然后看着薄雾里的雪老城,发起了呆。

在天书陵逆天改命之后,他的生活依然简单朴素而健康,但终究不再像前面十几年那样严守规矩、近乎苦修。事实上,他已经很久没有这么早起来了。

六时,徐有容醒来,二人共进早餐。用完两碗黄麦粥后,徐有容决定再睡一会儿,陈长生觉得很闲,决定再去逛一会儿。

朝阳渐升，薄雾渐散，他的手腕上传来微微的震动，然后里面传来了落落的声音。

陈长生又看了眼逐渐清晰的雪老城，去往十余里外的那道小山坡。他站到车前，说道："时候到了。"

商行舟安静了一会儿，说道："进城。"

121 · 进城遇到的麻烦

数十万人族大军向着雪老城前进，行走得很是沉默，没有发出太多声音，但是也没别的气氛，只是平静。看上去，这并不像是胜利者的进军，更像是游子回家，画面真的有些诡异。

第一个进入雪老城的殊荣，被授予了关飞白。离山剑宗在这一次的战争里扮演了非常重要的角色，立下无数战功，同时弟子也死伤很多。当然，这也很危险，城门里可能有埋伏，有早就红了眼的狼骑。

关飞白提着剑，向城门走了过去。被那幅火烧伽蓝寺毁掉的城门，现在只剩下了一些框架，加上这些天不停被投石机破坏，更是残破。

关飞白走了进去。一切都是那样的随意。没有偷袭，没有埋伏，没有战斗。

他站在空荡荡的城门里，微微偏头，似乎也有些意想不到。然后，他转过身来，对着后方的原野挥了挥手。欢呼声响了起来，直冲苍穹而去。蹄声如雷，骑兵依次入城。飞辇在红鹰的保护下，缓缓飞上城墙。进入雪老城的那一刻，包括陈长生在内的很多人，都忍不住回头望向了南方。

京都现在怎么样了？

"我从未见过如此厚颜无耻之人！"庐陵王看着远处那位国字脸、不怒自威的男子，恨恨地说道，"自己的亲外甥也要反，他脑子里到底在想什么？"

成郡王顺着他的视线望过去，发现是天海承武，苦笑着说道："那老狐狸比谁都精，可不会站错队。"

这次相王举起反旗，谁也没有想到，十几年时间里一直谨慎低调的天海家居然第一个跳出来响应。很多人都像庐陵王一样想不明白，要知道皇帝陛下的身体里可是流着天海家的血。

385

成郡王看庐陵王的神情，发现他还是没有想明白，只好耐着性子解释说道："去年陛下去过三次百草园。"

庐陵王微微一怔，说道："那又如何？"

成郡王压低声音说道："一直有传言，当初教宗陛下把圣后娘娘的遗体埋在了百草园里。"

庐陵王终于明白了，倒吸一口冷气，说道："难不成陛下还真准备翻案？"

成郡王摇了摇头，说道："陛下与道尊师徒情深，应该不至于如此。但他与娘娘终究是亲母子，去百草园拜祭，谁也说不出来什么，只是担心他对娘娘的感情越来越深，那事情就麻烦了。"

天海圣后已经死了十余年，在此之前，余人对她并无太多记忆，按道理来说也没有多少感情。但感情本来就是最奇妙的事情，甚至只需要旁人的只言片语，以及某些场景，便能重新泛滥成灾。

皇帝陛下对圣后娘娘生出感情，是很自然的事情，谁也不会担心，除了天海家。当年举世反天海，皇帝陛下可以不恨商行舟，不恨陈家的这些王爷，不恨那些朝臣，但唯独会恨天海家与徐世绩。天海承武那个老狐狸看得非常清楚，陛下对圣后娘娘的感情越深，便会越恨天海家，因为他们是叛徒。如果说徐世绩因为徐有容还能在朝中勉强度日，天海家到时候又将如何自处？

初秋的洛水，两岸绿树成行，天高气爽。

从北方归来的军队与陈家王爷们与天海家养着的高手站在河堤上，排成密密的两行。如果这时候有数千道弩箭来一次齐射，这次叛乱或者就将以一种滑稽而血腥的姿态结束。但不要说京都，就算是所有州郡加在一起，现在也调不出来这么多弩箭。

正是因为这样，叛军才会这样散漫地列着队，那些王爷与叛将们还有闲情聊着天。叛军没有围城，因为京都没有城墙，根本无法围住。

在前些天的沉默等待里，绝大部分百姓已经逃难离开，相信现在的京都非常冷清，街巷上看不到一个人。

这根本不像是叛乱，倒更像是踏青，叛军们似乎很放松，但从某些细节还是可以看得出来他们很紧张。那些不合时宜的闲聊，本来就是紧张的证据。如果相王没能赌赢，他们将死无葬身之地。

这时，有红雁从天空飞来。前线的消息传回了京都。人族大军终于攻进了雪老城。洛水两岸响起欢呼。无论是那些王爷还是叛军将士，都露出了真挚的笑容，然后很快变成尴尬。

现在看起来，他们不用担心自己成为历史罪人、承担千秋骂名了，但为什么却觉得自己的嘴脸更加难看？

"王爷，您真的不在乎遗臭万年？"在叛军最前方的那座大辇里，曹云平揉了揉圆乎乎的脸颊，看着相王笑眯眯地问道。

从前线悄悄归来，相王在拥雪关里停留了一段时间，前后两次受的伤势已经痊愈，但明显要比以前瘦了不少。

"你呢？"相王淡淡看了曹云平一眼，说道，"天机老人如果还活着，大概会生撕了你。"

曹云平笑了两声，说道："我才不在乎什么千秋骂名，因为我是傻子啊。"

相王笑着说道："有道理，那我就是个疯子。"

片刻后笑意渐敛，他看着远方若隐若现的皇宫叹了口气，悠悠说道："其实，只是不甘心罢了。"

他始终认为在先帝的这些儿子里，自己最出色，最优秀，对圣后娘娘也孝心可嘉。无论从哪个方面来看他都应该是皇帝，更不要说他还有一个更加优秀的儿子。如果这一次他再不抓住机会，当魔族灭亡、人族一统大陆之后，余人将获得前所未有的威望，他则会失去所有的希望。就是这么简单。

曹云平感慨说道："也不知道我们能不能赌赢。"

相王揉着腰带上的肥肉，说道："陛下想替母后翻案，道尊如何能够容他？"

曹云平摇头说道："终究是没有发生的事情，如何能瞒得过他老人家？"

相王说道："就算如此，道尊也未必会支持陛下，其实很多人都没有想过，他对陛下的态度其实更像是对太宗皇帝的投影，换句话说，他喜欢陛下是喜欢陛下身上太宗皇帝仁爱世人、智慧英明的那一面，那为何不能喜欢我？"

曹云平指着相王圆滚滚的肚子说道："难道你身上也有太宗皇帝的优点？"

相王正色说道："当然，像我这样敢于冒险，极端无耻的做派，难道不正是太宗皇帝的另一面？"

曹云平捧着肚子笑了起来，然而没有过多长时间，笑声便停止。他看着相王，非常认真地说道："我忽然觉得你说的话很有道理。"

叛军进入京都没有受到任何抵抗，冷清的街道上也确实没有一个行人，只是偶尔有两三野猫从垃圾堆里警惕地抬起头来。京都守军数量非常少，共计三千余羽林军与国教骑兵，早已退守皇宫与离宫两个地方。参加叛乱的将士自然对相王极为忠诚，数量不会太多，不过一万三千余骑，面对拥有地利的羽林军及国教骑兵并没有太大的优势，更谈不上控制整座京都。

叛军真正的胜算在于拥有相王与曹云平这两位圣域强者。

巍峨的皇城就在眼前，提前开始落叶的银杏树，在北新桥的平地上非常显眼。相王与曹云平站在满地黄叶里看着皇宫，没有在意城墙上那些威力巨大的神弩。

感受着皇宫里的一道强大气息，曹云平微微皱眉，说道："这就是皇舆图？"

相王的眉头也皱了起来，说道："凌烟阁已毁，白日焰火我确定送去了雪老城，那这应该只是皇舆图的一部分。"

曹云平眯着眼睛，就像大白馒头上开了两道缝，说道："有些麻烦啊。"

就在这个时候，叛军里又传来了另一个很麻烦的消息。相王的脸色变得有些难看，曹云平却笑了起来。

122 · 中山王的选择

就像别的街道一样，太平道也非常冷清。天海家和那些王府里的高手早已经出城与叛军会合，正在皇宫外。这时候，中山王却离开叛军，回到了太平道的王府里。陈家王爷在军方威信最高的便是相王与中山王。他的离开对叛军来说是非常震撼的事情，甚至可能动摇军心。

秦池是王府的首席谋士，没有随军北上，而是暗中留在京都，居中联络策应。收到消息后，他赶紧回了王府，看见坐在太师椅里的王爷，就像是看见了鬼一样。

中山王一直在拥蓝关养伤，今天才到了京都，在叛军里与相王见面，说了一会儿话，便回了自己的亲兵营里，谁也没有想到他自己回了京都，回府后洗了一个澡，睡了一觉，换了件薄软的绸衣，这时候正端着碗炸酱面呼噜噜地吃。

"我的好王爷哟……您这是在干吗呀？您知不知道，咱们是在谋叛？是在造反？"秦池一脸荒唐说道，"您或者跟着反，或者赶紧拿定主意，怎么就能回家睡觉呢？这碗面就这么好吃？"

中山王放下面碗，面无表情说道："烦，你就说到底要怎样！"

秦池眼珠微转，低声说道："看皇城外的局面，相王似乎很有信心。"

中山王冷笑说道："你觉得王兄会让我做皇帝？"

秦池微怔，说道："想来……应该不会。"

中山王说道："既然如此，他能不能成事，我和现在又有什么分别？"

秦池苦笑说道："问题在于，您若不从相王，事成之后，他必然会杀你。"

中山王说道："有道理，既然陛下不会杀我，那我还是支持陛下为好。"

秦池再次怔住，心想这话又是从何说起。还没有等他来得及再劝说什么，中山王的手便落在了他的咽喉上——王爷的手指像铁一样，刚才自己真不该劝他放下那碗炸酱面。这是秦池生命最后的两个念头。直到咽喉被捏碎，他也没有想明白，王爷为何知道自己与相王府私下的联系，又为何会这样做。

秦池的尸体被拖走，中山王还是觉得很不痛快，解开衣衫，用力地扇了扇风。一个美貌姬妾走了进来，见状赶紧拿起小扇替他扇风。那个谋士至死都看不明白的事情，这名姬妾倒是看得清清楚楚。

王爷就算不知道这名谋士与相王府私下有联系，也不会听从他的意见，因为王爷就没有看好过相王。哪怕现在叛军的形势很好，哪怕陈留王当了十年人质，居然还能成功说服那么多朝臣，确实是很了不起的人物。

"听说……宫里有些人也被陈留王说服了。"那名姬妾有些犹豫地看了中山王一眼。

中山王说道："舌如刀剑，终究不是真的刀剑，有什么用？"

那名姬妾叹了口气，把他面前的酒杯斟满。

中山王看着窗外的秋空，手里捏着小酒杯，心情并不像表情那般闲适轻松。叛军控制住了京都，但离打下皇宫还有段时间。相王的信心究竟从何而来？他为何对陈长生毫不在意？中山王忽然想到一件事情，把酒杯重重地拍碎在案上，厉声喝道："平北营！"

从名字就可以看出，平北营是妖族的最强军。平北营本应驰援人类大军，向魔族发起攻击，但在过了葱州军府之后不久，便停止了向北进发，在那片原野上不停兜圈子。

开始的时候，很多人以为是妖族背信弃义，后来当两支妖族援军忽然出现在雪老城下，很多人又以为平北营之所以这样做完全是为了替两支妖族援军做掩护，然而事实证明所有的猜测都是错的，或者说是不完全的。

在那两支妖族援军穿过秀灵族草原边的山脉去往雪老城之前，平北营便已经提前动了，两万妖族战士组成的队伍，高速通过葱西高原，在拥雪关守军的刻意放行下，悄无声息地擦过天凉郡的左侧，最终来到了京都外围。

磨山已经塌了十年，变成了十余座矮浅的山丘，上面生着各式各样的野花。从丘陵间经过，很多妖族战士的衣领上便会多出一朵野花。

沿途有很多农夫已经注意到了这支妖族军队的存在。大周朝民众经常能够看到妖族，但很少能够同时看到这么多魁梧的妖族汉子，难免有些不安，只是想着妖族是人族的盟友，才没有发出惊慌失措的呼喊。

平北营不愧是妖族最精锐的部队，妖族战士天生自由散漫，但在如此漫长的行军里依然保持着非常好的军纪，直到在京都郊外与叛军正式会合，也没有出什么问题，更没有出现很多人担心的兵乱。

两万个强悍的妖族战士加入到了叛乱一方，让双方的力量对比彻底变得失衡，更重要的是，平北营出现在京都代表着白帝的态度，直到这个时候，所有人才知道原来白帝与相王竟是早就已经有了盟约。

北伐魔族的战争结束之后，圣域强者们想必都需要很长时间的休养，商行舟年老，王之策不会参与到世俗事务中来，相王与曹云平这两位圣域强者，再加上白帝这位圣人，确实有足够的资格确定整个大陆的局势。

叛军士气为之一振，但毕竟前线正在与魔族决战，无论是那些王爷还是那些将领与士兵都没办法真正地理直气壮，所以直到现在为止都还没有动用投石机之类的大型攻城军械，但如果局面再这样僵持下去，流血必然会到来。

皇城的门紧闭着，叛军与守军不停地对骂。叛军没有动用攻城的军械，或者正是因为这个原因，皇城上的神弩也始终没有发射，只不过那些污言秽语落在耳里，比那些破空飞舞的箭矢也好不到哪里去。

太傅白英在几名文官的搀扶下，颤颤巍巍走到城墙前，看着下方的叛军，通过扩音法器说了半晌话，见叛军毫无所动，不禁怒意渐生，直接对着相王开始喊话，言语之间不离千秋骂名四字。

叛军如潮水一般分开，相王骑马来到皇城之前，对太傅白英说道："千夫所指，无疾而终，那是弱者，不是我。"

太傅白英闻言失望，手抚胸口，被官员们扶了下去。

123 · 归来的陈留王以及他

莫雨出现在城墙上，眉眼依然如画，只是有些疲惫。

娄阳王有些紧张地站在她的身侧，很是担心不知何处飞来的冷箭。

莫雨说道："王爷既然已经下定决心，想来陈留王的性命，自然威胁不到你。"

说威胁不到，其实还是威胁。叛军很多道视线落在相王的身上。

相王眼里泛着水光说道："吾儿死得其所，必无遗憾，当追封为太子。"

莫雨很是佩服，不再多言。

陈留王的脸色有些苍白，可能是因为今天的天气有些阴沉，也可能是因为太长时间没有看到阳光的缘故。他望向那名苍老的太监，说道："再活之恩，不知何以为报。"

就像中山王那名美貌姬妾警惕的那样，陈留王不愧是公认最像太宗皇帝的皇族子孙，拥有难以想象的人格魅力，哪怕被幽禁在宫里十年，非但没有颓唐，反而成功地获得了很多人的支持。那位老太监便是其中最重要的人物。

这里是洗衣司，是皇城东侧最杂乱也最不引人注意的地方。谁也没有想到，本来应该被囚禁在未央宫，被重兵看守的他，居然已经来到了皇城之外。那个老太监叹了口气，没有说什么，转身向皇城里走去。

陈留王抬头望向灰暗的天空。他没有继续思考老太监的叹息究竟意味着什么，因为那没有意义。他的眼神比起当年更加平静，只是在最深处有抹极淡的厌倦的意味。

皇城已经被叛军包围，妖族平北营负责的区域是东南片，也就是国教学院与百草园的方向。

尤其是国教学院已经被围得水泄不通，比当初天书陵之变戒备更加森严，留在学院里的教习与学生紧张至极，不知如何是好，谁也没有注意到，一个看似瘦弱的学生穿过了湖畔那片密林，来到了皇城之前。

这里是国教学院的禁地，那道通往皇城的门更是附着很强大的阵法，而且还有一把很难打开的锁。那个瘦弱的学生却根本不理会这些规矩，轻而易举地破掉阵法，从袖子里取出钥匙，打开了那个满是青色铜锈的旧锁。她不是普通的学生，对皇宫和国教学院都很熟，更准确地说，她是国教学院的副院长。

当陈留王逃离皇宫的时候，落落悄悄潜进了皇宫。她为皇帝陛下带来了国教学院的问候，以及某个变数。

白帝为了表示对相王的支持，所以派来了平北营。但她在皇宫里，平北营真的敢向皇宫发起进攻吗？更重要的是，平北营有没有可能听从她的命令，改变自己的立场？没有人知道局势究竟会如何发展，因为到此刻为止，叛军方面并不知道落落进入了皇宫。

但陈留王感觉到了某些不好的征兆。西边来的风太湿，或者井水太甜，总有些莫名其妙的细节，会让人生出很多联想。刚刚逃离皇宫，没有来得及与父亲交谈更长时间，他便非常强硬地提出了自己的要求。不管皇舆图能不能打开，叛军都应该向皇城发起进攻，向对方施加更多压力。

"皇舆图只能拦住您与曹世伯这样的强者，但不能拦住更普通的人。而且京都里还有很多地方需要被控制住。"

看着陈留王苍白的脸，阴郁的眼神，相王没有办法反对他的意见。控制与反控制之间自然会发生战斗，会流血，当情形变得更加混乱的时候，甚至会有屋宅被点燃。

随着陈留王的归来，叛军的动作变得激烈了很多，当天傍晚，京都里便多出了很多道火光。自我控制了很多天的双方，终于渐渐失控，在皇宫与离宫四周的街巷里，出现了很多烧杀劫掠的画面。

在陈留王看来，这些都是成功必须忍受的代价，根本不需要理会。他关心的是更重要的事情。他亲自带着三百多名叛军骑兵，去了国教学院。

"西宁一庙治天下。"看着国教学院的院门，陈留王说了这样一句话。这句话在大陆流传了十几年，甚至已经快要变成真理，成为民众的某种信仰。

如果想要破掉这句话，那么首先便需要毁掉国教学院。但这座院门真的很熟悉。很多年前一场秋雨里，天海胜雪从北方归来，带着家将把国教学院的院门冲成了一片废墟。

　　金玉律出手败了费典神将，其后又是青藤宴，国教学院始终没有把院门修好，为的便是打天海家的脸。直到大朝试，天海胜雪终于认输，亲自带人把这座院门修好，从而造就了京都里的又一个故事。

　　那段时间刚好是陈留王与国教学院密切关系的开端，重修院门的时候他甚至亲自看过设计图、给过意见。换句话说，现在的这座院门也有他的贡献。

　　那时候院门前的青藤被全部除掉，光滑的石面上没有任何遮掩。现在青藤重新生长出来，遮住了大部分的字迹。

　　"砸开。"陈留王平静地说出这两个字。

　　叛军士兵带着准备好的檑木上前，在那些妖族士兵不解的眼神里，对着院门狠狠地撞了过去。伴着数声如雷般的撞击巨响，国教学院院门上出现几道裂口，喀喇声里缓缓向两边倒下。

　　夜已经渐渐深了，叛军与妖族士兵都点燃了火把。火光照亮了百花巷深处，也照亮了破碎的院门，照亮了很多张年轻的面孔。那些脸都很年轻，明显看得出来很紧张，在他们的眼睛里，可以清楚地看到恐惧。但没有一个人离开，因为他们是国教学院的教习与学生。

　　陈留王有些意外。不是因为看到这样的画面，而是因为站在国教学院师生最前方的居然是天海胜雪。火把的亮光把天海胜雪的脸照得清清楚楚。陈留王觉得世事真的很奇妙，笑了起来，却有些苦涩。

　　雪老城是阴天，特别的阴，云特别的厚，把太阳遮得严严实实。城里的街巷，晦暗得仿佛还是黎明之前，不时能够听到狗叫，还有追逐战斗的声音。魔族士兵的抵抗一直在持续，明显没有什么组织，但还是给人族军队带来了很多麻烦。骑兵在笔直而宽阔的大街上疾驰着，代表着讯息的烟花不时亮起，直到傍晚时分，战斗的力度才渐渐减弱，直至平息。

　　雪老城很大，要清理路障，不时迎战偷袭的魔族高手，队伍的行进速度无法太快，再加上另外一个重要理由，直到傍晚时分，陈长生与徐有容所在的神辇，才来到建筑林立的皇城区，距离魔宫还有很远一段距离。

　　一束如花般怒放的火花，在队伍的最前方不停燃烧，喷射着玉石般的光芒，驱散着越来越深的夜色。如果有人隔得极近，便能看到这根火把非金非玉，而是由非透明的琉璃制成，表面是乳白色，内里却有无数晶粒，仿佛蕴藏着无数能量。

这便是魔族的神器——白日焰火。

数百年前的那场战争里，太宗皇帝与他的将领在战场上夺得了这件神器，然后带回了京都，安置在了凌烟阁中。今天它被人族军队带回了雪老城，但这并非意味着回家，更像是某种强大意志的传承。

有魔族民众被赶出家门站在街道两侧，有些魔族贫民站在破败的建筑前，好奇地看着向魔宫前进的人族军队。看到那道玉树般的火焰，窃窃私语的声音响起，不知为何，渐渐有魔族民众跪了下来。

124·就到这里了

除了传说中的白日焰火，魔族民众更关心的是那座神辇以及那辆小车。

想到辇里便是人族教宗与圣女，哪怕是战败者，他们也难免有些好奇与激动。在魔域雪原陈长生很有名气，徐有容则是因为魔君的狂热表白更加出名。不过那辆小车里是谁？民众很不理解，居然还有人类能够排在教宗与圣女的前面。猜测渐渐流传开来，民众才知晓原来那是人族皇帝与教宗的老师，叫作商行舟，据说是与王之策齐名的人物。

商行舟没有理会街道两侧投来的好奇的目光，他的目光落在街道两侧的建筑上，也充满了好奇。他来过雪老城下，看过无数相关的卷宗，但这是他第一次进入这座城市。对他来说，这座魔族的都城是陌生的，又是熟悉的，充满了一种令人迷醉的非现实感。

就像是那些建筑一样，确实很美丽，但又很没有道理。高耸入云的尖顶到底象征着什么？为什么明明窗上镶嵌着蓝色如海洋的琉璃，可以迎入最灿烂的阳光，给人的感觉却是那样的阴森，仿佛真正的幽冥？

最壮观的那座建筑出现在众人的眼中，即便是在漆黑无星的深夜里，依然是那样的醒目，仿佛真正的高山。那就是魔宫。十余丈高的魔宫正门已经破裂，边缘处还有些浅蓝色的火苗，应该与材料有关。

小车停在魔宫外面，没有进去，于是整个队伍都停了下来。时间缓慢流逝，那辆小车始终没有动，也没有声音从里面传出来。

无数道视线落在小车上。唐老太爷走到小车旁。陈长生与徐有容也走到小车旁。

唐老太爷隔着车窗上的青帘，问道："进去吗？"

青帘被掀起，露出商行舟的脸。他说道："差不多了吧？"

唐老太爷望向陈长生。陈长生沉默片刻后点了点头。

早上开始入城，直到这个时候才来到魔宫，除了前面提过的那些理由，最重要的原因便是他命令整个队伍在雪老城里转了一大圈，务必要经过所有的著名街区，看到所有著名的建筑。

"差不多了。"唐老太爷说道。

"那就看到这里了。"商行舟发出一声满足的叹息声，然后闭上了眼睛。

魔宫前一片寂静，远处的战斗声与照亮夜空的烟花的光清楚地传到这里。不知道过了多长时间，唐老太爷上前把窗帘放了下来。陈长生走到车前，把那名小道士抱了下来。小道士知道他是谁，没有害怕，把他抱得紧紧的。

陈长生注意到小道士的袖子系得很紧，脸上还有些血污，知道是这些天，救治将士时留下来的。

"你有个叔叔，袖子剪得很短，那样很方便，以后我给你做。"

小道士点了点头，说道："好。"

徐有容上前，把他从陈长生怀里接了过来。小道士没见过徐有容，但还是表现得很乖巧。陈长生向魔宫里走去。徐有容抱着小道士跟在后面。

小道士看着车厢，终于忍不住哭了起来："老祖死了吗？"

陈长生没有说话，没有回头。唐老太爷背着两只手跟了上去。

王破来了，他准备把那辆小车拉进魔宫。

"我来吧。"肖张接过了这个工作。

谁都知道，做这件事情最合适的人选是陈长生，但也都知道，他为什么不肯停下脚步。

魔宫里的厮杀声渐渐停了，有些宫殿里生出火焰，也很快被浇熄，哪怕是占领，一切也都显得那样有条不紊。就像陈长生的脚步那样，平稳而节奏明确，不急不徐。但他没能看清楚魔宫里那些殿宇的模样。

那些殿宇由非常稀少的黑理石砌成，气势无比恢宏，而且不同的殿宇都有不同的风格，不同的颜色，这种雪老城绘画里面常见的技法落在建筑上，确实堪称惊人，有一种无比浓艳的美感。但在他眼里这些都只是些模糊的色块。

魔宫深处有一片葵花田,占地极为广阔,看着就像是黄色的海洋,在这样冷清的秋夜里,依然给人无比热情的感觉。

一行人踏过葵海,向着深处走去,感觉着周遭热情的意味渐渐变冷,而一种邪恶的、阴冷的仿佛夜色一样的力量却在增强。道典里有过记载,这种力量便是深渊的气息,也是魔族力量的来源之一。魔殿就在深渊的边缘,看来真的已经不远了。

黄色的葵花如潮水一般分开,一座通体黝黑的、无比高大的宫殿,出现在众人眼前。通过长约数里的石阶,人们进入了魔殿。直到此时,陈长生的视线才不再模糊,只是还有些泛红。

魔殿里的空间非常巨大,没有一根石柱支撑,全部由黑色的巨石砌成,每隔一段距离便会看到一幅画,或者是人物,或者是风景,或者是花物,或者只是简单的笔触留痕,里面仿佛隐藏着很多智慧。

从魔宫大门开始,人们便没有遇到任何魔族,这里也没有,显得异常冷清。

一道幽绿的光忽然出现在众人眼前,直刺陈长生的眉心。隔着一段距离,众人也能感受到上面的剧毒。陈长生对这道绿光很熟悉,正是南客的孔雀翎。徐有容与怀里的小道士说着什么,没有抬头。

短剑破空而出,准确地刺中那道绿光。就在陈长生准备迎接南客接下来奇诡的攻击之时,那道绿光却消失在了空中。

紧接着,魔殿的上方响起一连串密集的撞击声,然后有雪花飘然落下。轰的一声巨响,两道身影重重地落在地面上,即便是坚硬的黑色岩石,也被砸出了数道裂缝。烟尘渐散,一名黑衣少女制住了南客。

"你为什么弱了这么多?"黑衣少女看着南客不解问道。

陈长生看着南客苍白的脸,也有些意外,不知道她回到雪老城的这些天里,究竟经受了什么。

"我真的很后悔,当初在周园里一看到就应该杀了你。"南客没有理会黑衣少女,盯着陈长生的脸,带着无穷的恨意说道。

陈长生沉默了一会儿,没有接话,继续向魔殿深处走去。

南客看着他的背影,带着绝望的意味喊道:"你非要我们死光才甘心吗?"

"不,我只是要你们投降。"陈长生望向那辆小车沉默了一会儿,重复说道,"投降。"

125 · 你是谁？

黑衣少女摇了摇头，放开南客，走到陈长生的身边。队伍里有好几位圣域强者，虽然都受了不轻的伤，但还可以战斗，以南客现在的状态，无法造成任何威胁。

南客的脸色变得更加苍白，有些无力地从地上站起来，然后跟着走了过去。没有人看她一眼，倒是有人对那位黑衣少女很好奇。微寒的风迎面而来，走过的黑色岩石上覆着浅浅的霜，很多人都已经猜到了黑衣少女的身份。原来她没有在南方温暖的海岛上，而是一直都在这里，果然还是教宗的守护者啊。

陈长生早就猜到了她在军队里。

当初第二阶段战役的关键时刻，东路军北三营遇到了一名魔族怪人，数千只鹭鸟带着火药扑向营地，最后却莫名其妙地纷纷坠落，在草原上点燃无数道火的瀑布，很多人想不明白那是为什么，那便是她作为高阶神圣生物的威压起了作用。在随后的战争里，吱吱还曾经立下过数次大功，尤其是前些天那次。

在雪老城里所有魔族的掩护下，高欢带领着一千余狼骑冲下诺日朗，向着人族的粮队发起攻击，最后被唐老太爷所杀，但粮车也被点燃了很多。临死前，高欢看到那些粮车上的火焰都熄了，非常不解，甚至可以说难以瞑目，这也是她的手段。水与沙石都很难扑灭的异火，对一条玄霜巨龙来说，算不得什么难事。

陈长生问道：“不生气了？”

吱吱很理所应当地说道：“你不肯娶我，我当然应该生气。”

陈长生说道：“那你为何还来帮我？”

吱吱说道：“如果人族输了，你肯定会死，那到时候我嫁给谁？”

这确实是一个问题。陈长生没办法给出答案。

徐有容忽然问道：“你知道为什么自己始终没办法成年吗？”

吱吱有些茫然，心想那是为什么？

徐有容说道：“不是因为北新桥底的阵法损伤了你的心智，而是因为你总想着与人交配，耽误了修行。”

吱吱闻言大怒，想反驳却不知该从何说起，憋红了脸喊道：“难道你不想？”

小道士在徐有容怀里抬起头来，好奇地想着这是在吵什么？

徐有容伸出手指摇了摇，意思非常清楚，又有些不清楚。这种时候还像小孩子一样争吵，其实原因很简单，她们有些紧张。

众人已经走到了魔殿的最深处，看到了那道黑色的魔焰，感受到了魔焰后方传来的深渊气息。黑色的魔焰就像是不断变形的夜色，并不宁静，蕴藏着无穷无尽的能量，非常可怕。

一个年轻人站在魔焰之前，身着白色长袍，披头散发，仿佛失去家国的诗人，又像是位悲伤的歌者。

人们紧张不是因为害怕，而是因为历史将要发生，就在他们的眼前。

魔君转过身来，用手指随意地整理了一下头发，对陈长生说道："我唯一想不明白的事情就是，相王与曹云平这时候在京都，白帝甚至也可能去了，因为他老人家不想我死，你怎么就能这么不在乎呢？"

他的视线落在小车上，发现车里没有呼吸，情绪有些复杂地说道："就算你这个学生是个死脑筋，你怎么也不在乎呢？"

京都忽然下雨了。雨珠穿过火把散发出来的光线，落在国教学院外的青藤上，发出啪啪的响声。

陈留王看着天海胜雪，唇角的笑意渐渐敛没。这十年里，皇帝陛下对天海家的态度很普通，对天海胜雪还算不错，前年的时候，选他出任了军部的一个要职。初春的时候，天海胜雪重病一场，因此没能随大军上前线。

夏末的时候，他与莫雨暗中取得了联系，由宫里出面请了几位离宫主教，病才渐渐好了。这件事情里究竟隐藏着怎样的阴秽，他已经不想去管，但这时候看着叛军里那些熟悉的面容，他依然感觉到胸口有些隐隐作疼。

"姑奶奶当年说你们就是一群废物，现在看来真有道理。"天海胜雪看着那些堂兄堂弟们，嘲讽地说道，"居然就没一个有种的。"

天海承武骑马出了人群，沉着脸说道："你知道自己在做什么吗？"

天海胜雪说道："父亲你知道自己在做什么吗？人们正在与魔族作战，你们却要叛变！要脸吗？"

他的声音清楚地在秋雨里传开，叛军的神情有些不自然。百花巷里一片安静，雨点落在青藤上的声音有些烦心。

陈留王抹掉脸上的雨水，骑在马上看着天海胜雪，居高临下，神情漠然。

"我只知道我将是未来的皇帝，你又是谁？"说完这句话，他举起右手，准备示意叛军骑兵开始冲锋。就像很多年前，在相似的一场秋雨里，天海胜雪曾经做过的一样。

天海胜雪的脸色有些苍白，他知道凭自己一个人绝对拦不住这么多叛军。苏墨虞与陈富贵、初文彬等国教学院的高手，现在都在前线，更不要说折袖与唐三十六等人。

稍后会有多少师生倒在血泊里？国教学院会不会变成一片废墟？

没有任何征兆，陈留王的右手重重地落下了来，就像是要砍断一棵大树，干脆而有力量。

这个时候，一幕神奇的画面出现了。一株非常粗的槐树忽然从中断开。轰的一声巨响！断落的槐树砸向了陈留王。

哀鸣声里，战马被直接砸死，陈留王落到雨水里，浑身是血。

整个世界都安静了。人们望向雨中那道魁梧身影，震惊得说不出话来。

那个魁梧的身影究竟是何人，居然能够单手抱住一棵巨树为武器，居然能够如此轻而易举地击倒陈留王。

陈留王是聚星上境的真正高手，就算是被偷袭，何至于表现得毫无还手之力？更不要说境界深不可测的天海承武就在陈留王身边，怎么也没有反应过来？

秋雨越来越大，落在断树的枝叶上，然后不停淌落。

天海承武冷哼一声，右掌斩向雨中那人。陈留王在他眼前被偷袭重伤，事后他很难向相王交代，而且震惊于对方的手段，自然全力出手，没有任何保留。他的手掌边缘泛着晶莹的星光，就像是真正的铁器一般，切割开秋雨与空气，发出极刺耳的鸣啸。

那个魁梧男子没有退让的意思，举起右拳便迎了上去。咔嚓！夜空里出现一道闪电，直接落在了国教学院门前，化作道道电光，缭绕在了他粗壮的手臂上。引雷诀！

拳头与手掌相遇的那一刻，满天雨水仿佛都静止在了空中。

天海承武连退数十丈，直至撞碎了一座酒楼，才停了下来，唇角溢出一道鲜血。

那个魁梧男子还站在原地，表情没有任何变化。很多人这时候才注意到，他甚至没有放下左手抱着的断树！

这个魁梧男子到底是谁？难道说已经半步神圣？虽然他满脸胡须，看眉眼应该还很年轻，这怎么可能呢？

陈留王看着魁梧男子的脸，觉得有些眼熟，却又想不起来，问道："你是谁？"

那个魁梧男子说道："我是国教学院轩辕破，你又是谁？"

126·蓦然回首，伊人在灯火阑珊处

轩辕破松开手。一声闷响，沉重的断树落在地上，溅起很多雨水。百花巷里一片安静。叛军们看着那道魁梧的身影，眼里满是震惊。

天海胜雪的眼里多了一抹笑意，还有些感慨，他身后的国教学院学生们则是满脸仰慕与敬畏。

轩辕破非常有名，更多的是因为他的事迹非常有传奇性，在很多人看来，仅次于教宗陈长生。

十几年前，他是摘星学院重点培养的妖族少年天才，因为右臂被天海牙儿所废，不顾劝阻执意退学，在京都街头夜市洗碗为生，结果却被陈长生与落落捡回了国教学院，甚至还在唐三十六之前，成为国教学院复兴的开端。数年后天书陵之变，陈长生与国教学院风雨飘摇，轩辕破想回白帝城求援，最终一无所得，在白帝城下城区的小酒馆里打工度日，还被世人误解，不知遭受了多少冷眼与嘲笑，却从来没有想过辩解。

直至归元大典，牧夫人意图把落落嫁给魔君，他以国教学院轩辕破的身份登上擂台，从下城区最偏僻的擂台开始打起，连战连捷，最终连胜九场，硬生生地打到了最后的决战，虽然惜败于魔君之手，依然震惊了红河两岸乃至整个大陆。

那之后又过去了十年。曾经的国教学院老小已经变成了赫赫有名的妖族大将，以纯粹的战斗力而论他甚至是最强的那个，陈长生教他的引雷诀与别样红传他的拳法合在一处，便是折袖也无法正面抵挡其锋芒！

所有人都以为轩辕破应该正在雪老城外，率领妖族援军与魔族军队殊死搏

杀，谁能想到他居然会出现在国教学院，只要稍微想一想，便能猜到他应该是藏在妖族平北营里偷偷潜入了京都。

陈留王想到某种可能，脸色变得更加苍白，便欲向外围的叛军示警。

一道剑光照亮秋雨，斩向陈留王。那道剑光有些奇特，并不是常见的雪白色，也没有锋利的感觉，更不寒冷，反而带着些暑热的意味。

陈留王衣袖翻飞，抽出软剑，勉强挡住，身体倒飞出去，撞碎一道石墙，就此昏死过去。轩辕破的右臂早已复原，手里握着一根粗重的铁剑，正是山海剑。当年陈留王是国教学院的常客，他当然认识，故意问对方是谁完全是因为愤怒。你居然想毁掉国教学院！

"敢踏入国教学院一步者，杀无赦！"

天海承武从残破的酒楼里走了出来，衣衫前襟上是斑斑的血点。他本来准备去救陈留王，但看着轩辕破手里的山海剑，非常坚决地改变了主意，带着天海家的子弟向巷外撤退。快要退出百花巷的时候，天海承武忍不住回头望了一眼国教学院的院门。在火把的照耀下，隔着层层如帘的秋雨，天海胜雪的身影有些模糊。天海承武在心里叹了口气。他自以为算无遗策，心狠手辣，把厚黑二字推行到了极致，不在意墙头草的恶名，那么天海家必然会在险恶的时局里继续生存下去，如果遇到某些机会，他统领下的天海家，甚至极有可能迎来第二次全盛期。

但最终他还是一败涂地。相反他的那个冷傲的儿子什么都没做，只是按照本心行事，却永远都站在胜利者的一边。难道姑姑当年对自己说的话真是对的？机关算尽都是错？可这是为什么呢？

平北营与叛军之间的战斗在国教学院外开始了，震天的杀声直到很长时间之后没有停下来。这里距离皇宫不远，只是隔着一座国教学院，或者说一座百草园，但不知道是靠着宫外的树林太茂密，还是有阵法保护的缘故，皇宫里并不能听到太多厮杀的声音，只能隐隐听到一些喊叫声。

今夜的皇宫非常冷清，如果从甘露台往地面望去，竟看不到一个人影。只有仔细观察，才能发现在那些阁楼上，池塘边的灌木丛里，还有偏僻的角房里藏着很多宫女与太监。那些宫女太监脸色苍白，身体颤抖，害怕到了极点。但他们藏在这里没去正殿护驾，却不是因为害怕，而是收到了上司发布的命令。

皇宫正殿里有很多夜明珠，虽然不及甘露台，也及不上北新桥地底的那个洞穴，但足以把殿里照耀得有如白昼。

幔纱拂动，夜明珠散发的光毫就像是雪花不停飞舞，可惜的是这时候没有人有心情欣赏。太傅白英为首的大臣们，看着殿门口那道身影，脸上满是震惊与愤怒的神情。

"以仁义治天下，宫廷亦是天下一属，我的那些干儿子体会我的心意，让那些可怜的孩子们躲起来，免得被今夜的刀兵祸害，也算得上是仁义之行，您母亲如果懂得这个道理，又何至于被埋在百草园，而不能与先帝合葬？"

林老公公的视线从太傅白英移到那些大臣与侍卫身上，最后重新落在最高处。莫雨与娄阳王站在那里，把一个人护在后面，隐隐可以看到一抹明黄色。

"宫外可能会有些问题，但那并不重要，因为这里才是大周最重要的地方，而我在这座皇宫里生活了太多年，比你们加起来还要久……想要停下皇舆图，并不是太困难的事情，希望陛下你能明白。"

谁能想到，以事君忠诚、道德高洁而名闻大陆的林老公公，居然会成为叛军的内应，帮助相王破掉了皇舆图！

太傅白英颤巍巍地向前走了两步，看着林老公公说道："林老伴，我与你同朝二百余年，深知你的为人，即便到了此时你还记得那些低贱的太监宫女，说明那些名声并非作伪，那你为何要做出如此大逆不道之事？"

林老公公说道："大丈夫行事，岂能被声名所累？"他是太监，却始终以大丈夫自居，而且世间无人敢质疑，即便到了此时人们也很难怀疑他。

太傅白英沉痛说道："难道你要抹了自己的忠臣之名吗？"

"我当然是忠臣，但我忠的是先帝。"林老公公望向最高处被人群隔着的那道身影，说道，"陛下，我也很尊敬你，甚至越来越喜欢你，可惜你终究是那个女人的儿子，我越尊敬你便越不尊敬自己，越喜欢你便就越不喜欢自己，所以请原谅老臣今日的冒犯吧。"

这段话有些难懂，在场只有莫雨听懂了，因为她是女人，发出了一声嘲笑。

林老公公没有在意她的笑声，向着前方走了一步。侍卫们非常紧张，手里的铁刀纷纷出鞘。

娄阳王脸色苍白,满头汗水,嘴里不停地念着:"这可怎么办?这可怎么办?"

但他张着的双臂始终不曾放下,显得异常坚定,就像老母鸡护雏般,把那个人护在身后。

莫雨被他的唠叨弄得有些恼火,余光看到他的模样又心头一软,轻声说道:"稍后乱起来,你带陛下先走。"

娄阳王怔了怔,望向她问道:"就是那天夜里你说的地方?"

莫雨说道:"笨死了,让你背了二十遍还没记住?"

娄阳王忽然哭了起来,说道:"记住了,可我不想把你留下来。"

皇舆图已破,相王与曹云平这两名圣域强者随时可能出现,皇帝陛下必须在此之前经由密道离开。

莫雨要留在场间抵挡林老公公,还要吸引他人的注意力,最后的结局自然可以想见。

莫雨与娄阳王夫妻说话的声音并不大,除了他们自己便只有那位能够听到。

然而这个时候,殿门外忽然响起对他们这番交谈的点评。

"情真意切,因为是真情,是实意,毫不虚伪,绝不矫情,不愧是母后亲自教出来的学生,莫大姑娘,我真的很欣赏你。"相王走进殿来,他带着几分追忆的神色说道,"当年想着你与留儿自幼一道长大,我曾写信求母后赐婚,可惜母后没有同意。"

曹云平在后面,背着双手在殿内到处看着,不时说几句不错,就像个赋闲的户部老官在红薯地里挑种粮一样。

相王不再回忆往事,说道:"林公公说得对,外面就算全部输了,又算得了什么?只要这里赢了就好。只要我能坐上这把椅子,不管是离山还是离宫,都必须尊重我,那我还担心什么?"

莫雨说道:"王爷,想要坐稳这把椅子,从来都不是那么简单的事情。"

"难道你们都没看出来,这十年里我瘦了多少?"相王双手落在自己的腹部,捏着腰带上突出来的肥肉苦笑说道。他笑意渐敛,望向人群后方的高处说道,"衣带渐宽终不悔,陛下……弟弟,把椅子让给我坐坐可好?"

"其……实……我……从来……没……想过……坐……这把椅子。"一个声音在安静的正殿里响了起来。那人最初说的两个字发音非常生涩，就像是刚学会说话的婴儿。

　　接下来，那个人的发音要变得好了很多，谈不上通顺，但至少不会显得怪异，只是特别缓慢，而且不时停下。之所以这样，是因为那个人已经很多年没有说过话了。

第五章

余人能说话,但他不说。他能让京都的夜空多出一个太阳,但他不做。因为他不想,而且没有这方面的需要。这就是顺心意。

127 · 艳阳天

莫雨、娄阳王、太傅白英、大臣与侍卫们骇然回首望去。相王与林老公公神情骤变,就连曹云平的脸上都露出了惊疑的表情。没有人注意到,第二层有个清秀的小太监也望了过去。

娄阳王呆呆地放下手臂。那抹明黄终于出现在了众人之前。大周皇帝余人。

"陛下!"数声喊声响起。

余人静静看着下方的林老公公。林老公公忽然觉得自己有些发热,不是身体,而是脸,为什么?

"让太监宫女躲起来的,不是你的干儿子,是朕下的旨意。"余人的神情温和而平静,发音也越来越正常,"刀枪无眼,国朝大事与他们无关,何必让他们因此受伤,甚至死去?"

林老公公沉默片刻,说道:"陛下实乃仁君。"

余人说道:"老师与你都要我做仁君,但如果朕被乱臣贼子用百姓的性命威胁退位,那便不是仁君而是昏君了。"

他的话语越来越顺,直至与正常人没有什么区别,只是声音还是稍微有些沙哑。没有谁注意到他与林老公公说了些什么,因为众人都震惊于他说话本身。陛下原来不是哑巴,可以说话?那为何他平时从来不说?就连服侍了他十余年的林老公公都不知道。如果说这是什么隐藏的手段倒也罢了,可就是说话而已,变成秘密又有什么用处?

迎着数十道震惊的视线,余人知道众人在想什么,他本来不想回答,但想了想还是给出了答案。

"我不会撒谎,所以小时候离开京都的时候,师父让我不要说话,后来我就习惯了不说话。"

"在西宁镇生活，与师父、师弟之间有时候连手势也不需要比，一个眼神就知道想做什么，就更不需要说话了。"

"后来到了京都，做了皇帝，每天做的最多的事情就是批阅奏章，用笔写就好，也不需要说话。"

"就连朝会我发现也是只听不说最好，因为这样省事，而且清静。"

"既然不需要说话，那我为什么要说话呢？"

没有需要，自然不用去做。没有人会全无道理地绕着大陆跑十几圈，无数次穿越草原雪山与四季，除非他的妻子在某个深夜悄悄地离开。

相王说道："原来陛下是在装聋作哑。"

余人说道："是的，我看过太宗皇帝的所有记载，还看过一些前朝明君，我发现他们都很擅长装聋作哑。"

相王闻言若有所思，然后摇了摇头，说道："陛下果然非同寻常，好在只是隐瞒了会说话的事。"

余人想要说些什么，却没有来得及，终究今天是他第一次开口说话，反应难免会慢些。

"以后我也会学着装聋作哑。"相王接着说道，"但请先写退位诏书吧，这件事情不需要开口，只需要用笔，陛下应该很熟悉。"

余人没有开口说话，只是摇了摇头。

相王叹了口气，说道："那就只好抱歉了。"

这时候，站在第二层金栏后的那个小太监，忽然走了出来，摘掉了自己的帽子。

她看着相王说道："王爷，你确定自己坚持要这么做吗？"

瀑布般的黑发倾泻而下，如画般的眉眼美丽动人，殿里群臣有很多老人，很快便认出了少女的身份。

"殿下！公主殿下！"众人震惊地想着，落落忽然出现在大周皇宫里，难道说她代表了妖族的态度？那么这时候与叛军一道围攻皇宫的平北营又是怎么回事？

看着落落，相王怔了怔，然后笑着摇了摇头。

曹云平也笑了起来，神情温和说道："殿下，不要再胡闹了。"

这种长辈对晚辈的态度，至少不应该出现在这样的时刻。

落落挑眉说道："我进宫之前已经收服平北营，轩辕破这时候在国教学院，为的就是要阻止你们。"

曹云平微笑说道："如果道尊与陈长生带兵南归，你与轩辕破便是伏兵，因为白帝会现身击败我与王爷，成为挽救大周的恩人，如果道尊没有回来，这就说明他放弃了皇帝陛下，白帝便不会出现，那你们做的任何事情都没有意义。"

落落明白了他的意思，小脸有些发白。所有一切都在白帝的掌握之中，不然她怎么可能如此轻易地逃离白帝城，轩辕破又如何能够藏在平北营里这么长时间。

相王与曹云平并不知道她与轩辕破的存在。但她与轩辕破只是棋子，或者戏子，按照白帝的想法行走，不停改变自己扮演的角色。直到现在白帝还没有出现，那么说明他决定履行与相王之间的约定。这也就意味着，如曹云平所言，落落与轩辕破做的所有事情，都失去了意义。

落落忽然想到了十年前的那件事情。牧酒诗与大西洲皇子死在了海上。落落一直以为这是商行舟的安排，现在看来只怕还是与父皇有关。

知道白帝与相王的盟约后，她第一时间通知了陈长生，然后日夜兼程八万里路至京都，想要帮些忙。她已经很多天没有好好休息，忽然看到那个无趣的真相，所有的疲惫尽数涌来，身体有些摇摇欲坠。

一只手落在她的肩头，扶住了她。那只手稳定而宽厚，隔着衣裳也能感觉到温暖。落落醒过神来，让到一旁。她并不知道自己为什么要这样做，似乎先生吩咐过什么，但她忘了。就像是莫雨、娄阳王、太傅白英、诸位大臣以及侍卫们接下来做的事情一样。

人群如潮水一般分开，余人走了下来。他的速度很慢，因为全世界的人都知道，他有只脚是跛的。走得再慢，只要肯走，便总能走到彼岸。无论是西宁镇的小溪还是智慧的河流，或是地面由金砖砌成的江海图案。

余人走到相王的身前，停下脚步。相王第一次在如此近的距离看他。不能视物的那只眼睛、缺了半截的耳垂、微微向左偏的肩膀，在他的视野里渐渐消失。最后，只剩下那张干净的脸。相王的眼里出现一抹惘然的情绪，又有些疑惑，接着转为震惊,最后却变成了有趣。

他一掌拍向余人的头顶。这一掌柔若无骨,仿佛无形的烈阳之焰,带着无比恐怖的气息。惊呼声响起,侍卫们终于醒过神来,不惧生死地向那边冲去,想要用自己的身体替陛下挡住这一掌。

忽然,一道强大的气浪生出,仿佛真实的潮水,裹着那些侍卫撞到了台阶上。金栏碎裂,烟尘微作。

据事后调查,没有几个人看到了当时的那幕画面。光线太强,如果不赶紧闭上眼睛一定会被刺瞎。就算是莫雨、落落等拥有极高境界的人也只能看到一幕极模糊的画面。

一片明亮的光幕出现在大殿中央,与之相比,夜明珠散发的光毫就像是野草烧成的灰。光幕里隐隐可见两道身影,其中一个稍微胖些,应该是相王,另一个自然是余人。

两只手掌在空中相遇。那片光幕便开始于他们双手相遇的地方。那里有一轮太阳。

夜空里的阴云,被尽数驱散。刚刚显露出来的繁星,下一刻便被淹没不见。无数光线从皇城里射向天空。京都仿佛回到了白昼。

天书陵里观碑的学子惊愕地回头望去,夜林里的松鼠醒了过来,不停地跳跃着。离宫里,严阵以待的国教骑兵纷纷推开面甲,向夜空望去。所有人都看到了一个太阳。

中山王正在太平道集结骑兵,准备冲进皇宫去救驾。当夜空忽然明亮起来,他抬头望去,便再也无法收回视线。

他眯着眼睛,看了很长时间,直到那轮太阳渐渐消失。

"啊,多美丽的太阳啊……"

中山王很是感慨,挥手示意下属取消夜袭皇宫的计划。他翻身下马,去洗了个澡,然后让小厨房做了碗炸酱面,加了半勺野小蒜,香香地吃了起来。看着这幕情景,那位美貌的姬妾忍不住生出与白天死去的那位谋士相同的想法,这面就这么好吃吗?

当然,她要比那位谋士聪明很多,话出口的时候就变成了:"我们不救陛

409

下了？"

中山王吃着面，有些含糊不清地说了两句话。那名姬妾听出来王爷说的第一句话是陛下用不着我们救，我们都是白痴。然后她认真地回想了一番才确认第二句话是——明天会是一个艳阳天。

"很多年前，真的是很多年前了，父皇的眼睛还没事，你知道的，噢，你不知道，以前那边是间书房。我就是在那里第一次听到功法口诀，我当时觉得这功法好厉害，太阳那么热，那么亮，怎么就能放进我的身体里呢？"相王说道，"父皇说我想错了，那个太阳只有离开我们身体的时候才会变成真正的太阳，我心想那也很厉害啊！为了看到那个太阳，我不停修行，但直到我成了皇族里境界最高的那一个也没有看到，就连十年前越过那道门槛之后，我还是没有看到那个太阳，所以这几年我经常在想，难道当初父皇是在逗我玩？"

余人说道："不是的。"

相王看着他沉默了一会儿，说道："是的，直到今天，我才知道这是真的，父皇他没有骗我。"

余人也沉默了一会儿，说道："我也是今天才知道。"

相王说道："如此强大的焚日诀，太宗皇帝当年也不过如此吧？"

余人说道："我不知道。"

相王感慨说道："陛下形残神全，实乃道门之光，亦是陈氏之光。"

这是最真诚的赞美。但他还是有些不解。

"陛下为何要隐瞒自己的境界修为呢？"相王有些苦涩说道，"如果早知如此，我们哪里会想着造反呢？"

余人带着歉意说道："没有人问过……而且，我也没有用这些的机会。"

相王闻言微怔，然后忍不住笑了起来。还是先前说的那个道理。

余人能说话，但他不说。他能让京都的夜空多出一个太阳，但他不做。因为他不想，而且没有这方面的需要。这就是顺心意。

"陛下不愧是父皇与母后的亲生儿子。"相王终于释然，只是难免还有些遗憾，"为什么我就不是母后亲生的呢？"

说完这句话，他的身体里散出无数道光线，碎成最细微的晶粒，然后被夜风拂走，无迹无踪。

128 · 你们输了

相王就这样死了,曹云平则是早就已经逃出了皇宫,到了十余里之外的洛水畔。

隔着这么远的距离,宫里的人还能听到他恐惧的颤声,不停重复的那句话:"求陛下饶命!"

林老公公脸色苍白。今夜是他生命里唯一的污点。

但他终究是林公公,识得气节二字如何写,不能像曹云平那般无耻,跪地求饶。他手掌一翻便往头顶拍去,同时逆运真元,准备自我了结,做得极绝,不留任何可能。但他的手掌落在头顶却无法下移,经脉里的真元也仿佛凝结了一般,根本无法冲入幽府。

"走吧,不要再进宫了,这里……不是什么好地方。"余人对他说道。

林老公公怔住了。因为先帝的缘故,他这辈子大部分时间都在皇宫里度过。哪怕后来被天海圣后逐回老家,他每天想的依然是宫里的日子。从来没有人对他说过,不要再来了——不管你是为了道义还是不甘心又或是别的什么。更没有人对他说这里不是个好地方。

林老公公离开了皇宫,有些落寞,甚至可以说失魂落魄。没有人在意他的离开,所有的目光都落在余人的身上。陛下的境界如此深不可测,这是谁都没有想到的事情。

那轮太阳消失,夜云被秋风重新卷回京都上空,再次掩住繁星。余人看着云层某处,确认白帝离开,收回视线望向北方,面露忧色。

雪老城,魔宫。陈长生直接回答了魔君的问题:"师父和我不担心京都,是因为我们知道师兄的能力。"

听到这个答案,魔君嘲讽说道:"你以为这样就能骗过我?你离开西宁镇之时,根本没有开始修行,相信他也没有,其后你与他相见的次数有限,我确定他从来没有在你面前出过手。"

陈长生说道:"是的,直到现在为止,没有人看过师兄出手。"

魔君说道:"那你凭什么判断他的能力?不要对我说——因为他是我师兄

这种废话。"

陈长生说道："我也是事后才想明白。"

魔君问道："想明白什么？"

陈长生说道："圣后娘娘出事那天晚上，师兄为什么会从草丛里钻出来。"

魔君神情微凛，说道："你想表达什么意思？"

陈长生说道："他是白天随师父一起去的天书陵，这也就意味着，他只用了一天时间便看完了所有的天书碑。"

魔君眼瞳微缩，说道："荒唐！难道他就不能用别的法子？"

他没有去过天书陵，但知道天书陵的规矩。在天书陵里只有参悟一座天书碑，才能去往下一座天书碑，直至越来越高，最后来到峰顶。没有人能破坏这个规矩，即便周独夫在看完所有天书碑之前也不行。

按照陈长生的说法，那么余人就是在一天之内看完了所有的天书碑。再联想到余人当时是听着陈长生的声音，急着去救他，那么说不定他甚至看都没有仔细看便很随意地通过了那些天书碑。这很有可能就是事实真相，但魔君无法接受。

以前从来没有人做到过这样的事情，传闻周独夫曾经做到过，但一直没有得到国教的确认。

一日观尽前陵碑，陈长生便震惊了整个大陆。如果余人只用一天时间便看完了所有的天书碑，这意味着什么？那意味着难以想象的天赋与强大。

魔君很清楚，如果这一切都是真的，那么相王与曹云平的这场叛乱对余人来说更像是一场闹剧。

想来白帝都不敢出手。天海圣后与陈氏的血脉，确实可怕。

魔君甚至觉得逆天改命的传闻是假的，余人出生便要承受那么多的痛苦，可能是上苍在嫉妒他……

"看来，我们真的只有认输了？"

"是的。"

黑色的魔焰仿佛沼泽一般，吸噬着所有的光线。深渊的气息从那边侵袭过来，让所有人都觉得有些不舒服。

魔殿里很是冷清，没有奴隶，也没有嫔妃。只有数名戴着白色小帽的官员与十余名穿着红色披风的老人，站在魔君的四周。

魔君指着那几名戴白帽的官员说道:"他们都是史官,我族最后的历史应该被完整地记载下来。"

他又指向那些穿着红色小披风的老人,说道:"这些都是我族最有智慧的学者,我想你与那位皇帝应该有足够的脑子,判断出来我族的文明成果应该得到充分的保护,然后被保留下来,灭族也别把什么都灭了。"

听到这两句话,王破与肖张对这位魔君终于生出了些不一样的感觉。所谓君王的气度,可以理解为强撑,但这种精神层面的平静与从容一直都是强者们的追求。

陈长生说道:"当初在白帝城里我说过,不会有灭族。"

十年前,在靠近相族庄园的那座满是黄沙的大院里,他与年轻的魔君讨论过很多话题。那些话题里有星空之上,有千秋万代,自然也有人族与魔族的未来。

更隐秘的是,只有徐有容、唐三十六与小黑龙知晓,在这十年里,陈长生与魔君一直保持着通信。他们通信的频率并不高,一年只有两三封,但没有断绝过。这同样是在白帝城里说好的事情。

最初的时候,他们想效仿通古斯大学者与那一代的教宗,但最后无奈地发现通信的内容还是变成了谈判。

如果人族赢了,魔族究竟在怎样的条件下才愿意投降。没有答案。直到此时此刻,依然没有答案。

"低等的魔族会变成你们的奴隶,在阴暗潮湿的矿洞里度过自己苦难的一生。高等魔族会与你们通婚,然后被逐渐稀释血脉,直至无法作为一个独立的族群而存在,在我看来,这与灭族没有任何区别,所以我不能接受。"魔君冷笑说道,"而且你应该很清楚,我们神族本来就是这个世界以及全部世界的主人,怎么能向你们这些凡人投降?"

陈长生认真说道:"但你们输了。"

129 · 魔族的来历

魔君沉默了一会儿,说道:"是的,但你知道我们为何会输吗?"

这确实是个难解的问题,尤其是魔族败退的速度如此之快。

陈长生说道:"我想了很长时间,最后看到雪老城外的部落战士,才想起你在信里提到过的那件事。"

魔族势衰，在千年时间里便被人族全方面超越，最主要的问题便是生育率太低。

低等魔族自然进化成高等魔族需要太长时间，高等魔族自身的生育能力又很低下，随着时间的流逝，拥有广阔疆域的魔族数量反而越来越少，直至快要无法凑齐足够数量的兵员，那些部落战士智力太过低下，无法与人族军队正面对抗。

魔君指了指他，说道："是的，你应该记得我对你说过原因。"

陈长生想起在一封信里，魔君曾经讲过的一段历史。魔君说那是他登基之后才知道的关于这个世界最真实的记载。魔君还说包括他与魔族大学者在内只有五个人知道。那封信之后，陈长生便成为了第六个。陈长生不理解他为何要告诉自己，自然也无法确定真假。

按照魔君的说法，无数年以前，这个世界的五个大陆并不像现在这般彼此隔绝，可以随意相通。统治这个世界的种族便是神族，也就是现在中土大陆的魔族。

随着时间流逝，世界构造逐渐不稳，出现很多变化，神国与幽冥渐渐离开主体大陆，最终消失在没有尽头的时间乱流里，只留下了一些极为凶险的通道入口，此时魔君身后的那道深渊便是其中之一。

神国与深渊的消失带来了很多可怕的变化，主体大陆的生机渐渐流失，变得越来越荒凉，统治世界的神族以及别的智慧生命，被迫开始迁移，主体大陆最终变成了一片废土，被称作遗弃之地。

神族去往了圣光大陆，延续了自己的文明，却发现神国的文明火种失落在了另外一座大陆上。那些文明火种便是天书碑，那座大陆便是中土大陆。

神族派出远征军，通过当时还能勉强通过的幽冥通道，从圣光大陆来到了中土大陆，想要取回这些文明火种。谁也没有想到，在漫长的时光里，中土大陆的原生种族通过文明火种已经觉醒，与神族的远征军开始战斗。

那些原生种族便是人类与妖族。那支远征军自然便是现在的魔族。

"原来直到今天，这场战争都还没有真正地结束。"

听到这个故事的人们很是感慨，唐老太爷脸上的皱纹深了几分，赫明神将则是在思考战争的意义。

"现在我们双方的战争与远古的那场战争已经没有任何关系。"魔君摇了摇头，说道，"就在双方战争进行得最激烈的时候，幽冥继续远离，大陆之间完全被隔绝，无论是我身后的深渊还是云墓里的那座山峰，都很难再回到圣光大陆，所以远征军统帅做了一个非常艰难的决定。"

"那位统帅便是我的先祖，也就是第一代魔君。"魔君做了个补充说明，然后接着说道，"他结束了那场战争，与人族与妖族暂时达成和解，焚毁了与圣光大陆有关的所有事物。然后开始在这座大陆上建造自己的城池，也就是家园。"

徐有容抱着小道士，魔君出现后便一直没有说话，这时候忽然说道："明智而及时的决定。"

魔君看着她微微一笑，说道："不错，我族就这样在中土大陆生活了下来，随后的历代魔君还有那些大学者都在继续先祖的做法，利用严苛的律法，最终成功地抹掉了所有与圣光大陆相关的记忆，把这里变成了我们的家乡。"

唐老太爷感慨说道："时光有伟力。"

魔君说道："可惜的是，最后还是出现了一个最严重的问题，那些魔君与学者发现，在缺少圣光的环境里，我族的生育能力下降得非常严重，而到了通古斯大学者时期，他已经判定这是无法逆转的退化。"

话题回到了最初讨论的重点，魔族为何会输掉这场战争。魔君曾经在信里隐晦地提过这件事情，陈长生不理解他为何要提，更不理解另外一方面。赫明神将、肖张等人也不理解。

生育能力下降以至退化，必然会带来灭族的威胁，遇着这样的事情，魔族要做的事情，当然是想办法重新打开通道，回到圣光大陆，为何历代魔君与通古斯大学者却从来没有想过这件事情？

陈长生问道："圣光大陆究竟有什么令你们如此恐惧？宁肯眼睁睁看着魔族衰败也不肯回去？"

"神明。"魔君盯着陈长生的眼睛说道，"如果这里与圣光大陆的通道重新打开，我们都会成为神明的仆人。"

开始的时候，人们发现陈长生与魔君似乎很熟悉，很是吃惊，唐老太爷的眼神变得有些幽深。

没有人相信陈长生会与魔族有联系，但还是觉得很奇怪，或者说诡异。不过很快人们便被陈长生与魔君的谈话内容所吸引。令人震撼的远古传说，隐藏在黑幕之后的历史真相，原来魔族居然是来自圣光大陆的远征军！

但神明是什么？那些无知妇孺才会相信的唯一而确定的客观意志存在？中土大陆没有神明，国教信仰的是大道，而非真实的客观存在。人们说的神明只是传说故事里的虚构形象，或者是纯粹精神的投影。神国是星海之上，是所有人神魂的归宿，只是一种象征。

而圣光大陆真的有神明存在？听完魔君的话，人们沉默了很长时间，就连肖张都没有说话。

"不是没有神国了吗？"

谁也没有想到，打破沉默的居然是那个小道士。他趴在徐有容怀里，抱着她的脖子，睁着明亮的眼睛，好奇地看着魔君。不知道什么时候，他已经从害怕与伤心里摆脱出来，把这段故事听得非常完整。

魔君没有回答这个问题，因为他也没有答案。对神明的描述以及不可描述，都是他登基之后才能看到的文字。从他的沉默可以看出，那些文字曾经对他的精神世界造成过怎样的冲击。

肖张终于忍不住了，问道："神明就有这么厉害？"

"十年前曾经降临在白帝城的那两个战斗天使，只是神明的仆人。"魔君沉默了一会儿，说道，"我们也曾经是。"

这句话里的我们，指的是雪老城里的皇族。

肖张愣了愣，说道："挺惨。"

得到天书陵与火种的人族与妖族，被圣光大陆称为盗火者。第一代魔君则被称为堕落的天使。当初在圣光大陆的时候，他本来就是天使，还是天使军团的首领。所谓堕落，便是因为他被魔鬼所诱惑，不肯回到神明的怀抱。那个魔鬼的名字叫作自由。

没有人愿意当仆人，哪怕是神明的仆人。所以第一代魔君才会毅然决然地留在了这里。所以历代魔君与通古斯大学者没有一个人愿意回到圣光大陆。

"我能理解那种感觉。"陈长生说道，"摆脱死亡阴影之后，我觉得整个世界似乎都变轻了。"

魔君说道："与死亡相对，那是更本质的自由。"

陈长生说道："与答案相对，为什么提出这个问题更加重要。"

这段往事是由魔君那个问题引申出来的——为什么魔族会输给人族？魔君提出这个问题的用意是什么？

"还没有说完，我族失败还有一个重要原因……那就是军师希望我们失败。"

魔君的脸色变得有些苍白，嘴唇却更加鲜红，仿佛刚涂抹了胭脂。

"这场战争里所有的布置都是他亲自安排的，然后他要我们失败，那我们怎能不败？"

魔宫里响起几声惊呼。黑袍是魔族军师，手握重权，最重要的是，魔族的战略乃至具体战术，都是由他一手安排。

如果魔君说的话是真的，黑袍想要魔族失败，魔族确实没有任何不败的道理。问题是黑袍为什么会这样做？

没有人相信幡然悔悟、可歌可泣的故事，其中必然隐藏着什么原因。

130 · 星空的秘密

"借着战场失败的影响，他动用很多资源，在城里修了一座祭坛。"魔君说道，"然后他说服了很多元老还有我那位长辈，同意他用战场死去的魔族战士的神魂向星空献祭。"

听到向星空献祭这几个字，陈长生有了一种非常不好的预兆，问道："向谁献祭，要求什么？"

魔君带着嘲讽意味说道："自然是向星空那边的圣光大陆献祭，那些元老希望圣光大陆能够来援助我们，有些胆小的贵族甚至希望自己能够送回圣光大陆，那么自然不用面对灭族的危险与痛苦。"

陈长生说道："魔族的来历不是已经被抹去？为何他们能够知道？"

"这半年里战火连绵，局势混乱，很多规矩都失去了效用，很多秘密自然也流传了出去。"

魔君望向某位大学者。那位大学者的脸色忽然变得苍白起来，然后开始不停地呕血。那血不是红色、不是金色，也不是绿色，而是黑色的。

那位大学者明显中了剧毒，痛苦地说道："就算我不说，军师也什么都知道。"

魔君平静说道："但你还是说了。"

那位大学者倒在地上，抽搐了两下，便停止了呼吸。

魔君望向人群，主要是徐有容，带着歉意说道："不好意思。"

陈长生没有注意到，而是在想他刚才说的话。

魔族上层都把希望寄托在那个祭坛上，在战场上自然很难尽力，不管是主观还是如何。如此一来，魔族的局势便会更加糟糕，而越如此，他们越会把希望寄托在祭坛上。那个祭坛就像是雪老城外的那个沼泽一样，只要落在上面，再如何挣扎，都很难再站起来。对此魔君应该看得非常清楚，为什么他没有阻止黑袍？为什么没有把那个祭坛毁掉？

魔君看着陈长生说道："我想你应该已经猜到了，不错，我也想保有最后的希望。"

陈长生说道："哪怕违背历代魔君的意志？"

魔君叹道："我也不想，还不是被你们逼得太狠了。"

陈长生说道："十年前你就已经做过。"

这说的是曾经在白帝城里出现的两位天使。

"会有非常大的差别。"魔君看着他认真说道，"因为数量不同。"

说完这句话，他张开了双臂。黑色的大氅无风而起。如凝结夜色的魔焰也随之摇摆起来，有些事物若隐若现。那些是石像，或高或矮，都不超过一尺，非金非玉，不知是何材质制成。有的石像半蹲着，有的雕像振翅欲飞，纤毫毕现，灵动如生，已然超过了雕工的范畴。

陈长生的神情变得很凝重。石像没有流露什么气息，却有一种无比诡异的感觉，仿佛随时可能活过来。王破等人的心里都生出了强烈的警意。他们都像陈长生一样，想起了白帝城里的那两个天使，想起了别样红。如果一座石像就是一个天使，放眼望去密密麻麻的石像有多少个？

魔焰不停舞动。夜色难宁，一片死寂。很多问题都有了答案。

黑袍对人族的仇恨，果然深如西海，为了消灭人族，竟是无所不用其极，在过去的数百年间，他指望依靠魔族能够消灭人族，当发现大势已变，这已经变成无法完成的任务时，他毫不犹豫选择了另外一条道路。

在魔族败亡的道路上他无情地推了一把，在最短的时间里把魔族逼入绝境，逼迫魔族踏进了自己的步调，调集无数资源修建起了一座祭坛，准备迎接来自圣光大陆的天使军团降临。

"今夜你讲这个故事,究竟是什么意思。"陈长生对魔君说道。

魔君敛了笑容,看着他的眼睛,平静而坚定地说道:"退出雪老城,不然我会答应黑袍的要求。"

"这是一个好故事。"王破说道。

唐老太爷说道:"确实是好故事。"

这个故事,准确来说是这个故事的讲述方法,让他们觉得魔君很了不起。如果不是给这位魔君时间太少,而且大势已定,或者魔族真有可能迎来复兴。

开始的时候,如果魔君没有请出那些史官、学者,说着灭族、文明之类的词,营造出肃穆悲壮的氛围,便直接开始讲述这个故事,绝对没有人会相信,只会认为他是在用一个荒唐的理由拖时间。但魔君没有这样做,从圣光大陆到神明再到黑袍,他徐徐道来,又动人心弦,把这个故事说得无比完美,有历史,也有重量,让人不得不信。

"但有一个问题,黑袍需要你做什么?"王破说道,"如果你对这个故事没有意义,那么这个故事讲得再好也没有意义。"

"他需要的不是我,而是这个。"魔君的右手伸出了衣袖。他的手里没有石像,而是一根石杵。那根石杵看似很普通,实则不然。就连陈长生手腕上的那些石珠都生出感应,轻轻地撞击着。那根石杵与天书碑来自同一个地方,拥有相同的材质,却有着完全不同的效用。

星空杀。魔族的不传之秘。数万年来不曾现于世间的至高神器。

当年在雪岭,老魔君便是死在它召唤来的星光之下。陈长生亲眼见过星空杀。事后离宫教士按照他的描述,把星空杀绘入画卷,送到各州郡传阅过。像唐老太爷和王破这样的人物,自然是最早看到画的那批,只看了一眼,便确定这是真的星空杀。

那么魔君讲述的这个故事,也有了更多的真实性。如果魔君与黑袍合作,利用祭坛与星空杀打开空间通道,圣光大陆的天使纷纷降临……

魔焰舞动,那些石像若隐若现。看着这一幕,众人的神情无比凝重。

就算那些天使不及曾经出现在白帝城的那两名战斗天使强大,但按照事后的分析,那些圣光天使能够自行领悟天地间的自然法理,换句话说,他们从存在的那一刻开始便是神圣领域强者!

当然,人族对这种最险恶的局面并不是完全没有准备,十年来大周朝廷与离宫及众宗派世家经常推演当初的白帝城之战，寻找杀死圣光天使的方法，并且获得了一定进展，但那依然建立在天使数量很少的前提下。

如今人族的圣域强者或者身受重伤，或者正在叛乱，天使数量如果这么多，怎么可能打得赢？

更可怕的是，如果……圣光大陆的神明亲自降临，那怎么办？人族会就此灭亡吗？

气氛非常压抑。但还是有人不相信魔君说的故事。

"这不是一根石头做的棒槌？你真当我们是棒槌？天槌死了十几年了！"肖张说道，"我们准备了这么多年，打了这么久，死了这么多人，靠一个故事就想让我们退回去？"

这话让赫明神将和一些人有些心动。万一魔君只是在吓人呢？

唐老太爷眼角的皱纹越来越深，隐有忧色。他觉得魔君的话是真的。王破与徐有容也是相同的看法。

陈长生曾经在雪岭亲眼看到那道穿越星海而来的光柱，本应该最相信这个故事。但他隐约记得星空杀不能用了，又想起来那夜听到的一场谈话。

他望向魔君问道："祭坛用来破壁？星空杀用来指明位置？"

魔君说道："没想到你没忘记我与父亲的谈话。"

陈长生说道："十年前降临两个天使，你可以把他们当作奴隶，黑袍现在的想法，明显不仅于此，如果降临的天使数量太多，你怎么办？所以你一直在犹豫，在挣扎，直到现在你还是没有下定决心怎么做。"

魔君微笑说道："是的，所以我把这个选择留给你来做。"

陈长生默然。现在想来，十年来的通信里的很多内容都是魔君的手段。这是一个潜移默化的过程，他已经很难说服自己，圣光大陆的威胁并不存在。所谓选择，更像是一场赌博，押上去的筹码是整个人族。

说到赌博，徐有容与唐老太爷都比他强太多，但是他们没有看过那些信。那些信里的内容是魔君已经打出来的牌。只有通过那些牌，才能试着判断魔君的底牌是什么。

忽然，有一道声音从人群后方响了起来。那声音病恹恹的，有气无力至极，偏又有种极为嘚瑟的感觉，不管是谁听着都容易生厌。

"他在信里写的都是真的，这故事大部分也是真的，但他说的话却是假的。"

魔君望向人群后方，微微挑眉说道："为什么？"

"因为你的眉眼之间有死志，还有一抹情伤，却没有意气风发。当初我用了一个时辰扭转汶水局势，从祠堂出来后便当街洗了一个澡，你就算不及我风流气度，做不出来这种雅事，但完成这等逆转总应该嚣张些，如此沉稳只能说明你在说谎！"叶小涟推着一辆轮椅从人群后方走了出来。唐三十六坐在上面。

131·我们曾通信

唐三十六说话的语气，向来是世间最能惹仇恨的存在，即便不说脏话的时候，也没有人喜欢。但陈长生喜欢，因为唐三十六是他最好的朋友，更因为在他最需要帮助的时候，这个家伙总会出现，而且这个家伙比他更清楚他的真实想法，每当他不知道如何选择的时候，听这个家伙的总没错。

唐三十六的这句话当然没有任何道理，却不知为何却有种莫名其妙的说服力。

"你怎么过来了？"陈长生很担心唐三十六的身体。

看唐三十六的脸色，那种奇怪的高烧应该已经退了，但身体应该非常虚弱，不然不会坐在轮椅上。

唐三十六说道："如此重要的历史时刻，怎么可以缺少我的存在。"

唐老太爷满脸寒霜地看着他，准备出言训斥。

"不要逼我自曝家丑。"说完这句话，唐三十六咳了起来。叶小涟赶紧替他拍背。

唐三十六摆了摆手，从袖子里拿出一块洁白的手帕掩在嘴上，眉头微皱，似乎有些痛苦。不管是唐老太爷还是陈长生，都有些看不出这伤春文人的做派究竟是真是假，自然不好再去追问。

徐有容看了叶小涟一眼，叶小涟有些羞愧地低下头去，她便知道这两个人根本没有去寒山，半途便折回了。

唐三十六没有理会这些，对魔君说道："忘了自我介绍。"

魔君说道："我认识你。"

唐三十六说道："是啊，当年在白帝城你对我着实不客气，没想到十年后我会戳穿你的把戏吧？"

魔君平静说道："自说自话的本事，你倒确实天下第一。"

唐三十六说道："看来你确实不知道我是谁。"

魔君微嘲说道："你以为这样就能变成苏离？"

唐三十六正色说道："请允许我自我介绍一下，我就是您的笔友。"

魔君微怔说道："笔友？"

唐三十六说道："是的，陛下您的信我都看过，而寄给您的前面四封信都是我写的。"

魔君望向陈长生非常认真说道："这就有些过分了。"

陈长生认真解释道："我不擅长与人打交道，而且刚开始我们不熟，怕写得太尴尬。"

魔君回忆着那几封信的内容，感慨说道："我还以为从开始你就把我引为知己了。"

"陛下，我依然视你为知己，依然愿意与你成为最好的朋友。"唐三十六对魔君说道，"所以……把你手里那个东西给我吧。"

魔君静静看着他，忽然问道："你的自信究竟来自何处？"

唐三十六说道："我不知道，但我爷爷都不愿意和我打牌。"

魔君说道："唐老太爷都不愿意下场，想来你的牌技颇为了得。"

"我的牌技其实普通，比爷爷与圣女差得远了，但我却有一招能够赢遍天下。"唐三十六认真地说道，"我最擅长掀牌桌，如果牌桌掀不动，那我就赌身家。"

"唐家乃是人族首富，你与人赌身家，自然每赌必赢。"魔君微嘲说道，"但你若要与我赌身家，只怕没我的筹码多。"

这话确实，不管唐家如何豪富，底蕴如何深厚，又如何能与魔域之主相提并论？

唐三十六认真说道："那可未必。"

场间忽然响起了一道声音："我跟。"

说话的人是徐有容，神情很平静。王破也把槐院押了上来。越来越多的人跟了。陈长生与唐老太爷没有说话，谁都知道他们会怎么做。

唐三十六坐在轮椅里，盯着魔君的眼睛，神情前所未有的认真。这场赌局赌的不是唐家，也不是离宫，而是整个人族。

魔君沉默了很长时间，忽然说道："信里的条件可还算数？"

陈长生说道："当然。"

唐三十六说道："我给你最大的优惠，按第十一封信算。"

"好。"魔君把手里的石杵扔向唐三十六。

唐三十六伸出右手接住石杵，看了两眼，扔给了唐老太爷。如此重要的神器，能够改变世界命运的事物，在他们的手里就像不值钱的玩意儿一样。包括陈长生在内，没有谁对唐三十六的表现感到惊讶。

再珍贵的事物，他向来都不当回事，很多年前在白帝城，他把国教神杖扔给陈长生的时候，也是这样随意。

只有推着轮椅的叶小涟，知道实情并非如此。她清楚地看到，当唐三十六接住那根石杵的时候，背后的衣衫瞬间湿透了，明显紧张到了极点。

魔君看着唐三十六问道："你真的不怕吗？"

唐三十六理直气壮说道："我又不是白痴，怎么可能不怕！"

魔君不解说道："那为何你表现得如此平静，看不出来任何破绽？"

"可能是因为我从小就比较富有。"唐三十六补充说道，"无论物质还是精神。"

在那夜最后的谈话中，商行舟曾经提到过，黑袍可能还有些别的手段，但让陈长生不用太在意。

现在看来，黑袍最后的手段应该便是这件事情，但他没有想到魔君的反对意志竟会如此强烈。

不管星空杀还能不能用，现在已经在唐老太爷的手里，相信就算黑袍出现，也没办法抢过去。但那座祭坛还在，也就意味着威胁还没有完全去除。

"祭坛在哪里？"陈长生问道。

魔君轻挥衣袖，魔焰流动起来，渐渐露出隐藏在其间的画面，雪老城若隐若现。某处的魔焰颜色要更深些，仿佛非真实的夜色，没有任何光线的残留。祭坛就在那里。

王破把那个位置默默记在心里，转身离开了魔宫。

"魔帅还有第二魔将呢？黑袍又在哪里？"陈长生看着魔君说道，"既然我们已经达成了协议，何不让双方都少流些血？"

魔君唇角微动，带着一抹自嘲的笑容说道："难道你还没有看出来，我现在已经是孤家寡人？"

孤家寡人是人族皇帝的自称，并不适合用在魔君的身上。就像山坡上那些黑色方碑，无论大小还是形状，其实都不适合用来做墓碑。

数千座黑色方碑，代表着数千个在战场上死去的高等魔族。离山顶越近，埋葬的魔族身份便越尊贵。当然，除了庞大固埃家族那位倒霉的继承者，雪老城的王公贵族很少死在战场上。

墓园里到处都是哭喊声，那是贵族夫人在哭死去的儿子、断成数截的情夫。还有很多贵族满脸灰尘、神情呆滞地看着夜空。他们知道墓园被军师设成了祭坛，把这边的消息传回了圣光大陆，那么为何始终没有光柱降下，把自己接走呢？人族大军都已经杀进了雪老城，为何自己还站在这里呢？

夜色里传来喊声与密集的蹄声，应该是人类骑兵正在清理城中的反抗力量。那些王公贵族很是麻木，连恐惧的神色都没有，就像是没有听到那些声音。

王破站在山顶看着那些哭泣的妇人、行尸走肉般的贵族，沉默不语。他的视线在墓园里移动，感受着那些黑色方碑里蕴藏着的能量，确认魔君没有说谎，这里应该就是祭坛。

但他还是觉得有些问题，这座祭坛应该不足以强行破开空间，更无法把两座遥远的大陆联系在一起。还是像魔君说的那样，这座祭坛需要配合星空杀，才能完全地发挥出来作用？

当王破想着这些问题的时候，山坡东边的偏僻角落里，一个穿着破旧衣服、佝偻着背的挖墓工正要离去。那个挖墓工刚刚挖出来了一个新的墓坑，放进去了一具很普通的高等魔族尸体。

墓园里的挖墓工，墓坑里的尸体，一切都是那样的正常，但联想着雪老城刚刚被攻破，这就显得非常不正常。一道平静的视线落在那名挖墓工的身上，看着他慢慢向草坡那边走去。

在那个挖墓工的身影快要消失在草坡与夜空相交的线条之下时，王破的声音响了起来："再来一次？"

那个挖墓工停下脚步。夜风拂动破烂的衣裳，才看清楚不是佝偻的原因，他本来就很矮小。不知道过了多长时间，他终于转过身来说道："好。"

他的声音还是那般沙哑难听。头盔上的铜锈在星光下显得格外妖异。

诺日朗峰前的草原是第一次相遇，雪老城前的沼泽是第二次相遇。今夜的墓园是他们再一次相遇，也可能是最后一次相遇。

魔帅从夜风里抽出那把大刀,向王破走了过去。

132·我已经等你很久了

两道刀光带着无限恐怖的气息狠狠地撞在了一起,然后便再也没有熄灭过,成为天地间最为锋利的光线,在夜色的幕布上画出无数道笔直的线条,从远处驱来无数阴云,遮住无数星星。

狂风呼啸,草枝断折,黑色方碑纷纷碎裂,变成如箭矢般的可怕存在,墓园里到处都是尖叫,无论是哭儿子的贵妇还是麻木的贵族都醒过神来,向着四处逃走,却不知最后有几人能够活着离开。

不知道过了多长时间,风终于停了,无数泥土与石砾如雨般落下,两道恐怖的刀光再也没有亮起。夜空里的云散开,星光照亮了墓园,才发现方圆数里内的草坡竟是整齐地沉降数尺!

远方,月亮渐渐升出地平线。魔帅站在草坡最高处,身形还是那般矮小,但在那轮圆月的映衬下,却显得那般高大。满是铜锈的头盔在战斗里破掉,被随意地扔在地下。她扎着一根冲天辫,看着有些滑稽,就像是一个女童,神情却是那般的凶恶。冲天辫的四周,有些杂乱的发丝在夜风里不停颤抖着,看着就像是寒鸦飞走之后的枯枝。

如果仔细望去,应该能看到她眼角的皱纹,还有那些白发。王破站在下方,左颈有一道极细的伤口,血水从里面渗了出来。如果魔帅的那一刀再进一寸,他的头便会像熟透的果子一样被砍下来。

看着草坡顶上的那道矮小身影,王破默然无语。谁能想到,如此强大恐怖的魔帅居然会是一个女子。

魔帅转过身来对王破说道:"你以后可能会比我强,但现在不如我。"

说这句话的时候,她的神情漠然而冷淡,没有任何情绪,因为这本来就只是陈述。

王破说道:"是的,我与你还有一段差距。"

他没有掩饰自己对这位魔族第一高手的敬意。诺日朗峰与雪老城前,王破与魔帅的两次对刀可以说是这场战争里最重要的两个时间节点。这两次相遇里,魔帅始终压他一线。虽然是极细的一道线,却像是天堑一般难以逾越。今夜最后一次相遇，王破取得胜利，是因为她的伤势要远比他更重。前些天，肖张用霜余神枪在她的胸口留下了一个血洞，直到今夜没有任何好转。

王破对魔帅说道："前辈，请告诉我黑袍在哪里。"

魔帅冷笑说道："我凭什么要告诉你？"

王破说道："这座祭坛明显是个骗局，黑袍把魔族弄到如此下场，难道你不恨他？"

魔帅带着疯意大笑说道："哈哈哈哈！你们这些雄性动物总是瞧不起我们女子，哪里知道军师有多厉害，她把我都不敢惹的大兄都弄死了，玩弄了整个大陆几百年的时间，我怎么会恨她？我只会崇拜她。"

王破不知道该说什么。魔帅转身望向远方的月亮。

就在王破以为她可能会吟一首诗的时候，忽然听到她说了一句脏话。

"一群白痴。"魔帅一脸嫌弃说道，"非要跟人族学用星辉来顶替圣光，哪里有月华好用！什么南十字星剑，听名字就蠢死了，哼！"

一声傲娇。那个矮小的身影就在圆月之前散离。满天金色的血液落下，像花瓣一样，铺满整座草坡。

雪老城在魔焰里若隐若现，那片墓园所在的位置非常清楚，因为那里非常黑沉。

忽然，两道极细的亮光在那片黑沉的区域里出现，然后渐渐敛灭。众人望向雪老城里某处，于是看到了随后照亮真实黑夜的那道金光。像魔帅这种级别的强者死去，天地自然会生出感应，魔宫里的所有人都感受到了，不由得沉默。

"她是我的姑姑，是一个很了不起的女子……嗯，就是个子总长不高。"魔君望向南客遗憾说道，"老师和我本来希望你将来能成为第二个她，但你太老实了，居然会被父皇骗进深渊。"

南客随着陈长生等人来到魔殿后，一直没有说过话，神情很无助，就像受伤后又找不到家的小兽。

魔君很快便摆脱了伤感情绪，看着陈长生平静说道："祭坛已毁，协议已成，我可以走了吧？"

在场的人都知道，这句话里的走不是真的走，而是另外一个意思。

陈长生没有接话，看着魔君认真说道："我不知道该佩服你还是该同情你。"

这句话里说的不是走,也不是降,而是魔君这些天的心路历程。人族兵临城下,魔族究竟应该怎么办,沉默地接受还是违背祖训做出疯狂的最后一搏?相信魔君这几天应该非常痛苦。

"他并不痛苦。"一个声音忽然在魔宫里响了起来,却听不清楚来自何处,"很多年前,雪老城被界姓小儿带兵围住,我劝他修建祭坛,用星空杀重新打开空间通道,行山冬却不同意。陛下就像他的父亲一样,所以他并不痛苦,甚至他会获得某种殉道的快感。"

那个声音消失了一会儿,又重新出现:"我没有感知到那位神明,所以我不理解他们的恐惧,对所谓自由的偏执追求,究竟因何而来。"

这声音非常动听,就像是落入静潭里的泉水,又像是被指尖拨动的琴弦,而那手必然也是美丽的。

黑色的魔焰再次流转,如沼泽里生出的枯树,渐渐显现出衣裳的一角。那衣裳也是黑色的。传说中能焚毁世间一切物事的魔焰,居然没能点燃那件衣服。

那是一件黑袍。原来他藏身在魔焰后的深渊里,难怪人族军队在雪老城里怎么也找不到他的踪迹。

吱吱忽然说道:"他们都说你的声音很难听,看来是误传。"

这种时候关心这个问题,只能说明她思考问题的方式确实有些与众不同。

唐老太爷说道:"这才是她本来的声音。"

看着黑袍,即便是他,眼神都有些变化,井水生涟漪。

黑袍没有理会他们,望向魔君说道:"虽然南客才是我的学生,但你一直把我当老师看待,我对你也确实有极难得的一分怜惜,只可惜在灭族与祖训之间挣扎多日,最后你还是不愿意听从我的意见。"

魔君沉默了一会儿,说道:"那是因为我爱您,我不希望您变得更丑陋。"

听到这句话,众人怔住了,不知道他说的那个字是说对师长的敬爱,还是……

魔君望向徐有容,微笑说道:"我也爱你。"

说到大陆这些年来最著名、最引发轰动的男女之事,能与十几年前青藤宴上陈长生拿出的那份婚书相提并论的,大概也只有魔君还是少年时向整个大陆发出的宣告——我十分想要徐有容。

今夜在魔宫徐有容一直很安静，魔君也没有与她说一句话，很多人以为传闻只是传闻，那句话并不是真的。新国元年魔族大军的那次南侵，只是为了遮掩魔族的孱弱，并不真的是魔君想要去求娶徐有容。

然后，他们便听到了这句话。陈长生没有打断魔君的话，甚至没有生气。在他看来，这是很理所当然的事情。像魔君这样了不起的人物，又怎么可能不喜欢有容呢？

"但我更爱军师，因为军师是个怪人。"魔君看着徐有容，带着歉意，认真解释道，"我也是个怪人，觉得和怪人待在一块儿便觉得有力量。"

"谢谢，我还以为你永远都不会说。"

黑袍的声音还是那般动听，并没有刻意曼妙，却自有动人处。

魔君说道："都要结束了，我总要把自己想说的话留下来。"

"还没有到结束的时候。"黑袍看着他怜悯说道，"行山冬都不知道我的真实想法，你又怎么可能知道呢？"

魔君苦笑说道："我已经把星空杀给了他们。"

"那东西在我手里。"唐老太爷对黑袍说道，"当年就算你想要星星，洛阳里的人也愿意去给你摘下来，可惜现在不是当年了。"

这句话的意思很清楚，无论如何，他都不会把星空杀给他。

黑袍看着他微嘲说道："那时候我的眼里哪有你与商这样的小角色。"

唐老太爷感慨说道："是啊，当时你的身边是当时世间最灿烂的人物。"

黑袍语气严肃纠正道："不止是当时，直到现在，他都是最灿烂的那一个。"

唐老太爷说道："但就算他复活过来，也没办法从我这里拿走那东西。"

星空杀不知道被他藏到了哪里，也许他身上有特别的空间法器。

黑袍唇角的嘲讽意味更浓了："谁说我要星空杀？"

魔君说道："你曾经对我说，位置是相对的，而我们这块大陆一直在星海里移动。"

听到这句话，陈长生很自然地想起王之策的笔记以及当年在天书陵里推算出来的那些画面。

魔君接着说道："就算你用祭坛把消息送过去了，圣光大陆无法确定我们的位置，又如何打开通道？"

这句话的意思看似复杂，实际上非常简单而明确。你站在草原上听到有人在喊你，你只能大概判断来自哪个方向，但无法确定对方的具体位置。除非你与对方之间保持联系，在不断的信息来往之间逐渐缩小差错范围，直至找到对方。没有星空杀，黑袍如何能够在两个大陆之间建立起稳定且能保持一段时间的联系？

黑袍说道："我说过，我不需要星空杀。"

魔君说道："这不可能，所有典籍都记载得清清楚楚，想要打开空间通道，这是唯一的方法。"

黑袍说道："我知道有一个方法能够让圣光大陆确定我们的位置。"

魔君微惊问道："什么方法？"

黑袍望向陈长生，说道："我已经等你很久了。"

133 · 你就是灯塔

死寂。黑袍站在石阶之上，居高临下看着人们，就像是神明，俯瞰着众生。有人没有听懂刚才的那些对话，更多的人不理解黑袍最后那句话。

感受着场间压抑的气氛，凌海之王等人猜到局势似乎反转，甚至可能已经落入黑袍的控制之中，有些紧张地望向陈长生。

陈长生的脸色有些苍白，他已经明白了黑袍的意思，问道："圣光？"

黑袍说道："不错。"

风骤起。小道士落在了叶小涟的怀里。徐有容的手落在陈长生的肩上。洁白的羽翼已经生出。

下一刻，夜空里便会出现一道火线。在最短的时间里，她会带着陈长生去到尽可能远的地方。她也明白了黑袍的意思。

"来不及了。"黑袍向前走了一步。

衣摆带起微尘，隐约可以看到一根无形的、透明的、非常细的线。那根线从夜色般的魔焰里，一直延伸到陈长生身前，系住了他的脚踝。

"你与陛下通信多年，应该很清楚，魔焰乃是天火，与圣光同属，却更加炽热，只不过外表不显。"黑袍看着他说道，"稍后，魔焰便会点燃你体内的圣光……"

话还没有说完，殿里便响起一阵噼噼啪啪的撞击声。那是冰晶落在地上的声音。

看着那道线上的霜气渐渐消退,吱吱大怒说道:"这是什么鬼玩意儿!"

众人也很震惊,居然连玄霜巨龙的龙息都无法熄灭!

黑袍没有理她,说道:"你可能会变成一支火把?我不知道,都是推演所得,但那画面应该很美。"

陈长生想了想,说道:"不知道美不美,但想来应该很亮。"

"不止因为明亮,更因为你体内的圣光本来就来自那个大陆,二者之间自有冥冥联系。"黑袍说道,"陛下说的没有错,星辰在移动,圣光大陆与中土大陆也在移动,隔着浩瀚的星海,很难确定彼此的位置,如果想要强行打开通道,那些降临的生命很容易迷路,然后永远漂流在无边无际的空间里。但只要点燃你体内的圣光,无论相隔多么遥远,圣光大陆都能确定我们的位置,从而打开通道,换而言之,你就是一座无比明亮的灯塔。"

灯塔本来是一个很温暖、令人安慰的词语,这时候却显得那般寒冷,令人绝望。

"看来这个局你布置了很多年。"

陈长生望向脚下,雪花渐碎,让那道无形的火线显现出来。

"当年陈玄霸的血是我送过去的,你的降生是一场交易的结果,而我是这个三方交易里的一方。"黑袍望向那辆小车,说道,"你的师父是另外一方,只不过他根本不知道我想要做什么。"

商行舟想把陈长生变成一颗诱人的毒果子。谁都想要吃掉他。问题在于,吃掉他便会被毒死,或者撑死。如果天海圣后没有吃掉陈长生,商行舟还可以尝试用陈长生请下神罚,杀死天海。所谓神罚,现在想来就是星空杀——那道穿越星海而来的光柱。

魔君杀死自己父亲的时候,并不知道这件神器最重要的意义是沟通两座大陆。换句话来说,陈长生就是另一种形式的星空杀。

徐有容忽然问道:"你没有去过圣光大陆,如何与他们达成协议?"

黑袍说道:"我只是提供一种可能,如果圣光大陆的神明真的全知全能,又怎么会错过这个机会?"

陈长生问道:"你为何如此痛恨人族?"

魔族军师黑袍是人类,这早已经不是秘密。黑袍给出的答案非常简单,而且有非常强硬的说服力。

那个答案就是他的名字。

"因为我是周玉人。"

周玉人。曾经的天下第一美男。周独夫的弟弟。

如果那些传闻都是真的,那么他确实有资格恨人族。

"她也是我的妻子。"王之策终于出现了,然后说出了一个令人震惊的事实。

陈长生没有流露出意外的神情,因为很久以前就有所猜想。唐老太爷与徐有容更是早就知道了这个秘密。

唐三十六很吃惊,说道:"王大人你喜欢男人?"

王之策说道:"她是女子,闺名尘儿。"

黑袍居然是女的!

陈长生更在意黑袍与周独夫、王之策之间的关系。难怪当年黑袍的手里有魂枢,把南客与那些魔族强者送进了周园。难怪以王之策的能力,遇着黑袍便显得有些束手束脚。

"让圣光大陆的天使军团降临,我们被灭族,或者成为那个神明的仆人,你就开心了?"王之策看着黑袍的眼睛非常认真地说道。

"是的,你们越惨我就越开心。"黑袍掀开罩袍,露出真容,青色的脸给人死气沉沉的感觉,但眉眼依然美丽得无法形容。她对王之策厉声说道,"当年大兄被你们杀死的那天,我就发誓,一定让人族灭绝!行山冬相信我对人族的恨意,却不知道在我的计划里,魔族也必须灭绝,他以为我不知道,当时他也出了手!"

很简单的一段话,没有什么声泪俱下的控诉,殿内却仿佛寒冷了很多。如果这是真的,那么毫无疑问是历史上最无耻的一场谋杀。人族、魔族、妖族的圣域强者集体出动,各种阴谋手段齐出,终于成功地杀死了那位星空之下最强者。魔族与妖族倒也罢了,人族强者们居然参与到这次谋杀之中,真的无法原谅。

不管周独夫的性情如何暴戾,风评如何糟糕,在那些贯穿数百年的武道修行里杀死重伤了多少强者,他终究是人族的保护者,当年如果没有他,魔族早就已经攻下洛阳,统治整个大陆,人族说不定已经灭亡了。

结果,他被无情地出卖,然后杀死。

"你报仇的对象应该是太宗皇帝,或者还有王大人,但不应该是我们。"陈长生对黑袍说道,"因为我们没有做过对不起你们兄妹的事。"

黑袍没有想到这时候他依然如此冷静,微嘲说道:"那又如何?就让整个世界给他陪葬吧。"

说完这句话,那根无形的线便燃烧起来。没有人能够看到火焰,但能够感觉到温度。

陈长生燃了起来。更准确地说,是他血肉里的那些圣光燃了起来。那些火焰很奇特,就连衣服都不能点燃,散发的光线却非常明亮,带着神圣的味道。这时候的陈长生看着不像火把,更像是一颗夜明珠。

吱吱的眼睛亮了起来,说道:"让我把他一口吞了!"

徐有容摇了摇头。圣光被魔焰点燃后,发生了神奇的变化,生出的光线拥有穿透实物的能力。教宗神袍与魔殿穹顶都无法挡住这种奇怪的光线,相信龙躯也不行。

陈长生抬头望向夜空,神情凝重。他感觉到,那道光来了。

134 · 光,落在你脸上

在星海的最深处,出现了一个光点。那个光点非常暗小,应该是在非常遥远的地方。

陈长生很自然地想起,当年定命星时曾经看到过的那片如万家灯火的繁星。在这片星海的对面还有一片星海,光点似乎就在彼处的星海里。

那个光点正在逐渐变亮,意味着光源正在接近观察者。光点越来越亮,说明光源越来越近。

还有一种可能。这是一道正对着他的眼睛的光束。陈长生感到了强烈的警惕,因为那个光点由暗到明的变化太快。

下一刻,他的衣袖无风而起,眼里生出无数光影。他感觉到自己那颗像小红果、静悬在星海外的命星忽然动了起来。那道光束还没有抵达这边的星海,却已经造成了影响。

紧接着,很多人感觉到自己的命星受到影响,开始转动起来,魔殿里到处都是惊呼之声。

"星座在改变!"魔族学者看着夜空里的繁星,像看到了灭世的画面一般,疯狂地大声喊道。

　　圣光大陆开始入侵了吗？感受着夜空里的渺渺杀机，人们感觉到强烈的不安。只有黑袍静静看着夜空，淡青色的脸上带着微笑。十年前在雪岭里，陈长生曾经看过类似的画面，但他依然无法平静，因为今夜这道光柱是向他而来。

　　嗡的一声轻响，仿佛伽蓝寺的钟声重新响起，雪老城上空的夜云不停卷动，然后散开。一道光落在陈长生的身上。这道光穿越遥远的星海，落在地面上也只有数尺方圆，可以想象有多么凝纯。只有神明才能做到这样的事情。

　　那道光柱带着毁灭的意味，无比寂清，仿佛来自末世。但陈长生没有像当年的魔君那样被毁灭，站在光柱里，身体完好无损。

　　下一刻，他明白了原因。那道光需要他活着。

　　受到光柱激发，他体内的圣火燃烧得更加猛烈，散发出无穷的光与热，形成小山般的火焰，向着夜空席卷而去。那道火焰越来越高，直至越过魔殿，来到了雪老城上方的夜空里。那道光柱变得更加明亮，与火焰相接的地方，溅射出数十万吨金色的液体。那些金色的液体没有落到地面，而是涂到了夜空里。那里的夜空渐渐变成光滑的镜面，还在不断地扩展，直至占据整个魔宫的天空。

　　那道光柱与陈长生体内的圣光便是连通两座大陆的桥梁，镜面呢？难道是空间晶壁的具象化？

　　来自异世界的强大威压，让空间扭曲变形，尤其是高空出现了很多湍流。远方的那轮明月，因为空间变形的缘故，看上去有些扁。雪老城里到处都是哭喊的声音，民众向着城外跑去，比人族军队破城的时候，更加混乱。地面上出现很多道极深的裂缝，魔殿倒塌，到处都是悬浮在半空中的石头，画面看着异常神奇。那片光镜上出现了一个突起，渐渐向外探出，轮廓越来越清晰，竟然是一张脸。镜面被绷得越来越紧，越来越明亮，直至变成透明，那张脸也终于显现了出来。那张脸上也没有任何情绪，鼻梁高挺，眼睛极深，堪称完美。

　　"大天使……"王之策的神情终于有了些变化，看着那张脸喃喃念道。

　　只有很少的人听到了他的自言自语，在这样紧张的时刻，也来不及去想，他为何会知道这张脸便是大天使所有。

　　随着那张漠然的脸向着地面而来，夜空里的那片光镜变得越来越薄，越来越透明。看到光镜后方的画面，魔殿里响起无数声惊呼，还有黑袍有些疯狂的笑声。那边是无尽的黑暗，数百个天使静静悬浮在空中，白色羽翼非常醒目。

所有人都看到了这幕画面，震撼然后恐惧。不是所有人都害怕，对肖张来说，这些天使就像是蛾子。对他来说，恐惧的来源在于遥远处的那道威压、那道视线。

没有眼睛，但很明显有一位超越物质之上的存在，正在观察着他们所在的世界。

那就是神明？

那些天使仿佛已经来到了雪老城的夜空里，事实上，他们距离中土大陆还有数千万里的距离，甚至远远不止。从时间上来计算，中土大陆上的智慧生命，无论人族、魔族还是妖族，都还来得及写下最后的遗言。

当天使军团随着这道光柱降临，与魔焰里的那些石像融为一体，这个世界便将迎来毁灭。

"您有什么办法吗？"徐有容望向王之策问道。

当所有人的视线都落在那道光柱与陈长生身上的时候，她一直在关注王之策。她相信，像这样的传奇人物，今天既然出现在魔宫，必然有其意义。她注意到一个细节，王之策轻而易举地认出了大天使的脸，这让她更有信心。

然而王之策的回答并不能令她满意。

"我还在想。"想可以说是观察，也可以说是等。

看着光柱里的陈长生，唐三十六根本没有心情去想那些潜台词，冷笑说道："那你来干吗？看戏？"

徐有容收回视线，歪着脑袋，望向夜空里的那面光镜。陈长生注意到了她的动静，心想真是可爱，这几年真是很少看到了。

徐有容想了想，决定不再等王之策，对黑袍说道："我可以阻止你。"

黑袍唇角微扬，嘲讽说道："是吗？"

很明显她不相信徐有容的话，就像先前肖张不相信魔君的话，以为都是虚言恫吓。

陈长生说道："我也可以，因为这方法很简单。"

黑袍微微挑眉，说道："是吗？那你们准备怎么做？"

"杀了我就好了。"

"杀了他就好了。"

陈长生与徐有容同时说道。然后他们对视了一眼。陈长生笑了笑。徐有容没有笑。

一片安静，只有魔焰流动的声音。所有的视线，都落在陈长生与徐有容的身上。

黑袍看着他们，眼神渐冷。这就是答案，也就是唯一的方法。她没有想到，陈长生与徐有容这么快就能想到，而且还能如此平静。

"商行舟死之前对我说，如果你有事，就杀了你。"徐有容对陈长生平静说道，"抱歉，这件事情我没有告诉你。"

135 · 她的答案

原来师父早就已经算到了。陈长生有些感慨。难怪最后那次谈话里，师父说就算黑袍有什么想法也不会成功。

当陈长生在感慨的时候，黑袍的脸色很难看，众人眼里的情绪非常复杂。只有魔君看着徐有容的眼神越来越热切，还有敬意。

难道真的要杀死陈长生？商行舟为什么要把这个任务交给徐有容？

"为什么？"黑袍说道，"你们难道不是道侣吗？"

陈长生与徐有容确实是道侣，还是大陆最著名的道侣，情投意合，无人不知。但商行舟确信她可以杀死自己的爱人，平静而且坚定。当陈长生发现答案，而不愿意去死的时候，徐有容是最好的执行者。没有人会想到，就连陈长生都不会想到，她会杀死他。

商行舟能够算到这点，并且敢用她做执行者，真是了不起。当然，最了不起的还是徐有容。

"还记得十年前在白帝城外我们说的话吗？"徐有容看着陈长生问道。

陈长生找到了答案，而且平静地接受，那么她自然不需要再做执行者。那两句话看似同时响起，其实她要稍晚些。

陈长生记得她说的事情。

如果你的妻子对你极好，但性情极差，更是个大奸大恶之徒，你会怎么办？这个问题是别样红提出来的。陈长生的答案是会劝对方，阻止对方继续行恶，一辈子守在对方身边。这其实和王之策有些相似。唐三十六的答案很干脆——为什么要阻止？大家一起做大恶人岂不快活？

徐有容的答案则像那天城外的西风一样烈："我会杀了他，再随他一起去死。"

陈长生不是大奸大恶之徒。但今夜的情形与这个问题真的有些相似。

陈长生知道她说这句话是什么意思，非常认真地说道："不要。"

徐有容说道："就要。"

如果是别的女子说出这两个字，会有些像撒娇，或者是赌气。她这时候确实是在撒娇，也是在赌气，但因为神情太过平静，却没有人相信。

陈长生看着她的眼睛说道："我死就够了，你不要死。"

徐有容说道："我不想骗你，你死了，又如何能阻止我呢？"

陈长生想了想，说道："有道理，那就一起吧。"

没有悲痛，没有热切，没有眼泪。就这样平静地说着生死与共。叶小涟默默流泪。吱吱很是生气。人们心生敬意。教宗与圣女，果然非常人也。

只有两个人的反应不一样，都很激烈。唐三十六愤怒地喊道："你们两个是白痴啊！还没到最后时刻，扮什么殉情夫妻！"黑袍厉声喊道："来啊！动手杀死彼此啊！我才不信你们真下得了手！"

"我不是白痴，这时候自然不急着动手，我只是告诉你，我随时可以让你的计划失败。"徐有容用一句话回答了两个人的问题，然后望向王之策说道，"你还可以再想一会儿。"

王之策一直在想在观察在等。他还没有等到那个变化，却有些意外地观察到了某些问题。那个连接两座大陆的空间通道，明显有些不稳定。来自圣光大陆的那道光柱没有问题，即便他在伽蓝寺里观察那边已经数百年，也没有看过如此凝纯的能量。

问题出在陈长生的身上，燃烧的圣光数量似乎稍微少了些。当然，这是好事。

黑袍也注意到了这个问题。她很震惊，因为无法理解。她很清楚，当年为了陈长生这颗果子，那位异族教皇做了多少牺牲，灌注进去了多少圣光。以个体而言，甚至可以说他体内的圣光源源不尽。就算这些年，陈长生受过很多伤，流失过很多圣光，也消耗过不少，想来也不及原本数量的万分之一。为何现在他体内的圣光数量少了这么多？就连空间通道都变得有些不稳定？

越来越多的人注意到了这个问题。然后很多人也想到了答案。黑袍也想到了。

这些年,陈长生炼制了很多朱砂丹,每月都要流很多血。那些血里蕴藏着丰富的圣光能量,所以才会被信徒们称为圣血。

黑袍的脸色异常难看,拿出一块铁盘,闭着眼睛开始推演。徐有容同时取出命星盘,开始推演。场间的气氛变得更加紧张。数十道视线在黑袍与徐有容之间不停来回。说到推演计算,毫无疑问,这两个女子乃是世间的最强者。

没有过多长时间,黑袍睁开了眼睛,嘴角露出一抹欣慰的笑意。片刻后,徐有容也睁开了眼睛,有些疲惫地摇了摇头。看到这画面,人们知道了结果。

"空间通道确实有些不稳,但足够支撑到天使军团过来。"黑袍盯着徐有容的眼睛,就像是盯着苹果的老巫婆,咻咻笑道,"所以你还是要动手杀了他。"

唐三十六想不明白,肖张、凌海之王等人也想不明白,如果陈长生死了,空间通道断绝,黑袍一生所愿便会落空,她这时候不应该很紧张吗?为何她却好像更关心徐有容会不会杀陈长生?

这个问题只有徐有容、叶小涟、吱吱明白,南客可能也隐约懂一些,因为她们是女人。

"你来我来?"徐有容问道。

"我自己来吧。"陈长生说道。

嗖嗖嗖嗖!无数道剑啸之声响起。

夜空里出现无数道白色湍流。三千道剑破空而去,如燕而回,静静悬于四周,仿佛停止的暴雨。南溪斋剑阵成。陈长生站在里面。

就像过去很多次战斗一样。但今夜所有的剑都倒转了过来,用锋利的剑尖对准了他。

陈长生闭上眼睛。三千剑震动起来,发出嗡鸣,似乎在挣扎。离开周园剑池以来,他与风雨诸剑心意相通,还是第一次发生这种事情。诸剑接收到了他的意思,却不愿意听从。但终究,这是他的剑。

嗖嗖嗖嗖!三千道剑从夜空里落下,如暴雨般袭向陈长生!

唐三十六的脸色很苍白。叶小涟死死地捂住嘴。小黑龙眉心的朱砂痣无比红艳,竖瞳里满是狂暴的愤怒。

然而,徐有容依然没有看他。她还在看着王之策。王之策终于动了。衣袖微动。

但就在下一刻,他没有举起左手,而是发出了一声轻噫。包括他在内,所有人都看到了一幕不可思议的画面。那些剑飞到他周身时忽然停住了,静止在空中。时间,仿佛都静止了。

136 · 一剑自地起

当时间静止的时候,万物都会静止。即便是空间晶壁那边,正在光柱里缓缓下降的数百名天使,也停在了原地。光线穿透他们的羽翼,变成无数道细丝,画面非常美丽。

关于死亡,陈长生可以说是这个世界上思考最多的人,因为天书陵那夜之前,他无时无刻不生活在死亡的阴影里,虽然后来他获得了自由,但当需要的时候,他很快便可以回到过去,很容易做出决定。

当三千剑从夜空里飞回,即将贯穿他的身体的时候,他真的以为自己已经死了。在精神层面上,他已经死了,但在物质层面上,他还活着。

生存与死亡之间有一条很细微的交界线,在那根线上有着很玄妙的状态,可以理解为叠加,也可以理解为俱非。能够进入那种状态,其实并不困难,也许每个生命在终结的时候,都会进入一次那种状态。问题在于,生命进入那种状态之后,再也无法逆转回到生存的状态,而只能向前,进入无尽的深渊,或者是星海之上。

只有在非常极端的情形下,才会出现例外,比如今夜。那些剑都是陈长生的剑,与他心意相通,甚至可以说彼此共生。当陈长生进入那种状态之后,那些剑自然停了下来。于是,他与风雨诸剑进入了一种相对稳定、非常敏感的境界里,就连时间,都暂时地停了下来。

谁也不知道下一刻,他是死,还是活。静止的世界变成了一张画,或者说一张幕布。

忽然,陈长生睁开了眼睛。他的眼睛是那样的干净,而且明亮,就像是一面镜子,映照出世界的所有细节,无比丰富。

魔焰那边的深渊里,漆黑如夜的崖壁上,忽然生出了一棵青翠欲滴的野草。时间不再静止,世界重新开始活了过来,无数声惊呼响起,然后变得无比安静。

人们感觉到，在陈长生的身上发生了一些事情。唐老太爷与王之策等人，对这方面的感觉更加直接而且准确，因为他们曾经有过类似的经验。黑袍的脸色变得非常难看。他们在陈长生的身上，看到了规则的力量。

陈长生没有完全领悟这种规则，更没能做到超越。但那是生死的规则，属于时间的范畴，只需要领悟百分之一也足够了。

足够做什么？陈长生望向夜空。三千道剑随着他的视线转动，呼啸破空而去，进入那道光柱里。那道光柱直径不过数尺，三千剑进入之后，显得有些挤，看上去就像是在狭窄河道里前行的鲫鱼。在光柱的冲刷下，那些剑的剑身不停地颤抖，却没有停下，拼命地奋勇逆行，似乎下一刻便要化龙而去。剑与光不停地对冲着，溅出无数光屑，就像是岩浆一般，在夜空里到处抛洒，让雪老城变得明亮无比。

看到这幕画面，人们终于确认了那份猜想，震惊得说不出话来。魔君的脸上流露出羡慕的神情。

唐三十六坐在轮椅上兴奋地拍着腿，快活地不停喊道："牛逼！牛逼！"

确实牛逼。睁眼闭眼之间，陈长生便迈过了那道门槛，走进了那片风景里。那片风景是神圣的领域。

以往有没有出现过像他这样年轻的神圣领域强者？陈玄霸当年破境入神圣的时候多少岁？没有人知道确切的答案，这时候也没有人关心这个问题。

陈长生踏进神圣领域，做的第一件事情就是想要斩断那道从圣光大陆而来的光柱，他能做到吗？

"你以为这样就可以？太天真了！如果可以的话，你以为王之策为什么会一直站着？"

黑袍盯着陈长生喝道。她的声音变得非常尖厉，不再像先前那般动听，可能这也代表了她此时的心情。但她说的话，听起来没有错。

那道光柱实在是太强大了，三千剑在其间奋力前行，颤抖得越来越剧烈，仿佛随时可能像片枯叶般坠落。无论唐老太爷还是王之策，又或者是王破、肖张，都没办法帮助他。

这道光柱的另一端在他的身体里，想要斩断光柱，便是斩断他与圣光大陆之间的联系。从某种意义上来说，他就是在与自己战斗。那么，这当然只能是他一个人的战斗。

陈长生没有理黑袍，平静而专注地看着光柱，视线越过那些剑，落在光镜一般的空间晶壁上。光线越来越明亮，他眯了眯眼睛，举起了左手。他的手腕上有五颗石珠，每颗石珠便是一座天书碑。

徐有容以为他要用天书碑迎敌，准备把自己的五座天书碑也给他，却发现他并没有这种想法。五座天书碑出现在魔殿里，没有形成阵法，也没有把陈长生与外界隔绝开来，显得很随意。准确来说，随意的是四座天书碑的位置，最后一座天书碑的位置明显有讲究，就在他的右手边。

这座天书碑对王之策来说非常熟悉，因为这就是当初他放在凌烟阁里的那块。他不知道陈长生想做什么。没有人知道，就连徐有容都不知道。

吱吱感受到识海里传来的召唤，走到陈长生的身边，也是一脸惘然，不知道到底是怎么回事。

做完这些事情后，陈长生的右手握住了剑柄。

没有人知道陈长生准备做什么，也没有人感受到了什么。令人震惊的是，透明光镜那边的大天使，与中土大陆还隔着亿万里，却似乎感觉到了强烈的危险，漠然无识的脸上出现了警惕的情绪，向着后方退去。

"准备好了吗？"

没有人知道陈长生在问谁。他右手边的那座天书碑里，忽然传来落落有些困惑的声音："先生，是你吗？有什么事？"

陈长生说道："没有事，你只要在这里就好。"

他抽出无垢剑，向着夜空里斩了过去。剑意森然而起。三千剑精神一振，呼啸再起，向着光柱尽头杀去，前后不绝，源源不断，仿佛变成了一把大剑。这把剑实在是无比巨大，由地面的魔宫，直要抵到夜空，贯穿天地！陈长生要用这把巨剑，斩断这道光柱！

那种漠然的、居高临下的被观察感，再次出现在众人的心头。众人隐约猜到，应该是那位神明，再次睁开了眼睛，虽然他可能并没有眼睛。

看来陈长生的这一剑，已经威胁到了天使军团降临的计划。一道难以形容的威压，从遥远的异界而来，穿透空间晶壁，落在那把巨剑之上。夜空里传来难听至极的摩擦声与金属弯折声。

陈长生脸色苍白，眼神却更加平静。

吱吱怔怔地看着光柱里的他，不知道自己应该做些什么。

那座天书碑里传来落落焦急的声音："先生！先生！你没事吧？你说话呀！"

摩擦声与金属弯折声渐渐消失。巨剑依然顶着从天而降的光柱！

陈长生撑住了！好强的一剑！当年在雪原上，苏离斩出的惊天一剑，也不过就是这等水准！

陈长生的剑道天赋再高，堪称宗师，但毕竟年轻，刚刚破境入神圣，怎么就能施展出来如此强大的一剑？没有人能想明白。

王之策忽然想起一本非常古老的道典，若有所思。他望向光柱外惘然焦虑而不知所措的吱吱，默默想道："这是青龙。"

然后他又望向那座黑色的天书碑，在心里说道："这是白虎。"

最后他望向徐有容，心想这是凤凰。从位置来看，她与陈长生隔得有些远，看不出来任何特别的地方。

"左青龙，右白虎，凤凰……在心头。"王之策眼睛微亮，感慨说道，"厉害。"

连他都心生佩服的剑，自然是真的厉害到了极点。但这一剑依然只能与那道来自圣光大陆的光柱形成对峙相持的局面。两道难以想象的强大气息，隔着亿万里的距离，在空间之上进行着战斗。

"你不可能成功的！那是无实质的光，你如何能够把它斩断！"黑袍盯着陈长生的脸，尖声喊着，"除非你的真身能去亿万里之外，把光柱之源给斩了！"

有时候所谓一语成谶，只不过是推演计算的过程被隐藏了。黑袍最擅长推演计算。当她说出那句话的时候，极有可能是她潜意识里最害怕那样的事情发生，只不过她自己都没有察觉到。

于是，那样的事情就真的发生了。一道剑光在夜空里掠过。

137 · 一剑天上来

那道剑光非常的淡，就像是落叶在风里画出来的痕迹，不盯着看根本发现不了。

嗤啦一声轻响，夜空里出现了一道非常细的剑痕。那道剑痕刚好就在那面透明的光镜上。

酒囊被割开了一道口子，酒水便会洒出来。金色的浆液向着光镜那边如瀑布般洒落，夜色上的光镜面积以肉眼可见的速度变小。这意味着空间晶壁正在重新变得稳定起来，那条通道正在消失。那道光柱依然连接着两个世界。大天使向着远方飘离，薄唇微启，无声地说了些什么。

喀嚓一声响，遥远的光柱那头忽然从中断开，就像是冰山一般，顺着光滑的截面缓缓滑落。半截光柱落入了虚无的空间里，渐渐飘散，直至最后湮灭。

不知道那位大天使以及最快的数十名天使能不能在空间乱流里活下来。最惨的还是后方的两百多名天使。

光柱断裂，然后滑落，代表着空间的错位。即便天使的身躯拥有难以想象的强度，依然难以抵抗这种空间错位，被切割开来。遥远的空间里到处都是金色的血液，燃烧成朵朵金花。地面上的人们听不到那些天使在喊些什么，但从他们扭曲的面容上可以清楚地感受到他们的痛苦。

不知道从何处传来了一声如雷鸣般的低吟。那声低吟里充满了威严、愤怒以及冷漠。一道闪电穿破夜空，落在了魔宫上方，准确地命中了那把巨剑。哗哗声响里，巨剑破体散开，化作三千道剑，如暴雨一般落下。

陈长生举起剑鞘。三千剑疾速而回，归于剑鞘，很多剑的剑身上，还带着白色的雷电残余。陈长生的脸色越来越苍白，直至最后，终于喷出一口鲜血。幸运的是，没有第二道闪电，那声低吟也没有再次响起。

夜空里的那条空间通道已经消失了，那道光柱也消失了。神明也不是无所不能。

一切归于寂静。金色的光镜变成了无数碎屑，正在缓缓飘落，看着就像烟花一样。看那些光屑飘落的速度，或者今夜的雪老城都会亮如白昼。

除了这些，再也看不到刚才那场战争的残余画面，甚至有种感觉，刚才那道光柱，那些天使军团，都是假的。众人只是做了一场相同的梦。

"看，那边有星星在燃烧。"

忽然有一道稚嫩的童声响起。小道士在叶小涟怀里，指着夜空某处喊道。

被那道光柱影响，星辰的位置有些细微的变化，但那里还是南十字星的位置，看得非常清楚。

并没有什么星辰在燃烧。王之策与唐老太爷对视一眼，看出彼此在想什么。商行舟收学生的本事，真是世间最强。

王破与肖张也感觉到了，紧接着，陈长生也感觉到了。在无比遥远的彼方，在星海那边的星海，有星辰正在燃烧。一道缥缈的剑意在那些燃烧的星辰间若隐若现。紧接着,越来越多的人感受到了那道剑意,虽然他们看不到那些燃烧的星辰。

隔着亿万里的距离,神明都无法穿越,为何那道剑意能够如此清晰地传到这里?

因为那道剑意本来就属于这里。圣光大陆能够感觉到陈长生身体里的圣光,是相同的道理。

"这一剑好生嚣张,难怪都说我与他很像。"唐三十六眉飞色舞说道,非常得意。

"这是怎么回事?遮天剑怎么在那里!"黑袍看着夜空,感受着遥远彼处的那道缥缈剑意,尖声地喊叫着,显得有些歇斯底里。

"你自以为算尽苍生,算尽天地,但你没有算到教宗陛下居然能够破境入神圣,也没有算到有人很多年前已经去了星空之上,他可能在圣光大陆嚣张地过着日子,可能悄悄地观察着对方,直到先前最关键的时刻,发出了最关键的一击。"唐老太爷看着黑袍说道,"而那个人是我花钱养出来的。"

人们已经猜到了那道剑意是谁的手笔,只是听到黑袍的喊声与唐老太爷的话才更加确认。

当然是苏离。

王破微微一笑,没有说话。按照唐老太爷的说法,苏离是被唐家花钱养出来的,他曾经在汶水城做过多年账房先生,更应该算是。

这并非是实情,至少不是全部,只要想想已经死去多年的唐家二爷便能知道。唐老太爷知道,以王破的性情不会否认。苏离肯定会否认,少不得还会骂好多句脏话,谁让他这时候不在呢?

唐三十六觉得有些脸热,心想是不是轮椅里的褥子塞多了。连他都觉得有些脸热,可以想象唐老太爷这番蹭热度、抢功劳的话是多么的不要脸。

不过在这样重要的历史时刻,有这样一番话流传开来,相信在今后的一千年里,唐家不会倒。对唐老太爷来说,这样的机会当然不能错过,因为他的本质就是一位商人。

除了没有算到陈长生会破境入神圣,苏离的那一剑,唐老太爷的无耻,黑袍还有件事情没有算到。今夜的空间通道特别不稳定。圣光大陆的天使军团遭受近乎覆灭的打击,不是因为苏离的剑。苏离的剑再强,也强不到这种程度,但他的剑成功地斩断了光柱,让空间产生了错位。

空间的伟力如同时间一般，难以抵抗，那些天使才会纷纷惨死。根据她的推演，空间通道应该非常坚固，就算陈长生破境入神圣、苏离一剑天上来，也根本没有可能斩破。

之所以如此，是因为陈长生身体里的圣光数量少了很多。陈长生十年来不停地用自己的鲜血炼制朱砂丹，哪怕因此消耗极大、境界始终没有进展。谁能想到，最后竟然会导致这样的结果。好人，看来真的有好报。

很多视线落在陈长生的身上，带着敬意。陈长生的视线落在人群外的小车上。

"师父，这些事情你早就已经算到了吗？"

"那么，你是不是早就已经做好了那种药，却还是让我不停地做朱砂丹？"

"还有，你之所以一直要杀我，是不是与今夜的事情有关？"

陈长生知道自己可能想多了，这种推论更可能只是对死去的人的美化，但他还是控制不住这样想。这样的话，他比较容易说服自己，师父不是不喜欢自己，只是某些更重要的事情，必须那样做。

这些问题已经没有答案，谁也不知道商行舟是怎么想的。就像这时候，也没有人知道黑袍的心里在想什么。所有的谋划都失败了，毕生的追求毁于一夜，任是谁都会承受不住。她站在那里，绝望早就已经变成麻木，甚至已经感觉不到任何生机。

王之策走到她身前，牵起她的手，说道："以后不要这样了。"

说完这句话，他对唐老太爷与陈长生点了点头，便带着黑袍向殿外走去。黑袍低着头，显得特别老实，就像是个顽皮的孩子被家长带回家。

魔殿里异常安静，凌海之王等人看着陈长生。陈长生看着石阶，若有所思。肖张脸上的白纸哗哗作响，不知道是在喘粗气还是什么。王破看着脚下的地，不知道在想什么。唐老太爷闭着眼睛，好像已经睡着。

终于有声音打破了沉默。

"慢着。"唐三十六看着王之策平静说，"王大人，您这是什么意思？"

陈长生收回视线。肖张怪叫了一声。王破抬起头来。唐老太爷睁开眼睛。他们都望向了王之策。

这就是态度。

"她终究是我的妻子，而且……人族着实曾经负她兄妹太多。"王之策对众人说道，"我已经废去她一身修为，日后会带着她在伽蓝寺里清修赎罪，绝不会让她再为祸人间。"

唐老太爷与王破自然看得出来，先前王之策牵起黑袍的手的那一刻，黑袍的修为便被废掉了。

人们不知道该怎么办，王之策的态度很明确，也很诚恳，理由看起来似乎很充分。更重要的是，他是王之策。

赫明神将等军方将领，甚至连司源道人与桉琳大主教都觉得这样做似乎可行。

"不行。"徐有容的声音很平静，也很坚定。

唐三十六说道："亏欠他们兄妹的人是你，是太宗皇帝，是凌烟阁上的那些人，但不是我们。我们还很年轻，没有像你们那样做过太多恶心的事，我们凭什么要为你们的过错承担责任？"

吱吱躲在陈长生身后，看着王之策说道："这个满口谎话的骗子根本不能信，谁知道他会不会一出城就把自己老婆放走。"

王之策没有理会他们，只是看着陈长生说道："如果你处于我的位置，你能怎么做？"

陈长生终于开口说话了："在白帝城里，别样红前辈曾经问过我一个问题，刚才我们还提到过，现在想来，这个问题也很适合您。"他说道，"我们已经给出了答案，只不过您假装没有看到。"

刚才徐有容准备杀了他，然后自杀。他的答案就是，如果你真觉得亏欠周独夫兄妹，那就这么做吧。

魔殿里变得更加安静，有些冷场。

"我要带走的人，谁能留下来？"王之策的声音还是那样平静，语气还很温和，但所有人都感觉到了那种压力。数百年风雨过后，今夜这些人除了唐老太爷已经没有谁看过王之策当年的风采，但谁敢轻视他？不需要任何理由，只需要他的名字，便够了。他是王之策。

当初在寒山，他出现，魔君退，后来在雪原，他出现，魔帅默。更不要说刚才发生的那幕画面。就算黑袍被霜余神枪重伤，就算她心神俱废，但一牵手便废了黑袍的修为，世间有谁能够做到？

在场没有人是他的对手。

徐有容更是知道，今夜王之策有所保留，所以才没有出手。她甚至相信，就算陈长生与苏离没能斩断那条空间通道，王之策或者还有别的方法。王之策

445

的实力，真的深不可测。就像他自己说的那样。他要带走的人，谁能留得下来？

"我想试试。"王破走到场间，对王之策说道。

十几年前，浔阳城一场风雨，那时候的王破已经是举世闻名的高手，但还远不如现在强大。那时候的他，为了自己并不喜欢的苏离，就敢对着朱洛拔刀。更何况现在？

那场浔阳城的风雨里，还有一个人今天也在场。

陈长生说道："我也想试试。"

随着他的话音落下，清湛的光线照亮夜殿，数件重宝升上夜空，散发出神圣而强大的气息。星核、暗柳、山河图、天外印、落星石、光明杵。离宫大阵已成。

国教神杖再次出现在唐三十六的手里。

"这个世界是由无数个鲜活的生命组成的，他们不是冰冷的石子，被做成棋子，成为你们玩的游戏里的一部分。"他对王之策说道，"对那些因为你妻子而死去的生命，您应该表现得更尊重些。"

废尽修为、幽禁山寺是不够的。更加尊重的意思就是：以命还命。

肖张抱着霜余神枪走了出来。

唐老太爷掸了掸身上的灰尘。

138·黑袍之死

王之策的唇角露出一抹自嘲的笑容，眼神有些伤感。就在雪老城刚被攻破的当夜，就在圣光大陆入侵危机解决后的当下，他便要面对四位人族圣域强者的围攻。

"在您看来，这是很伤感的事，在我看来，同样如此。"陈长生说道，"我看过您的笔记，还有很多与您有关的书，我真的很希望今夜没有看到您，那样您还是我心里的传奇。"

王之策松开黑袍的手，走到台阶下，看着众人平静说道："抱歉。"

紧张的气氛忽然被一个声音打断。

"我说……诸位能不能稍微尊重一下我？这里是我的家。"魔君向前走了两步，说道，"难道不应该我才是今夜的悲剧主角吗？"

唐三十六想着那些信，微笑说道："悲剧往往源自别扭，你还年轻，不算别扭。"

"我把这当成赞美。"魔君看着他认真地说道,转身望向黑袍,情真意切说道,"你真准备和这个男人一起离开吗?"

黑袍微低着头,唇角露出一抹凄楚的笑容,虽然脸色是诡异的青色,却依然有种妖异的美感。

魔君的眼神变得炙热起来,说道:"我不会让你走的!"

风起无由,王之策不见如何动作,便回到台上,扼住了魔君的咽喉。一件法器落在魔君的脚下,摔得粉碎。刚才他用这件魔器对准了黑袍,却没有来得及击发,便被王之策制住了。魔君脸色通红,快要喘不过气来,却不停地笑着。

王之策缓缓松开了手,脸色变得有些苍白。黑袍倒在地上,已经死了。一把看似普通的剑贯穿了她的身体,直接毁了她的幽府。

握剑的,是一个青衣人。青衣人一直隐藏在魔君的阴影里,直到找到先前的机会,才暴起出手。

哪怕有魔君帮助,哪怕王之策的注意力都在王破等人身上,能当着王之策的面杀人,青衣人当然不是普通的刺客。

他是天下第一刺客,刘青。陈长生与王破对视一眼。浔阳城风雨里的三个人都到齐了。

黑袍就这样死了。王之策静静站在她的身前,不知道在想什么。到最后,他也没有出手。

他把黑袍的尸身抱了起来,向魔殿外走去,很快便消失不见。

唐三十六对魔君说道:"谢了啊。"

魔君说道:"我说过我爱她,没办法同年同月同日生,至少也要同年同月同日死。"

唐三十六说道:"受不了你们。"

魔君微笑说道:"以后不用受了,再见。"

陈长生认真说道:"走好。"

唐三十六有些艰难地走下轮椅,对他说道:"慢走。"

走进如夜色的魔焰,魔君的身体渐渐变成虚无。直到最后的时刻,他的脸上还带着笑容，有些满足，有些诡异，不知道意味着什么。

落雪了，雪花在夜空里到处乱飘。那些光屑还在夜空飘着，就像烟花一样。
王之策抱着黑袍离开了雪老城。半城烟花，半城雪。
远处的雪丘上，一只黑羊静静看着这边。

夜晚终究会过去，黎明一定会来临。叛军终于被击溃，逃出了京都，平北营与羽林军合兵一处，开始追杀。轩辕破把指挥权交给了人族军官，留在了国教学院。

一夜苦战，即便是半步神圣的他也受了很多伤，尤其是被天海家的高手围攻时，左肩被砍开了一道大口子，当时血流得像是瀑布一样，连他自己都觉得有些奇怪，为什么到这时候，自己还不觉得晕。当然，那些天海家的高手都死在了他的铁剑下。

想到很多年前，自己在青藤宴上正是被天海牙儿打成残废，轩辕破难免有些感慨。他知道，天海牙儿三年前便死了，据说是郁郁而终。

走在国教学院里，感受着师生们投来的敬畏目光，轩辕破觉得有些不自在。国教学院的师生，明显把他当成了陌生人。他可是国教学院的故人，甚至好像还有个职位。

藏书楼那边要清静很多，那道矮墙已经拆了，小楼依然保留着原状，除了苏墨虞，没有教习与学生能住在里面。那些房间是留给折袖、唐三十六、陈长生还有他的。小楼前有很多树，靠近皇宫方向的林子里大树更多。

轩辕破有些怀念，也有些遗憾。以前他经常在那片树林里撞树，现在他不敢这样做了，现在他随便一撞，再粗的树都会断掉。

走到湖的对岸，轩辕破看到了自己最熟悉的建筑——厨房。当初的厨房被无穷碧毁掉，现在这个是后来修的，但没有任何区别。

轩辕破走进厨房，看着那些锅碗瓢盆，想着陈长生少油少盐的要求，便觉得嘴里要淡出个鸟来，接着想到和唐三十六吃过好些次的水煮蓝龙虾浇白饭，又觉得口水要淌出来了。

厨房里没有吃的，看来平时这里没有人用，轩辕破有些遗憾。离开之前，他看着整齐的柴堆沉默了一会儿，把铁剑插了进去。很多年前，他在这里烧火做饭的时候,习惯性地这么做。

只不过今天他不准备再把铁剑拿走,因为他想学学唐三十六和陈长生。数十年甚至数百年后,国教学院一名受欺负的新生在柴堆里发现这把铁剑,此后会发生怎样的故事?对此,轩辕破非常期待。

落落听到这件事情后也很感兴趣,笑了起来。很快笑声便停止了,她的心情不是很好。

昨夜很漫长,首先是皇帝师伯变成了一个太阳,紧接着,先生在雪老城里与她通话,让她不要乱动。雪老城里究竟发生了什么事?既然皇帝师伯这么厉害,那我们还来京都做什么?

"我们做的事情是不是没有意义?"她站在大榕树上看着轩辕破认真地问道。

轩辕破站在树下,担心殿下会摔下来,说道:"您已经十几年没爬过这棵树了,当心滑。"

落落做了个鬼脸,熟悉地跳过一根树杈,走到树枝的前方,望向湖面。树会长大,但形状不会变太多。

"院长说过,过程比目的更重要,那我想……我们来京都当然就有意义。"

轩辕破顿了顿,说道:"其实我并不理解这句话的意思。"

"你真是一头笨狗熊。"落落说道。

轩辕破心想如果你不是殿下,而是唐三十六,那我肯定不会放过你。

落落解释道:"先生的意思很简单,我们都是要死的,目的已经注定,那么过程当然才重要咯。"

轩辕破很认真地想了想,说道:"好像确实很有道理。"

落落看着湖面,发现了一条非常肥大的锦鲤,却不知道是不是以前那一条。那条肥大的锦鲤渐渐向着湖底沉去。忽然,它摆动尾巴开始快活地游回湖面,带起道道水花。

落落高兴地笑了起来。

很多天后,陈长生一行人回到了京都。街巷间还能看到战争的痕迹,有很多倒塌的建筑,听说就连东御神将府的花厅都塌了,好在没有人出事。百花巷里的酒楼更是损失惨重,两场秋雨过后,依然不知道从哪里还是会生出烟来。

陈长生没有先回离宫,而是直接去了国教学院。没有多长时间不见,却很是想念。

　　落落正要扑进他的怀里，忽然感觉到他身上有了些不一样的地方，不由睁大了眼睛。陈长生点了点头。落落啊的一声轻呼，赶紧捂住了嘴，眼里满是惊喜。陈长生笑着揉了揉她的头。

　　落落歪着脑袋，眯着眼睛，就像是只小老虎，很是可爱。

　　陈长生收回手。落落正准备继续刚才的动作扑进先生怀里，忽然看到了一抹白衣。她赶紧敛了笑容，认真说道："见过师娘。"

　　徐有容回来了，唐三十六也回来了，苏墨虞与初文彬等师生也回来了。

　　当然，总有些人回不来了。

　　关飞白与白菜没有来京都与苟寒食相会，直接回了离山。离山弟子们看到那些骨灰罐后，大哭了一场，然后大醉了三天。

　　七间也很伤心，因为梁半湖师兄死了，但她没有喝酒，因为除了伤心，她更多的是忧心。折袖没有回来。他没有回离山，也没有回国教学院，草原上的狼族部落也一直在找寻他的消息。没有人知道他在哪里，也不知道他是死是活。

　　陈长生看着紧闭的房门，说道："当年他能从周狱里活着出来，没道理就这么死了。"

　　唐三十六微笑说道："我也认为他还活着，因为他还欠我很多钱没还。"

　　雪老城迎来了严寒的冬天，鹅毛般的大雪不停地落着。

　　城里因为王公贵族们死后留下的物资够多，还算不错，城外的日子则很难过。人族占领军用严苛的律法维持着城里的治安，城外则管不了那么多，只看明年春天的时候，有没有粮食援助到来。

　　城北有片草坡，被厚厚的积雪覆盖，根本无法看出来这里曾经是一座墓园。只有偶尔露出雪面的黑碑，表明这里曾经的用途。

　　雪地忽然动了起来，渐渐隆起，然后积雪落下，露出一个人来。那个人穿着破烂的衣衫，露在衣服外的皮肤是令人作呕的淡青色，散发着浓浓的尸臭味，真不知道是尸体还是活人。如果不是天气太过严寒，只怕这些尸臭味会传到很远的地方。

　　那个怪人捧起积雪，缓慢地擦洗着自己青色的身体，然后从雪下的墓坑里找到一件黑色的袍子，罩在了身上。帷帽掀起，可以挡住风雪，也可以挡住视线。隐约可以看到，怪人的眼神非常冷漠。

139 · 天凉好个秋

从墓地爬出来的怪人，就是黑袍。她的手段确实了得，竟是把所有人都欺骗了。

是的，这片墓园并不是用来联系圣光大陆的祭坛，只是用来转移魔君注意力的手段。但这片墓园确实是座祭坛。那些被用来献祭的贵族，不是向圣光大陆献祭，而是向深渊献祭，用来帮助她复活。

这种邪法，便是她能够活这么多年，很难被杀死或抓住的最大秘密。在过去的数百年里，这样的事情她已经做过两次。

建立与圣光大陆的空间通道的同时，她没有忘记把自己的后路安排妥当。所以陈长生破境入神圣，苏离的一剑天上来，确实让她非常失望，痛苦至极，但不至于让她绝望。

只要还活着，便有卷土重来的机会。那时候，她已经做好了被人族强者杀死的准备，只等着通过祭坛复活便是。

谁能想到，王之策不准备杀她，只想把她囚禁在伽蓝寺里，甚至为此不惜与人族强者们翻脸。这件事情真的有些嘲讽。黑袍没有感动，只是焦虑。

魔君感受到了她的情绪，于是想办法帮助刘青杀了她。名义上，他是想与她同生共死，其实不然。虽然那时候魔君也不知道黑袍究竟想做什么。只能说，魔君真的很爱她。

狂风呼啸，积雪微动。她的视线落在雪地上，看到了雪里那些残留很少的金血。那些都是魔帅的血。魔帅是她最信任的同伴。她现在使用的身体便是由魔帅亲自挑选、亲自放进这个墓坑里。

黑袍知道随后魔帅遇到了什么事情。对此，她深感抱歉。直到最后，魔帅也不知道她欺骗了自己，她想连魔族也一起灭掉。

黑袍蹲下来，伸手在雪里蘸了些早已变色的金血，伸到鼻端嗅了嗅，然后吻了吻。

她站起身来，向雪坡上方走去。在墓坑里她停留了很多天，直到确定人族军队的戒备已经放松，才敢出来。

这些天里，除了雪水她什么都没有吃，还要忍受严寒的折磨，所以她现在非常虚弱。最重要的是，她现在需要重新修行，需要数十天才能有些自保之力，至于恢复到全盛时期的水准，只怕还要数十年时间。

她慢慢走到雪坡顶部，望向远方的雪原，有些轻微腐烂的唇角露出一抹笑容。想着这些天自己承受的严寒、饥饿，她觉得自己真是一位了不起的复仇者。

在雪原里，她准备了很多藏身之所，还有食物，只要能够走到那里，便可以迎来暂时的安全。等到她恢复实力才会重新回到雪老城，不，直接回到南方久违的故国。

她已经想好了到时候应该怎样做，彻底击败魔族的人类，必然会再次陷入内部的争斗，无论是南北之间，还是朝廷与离宫之间，人族与妖族之间，甚至那对师兄弟之间，都会产生新的矛盾。

这是历史的必然，也是她将会利用的规律武器。复仇还将继续。

黑袍回首望向雪老城，生出淡淡的感慨意味。

故事一般都是这样写的，会拥有一个开放的结局，等待着很多年之后的新篇章出现。但今天这个故事不一样。

黑袍准备走下山坡，消失在茫茫雪原。就在这个时候，一片雪地高高隆起，然后四散开来。一个非常高大的魔族从雪地里站了起来，阴影落在了黑袍的脸上。

黑袍只看了一眼，便确定应该是庞大固埃家族的成员。问题在于，怎么看这个魔族都已经死了，是一个尸体，只不过因为最近天寒地冻，才没有腐烂，像是一具僵尸。僵尸怎么可能从墓园地底站起来，然后向自己扑了过来？

黑袍看着越来越近的那具尸体，眼瞳缩小，心想这究竟是什么鬼？

如果是以前，黑袍只需要轻拂衣袖，甚至只需要看一眼，便能让这具尸体变成粉末。但现在她修为尽失，非常虚弱，根本没有这个能力，想要避开都无法做到。轰！那具高大的魔族尸体直接压在了黑袍的身上，把她压到了雪地上。

不知道是巧合还是有意，雪地里有一块坚硬的石头，刚好顶在她的颈部。啪的一声轻响。黑袍的颈椎断了，鲜血缓缓地流出，渐渐染红雪地。

她睁大眼睛，看着灰暗的天空，充满了愤怒绝望，还有一抹惘然。此时的她，就连快要落在眼睛里的雪花都无法吹走，更不要说推开那具沉重的魔族尸体。她只能无助地等着死亡到来。

片刻后，那具沉重的魔族尸体自己翻移到了旁边。伴着嗤啦一声响，那具尸体的胸腹部出现了一道裂口，一个人从里面慢慢地爬了出来。那个人穿着件很单薄的衣服，身上到处都是血污与污迹，非常瘦削，脸色苍白，散发着恶臭。不知道是不是用完了最后的力气，那个人沉重地喘息着，躺在雪地上一动不动，就在黑袍的身边。

黑袍有些艰难地转过头去，看着他问道："你是谁？"

那个人的声音很小，很沙哑，因为已经好些天没有喝过水了："我叫折袖。"

黑袍知道折袖是谁，沉默不语。

寒风在雪坡上呼啸而过，远处有骑兵驰过，没有人注意到，在雪坡的顶上，有两个人静静地并排躺着。

如果有人从高空望下来，或者会觉得这个画面有些唯美，他们很像殉情的情侣。遗憾的是，这并非实情。

不知道过了多长时间，黑袍幽幽地叹了口气，问道："你是怎么知道的？"

这问的自然是折袖如何猜到她会借用墓园里的这具尸体复活。

折袖说道："我不知道你想做什么，只是我来这片墓园的时候，刚好看到你也在。"

当时人族大军快要攻破雪老城，在那样紧张的时刻，受伤的黑袍还有心情来到这片墓园，这说明这片墓园对她很重要。

黑袍说道："所以你一直在这里等着我回来？"

折袖说道："是的。"

黑袍说道："难道你就没有想过，你的想法可能是错的？"

那夜在魔殿她被刘青所杀，神魂借祭坛之力逃离，但她没有急着离开，非常谨慎小心地在墓地里藏了数十天。她想不出来还有谁比自己更能忍耐。更何况，折袖没有道理为了一个推论在这片墓地里忍耐这么多天。

折袖说道："别的地方不需要我，我适合做些拾遗补缺的事情。"

黑袍说道："如果我始终不出现呢？难道你会一直等下去？直到最后变成真的僵尸？"

折袖说道："不会，确认你不会回到这里的时候，我自然会离开。"

黑袍问道："你如何确认？"

折袖说道："狩猎的时候，最重要的不是经验，而是直觉。"

黑袍说道："如果你的直觉出错了呢？"

折袖说道："不是每次狩猎都一定能够打到猎物，下一次再来就好。"

黑袍想了想，说道："有道理。"

折袖重新出现的消息很快传到京都，随之而来的还有那条更隐秘的消息。

直到看到信里的内容，陈长生才知道原来黑袍并没有死，然后死在了折袖的手里——这件事情并没有公开，因为折袖在信里说得很清楚，他不需要这样的荣誉，为了各方面考虑，这段插曲就当没有发生为好。

所以刘青还是以为黑袍是死在自己的剑下，觉得再没有什么职业方面的追求，确认朝廷与离宫不需要他去打听曹云平的消息后，他在徐有容与梳琳大主教的见证下，非常平静地结束了自己的杀手生涯，开始了自己的晚年生活。

陈长生去了北兵马司胡同，与陈留王见了一面。到了这个时候，陈留王自然没有什么再隐瞒的必要，平静之中带着几分傲气，没有任何阶下囚的自觉。看着这位曾经很熟悉的友人却有些陌生的脸，陈长生终于明白了唐三十六为什么一直不喜欢他。

——陈留王是一个非常冷静而清醒的人，他活得非常明确，知道自己的一生究竟想要追求些什么，于是他的欲望会显得非常光明正大，也可以理解为赤裸，最终显现出来的便是平静，而这便是唐三十六最反感的矫情。

陈留王看着陈长生的眼睛说道："在另外的历史里，也许最后是我赢了。"

陈长生说道："可能吧，因为那个历史里没有我。"

四年前，北兵马司胡同里的那个小院重新种了一株海棠树。两年前，天书陵的修复工程正式完工。十几年前那场大战以及十年前那次冲突里被破坏的河堤与青石道都被修好了，在能工巧匠的用心打造下，没有特别崭新的感觉，有些修旧如旧的意思。

看着青林，王破想起了荀梅。他走上神道，没有谁来阻止他。

凉亭已经塌了，并没有重修，汗青已经死了，这里已经没有守陵人。他走到峰顶，看着那座无字的天书碑，沉默了很长时间。他转过身去，望向陵下的京都，视线最终落在皇宫上。

天凉好个秋。

他转身离开,再也没有来过京都。

陈长生来到皇宫,把王破离开的消息告诉了余人。余人神情不变,但赫明神将以及大臣们的表情明显轻松了很多。

人们退下后,余人才对这件事情或者说王破这个人做出了自己的点评:"心怀苍生,真国士也。"

陈长生的心情有些沉重,王破的离开让他想起了商行舟的一生。

"师父这辈子也是就想做一件事,现在如果他还活着,肯定会很开心,但可能……也会很空虚吧。"

"也许。"余人没有把话说完,看着案上的那张纸,摇头说道,"用笔不对,重写一百遍。"

对书法课本来就很抵触的小道士,眼里满是水光,可怜兮兮地望向陈长生,喊道:"师兄……"

当年在西宁镇旧庙的时候,如果余人和陈长生默书出错,必然要被惩罚。这样的画面,陈长生见得太多,伸手摸了摸小道士的脑袋,笑着说道:"他是大师兄,我也要听他的。"

余人说道:"所以说,在合适的时候离开,是非常美好的事情。"这是回答陈长生刚才的那句话。

因为有些突然,陈长生怔了怔,才做出回答:"是的。"

140·圣光大陆之行

回到离宫,再次谈起王破离开的事情,徐有容说了一句类似的话:"死国矣。"

王破放弃了向大周皇朝要公道的想法,放弃了向陈氏皇族复仇,这是非常困难的事情。在精神层面上,这与为国牺牲没有什么差别。陈长生深以为然,然后又想到了师兄最后说的那句话。

"在合适的时候离开,是非常美好的事情。"

任谁来看,这句话都是在说商行舟。陈长生也不否认这一点,却又总觉得这句话与自己有关。

"我可能……会离开一段时间。"他有些犹豫说道。

徐有容说道："理由？"

理由有很多，比如刚才那句话，比如师兄教小师弟练书法的时候那么严厉，让他想起了师父。比如，很多大臣与百姓都在称赞，说师兄与太宗皇帝越来越像了。

但这些理由都说不出口，因为都是他的猜想，没有任何证据，而且这种猜想，真的很不负责任。他没有说，但徐有容知道。

她说道："也许你想多了。"

"是的。"陈长生看着她认真说道，"但太宗皇帝在做出那些事情之前，也不见得就是我们知道的太宗皇帝，他是所有人都称赞的齐王，后来的杀兄弑弟囚父，也许都是他被逼无奈做的选择。"

徐有容说道："所以？"

陈长生说道："我不想他成为第二个太宗皇帝，所以……我想离开。"

"如果只是这个理由，我不支持，因为这完全是被动的借口。"徐有容说道，"活着，应该是主动行为的集合。"

陈长生想了想，说道："我自己也想离开。"

徐有容再次说出那两个字："理由？"

陈长生说道："我想知道自己是从哪里来的。"

从十岁那年开始，他便在死亡的阴影下生活。天书陵那夜天海圣后帮他逆天改命，他终于不用再每天考虑死亡的问题，有资格考虑别的一些问题。生死问题之外，人生最重要的问题就是那三个。

你是谁？你从哪里来？你要到哪里去？

想要解答第三个问题，首先要弄清楚前面两个问题。

与魔族的战争还没有完全结束，但已经不用他再做些什么。

商行舟、黑袍说他来自圣光大陆，他想去那里看看。

"我接受这个理由。"徐有容说道，"但时间不要太久。"

陈长生有些意外说道："你不准备和我一起去？"

徐有容很认真地说道："我是在京都出生的。"

陈长生回到了西宁镇。直到这个时候，他还在想与有容最后的那番谈话，然后他想起来很多年前，在京都李子园客栈里，唐三十六对有容的评价——

那是一个让人无话可说的女人。这个答案让陈长生稍微欣慰了些,却忘了唐三十六对他的评价也是如此。他这个教宗忽然离开,不说不负责任,也确实让人无话可说。

深冬时节,溪畔的花树已经变秃了,水面没有花瓣,旧庙里也没有了书。

陈长生在旧庙里睡了一晚,第二天清晨五时醒来,用溪水洗脸,便向那边走去。那边是越来越深的雾气,到最浓时便成了云,云里有溪水,有蔓藤,有容易受惊的小鹿,还有很多影影绰绰、不知来历的野兽。

这些都是他很熟悉的环境,没能让他的脚步有任何停留,直到走到那座孤单的高峰脚下。一只独角兽出现了,通体洁白,仿佛灵物。陈长生与它静静地对视着。他知道这只独角兽一直在等自己,已经等了很多年。

"不用一定要和谁在一起,自己便很好。"陈长生看着它摇了摇头,微笑说道,"去吧。"

独角兽有些不舍地离去,走十几步便会回头看他一眼。陈长生静静地看着它,没有转身离开,直到它消失在浓厚的云雾深处,才继续自己的旅程。

孤峰被云雾终年包围,表面很是湿润,到处都是青苔,还有不绝的流水。但对圣域强者来说,这些算不上困难,就像平地一样。

九天之前,太阳落入云墓里,再也没有出现。第十天,陈长生来到了孤峰之上。

除了云海,这里什么都没有,特别冷清,令他生出孤寂的感觉。他坐在峰顶的石头上,取出一个果子,缓慢而认真地吃掉。

剑鞘里有很多东西,包括食物,那是吱吱亲自准备的,分量很多,但他什么都没有拿,就吃了一个果子。就像他选择攀爬,而不是别的方式来到峰顶,这可能是他需要的仪式感。

吃完果子后,他抬头望向天空,发现天空就在眼前。他伸手摸了摸,发现天空的触感不错,不像想象中那般坚硬,很光滑,有些弹性,就像有容的脸。

他闭上眼睛。三千剑呼啸而出,在云海之上来回飞行,显得无比欢愉,大概它们也知道,即将去往别的世界。

陈长生到了天空的那边,然后摔到了地上。并不是很疼,因为地面上是如茵般的青草，很是松软。这是一片数百丈方圆的草原。

陈长生回头望去，只见被破开的空间晶壁正在缓缓合拢，天空的颜色变得越来越淡，直至要消失无踪。

他看得非常清楚，在中土大陆直抵天空的孤峰，在这边看起来却是正对着他。原来两个大陆并不是平行的，而是垂直的。中土大陆对于这里来说，就像是一道墙。

那片草原真的很小，只是片刻便走了出去。草原外面，便是荒漠，白色的沙砾，构成了如白海一般的世界。

九个太阳光线是那般的耀眼。陈长生随意选了一个方向行走。一步便是数里。

很快他便遇到这片大陆的原住民。越来越多的原住民。没有人来询问他的来历，更没有人敢阻拦他。原住民们敬畏地看着他，像潮水一般分开，直至露出那个祭台。

天气真的很热，那个身穿白衣的僧侣却坐在祭台上，任由阳光曝晒。当年，陈长生曾经随天海圣后的神魂，在西宁镇溪边见过他。

"我快要死了，气血枯竭，所以有些冷。"白衣僧侣向他解释道。

陈长生说道："这里确实有些冷。"

白衣僧侣说冷还有道理，他为何也觉得这里冷？

要知道天空里的那九个太阳都是真的。

"你是来接我们回家的吗？"白衣僧侣问道。

听到这句话，祭坛四周的数十万民众，如潮水一般跪下，带着哭声祈道："莫不为家园。"

陈长生望向这些民众，沉默不语。

僧侣说道："你师父曾经答应过我。如果你不同意，我会等着你师弟来做这件事情。"

陈长生说道："如果我能回来，会认真地考虑这件事。"

僧侣明白了他的意思，说道："你想看来时的路？"

陈长生说道："是的。"

僧侣说道："你应该清楚，这里并不是圣光大陆。"

陈长生点点头。很久以前他就已经知道，这里并不是圣光大陆。如果圣光大陆如此之近，中土大陆上只怕早就被那神明奴役。

这里是曾经的主体文明大陆，如今的遗弃之地。那些炽烈的、灼热的、看似充满能量的光线，并不是真正的圣光，只是假象。这座大陆已经失去了所有能量，生机正在不停地流失，随着时间，不停衰败。

"当年，我们把叔王的三滴血通过祭台送去了圣光大陆。"白衣僧侣说道，"然后才有了你。"

他说的叔王，便是陈玄霸。

陈长生沉默了一会儿，问道："圣光大陆的人可以通过祭台来到这里？"

"这座祭台只能传输非生命的物体。"白衣僧侣摇了摇头，说道，"叔王的血并没有活性，遮天剑也不是活物。"

陈长生说道："但我是活的。"

白衣僧侣说道："难道你现在还没有明白？你被送回来的时候，只是一颗果子。"

陈长生再次沉默了一会儿，说道："那我是怎么生下来的？"

白衣僧侣说道："同样也是十月怀胎。"

陈长生明白了，带着一线希望说道："她还活着吗？"

白衣僧侣有些怜悯地看着他，就像看着二十几年前那个少女。

"你出生的时候，她就死了。"

陈长生沉默了很长时间，说道："你们都是坏人。"

这句话里的你们指的是白衣僧侣、黑袍，还有他的师父商行舟。

"圣光大陆一直想通过这个祭台，打通空间通道。"白衣僧侣说道，"最接近成功的一次是十几年前，他们等着商行舟向你发动神罚，或者用我的神魂为引。"

直到这个时候，陈长生才知道，圣后娘娘当年对战三位圣人的时候，为何会对西宁镇溪边僧侣的神魂最为在意。

他看着白衣僧侣的眼睛说道："如此说来，你是最坏的那个。"

白衣僧侣沉默片刻后说道："我没有去过圣光大陆，但曾经感知过神明的力量，那不是我们能够对抗的。"

陈长生说道："即便如此，也不能为敌前驱。"

白衣僧侣说道："如果不是圣光大陆通过祭台向这里补充能量，这座大陆早就已经彻底荒废了。"

陈长生说道："如果不是圣后，中土大陆也已经荒废了。"

白衣僧侣说道："我一直觉得天海圣后没有死。"

陈长生想起来当初在西宁镇，圣后娘娘曾经对这名僧侣说过，她自有传承。

天海圣后的传承究竟指的是什么？是余人和陈长生，还是徐有容？

遗弃之地，到处都是荒漠。在荒漠的边缘，距离原住民们生活的绿洲数十万里的地方，有一片大海。这片大海里没有任何活着的生物，就像是一片死海。但再如何荒寂的世界，也会有些非常不一样的生命存在，或者那已经不是生命，而是死灵。

海面生起巨浪，寒风呼啸。一条十余里长的幽冥骨龙，在风浪里不停穿行。

这条幽冥骨龙并不是想向天地炫耀自己的力量，也不是想向神明诉说自己的绝望，而是被逼无奈。一只松鼠蹲在骨龙的眼睛里，就像是一个黑点。它看着扑面而来的浪花，根本没有害怕，不时发出快活的叫声。

原来这条幽冥骨龙是在陪它玩耍。

海边，一只黑羊静静地看着天空，不知道在想什么。

"我要去圣光大陆。"

"我没去过圣光大陆，也去不了。"

"苏离是怎么过去的？"

"如果我没有猜错，他应该是通过伽蓝寺去的。"

听到这句话，陈长生很是吃惊。他知道王之策与吴道子一直在伽蓝寺里，应该是在试图修复当年的壁画，重续佛宗传承。

所有人都以为，伽蓝寺肯定是在某个极为偏僻的深山里，谁能想到，伽蓝寺居然不在中土大陆，而是在遗弃之地。

走进伽蓝寺，吴道子还在墙壁上画画。然后，他看到了王之策。王之策满头白发，横笛轻吹，不知道是在想念谁。

陈长生没有歉意，但有敬意。原来这些年，王之策一直在替人族看守最重要的通道。如果伽蓝寺可以通往圣光大陆的话。

"这里有一空间裂缝，非常不稳定，需要时刻修补。"王之策放下笛子，对他说道，"吴先生做的便是这件事情。"

吴道子盯着墙壁上的画冷笑说道："当初在离宫里，也不知道是谁把我打得那般惨,现在知道我有多重要了吧?"

王之策说道:"我没有太多时间精力去管别的事情。"

自从知道王之策还活着,关于他有很多不好的评价。不理世事,便是不负责任。陈长生有过类似的想法,直到今天才知道,这些都是误会。伽蓝寺太过重要,与此相比,中土大陆那些权力争斗,生死搏杀,真的都是小事。

"既然这里有空间裂缝,神明为何不从这里破开一条空间通道?"陈长生问道。

王之策说道:"因为神明也无法保证这条空间通道是单向的。"

陈长生不明白这是什么道理。

王之策说道:"你去了那边便知道了。"

陈长生说:"您去过那边吗?"

王之策说道:"我还没有做好与对方见面的准备。"

陈长生想了想,说道:"苏离与我这样做,是不是有些不负责任?"

王之策说道:"好奇心是我们生而为人最美好的禀性,值得为之冒险,甚至付出所有。"

陈长生说道:"我该怎么去?"

王之策把他带到壁画前。墙上画着很多景物。有尖顶的建筑,线条里天然有着一种神圣的意味。有草场与白云,有散落的小屋,有热闹的市场,还有看似阳光明媚、实则阴森的斗兽场。从建筑风格上来看,这些与雪老城很相似。

壁画上还有很多与人族不一样的智慧生命。有些像工匠般的生命就像低等魔族,只是更加矮小,有些生命则是十分美丽,很像避居大西洲的秀灵族人。

陈长生看得越来越入神,直到听到钟声,才醒过神来。放眼望去,是青色的草场,碧空上飘着白云,前方的教堂传来钟声,一幢四方的建筑里传来喊声。那种语言与魔族语言非常接近,陈长生能够听懂,应该是上课的意思。

原来他已经来到了圣光大陆。

141 · 神隐之路

新国三十三年春,发生了很多事情。首先是大周皇帝陛下颁布了一道旨意,要求离宫尽快推选出一位新的教宗。这件事情引发了轩然大波，没有几个人知道，在颁布那道旨意之后，皇帝陛下坐在皇位上发呆了很长时间，然后让师弟给圣女峰写了一封信。

太平道上也很热闹，中山王因为炸酱面的味道不对把新来的厨子骂成了牛屎。不远处的薛府，在大朝试里拿了第二名的薛业谨，出了天书陵第一件事情便是被母亲带着到处相亲，每天夜里长吁短叹。薛府旁边那座周通的秘宅则是被莫雨暗中收了过去，最近下朝后她最爱做的事情便是与娄阳王在这里研究酸萝卜怎么做才好吃，看来她是真的怀孕了。

前浔阳城守奉圭君一直留在雪老城，据说是在学习歌剧的唱法，魔族的文明成果被大周王朝毫不客气地举世共享，最珍贵的通古斯大学者的研究笔记由朝廷与离山各自拿了一半。到现在为止，苟寒食已经三年没有离开过主峰，日夜与那些研究笔记相伴，秋山君则只是看了三天，便不顾父亲的苦苦恳求，单身离开，去往遥远的寒冷的雪原。待关飞白知道消息从汶水赶回来后，已经看不到他，也没有机会再问大师兄当年写给梁半湖的那封信里究竟是什么内容。

没有人知道秋山君去了北海，在那里他找到了伊春山人与镜泊山人。他没有隐瞒自己的意图，直接告诉两位山人，他准备在北海边生活很多年，等到对方自然老死，然后会拿着通古斯大学者的笔记解剖研究他们的身体，希望找到让魔族继续繁衍下去的方法。两位山人没有生气，也没有觉得他是个疯子，笑了笑便同意了他的要求。

第二天清晨秋山君看到南客，才知道她已经在这里生活了好几年，只是看起来她的病没有好，反而有些加重。

他微笑说道："巧了，我最近学一首剑曲，你要不要听？"

世间一切都很好，唐三十六却不怎么好。在汶水城再如何嚣张也显不出本事，回京都又受不了折袖与七间那对狗男女秀恩爱的模样，老太爷身体健康，明显几十年里还死不了，父亲的毒已经全解，至少还能再活个几百年，他能做些什么呢？他去了城外的桃花山，进了那家桃花庵，要了一杯桃花茶，一坐便是三个秋天，却始终没能得到回音。

落落过得也不好。春天的时候，她被正式封为太女，但那对她的生活没有太大影响，除了读书练功画梨花之外，她最常做的事情便是看云海，手指下意识里搓着那颗石头,神情寂寥。

轩辕破没有继续领兵,也没有跟金玉律去种地,做了落落的侍卫官。

落落站在圆窗边看着云海发呆的时候,他也在看着她发呆,他知道殿下不会在这里停留太长时间,因为殿下的修行真的很刻苦,而到了越过那道门槛的那一天,殿下便一定会去那个世界找陈长生。

暮色下的桐江如金带一般美丽。小镇上的生活还是那样安宁而悠闲。

翠绿的竹牌倒在牌桌上,引来一阵惊呼。清一色。

徐有容静静看着竹牌,忽然说道:"感觉不错。"

妇人与另外两个牌客正准备迎合两句,忽然觉得哪里有些不对。她的这句话好像说的并不是牌。

终年缭绕圣女峰的云雾忽然散开,难以计数的珍禽异鸟从大陆各处飞来,如朝圣一般。

一场秋雨洗桐江,世间各处都有感应。

王破站在梧桐树下,望向南溪斋方向,感慨地说道:"了不起。"

他很清楚,当年徐有容没有随陈长生一道离开,不是因为南溪斋事务多,或是天下大局未定。她只是不服气,她要自己离开。

当年陈长生在雪老城里破境入神圣,有各方面的原因,过程无法重复。

真算起来,徐有容进入神圣领域的年龄,才应该算是最小的。

离开之前,徐有容收到了京都寄来的一封信。字迹很干净,和陈长生有些像,和余人也有些像。信里的内容,是余人的原话抄录:"三年后我会退位,把他找回来替我。"

有人比徐有容更早离开这个世界,她也是去找陈长生的。

黑衣少女走出深渊,望向前方那座雄伟至极的冰雪要塞,听着城墙上传来的喊声,满脸不解。

如果她没有听错,那些人喊的是龙骑士,但是风雪里飞来的不是一群蜥蜴吗?

陈长生蹲在溪边,用手帕仔细地擦拭干净水珠,起身穿过树林,越过栅栏,向着远处那座建筑走去。

头发已经剪短，微微卷着，乌黑茂密，没办法再梳道髻，但看着也很清爽。他穿着的衣服洗得一尘不染，和别的魔法学徒形成鲜明的对比。或者正是因为这个原因，无论是学院里的教授，还是牧场里的那些大妈，都很喜欢他。

陈长生现在是一名普通的魔法学徒。在灰堡公国里，像他这样的魔法学徒有数万名之多。

他不担心会被人发现自己的秘密，知道自己来自另外一个世界，哪怕这个学院有很多优秀的魔法师，甚至还有两名魔导师。在魔法学院里，他表现得非常普通，无论是魔力波动还是念力强度，都没有任何特别的地方。

如果他愿意的话，那些微弱的魔力波动都可以随时消失，变成真正的普通人。就算神明看到他，应该也无法发现他的真实身份，因为他真正做到了神隐于内。

当他来到圣光大陆的那一刻，发现这里的天地间到处都是圣光。那些圣光与他身体里的圣光本来就是相同的事物，二者自然交融，这也意味着他真正地做到了与天地相合。是的，他现在是神隐境界，也就是天海圣后当年的境界。

别的人类来到圣光大陆，应该不会像他这样得到如此可怕的提升，但也应该会变得强大很多。天地之间到处都是能量。

数年前，苏离能够一剑斩断空间通道，想来也与此有关。在中土大陆的时候，他的剑虽然也很厉害，但应该强大不到这种程度。

当初在遗弃之地时，他曾经有过疑惑，既然伽蓝寺是空间裂缝，为何神明不从这里破开一条空间通道。王之策对他说，那是因为神明也无法保证这条空间通道是单向的。

现在他明白了原因。神明在害怕。

他害怕人类来到圣光大陆。

暮色落在窗户上。陈长生走到窗边，望向学院外围的草坪。草坪上，有很多老师与学生正在去吃晚饭，看见窗边的他，都热情地打着招呼。

看着人们，他忽然生出一些不舍。到了离开的时候。

这几年他在学院里非常认真地学习，整个大陆的历史、魔法知识、地理与人文相关的记录，都已经掌握得非常充分。而且按照他的推算，有容应该快来了。世界这么大，他担心她找不到自己。他曾经打听过苏离的行踪，却一无所获，就连碰巧被他制住的一位红衣大主教都没有听说过。

能够如此完美地掩去行踪与消息的人只能是那位刺客首领。当然，也有一种可能是教廷在刻意封锁消息。

他决定去一趟圣城，看看教廷的情形。最重要的是，他确定徐有容一定会去圣城。因为教皇在那里。

神圣皇帝与教皇是圣光大陆最有权力的人，谁也无法确定，谁的权力更大。

可以确定的是，教皇是圣光大陆的最强者。他被称为最接近神的男人。

从绿弓郡到圣城，如果用最快的马车，需要一个半月，可以说得上是漫长的旅途。很多旅客习惯在拉罗塞尔修道院稍做休整，补充一些食物。陈长生看着盘子里的土豆泥与硬硬的黑面包，前所未有地开始想家。

很随便地吃完晚餐，他回到房间里认真地洗漱，十点钟的时候准时躺上床，开始睡觉，等待着五时醒来。奇怪的是，不知道是因为窗外的月亮太过惨白，还是秋蝉最后的鸣叫太过凄厉，他始终没有睡着。看着床前如霜般的月色，他决定接到有容，陪她在这里到处转转，然后就回去，不等落落她们了。

做出了决定，却依然不能平静，他还是睡不着觉。陈长生没有挥手把修道院四周所有的秋蝉全部杀死，也没有召来一片阴云挡住月亮，披了件衣服去院外散步。不知不觉，他走到了修道院的最深处，那是一座石堡，没有任何灯光，显得格外阴森。对神隐境界来说，没有不知不觉这种事情，他早就已经觉察到了问题，只不过不想理会。除了教皇等极少数存在，这个世界没有谁能够威胁到他，陷阱与埋伏更没有意义。

石堡地底有一座阵法，野草里到处是无形的魔力线，即便是大主教与圣骑士这种层级的强者，都无法越过。

陈长生听到了呼救声。呼救声来自地牢，拨开野草才能看到一个很小的通气孔。地牢里没有点灯，但他能把里面看得清清楚楚。

关在地牢里的人，头上戴着被焊死的铁面具，穿着破烂的衣裳。当惨白的月光落在铁面具上时，更是显得恐怖至极。铁面具的缝隙里，生着杂草。

也不知道这个人被关在这里多少年了。

那个囚犯看到了陈长生，狂喜至极，甚至有些疯癫，不停地用铁头撞着墙壁。陈长生静静看着他，等着他冷静下来。

"老师，救我！"铁面人趴在通气孔上，用颤抖的声音哀求道。

陈长生问道："你是谁？"

铁面人说道："我是奥古斯都。"

陈长生说道："你在等我？"

很明显，修道院里被人做了手脚，刻意引着陈长生来到这里。能够悄无声息影响陈长生的判断，必须要说，那个人的境界高深难测。陈长生更是从这种安排里闻到了某种熟悉的味道，所以他这时候心情不错，愿意听听对方准备说些什么。

"一位自称旅行者的先知曾经告诉过我，只要我耐心等待，真诚祈祷，您便会来收我为学生，救我出去。"

铁面人明显没有撒谎。自称旅行者，也只有那位才会闲得无聊做这种事情。

"你怎么判定那个人就是我？"陈长生问道。

铁面人有些激动说道："完全无视黎塞留那个恶贼设下的禁制，那就必然是您！"

陈长生记得，那位叫黎塞留的红衣大主教是神圣皇帝的支持者。他问："你到底是谁？"

铁面人说道："我确实叫奥古斯都，曾经被封圣骑士，是神圣皇帝的孪生弟弟，已经被关在这里很多年了……"

说到最后，他的声音再次颤抖起来，显得非常痛苦，充满了怨毒的情绪。

他的目光里自然没有这些情绪，满是希冀与紧张，害怕陈长生就这样离去，隐有泪光。

很简单的一句话，便能推演出来一个很常见的宫廷故事。

陈长生想了想，说道："我要去圣城，我们可能不顺路。"

铁面人焦急说道："一定会顺路！一定会顺路！就算您要去地狱，我也会毫不犹豫跟随您的脚步！"

陈长生看着他认真说道："如果我要去的地方是神国呢？"

（全书终）

FIGHTER of The DESTINY